是不是我不上线，
你就会继续等下去？

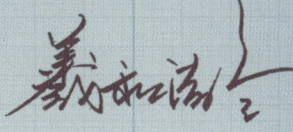

酷威文化
图书 影视

就等你上线了

羲和清零 著

XI HE QING LING

上册

天地出版社 | TIANDI PRESS

图书在版编目（CIP）数据

就等你上线了/羲和清零著. —成都: 天地出版社，2023.2
ISBN 978-7-5455-7514-9

Ⅰ.①就… Ⅱ.①羲… Ⅲ.①长篇小说—中国—当代 Ⅳ.①I247.5

中国版本图书馆CIP数据核字（2022）第242004号

JIU DENGNI SHANGXIAN LE

就等你上线了

出 品 人	杨　政
作　　者	羲和清零
责任编辑	王筠竹
责任校对	卢　霞
特邀编辑	代琳琳　刘雪华
封面设计	春帆设计 QQ:2649486699
责任印制	白　雪

出版发行	天地出版社
	（成都市锦江区三色路238号 邮政编码：610023）
	（北京市方庄芳群园3区3号 邮政编码：100078）
网　　址	http://www.tiandiph.com
电子邮箱	tianditg@163.com
经　　销	新华文轩出版传媒股份有限公司

印　　刷	天津鑫旭阳印刷有限公司
版　　次	2023年2月第1版
印　　次	2023年2月第1次印刷
开　　本	680mm×970mm 1/16
印　　张	40.5
字　　数	642千字
定　　价	69.80元（全二册）
书　　号	ISBN 978-7-5455-7514-9

版权所有◆违者必究

咨询电话：（028）86361282（总编室）
购书热线：（010）67693207（营销中心）

如有印装错误，请与本社联系调换。

目录

CONTENTS

第一章
八年不见
001

第二章
礼尚往来
047

第三章
频道八卦
093

第四章
全息头盔
141

第五章
灵犀指数
189

第六章
经济独立
229

第七章
家园系统
269

第一章 八年不见

就等你上线了

01

何晋在二食堂打了糖醋排骨和白菜肉糊,就端着饭盒慢悠悠地往宿舍楼走去。

通往宿舍楼的小道上落了一地的银杏和梧桐叶子,黄褐色里夹着片片金扇,踩在脚下发出"嘎吱嘎吱"的响声。

身边经过一群装扮靓丽的女生,熙熙攘攘,一路疾走,其间不时地传来娇俏的笑声。她们手里拎着彩球一类吆喝助阵用的道具,谈话间吐露出"网球""校草"这样的关键词,洋溢的热情感染着稍显清冷的深秋。只是看着她们在这个季节还裸露在外面的一条条大长腿,何晋就忍不住抖了抖。

前方的岔道通向学校的网球场,看来今天下午又要举办什么重量级的比赛,而且女生们口中的"校草"也会参加。

但是,这些何晋都不关心——在这个校园里度过了两年半时间,该新鲜的都新鲜过了,该经历的他也都经历了。

大三是最繁忙的一年,尤其下半学期开始后,大学生活的轻松烂漫似乎已经远去,对未来的焦灼与彷徨开始在年级里蔓延。

何晋叹了口气,回想着昨晚家里的一通电话。他母亲在电话里说,他爸在老家为他找好了工作,工资高,福利好,他一毕业就能回去上班……

不知怎么,何晋感觉有点厌烦。

何晋快到宿舍楼时,迎面突然冲出几个人,莽撞地擦着他的胳膊跑过,带起一阵风。恰逢何晋在出神,抱着饭盒傻愣在原地,冲过来的最后一人闪避不及,跟他撞了个满怀。

何晋一个趔趄,"哐当"一声,饭盒摔在了地上。

"对不起……"那人拉了他一把,待他站稳了才弯腰替他捡起饭盒,"没

第一章 八年不见

摔坏吧?"

"没事。"何晋接过饭盒,这是一款有机玻璃饭盒,密封性不错,摔不碎也砸不烂,算这小子运气好,不用赔了。

何晋抬眼打量了对方一眼,只见那人穿着一件蓝白相间的Polo衫,披着运动休闲外套,人高臂长,一头利索的短发,双眼稍显狭长,嘴唇抿着,看起来有点不苟言笑。

——是网球社的人,急着赶去比赛?

何晋摆摆手示意真的没事,也没再说什么,抱着饭盒与他错身而过。

几年前,全国高校联盟号召各大院校改善学生的住宿环境,向外国名校靠拢,并由政府给部分重点院校拨款,特用于改建陈旧校舍,何晋上大学时刚好赶上了这个福利。

他所在的华大就属于被拨款改造的重点院校,改造了被无数校友吐槽过的"猪圈宿舍",将其改成了新式的二人合住间,每两间即四个人共用一个讨论室,里面有研讨用的桌椅设备,还有冰箱、微波炉,能当用餐室,还有空调和暖气,改造后的条件好得让不少民办三本院校的学生都羡慕。

何晋开了门,两个宿舍的其余三个人正围坐在桌边吃饭,见到他,一个人叫道:"晋哥,你咋这么慢?"

说话的人叫侯东彦,是何晋的室友,身材瘦小,塌鼻子,大耳郭,长得像极了猴子,外号当然就叫"猴子"。

"去了趟教务处才去食堂,所以晚了。"何晋拉开空椅子坐下,打开饭盒却傻眼了,只见里头的排骨和白菜因为刚才的摔滚黏成了一团,本来食堂的菜卖相就不好,现在红红白白的糊状物更是让人不忍直视。

"呃……你这打的什么菜?真恶心。"侯东彦直白地吐槽。

何晋:"……"

"教务处?你又要忙啥活动啦?"另外一人问道。

何晋从小到大都是班委成员,上大学后便顺其自然地加入了学生会,

就等你上线了

前两年也为学生活动出了不少力。因为工作做得好，大二时他就当了学习部部长。不过从今年开始，何晋明显感觉力不从心，原本这个学期就有不少人举荐他进入主席团，甚至有机会竞选学生会主席，可他不知哪根筋搭错了，竟想着退会。

"没什么事，就让我去充数投个票。"何晋动了几筷子，就没了胃口。

下午上完课，何晋回宿舍眯了会儿，一觉醒来见侯东彦还弓在电脑前玩游戏，嘴里时不时叽咕两句，显得很兴奋。

这家伙是个游戏迷，从大一到现在，何晋就没见过他有一天不玩电脑，平时虽然不逃课，但也不见得多上进，临时抱抱佛脚，也总能混个中游的成绩。可现在已临近大四，这家伙仍然像没事人一样，该吃吃，该睡睡，该玩的时间一秒不落，何晋有时候真"羡慕"他。

看见侯东彦电脑屏幕上的陌生画面，何晋趿着拖鞋凑过去问："还在玩？"

侯东彦摘下耳机，抚着胸口叫道："你咋无声无息的？吓我一跳！"

"是你自己没听见。"何晋笑着瞅了他一眼，又看向电脑，问，"这是什么游戏？"只见屏幕中一片气势恢宏的仙侠背景，远山阔海，烟波缭绕——是何晋之前从没见过的画面。

被问到心头所好，侯东彦立刻激动起来："这是《神魔》，一款国产3D游戏，官网公告马上要出全息版了，现在火爆得不行！"

"《神魔》？"何晋感觉这个名字有点耳熟，不过现在游戏名字大多和这两个字挂边，不是神就是魔，也不奇怪。

"这款游戏早些时候也很火，你不会没听过吧？"侯东彦一边点着光控鼠标板演示游戏场景，一边解释，"不过它刚开始不叫这个名字，叫《灵仙》，我以前也玩过，觉着不是特别好玩就放弃了，现在重玩不久，没想到它做得这么棒了，完全突破了我对国产游戏的认知！关键是它快全息了，这是全世界继《兽魂》和《魔塔》之后出的第三个全息网游啊！"

何晋怔住了，但不是为全息，而是为《灵仙》——这款游戏当年风靡

第一章　八年不见

他们中学，也是何晋唯一玩过的一款游戏。

当年网络小说开始流行，其中尤以异界、玄幻、修仙题材最热，年轻人被作者笔下的玄幻世界吸引，狂热异常。恰在此时，青狐网推出了以修仙为主题的大型3D修仙网络游戏《灵仙》，一时吸引了无数青少年玩家。

当时何晋班上的同学几乎都在玩这款游戏，每天课余时间大家讨论的就是和此游戏相关的话题，甚至有人在游戏里以班级为团体建立了公会。何晋成天耳濡目染，想不随波逐流都难。

"半年前《神魔》在国外开了服，好评如潮，现在简直万众瞩目啊！"侯东彦还在滔滔不绝地说着，"哦！对啦，最近游戏官方还搞了个活动，据说如果是《灵仙》时期注册的账号都有机会去抽取一次《神魔》的全息头盔，那玩意儿价值上万块呢……可《灵仙》时咱还是初中生，账号、密码早就忘了！"

侯东彦正长吁短叹，突然意识到自己对话的人是何晋——那个从来不玩游戏的何晋，跟他说这些等于鸡同鸭讲。

"好吧，我知道你肯定没啥兴趣……"侯东彦看了看时间，正想放下耳机叫室友一起去食堂吃晚饭，就听对方问道："你有这款游戏的安装包吗？"

侯东彦：太阳打西边出来了？

吃过晚饭，何晋双击点开了电脑屏幕上已安装完毕的《神魔》，在烟雾缠绕的长条形登录框里输入了一串熟悉的账号和密码。

侯东彦站在他身后惊讶地道："你竟然有账号？"

何晋："初中的时候玩过。"

侯东彦将眼睛瞪得像铜铃："你还记得账号和密码？"

何晋："我所有的娱乐和社交网络用的账号和密码都是一套，如果错了，可能就是被销号了……"

"不应该吧？"侯东彦一脸期待地看向屏幕。今天的何晋可是让侯东彦大开眼界了，认识这家伙两年半，侯东彦从没见他对学习和学生工作以外的事情产生过兴趣，一直觉得他是个刻板到骨子里的书呆子、工作狂，没

就等你上线了

想到他还玩过网络游戏！

这年头网速已经很快，因为服务器火爆而排队等待的事很少出现，何晋按下登录键的一瞬间，游戏就读条启动了，说明账号和密码正确。

紧接着，屏幕上就弹出一个系统通知框——

[系统]亲爱的小仙阿晋，欢迎您回来！本游戏已在过去的八年中经过多次改版升级，成为现在的《神魔》。因系统检测到您使用的是初始版本ID，您享有一次《神魔》全息头盔的抽奖机会，本次抽奖的中奖率高达5%，请点击以下网址前往……

"啊啊啊！快点啊！"侯东彦拍着椅背催促道。

何晋眼角抽搐着打开了抽奖界面，见需要填写和自己有关的一系列信息，包括真实姓名、手机号、联系地址以及身份证号码，不由得谨慎地问道："填这么细？没问题吧？"

侯东彦急道："大哥，现在玩游戏都要实名制，注册账号时就得填写这些，何况这是游戏认证的网站，你要是不放心就填我的呗，万一抽中了寄到这里来你也能收到！"

何晋想想也行，便填写了侯东彦的资料，不料提交时弹出了错误通知："很抱歉，此身份证号已被使用，《神魔》采取一人一号制，每个身份证号只能关联一个游戏账号。"

侯东彦："……"

无奈的何晋只得改回来，才顺利通过，抽奖结果要在一个月后才会公布，《神魔》的全息版本也将在那时候开启。

何晋切回游戏界面，人物形象已经出现在眼前——一个头上扎着团子的青衣小萝莉。

"噗……"侯东彦喷笑出声，"晋哥，你玩的是女号啊？"

何晋脸上微红，轻咳了一声道："瞎选的。"

他都忘了自己为什么用的是个女号。

不过男生在游戏里玩女号也很常见，现在不少游戏里的女性角色形象被设计得性感妖娆，让人赏心悦目，侯东彦的《魔塔》号就是个红头发的女精灵。

侯东彦又瞄了一眼何晋所在的服务器，失望地叹了一声："咱们不同服啊！"

何晋："我就上来随便看看，也不一定真玩。"

侯东彦听他这么一说，便没了旁观的兴致，开玩笑地说了句"那你要是抽到了头盔就送我哈"，便转身玩自己的去了。

何晋顺利进入游戏，上线的地方是一处无人的花谷，漫山遍野的白草黄花，在阳光下泛着一片金光……

风景很美，何晋很茫然。

调整着青衣萝莉的视角，何晋看着焕然一新的场景以及眼花缭乱的操控界面，感觉格外陌生。翻了翻一片灰暗的好友列表，何晋细数上头为数不多的几个名字：飞奔的肉夹馍、无奈的蛋卷、躺枪的水饺……大多数是当时的初中同学。

呃，殇火无情？

这个名字在一堆"食物"中显得有点格格不入，却让何晋觉得很眼熟，只是他想不起来具体是哪个人。毕竟八年过去了，谁还记得谁呢？可能这个人都没在玩了吧……

但下一秒，这个被他注视着的名字突然亮了，随即一行金色大字在屏幕上浮现——

[系统]您的灵遇殇火无情已上线。

02

下午的比赛很激烈，秦炀打得畅快淋漓，冲了澡后手腕还有点发胀。

就等你上线了

习惯性地打开电脑，在登录游戏的间隙去用餐室取了罐冰透的碳酸饮料，秦炀返回电脑前，"咔嗒"一声，手指顿在了易拉罐拉环上。

发梢滑下一滴水珠，落入脖颈上挂着的白毛巾里。秦炀回过神，灌了口饮料，同时伸手在键盘上轻快地点了两下，就给好友列表里突然"诈尸"的人发了个问号过去。

几秒钟后，小仙阿晋回复："……"

秦炀的喉结滚动，他久久未回过神，怔了数十秒，写字台上的智能手环突然开始闪光，一阵悦耳的歌声随即响起——"我不完美的梦，你陪着我想，不完美的勇气，你说更勇敢……"

秦炀恍若未闻，放下碳酸饮料，双手搁上键盘，问："本人？"

小仙阿晋："嗯。"

虽然已被系统提示过此人的身份，何晋还是傻愣愣地想确认一下。

小仙阿晋："你是……"

"不完美的泪，你笑着擦干，不完美的歌，你都会唱……"智能手环还在锲而不舍地唱着，秦炀烦躁地看了过去，视线对上针眼大的摄像头，微弱的"嘀"一声后，铃声停止，手环上方弹出一个方形光幕，投射出一张发型邋遢的青年的脸。

"秦哥，咋还不上线？今天的演播都快开始了……这么冷的天你咋只穿一件背心，刚洗完澡吗？"

"今天不播了。"

"啊？什么？！"彭助理以为自己听错了。

秦炀眯着眼睛，在电脑屏幕的对话框中输入一个又一个字母，打字的力道几乎能把键盘敲穿，这个过程中还不忘瞥光幕一眼，对来电者说："有点急事要处理。"他重重地在键盘上按下了回车键。

殇火无情："我是你的灵遇。"

接着他干脆利落地挂断了智能手环的来电。

在演播页面等待大神开讲的观众得知消息后彻底炸了！

"啥？不播了？！"

第一章　八年不见

"大神，你直播以来从没放过鸽子啊！"

"等等，关键点难道不是……大神只穿了一件背心？"

"大神的身材好吗？有肌肉吗？"

"好羡慕彭总啊！能和大神视频通话！"

一年半前，称霸《神魔》一区的大神殇火无情接到著名电竞直播平台飞游网的邀请，开始定期为广大玩家讲解《神魔》的玩法，其精湛的技术、流畅的操作以及极好听的声音，吸引了无数观众，甚至有许多根本不知《神魔》是什么玩意儿的女观众，只为听到殇火无情的声音前来捧场，每次直播时数十万条弹幕中，有一半是女粉丝的尖叫。

从低调神秘的大神玩家到日进斗金的人气主播，挖掘殇火无情的经纪人也格外震惊于他的潜力，尤其是在见过殇火无情真人后，网站急切地渴望他能在观众前曝光真容以吸引更多观众。

可秦炀不想因此影响自己的现实生活，冷静地拒绝了。

这并不妨碍网站力捧他，刚才彭助理给秦炀打电话时不切断直播录音也是一种经营人气的策略，工作人员时不时会透露一点与大神接触的细节，这种犹抱琵琶半遮面的神秘感更让女观众疯狂。

殇火无情还很年轻，而且内外都优秀，无论从哪个角度看，都是棵金灿灿的摇钱树！

何晋还不知道自己心血来潮的上线行为已经引起了网络另一端的巨大骚动，看着殇火无情发来的那句话，他彻底蒙了！

如果说刚刚那条系统消息还可能让何晋怀疑哪里出了问题的话，那么殇火无情的回答，就足以说明……出问题的是何晋的记忆。

何晋努力回想了一下……

当年他在好友的怂恿下，去了同学家玩游戏。第一次接触《灵仙》，何晋就被游戏精美的画面和丰富的可玩性给吸引了。

游戏初始，玩家可以根据喜好在人和灵两个种族中选择其一。

所谓人，即凡人，而灵则是由草木兽禽等生灵进化而来，两者在游戏

就等你上线了

过程中都会经历散仙、金仙等几个境界，最终修成仙尊，至此为顶级。此外，人与灵之间最大的区别就是升级过程中领悟的法术不同。

游戏初始时的灵无性别，玩家可以根据日后的需要定性。何晋选的就是灵，原想修个小仙玩玩，于是随手一敲就有了"小仙阿晋"这个名字。

《灵仙》的世界对从小被禁止接触任何娱乐活动的何晋来说，无疑是新鲜的，不管是打怪还是做任务，每一个经历都让他兴奋不已。

他依稀记得当年好像是认识了这么个人，两个人经常一起玩，还为了升级做任务点亮了灵遇灯，但是具体细节，何晋怎么都想不起来了。呃，这人到现在还没忘记自己？八年过去了，对方都没灭灵遇灯？还是说对方和自己一样，隔了很多年才重新上线？

屏幕上方突然出现的系统提示打断了何晋的思绪。

[系统]玩家殇火无情对您施展了"形影相随"。

眼前瞬间绽出一片耀眼的紫光，荧光闪烁间，一个体形颀长的俊美男子出现在何晋的视野中。

来人红袍黑氅，乌发如瀑，身佩紫云宝剑，肩侧旋转飞舞着一只神鸟，头顶有四个金边黑字——殇火无情。

只见那人头顶浮起一个对话气泡："为什么不告而别？"

小仙阿晋："……"

信息量太大，他处理不过来了！何晋脑子里跟糨糊似的，完全没想好自己现在该以什么样的态度对待游戏上八年未见的灵遇……

不过当务之急还是回答眼前这个问题——自己为什么不告而别？

在同学家玩过几次游戏后，何晋就不再满足于此，瞒着父母偷偷在家里的电脑上也安装了游戏，还特地删掉了桌面上的快捷图标，自以为做得天衣无缝。

之后的遭遇不言而喻，沉迷游戏的何晋成天心神不定，很快被父母发现，经过一番狠厉的教育后，被关禁闭半个月。

第一章　八年不见

那段如同被送进"戒网中心"般的黑暗经历，何晋一点都不想再提，只简单地告诉殇火无情："爸妈不让玩了。"

殇火无情："我给过你我的手机号。"

那个年代，网络和个人电脑都已经普及，各类社交软件发达，不管通过哪种方式，想联系一个人总归联系得上。

自己一声不吭地消失，的确不合情理。

何晋也有手机，但他的所有通信都在父母的监视之下进行，没有任何隐私可言。或者说，在那种高压之下，何晋根本鼓不起勇气去联系网友……

之后他心想，两个人不过是在网上认识的，他半个月不上线，甚至更久一点，人家就把自己忘了。就这样，他再也没有想起要联系这个网友。

"抱歉啊，"何晋无奈地敲下了这三个字，硬着头皮扯谎道，"手机也被没收了。"

殇火无情："那毕业以后呢？你就一直没想过再上来看看吗？"

小仙阿晋："呃……"

被父母禁止玩游戏后，何晋就再也没有机会接触《灵仙》。其实，他现在也不知道自己是抱着什么样的心思再次登录《神魔》的……念旧？可他都快忘了这到底是个什么样的游戏了。八年过去，就算上大学后比较自由，何晋也早没了玩游戏的心境。

小仙阿晋反问道："这八年你都在玩？"

殇火无情："嗯。"

小仙阿晋："厉害啊。"

殇火无情："……"

何晋随口一问，没想到殇火无情真应了，不由得心生佩服之意！

就在这时，屏幕突然一红，没等何晋反应过来，眼前就走马灯似的闪过一串视野变化。

[系统]您受到玩家殇火无情的攻击。

就等你上线了

[系统]您受到1650点伤害。

[系统]您已死亡。

[系统]您获得了300点经验。

何晋看着自己的"尸体",有点愣神……这是啥玩意儿?

不过几秒钟后,模样怪异的"尸体"就消失了。

[系统]玩家殇火无情对您施展了"复活术",您已复活。

[系统]玩家殇火无情对您施展了"相濡以沫",您已血气充足。

完好无损还增加了300点经验的青衣萝莉一阵无语。

小仙阿晋:"你干吗杀我?"

殇火无情:"手滑。"

小仙阿晋:"……"

03

虽然还找不到相处的节奏,但能在线上遇到"熟人",何晋心里也有点开心:"这款游戏好像变化很大。"

回答他的,是屏幕上弹出来的红色选择框。

[系统]玩家殇火无情邀请您同骑,请选择"接受"或"拒绝"。

还有殇火无情发的一句话:"上来,我带你转转。"

对方身边不知何时出现了一头长着黑色条纹皮毛的红色猛兽,全身都和他身侧的鸟一样燃着熊熊火焰……何晋眼睛一亮,点击了"接受"。

青衣萝莉自动跨上了坐骑,柔弱地靠在殇火无情身上。

第一章　八年不见

屏幕中的青衣萝莉体形娇小，一身布衣。而对方高大威猛，锦袍玄甲，浑身泛着神光……何晋怎么看怎么别扭啊。但游戏就是游戏，这种男女角色同骑的坐姿就是系统默认的，他没有别的选择。

那神兽载着二人开始奔跑，没有腾空，却四蹄生烟，如驾云雾……很是拉风。

何晋试着找话题缓解尴尬："这是什么坐骑？看上去好帅。"

殇火无情："烈焰穷奇。"

小仙阿晋："跟着你飞的这只鸟呢？"

殇火无情："炽魂朱雀。"

小仙阿晋："你身后怎么还有翅膀？"

殇火无情："是魔之翼。"

小仙阿晋："……"

何晋不说话了，虽然感觉那些玩意儿都很炫酷，但他一个都没听过，问这问那，显得有点傻气。好在有人带着，他看看风景也不错。

他们离开了方才的花谷，进入山间小道，沿途青山绿草，流水飘花。

现在的游戏都做得无比真实，电脑硬件完全跟得上，不会出现数据滞后、卡顿等现象，游戏场景的各处细节也做得堪比奇幻电影，每一帧拉出来放大都是一幅精美的图画。

何晋戴上耳机，就听到了游戏里传来的仿真音效——风过叶响，鸟语如歌，烈焰穷奇奔跑时的声音像踏着棉花般轻快，但偶尔出现的嘶鸣让闻者心悸。

小仙阿晋："真美……"

殇火无情："全息出来后感觉会更美的，到时候不但看得到，还能身临其境……对了，那个全息头盔你抽了吗？"

小仙阿晋："嗯，登录前填了。"何晋有点期待仿真游戏的效果了。

殇火无情："呵呵……"

说话间，殇火无情带着小仙阿晋来到了一处古色古香的村落入口，木架支起的牌匾上书："初识村"。

就等你上线了

殇火无情:"认得这里吗?"

何晋扫视了一圈,犹豫着问:"这里是……新手村?"

殇火无情:"嗯。"

古朴的茅草干阑、溪边伐柴的村民、专门发布新手任务的罡天师、村口卖丹药的王半仙……熟悉的场景和NPC让何晋模糊的记忆慢慢鲜明起来!

尽管印象中的场景不知比现在粗糙多少,但每一个刚接触网络游戏的玩家都对初识村抱有别样的感情。

当年的小仙阿晋就是在这里第一次学会翻滚跳跃,第一次接任务、做任务,第一次学会买东西、吃药回血,第一次找路砍怪,然后获取经验、获得成就,拥有更厉害的装备……每一次成长、升级,都让他有满满的成就感。

他感觉自己有点找回了八年前初玩游戏时的心情了——仿佛挣脱了牢笼,展翅在云端飞翔,轻松、自由、快乐……何晋的嘴角不知不觉地弯了起来。

如果说登录游戏时还不确定要不要玩的话,现在的他有些确定了。

殇火无情又带着他绕过村落,来到后山,只见后山的峭岩和坡地上有不少抓耳挠腮的山猴。

殇火无情取消了骑行状态,两个人脚一沾地,就有山猴疯了似的扑上来挠人。何晋本能地想要反击,可就在他手忙脚乱地找技能键时,以殇火无情为中心,脚下突然出现一圈血色涟漪,涟漪光速蔓延,所过之处猴怪躺的躺、飞的飞,无一幸免!

与此同时,何晋的屏幕上有系统消息在飞速闪动——

[系统]玩家殇火无情杀死了1只山猴,您获得了1点经验。

[系统]玩家殇火无情杀死了1只山猴,您获得了1点经验。

[系统]玩家殇火无情杀死了1只山猴,您获得了1点经验。

…………

两秒钟的工夫，整个山头一片寂静，上百只猴子瞬间化为灰烬。

陡增上百点经验的青衣萝莉："……"

殇火无情淡定地站在小仙阿晋面前，剑未出鞘，衣不沾血，仿佛刚才的屠猴事件与他毫无关系。

山峭卷起一阵冷风，男子的头顶又浮起一个对话气泡："我们就是在这里认识的，你还有印象吗？"

不同的人，不同的气场，不同的话语，但杀山猴的场景，还是打开了何晋被尘封的记忆……

他有些不确定地问："你当时的等级是不是比我低？"

殇火无情："嗯。"

何晋想起来了，这家伙难不成是那个……在野外拿钝剑砍山猴，还死了N次的凡人菜鸟？

凡人在修成灵人之前不会使用任何法术，只能用刀、剑、石头之类的工具近身砍怪，甚至徒手上，所以低等级的凡人打怪很容易死掉。

当时小仙阿晋经过此地，见到了正在被山猴群殴的殇火，稍施援手，两个人就此结识。

那时在网上认识非现实中的朋友对何晋来说也是很新鲜的事情，而且因为一直是班干部，何晋更喜欢充当照顾他人的角色。

虽然是被同学带来玩的，但何晋跟不上他们的升级步伐，时间一长就被拉开了距离，只能一个人摸索着玩。在游戏里认识殇火后，何晋就自然而然地跟他结伴一起玩。

终于掀开了殇火无情的神秘面纱，何晋惊喜地道："原来是你啊！"但是这个家伙原本叫"殇火"，并没有"无情"。

小仙阿晋："你怎么改成'殇火无情'了？"难怪他一开始没认出对方来！

殇火无情："你说呢？"

对方的回复让何晋有点摸不着头脑，他呆了片刻，见殇火无情又说："灵遇一断网就是八年，谁还能有情？"

何晋以为他在开玩笑，也跟着调侃了一句："怎么，难不成这款游戏灵

就等你上线了

遇灭灯还要两个人同时在线？"

冷风刮过，双方一阵沉默。

只见殇火无情肩侧的炽魂朱雀扇着翅膀凄厉地叫道："吱——啊！"

那叫声听起来有点古怪，像是在叫："猪啊……"

十几秒钟后，殇火无情才发过来一句："无论《灵仙》还是《神魔》，都只有被点灯的人才有权利提出灭灯。"

何晋反应过来，理所当然地认为自己是被点灯的那方，才导致殇火无情至今都没能灭灯。他有点过意不去："对不起啊，耽误你这么多年……要不你一会儿带我去一下灭灯的地方？"

炽魂朱雀："吱——啊……"

小仙阿晋："……"

殇火无情的手好像摆了一下，就没了动作，何晋正想再问话，画面又是一颤。

[系统] 您受到玩家殇火无情的攻击。

[系统] 您受到1650点伤害。

[系统] 您已死亡。

他又被秒杀了……

04

何晋看着再次变成那种长条形动物尸体的自己，这才想起来他是灵，一旦死了就会被打回原形，而之所以两次都是1650点伤害，是因为他的血槽总数就只有这么多。

当然，之后殇火无情再一次复活了他，并用灵遇技能给他回满了血。

何晋非常无语。就算你怪我八年没上线，也用不着总这样吧，好

第一章　八年不见

幼稚……

这时殇火无情的头上又浮起一个对话气泡："你忘了，当年是你提出的点灯。"

小仙阿晋："……"

这么说来，有权灭灯的是殇火无情，而不是自己？那对方为啥不灭灯？难道这家伙……一直在游戏里等着他？

何晋被自己的想法惊出了一身冷汗！他跟殇火无情不过是在游戏里为了做任务升级而临时点灯组队，两人素未谋面，断了网就是俩陌生人，如果这厮真在游戏里一等八年不灭灯……

正常人肯定不会觉得感动，而是会想：这人没毛病吧？或者是，你在逗我吧？

何晋摇摇头，甩掉自己不靠谱的想法，说不定人家不灭灯就是享受点灯的状态呢……即使他的灵遇消失了八年。

恰好不远处来了两个路人，打破了他们之间的尴尬——

路人甲："咦，这里的猴子呢？"

路人乙："猴子咋都没了？"

何晋戴着耳机，能清晰地听到那两个路人的对话。没错，玩家在这个游戏里是能直接语聊的，只要开启了语音功能就能和任何人对话。《神魔》的游戏场景，包括声音，是全真模拟现实世界的，所以附近玩家的语聊都会根据距离远近或大或小地传到何晋耳中。

何晋从他们的声音中判断出他们的年纪都挺小。

路人甲震惊地道："是不是咱们找错地方了？"

路人乙难以置信地道："怎么可能？！老子刚刚就是在这里被那些可恶的猴子挠死的！"

何晋发私聊问殇火无情："现在新手还有杀猴子这个任务？"

殇火无情："一直都有。"

何晋觉得好笑："这些猴子刷新得有点慢啊，新人都傻眼了。"

刚发出这句话，何晋就听到其中一个路人的声音由远及近："喂，美

就等你上线了

女！你知道这里的猴子去哪儿了吗？"

小仙阿晋："……"

那个人走到他面前，怕他看不见还蹦了几下："美女，在吗？"

何晋表示，自己一个纯爷们儿被小屁孩叫"美女"一点都不开心！

路人甲不依不饶地问："美女一个人吗？在挂机吗？"

何晋愣住，什么叫一个人？他边上还有这么大一个家伙……不是人吗？

"她是不是没开语音啊？"路人乙也走了过来。

"哦！"路人甲恍然大悟，两秒钟后，他的头顶冒出一个长长的对话气泡："美女，看我看我看我！"

可他顶着对话气泡还没蹦跶两下，就突然单手捂胸、双膝跪地，"扑通"一声……变成了一具尸体。临死前他还发出了惨叫："啊——"

边上的路人乙："你怎么挂了？啊！我也挂了！"

何晋目瞪口呆地看着两具尸体先后消失，问殇火无情："你杀的？"

殇火无情没回答，再次发来同骑的邀请。

何晋无语地接了，发过去一句："为啥杀他们啊？"

他印象中的殇火无情好像没有这么"嗜杀"，何况刚刚那两个小孩都是等级很低的新人，殇火无情秒杀他们连眼睛都不眨一下，这作风让何晋感觉有点陌生。

可怜那俩路人连自己怎么死的都不知道，不过他们也不怕寻仇无门，角色被杀的时候，系统会提示是谁干的。

这不，殇火无情刚带着小仙阿晋离开山峭，世界频道就闪过了一个熟悉的名字。

[世界] 旋风小子："无情在凡界！老子刚刚在山峭被他杀了！"

这是刚刚被杀的那个路人甲！

下面很快就有人泼冷水："扯吧？大神怎么可能去凡界？！"

[世界] 西风界："是真的！我也被杀了！谢谢无情大神！"

这是路人乙！

这人被杀了还道谢？何晋看不明白，这娃是不是被杀得神志不清了？

第一章 八年不见

可接下来的发展更让何晋一头雾水,只见世界频道因为殇火无情的出现瞬间炸了。

[世界]无月劫:"啊啊啊——求坐标!求见大神!求被杀!!"

[世界]莲生:"求被杀。"

[世界]娇娇:"点灯!"

[世界]旋风小子:"看不见,只能碰运气!啊哈哈哈哈!"

[世界]西风界:"我有被无情魔尊砍杀的成就了……激动!"

…………

何晋傻看了半天,忍不住问殇火无情:"你看见世界频道了吗?"

殇火无情:"嗯?"

小仙阿晋:"那些人说的是你?"

殇火无情:"嗯。"

何晋又在对话框里输了一句"你现在很厉害吗",想了想觉得问人家这种问题有点小白,又删了没发。

趁着和殇火无情同骑时无须任何操作,何晋在版面上找一个所有游戏里都有的玩意儿——排行榜。

果不其然,他在主屏左上角发现了一个卷轴模样的小图标,点击后屏幕上立即弹出一张"神魔榜"——殇火无情的大名赫然列在排行榜的首位!

①殇火无情——魔族(100级)——境界(魔尊)

②逝水——神族(100级)——境界(神尊)

③九殿下——神族(99级)——境界(神帝)

④闲云——神族(99级)——境界(神帝)

⑤野鹤——神族(98级)——境界(神帝)

…………

何晋还反复对比与自己同骑的殇火无情跟排行榜首位的那个名字是不是一样……可一笔一画,都没有任何差错。

就等你上线了

殇火无情蛮厉害的,这一点何晋刚开始就从他的坐骑、鸟、翅膀感觉到了,但没想到殇火无情竟然厉害到是全服第一!

05

何晋又细看,只见排行榜前五名除了殇火无情,其余都是神族,直看到第九位,才有一个叫落花依依的95级魔族。

他扭头问身后的侯东彦:"猴子,问你一下,现在的《神魔》等级是什么情况?我记得以前封顶是仙尊,现在没了?"

"很早就改了啊,现在最厉害的就是神尊和魔尊吧……"侯东彦瞄见何晋的屏幕,说道,"你在看排行榜啊?游戏里的排行榜只显示等级,你要看谁厉害最好去官网,那儿有一个专门的排行,排啥的都有……"

何晋立即切出游戏打开网页,搜索"神魔排行榜",选择自己和殇火无情所在的服务器,点进去一看,彻底怔住了:只见排行榜首页上罗列了十来个分类榜单——

  [一区综合榜] ①殇火无情
  [个人境界榜] ①殇火无情
  [装备评分榜] ①殇火无情
  [神魔财富榜] ①殇火无情
  [对决战绩榜] ①殇火无情
  …………

殇火无情的名字霸占了一大片榜单的首位,有些榜单即使没排在第一,也在前五,唯有三个榜单不见其名,一个是"神魔点灯榜",一个是"神魔话痨榜",还有一个是"神魔仙宠榜"……

何晋看着那片金榜红字,脸上是大写的蒙。

第一章　八年不见

侯东彦又在他身后道："现在全服最厉害的好像是一个叫什么无情的人吧，我看过他的对战视频，厉害得不要不要的……此等神人，咱们可望而不可即啊！"

何晋："……"

如果告诉侯东彦，自己现在正跟他说的那个"什么无情"同乘一骑，那家伙还是自己的灵遇……侯东彦会有什么反应？

何晋抽了抽嘴角，赶紧关掉了网页！

秦炀带小仙阿晋离开山峭的路上，好友栏不停地跳动。他本来想无视，见来信人是落花依依，才点开来看。

落花依依："师父，你在凡界？"

看来她也看到世界频道里的信息了。

殇火无情："嗯。"

落花依依："你去那里干吗？你今天不用做直播吗？"

殇火无情："灵遇来了。"秦炀此时的心情很好，他还在这句话的末尾加了个微笑的表情。

落花依依："……"

殇火无情封神后，个人状态一直显示"点灯"，但灵遇始终没有出现过，所以大家都以为这只是个虚假的状态，为避免麻烦而打的幌子。

所以，在游戏里追着殇火无情求点灯的人还是非常多的。

但无情无情，人如其名。

秦炀也知道，游戏中人来人往，聚散匆匆，那些人的热情持续不了多久，何况大部分追在他后面跑的人跟他的实力相差太大，根本玩不到一块儿去。只有一个例外，这个人就是落花依依。

落花依依大约三年前第一次在秦炀面前出现，那时候她并不叫这个名字，而叫"花依依"，是个刚升到仙尊的50级小号。

秦炀记得她，是因为当时经常一块儿玩的九殿下要追她。

《神魔》一区的高手们私下里有个群，排行榜前五十的人几乎都在里

就等你上线了

头。一日九殿下发了张妹子的照片，群里一片哗然："九殿下，这是哪位美女啊？"

九殿下："哈哈，漂亮吧？这妹子是咱区的，叫花依依，我刚从论坛里淘来的照片，本殿下打算追她！"

游戏里，稍微有点姿色的妹子都会有很好的待遇，更别说像花依依这种一看就是美人的。

而九殿下的实力在全区也排得上号，再加上他平时人缘好、会说话，也肯在游戏里砸钱，很受女玩家的欢迎，区区一个50级的小号，大家都感觉很容易被他拿下。

群友们纷纷起哄：

"祝九殿下旗开得胜！"

"等着吃老九的喜糖哈！"

九殿下信心十足，对花依依展开了疯狂的追求，这事还曾轰动全区。不料，大家预想的结果并没有出现——花依依非常干脆地把九殿下拒绝了。

开始九殿下还以为妹子欲迎还拒，直到对方把名字改成了"落花依依"，他这才偃旗息鼓，灰溜溜地跑来群里骂殇火无情："无情，你去死吧！"

殇火无情一头雾水："跟我有什么关系？"

逝水在边上幸灾乐祸地说："啧啧，又是一个落花有意，流水无情啊！"

逝水也是排行榜上的名人，殇火无情呛了他一句："水不是你吗，我是火。"

九殿下："你们两个够了！"

九殿下败下阵来后，看热闹的众人一度以为这个妹子会找殇火无情或逝水中的一个告白，但她一直没出现。直到一年后她的名字出现在全区排行榜的末尾，而她的等级也从仙尊变成了九天玄神。

众人震惊："这妹子很牛啊……"

《神魔》后期升级更看重玩家的操作水平，能上排行榜的女玩家不多，何况是落花依依这种美女，就更加引人注目了。

第一章 八年不见

也正因为她是美女，大伙儿很关注她的动向，群里经常有人和她组队下副本，大多夸她技术不错，不是花瓶。众人眼睁睁地看着她从榜单末尾一点点爬到前三十，混进这个圈子，慢慢和大家打成一片，还和曾被她拒绝的九殿下成了"兄妹"……

秦炀第一次和落花依依组队下副本，她加殇火无情为好友，秦炀通过了，但对方的第一句话竟然是："无情，我能认你作师父吗？"

秦炀愕然，以前遇到有机会当面聊的妹子，她们大多会说"你是我的偶像""我很崇拜你""我喜欢你"之类的，他还是头一次碰上拜师的。

《神魔》的确有师徒系统，但游戏只承认50级以下的号拜师，落花依依说那句话时都快到90级了，可见并不是正规的拜师，而是口头约定，多半是想让秦炀带她玩而已。

秦炀觉得不妥："你玩的是神族，我是魔族，我带不了你。"

落花依依道："我记得你以前也是玩神族的。"

她说得不错，《灵仙》改版为《神魔》后，游戏又开设了第三个种族"魂"来修魔道，而已经修炼到仙尊的人与灵，只能继续修神，这么一来，很多好奇魔族玩法的老玩家就不满了。

于是，游戏公司又设置了一个特殊规则：玩家修神过程中，有机会堕入魔道。

但这个规则非常变态：首先，只有修到神帝（相当于90级）的玩家才能去做堕魔任务；其次，堕魔后还要在原有的等级上降十级至九幽玄魔（相当于80级）。

众所周知，几乎所有游戏都是等级越高升级越难，《神魔》尤甚，80级升到90级，就算找代练天天泡在游戏里，也得大半年时间，除此之外，玩家还要投入大量金钱重洗技能点，点选魔族技能……

有人一算，堕魔之路要投入的精力、财力都足够新练个魂的号了。所以，除非脑子被高压锅弹伤，否则没有人会选择这条路。

当然，殇火无情是个例外，他毫不犹豫地堕魔了。

和他一样的玩家也有，但他是唯一堕魔后上了全服排行榜的魔族，还

就等你上线了

高高地挂在榜单第一名上,一边被众玩家骂着"变态",一边被瞻仰膜拜。

听落花依依要认他作师父,秦炀当然是先确认:"你要走堕魔之路?"

落花依依:"嗯。"

秦炀接着劝她:"这条路不好走。"

但落花依依很坚持:"我开始玩这个游戏时就想好了!"

这时九殿下也私下跟秦炀打了声招呼:"无情哥,依依想认你作师父,你考虑考虑呗。"

秦炀犹豫了一下,虽然他对外宣称不找灵遇,但没说过不收徒弟,碍着九殿下的面子,秦炀勉强应了。不过为防节外生枝,他跟落花依依声明:"收你为徒可以,但师徒教授,点到为止,还有堕魔是不可逆的,你要想好。"

过了许久,落花依依才回过来一句:"师父,你可是真无情呀。"

"师父"都叫上了,看来对方是认定了。

那之后,落花依依就成了殇火无情唯一的徒弟。

秦炀顺利地把她带上魔道,有事必帮,有问必答,后来熟络了,现实中两个人也见过面。两年下来,落花依依成了本服除殇火无情之外最厉害的魔族,也算是成就了殇火无情名师出高徒的美名。

但秦炀低估了广大群众的八卦能力,因为"落花依依"与"殇火无情"这两个名字的对应性以及口头上的师徒称呼,不管他俩的关系是否纯洁,在广大玩家眼里,他们的关系都是暧昧的,落花依依也算是彻底坐实了"殇火无情身边唯一的女人"的身份。

秦炀多少知道落花依依对自己的心思,对方也曾试探过他对那些流言蜚语的看法,秦炀坦白"比较反感"。其实,他不讨厌落花依依,这个姑娘的情商挺高,人也不错,他只是单纯地觉得做朋友很好。

所以,在刚刚发出"灵遇来了"的消息后,秦炀顿觉轻松。

落花依依没有回应,秦炀也不理她,给她时间消化。

而那厢,在排行榜上备受刺激的何晋心情七上八下地返回游戏界面,

第一章　八年不见

只见殇火无情已经带小仙阿晋来到一片金色的麦田中，两个人隔着齐肩的麦子相望，谁都没有说话。

06

何晋的心情很复杂，他也不知道是不是刚刚看了排行榜的缘故，只觉得对方此刻的形象莫名高大……

崇拜强者是人的本能，尤其是那种实力悬殊到让人提不起斗志的超强大神，更让见者心生敬畏。

但对待强者，不同人有不同的表现，有些人会想抱大腿，有些人会直白地说出自己的崇拜之情，还有些人会心生嫉妒……

而何晋这种个性冷淡的人，对待比自己强的人时，话会明显比平时多一点。

不过因为他还算不上是这个游戏的局内人，所以他也不会表现得太狂热，就好像不弹钢琴的人不懂巴赫到底有多牛，不画画的人不知道凡·高的画好在哪里，如隔云望月。

何晋现在只是比刚才多了许多好奇心，好奇殇火无情在各榜单上排第一是什么想法，好奇他的经历，好奇他的境界有多高，好奇他现在对待自己的种种举动到底是为什么……

他按捺不住地打开对话框，一股脑儿地把自己的疑问发了过去——

小仙阿晋："我刚刚看排行榜了，你怎么变得那么厉害了？！"

小仙阿晋："这是哪里？你在带我看风景吗？"

小仙阿晋："现在封顶是 100 级了吗？"

小仙阿晋："境界魔尊是啥意思？"

小仙阿晋："刚刚在山峭，那两个新人都看不见你？"

小仙阿晋："为什么你杀了他们，他们还要谢你？"

…………

就等你上线了

他正问得兴起，对方突然回过来一句话，把何晋吓得当即从键盘上抽回了手。

殇火无情："我们语聊吧。"

何晋的额角流下一滴冷汗……

他突然意识到一个很关键的问题——殇火无情知不知道自己是男的？

何晋忘了自己当年是否暴露过性别，当然，也不是说现在不能坦白，重点是……八年过去了，殇火无情还没灭灯，他捉摸不透对方的想法……

何晋想到这里，额角又流下一滴冷汗……

他也不想思前想后的，但他还是……有点人性的。

殇火无情又发来一句："上次跟你语聊还是八年前，也不知道你现在的声音怎么样了。"

何晋一头瀑布汗……

他当年竟然还跟殇火无情语聊过？！年少无知啊！

何晋掰着手指一算，八年前他上初二，貌似还没过变声期。他发育得很晚，是当时班上最后一批经历变声期的男生，而在那之前，因为声音轻细，他还经常被人调侃像小姑娘。当然，这是何晋不愿承认的黑历史，现在的他有一把清朗好听的嗓音，再没可能被说成是女生。

看着殇火无情的那句话，何晋犹豫了一下，回复道："抱歉啊，我室友在，不太方便。"

拒绝的原因和他纠结的问题无关，成年后的何晋性格谨慎，本来就不会随便和网上的朋友交换私人信息，在对对方知根知底之前，语聊也很少。在他看来，玩游戏玩游戏，就是"玩玩"，不管两个人游戏里是什么关系，下了线就毫无瓜葛。

所以他干脆找个借口拒绝了。其实也不算找借口，有室友在的确是不方便语聊的。

殇火无情："哦，那我说话，你听？"

小仙阿晋："……"

第一章　八年不见

殇火无情："你能听到的吧？"

刚刚在山峭听到路人对话并问殇火无情相关问题的何晋已经暴露了！

殇火无情："否则你那么多问题，我要是打字解释得打半天。"

小仙阿晋："嗯……"

好吧，他只是听声音而已，也没什么。

耳机中传来轻微的"嗒"的一声后，一个男性的声音响起来："喂？"

他们在游戏里是面对面地站着，所以何晋感觉那个声音仿佛也是从正面过来，很近很近……突然间拉近了两个人之间的距离。

这个男声又试探地问了一句："听得到吗，阿晋？"

对方的音色与何晋完全不同，低沉而有一点沙哑，语气自然得就像他们已经认识了很久很久，尤其是那声"阿晋"。何晋紧张地打字："听得到。"

如果让他说话，他估计会结巴。

秦炀收到回复，翻了翻聊天记录，反问："你觉得我是在带你看风景？"他自动忽略了何晋的第一句夸赞，"你是不是什么都不记得了？"

何晋心虚地打字回复道："还好吧……"为什么他有种在被逼问的感觉？对方说好的回答问题呢？

殇火无情顿了顿，道："我在帮你寻找回忆。"

何晋有种不祥的预感……

殇火无情："这里是我们第一次一起死掉的地方，记得吗？"

何晋无语地想：这种事情谁会记得这么牢？

殇火无情慢悠悠地道："我刚开始玩这个游戏时，直接用了默认的凡人种族，也不知道有灵，所以，第一次看到你的尸体，我还以为你是妖怪。"对方说到这里，语气里已经有了笑意。

何晋有点印象了，这个白痴貌似好奇过他是不是真人玩家，害得他费劲地解释了好久！

殇火无情："有好长一段时间，我都怀疑你是游戏里的宠物，是可以被驯养的。"

就等你上线了

何晋打字回复:"我晕……"

好长一段时间?何晋一直以为自己解释完后对方就明白了,原来那之后自己还一直被怀疑吗?

殇火无情问:"刚刚我杀你的时候,你有没有看系统提示了什么?"

小仙阿晋:"嗯?"系统提示了什么?系统提示自己被杀了吗?

屏幕中的青衣萝莉沉默了两秒钟。殇火无情突然抬了下手,指间蓄出一丝幽蓝的光,箭一般朝对面的她飞射过去——

[系统]您受到玩家殇火无情的攻击。

何晋暗道:这人又来!

小仙阿晋毫无招架之力,青衣萝莉被击中,就像被大炮轰翻了似的,直接飞了起来,在空中扭曲成一个惨烈的姿势,然后"噗"的一下缩小为一个长条形的白色动物,坠落在地上……

[系统]您已死亡。

伸长的四肢、咧开的尖嘴、紧闭的双眼,角色凄惨的死相让人不忍直视。

和真实场景一样,"死后"的何晋听不到任何声音,好友栏闪烁起来,他点开一看——

殇火无情:"尸体很可爱。"

小仙阿晋:"……"

看到这句话,何晋气得额头的青筋直跳。

殇火无情复活他之后,何晋才听到耳机里传来一阵压抑的笑声。他咬牙切齿地敲了一句话过去:"别跟我说你这次又是手滑!"

殇火无情避而不答,直接问:"看到一条提示你经验增加的信息了吗?"

何晋一愣,系统消息会在左下角的公共频道里存档,他滑动光控板翻了翻，果然翻到这么一条，在通知"死亡"之后——

[系统]您获得了300点经验。

小仙阿晋："看到了……"角色死了还有经验？这是什么鬼设定？

07

小仙阿晋："为什么你杀我，我还有经验？"

殇火无情解释道："《神魔》高低等级间实力相差很大，游戏设了个低等级玩家保护体制，在不同种族之间，如果被比自己等级高50级以上的玩家虐杀，不但不会掉经验，还会涨经验。"

何晋听明白了，难怪刚刚世界频道里好多人喊着"求被杀"，但他又有些纳闷："照你这么说，高手岂不是可以随便虐杀小号？"

殇火无情："不会，杀他们对高手来说没有任何好处，给他们增加的经验值会在我们这边成十倍扣减，而且杀多了还会降低修为。"

小仙阿晋惊讶地道："十倍？！"他增加300，殇火无情减3000？上线到现在，他已经被杀三次了，再加上刚刚那俩路人……殇火无情是嫌自己的经验多得没地方用吗？

殇火无情轻描淡写地道："这点儿经验对等级高的玩家来说不算什么，关键是……"

小仙阿晋："关键是什么？"

殇火无情："关键是杀小号跟切菜似的，没什么成就感，所以一般高手都不屑出手。"

对方的语气很平静，像是在陈述事实，但是……

好吧，何晋只是有点为自己刚刚被杀而感到不爽。他承认殇火无情还是很厉害的，毕竟是排名第一的大神嘛，难怪那两个路人被杀了还激动得

就等你上线了

跟被圣光照拂了一样!

殇火无情:"还有一点,玩家等级相差 50 级以上时,高等级玩家对低等级玩家不可见,所以刚刚那两个人看不见我。"

殇火无情是 100 级,这么说来,50 级以下的玩家都看不见他?何晋瞄了一眼屏幕左上角的自身等级——灵仙(29),自己也不到 50 级啊,为什么可以看见他?

"那我怎么能看到你?"小仙阿晋疑惑地问道。

殇火无情轻笑了一声,道:"因为……灵遇啊……"

何晋勉强发了串省略号过去。

就在他不知怎么接下文的时候,那边的人突然道:"阿晋,你等一下。"

秦炀看着麦田里远处的人影,皱了下眉头。

落花依依远远地站在那里看着他们,刚刚殇火无情说话,她也依稀听到了两句。

殇火无情很少跟人语聊,即使是她,也很少有机会在游戏里听到他的声音。她很喜欢他,却只能守着每一次的直播听他的声音。世人都羡慕她是殇火无情身边唯一的女人,却只有她自己知道,她和别的崇拜者也没什么区别。

殇火无情:"你怎么来了?"

他明明开着语音,对着她时,却只是发文字消息。

落花依依迟疑了一下,缓缓飞近,一袭杏色长裙随风摆动,仙气飘飘,绛紫色的长发松松地绾在脑后,插着三根紫晶钗,耳边两绺鬓发自然垂下,看着温婉可人。

落花依依:"你的灵遇来了,我当然要来见见。"

她停在小仙阿晋面前,与殇火无情并肩而立,两人背后的魔之翼微微颤动,频率都是一样的。

落花依依:"这位就是传说中你的灵遇呀!"

眼前的青衣萝莉怎么看都很普通,在落花依依面前,更是被反衬得暗淡无光。

第一章　八年不见

殇火无情："她看不见你。"

落花依依："……"

《神魔》游戏里，玩家们虽然可以查阅他人的点灯状态，但如果不是在游戏里面对面相遇了，就查不到玩家的灵遇的具体信息，包括姓名、等级。因此落花依依也是第一次知道殇火无情的灵遇叫"小仙阿晋"，但选中对方一看，她傻眼了——29级的灵仙？

如果还是在《灵仙》时期，29级也不算太低，但《神魔》封顶100级，50级的仙尊都能被叫小号，29级的玩家就跟新手没啥区别了！

而且这人玩的竟然是灵……

自从游戏改版后，人修神，魂修魔，各有其道，灵这个种族不上不下，大多技能还和人重合，逐渐变得有点鸡肋，玩家私下一度猜测官方会为灵也开通修魔的道路，却不料没节操的游戏开发组为增加灵的特殊性，突发奇想地为其开了一条修宠之道。

所谓修宠，就是……修炼成宠物！

现在的灵升到30级时，玩家除了选择继续修仙神，还能改道修灵宠。宠物能与神、魔境界的玩家结成召唤驯养关系，和拜师、点灯系统差不多，都是一对一的。

这个职业一出来，就遭到了广大玩家，尤其是男性玩家的鄙视，因为宠物听起来……就跟"狗"一样，是个人都不愿意玩"狗"啊！

不过，这个新奇的玩法却受到了一小部分女生的青睐，有些女孩子就享受当"小跟班"的乐趣，想被人宠！而且，灵的原形大多是可爱的小萌物，譬如兔子、狐狸、仙人掌之类，灵宠既能幻化成人形，也可维持原形，游戏公司把这些萌物的姿态设计得活灵活现，俘获了一批女玩家的心。

再者，与系统宠物相比，真人操控的灵宠更具智慧和灵活性，因此众玩家吐槽归吐槽，对灵宠的需求却一直居高不下，如今，拥有自己的灵宠也慢慢成了人民币玩家和高手们炫耀的资本。

落花依依正好奇地打量着眼前的青衣萝莉，就见殇火无情发来消息，说道："改天再介绍你们认识。"

就等你上线了

他这是嫌她碍眼了……

落花依依:"择日不如撞日,我都在这儿了,不打个招呼多不礼貌呀。"

08

殇火无情让何晋等,何晋便开始熟悉操控界面。

忽然,公频下方闪过一条新消息——

[私聊] 落花依依:"你好!"

在《神魔》中,玩家看不到的号,是连声音都听不到的,只能加好友用对话框的方式交流,或者在公频里发私聊信息,落花依依选择的就是后一种。

何晋愣了愣,感觉这个名字有点眼熟。他很快想起自己貌似刚才在排行榜上见过这个人,正打算确认,就见公频上又闪现一条新的消息——

[私聊] 落花依依:"灵遇,你好!"

小仙阿晋:"……"

他忙问殇火无情:"落花依依……是你的朋友?"

殇火无情:"是我徒弟。"

何晋了然,出于礼貌,他很快回了个"你好"给落花依依。

刚打过招呼,秦炀就打算带小仙阿晋离开,同时发消息给落花依依:"我们先走一步。"

落花依依怔怔地看着殇火无情和小仙阿晋同骑离去。他们坐的是殇火无情很少放出来的那匹烈焰穷奇,这是他去年参加对战大赛得的冠军奖励,是全服独一无二的神兽。

她从来没有这样的待遇,因为他们都是魔,有翅膀,去什么地方直接飞,他在前面飞,她跟在后面。

输入框里还有一句未来得及发送的私聊——"有机会一起玩,先不打扰你们了。"她一个字一个字地删去,心中涌起一阵巨大的失落感。

032

第一章 八年不见

何晋不知道落花依依刚刚就在他们边上，之后对方没回什么话，他也没在意。

殇火无情重新开了语音，继续带何晋去"找回忆"，每到一个地方都会停下来稍稍提一点过去的事：在翠微林一起迷路，在仙人岛第一次一起追杀别人，在隆冬镇第一次一起放烟花……

在殇火无情的提醒下，何晋回忆起了大部分的事，也慢慢找回了当年和殇火无情相处时的感觉。

他们的确很有默契，每次上线都会一起玩，周末何晋的父母不在，何晋也会偷偷跟对方语聊……记忆中的殇火无情就像个需要保护的弟弟，而何晋则是个多事的哥哥。

所谓的点灵遇灯说起来其实也很简单，就如何晋之前推测的那样，一切只是为了经验，为了升级。

虽然游戏里也有结拜系统，但结拜的福利远没有点灵遇灯那么好。

殇火无情是凡人男性，性别已经不可再变，但何晋是无性别的灵，可以自行选择形态，只要幻化成女性玩家形态，就能点灯。这也能解释为什么何晋的游戏角色会是青衣萝莉的模样。

对于游戏玩家来讲，任何角色身份都不过是游戏设定的一部分，只要开心、经验高，就可以了。仅此而已。

但何晋没想到，被自己遗弃在记忆长河里的淡淡一笔，殇火无情却是如此珍视。很多细节被他提醒着才回想起来，那段过往是那么自然、温暖，不灭灵遇灯似乎成了理所当然。

这一刻，何晋的心中才生出些许内疚感，为自己的不告而别，为殇火无情的情深义重。

为了掩饰心虚，何晋一直在给殇火无情发消息，不过他也确实有不少问题想问。

小仙阿晋："你怎么是魔尊呢？我刚看等级介绍上写只有魂才能修魔，凡人不是只能修神吗？"

殇火无情简单地给他解释了堕魔之路，何晋奇怪地问："好端端的，干

就等你上线了

吗要堕魔？"

殇火无情："神太多了，没对手。"

小仙阿晋："……"

殇火无情又补充了一句："堕魔后知己知彼，弑神也比较刺激。"

小仙阿晋："厉害……"

八年不见，他们竟是云泥之别，谁能想到当年那个老犯傻的小跟班，竟然会变成全服第一的高手？！

小仙阿晋又问："全服第一是什么感觉？"

殇火无情笑了笑："可能就跟你当年考试考全班第一是一样的感觉。"

何晋无言以对……自己当年怎么连这种事都跟殇火无情说啊？！

殇火无情道："你问了这么多，也让我问你一个问题。"

小仙阿晋大方地回复："问吧。"

殇火无情："我记得你当年说要考华大，考上了吗？"

何晋怔了怔，没料到殇火无情会问现实中的事。不过两个人相处到现在，对方坦坦荡荡，他再遮遮掩掩不免显得小气，于是也诚实地回答："考上了。"

殇火无情："呵呵，考上就好。"

小仙阿晋："……"

不知不觉，游戏里已是傍晚时分，殇火无情带何晋到了湖边，夕阳西下，紫色的霞光洒在湖面上，粼粼波光如水晶闪耀，美如仙境。

这个地方何晋一下子就认出来了——灵犀湖。

灵犀湖中间有一座岛叫"彩凤岛"，上头有一座桥叫"虹桥"，桥的两头分别站着两个服饰华丽的NPC，各自手提一盏许愿灯。

没错，这是做点灯任务的场景。

《灵仙》里的点灯玩家每日都能做灵遇任务，完成后能获取丰富的经验。

具体玩法就是准备点灯的两位玩家分别站在两位NPC面前被问相同的问题，看双方是否心有默契，如果两个人的答案一致，就能得到经验。

问题不多，一共十个，越往后经验越高，按何晋的等级，如果全部答对，经验能爬小半条。

这个任务听起来简单，但做起来并不容易，因为任务一旦开启，系统就会暂停两个玩家间的所有对话、语音功能，每道题只有十秒钟的时限，如果循规蹈矩地去答题，回答错误的玩家就会出血，基本错上五道题就会直接扑街。只要一方死亡，任务就无法继续，届时虹桥断裂，两个玩家会被分隔在岛上和湖岸上，十五分钟内无法移动，只能隔着湖水遥遥相望。

不过熟悉游戏规则的玩家总是能找到作弊方法，比如如果做任务的两个人共处一室，或者打电话互相报答案，那就能做得既快又准了！

看到熟悉的NPC仍然在熟悉的位置，何晋就猜这个《神魔》延续了《灵仙》里的灵遇任务，只是不知道玩法是不是还跟以前一样。

好像猜到了何晋心中所想，身边的殇火无情突然问道："要不要做做看？"

09

很久没玩了，何晋也有点心动，答应下来后殇火无情又叫住他："等等。"

小仙阿晋："嗯？"

殇火无情："你快升级了。"

何晋一看，还真是，再有五六百的经验就到30级了……30级是什么境界来着，散仙？

殇火无情道："《神魔》改版了，灵到30级之后有两条路可以走，一会儿做任务时如果你的经验满了，记得选第二种升级。"

对高手的建议，何晋不疑有他，何况对殇火无情还怀着一丝愧疚之意呢，当下回答了声"好"，往虹桥跑去。

虹桥很长，小仙阿晋站到NPC面前时，远处的殇火无情只剩下一个小小的人影，两个人的距离已经超过了语音范围，就算说话也听不见了。

就等你上线了

何晋右击 NPC，屏幕上跳出弹框——

《灵遇十问之默契考验》：点击"准备"开始任务。

[系统]玩家殇火无情已准备，任务开始！

问题一：您和殇火无情第一次见面的地点是（　　）
A. 通灵山；B. 初识村；C. 初识村山峭；D. 其他（请在此填写＿＿＿）

系统开始倒计时：十，九，八……

这题简单极了，何晋按下 C，悦耳的音效过后，系统提示二人回答一致，小仙阿晋增加了 100 点经验！

问题二：您最喜欢吃的菜是（　　）
A. 锅包肉；B. 糖醋里脊；C. 糖醋排骨；D. 其他（请在此填写＿＿＿）

咦，选项里竟然有自己喜欢的菜？何晋按下 C 键，再次听到了增加经验的音效——殇火无情也蒙对了！

问题三：您最喜欢听的歌是（　　）
A.《你曾是少年》；B.《不完美小孩》；C.《当你孤单你会想起谁》；D. 其他（请在此填写＿＿＿）

何晋纳闷……怎么问的问题都是跟自己相关的？而且选项里都是他很早之前喜欢听的歌了，虽然现在他有了更喜欢的歌，但为了更高的准确率，他还是从前面三个选项中选了一个。

[系统]回答一致！您获得了 300 点经验！

第一章　八年不见

随即屏幕金光一闪——

[系统]亲爱的小仙阿晋，恭喜您升到30级！

他升级了！

如殇火无情所说，系统弹出了选择框，左边是一个人的图标，右边是一人一兽的图标。何晋下意识地点了第二个，屏幕中又闪过一条恭喜他修什么宠的系统消息，何晋没时间细看，因为下一题已经开始倒计时了——

问题四：您认为殇火无情支持您的方式是（　　）
A.和您一起玩；B.帮您练级；C.送您礼物；D.陪您看风景

[系统]回答一致！您获得了400点经验！

经验越来越多，何晋很高兴，看来他和殇火无情的默契度还挺高的……

问题五：您最想收到殇火无情送的礼物是（　　）
A.神器；B.金币；C.花束；D.其他（请在此填写＿＿＿）

其实何晋并不想要什么礼物，对前面三个选项也不太心动，如果非要选的话，他觉得殇火无情的坐骑挺酷的……不知抱着什么心态，何晋在D后面的括号中填写了"烈焰穷奇"，一边犹豫，一边在倒计时的催促下点击了提交。

完了，他好像有点冲动了，这么一来殇火无情的答案跟自己的肯定不一样了。

不料系统再次显示"回答一致"！

就等你上线了

何晋惊呆了,难道殇火无情也写了"烈焰穷奇"吗?他这也太厉害了吧!

何晋没工夫惊讶,下一题很快就出来了——

  问题六:殇火无情最喜欢的颜色是( )
  A. 黑色;B. 蓝色;C. 红色;D. 其他(请在此填写_____)

何晋看到这道题一愣,总算换到问殇火无情的事了!可是……殇火无情到底喜欢什么颜色?

何晋回想对方的鸟、坐骑,都是带火焰的,还有他身上的衣服,貌似也带有火纹,难不成是红色?不过他好像还披着黑色披风啊,那到底是A还是C?还是C吧……

  [系统]回答不一致!玩家殇火无情的选择是——B. 蓝色。

屏幕中的青衣萝莉吐出一口老血,血条下滑五分之一。
小仙阿晋:"……"

  问题七:您认为下列描述最符合殇火无情的性格的是( )
  A. 成熟冷静;B. 天真热情;C. 憨厚老实;D. 腹黑变态

何晋:呃,天真热情?

  [系统]回答不一致!玩家殇火无情的选择是——D. 腹黑变态。

何晋:真的假的?!
青衣萝莉又吐出一口老血,血条再度下滑五分之一……

第一章 八年不见

问题八：殇火无情最希望听您称呼他为（　　　）

A. 殇火无情；B. 大神；C. 灵遇；D. 其他（请在此填写_____）

看到第三个选项，何晋有点鸵鸟心态地选择了 A。

果不其然，系统显示他的回答与殇火无情不一致，殇火无情最希望小仙阿晋称呼他为"B. 大神"。

小仙阿晋："……"

问题九：您和殇火无情会发展成现实中的朋友吗？

A. 会；B. 不会；C. 见面再说；D. 已是朋友

何晋：肯……肯定是不会的吧……

[系统] 回答不一致！玩家殇火无情的选择是——A. 会。

小仙阿晋："……"

他的血条只剩下五分之一了！最后一题他绝对不能再错了啊，不管什么题，到时候选一个能迎合殇火无情的答案吧！

问题十：殇火无情最想收到的礼物是（　　　）

A. 烈焰穷奇；B. 金币；C. 花束；D. 其他（请在此填写_____）

咦，这不是刚才他们回答过的题吗？！怎么自己填过的答案也进入了选项？难不成这个答题任务自带记忆功能？他该选哪一个？

殇火无情这种财富排行榜上的大神，肯定不缺钱；至于花束，他应该不会喜欢吧……其他？何晋猜不出来！

要么他选择 A？根据"默契考验"的定律，说不定殇火无情会选择烈焰穷奇……可烈焰穷奇殇火无情已经有了啊！

就等你上线了

系统倒计时：四，三，二……

完了，没时间纠结了，何晋一咬牙，选了A！

　　[系统]回答不一致！玩家殇火无情的选择是——D.其他（朋友）。

　　[系统]任务失败，您已死亡！

　　[系统]本次任务中您与玩家殇火无情回答一致题数5，回答不一致题数5，默契指数增加0。

小仙阿晋："……"

青衣萝莉血尽身亡，变成原形扑街，灰白的屏幕中，虹桥断裂，碎石落入湖中，砸出阵阵水涡。

屏幕左上角出现了角色位置锁定十五分钟的提示图标，小仙阿晋被困在了彩凤岛上。

他什么都听不见，只能看见湖对岸的殇火无情站在那里，似乎面朝着自己的方向。因为是灵遇，所以对方也不能动，两个人只能这么遥遥相望。

十个问题，和自己有关的问题，殇火无情都回答对了，喜欢吃的菜、喜欢听的歌……如果答对一个何晋还能说对方是运气好的话，那么那个自填的"礼物"根本没法用运气去解释。

只能说，他们以前就做过这样的题，系统记住了答案，殇火无情也记住了，就像何晋考全班第一、想上华大一样，这种细节，这个人一记就是八年。

但和殇火无情有关的问题，何晋一个都没有答对，他心中五味杂陈。

好友栏闪烁起来，是殇火无情发来的消息，何晋犹豫了好一会儿才点开——

殇火无情："八年，我就等你上线了，阿晋。"

小仙阿晋："……"

只是这么简简单单的一句话——就等你上线了，却让何晋全身上下如过了电似的一震。

第一章　八年不见

这句话，彻底把何晋埋在沙子里的鸵鸟脑袋拽了出来——殇火无情真的在等他！

他们只是在玩游戏而已，这人这么认真……至于吗？他很想这么对殇火无情说，却开不了口。

面对一个网友八年的等待，何晋像是被一双手掐住了喉咙，发不出声音。

他不再觉得对方在搞笑，也不可能去侮辱对方脑子有病，更不忍心在对方与自己重逢的这一刻，泼一瓢冷水过去，浇灭对方心里那最后一点雀跃的星火。

何晋沉默着，殇火无情也没再发什么消息。眼看着定身解锁的倒计时减少，何晋急得冷汗直流。

十五分钟转眼就过去了，虹桥重现。

殇火无情从湖岸飞了过来，没错，不是从桥上走过来，而是直接挥舞着翅膀飞过来了……

泛着紫光的魔之翼、旋转跟随的赤焰火鸟……这是全服排名第一的魔尊殇火无情，而不是何晋记忆中的小跟班殇火。

看着屏幕中的人影越飞越近，何晋抖着手……很怂、很怂地退出了游戏。

他下线了。

10

何晋关了电脑，一看时间，已经差不多到睡觉的点了。

大三学生的寝室没有熄灯规定，但他的作息非常规律，每天十点左右就上床了，为此侯东彦还经常吐槽他活得像个老头子，没有一点大学生的生气。

不过这一晚何晋却怎么都睡不着，脑海里过电影似的，全是刚才游戏里的片段。

就等你上线了

　　殇火无情从天而降的身影、殇火无情好听的嗓音、殇火无情杀掉自己后发来的微笑表情，还有他最后发来的那句话……

　　何晋从来没想过，这种戏剧化的事会发生在自己身上。

　　等待八年，就算在现实中也很少有人能够做到这点吧？尽管对方的行为让他觉得莫名其妙，但被这样对待，何晋总归是有点感动的……

　　反观自己缩头乌龟一般的下线做法，何晋忍不住自我唾弃了一番。也不知道那之后殇火无情会有什么反应……失望？愤怒？心灰意懒？

　　何晋翻了个身，心烦意乱地用被子捂住了脑袋。

　　临近十二点，侯东彦才慢吞吞地关机准备睡觉。收拾完后一转身，见何晋还在那边翻来覆去，他惊讶地问道："你咋了，失眠？"

　　何晋在被子里闷得难受，露出脑袋，沉默了半晌，忍不住问侯东彦："你还记得八年前一起玩游戏的网友吗？"

　　侯东彦愣了愣："八年前？初中？……这么久远的事情，谁还记得？！"

　　何晋叹了口气，喃喃自语道："是啊，谁记得？"

　　侯东彦反应过来："你在游戏里遇到老朋友了？"

　　何晋："嗯，那个人……还记得我。"

　　"哇，好厉害啊！"侯东彦钻进被窝，颇有兴致地问，"然后呢？"

　　何晋："我们聊了些过去玩游戏时发生的事……他可能还以为我是女的。"

　　迅速分析出关键信息的侯东彦调侃道："咋，你还有心理包袱啊？"

　　何晋又叹了口气……是的，他内疚。可面对如此认真的殇火无情，他又不忍心告诉对方真相。

　　侯东彦："晋哥，要我说，玩个游戏而已，下了线谁都不认识谁，你想那么多干吗？"

　　何晋无言以对，他一开始也是抱着这样的心态啊！

　　侯东彦继续劝解："要我说啊，这种事多少算一个愿打、一个愿挨，玩游戏的人都心知肚明。游戏嘛，披上马甲谁知道电脑那头是男是女，高矮胖瘦？晋哥，你也别太认真了，现实生活已经够累人的了，还不允许人在虚拟世界里放纵一下？"

第一章　八年不见

何晋没出声，心想这话好像是有那么点儿道理。

被侯东彦开导后的何晋感觉自己好像也不是那么无情了……

侯东彦打了个哈欠："好了好了，别多想了哈，晚安。"

没多久，隔壁床铺就响起了轻微的鼾声，何晋疲惫地眨了两下眼睛，心里感叹：没心没肺真是个让人嫉妒的属性！

对同一幢楼另一个房间里的另一个人来说，今晚注定是个无眠夜。

聊天频道里闪现着九殿下的咆哮："无情，你吃火药啦！"

秦炀点了九殿下的名，继续宣战。

九殿下瘫在地上装死："不来了！你今天下手太狠，老子被你虐得没斗志了！"

殇火无情："……"

[神魔竞技场6号]玩家逝水进入房间。

九殿下："啊——水哥你来了。快帮我报仇！"

逝水："怎么了？"

九殿下："无情今天吃错药了！把我骗到这里来单方面虐杀！十八次啊十八次！我已经死十八次了！"

逝水走到九殿下的身边，绕了一圈："啧啧啧，你是不是提他的灵遇了？"

殇火无情："……"

九殿下："什么灵遇？无情哪里来的灵遇？"

逝水："你不知道？那个抛弃了他六年，哦不，已经七年……不对，貌似八年的……"

[神魔竞技场6号]玩家殇火无情向玩家逝水宣战！

九殿下："……"

三分钟后，和九殿下一起扑街的逝水流下两行清泪，给九殿下发了一

就等你上线了

条私信："看见没有……"

[私聊] 九殿下："看见了，水哥节哀。"

[私聊] 逝水："我不服……"

[私聊] 九殿下："起来再战！我挺你！"

[私聊] 逝水："今晚算了，我继续跟你一起装死吧……"

[私聊] 九殿下："水哥，你可是咱神族第一高手啊，这样好吗？"

[私聊] 逝水："你还年轻，不懂，打败无敌的，是寂寞……"

全服排名第二的逝水，实力原本就和殇火无情不相上下，就算对战技术上略逊一筹，两人也能打个持久战。还剩下半条血的殇火无情知道逝水今天无心战斗，不免意兴阑珊。

殇火无情："下了。"

几秒钟后，殇火无情就消失了。

逝水迅速起身，一袭白衣，轻摇一柄折扇，与刚才趴在地上挺尸的样子判若两人。

逝水："看见没有？"

九殿下："你赢了！"

夜已深，觉得身上微凉的秦炀起身披了一件外套，随手抽了张纸在上面写写画画，手指轻叩着沉思了一会儿，随即看向智能手环的摄像头："呼叫彭宇昊。"

"嘀"声过后，方形光幕上投射出一张熟悉的面庞，正是今晚来电催秦炀开播的那个青年，一张虚胖的脸在电脑屏幕的幽光下更显得邋遢。

彭宇昊是飞游网安排给秦炀的助理，是个热爱游戏的夜猫子，平时日夜颠倒，晚五朝九（傍晚五点起，早上九点睡），对他来说，这个点的电话一点都不晚。

"哎哟秦哥，这么晚没睡，是来给我请罪了吗？"彭宇昊比秦炀年长几岁，但因游戏中实力不敌秦炀，尊称秦炀一声"哥"，"你今晚放观众的那场鸽子可让我少了好几百块钱的奖金啊！"

第一章　八年不见

秦炀一肚子郁闷情绪正愁没地方发泄："请罪？竞技场见，我给你请。"

彭宇昊讨饶道："我开玩笑的！"

"找你有正事。"秦炀知道他开玩笑，对他也不客气。秦炀认识他两年来，知道他虽然不修边幅，但为人热心又讲义气，在游戏圈内的人脉也很广，"你能不能帮我搞到参与《神魔》全息头盔抽奖的玩家的真实资料？"

彭宇昊："你要这个干吗？"

秦炀："找个人。"

彭宇昊："什么样的人？"

秦炀："服务器一区，游戏ID小仙阿晋，种族灵，目前30级，本人是华大学生，年龄和我差不多，估计比我大一岁。"

彭宇昊："男的女的？"

秦炀："不知道。"

彭宇昊："不知道？"

秦炀沉吟了一下，动了动嘴唇："嗯，不知道。"

彭宇昊把信息记录下来，端起手边的水杯，边看边皱眉："这是什么人？等级那么低，你还亲自找，游戏里见了直接问不就行了？人家看到你的名字，巴结都来不及……"

秦炀："是我的灵遇。"

"噗……"彭宇昊一口水喷到了电脑屏幕上！

秦炀补充："游戏里的。"

废话！彭宇昊当然知道这是游戏里的，但仍纳闷不已："你游戏里还有灵遇？"

秦炀："别忙着八卦，你就说你能不能弄到吧。"

彭宇昊咳了两声，解释道："这我不能保证啊，安全信息库肯定是进不去的，泄露用户的个人信息要承担法律责任的，游戏官方对这些相当谨慎。而且《神魔》那么火，参加抽奖的人少说也有几万，你要找这么个人等同于大海捞针……"

秦炀打断了他："我准备送这人一个头盔，但不想让她知道，你帮我想

就等你上线了

想办法。"

彭宇昊想了想,说:"也不是没有办法。抽中头盔的玩家要收实物肯定得填一些地址什么的真实信息,我认识一个内部人员,可以想想办法锁定这个ID的玩家,从后台看到她的基本信息,通过官方渠道多赠送一个头盔出去,这样既不影响官方抽奖活动,又能送她头盔,还方便咱们找人。"

秦炀:"需要多久?"

彭宇昊:"至少一个月!"

秦炀顿了顿,眯起眼睛:"好。"八年都等了,他不怕再等这一个月。

感觉到秦炀语气中的认真,彭宇昊又谨慎地道:"你确定人家参与过抽奖?"

秦炀:"嗯,今晚上线了,我问过,对方说填了资料。"

彭宇昊反应过来,叫道:"我去!你放直播节目鸽子不会是因为灵遇上线了吧?!"

秦炀:"嗯。"

彭宇昊差点儿从椅子上摔下去,八卦的天线开始飞快地转动——啊……那个人是华大的?这不是跟秦哥一个学校吗?不过对方是男是女都不知道,彭宇昊有点担心,要查出来是个男的,他岂不是得被秦哥活剐了?

秦炀:"行了,我去睡了,到时候头盔的费用怎么给到游戏公司你再跟我说。"

彭宇昊:"哎,等等,下次见了记得请我……"

"吃饭"二字还未说出口,信号就断了。

第二章

礼尚往来

就等你上线了

01

一晚上没睡好，早上还准时被生物钟唤醒，何晋一脸阴沉地爬起来，用冷水洗了把脸去上课。

也不知道是不是昨晚想得太多，现在他的大脑仍充盈着和殇火无情有关的事，尤其是最后那句"八年，我就等你上线了，阿晋"，虽然只是文字信息，何晋却想象出了殇火无情说这句话时的节奏、语气……这句话一遍一遍，魔性地在他的脑海中回响。

何晋甩甩头，清空脑袋，强迫自己专心听课。

然而几分钟后……智能手环巴掌大的方形光幕投影在桌上，何晋无意识间已在搜索引擎的条形框中输入了四个字——殇火无情。

手环上跳出很多搜索结果，让何晋颇感意外的是，其中第一条就是网友撰写的人物百科。

殇火无情

概况：《神魔》游戏玩家，全游戏排行榜第一的高手，飞游网金牌游戏主播之一。

中文名：未知

别名：无情，情哥，S神，第一魔尊

性别：男

出生日期：未知

简介：《神魔》最出名的玩家，非常神秘，据网友传，是名牌大学的学生，因为声音好听而拥有女粉丝无数……

内容很简短，何晋快速浏览也没见什么爆料信息，不过概况里的后半

第二章 礼尚往来

句话让他微微一怔——游戏主播？

他返回搜索页，果然见下头好多与视频相关的链接。何晋找到飞游网的官方页面，摸索到殇火无情的个人主页，见其粉丝数量竟高达八十多万！

何晋不追星，不知道八十多万粉丝意味着什么，但早年申请过一个微博账号，用了很久都没人关注，万年不变的两位数粉丝还几乎都是僵尸粉，所以看着殇火无情这样高的人气，何晋只觉得是凡人遇大仙、草民见皇帝，完全惊呆了！

直播间目前处于关闭状态，备注里说殇火无情的直播时间是每周二、四、六晚上八点，主页下方是历史视频，每一条的播放量都高达七位数！

这时，何晋被网页右侧的浮动文字吸引了注意力，是一个名为"殇火无情昨晚未直播，引无数观众主页掐架"的官方热门帖。何晋愣了愣——昨晚？等等……昨天是周二，自己登录游戏的时间好像就是晚上八点左右……所以说，导致殇火无情未直播的罪魁祸首就是自己？

得知真相的何晋感觉压力山大！

心惊胆战地关掉页面，何晋做了个深呼吸，冷静下来后再看搜索页的其他内容，绝大部分是各大论坛八卦殇火无情的帖子。何晋扫到一个帖子的关键词里有"落花依依"，定睛一看，那个帖子的标题是——"扒一扒殇火无情身边出现过的女人"。

何晋一点开，才后知后觉地发现自己竟然这么八卦！

帖子是两年前开的，还在持续更新，里头细数了在殇火无情身边刷过脸的女玩家，有图有真相，大部分图是游戏截图，譬如女玩家向殇火无情告白的记录，送花束的，发小喇叭的……数不胜数。

殇火无情几乎都没有回应，只有一条回复，那张截图是这样的——

[世界]小仙阿菁："殇火无情，殇火无情。"

[世界]殇火无情："……"

[世界]言不夏："啊……合影！"

[世界]春殁夏初："男神竟然回复了！"

就等你上线了

[世界]太妃糖："阿菁是谁？"

[世界]小仙阿菁："我的天……"

[世界]殇火无情："看私聊。"

[世界]沂水寒："还私聊！男神的高冷呢？"

[世界]言不夏："不要私聊啊——！"

[世界]小艺射日："小仙阿菁坐标142,381，围观组队。"

[世界]兰风："可以杀吗？"

[世界]杳杳："想杀+1。"

[世界]太妃糖："想杀，求组！"

[世界]红星一万一："女人真可怕……"

…………

截图到此就结束了，其间小仙阿菁一共说了两句话，殇火无情也回了两句，没有私聊截图。据帖主后续解释，那个小仙阿菁短时间内受到了一堆女玩家的围攻，之后再也没有出现过。

不得不说，"小仙阿菁"和"小仙阿晋"的名字确实有些相似，何晋难免多想……这层楼的最后编辑时间是一年前，就算事情发在那时，殇火无情也等了他六七年。想象了一下当殇火无情发现小仙阿菁并不是自己后的心理落差，何晋就快被潮水般涌来的自责与内疚情绪给淹没了！

怎么办？他要回去解释一下吗？他要告诉对方不过游戏一场，让对方彻底死心？他感觉这样好残忍。

可是自己不解释、不上线，好像更残忍，因为照殇火无情的性格，他说不定会继续等下去，等自己再次上线……

为什么自己要遇上这么纠结的事啊？！

何晋心塞地扫了扫帖子的后续内容，后面落花依依的名字开始出现。不像之前那些让人不忍直视的告白截图，落花依依大多是和殇火无情一起出现在系统公告里，譬如一起完成了什么副本，一起去杀了什么boss等，还有几张她和殇火无情一起飞翔的背影，这样的图显得他俩名正言顺。

帖子中还发了落花依依的排名，如果去掉总排行中的神族，殇火无情

第二章 礼尚往来

和落花依依的名字就是一上一下排列的。帖主推测他们是一对，只是没有公开，同时还附上了落花依依的真人照片，备注某届玩家真人秀的冠军。照片中的人很漂亮，不是那种清秀型的漂亮，而是美艳型的，下面有一堆"羡慕嫉妒恨""长成这样我是无情也心动""不管外表还是实力都比不上，甘拜下风"之类的留言。

都说网络上黑子多，尽管如此，何晋却没怎么见到黑落花依依的言论，可见这个妹子的风评很不错，在网友心中她也算配得上殇火无情。但八卦消息终究是八卦消息，没有什么真凭实据，何晋也清楚，落花依依和殇火无情没什么，那两个人要真有什么，他现在也用不着这么纠结了！

一上午，何晋就在看殇火无情的八卦帖中度过了。

下午上完最后一节课，何晋关掉手环投影，一脸便秘般从椅子上站起来，去食堂打饭。路上他接到佟萱打来的电话，说让他饭后去趟教务处，要组织个什么活动。

佟萱是现任学生会副主席，一个御姐型的人物，华大学生会里的一个奇葩，同时还是何晋的前女友……

至于佟萱为什么成了前女友，照佟萱的话来说，是何晋太闷了。

何晋长得不算很帅，但身上有股特纯粹的气质，大一那年佟萱进入学生会，第一次看见何晋，一件白衬衫、一条牛仔裤，翩翩少年郎，干净得如一汪清泉。

何晋的模样满足了佟萱对"白衣书生"的所有幻想，她对他一见倾心，二见如故，立马展开追求。

俗话说，女追男隔层纱。

何晋不高冷，也没谈过恋爱，见佟萱模样好又活泼，看着不讨厌，以为这就是喜欢，于是和她交往了。

但佟萱没想到，看着冷淡的何晋还真是柳下惠转世，只闷不骚，处了大半年，两人还是不温不火。就算她是电是光，碰上绝缘体也白搭，于是一年后两人分手，成了普通朋友。

就等你上线了

那之后，佟萱碰上何晋就牙痒痒地想"虐"他。何晋遇上佟萱也觉得是自己亏欠了对方，所以只要是佟萱的请求，能做的何晋都不会推辞。

何晋匆匆扒了口饭，就扛着疲惫赶去教务处。佟萱已经在那儿了，还给他带了个苹果。

"我听周恒说你要退出学生会？"佟萱开口就是这句话。

何晋捧着苹果，低着头"嗯"了一声。

佟萱皱眉："碰上啥事了，这么无精打采的？"

何晋："没什么，就是觉得力不从心。"

佟萱最恨何晋这副样子，以前他们交往时他也是这个样子，什么心事都闷着自己想，让她觉得他根本不拿她当回事。但没办法，何晋就是这种性格，她看透了，也改变不了，所以及时抽身。

佟萱劝他："你如果想清净清净，暂时挂个名呗，熬到毕业，简历上还能添一笔，用不着退会啊……主席团竞选你就没参加，要参加了哪儿还有那谁谁出头的份？现在有什么事，你就推给下面的副部和干事做……"

"那你还叫我来？"何晋苦笑着埋怨了一句。

佟萱瞪他："今天找你的事只有你能做！"

何晋："好了小姐，说吧。"

佟萱："外语社要联合学习部给学弟学妹开一个英语六级复习讲座，你去年六级是不是考了最高分？"

说话间，另一个女生惊叫着走近："学长！你来了？！我打了你一天的电话你都没接！"来人是郭友菱，正是外语社的副社长。她看向佟萱，欣喜地道："萱姐，是你把学长找来的吗？厉害！"

佟萱白了何晋一眼，朝郭友菱笑笑，脸色好了许多。

何晋装傻没回答郭友菱的问题，单手抱胸倚在桌边，啃了口苹果道："这考试有什么好讲的，多背背不就行了？"

郭友菱一副苦瓜脸的样子："不要啊！学长，我们外语社可不想每年最大的活动就是招新！下周三晚上八点，讲座通知已经发在学生活动网上了……你就帮我们一下吧！"

第二章 礼尚往来

何晋鼓着一边的腮帮子，眼睛微睁："已经发了？"

佟萱看向何晋："嗯，记得把你去年的复习笔记找出来复印五百份，做成小册子提供给来听讲的学生，五元一份，自愿购买。"

何晋瞪大了眼睛："还要收钱？！"

佟萱："当然，外联部那些家伙不给力，学生会的经费从上学期开始就紧缺了，我们必须自给自足。"

何晋心想：晕，收了钱还不是给我的！

02

听佟萱说到外联部，郭友菱"啊"了一声，从口袋里摸出一沓票子，说是从外联部那儿得来的游湖券，她和几个朋友约好了周末一起去玩，问佟萱要不要一起去。

佟萱："外联部这些人……拉不到资金，净搞这些没用的东西！"

何晋见她俩的话题要偏，赶紧扯回来："讲座的事我会准备，但只此一次，下次再先斩后奏，我就……"

话未说完，郭友菱就双手合十地连连保证："下次肯定不会了！学长，拜托你啦！"

佟萱也道："是我不对，我先跟他们保证了你一定会来……这回算我欠你的人情。"

"你都欠我多少人情了？每次白给学生会干活，用的都是毕业有份好简历的名义，"何晋侧了侧身，打算离开，"下次再这样我可不干了啊。"

他的语气漫不经心，像是带着玩笑的口吻，但他说的都是心里话。

虽然才大三下半学期，但他毕业后的工作、去向都已经有人为他决定好了，他何苦还要为"一份优秀的简历"蝇营狗苟呢？

佟萱笑着拉住他："你这是在埋怨我没给你好处吗？"

何晋挑眉："你能给我什么好处？"

就等你上线了

佟萱抢过郭友菱手里的票子甩了甩:"周末一起去游湖啊!"

何晋哭笑不得地道:"你这一手顺水推舟倒使得很好……"

郭友菱一听,也热情地邀请:"啊,学长也能一起去的话就太好了!"

何晋:"你们一群女生,我凑什么热闹?"

郭友菱摇头:"没有啊,我男朋友也一起去的!"

佟萱:"你看,现在也不都是女生了……你呀,别成天闷着,一点活力都没有,趁现在温度还没低到出不了门,一起出去散散心吧!"

何晋蹙了一下眉头,这种邀请放在以前,他八成是不愿去的——这一点佟萱也清楚。何晋这人说好听点儿是高冷,说难听点儿就是个"死宅"——但那句"散散心",让何晋有点心动。

是啊,他是该出去散散心,无论是因为自己突然失去动力的生活,还是因为游戏上碰到的事情。

"好吧……"何晋点点头,"那到时候电话联系。"

佟萱惊喜地道:"太好了!啊,对了,笔记那件事按老规矩,收益的30%归原主……"

何晋摆了摆手,表示不在意。

待他离开,佟萱凑到郭友菱身边,挤眉弄眼地道:"你男朋友是不是网球社的?他认识秦炀吗?"

"是啊!我还经常看他们一起打球呢。话说秦炀真的是超帅的啊!"郭友菱突然激动起来,握住佟萱的手,两个女生头碰着头叽咕道,"我有几次在球场看到他,都忍不住犯花痴,看完秦炀再看赵熙柏,就觉得自己眼瞎了,怎么找了个这样的男朋友!"

佟萱:"哈哈哈……"

郭友菱:"有一回他们打比赛之前,赵熙柏还叮嘱我只能看他,不能看秦炀……"

佟萱:"可能他是怕你看多了移情别恋吧,哈哈!"

郭友菱笑道:"是啊!"

佟萱拉着郭友菱的胳膊,小声问:"周末游湖能不能让你男朋友叫上

第二章 礼尚往来

秦炀？"

郭友菱愣了愣，顿时会意，捂着嘴咯咯笑道："萱姐……你想吃嫩草吗？"

佟萱："你想太多了，我只是觉得有帅哥在比较赏心悦目嘛！"

郭友菱："但我感觉校草也蛮高冷的啊，球场上有很多女生给他送水、送毛巾，他一般都拒绝的，否则追他的人那么多，他也不至于一直单着了……听赵熙柏说，秦炀平时和他们队长蒋白涧走得比较近，要不我让他一起叫叫看好了。"

佟萱两眼发光："好啊好啊！"

周六早上何晋起来，看窗外天高无云，感觉会是个晴天，便只穿了件法兰绒的格子衬衫和素色线衫背心，也没带外套，轻手轻脚地关了门离去。

宿舍楼很安静，周六早上八点，没有课，大部分学生还在睡懒觉。

何晋走到楼下，听到身后传来一阵脚步声，夹杂着几个男生的谈话声。

"大周末还不让人睡个懒觉，那丫头真是疯了……"

"谁提议这么早集合的？你女朋友？"

"……"

看来这么早出门的不只他一个啊！何晋出了宿舍楼，慢悠悠地朝东门的方向走去。佟萱昨晚给他发消息说八点十五分在东门小卖部门口集合。他双手插在裤袋里，一边呼吸着秋日早晨的清冷空气，一边听着后面的人有一句没一句地对话。

"天气还蛮好的……"

"这种日子最适合打球了，游什么湖啊，我一点兴趣都没有。"

"我感觉我都还没睡醒……"

何晋愣了愣，他们也去游湖？这个时间点，难不成大家是一起的？

他扭头往后瞄了一眼，看见三个男生，个子都挺高，正想仔细打量，就见其中一人的视线蓦地飘过来，与他撞了个正着。

那人的眼窝比一般人深些，看人的眼神有种说不出来的凌厉感，何晋莫名一慌，赶紧回过头来。又走了一小段路，何晋才依稀想起这人好像是

就等你上线了

前几天在宿舍楼下撞掉自己饭盒的男生。

听他们又聊起了比赛的事,何晋确认了,他们的确是网球社的人。

拐了几个弯,何晋走在前面,那三人也没走岔道,一直不远不近地跟在他身后。

何晋感觉有点不自在了,走快了些,先一步抵达东门。其实后半段路也拉不开多少距离,很快那三个人也跟着到达。

已经到集合时间了,佟萱她们还没来,有个男生怒道:"又迟到!我给她们打电话!"接着,何晋就听那个人对着智能手环嚷嚷起来:"郭友菱!你们到哪儿啦?!别跟我说还没起床啊!"

得,他们还真是一起的!

何晋戳在边上,感觉有些尴尬,给佟萱发了条"我到了"的消息,然后钻进边上的小卖部,挑挑拣拣,选了两个菠萝包、两瓶水,刚一转身,就见刚才与他视线相撞的那个男生也进来了。

那个人个子很高,穿着一件深蓝色的带帽子的外套,未拉拉链,直直地朝他的方向走来。

何晋下意识地往后退了一小步。小卖部货架与货架之间的走道很窄,只容一人经过,那个人在距离何晋半米的地方停住,然后从架子上取了包苏打饼干,又在冰柜里取了瓶功能型饮料,迅速返回柜台,从另一个方向绕过去的何晋反而排在了他身后。

收银员扫完那个男生的东西,正要结算,就见他偏头指了指何晋:"一起的。"

何晋:"……"呃,他怎么知道?

男生朝他淡淡一笑道:"上一次撞掉你的饭盒,抱歉。"

原来他是为这个啊,何晋道了谢,等他们出去的时候,佟萱已经来了。

"哎呀,你们都在啦!"佟萱笑吟吟地朝何晋跑过去,却没先跟何晋打招呼,而是面向他身边的男生,脸颊微红地伸出手道:"你好,我是法学院大三的佟萱。"

第二章 礼尚往来

男生与她握了握手,低声道:"秦炀。"

何晋愣了愣,咦,怎么感觉这个名字这么耳熟……

"这是何晋,也是法学院大三的。"佟萱向秦炀介绍道。

何晋想起来了,秦炀不就是那个传说中的校草吗?去年在学生会里他就听人说大一来了个超帅的男生,之后便时不时地听身边的女生提起这个人。

他仔细打量对方,好奇这个让女生们捧脸尖叫、趋之若鹜的校草到底帅在什么地方……鼻子是鼻子,眼睛是眼睛,就是五官长得端正了点儿,好像也挺平常的嘛。

"哎,何晋……"佟萱碰了碰何晋的胳膊,轻声提醒,何晋才反应过来自己走神了,秦炀正伸着手想与他握手呢。

"你好。"何晋赶紧伸出手。

何晋身上有两个特别不符合男性特征的地方,就是他的手和脚——都特别小。

他并不矮,身高一米七五,却只穿38码的鞋子,基本上算是男性里最小的,有时候买不到合适的尺寸,还只能去童装店里买。他的手也一样,比正常男生的手掌足足小了一圈,但不像女生的手那样细嫩,就只是小而已。

二人的手短暂地交握,秦炀觉得自己更像是握了个少年的手,虽然面上不露声色,心里却微微怔了一下。

不一会儿,所有人都到齐了,大伙儿相互介绍了一番。男生这边另外两个,戴黑框眼镜、斯斯文文的是蒋白润,大三;剃了平头,体形微壮的是赵熙柏,大二。他们和秦炀都是网球社的,其中赵熙柏是郭友菱的男朋友。女生那儿郭友菱又带了两个朋友来,其中一个何晋认得,是外联部的副部长李瑶瑶,还有一个是她们的室友。

四男四女,刚好凑两车,佟萱问大家怎么分,蒋白润推了推眼镜,笑着说:"男归男、女归女吧,否则妹子们若是和秦炀一辆车,下车时腿都软了,还怎么玩?"

就等你上线了

众人喷笑:"噗……"

李瑶瑶红着脸叫道:"有这么夸张吗?!"

蒋白润:"那行啊,想跟秦炀一辆车的站出来。"

听他这么一说,姑娘们反而都矜持起来,红着脸扭扭捏捏,只有郭友菱大着胆子迈出一小步,却被赵熙柏粗着脖子骂了回去。众人一通笑,气氛融洽了不少,不过最后还是按照蒋白润提议的男女分车。

何晋刚才独自走了一程,最后还是跟他们三个人分到了一起。

03

校东门外来往的车子很多,女生们拦了一辆出租车先坐上离开,之后才轮到何晋他们。

赵熙柏的块头最大,他得了前头的独座,何晋因为看起来纤瘦,只能被挤在后座中间。不巧,这天他们遇到的是一个开飞车的司机,大清早兴奋得像打了鸡血,一路狂踩油门、刹车,导致拐弯时整个车左甩右晃,坐在中间的何晋直往秦炀和蒋白润的身上倒。

他们的目的地是这座城市最出名的坤名湖景区,半个小时的车程,那个司机开了二十分钟就到了。何晋本来还想在车上啃个面包,结果差点儿没把自己的胃倒出来,下了车晕得一张脸惨白。

女生们还没到,男生们下了车先在景区门口等她们,赵熙柏大赞刚才那个司机:"这个师傅开车开得太好了,我坐在前头跟坐飞机似的,忒刺激!"

蒋白润打了个哈欠:"坐得我还头晕,想睡觉……"

秦炀:"急刹车太多了,损胎费油。"

赵熙柏:"咦,真的吗?你会开车?"

蒋白润:"他高中毕业就学车了,自己还有车呢。"

赵熙柏:"哇,第一次听说,不过咋没见你开过?"

第二章　礼尚往来

秦炀:"在家放着呢,上学开什么车?"

赵熙柏:"啥牌子的?"

秦炀说了一个高端车品牌,又补充道:"一般的车。"

他们的话题很快拐到讨论车的牌子和性能上去了,何晋一边喝水一边旁听,听着听着就被秦炀的声音吸引了注意力。对方的咬字和发音,都让他觉得有种莫名的熟悉感。

待何晋想起来这个声音像谁时,心脏猛地一跳——是的,他想到了殇火无情。

何晋当然不会把"游戏里八年没灭灯的灵遇"与"刚认识的校草学弟"联系到一起,这个世界上人那么多,他不会因为这一点相似之处就疑神疑鬼。只是那种熟悉感,让何晋忍不住开始想殇火无情的事了……

殇火无情现在在做什么?他在玩游戏吗?他还在为自己下线遁逃的事生气郁闷吗?他会不会已经死心不再等了?

呃……打住,何晋!你今天是来散心的,不要再想那些事了……

"何学长?"这时赵熙柏突然开口叫他,似乎才发现何晋的存在,"光顾着咱们聊,差点儿把你给忘了。"

何晋笑了笑:"没事,你们聊,我听着也挺有意思的。"

赵熙柏摸着头讪笑,把话题扯到了何晋身上,围绕他展开了一系列深入了解,问他在学生会里干什么、是谁叫他来游湖的、学什么专业的、平时做些什么等。

其实何晋的生活沉闷得要死,平日他不是上课就是看专业相关的书,最多刷刷新闻。前两年他在学生会还忙各种琐事,组织人员搞活动、做宣传,今年他不太想管了,就闲了下来,但课余生活的质量好像也没有改善多少。

怕自己的回答让人觉得无聊,何晋赶紧把话题抛回去:"你们呢?网球社是不是每天都要练球?"

华大的网球社在全国的大学中都很出名,早年还出过一个国家队队员。蒋白涧是这一届网球社的社长,最有资格回答这个问题:"不一定,主要还

就等你上线了

是看个人兴趣，很多学生是三分钟热度……不过对入了队的正式球员的管理会正规点儿，有大型比赛的话，赛前是要天天练的。"

几个人正说着，女生们到了，叽叽喳喳地凑上来问："聊什么呢？"

赵熙柏："何晋问我们网球社的事。"

郭友菱哭丧着脸道："唉，打网球可累了！上次赵熙柏带我打球，才打没一会儿，我的胳膊就酸了两天！"

"那是你的姿势不对……"蒋白涧对着空气做了个挥拍的标准姿势，腰部微微侧转，"打网球主要是靠腰部发力，姿势不对才会胳膊疼。"

看起来斯文的蒋白涧在说到自己擅长的领域时，浑身都好像在散发一种独特的魅力，加上他的身材也好，做挥拍动作时整个人就像是一张拉开的弓，蓄势待发。

边上一个女生看得红了脸："好帅……"

蒋白涧收回手势道："呵呵，所以想打好网球，腰必须要好呢，如果是职业选手，有腰伤就很致命了。"

郭友菱噘着嘴埋怨赵熙柏："是你没教好。"

赵熙柏委屈地道："哪儿有？我都手把手教了！"

几个人边说边往景区里走，被科普了一番的何晋若有所思地跟在后头，学着蒋白涧刚才的动作甩了下手臂。他只在初中时打过一段时间的羽毛球，上了大学后还真没参加过什么运动……

就在这时，他的手腕被人微微抬了一下，秦炀不知什么时候出现在他身边，帮他稍稍纠正了一下姿势，虚握着拳亲自做了个示范。

何晋："谢谢。"

秦炀："对网球有兴趣？"

何晋："还好，但从来没打过。"

秦炀："有兴趣可以来网球社打。"

何晋又是一阵走神，秦炀和殇火无情的声音……真的好像啊。

坤名湖景区在冬春、夏秋交替期游人最多，现在已近深秋，天气渐凉，

第二章　礼尚往来

人气淡了许多。

何晋上次来这里还是两年前，大一刚入学那会儿，他和新认识的室友们一起来的，一转眼就大三了，时间过得真快……

众人说说笑笑，沿着湖堤，踏着一路槐花落蕊来到游船码头。郭友菱交了游湖券，一张票值百元，游完全湖约一个半小时，大家从另一头上岸，出去刚好吃午饭。

大伙儿穿上救生衣，坐上游艇，原本娇俏的女生们一个个变得胖乎乎的，举着智能手环用投影照自己的模样。

一艘中型游船刚好八座，为了平衡重量，这次只能男女混着坐。游船采用的是电动桨，只需要坐在船头的人掌一下舵就能前进。

游船入湖，此时天高日远，秋蝉声残，年轻男女的说笑声仿佛给秋日的萧瑟景象增添了几分颜色，使这暗淡的沧湖黛山也变得生动起来。

几个女生此刻跟秦炀熟络了，纷纷聊起他的事来。

郭友菱："真没想到秦炀你今天会出来……"

李瑶瑶："对啊对啊，感觉你平时都好神秘的！"

赵熙柏笑道："是你们面子大嘛！"

李瑶瑶："乱讲，上次有个联谊会我们也请过他的，他都没答应。"

知道内情的郭友菱道："应该说秦炀是给蒋学长面子吧。"

蒋白涧摆了摆手："跟我无关啊，我也没想到他会答应来。"

众女生："哇，那是为什么啊？"

蒋白涧招架不住女生们放光的小眼神，只得坦白原因："他说心情不好，想出来散散心。"

众女生："喔——"

秦炀侧着脸看湖，微微勾着嘴角，表情似笑非笑的，却没有说一句话。大伙儿也不觉得他这样太高傲，好像他能出来已经给了很大的面子，而且他的表情似乎也表示默许了大伙儿对他的八卦。

女生们自然不肯放过这个大好时机，争相问道："秦炀，你平时课后除了打网球，还干吗啊？"

就等你上线了

秦炀："在宿舍看比赛，或者睡觉。"

李瑶瑶瞪大了眼睛："这么宅……"

蒋白润："你们别看他这样，其实他就是个宅男啊！"

女生们还是一脸花痴的样子："喜欢宅在家里的男生最好了，说明恋家啊！"

蒋白润："……"这果然是个看脸的世界啊！

有个女生红着脸小声问："秦炀，你玩游戏吗？我在玩一款国产游戏叫《神魔》，这个游戏里有个大神叫殇火无情……"

听到这里，秦炀和何晋一起扭头看了过去。

说话的这个人是李瑶瑶的室友，叫许婧儿。见秦炀看她，许婧儿更羞涩了，结结巴巴地说："我看过他的直播，感觉……感觉你的声音跟他好像……"

何晋：原来这么觉得的人不止自己一个！

不过随便出来游湖，都能碰上玩《神魔》而且知道殇火无情的人，怎么说呢……这种感觉还真微妙。

秦炀顿了顿，沉声道："我不玩游戏。"

听了秦炀的回答，不知怎么的，何晋悄悄松了一口气……他就说嘛，哪儿有这么巧的事？

许婧儿看着有点失落，郭友菱却又开始数落赵熙柏了："看看人家！你什么时候能把《魔塔》戒了？每天想跟你腻歪一会儿，你都在玩游戏！我快受够了！"

赵熙柏抱头求饶："姑奶奶，有话说'无兄弟、不魔塔'，我玩游戏说明我朋友多，他们需要我啊！"

郭友菱："什么歪理，滚蛋！"

这两个人一路欢喜冤家似的吵着，在佟萱看来却好生羡慕。她就坐在何晋身边，恰在这时，何晋往她手里塞了个面包："还没吃早饭吧？"

佟萱接了，心里酸溜溜的，也不知道是感伤还是感动，想到自己当年这么喜欢这个人，一点点教他谈恋爱，教他学着跟女朋友说晚安、给女朋

第二章 礼尚往来

友买早饭……可是就算如此,她还是日渐失望,最终忍无可忍地提了分手。

其实何晋没什么错,只是不开窍,还不知道什么是"恋爱"而已。换句话说,他应该是从来没有发自内心地喜欢过她。

但某些习惯何晋还保留着,譬如为她买这种面包。

佟萱心存一丝侥幸地说:"你要有赵熙柏一半活泼,咱们当初就不会分手了。"

何晋轻笑了一下:"我们这样当朋友不也挺好的吗?我觉得没差别啊。"

佟萱咽下一口老血,气得把面包往何晋的手里一塞:"我不饿,你自个儿吃吧!"

何晋:"……"他又说错什么了?

04

佟萱不理何晋,何晋也参与不了女生的聊天,慢慢地又开始走神,想自己的心事。

他想着这些年自己看似脚踏实地却枯燥乏味的大学生活,没谈过一次像样的恋爱,也没认识什么心意相通的朋友,更没熬过夜、醉过酒……

他羡慕爱玩游戏的侯东彦,羡慕总和女友斗嘴的赵熙柏,羡慕在网球社挥洒青春热血的蒋白涧和秦炀……

想着自己即将结束的短暂的自由生活,何晋心中满是不甘和遗憾。其实他对外面的世界还抱有好奇心,想自己去闯一闯、看一看,即使穷得三餐不继,即使磕得头破血流。

但他知道,母亲肯定不会同意他出去闯,而他也没有与自己的亲妈死磕到底的勇气。

何晋望着眼前的苍天阔水,就好像看到了自己被安排好的人生道路,已近迟暮般了无生趣。

他莫名地又想到了殇火无情,想到了对方八年的等待。

就等你上线了

这段经历虽然来自虚拟的网络,却是他这几年平凡日子里出现的唯一意外。他心底深处像是被点燃了一簇小火苗,扑不灭,也无视不了,生命中第一次有人用漫长的等待,为他诠释了友情的温暖,那温暖吸引着他去深信网络那端的人,同时为自己的不辞而别而觉得不安。

"你觉得冷?"和殇火无情相近的嗓音让何晋浑身一震,他一抬头才发现,跟他说话的人是秦炀,碎发下一双幽暗的黑眸正定定地望着他。

"啊……"何晋纳闷地出声。

其实秦炀只是随意地看向了他,见他缩着脖子,便很随意地问了一句。何晋很快反应过来,移开视线道:"嗯,有点,早上出门时觉得还好,没想到湖上这么冷。"

秦炀轻轻地"嗯"了一声,顺着何晋的视线看过去。晚秋不比金九银十,虽然落叶依旧,但坤名湖粼粼的水仿佛已透出一股寒意……可秦炀并不觉得冷,他体质好,大冷天穿单衣都手脚发热。

"你在想心事。"秦炀没有看何晋,就这么来了一句,不是疑问句,而是陈述的语气。

何晋一愣,可能是因为相似的气场,他不由得把心中的思虑脱口而出:"嗯,在想毕业后的事。"

秦炀:"大三就要想这些了吗?"

何晋笑了笑:"大三想这些已经算晚了。要考研还是出国,还是直接工作,都得尽早做好决定才有准备的时间。其实像我们学校的学生,很多一上大学就有明确的目标了……"

秦炀:"那你决定了吗?"

何晋平静地道:"我的家人让我毕业后就回去工作。"

秦炀扫了他一眼:"你不想?"

何晋愣了愣。他自认为刚刚并没透露失落的语气,却没想到秦炀能一语中的地说出他的心思……何晋苦笑了一下:"嗯。"

秦炀沉默了一会儿,淡淡地说:"想做什么趁现在做吧,犹豫越久胆子越小,以后就再也不会去做了。"

第二章 礼尚往来

何晋闻言又是一怔,很意外会从一个学弟口中听到这种话,不是类似"不想回去就不回去"这样任性的劝解,而像是完全看透了他以后给出的合理箴言。

心中的火苗狠狠地跳动了一下,像是被人拔高了芯,越发暖了。

想起刚刚蒋白涧说秦炀今天出来也是为了散心,何晋问:"你呢,你也心情不好?"

"我没事,"秦炀侧望着远方,微抿的唇看上去透着一股少见的坚毅和沉着之意,"已经好多了。"

游湖快结束的时候,大伙儿才发现一片碧空不知何时蒙了层灰云,冷风阵阵,众人紧赶慢赶地把船开回码头,甫一上岸,天上便落下淅沥的小雨来。

景区外头是一条美食街,大伙儿直奔最近的一家店闯了进去。还好雨尚小,女生们一边分着纸巾擦脸上的水,一边抱怨:"怎么说变天就变天了?!"

佟萱:"天气预报是说傍晚要下雨,所以我们才定早上来的,没想到这会儿就下了!"

赵熙柏打了个大喷嚏,郭友菱哭笑不得地把纸巾分给他:"你们男生也擦擦吧,淋了秋雨最容易着凉了,可别让寒气进了头皮。"

她正说着,就听身边一个温柔的女声问:"请问你们是八位吗?"一位身穿制服的服务员站在一边巧笑倩兮,"包间还是大堂?"

"哎呀!咱们怎么到这里来啦?!"大伙儿这才发现,刚才匆忙间跑进来的店竟然是一家酒楼,看起来格外高档,"这里会不会很贵啊?"

女生们担心地想先看看菜价,赵熙柏道:"进都进来了,再出去多没面子。"

郭友菱瞪了他一眼:"就你会打肿脸充胖子,万一这儿人均消费四五百块,咱俩出去得喝半个月西北风!"

服务员捂着嘴笑:"没有那么贵的,最多一两百块吧。"

众人:"……"

就等你上线了

对普通的学生来说，食堂一顿饭才十几二十块钱，一两百块也很要命了好吗？！可不料这时秦炀面无表情地对服务员说了两个字："包间。"

众人无语：帅哥，你回答得也太快了吧……

"好的，请跟我来！"服务员一边热情地引着大伙儿往里走，一边还说，"包间分普通的和湖景的，不过现在店里人不多，我就按照普通包间的价钱给你们安排一间能看到湖景的吧。"

李瑶瑶惊叫道："包间还有不同价位？"

服务员笑道："是啊，普通包间的最低消费是一千元，不过你们有八个人，肯定够了。"

几个女生顿时捂胸做捧心状。她们本来还想点些最便宜的菜呢，譬如担担面、窝窝头什么的……可没办法，做这个决定的是难得开口的高冷校草，再贵她们也不好扫了人家的兴！

一行人到了包间，果然面朝坤名湖，房间里装修精致，带玻璃转盘的红木圆桌光可鉴人，看着很上档次。

几个人胆战心惊地坐下，服务员人手一本发了菜单，那菜单也镶着铜质金边，做得古色古香，封面上书四字——坤名雅堂。

"完了完了完了……"李瑶瑶都不敢翻开菜单，抖着手犯怵。

何晋看了第一页的凉菜，感觉的确有点贵，倒是赵熙柏依旧大大咧咧，毫不在意地道："钱不够这不还有学长在吗！"

学长之一何晋："……"

学长之二蒋白洵："……"

秦炀翻着菜单："点菜吧，我请。"

众女生双眼放光，但又不好意思："这怎么行？一千块呀……还是AA制吧，其实摊下来也还好。"

秦炀："我本来就欠蒋白洵一顿饭。"言下之意，这顿饭本该是他单独请蒋白洵的，她们要谢就谢蒋白洵。

蒋白洵笑着看起了菜单："让他请吧，他有钱。"

众女生捧着脸激动不已，没想到平时看起来低调的校草还是个"富

第二章　礼尚往来

二代"！

赵熙柏也道："先一人点一个菜，赶紧的，我早饭都没吃，快饿死了。"

众人总算不再为菜贵的事争执，轮到何晋时，他要了糖醋排骨。秦炀听到他报这个菜名，下意识地抬头瞥了他一眼，只见何晋正低头看着菜单，跟手一样，他那张脸也比一般男生小，干干净净的，看起来比同龄人稚气许多。

最后点的菜有荤有素，还算搭配得不错。

05

一顿饭吃得还算尽兴，只是结账时一算，一千二百块，众人觉得让秦炀一个人承担实在不妥，毕竟第一次叫他出来，他们也不想给人留下"坑人"的坏印象，于是每人掏了一百块，剩余的都算秦炀的。秦炀也没有异议。

因为下雨，大伙儿无心在景区闲逛，商量着何去何从。女生们提议去市中心购物，来去都有地铁，也不怕淋雨，赵熙柏作为郭友菱的男友，自然要全程陪同。

"你们呢？"佟萱看向剩下的三个男生，视线落在何晋身上，心里还有点期望何晋陪她去。

"没什么事我就先回学校了，"何晋看了下手环导航，"附近有公交车，我坐公交车回去。"

佟萱："……"

蒋白涧皱眉道："坐公交车起码一个小时才能到学校吧？要么一块儿打车？"

何晋摇了摇头："不了，有机会再一起玩。"

赵熙柏看着何晋先一步离开的背影，开玩笑说："是不是刚才那顿饭把何学长吃穷了啊？"

就等你上线了

近十年来，因为地下轨道交通的不断开发和网约车行业的发展，行驶缓慢且灵活性不强的公交车已逐渐被淘汰，坐公交车几乎成了老一辈人的专属行为习惯，所以听何晋说要坐公交车回去，不止赵熙柏一个人觉得古怪。

郭友菱："我感觉何学长有点孤僻啊，今天出来玩都没听他说几句话……"

"我有点事，先走一步。"秦炀好像收到了什么信息，也急急地和众人打招呼离开，不过走的是与何晋不同的方向。

"哎，等等啊，你打车吗？带我一程啊……"蒋白涧对众人摆了摆手，也追着跑了过去。

几个人面面相觑，最终还是那个腼腆的许婧儿开口道："也不是孤僻吧……其实我感觉何学长和秦炀是差不多性格的人，都挺特立独行的……"

佟萱咬了下嘴唇，想为何晋说几句话。

这些学弟学妹不知道，其实何晋以前不是这样的。他大一刚入学生会的时候，脸上总是挂着笑，对任何人都温和有礼，看上去思想成熟，行事干练，从来不会让人觉得不舒服，不然也不会有那么多学长学姐欣赏他，一直想推他做主席。只是不知道从什么时候开始，何晋突然变了，不太想管事，不参加集体活动，也慢慢地不再接朋友的电话，变得有些内向，甚至可以说是孤僻……

"萱姐，发什么呆呢？走啦！"郭友菱的喊声打断了佟萱的思绪。

"来了来了……"佟萱最终还是没说什么，他们都分手了，她又有什么好替他解释的！

何晋独自站在站台边。他只是还想再一个人待一会儿。

等了十来分钟，他终于等来了一辆城市观光巴士。如今市区内除了重要路段，只有这种巴士在运行。华大是百年名校，坤名湖又是这座城市的著名景点，所以这段路必然有观光巴士经过。

可能因为不是旅游旺季，车上只有零星几个人，何晋找了个靠窗的位

第二章 礼尚往来

子坐下，侧头看沿途倒退的风景……

与乍然转阴的天气截然不同，他的心情反而拨云见日。也不知是不是因为刚刚下船后和大伙儿的那一通疾跑，他浑身出了一层细汗，心中的沉闷仿佛随着那些汗水蒸发而去，与同伴间的欢声笑语一起留在了坤名湖。

"晋哥，你也别太认真了，现实生活已经够累人的了，还不允许人在虚拟世界里放纵一下？"

"你呀，别成天闷着，一点活力都没有……一起出去散散心吧！"

"想做什么趁现在做吧，犹豫越久胆子越小，以后就再也不会去做了。"

耳边不断回响着身边的人劝解自己的话语，何晋问自己：如果毕业后必须回家乡去，那剩下的这一年半我想怎么过？如果能有一次重新定义自己的机会，我想成为什么样的人？如果这一次人生只属于我自己，我想过什么样的生活？

他不想只关注成绩、绩点……不想去在乎头衔、简历……

他想学喝酒，想唱歌跳舞，想玩游戏，想去滑雪，想打网球，想去旅游，想谈一次真正的恋爱……但这些事在他妈妈口中都是错的，是不正经的，是所谓的"离经叛道"。

可他就是想做，就是好奇。别人都可以做，为什么他不能？为什么他必须本本分分地做一个乖小孩？为什么他一定要像个傀儡一样活着？

随着不忿情绪的加深，被何晋拼命压抑着不去回想的那句话再次在脑海中一跃而出——"八年，我就等你上线了，阿晋。"

那句话的每个字都像燃烧的熊熊烈火，吞噬着何晋的理智，席卷着何晋的灵魂，摧枯拉朽地点燃了何晋迟来八年的叛逆心。

在东门下车时雨还没停，何晋一路小跑回了宿舍，半身都湿了。但此刻的他感觉身上如有金刚加持，所向无敌。

一阵秋雨一阵凉，早上到现在气温陡降了七八摄氏度，侯东彦在宿舍里开了暖气，只穿着秋衣、秋裤坐在电脑前，见何晋回来，叫道："哎哟，你去哪儿啦？咋淋成这样？"

就等你上线了

"和学生会的朋友去坤名湖了。"何晋跑得浑身冒汗,随手拿了块干毛巾坐下擦头,也没换衣服。

答应了佟萱和郭友菱周三要做演讲,何晋休息了片刻就把去年考试用的复习资料找出来,用最快的速度做了演讲用的PPT——今天能做完的事,他很少拖到明天。

吃过晚饭,何晋又去复印了笔记,等搞定一切已经是晚上八点多了。

坐在电脑前,何晋对着《神魔》的快捷图标犹豫了许久,转而打开了浏览器,找到殇火无情的飞游网主页点击进入,瞬间入眼的满屏弹幕让何晋吓了一跳——

"啊啊啊啊——无情我爱你……"

"啊啊啊——男神……"

何晋:这是什么?

何晋戴上耳机,听到殇火无情的声音,才确认自己没进错地方。不过他只听到殇火无情说了一句话,接着就是另外一个他不熟悉的声音了。

何晋把弹幕关了,终于看清了屏幕中的人影,还是那个熟悉的游戏角色,就像那天突然出现在小仙阿晋面前的人一样,头顶"殇火无情"四个大字。只是这一次看到,何晋心中好像涌起了一种莫名的情绪……

屏幕中是对战的场景,殇火无情正在跟另外一个玩家对战。何晋只看见放烟花般噼里啪啦的炫酷技能,两个人忽分忽合,影子似的在空中飞来蹿去。他也听不太懂讲解,不过能看到两个人的血条,明显是殇火无情略胜一筹。

何晋看了一会儿,默默地关掉网页,返回桌面双击点开了《神魔》。

殇火无情现在在直播,应该不会留意到自己上线了吧?

"好,接下来让我们切到无情的视角,看看他的技能搭配……"彭宇昊一边解释,一边连通了秦炀的界面。

直播间的弹幕一阵接着一阵,现在秦炀没有说话,女粉丝们的尖叫少了许多,观众大多在分析殇火无情会如何取胜,又会怎么展示出自己的

第二章　礼尚往来

帅气。

"大神的屏幕还是这么干净，他都把技能键隐藏了吗？"

"大神都是用键盘快捷键的吧？"

"每次看无情打对战，都是一种享受……"

"也不知道全息以后要怎么搞？"

…………

"我们看到无情在天雷后搭配了赤焰炼狱这个大招——哥本冰激凌的血条大幅度下降了！"彭宇昊激动地叫着。

就在这时，殇火无情的屏幕上方突然闪出一条金色提示——

[系统]您的灵遇小仙阿晋已上线。

直播间立刻安静下来，一秒钟后，殇火无情停止了动作，观众都一脸蒙。

沉寂数秒钟后，弹幕炸了，观众开始疯狂地刷屏——

"我看到了什么？！"

[通知]十年灯给殇火无情投了一颗飞游泡。

"谁能告诉我到底怎么了？无情咋不打了？"

"无情的灵遇来了……"

"真·灵遇上线了……"

[通知]上弦月给殇火无情投了一颗飞游泡。

"无情有灵遇？小仙阿晋？什么鬼？"

"啊啊啊——"

就等你上线了

[通知] 晨雾里渡船给殇火无情投了一颗飞游泡。

"啊啊啊……灵遇！你居然有灵遇……"
"高能高能高能！！"
…………

作为殇火无情本次对战对手的二区大神哥本冰激凌本来还在为殇火无情的走神而沾沾自喜，径自打了十几秒钟才发现不对劲，也停了下来。

哥本冰激凌："卡了？"

殇火无情："GG。"（GG即Good Game的简称，竞技游戏中，输的一方在退出前先打出这个词，意思是对方打了场漂亮的比赛，以示礼貌。）

哥本冰激凌："……"

秦炀轻咳了一声，对着麦克风道："冰激凌，我的灵遇来了，先不打了，这次算你赢。"

[神魔竞技场1号] 玩家殇火无情离开房间。

哥本冰激凌："……"

脑回路慢半拍的彭宇昊终于在这一刻爆了粗口。

06

何晋顺利进入游戏，屏幕中的场景仍然是他上一次下线遁逃时所在的彩凤岛，漫天繁星，风景依旧。

何晋环顾了一圈，发现自己的游戏界面出现了一些变化。他记得屏幕左上角的人物头像外环原本是淡蓝色的，现在却变成了银白色，还在缓慢地闪烁，头像下方有他此刻的等级显示——30级（灵宠）。

嗯？灵宠是什么玩意儿？

第二章 礼尚往来

对了，何晋想起来，上次做灵遇任务时他升级了，还听从殇火无情的建议做了选择。

这是改版后灵种族出现的新变化吗？

何晋把光标移动到左上方，见图标中的小萝莉头像变成了一个长着耳朵的动物脑袋，同时浮现了"切换形态"的提示。何晋好奇地一点，只见"噗"的一下，屏幕中的青衣萝莉突然变成了何晋无比熟悉的长条形白色动物！

何晋难以置信地按了几下行动键，就见小动物随着他的操控在地图上走来走去，还贼眉鼠眼地伸着脖子探头探脑……他不是只有死了才会变成原形吗？怎么现在他能随意切换了？！

就在何晋无比好奇自己的新形态时，屏幕蓦地一闪，在一片炫目的荧光中，殇火无情突然出现在他的原形面前，头顶气泡："你来了。"

小仙阿晋："……"

如果何晋这会儿真是屏幕中那只白色的动物，准会被吓得翻个个儿——四爪朝天！

他……他都还没想好要怎么跟殇火无情解释上次下线的事，殇火无情怎么就突然出现了？！

何晋赶紧将角色切回人形，紧张地敲着键盘："你怎么来了？你不是在直播吗？"

殇火无情："你知道？你查过我？"

小仙阿晋："……"我是不是暴露了什么？！

殇火无情没等他回答就继续道："我看到你上线，就来找你了。"

小仙阿晋："那直播怎么办？"

殇火无情："直播随时可以做，但你不会随时上线。"

小仙阿晋："……"

何晋不知道该怎么说了，那么多的观众，他刚刚也看到了，但在殇火无情的眼中，他们都没有自己上线重要……这种内疚感、负罪感，还有难以言喻的感动，满满地充盈着他的胸膛……

就等你上线了

他想说一句对不起，也想说一句谢谢，可他知道这些话没有一点分量。他该做的是陪着殇火无情把这个游戏玩下去。

但与此同时何晋也在考虑，要如何解释误会。他想陪殇火无情把游戏玩下去，因为对方八年的等待和这独一份的友情；但如果对方把他当作女生，对他有别的感情，那他是必须要说清楚的，何晋不喜欢骗人。

可现在不是开口的时候，因为何晋突然发现原本宁静的彩凤岛上出现了很多人。他听到不少人在叫他的游戏昵称，甚至清晰地听到一句："这就是无情的灵遇啊？怎么才30级？"

何晋发消息问殇火无情："怎么突然多了这么多人？"

殇火无情邀请他同骑，又建了个队伍把他拉进去，一边带他离开彩凤岛，一边在队伍频道里解释。

[队伍] 殇火无情："刚刚直播间放着我的屏幕，你上线时系统有提示。"

[队伍] 小仙阿晋："……"

这么说来，现在这些玩家都知道他是殇火无情的灵遇了？！

何晋紧张地瞄了一眼世界频道，果然已经炸了！有人查到了他的坐标，这些人都是闻讯赶来的！

怎么办？殇火无情在《神魔》中这么出名，自己突然间上线又把他们的关系闹得尽人皆知，如果这时候告诉殇火无情，他心心念念了八年的人是个男生……殇火无情会不会大受打击？！

何晋犹豫了……

此刻，小仙阿晋和殇火无情正坐在烈焰穷奇上以最快的速度离开彩凤岛，路上还有不少看热闹的玩家对他们发起攻击。不过那些人基本上只有一次出手的机会，就被殇火无情的鸟给秒杀了——那只炽魂朱雀会自动对发起进攻的敌人进行回击。

但被杀的玩家们很快发现了好处，有经验啊！还有被魔尊击杀的成就啊！于是世界频道又炸了——

[世界] 雨夜纱："50级以下的玩家只要对小仙阿晋发动攻击，就能掉

落被无情虐杀的成就！小仙阿晋目前的坐标是灵犀湖928，410，正在往西北方向移动！不用谢！"

[世界]Karma："我也被杀啦！增加了450点经验！"

[世界]拾肆羽："组团刷小仙阿晋加队伍！"

[世界]泽泠："加我加我加我！"

[世界]谢公屐："我副本打到一半出来了，求加！"

[世界]爱水饺："啊啊啊啊啊——灵遇我来了！"

[世界]红星一万一："楼上多少有点傻里傻气……"

[世界]小白云儿："无情，虽然你已经有灵遇了，但我依然爱你！"

[世界]爱水饺："红星一万一！你说我们傻，你干吗也加队？我看你才傻里傻气！"

[世界]红星一万一："……"

…………

何晋一头黑线，这群世界玩家是要把他当野外boss杀吗？

很快何晋就发现自己的血条开始剧烈起伏。他知道是殇火无情在不断给他回血，但再怎么样，一个人也挡不住几十个甚至几百个人的围攻！

秦旸皱着眉头看着无数从仙界飞来的玩家，低声说了句"麻烦"，手指迅速在键盘上动了动，瞬间放了两个群攻技能！

血色涟漪在灵犀湖畔以殇火无情和小仙阿晋为圆心开始蔓延，本来低等级的玩家连殇火无情的一下攻击都扛不过，更别说殇火无情连放两个群攻，众玩家躲得过第一波，也躲不过第二波！

霎时，何晋就听耳畔传来此起彼伏的"啊啊啊"的惨叫声……黑压压的人群顷刻间就消失了一大片！

[世界]心如止水："无情血洗灵犀湖了！太震撼了！"

[世界]绿丝丝："妈呀，这比直播好看多了，哈哈哈哈哈！"

[世界]江河："大神！我在灵犀湖采药，你干吗杀我？！"

[世界]江河："我怎么涨经验了？！"

…………

就等你上线了

秦炀无视自己掉了一小截的经验条，屏蔽不断跳动的好友栏消息——他的那些朋友估计现在也都知道了，不过他现在没空理会他们。他右击小仙阿晋的头像，按下了对方人物信息中新出现的银色按键。

随即，何晋的屏幕上就弹出了这么一条提示——

[系统]玩家殇火无情想与您达成驯养关系，请选择"接受"或"拒绝"。

友情提示：驯养关系只有驯养主单方面有权解除，请慎重考虑后选择。

何晋："……"

[队伍]殇火无情："接受。"

何晋略感不安地点击了"接受"，屏幕上白光一闪，他再次从青衣萝莉的模样变成了那种白色长条形动物，蜷缩在了殇火无情的怀里……

何晋："……"

与此同时，系统跳出提示：

[系统]亲爱的小仙阿晋，恭喜您成为殇火无情的灵宠，您的视听飞行模式将跟随驯养主殇火无情，经验将由殇火无情主导分配。

友情提示：经系统检测，您同时是殇火无情的灵遇，在非战斗模式中，双方关系以灵遇为先。

令人震惊的事一件接着一件，何晋还没来得及问殇火无情这个驯养关系是什么意思，就见他们所骑的那匹烈焰穷奇顿足一踏，蹄下生火，朝着空中飞去！

此时的彩凤岛和灵犀湖畔又来了一群玩家，这会儿何晋才发现，他刚刚看到的玩家并不算多……空中还飞着许多人呢，有骑着天马的，有伏在大鸟上的，有驾着祥云的，还有和殇火无情一样身后长着翅膀的……

耳机里的人声远去，飞在空中的玩家等级大多超过 50 级，不会轻易对殇火无情与小仙阿晋发动攻击，烈焰穷奇又飞得奇快，在云层之间一阵穿梭后，就把所有人都甩在了后头，最后只剩下穷奇破空飞翔时的阵阵风声。

轻微的一声"嗒"后，殇火无情的声音在何晋的耳边响起："阿晋，听得到吗？"

何晋打字道："听得到。"

他的大脑因为刚才发生的一系列变故彻底乱了，看着屏幕中的殇火无情，何晋想问很多问题，话到嘴边却只剩下一句——"我们现在去哪儿？"

殇火无情："仙界，我带你升级。"

07

《神魔》的世界地图从下至上共分三层，分别是凡界、仙界和神魔领域，30 级以下的玩家只能在凡界活动，30 级以上才能去仙界。

但去仙界不是坐电梯就能上去，玩家必须拥有飞行坐骑才可腾空。

玩家升到 30 级后能组队去仙人岛接一个副本任务，这个副本的终极 boss 是一只魔化的仙鹤，杀死它就有机会爆出和它长得一模一样的正常仙鹤。据统计，仙鹤的爆率只有十分之一，也就是说，玩家下十次副本才有可能得到一只飞行坐骑。而《神魔》的"变态"之处在于，这种副本任务每周只能领取一次，因此，玩家上了 30 级甚至 40 级仍然留在凡界的现象很常见。反之，才 30 级就出现在仙界的玩家少之又少，就算是花人民币，也要在 35 级以后才能在商城里买到具有时效性的飞行坐骑。

何晋并不知道这些。他从来没去过仙界，也是第一次享受在游戏中飞行的感觉，紧张中带着一丝兴奋。

只见烈焰穷奇轻松地越过层层雾霭，直上云霄……何晋看着离自己越来越近的空中浮岛，白茫茫中若隐若现的亭台楼阁，还有云中的烟山雾水、九天银河，如梦似幻。

就等你上线了

"看到那边的瀑布了吗?"殇火无情突然在他的耳边道。

小仙阿晋:"嗯,看到了,好美……"

挂在云中的瀑布无声地垂落,像极了科幻电影中的场景。

"这游戏这些年改了很多,最早的时候没有这么漂亮的。"殇火无情的声音在风中有些缥缈,"那条瀑布连通着凡界的彩凤岛,织女那儿有隐藏的灵遇任务,很少有人知道,等你到了 50 级我带你去做。"

何晋听见对方的语气像跟献宝似的,像是他藏了许多年的秘密,就等着自己来了告诉自己……何晋心里又开始发酸了,勉强发了个"好"字,却不知道有没有那一天。

他们飞了一阵,殇火无情带着小仙阿晋降落在一座岛上,屏幕上短暂地浮现出"仙人岛"三个金色大字。

小仙阿晋:"咦,这里也是仙人岛?"

殇火无情:"这里是仙界的仙人岛,和凡界的地图一样,估计是设计场景的人偷懒。呵呵,不过怪的等级和副本都不同,NPC 也不一样。"

的确,仙人岛在凡界是位于东海,但何晋现在看到的这座岛浮在云中,岸边不是水,而是一团团滚动的白色云雾。

殇火无情取消了骑行状态,何晋这才把注意力放到自己的原形身上。他本想点击左上角的图标切换形态,但等他把光标移过去时,惊讶地发现,切换形态的功能已经消失了,图标的外环也从银色变成了铂金色!

小仙阿晋:"我怎么变这样了?"

屏幕中的动物缩头缩脑,何晋试着让它跑了两步,依旧是一副贼眉鼠眼的样子……就在这时,那东西突然不受控制地往殇火无情身边跑去,无论何晋怎么按键,它都只能在殇火无情身边打转。

小仙阿晋:"怎么回事?"

殇火无情笑道:"我刚才开了跟随功能,你现在只能跟随在我身边,还有这样……"接着,何晋就见"自己"抓着殇火无情的袍子蹿上去,像围巾一样缠在了对方的脖子上。

"这是卖萌技能,可以增加我们的感情。"殇火无情的语调听起来很是

第二章 礼尚往来

愉悦。

何晋虽然不是屏幕中的小动物,但毕竟是这玩意儿的操控者,殇火无情这么玩真是……真是让人不忍直视!

小仙阿晋:"为什么会这样啊?"

啊,何晋突然想起来,上一次殇火无情带他"找回忆"时说,小时候一度以为他是系统宠物,是能被驯养的,难不成这游戏把灵……

"因为你被我驯养了。"没等何晋开口问,殇火无情就证实了他的猜想,"这是《神魔》改版后游戏公司为灵新开发的玩法,以后你的升级方向就是灵宠,最高是十级灵宠,在自由身时你可以自行切换形态,一旦被驯养,就改由驯养主控制形态。"

小仙阿晋:"……"

何晋顿觉五雷轰顶,有种被殇火无情狠狠坑了一把的感觉!他正想表达一番抗议,就见远处飞来一个外形无比炫目的紫衣男子:"情哥,怎么发消息你也不回?"人未到,声先至,何晋还没看清对方的模样,那人的声音已经传入了何晋的耳朵。

"有什么事?"这句话,殇火无情是对那个紫衣男子说的,声音比跟何晋说话时低沉。

"你的灵遇呢?"紫衣人降落后不断地左顾右盼,头顶的字样是"九殿下"……何晋一愣,想起这人好像是排行榜上排第三的那个神族。

殇火无情:"干什么?"

九殿下道:"啧,情哥,这你还问我?你也太会制造新闻了!你的灵遇出现的事在论坛上都已经传遍了,你看看电视,现在还有人在讨论呢!"他口中的"电视"指的是世界频道。

殇火无情:"然后?"

九殿下急了:"让我看看呀!我就是来看你的灵遇的啊!"

殇火无情:"又不是你的,看了也成不了你的,有什么好看的?"

九殿下吐血:"我好奇嘛!直播中断、血洗灵犀湖,哪个妹子能得到咱《神魔》第一高手这样的重视啊?!快别藏了,拉出来见见嘛!"

就等你上线了

　　九殿下叫了一阵，突然见到殇火无情脖子上的小动物："哇，你啥时候换新宠物了？这是什么？雪貂吗？"

　　小仙阿晋："……"

　　殇火无情："嗯。"

　　九殿下："为啥换啊？这玩意儿属性很好吗？小红去哪儿了？"

　　何晋：小红是什么？炽魂朱雀？

　　殇火无情："收起来了。"

　　炽魂朱雀：吱——啊！宝宝不服，宝宝心里苦！

　　何晋一看，果然，原本飞在殇火无情身边的那只鸟不知什么时候不见了……原来那玩意儿叫小红。

　　"那这只新的叫什么名字啊？"九殿下定睛一看，"小仙阿晋？"

　　殇火无情："叫小白。"

　　小仙阿晋："……"

　　"不是叫小仙阿晋吗？等等，这个名字怎么这么眼熟？"九殿下"啊"地大叫了一声，惊呼道，"这不是你的灵遇的名字吗？"

　　何晋：我可以装死吗？！

　　"妹子玩的是灵宠？你居然把灵遇当宠物？！太没人性了！"九殿下一顿咆哮后，转而轻声唤道，"小白，小白你听得到我说话吗？"

　　何晋：我可以去死吗？！

　　殇火无情不耐烦地道："好了，看完就滚吧。"

　　九殿下："别嘛，我跟妹子打声招呼啊。她几级啊？要陪练吗？我可以帮忙啊……"

　　殇火无情忍无可忍，对九殿下发动了攻击，白色的雪貂挂在殇火无情的脖子上甩来甩去，何晋只觉得满屏乱晃，分不清东南西北。

　　没几下，紫衣男就被殇火无情打得摔进云雾里去了，不过那家伙很快又扇着翅膀飞了上来："嘿嘿，记住我的脸啊，我走了啊！"

　　殇火无情抬手又要打，九殿下一溜烟地飞没影儿了。

第二章 礼尚往来

小仙阿晋终于被殇火无情变回了人形,本来这驯养关系就让何晋很无奈了,刚刚被那九殿下一顿瞎搅和,他更觉郁闷。可他还没来得及质问殇火无情,就见屏幕一闪——

[系统]玩家殇火无情将飞行坐骑烈焰穷奇赠送给您,请选择"接受"或"拒绝"。

小仙阿晋:"送我这个干吗啊?"

殇火无情:"这不是你想要的吗?"

上次做灵遇任务时有一题问他想要的礼物是什么,何晋为了试探殇火无情,填写了"烈焰穷奇"……但他没想过殇火无情真会把这玩意儿送给他!

何况后来还有一题问殇火无情要什么礼物,那是一道何晋怎么都不可能做对的题……所以,他不能收殇火无情的礼物。

不料殇火无情却说:"礼尚往来。"

小仙阿晋纳闷:"什么意思?"

殇火无情:"我也得到了我想要的礼物——我收了你做宠物。"

何晋怔了怔,原来"礼尚往来"是这个意思?殇火无情是这么理解的?

殇火无情继续"诱骗"道:"到了30级以上会经常需要飞行,你用得到的。"

小仙阿晋:"那你呢?"

殇火无情:"我本来就会飞,先前用这个只是为了带你。"

何晋回想了一下烈焰穷奇炫酷的模样,心中一动,点了"接受"……可等他把穷奇收入囊中,才突然反应过来,这是不是意味着他心甘情愿地给殇火无情当宠物了?他感觉自己完全被绕进去了!

殇火无情笑了笑,跟他解释了一番烈焰穷奇的使用方法,又道:"你现在的等级在仙界一定要小心,别掉下去,跌落状态中不能召唤坐骑,会直

就等你上线了

接掉到凡界摔死的。"

之后，殇火无情又送了他十张隐身券："估计以后会有不少人找你的麻烦，你一个人的时候记得使用这个，每张可用二十次，每次持续一个小时，使用后别人就搜不到你的坐标了。不过你也不一定用得到……只要你上线，我都会陪着你的。"

08

从这次见面一开始，殇火无情就没有去质问何晋上一次为什么突然下线，好像在刻意回避这个问题。现在也是，他只是细心地为何晋考虑着可能面对的问题，细致妥帖。

面对这种关怀，何晋感动得不行，终于忍不住问："殇火无情，是不是我不上线，你就会继续等下去？"

殇火无情沉默片刻，轻轻地"嗯"了一声。

果然……

"为什么？"小仙阿晋问，"你就这么确定，我还想继续玩？"

殇火无情反问："你不想玩？那你上来干什么？"

何晋被问得噎住。的确，他是想玩的……但他好奇殇火无情怎么想，为什么殇火无情能为一个普通的网友做到这种地步？！

小仙阿晋："那之前那么多年，你就没想过我可能再也不会上线了吗？"

网线的另一头，秦炀若有所思地看着对话框……其实他也挺奇怪，自己还真没想过这种问题。

游戏里所有人都能查到他的点灯状态，但知道他的灵遇已经多年不上线的人很少，逝水算一个。对方曾在不经意间问过殇火无情是不是还在等他的灵遇，在得到肯定的回答后，还时不时拿这件事调侃他，甚至劝他把原来的灵遇忘了，但秦炀从没当回事。他已经习惯了这种状态。

秦炀淡淡地道："如果我这么想了，就不会等了。"

第二章　礼尚往来

没错，如果他有想过那种问题，从某种程度上来说已经代表着犹豫和退缩了。

所以，他从来没想过。

殇火无情的回答如一股暖流，饶是何晋，遇到这样的人，听到这样的话，也有点不知所措。

被压下的不安再次浮起，何晋努力选择着措辞，委婉地提示道："可是这么多年过去了，要是你等来的这个人和你印象中的那个人不一样了呢？"

小仙阿晋不再上线后，秦炀的确消沉过一段时间，觉得很寂寞，很失落，但没有小仙阿晋，游戏也不是不能玩，他就想象着小仙阿晋仍然在……在那之后，他碰到任何一件有趣的事、看见任何一处新的风景，都努力记下来，想着等小仙阿晋来了再带小仙阿晋玩一次，再陪小仙阿晋看一看。

有些事他记起了又忘了，世界会变，游戏也在变，但他从没有忘记和小仙阿晋一同玩游戏，并肩作战的感觉。

就这样，不知不觉间八年时间就过去了，直到小仙阿晋再次上线，秦炀看见那个名字的一瞬间，激动得不能自已……

殇火无情："怎么不一样？你就是你，就算电脑那头的你是只狗，那也是我的灵遇。"

对方的"完美回答"，不知怎么让何晋有一种感觉——在殇火无情眼里，自己对性别问题的纠结毫无意义。

何晋突然想就这样陪殇火无情玩下去，以此来弥补过去的八年里自己的缺席……

就在这时，殇火无情的话锋突然一转，他说道："不过，我感觉你的确有点变了。"

何晋：殇火无情意识到了吗？

殇火无情："你变得爱多想了。"

何晋："……"

殇火无情轻笑道："你是不是被我上次那句话吓到了？吓得都'掉线'了，嗯？"

就等你上线了

小仙阿晋:"其实是我宿舍停电了。"

殇火无情在那头闷笑,显然是不相信何晋的回答,却道:"我猜也是。"

何晋:为什么总有一种被人逗着玩的感觉?

殇火无情笑够了,语气平静地解释道:"我也没有刻意等,你不用觉得对不起我。我这些年不也好好地玩着游戏吗?有一起玩的朋友,玩得也挺高兴的。"

何晋愣了愣,是这样吗?不过殇火无情云淡风轻的态度确实让何晋心里轻松很多。

殇火无情:"当然你能来我更高兴……不过,你要是不想玩就直接告诉我,别再闷不吭声地跑了,咱们可以好好地说再见,我又不会把你怎么着。你说呢?"

小仙阿晋:"……"

话是这么说,但何晋已经为玩不玩游戏的事纠结过了。他是想继续玩的,何况还收了这人的礼物,现在又听到对方说"你能来我更高兴"这样的话,怎么可以再退缩?只是……

小仙阿晋:"上次咱们做灵遇任务,有一道题问你会不会跟我发展成现实中的朋友,你回答'会',是当真的吗?"

殇火无情皱了下眉头,问:"怎么了?"

小仙阿晋:"没事……"

殇火无情勾起嘴角:"我明白了,你是不是不希望游戏世界里的事牵扯到现实生活中?"

小仙阿晋:"嗯。"

殇火无情顿了顿,承诺道:"好,我答应你,我们游戏归游戏,我不会好奇你在现实中到底是什么人,无论你高矮胖瘦、男女美丑,是健康或残疾……在游戏里你是我的灵遇,其他的我不在乎。你要不说,我就不问。还有问题吗?"

何晋舒了一口气,道:"没有了。"

第二章 礼尚往来

09

三天时间并不长，但至少能够缓解何晋此刻的尴尬。

两人达成一致后，游戏中的殇火无情又把小仙阿晋变回了原形，带他去做升级任务。

现在何晋知道了，他是只雪貂……尖嘴巴、小耳朵，脑袋既像狐狸又像老鼠，难怪看上去贼溜溜的。

看着自己这副样子，感觉被坑了一把的何晋也认命了。殇火无情等了他这么久，如果这样玩能让对方高兴，那他就牺牲一下吧，反正现实世界中的他又不会少块肉。

殇火无情开了跟随功能，何晋都不需要自己操作，就看着雪貂屁颠屁颠地跟在对方身后，像之前总是跟在殇火无情身侧的朱雀一样……

小仙阿晋："我都不用自己走啊？"

"你要自己走？"殇火无情取消了跟随，道，"那你跟牢了啊，别跑丢。"

何晋：你还真把我当小狗了？

灵宠在未被驯养阶段，升级也和修仙一样，靠一个人打怪做任务，可一旦被驯养，就和修仙截然不同了，只要和驯养主在一起，经验增加得就会特别快，而且何晋都不用自己领任务，只要殇火无情领就行。

何晋见屏幕提示殇火无情接了杀柳树精的任务，赶紧先了解一下自己现在的角色状态和攻击技能——

小仙阿晋

种族：灵（30）

职业：灵宠（一级）

昵称：小白

属性：敏捷

神秘属性：待激发

就等你上线了

力量：+580

灵气：+100

闪避：+800

潜能：未知

　　何晋看着自己的新昵称，纳闷是什么时候被改的。他再看自己的新技能，已经被点亮七个了，前三个蓝色的分别是"撕咬""抓挠""甩尾"……这都是啥？他真的要像雪貂一样扑上去咬其他怪物吗？！

　　第四个绿色的技能是"疾走"，估计是跑路用的；第五个紫色技能是给驯养主增加"敏捷度"的，第六和第七个是粉红色图标，何晋一看——咦？他竟然也有"跟随"和"卖萌"这两个选项！

　　何晋悄悄点了一下"跟随"，果然见小雪貂自动跟在殇火无情身后，不用操作了……晕，这完全就是个米虫职业啊！

　　到了任务地，何晋解除跟随状态，一边给殇火无情套了个敏捷，一边跃跃欲试地想操控雪貂冲上去咬柳树精一口。就在这时，殇火无情脚下又出现了血色涟漪！整片区域内的柳树精一阵癫狂地抽搐，全化成了灰……

　　[系统] 您已成功杀死（20/20）只柳树精，任务完成！

　　何晋一头黑线，跟殇火无情一起做任务，简直像开挂啊！

　　看着满地金光灿灿的包裹，何晋忍不住动手捡了一个。

　　[系统] 您拾取了1条柳编。

　　何晋："……"

　　两秒钟后，屏幕上方闪现金色提示——

　　[系统] 玩家殇火无情向您的账户存入5000金，请注意查收。

第二章 礼尚往来

何晋惊讶地问道:"你给我钱干什么?"

殇火无情道:"以后别捡这些东西,没用,缺钱向我要。"

何晋不是因为缺钱才捡那些东西,只是习惯性地……好吧,捡破烂并不是什么值得炫耀的习惯。

可殇火无情给的钱也太多了吧,何晋现在游戏里全部家当就200多个金币,殇火无情一下子给了他5000金,这数量差距……

何晋想起之前看过的"神魔财富榜",殇火无情也是排在首位的,可能这点儿钱对他来说真没多少……但是,殇火无情这么大方,实在让何晋有点受宠若惊。

何晋想了想,给殇火无情发信息道:"hj2000,××××××××,这是我的游戏用户名和密码。"

10

殇火无情怔了怔,突然笑着问道:"怎么,把账号都给我了啊?"

何晋被噎了一下,他不是这个意思……

其实能在游戏上遇到八年未见的老友,这人还是全区第一的大神,何晋已经有种中大奖的感觉了。现在这个老友还对他这么好,一会儿送坐骑,一会儿又送金币……虽然被这么对待的确很爽,但何晋总觉得受之有愧。

可能天生不是做"骗子"的料,何晋下意识地就把用户名和密码告诉了对方,以换取信任,同时也是向殇火无情表明——这些钱放在我这儿,如果你什么时候需要了就来拿,就算我不在线,你也能登我的账号。

发完消息后何晋觉得自己有点冲动了,毕竟他的所有社交平台账号用户名和密码都是同一套,包括邮箱、微博、贴吧、论坛等;但转念一想,殇火无情又不知道这一点,而且对方看起来为人坦荡率真,还有八年"矢志不渝"的等待……只能相信他不会拿这些信息怎么样了。

还好殇火无情只调侃了那么一句,就道:"也行,反正玩灵宠可以直接

就等你上线了

开跟随，你不在的时候，我还能帮你练练级。"

何晋不解地道："练级很着急吗？不能慢慢来？"他更想体验玩游戏的过程，而不是升级的快感。

殇火无情："也不是，可能是我已经玩得久了，感觉做系统任务挺枯燥的。我觉得等级高了玩起来更有趣，而且还有二十来天这款游戏就要全息了，到那时候，玩法和现在完全不一样，你想体验，不如等那时候再体验。"

殇火无情说得有道理，其实系统任务做来做去都是一个模式，何晋刚刚只考虑到自己，没意识到殇火无情已经是满级号了。现在对方是在牺牲他的时间陪自己，如果两个人想要一起玩，最好是何晋尽快赶上殇火无情的步伐。

小仙阿晋："那听你的，我们赶紧升级。"

两人继续做任务，有殇火无情在，效率极高，何晋跟在对方屁股后头当全职米虫，只见自己的经验"噌噌噌"地往上涨，突然觉得也蛮爽的。

就在他乐颠颠地欣赏殇火无情虐系统怪的英姿时，屏幕中的男子突然回身给了他一剑。

[系统]您已死亡。

何晋："……"

小仙阿晋："干吗杀我？"

殇火无情复活了他，语气平静地道："增强一下好友关系。"

小仙阿晋："啥？你杀我还能增强好友关系？"这又是什么鬼设定？

"不是游戏里的好友关系，是咱俩的，"殇火无情笑道，"我就是感觉你玩得挺爽的，想让你不爽一下。"

何晋："……"

以前的殇火无情是这样的吗？好像不是吧？！

第二章 礼尚往来

灵宠和修神、修魔不一样，升级本来就比较快。短短一个小时，何晋就从灵宠一级升到了三级。满级十级，殇火无情说，照这个速度，能赶在全息之前把等级练满。不过练满后要做的事情还有很多，譬如帮他洗技能点、刷潜能、收装备，估计还得好长一段时间。

何晋一看已经十点了，问殇火无情："你平时几点睡？"

殇火无情的反应极快："你要睡了？"

一晚上经历了这么多事，何晋的大脑其实还是挺亢奋的："也没，我是怕耽误你太久……对了，直播的事怎么办？你突然走掉，会有什么问题吗？"

殇火无情："没关系。"

小仙阿晋："以后别这样了。"

殇火无情："嗯？"

小仙阿晋："我不会再不告而别，以后有空也会经常上线的……我看过了，你有很多粉丝，他们都很喜欢你，你要是再做出因为我中断直播的事，我会觉得过意不去的。"

殇火无情："呵呵，那你最好错开我直播的时间上线。"

小仙阿晋："……"

"直播是每周二、四、六晚上八点到十点是吧？那没什么意外的话，我就一、三、五晚上七八点上线，不过下周三晚上我有事，可能不会上来。"何晋认真地告知对方自己的计划。

殇火无情："周日呢？"

明天就是周日，何晋一想自己也没什么事，就道："明天也会来的，你要是没空的话，我一个人也可以，就用你给我的那个隐身券。"

殇火无情轻笑了一下："我在的，明天等你。"

两个人互道了晚安，秦炀看着小仙阿晋的名字暗下去，脸上洋溢着一丝计谋得逞的笑容。

他开了另一台电脑，打开《神魔》，把小仙阿晋给的用户名和密码输进去，点击登录……

就等你上线了

一秒钟后，自己的屏幕上就闪出了系统提示——

[系统]您的灵遇小仙阿晋已上线。

秦炀盯着好友栏里那个再次亮起来的名字，感觉四肢百骸都舒畅起来。
一分钟后，他退出了小仙阿晋的号。
十秒钟后，他再次登录了小仙阿晋的号。

[系统]您的灵遇小仙阿晋已上线。

秦炀勾起嘴角，从胸腔里溢出一阵闷笑，像是小孩子找到了最喜欢的玩具。

这些年来，几乎每次上游戏秦炀都期待着这一句系统提示闪现……有时候他甚至想找个黑客把小仙阿晋的号盗了，自己偶尔玩玩上下线，自欺欺人一下也好……

直到今天，他终于彻彻底底地满足了一次，上线、下线、上线、下线……

看着那句话一次次地闪现，八年来被等待腐蚀的内心仿佛也一点点被治愈了。上上下下七八次后，秦炀总算玩够了。

看着纸上的登录名和密码，密码是一串看似没什么意义的数字，至于用户名——hj2000，"秦·福尔摩斯·炀"的侦探大脑开始运转——"阿晋"的名字里十有八九有"晋"这个字，而"晋"的首字母是"j"，那么"hj"很有可能是对方的姓名首字母的缩写！

"h"是首字母的姓有哪些？常用的有黄、胡、洪、贺、韩、何、郝……黄晋？胡晋？洪晋？贺晋？韩晋？何晋？郝晋？

这几个名字中有几个念起来都有点耳熟，尤其是"黄晋"，在华大秦炀听过的就有两个，除此之外，还有个"何晋"，今早去游湖刚认识的那个学长就是这个名字。只不过他不知道对方的"jin"是不是这个"晋"。

第二章　礼尚往来

不过，在没有足够的证据前，他不好随便怀疑。

秦炀也不着急，把圈了名字的字条往桌边一推，心情极好地睡觉去了。

这一次何晋下线后，没了上一次的纠结、内疚，觉得轻松多了，但他还是睡不着觉。可能是他习惯了以往枯燥平静的生活，突然尝试新鲜刺激的事，大脑还缓不过来。

等侯东彦也下了线，何晋又和他聊了会儿，打听《神魔》全息以后的事。

何晋："之前听你说，全息头盔都要上万元，那要是买不起或是不想买的玩家，怎么办？"

侯东彦："继续用键盘和光电板玩啊，全息的普及肯定需要一个过程。"

何晋："那到时候头盔玩家和键盘玩家的区别在哪里？"

侯东彦："区别大着呢！我以现在的键盘游戏举例哈，譬如我要让游戏里的'我'砍出一刀，到游戏里的角色真的砍出一刀，具体是怎么个过程呢？首先，我要有这个意识，"侯东彦指了指自己的大脑，继续说，"接着，我的大脑会控制我的手在键盘上按相应的按键，接下来键盘会将这个指令传给游戏系统，最后，游戏角色做出动作，对吧？"

何晋："嗯。"

侯东彦："键盘游戏的竞技主要取决于玩家的意识、对键盘与鼠标的操控，鼠标与键盘的灵敏度以及系统的反应速度。所以，专业级高手的战斗意识都很强，操作都很精准，而且硬件配置都是一流的……否则你想，为什么一个普通键盘只要十几块钱，但好一点的机械键盘却要上千块呢？因为机械键盘的灵敏度高啊！"

何晋明白了："那头盔玩家是不是相当于省略了操控键盘这个过程，只要有意识，就能直接以脑电波的方式将指令传给系统，控制角色做出相应的行为？"

侯东彦："没错！而且全息网游在视觉和体感上也是全拟真的，比如你腾空飞翔，游戏系统就会反馈给你相应的体感，想想就很刺激啊！到时候，

就等你上线了

还坐在电脑前用键盘玩游戏的玩家就相当于只是在远程控制了,原本意识好但手残的玩家有福了,原本键盘操作强的玩家也可能因为这个失去优势。总之全息以后玩家的实力会重新进行排序,和现阶段会有很大不同。"

何晋"嗯"了一声,难怪殇火无情说,全息以后会很不一样。

就在这时,侯东彦突然问:"你现在几级了?"

"咳咳,才30级……"何晋有点紧张。他突然想起来,刚在游戏里听那个紫衣男说,自己的事都已传遍各大游戏论坛了,也不知道会不会被侯东彦发现……

侯东彦:"我的魂都已经48级了,你加把劲儿,全息以后我带你玩啊!"

何晋:我已经有人带了……

"可咱们不是不同区吗?"何晋想起来,奇怪地问道。

侯东彦:"听说全息后,区与区之间相互封闭的神魔领域会打开,所有上了50级的玩家都能在一起玩,这也是很多玩家期待的一点啊!"

这么说来,以后他可能跟猴子在游戏里碰到?喔,不!他的形象!何晋缩了缩脖子,钻进被窝,闷闷地说:"再说吧,我先睡啦。"

第三章
频道八卦

就等你上线了

01

次日一早,何晋头昏脑涨地醒来,嗓子干疼,四肢酸软,呼吸困难——他发烧了!

是了,前一日游湖时他淋了雨,到宿舍后又没洗热水澡,还感觉自己金刚附体所向披靡……自不量力的何晋硬撑着起来喝了杯水,就又回去挺尸了。

侯东彦睡了懒觉醒来,见何晋还躺着,不由得奇怪:"你咋还没起?"

两人住一起两年半,何晋是雷打不动的"六点党",简直是神一般的存在,所以何晋睡懒觉在侯东彦看来是千载难逢的奇景。

何晋闷闷地说:"不太舒服,好像有点发烧。"

"看你气色还不错啊。"侯东彦凑过去用手贴了贴何晋的额头,"哎哟,还真有点烫,要去医院吗?"

何晋这人体质就是这样,不管生病还是健康的时候,脸色都不会太差,所以就算病了,他要是硬撑着,别人也看不大出来。

"不了,躺一会儿应该就好……"这次也一样,他觉得熬一下就过去了。

侯东彦不太会照顾人,见何晋这么说,也没多问。

中午去食堂时侯东彦替何晋打了一份饭,径自玩了一下午,到了傍晚见何晋还躺着,饭菜更是一口没吃,才觉得不对劲,凑过去伸手一探,只觉得他的体温比早上还要高,而且浑身是虚汗。

"晋哥、晋哥……"叫了几声,何晋没应,侯东彦吓了一大跳,赶紧把人拉扯起来,胡乱地套上衣服,去对门房间找帮手。"大头、七哥,在吗?!"他敲了半天也没人应,那两个人都是本地的,估计周末回家了还没返校,侯东彦无奈地返回房间一个人把何晋背了起来。

第三章　频道八卦

何晋不重,但侯东彦个子太小,一米六五的身高,背个比他高十厘米的人,肯定吃力……他吭哧吭哧地挪到楼梯口,碰到从楼上下来的两个人。

"这是怎么了?"其中一个人问。

侯东彦一步一晃:"我的室友发烧,烧糊涂了!"

"咦,这不是何晋吗?!"那个人惊呼。

"欸,你认识?"侯东彦惊喜道,"快帮个忙吧!"

话刚出口,他就感觉身上一轻,其中一个高个儿的男生已经把何晋接了过去,看着轻轻松松的,快步跑下楼去了……

侯东彦备受刺激——同样是男生,为啥体格这么悬殊呢?果然他还是喜欢在游戏里找存在感。

"是去校医院吧?"另一个人问。

侯东彦小跑着跟在后头:"唉,是的……你们是学生会的吗?"

那个人笑道:"不是,网球社的。"

侯东彦:"呃,那你们咋认识何晋的?"

那个人道:"昨天一起游湖,才认识的。"

侯东彦碰上的,正是打算去吃晚饭的蒋白润和秦炀。

校医院和男生宿舍楼之间有一段距离,一路上秦炀背着何晋在前面疾走,引来了不少学生的视线。

他们到校医院挂急诊时,何晋的学生证、身份证侯东彦都没带,护士让他先填资料,后续再补。写病患名字时,秦炀在边上看着,见侯东彦一笔一画,第二个字竟然是"晋"……一瞬间,秦炀的眼神就变了。

老医生给何晋一量体温,竟然高达40摄氏度!

蒋白润感叹:"难怪晕了,有一次我发烧到39摄氏度,感觉走路都在飘。"

验了血,挂上退烧的药水,医生说很快会退烧,侯东彦才松了口气。

"谢谢你啊,要我一个人背过来,估计够呛!"他面向秦炀,眼睛一亮,刚才没看清,现在才发现这哥们儿长得还真帅,"等何晋醒来了我跟他说,到时候让他再来谢你们。接下来就不麻烦你们了,我看着他就好。"

就等你上线了

蒋白涧点点头，转身想走，却听秦炀说："没事，等他醒了我们再走。"

"要等吗？"蒋白涧有点讶异，印象中秦炀好像不是这么"乐于助人"的，之前背人到医院他能理解，毕竟看何晋都晕了，"人命关天"……可现在到医院了，有室友又有医生，他们两个还有什么好掺和的？

秦炀对蒋白涧道："你先去吃饭，吃完帮我捎点儿过来，我在这儿看看情况。"

蒋白涧点点头："行，那我先去了。哎，那谁，"他看向侯东彦，"你也没吃晚饭吧，要不我一块儿带回来？"

"我叫侯东彦，你叫我猴子就行。"侯东彦从身上摸了自己的饭卡给他，"真不好意思，麻烦你了。"

剩下秦炀和侯东彦两个人，秦炀也做了自我介绍，两个人简单地聊了几句，秦炀问："何晋什么时候发烧的？"

侯东彦以为秦炀留下来是因为和何晋熟，所以也没遮掩，直白地道："好像是今天早上，我看他昨晚还挺好的。"

秦炀漫不经心地问："他昨晚在干什么？"

侯东彦随口道："做PPT？他好像要去做个讲座……"

秦炀听到这个答案，情绪一下子低落了。

其实何晋做PPT是在下午，侯东彦又不是一直盯着何晋，也不知道他具体弄到了什么时间，秦炀问这么个问题，侯东彦也不知道有什么深意，只是随口一答。

"做什么讲座？"秦炀顺着话题接了下去。

侯东彦："听说是给学弟学妹做英语讲座，下周三……"

——小仙阿晋："我就一、三、五晚上七八点上线，不过下周三晚上我有事，可能不会上来。"

秦炀的心又提了起来，他看了病床上的何晋一眼，联想到昨天中午吃饭时何晋随口点的糖醋排骨，不死心地又问了一句："何晋昨晚几点睡的？"

侯东彦："挺晚的吧，他晚上还玩了会儿游戏。"

第三章　频道八卦

秦炀:"……"

秦炀扬眉笑问:"他还玩游戏?玩的什么?"

侯东彦一提游戏,又兴奋起来:"《神魔》,一个国产游戏,挺有意思的,马上要全息了,你听过吗?"

秦炀:"……"

华大学生,比他高一届,姓名首字母缩写是hj,昨晚还玩了《神魔》,这样的巧合概率有多大?

秦炀:"他……常玩吗?"

侯东彦摇头:"不常玩,他平时挺忙的,我也没想到他会玩游戏……就几天前吧,他看我在玩,就问我要了游戏安装包,说什么小时候玩过,后来好像还在游戏里遇到了老朋友……"

秦炀:"……"

他无须再问侯东彦其他问题了——全华大上下如果还能找出第二个比他高一届、姓名首字母缩写是hj、喜欢吃糖醋排骨、昨晚玩了《神魔》、时隔多年在游戏里遇到了老朋友的人,他的名字就倒过来写!

秦炀现在百分之九十九确定,何晋就是"小仙阿晋"!还有百分之一,就看彭宇昊查的真实资料了。

一时间秦炀心潮起伏……

原来他一直等着的小仙阿晋,就和他住在同一幢楼里,还跟他一起游过湖、吃过饭……

秦炀转移话题,和侯东彦聊了些别的事,两个人很快就熟络了起来。

"我看一会儿何晋就算醒了估计也会体虚,我还是陪你等他挂完退烧药,再背他回去吧。"

侯东彦感激地道:"帅哥,你真是好人啊!"

秦炀笑了笑:"不过我看他现在穿得有点单薄,晚点儿可能会更冷,你要不要回宿舍帮他拿件衣服?"

大大咧咧的侯东彦毫不怀疑秦炀的"善心",站起来道:"好嘞,我去去就来!"

就等你上线了

支走侯东彦后，秦炀起身，缓缓靠近病床，把病床上头躺着的人从头到脚看了一遍。他仿佛要把这人的模样刻到记忆深处，与自己等了八年的那个玩伴融成一体……

"何晋……"秦炀念了一遍他的名字，"这个世界真小，对吗？"

——我还没花力气找你呢，你就这么急着撞上来了。

"喏，给你们带了鸡蛋卷饼……那个，猴子呢？"蒋白涧回来了没见到侯东彦，环顾四周问道。

"回宿舍给何晋拿衣服去了。"秦炀接过卷饼，脸上还挂着笑。

"怎么心情这么好？"蒋白涧莫名其妙地问，"你跟何晋……以前就认识？"

秦炀点了点头："算是吧。"

蒋白涧心想难怪。

坐了没多久，侯东彦取衣服回来了。

两瓶药水快挂完的时候，何晋醒了，见秦炀和蒋白涧都在，颇感意外，经侯东彦解释后才知道刚刚发生的事。

因为自己生病而给他人造成麻烦，何晋觉得很不好意思，先道歉又道谢。

"行啦，改天请我们吃饭就好了！"侯东彦笑道，"尤其是秦帅哥，就是他把你背过来的。"

何晋看向秦炀："明天我请你们吃饭。"

"不着急，你先养好身体再说。"秦炀的语气倒是平淡。

见药水已经差不多要挂完了，侯东彦叫护士来拔了针，又拿着医嘱去取了一堆药。

何晋撑着要起身，秦炀过来扶他："我背你回去。"

何晋怔了怔："啊……"

他刚想说"不用麻烦"，秦炀已经弯腰微蹲了下去。

第三章 频道八卦

02

都这样了，何晋自然不好再拂人好意，有些僵硬地伏到秦炀的背上。

"抓紧了。"秦炀自然地说道。

侯东彦和蒋白涧都夸他周到又热心。只有何晋，一个人忐忑着、紧张着……

他是男生，就算身体虚弱，也从没想过依靠别人，更没想过会被一个仅有两面之缘的学弟如此贴心地对待。

快入冬了，外头风很大，温度又降了几摄氏度，侯东彦把带来的衣服披在何晋的背上，几个人说笑着往宿舍楼走去。何晋想起秦炀在便利店主动买单，想起游湖时他的一句无心的劝解，想起他毫不在乎地说请大家吃饭……心里莫名地对这个才认识不久的学弟产生了一股亲切感。

秦炀把何晋背上了宿舍楼。

"左边左边，306A！"侯东彦在后头指引道。

"谢谢你。放我下来吧，我自己可以走。"何晋想自己走，秦炀却说了句"帮人帮到底"，直接背着他进了房间。

蒋白涧也跟了进去，双手揣兜看了一圈："你们宿舍还真干净！"

侯东彦摸着后脑勺道："都是晋哥在打扫，他有洁癖，见不得宿舍脏乱。"

蒋白涧一脸羡慕："咱宿舍的休息室桌上还放着我对铺哥们儿吃剩的泡面盒，好几天了，也没见人去收。"

侯东彦："你俩不住一起？"

蒋白涧："哈哈，当然，秦炀才大二。"

侯东彦："原来帅哥是学弟啊……"

秦炀看了看手环，已经快九点了，本来外出吃饭还担心错过小仙阿晋上线的时间，现在却一点都不着急了。

"早点儿休息，记得吃药……对了，留个手机号吧，有什么需要帮忙的

就等你上线了

可以找我。"

即使秦炀不开口,何晋都要向他要号码。说了要请人吃饭,他不会许空头诺言。

等他们二人走了,侯东彦还在咂舌称叹:"秦炀这人简直够意思,长得帅,人还这么好,这得有多少姑娘栽在他手里啊?!"

何晋笑了笑:"你知不知道他是咱们学校的校草?"

侯东彦不像何晋混学生会,偶尔还会听些八卦消息,他是"两耳不闻窗外事,一心只当死宅男"的人,当即道:"哇,这种校草简直名正言顺!"

何晋躺了下来:"你也觉得他很帅吗?"

侯东彦叫道:"不帅吗?那张脸长得跟明星似的!"

何晋侧着身道:"我可能有点脸盲,感觉不大出来,不过我觉得他的气场是挺强的,尤其是眼神,跟别人不太一样。"

说着说着,何晋突然想起自己答应了殇火无情今天要上线,因为发烧昏睡了一天,晚上又这么一通折腾,差点儿把这件事给忘了,赶紧披上衣服坐起来。

侯东彦:"你干吗呢?"

何晋开了电脑:"我上一下游戏,和朋友约好了今天上线,生病忘了,上去说一声。"

侯东彦:"……"

上了线,何晋打开好友栏,殇火无情不在。

他一看自己的等级,已经是四级灵宠了,看来殇火无情白天替他练过级。何晋翻了翻背包,见里头也被整理过了,多了一些他从没见过的补药、装备,还有三个小烟花。

何晋心中又是一阵内疚,点开殇火无情的名字,试着给他发了条离线消息。

小仙阿晋:"对不起,今天临时有事没上线,现在才有空登录,也没你的电话……"

何晋不想向殇火无情透露自己的电话号码，想了想，在手环上申请了一个新的账号。

何晋原先有一个账号，那上面加了不少现实中的朋友，因为不喜欢这种会随时被人打扰的社交软件，何晋不大用，没多久就销号了，所以这次他新申请一个账号，专门用来与殇火无情交流。

小仙阿晋："你用手环吗？这是我的账号，Ajin00，如果你用的话，加我一下。"

秦炀回宿舍后，以为何晋晚上不会再登录游戏，也没再打开电脑。

他躺在床上，又仔仔细细地把线上线下的线索串起来捋了一遍，确认没什么疏漏，才心情愉悦地想：原来他是个男的啊，难怪第一次上线听了自己的那些话后会被吓跑。还说停电呢，秦炀可不记得周二那天晚上宿舍楼停过电……说谎都不会，真傻！

不过秦炀现在算是理解了何晋为什么不希望网络与现实挂钩……

第二天中午秦炀登录游戏才知道何晋昨晚上过线。他挺意外，何晋都病成那样了，居然还记得来给自己留言。

秦炀当下申请了手环聊天账号，搜索 Ajin00，发现对方的头像居然是个萌萌的雪貂脑袋！秦炀喷笑，发了好友申请过去，不到两秒钟验证就通过了。

殇火无情："灵遇——"

小仙阿晋："……"

殇火无情："我昨天等了你一天。"

小仙阿晋："对不起啊，以后临时有事我会发消息给你的……"

殇火无情："我还帮你练了级。"

小仙阿晋："我看到了。"

殇火无情："你要怎么补偿我？"

就等你上线了

何晋虽然看不到对方的表情，但总觉得殇火无情特别哀怨，忍不住就想顺着对方。可他在游戏里钱没殇火无情多，见识又没对方广，还有什么能给的？

小仙阿晋："你想要什么补偿呢？"

殇火无情："喊一声'灵遇'来听听。"

何晋有些无奈，不过想了一下，还是顺着殇火无情的意思，发过去一句："灵遇。"

秦炀盯着这两个字，乐得不行。

晚上何晋准时上线，殇火无情又带他练级。何晋不想当米虫，偶尔也会出手打打怪，可惜和之前一样，基本每次都是徒劳……

他想起了那天和侯东彦讨论过的全息头盔，不由得问："你会第一时间买头盔吗？"

殇火无情："我不用买，每个服务器排行榜前十的玩家，游戏公司都会免费赠送一个头盔……怎么，你不想买？"

小仙阿晋："不是。"

何晋也很想体验一下全息网游的感觉，但那个头盔太贵了。虽然他填写了抽奖信息，但并不对那5%的中奖概率抱希望。

小仙阿晋："如果我继续用键盘玩，到时候会不会影响你？"

殇火无情："我买一个送你。"

小仙阿晋："别！这么贵的东西，我受不起！"

小仙阿晋："也不会一直用键盘，只要一段时间就好……"

何晋不缺钱花，父母给了他正常大学生所必需的生活费，但他的每一笔开销都要记账，每逢月底都要发给他妈审阅。上万元的全息头盔，他肯定是不敢花家里的钱买的，可他自己又没存多少钱，所以想着要不要临时找个家教之类的工作，打一段时间的工，自己赚钱买一个。

秦炀见小仙阿晋这么说，就猜可能涉及现实原因，或许是缺钱。他遵守承诺没多问，只道："没事，不影响。"反正他可以安排，没什么意外的话，何晋到时候肯定会有头盔。

第三章 频道八卦

玩游戏的过程中,秦炀用手环给何晋发了条消息,问他身体好点儿了没有,同时又在游戏里跟小仙阿晋说话,对方的回复速度果然慢了不少。

不一会儿,何晋回消息:"好多了,谢谢关心,明天晚上有空吗?想请你和蒋社长吃个饭。"

秦炀想到第二天晚上要做直播,先委婉地拒绝:"不用客气了。"

何晋:"要的,否则我过意不去。"

秦炀:"呵呵,那好。时间?地点?"

何晋:"去校外吧,你们有什么想吃的吗?"

秦炀:"你定。"

何晋:"七点,南门外的拉拉鱼粤菜馆怎么样?"

秦炀:"行,我会转告白涧,到时候见。"

秦炀一手发消息,一手控制键盘,还问道:"怎么不动了,走神了吗?"

小仙阿晋:"来了来了,刚刚回朋友的消息……"

秦炀扬起嘴角,进一步确认了何晋和小仙阿晋的关联。

因为知道何晋感冒可能没有痊愈,秦炀佯称晚上要早睡,让小仙阿晋也早点儿下线休息。

看着对方的名字暗下去,秦炀给彭宇昊打电话:"明晚有事要外出,可能会迟到,我提前录个视频给你,以防万一。"

彭宇昊一接他电话就倒苦水:"秦哥!你最近是咋的了?又是放鸽子,又是临阵脱逃,花样百出,现在还要搞伪播。你可是咱们飞游网这几年最敬业的主播啊,你的信誉不要了吗?"

秦炀:"所以我不是来找你录视频了吗?"

提前录视频当直播也不是没有先例,但直播的特点在于主播和观众间的互动,如果缺乏这种互动,就少了很多趣味。当然,这一点在秦炀身上不见效,因为殇火无情原本就很少与观众互动。

彭宇昊:"你就说吧,是不是又跟你那个灵遇有关?"

秦炀没否认:"是。"

就等你上线了

彭宇昊:"你你……你……我真想把那人的电脑黑了,让他永远不能上线算了!"

秦炀眯起眼睛:"你说什么?"

彭宇昊:"我说好、好、好!有总比没有好!你赶紧录一个给我吧!"

03

秦炀用了两小时,提前录完视频,已近凌晨一点,他正准备下线,忽然见好友栏闪烁。

这几天因为小仙阿晋的事,线上线下有不少朋友在聊这件事,他们区那个高手群也热闹了好几天,话题中心都是殇火无情和小仙阿晋。

秦炀偶尔也会窥屏,不过除了那天九殿下闲着没事找上门来问,其余的八卦消息他一个都没回应。

这热火朝天的讨论中,唯独缺少一个人的影子——落花依依。

自从小仙阿晋第一次上线时她来打了声招呼后,秦炀就没再见过她,这会儿落花依依发消息了。

落花依依:"这么晚还在?"

殇火无情:"嗯,你怎么也在?"

落花依依:"睡不着,上来逛逛……感觉很久没跟你一起玩了。"

这几天对方突然消失,其实秦炀能猜到是什么原因。在这个关头,他自然不能给对方任何希望,虽然以前他也保持着恰当的距离,但他没有女伴的状态多少让人心存幻想。

殇火无情:"早点儿睡吧,我先下了。"

落花依依:"……"

落花依依:"不能陪我聊会儿吗?"

殇火无情:"已经一点了……"

落花依依:"师父,我想你了。"

第三章　频道八卦

殇火无情:"……"

秦炀看着那句话,叹了口气。他以为她会继续聪明下去,一直不给他拒绝的机会,那他们至少还能继续做朋友,但现在她终于还是没忍住——压抑了三年的感情,在这一刻破茧而出。

落花依依:"我喜欢你,无情……"

落花依依:"一直都很喜欢你。"

秦炀顿了顿,抬手打字:"落花,我带你的这两年,能教的差不多都教了,以你现在的水平,自己带徒弟都没问题,咱们的师徒关系其实没什么必要继续了。你没必要在我身上继续浪费时间。你好好想想,冷静一下,晚安。"

发完这段话,秦炀就直接下线了。他没兴趣跟不喜欢的人玩暧昧,冷酷到底是他能给对方的最大仁慈。

周二傍晚下课,何晋和侯东彦正往南门走,突然接到了佟萱的电话:"我听说你生病晕倒了?怎么回事?"

何晋:"只是发烧,没那么严重。"

佟萱:"是秦炀把你送校医院去的?"

何晋尴尬地道:"你听谁说的?"

佟萱:"大家都在传啊,先是传前天晚上秦炀扛着一个男生在学校里狂奔,我开始没信,刚刚听到郭友菱说,不仅这事是真的,被扛的那个人还竟然是你!"

这……八卦消息的传播力真是太恐怖了!

何晋立即解释道:"没那么夸张吧,只是那天发烧严重,没意识了,猴子带我去医院,他个子小背不动我,正好遇上秦炀和蒋白涧,他们帮了一把而已。"

佟萱:"哦哦,那你现在怎么样了?"

何晋:"已经好了,别担心。"

佟萱:"讲座的事准备得怎么样了?"

就等你上线了

何晋："差不多了，但复习笔记我就印了五十份。"

佟萱："这么少？！讲座厅可是有两百个位子啊！"

何晋："印多了没人买，而且翻印的成本也很低，只要有人买一本，其他人就可以去翻印了。再加上现在市面上各类参考书那么多，我又不是什么名人，不过是六级考了高分，卖笔记本来就不合理。"

佟萱无奈地道："好吧好吧，说不过你！"

挂了电话，何晋问侯东彦："哎，猴子，那天是秦炀……送我去校医院的？"

侯东彦："是啊。"

何晋一脸黑线："为什么啊？"

侯东彦莫名其妙地道："一开始不是我背着你嘛，他就直接过来把你顺走了啊。"

何晋想象了一下自己被秦炀背着的样子，突然觉得一会儿吃饭完全无法直视对方了。

两个人到了拉拉鱼粤菜馆，蒋白涧和秦炀已经占了座在等他们，侯东彦自来熟地冲进去打招呼："嘿！"

蒋白涧抬头看了何晋一眼："气色好多了。其实我没帮什么忙，沾秦炀的光来蹭顿饭。"

秦炀朝何晋点了下头，一边低头看菜单，一边对蒋白涧说："知道是蹭饭就好，下次记得请回来。"

何晋被他们的话逗笑了，心情轻松了很多，落座后道："不管帮没帮都耽误了你一晚上，今天想吃什么随便点，别客气。"

学校边上的餐馆价位都不会太高，四个人点了一桌菜，非鱼即肉。

"这么好的菜，要不要来点儿酒？"蒋白涧提议。

何晋："行啊。"

以前的何晋是不沾酒的，自从那天游湖回来想开了后，他就不想再"自制"，现在有机会尝试的东西他都想尝试一下。

第三章　频道八卦

侯东彦知道何晋的性子，奇怪地道："晋哥，你不是不爱喝酒吗？"

蒋白涧抬眼看何晋："不爱喝？那别勉强啊。"

何晋："今天心情不错，也来一杯吧。"

于是几人点了两瓶青岛啤酒，各自倒了，碰了杯，边喝边聊。

蒋白涧问道："你俩都是法学院的吧？学什么，法律吗？"

何晋："不是，我们学的是行政管理。"

蒋白涧若有所思地点了点头："以后主要干什么的？"

侯东彦简明扼要地说："人事后勤、教导主任、'大内总管'。"

蒋白涧："噗……真形象！"

何晋："你们呢？"

蒋白涧："我学自动化，秦炀是机械系的，我俩也算是沾边。"

隔行如隔山，这两个专业外行人听了就发愣。

"这又是干啥的？"侯东彦问。

蒋白涧解释了一堆，什么数学电子、软件技术、计算机控制……听得侯东彦、何晋一头雾水。

秦炀简单地举例："他是搞遥控飞机的，我是做汽车零件的。"

两个人顿悟，纷纷为秦炀的例子点赞。秦炀又道："其实延伸开来还有很多，只是这么解释你们好懂一点。"

对方说"解释"这个词的时候，何晋蓦地想到了殇火无情。声音像的人或许有很多，口音、语气也相似的人就很少了，而秦炀说这个词的语气和殇火无情简直如出一辙！但何晋知道，秦炀并不是殇火无情，秦炀不玩游戏，而且这个时间殇火无情正准备做直播，他俩根本不可能是同一个人……

也许他们来自同一个地区，才会有这么相似的口音……

何晋下意识地问秦炀："你是哪里人？"

秦炀："我是外来户，祖籍在南方S市，十年前家里做生意才迁到这里。"

何晋："难怪听不出口音……"

秦炀顺口接上："你呢？"

何晋："我还挺近，就在隔壁省的Q市，离这儿坐四小时动车的距离。"

就等你上线了

  Q市不是省会，也不是直辖市，顶多算是个经济发展得还算不错的二线城市，虽然这几年部分二线城市的经济水平也堪比一线城市，但在竞争公平度上还欠缺了一点。

  也不知道何晋不愿意回去工作是什么原因……秦炀心中好奇，却没有问，因为在游戏里也听小仙阿晋说过他父母对他管教严格，感觉这是他心中的一个禁区，除非两个人关系很熟，否则自己贸然开口肯定会让他心生戒备。

  秦炀举杯："我还没去过Q市，以后有机会去看看。"

  何晋："欢迎。"

  几个人又聊了网球社的事，秦炀想起何晋那天跟在众人背后偷偷学蒋白涧做那个挥拍的动作，便再次邀请他去玩。何晋也有此意，但现在定不好时间，只说到时候看看。

  有酒助兴，尽管四个大男孩性格迥异，这顿饭却吃得格外让人舒服。

  两瓶酒不够，又加了一瓶，何晋以前喝啤酒只觉得味道苦，不知道为什么有人喜欢喝这个，这次却喝出了感觉，喝出了味道，一口接着一口，浑身细胞都舒展开来。

  饭局结束时已经八点出头，几个人晃荡着回宿舍，路上蒋白涧见何晋面不改色心不跳，不由得赞道："你的酒量不错啊！"

  何晋笑笑没说话，实则已觉得脚下生风，心如明镜，若再给他一匹烈焰穷奇，他就能上天了！

  到了宿舍楼，四个人互道再见，何晋回到房间，看着自己的床铺，就像是看着《神魔》里仙界的漫天浮云。

  何晋整个人直直地往床上摔去——啪！

  "哎呀晋哥！你咋了？！你别吓我！"侯东彦凑过去一看，才发现何晋是彻底醉了！

  侯东彦哭笑不得地道："你这酒品也太好了，刚才在外面完全看不出来啊……"

  手环"嘀嘀"地响了，何晋没了意识，没法回复。不久后换侯东彦的手环响了起来，侯东彦一看，是秦炀来电："何晋还好吧？刚才看他的状态好像不太对。"

侯东彦怔了怔，说道："他醉了，现在趴在床上挺尸呢。"

秦炀："我刚才就看他的眼神是飘的。"

侯东彦："估计睡一觉就好了吧。"

秦炀："嗯，你照看一下，如果半夜他吐了什么的，我这儿有解酒药，门牌号417B。"

侯东彦暗暗感叹：这位秦帅哥真是太贴心了！他这样的人要想追妹子，天王老母也招架不住啊！

另一边，秦炀忍不住笑了——那家伙醉了酒竟然是这副模样……

04

何晋没吐也没晕，就像感冒看不出任何症状一样，即使醉酒了，以他的意志，也能把醉意隐藏得很好。

他只是和衣裹被地睡了一晚，早上醒来稍稍有点头疼。副作用不算大，何晋便对那种飘飘然的醉酒状态有点喜欢，想着什么时候能再喝上一回就好了。

当晚要做讲座，何晋按佟萱说的提前到了讲座厅，看到学弟学妹来了不少，何晋也不紧张。郭友菱和外语社的几个成员也在，拉着他又聊起了秦炀送他去校医院的事。

"你们传得太夸张了。"何晋已经无力一一解释了。

他刚转身要上讲台，就见门口出现了两个熟悉的人影，是秦炀和赵熙柏。

秦炀见到他还朝他招了招手，底下顿时传来一片此起彼伏的抽气声，接着就响起了窃窃私语。

何晋不管不顾地走上讲台打开PPT，轻咳了一声："请大家安静一下，很高兴接到外语社的邀请，也很荣幸能为学弟学妹们做这一次讲座。对英

就等你上线了

语六级考试的复习与准备，我总结了一些自己的学习经验，希望对大家有所帮助。"

何晋拿着一支激光笔慢条斯理地讲了起来，从考试涉及范围到题型介绍，再到复习周期与时间安排，逻辑清晰，条理分明。

以前在高中时，他也常作为学生代表上台讲话，或是在校庆活动上做主持人，如果说这些年学生干部生涯有什么让何晋认同的，可能就是给了他这种不怯场的能力。一次又一次的锻炼，让他能够从容不迫地面对每一个正式场合，无论是面试、考试，还是汇报、演讲。

"他很厉害啊，比咱英语老师讲得清楚多了！"赵熙柏坐在下头，还认真地拿着纸笔做笔记。

秦炀什么都没带，双手插在口袋里，懒散地坐着，看着台上的人。

何晋的嗓音清朗，肢体动作自然，他扫视学生时视线放空，嘴角带着温和的笑容，不说话时低调，安静得像一汪静水，说话时又像一股暖风……活生生的，不再只是那个游戏中的小仙阿晋。

一个小时后，何晋的讲座终于告一段落，他指了指郭友菱那儿摞着的复印本道："刚刚说的这些内容在我的笔记中都详细地摘录了，我放在PPT中的几张表格图也是从笔记中扫描的，有需要的同学可以直接到那位穿黄衣服的女生那里购买，我们只收取复印成本费……"

何晋一说完，立刻就有人拥过去询问，还有不少女生上台去堵何晋本人——没错，虽然何晋不如秦炀这样的校草受欢迎，但也是有追求者的，这些女生和当年的佟萱一样，被他的书生气质俘获，借着以后有事咨询的名义问他要联系方式。

何晋最招架不住这种情况了，就在他脱不开身的时候，秦炀过来了。

这人就像个太阳，耀眼夺目，但移动到哪里就会自动在身边推开一个圈，被吸引的人都只能在圈外看他，仿佛靠得太近会被灼伤。

那些缠着何晋问东问西的女生顿时安静下来，一脸呆滞地看向来者——平时她们可没机会如此近距离地观察校草。

但与她们印象中的校草不同，此时的秦炀全身上下都散发着一种温暖柔和的感觉，眼睛微微弯着，嘴角上扬着，整个人像是沐浴在春风里。

"你来了？"何晋先开口，挺意外秦炀会来。

秦炀："听说是你主讲，我才来听的。"

何晋有种被人重视的紧张感："没出丑吧？"

"你讲得很好，"秦炀把手往衣袋里一放，用很熟络的语气说，"结束了吧？走，我请你喝饮料。"

边上的人都看呆了，包括正和郭友菱一起卖笔记的佟萱。

何晋愣了愣，赶紧收拾东西。

把现场留给佟萱和郭友菱她们，何晋就跟着秦炀走了。

赵熙柏看着他们离开的背影，嘟哝道："他俩啥时候关系这么好了？"

十分钟后，何晋和秦炀走在银杏树下，吹着冷风，喝着冰镇的碳酸饮料……

秦炀说请他喝饮料，何晋没想到会是这个！

"其实是想请你帮个忙。"秦炀开口。

"啥忙啊？"何晋被冻得瑟瑟发抖。

"我的英语语法不太好……"秦炀简单地开了个头，看向何晋，见他缩着脖子，问道，"你很冷吗？"

何晋打了个寒战："冷啊……"他拎起手上的饮料瓶，"大冷天的你还买冰的饮料……"

"替我拿着。"秦炀把自己的饮料也递给他，何晋感觉莫名其妙，却看见秦炀把外套脱下来，披在了他的肩上。

何晋："……"

接着，秦炀又把何晋手上的两瓶冰饮料同时取走了。何晋保持那个拿饮料的姿势石化三秒钟后，才反应过来："不用给我衣服啊，我又没那么弱不禁风。"

秦炀看了他一眼："可你不是冷吗？"

就等你上线了

何晋："……"他和秦炀已经熟到这个地步了吗？

"我刚才坐在那里听你讲，快热得冒汗了。"秦炀继续往前走。

何晋小跑两步跟上，接着刚才那个话题："你说你的语法不好，然后呢？"

秦炀略显腼腆地笑了笑："我想，如果你有空，能不能帮我补习补习？我按照家教费用算你时薪。"

何晋松了口气，笑了起来："大家都是同学，算什么时薪啊？语法很简单的，我给你讲两次你就明白了。"

秦炀："会太麻烦你吗？"

"不会。"换成是别人，何晋估计推荐一下参考书就完事了，但对秦炀，可能因为之前发生的一些事，让何晋觉得对方人不错，倒也乐意帮这个忙，"作为交换，你教我打网球吧。"

"那你平时什么时候有空？"秦炀笑着问。

何晋："嗯，平时二、四、六晚上都可以，周日也行……"

听到何晋说"二、四、六晚上"，秦炀为自己又抓到一个证据而心情雀跃，可一想到自己那三天都要做直播，就免不了感到一阵无奈。

秦炀："那周日吧。"

何晋点点头。两人走到宿舍楼下，何晋赶紧把身上的衣服拿下来还给秦炀："到时候电话联系。"

秦炀举了举手中的饮料："好。"

之后的周五，何晋又如约上了《神魔》，殇火无情已经把他的灵宠号带到七级了，最后三级比较难练，可能要耗费一点时间。

何晋这几天每次上线几乎都能看到上百条好友申请。他一边清理，一边对殇火无情道："全息以后能改名吗？"

殇火无情："怎么？你想改？"

小仙阿晋："最近很多人加我，我都不认识。"

殇火无情："你关闭加好友功能就行了，不要改名，改了名字也没用。"

小仙阿晋："为什么？"

第三章 频道八卦

殇火无情:"你是我的灵遇,早晚会出名的,习惯就好。"

小仙阿晋:"……"

秦炀怕何晋感到总当米虫没意思,组了个队伍,拉了几个朋友进来,带他一起去刷副本玩。

[系统]玩家九殿下进入队伍。

[队伍]九殿下:"拉我进来干什么?"

[队伍]九殿下:"神秘人物也在啊!嘿嘿嘿……"

[队伍]小仙阿晋:"……"

[系统]玩家逝水进入队伍。

[队伍]逝水:"哟,终于见到本尊啦!"

[系统]玩家闲云进入队伍。

[系统]玩家野鹤进入队伍。

[队伍]野鹤:"这是干吗呢?"

[队伍]闲云:"围观传说中第一高手的灵遇。"

[队伍]野鹤:"雪、雪貂?"

何晋:"……"得,这个服里排行榜前五名的玩家都到齐了!

05

秦炀在拉这几个朋友进队伍的同时,已经私下挨个儿联系了他们,让他们不要在队伍中泄露任何和自己相关的信息,因为这几个人都在现实中

就等你上线了

见过他。

去年寒假的时候，逝水组织了一次线下聚会，把群里交情比较好又是在同一地区的人叫出来见了个面。

秦炀先前不知道，临时接到逝水的电话，说在醉京楼包了个包间，九殿下、闲云、野鹤都在，让他有兴趣的话就过去一起喝杯酒。

在那之前秦炀没有见过游戏里的任何一个人，包括认识时间最久的逝水。

因为逝水提及的几个人都是秦炀熟悉的，他兴致一来，就打车过去了，可到了那里才知道不止这几个人，男男女女来了十来个人，落花依依也在。

九殿下是个典型的"富二代"，二十岁出头的年纪，在邻国上大学，喜欢跑车，爱玩游戏，性情格外奔放。

闲云和野鹤不是本地人，只是两个人早年都在 A 市念大学，这次正好回来参加同学聚会，顺便见见网友。其中闲云是社会精英，气质非凡，好像自己有事业，野鹤是做科研的，据说两个人三十多岁了，但看着都挺年轻。

逝水的情况秦炀很早就知道，他也是个"公子哥"，不过与九殿下不太一样，他是音乐专业毕业的，是个钢琴师，在著名乐团弹钢琴。真人气质儒雅，但那次聚会他没有多说自己的情况，别人连他的真实年龄都猜不出来。

最后是落花依依，大伙儿之前都看过她的照片，是公认的美女，听说还是个大学生，本人也的确外貌出众，一双剪水瞳子，格外亮眼。

在秦炀抵达之前，落花依依是人群的中心，不少人围着她聊天，尤其是九殿下，尽管当初被拒绝了，但是那层"兄妹关系"，还是有些许暧昧意味在里头。

等秦炀一到，大伙儿彻底惊呆了，完全不敢相信殇火无情在现实中竟然会这么帅，这么年轻！

那会儿秦炀已经在飞游网做直播，比较注重个人隐私，和逝水一样，聚会时连真实姓名都没报，只说自己刚上大学，学校在某区域。

在 B 市的人都知道，秦炀提到的"某区域"只有两所大学，都是出了名的好学校，正因为此，他在网上的信息里才会有"据说是名牌大学学生"

第三章 频道八卦

这样的话。

秦炀坐下后，落花依依软软地叫了他一声"师父"，众人都在起哄，说他俩这么般配，还同龄，在一起得了！

落花依依红着脸没说话，但那会儿看秦炀的眼神就不对了。秦炀从高中起就不断被女生告白和追求，那种眼神他太熟悉——她喜欢自己。

聚会时还有人提出要合照，秦炀委婉地拒绝了。所以除了"长得很帅""名牌大学学生"，其他人也不知道他更多信息了。

秦炀叮嘱完这几个人后，分别收到了回复——

［私聊］逝水："你不想让灵遇知道你长得很帅吗？呵呵——"

［私聊］九殿下："除了你做直播的事，我还有什么好泄露的？"

［私聊］闲云："OK。"

［私聊］野鹤："啊？什么意思？"

——从几个人的回复中，就能清楚地看出"腹黑""憨憨""聪明人""二货"都是什么样的。

［队伍］九殿下："神秘的灵遇，无情是个大变态你知道吗？他经常在游戏里虐我！"

［队伍］小仙阿晋："……"

秦炀直接无视了九殿下，在频道里问："带我的灵遇去下个除魔副本，OK吗？"

［队伍］闲云："OK。"

［队伍］逝水："不先介绍咱们认识一下？"

［队伍］野鹤："对啊对啊！你的灵遇怎么是只雪貂啊？"

［队伍］闲云："玩的是灵宠号吧？"

［队伍］野鹤："灵遇还能同时是灵宠？太牛了！"

秦炀没有介绍，开了语音直接道："走，去焰山炽狱。"

九殿下的声音也出现了，他嚷嚷着道："无情！真不打算介绍吗？你的灵遇是美女吗？身高多少？大学毕业了吗？做啥工作的？……"

殇火无情："你做人口调查？"

就等你上线了

九殿下:"我好奇嘛……哎,对了,人家之前七八年干吗去了?"

队伍停下来了,殇火无情在空中对九殿下发动了攻击,众人围观,无一人出手。半分钟后,九殿下惨叫了一声,尸体直接从空中掉了下去。

殇火无情继续带队前进,在队伍里发了一句——

[队伍]殇火无情:"自己复活过来。"

[队伍]逝水:"唉!好奇心杀死猫。"

[队伍]野鹤:"是好奇心杀死九殿下……"

九殿下很快复活了,用语音大叫了一声:"无情,你给我等着!"

正巧一行人已经到了炽狱入口,殇火无情淡淡地道:"就等你了。"

九殿下:"……"

秦炀说的除魔副本是《神魔》里最难通关的副本之一,要进入副本,等级至少得是90级,副本地点是凡界的焰山炽狱,这里还连着改版后新种族魂的孵化地。

副本背景故事是说魔界有一个魔王叫感暝,统治魔族上千年,其间与神族开战数次,几乎百战百胜。就在魔族众魔有实力一举击溃神族的时候,魔王感暝爱上了神族的火焰之神羲和,在那次大战中,感暝倒戈相向,导致魔族惨败。

感暝并不后悔,想与羲和双宿双飞,却始料未及地发现羲和并没与他情投意合,而是为拯救神族故意诱惑、利用他,神族还想趁感暝被魔族排挤之时将其杀死,以报千年战败之仇。

遭受了欺骗与背叛的感暝腹背受敌,被迫逃入凡间,在苗疆火焰山避难。因为这里地势险恶,终年燃烧着熊熊烈火,所以又名炽狱。没有人知道他躲到火焰山的行为与他爱上的火焰之神有没有关系……

很多人知道副本的背景故事后骂游戏公司丧心病狂,尤其是部分重情重义的女玩家,一边心疼感暝的经历,一边又得无奈地去打他——因为他是副本的最终 boss 嘛!

玩家打死感暝后有机会爆出高级武器火焰神杖和特级材料暝钻。前者是90级以上火攻法师争抢的武器,但对秦炀这些人来说已经没什么用了;

后者能镶嵌在装备上提高火属性攻击力，但即使没有火属性攻击的玩家，在得到暝钻后也能跟别的玩家换取同等价值的钻石，或以高价卖出。

几个人先一步到炽狱入口，等九殿下一来，殇火无情就带头飞了进去。

06

游戏里的小仙阿晋一直是原形状态，只要殇火无情开了跟随他就不用动了。在陆地上时，殇火无情走在前头，他就直接跟在他身后蹿，一旦进入飞行状态，系统就会默认让他像飞天鼠一样挂在对方的胳膊上。

所以，趁他们刚才飞行之际，何晋直接切出去搜索了一下这个副本的具体背景和流程——作为一个学霸，何晋有着连玩游戏都会仔细了解所有细节的习惯……尽管他现在只是一只米虫。

刚切回来，他就发现殇火无情已经带着他飞入火焰山了。

何晋看了一眼群聊，见队伍频道里有几条新留言——

［队伍］野鹤："哥，那个灵宠好棒啊，都不用自己飞，挂在驯养主身上就好了。"

［队伍］闲云："你想玩灵宠吗？我可以驯养你。"

［队伍］野鹤："感觉蛮有意思的，要不我去练个小号好了。"

［队伍］闲云："好。"

［队伍］九殿下："喂、喂，你们两个！"

何晋在队伍里打了声招呼："大家好，我是小仙阿晋。"

然后他私聊问殇火无情："闲云和野鹤是兄弟？"

［私聊］殇火无情："不太像，不过好像野鹤一直是这么叫闲云的。"

队伍里的人见何晋发言，更加热闹起来。

［队伍］逝水："哟，终于开口了！"

［队伍］九殿下："哈哈，自我介绍一下呗！"

何晋正在为难要怎么介绍自己，就见殇火无情又发来私信："不想说可

就等你上线了

以不说，我来应付他们。"

［队伍］殇火无情："别聊八卦消息，我的灵遇想保持神秘感。"

何晋看着那句话，突然有点感动。他把手放在键盘上，敲了一句话过去。

［队伍］小仙阿晋："大家可以叫我阿晋，我目前还在上大学，请大家多关照。"

的确，他在游戏里虽然不用提及太多私人信息，但只要提一点，譬如学业、工作或者所在地，就能让别人贴个标签，加深印象了。

其他人见到，也都纷纷开始自我介绍，热情直爽的九殿下最先说："我也还在上大学，你叫我殿下就好。"

［队伍］逝水："九，你小心点儿，别卖萌过头，到时候你怎么死的都不知道。"

［队伍］九殿下："……"

［队伍］野鹤："阿晋，你好，我是野鹤，闲云是我哥，我们已经工作了。"

［队伍］闲云："你好。"

［队伍］逝水："阿晋，我是你的灵遇的官配好友。"

［队伍］殇火无情："……"

［队伍］野鹤："哈哈哈……"

何晋：因为他俩一个名字带水一个名字带火的关系吗？

几个人在频道里说说笑笑，何晋勾着嘴角看着，得知殇火无情这些年在游戏里有这些朋友陪着，莫名少了些亏欠感。

进入炽狱的隧道黑黢黢的，一行人越往里走，山洞壁越亮，沿途的碎石也被烧得通红，满地红色的蜈蚣爬来爬去，空中还有不知名的散发着蓝光的飞虫，再加上背景音乐的烘托，气氛显得十分阴森恐怖。

［队伍］野鹤："你们说，全息以后这些虫子什么的还会有吗？"

［队伍］闲云："应该有的吧。"

第三章 频道八卦

［队伍］野鹤："那谁还敢进来？太恐怖了！"

［队伍］逝水："我觉得虫子不是很可怕，就是感觉会很热。"

［队伍］九殿下："不是吧，我最怕热了！"

［队伍］逝水："你可以少穿几件衣服再上线。"

［队伍］九殿下："有用吗？"

［队伍］闲云："没用。我看过全拟真游戏的原理介绍，说是系统通过头盔刺激大脑感官区域，类似催眠，所以就算脱光了玩你也会觉得热。"

［队伍］九殿下："……"

何晋紧盯着屏幕中的一切，像个没见过世面的人，感觉新奇得不得了。

说话间，几个人已经到了副本的第一关。虽然焰山炽狱是《神魔》中最难的副本之一，但对全服最强的五大高手来说，打通关只是时间问题，所以大家一路说说笑笑，心态也格外轻松。

只是逝水查看了小仙阿晋的等级后，担心地道："无情，你的灵遇的血量才这么点儿，你就敢让她下这么难的副本啊？她很容易死的哦……"

小仙阿晋现在是灵宠七级，相当于其他职业的 70 级，进 90 级的副本的确吃不消。

［队伍］殇火无情："没事，让他过过瘾。"

众人无语。过什么瘾？死掉的瘾？

［队伍］闲云："我的压力有点大。"

《神魔》中除了有三大种族之分，每个种族还有各自的主攻职业，有些职业是种族独有，譬如何晋的灵宠，还有一些职业是共有的，譬如咒术师、弓箭手、剑客、治疗师之类的。

何晋对《灵仙》时期的职业还有一些记忆，虽然游戏改了很多，但主要的东西还是没怎么变，譬如他见九殿下身后背着弓箭，就知道九殿下是弓箭手。其余几人职业不太明显的，何晋只能通过他们打怪时发出的技能来猜测。

殇火无情发来私聊："你一会儿自己躲好，闲云是治疗师，他会注意你的血的。"

就等你上线了

何晋回复:"好。"

第一关是打一种叫夜竹的喷火昆虫,九殿下拉弓一箭开了怪,殇火无情进入战斗状态,小仙阿晋就被迫退出了跟随状态。

他手忙脚乱地蹿来蹿去找安全的地方躲藏,可还没跑几步,迎面就爬过来一只夜竹,正对着他来了一口。雪貂发出"叽"的一声,就像当初被殇火无情砍中一样,飞到空中再坠落下来,伸着四肢,咧着嘴,一副凄惨的模样。

[系统]玩家小仙阿晋已死亡。

[队伍]逝水:"……"
[队伍]九殿下:"……"
[队伍]野鹤:"……"
[队伍]闲云:"抱歉,我来不及。"
[队伍]小仙阿晋:"是我该说抱歉……"

转眼殇火无情就复活了他,对闲云道:"不怪你,他死之前你管他的血,他死了我来复活。"

[队伍]野鹤:"对哦,你俩点灯了,能复活对方啊。"
[队伍]九殿下:"我也想点灯!"

游戏继续。在小仙阿晋死去的时候,剩余几个人已经拉住了夜竹的仇恨,所以等他被复活后就安全了很多。小仙阿晋一边战战兢兢地跟在殇火无情后头,一边看他们打怪。

闲云是治疗师,用的武器是法杖,身边跟着一只青龙模样的系统宠物,肉盾属性;野鹤是剑客,一身蓝边白缎的锦袍,外形英姿飒爽;逝水也是远程攻击职业,何晋见他经常吟唱,唱完后就会在地上出现一个个陷阱和法阵,有点像咒术师,但咒术师的武器一般是拂尘或毛笔加簿子,可他的

第三章　频道八卦

武器是一把折扇，所以何晋不敢确定。

说起来，何晋也不清楚殇火无情是什么职业，他身上佩剑，按理说应该和野鹤一样是剑客，但他又不是每次都使剑，偶尔还徒手出招，不管是群攻的血色涟漪，还是单体的火攻术，都有点类似魔法系伤害。不过何晋看得出来，殇火无情是以火攻为主的输出系职业。

以火攻为主的玩家在焰山炽狱应该不是很讨好，因为这里的怪大部分是抗火的。不过何晋比较了一下殇火无情和野鹤的砍怪速度，发现还是殇火无情更快一点……难道是因为殇火无情的实力已经强到根本不在乎这一点点抗性了吗？

第一关除了小仙阿晋刚开始时死了一次，还算顺利，接着第二关杀的是巫虫怪蛇，小仙阿晋又死了两次。第三关，飞虫、爬虫都没了，开始出现飘来飘去的鬼魂，这些鬼魂好像也知道小仙阿晋最弱，一见到他就全扑了过来，其余几个人拉都拉不住！

从这里开始，小仙阿晋就止不住地死去再被复活，被复活后又死去……

野鹤于心不忍地道："哎呀，无情，阿晋太可怜了，以后等级高点儿了再带她来吧……"

身为治疗师的闲云也道："嗯，我都过意不去了。"

九殿下碎碎念："我从第二关开始就在看小白，这地方的怪对她来说的确是过头了，她躲都没地方躲啊……呜呜呜——小可怜——"

逝水喷笑："人家的灵遇都没心疼，你呜呜啥啊！"

殇火无情："……"

笑过、闹过，殇火无情提醒大家："注意，boss马上要出来了。"

[焰山炽狱]惑暝："谁人敢闯我焰山炽狱？！拿命来！"

在系统闪过这条提示后，何晋只见屏幕一闪，熊熊火焰中现出了一个身穿红袍的人影——那个boss的形象竟然与殇火无情有几分相似！

就等你上线了

07

《神魔》改版时国内的网游已经发展得非常好了,每个玩家在创建人物角色时都能体验强大的"捏脸"系统,以此来设定五官细节和发型特征。与此同时,商城还会推出各式各样的时装以及染色功能,供游戏中的玩家进行个性化打扮。

何晋看到的惑暝,不只是衣服,连发型、发色和五官都和殇火无情很相似,唯一不一样的,可能就是气质——惑暝惨白的肤色如同僵尸,表情也透着一股戾气,好像刚从地狱里爬出来。

而且游戏中的boss体形一般比普通玩家高大,惑暝也一样,如果游戏中的殇火无情、九殿下等人身高基准是一米八,那惑暝得有两米出头。

惑暝的武器是一把乌黑的剑,在焰山深处的熔岩火光下闪闪发光。

在惑暝出现的那一瞬间,九殿下做了个召唤的动作,只见一片金光闪烁后,一只威武的金毛狮子出现在他身边,发出一声吼叫:"嗷呜——"

《神魔》这款游戏还有个特殊之处,就是它众多的系统宠物。迄今为止何晋已经看到三个不重样的系统宠物了——殇火无情的赤焰朱雀、闲云的青龙、九殿下的狮子,再加上"没节操"的游戏组开发的灵宠职业,宠物成了这个游戏不可或缺的特色。

在《神魔》中,高级一点的宠物,实力甚至比驯养主还要强大,平时野外作战,一人一宠的战斗力相当于两个人,所以对战时玩家基本默认不带宠物,否则就变成双打了。

此外,《神魔》中也没有肉盾系职业,所以拉仇恨的大多是宠物,九殿下放出的金毛狮子和闲云身边的青龙都是血厚防高的宠物。

此刻只听九殿下叫道:"上吧!小金!干翻无情他哥!"

何晋:谁是无情他哥?

这边九殿下刚吼完,那边闲云也按下了宠物的控制键,一龙一狮当即张牙舞爪地扑上去,拉住了惑暝的仇恨。傻乎乎的惑暝完全不顾其他人的

第三章　频道八卦

攻击，一会儿砍砍狮子，一会儿又砍砍青龙。

［队伍］小仙阿晋："为什么九殿下刚刚叫感瞑'无情他哥'？"

［队伍］九殿下："哈哈哈——你不觉得感瞑长得跟殇火无情很像吗？"

［队伍］小仙阿晋："发现了……"

［队伍］小仙阿晋："殇火，你是在扮演感瞑吗？"

［队伍］殇火无情："……是他扮演我好吧。"

秦炀一边说着，一边给何晋发私信——

［私聊］殇火无情："你刚才叫我什么？"

何晋："……"

众人还在狂笑，逝水解释道："是先有无情，后有感瞑。"

九殿下也用语音补充说明道："没错，感瞑出来的时候，这个形象无情已经使用好几年了，游戏公司忒没节操，新副本的 boss 形象都是照几个高级玩家的模样设计的。不止感瞑，在天山还有个白枫冰狱的 boss 妄虚子，是逝水他弟！哈哈哈！所以他俩才叫官配嘛……第一次下副本的时候差点儿没雷翻我们，你往后看着，后面还有更狗血的事！"

何晋一边听九殿下说，一边见殇火无情私聊道："叫哥哥。"

何晋无语，敷衍着发了句"哥哥"，却不料忘了切换频道！

［队伍］小仙阿晋："哥哥。"

看着与殇火无情那条消息不同的字体颜色，何晋窘得恨不得剁了自己的手！

秦炀也不相信何晋这么放得开，发私聊信息的时候就想着对方会不会忘了切换频道——这是很多新玩家都会出现的问题，没想到他还真见到了！

秦炀关了语音一阵闷笑，但在游戏里，他只是很自然地接了一句——

［队伍］殇火无情："嗯？"

［队伍］小仙阿晋："没什么……"

［队伍］野鹤："咦，他俩怎么也开始称兄道弟了？"

他俩这么你来我往的一两句，搞得九殿下刚才那通解释像在自说自话，

就等你上线了

他当下就不干了:"你们居然无视我!水哥,我想烧死这俩人!"

[队伍]逝水:"哈哈哈,烧吧烧吧,这里这么多火,无情他哥不介意分你一点。"

[队伍]九殿下:"好抓狂!"

[队伍]小仙阿晋:"对不起,我发错频道了。"

[队伍]九殿下:"呜呜呜好想哭。"

感暝这 boss 也不是一直盯着狮子和青龙砍,否则这个副本就当不起《神魔》最难副本之一了。

在打 boss 的过程中,玩家会遭遇三次感暝暴走——第一次大招,感暝会召唤出一大拨魔兵,专门对付神族玩家;第二次大招,他会招来一大拨神将,专门对付魔族玩家。基本上到这里,副本里无论是神族还是魔族玩家都已经死光了……要不怎么说这是当年的魔王呢?没两把刷子他怎么当得起魔族统领?

感暝的血量快垮到一半时,殇火无情友情提醒道:"你们小心,魔兵要来了。"

[队伍]九殿下:"你还真是专业卖你哥一百年啊!"

说话间,闲云已经飞出攻击圈,感暝狂吼一声,张开双臂,身体瞬间腾空,同时口中低吟念动咒语,电光石火间无数魔界亡灵破土而出,扑向还在圈内的众人!

何晋的雪貂毫无意外地被秒杀,但他发现这次不止他一个挂了——

[系统]玩家野鹤已死亡。

[系统]玩家九殿下已死亡。

[系统]玩家逝水已死亡。

原本还在拉着感暝的仇恨的那一狮一龙也双双挺尸!

何晋紧张地在队伍频道里问:"大家都死了?"——这款游戏即使角色

第三章 频道八卦

死亡，玩家也能在队伍频道里发言。

［队伍］逝水："别担心。"

那群密密麻麻的魔族亡灵没了攻击目标，也不继续攻击殇火无情，自动消失了，现在只剩殇火无情一人在与惑瞑对抗，左边队友状态显示框中，殇火无情的血条在以肉眼可见的速度往下掉……

这时，闲云远远地飞了回来，先复活了野鹤，接着是逝水和九殿下。逝水释放出了他的宠物，是一只红色的火狐，那只火狐飞快地逼近惑瞑，使了一招障眼法，把惑瞑的仇恨从殇火无情身上转移开，殇火无情趁机复活了小仙阿晋。

［队伍］逝水："看吧。"

［队伍］小仙阿晋："我还以为要完蛋了。"

［队伍］九殿下："哈哈，你的灵遇是 boss 他弟，咱们怎么可能完蛋？"

何晋想了想，问："闲云也是神族，为什么他刚刚飞到圈外后就没受到攻击？"

［队伍］逝水："他那个职业有个技能叫假死，但必须远离攻击圈才能施放。"

［队伍］小仙阿晋："原来如此。"

这一刻开始，众人加大了攻击力度，眼看惑瞑的血条快降到四分之一了，殇火无情开口道："接下来交给你们了。"

［队伍］闲云："OK。"

［队伍］殇火无情："阿晋，准备赴死。"

［队伍］小仙阿晋："……"

他从进这个副本到现在已经数不清死多少回了，早就麻了！

就在此时，惑瞑的第二次召唤来了，一大拨神族虚影降落，火速干掉菜鸟小仙阿晋，继而扑向殇火无情一阵狂轰滥炸。就在这时，九殿下叫了一声："无情，依依申请入队，你加一下。"

就等你上线了

殇火无情："……"

《神魔》的组队最多只能容纳六个人，一旦满队就会自动拒绝其他玩家的申请。

他目前所组的队伍，包括他自己在内刚好是六个人，但小仙阿晋此刻是以灵宠身份待在队伍里的，所以不算人头。

落花依依通过九殿下申请入队，秦炀是队长，当然也收到了组队信息，但觉得麻烦，想假装没看见。可现在九殿下都开口了，秦炀又没有拒绝的理由，只能点击通过。

［系统］玩家落花依依进入队伍。

每个玩家进入队伍后都能看到屏幕左边的队员状态，落花依依一进来就发现不对，六个人，长长的一列，但在殇火无情状态的右下方，还悬挂了一条特殊人物状态——小仙阿晋：七级灵宠（雪貂）。

如果只是他们几个人，没有小仙阿晋，落花依依可能还觉得与他们在同一个队伍里挺开心的，但一看到小仙阿晋的名字，一种被孤立、被抛弃的委屈感立刻涌上她的心头。

以往每次进队看到殇火无情，落花依依总会先叫上一声师父，但这一次她没有叫。

［队伍］落花依依："呀！你们竟然都在，在玩什么呀？"

［队伍］九殿下："我们在带无情的灵遇杀无情他哥呢！"

［队伍］落花依依："噗……真拗口。"

她也没跟小仙阿晋打招呼，只问了两句——

［队伍］落花依依："怎么没人叫我呢？打到哪一关了？"

［队伍］野鹤："快结束了，boss第二轮了。"

然后，大家就再也没话说了。

倒是何晋，因为还记得这个姑娘，便在频道里打了声招呼——

［队伍］小仙阿晋："依依你好。"

第三章　频道八卦

简简单单的四个字，看在落花依依的眼里就是赤裸裸的炫耀，炫耀自己轻而易举就打入了这个游戏中最好的圈子。

明明是个很多年没有再进游戏的新人，凭什么呢？

这会儿副本里的殇火无情被感暝召唤的众多神族围攻，终于死亡。

［系统］玩家殇火无情已死亡。

《神魔》中的两大种族各有治疗师，但无法相互救治。落花依依是魔族的治疗师，以往下这个副本，只要她在，就能和闲云之前做的一样，休眠躲过第二次攻击，再复活殇火无情。每到这个时候，她都觉得自己的存在有了意义。她对殇火无情来说是不可或缺的，没有人比她更适合待在他身边……

可是，现在殇火无情的行为明明白白地表达着——他不需要她。

闲云复活了小仙阿晋，在队伍里道："阿晋，boss的第三轮暴走会对付队伍中实力最弱的那个人，你可能还要再死一次。"

［队伍］小仙阿晋："嗯，没事。"

他随时做好了赴死的准备……

终于，感暝的血条只剩下十分之一了！他突然喷了一口鲜血，支剑跪地，悲痛地道："是你吗？你欺我、骗我、负我……如今又遭众神魔杀我……你当真要置我于死地吗？我只是爱你……我有何错？"

感暝踉跄着起身，剑锋一指，小仙阿晋中招，直接被秒杀！

［系统］玩家小仙阿晋已死亡。

邪魅狂狷的boss又吐出一口鲜血："罢也，罢也，如果这是你所愿，我满足你……"

说完这句话，感暝就开始飞快地掉血！

在跪地的前一刻，他再次张开双臂："愿我的族人得以永生……"

就等你上线了

［系统］玩家殇火无情已复活。

殇火无情起身后,赶在惑暝扑倒前,以迅雷不及掩耳之势复活了小仙阿晋!

［系统］玩家小仙阿晋已复活。
［公告］恭喜玩家殇火无情、小仙阿晋、九殿下、逝水、闲云、野鹤击败惑暝,完成焰山炽狱除魔任务!

08

此公告一出,世界频道再度沸腾了!

[世界]Ann:"前排合影!"

[世界]春殁夏初:"《神魔》一区最强队伍再次出现!"

[世界]汕汕苍夏:"我看到了什么?落花依依怎么不见了?"

[世界]不颠儿:"小仙阿晋真是神一般的存在……"

[世界]小狐狸棒棒的:"不知道为什么突然很同情落花依依……"

[世界]笑晴空:"有谁还记得当年被无情大神回复过的那个小仙阿菁?"

[世界]二货呆且萌:"记得!嗷——我好像明白了什么!"

[世界]懒萌团叽:"小仙阿菁是谁?和小仙阿晋是同一个人吗?新人求科普!"

[世界]王小明:"不是,是很早之前有个在世界频道里被无情大神回复过的妹子,被嫉妒她的人追杀到弃号了。"

…………

落花依依默默地看着世界频道,尽管她也在队伍里,但没进入副本,因此不会一起上电视,而小仙阿晋虽然只是个灵宠,却是真人玩家,系统也是承认他的。

落花依依见那些人轻易地挖出她内心的伤痛,又很快转移话题……小仙阿菁,那个人她也记得,时刻关注着殇火无情的她私下也曾好奇地问过殇火无情为什么会回复小仙阿菁,殇火无情当时什么都没有回答。

现在她知道原因了,因为那个人的名字和他的灵遇的名字只差了一个字,他以为是灵遇回来了。

落花依依觉得此刻的自己就和那个假冒的小仙阿菁一样可怜,众人同情她,看她的笑话,然后再羡慕那个风光的小仙阿晋。可是这几年自己才是待在殇火无情身边陪伴他的人,自己付出了那么多,为什么殇火无情看不到呢?

落花依依想退出队伍,但又觉得这样做实在太幼稚,好像要通过这种行为彰显她不高兴一样,矫情得自己都讨厌,可队里的人显然没有一个顾得上她的心情。

是的,这些大神早就习惯了别人对他们的议论。玩游戏开心最重要,谁会每天盯着世界频道看别人怎么说自己?

何晋也没留意。他还在为推倒有生之年的第一个boss而欣喜——和朋友们并肩作战,然后获得胜利,这样的感觉对他来说是前所未有的!

虽然他只是个米虫,还"死"了无数次,但没有一个队友觉得他是麻烦。最后闲云对他说的那句话,还让他觉得自己的"死"有了价值。

同时,他也很震惊感瞑会在最后关头复活殇火无情,殇火无情又那么快地复活了自己,本来他还以为自己挂定了!

被当成团队的一分子对待的感觉实在是太好了,尤其团队里的每一个人还都比自己牛!

九殿下:"我就说没事吧?哈哈!后面感瞑说的话是不是很狗血?"

[队伍]小仙阿晋:"是啊!不过为什么感瞑会复活殇火无情?"

九殿下:"都说了感瞑是无情他哥啊!"

[队伍]逝水:"你别逗她了,这就是副本的设定,如果熬到boss的第

就等你上线了

三拨暴走时还有多于一个玩家存活，boss 就会直接秒杀掉最弱的那一个，然后复活其余的魔族玩家。"

好酷的设定！若当时只剩下一个玩家，被惑瞑干掉后副本任务就算是失败了。

《神魔》中的 boss 倒了以后，在攻击范围内存活的玩家除了获得大量经验，还都有摸怪的机会，能摸到什么完全看人品。这也是殇火无情在最后关头还要复活小仙阿晋的原因，他绝不是为了跟小仙阿晋一起上电视。

当然，摸到极品物品也是会上电视的，这不，几个人刚摸完 boss，世界频道就一连刷新了三条公告。

[公告] 玩家殇火无情杀死惑瞑，获得了 1 颗瞑钻！
[公告] 玩家闲云杀死惑瞑，获得了 1 根火焰神杖！
[公告] 玩家逝水杀死惑瞑，获得了 1 颗紫水晶！

[队伍] 九殿下："你们几个人品爆了啊！全是好东西！"
[队伍] 逝水："紫水晶我没什么用啊，最多也就卖一千金币吧，你要给你……无情和闲云摸到的才是好东西。"
何晋听得嘴角抽搐，值一千金，这么贵重的东西没什么用……
[队伍] 九殿下："无情，你怎么又摸到了瞑钻？！"
殇火无情笑道："他不是我哥吗？当然对我好点儿。"
众人：这人好欠扁！
[队伍] 野鹤："我只捡了张瞬移符，还有一本《椒盐鸡烹饪技能书》！惑瞑就那么爱吃椒盐鸡吗？！这玩意儿我都有好几本了！"
[队伍] 闲云："看来他是想叫你学做饭了。"
殇火无情："阿晋，你怎么样？捡到了什么？"
何晋默默地拾取了包裹，在频道里回答道："两粒大还丹。"
众人："噗——"

九殿下发出夸张的大笑:"不是吧?你这手气也太差了!"

大还丹是低级补血药,随便一个卖药的 NPC 身上都有卖的,还是最便宜的那种,所以捡这玩意儿几乎和啥都没摸到一样!

[队伍]九殿下:"我心里平衡多了。"

[队伍]野鹤:"我也平衡了!"

何晋:为什么我的手气这么差?难道是当米虫的缘故吗?

落花依依不在副本里,听不到语聊的人在说什么,只能零零碎碎地看到他们的一些文字群聊,大概猜到了是怎么一回事。不知怎么,她也觉得心里平衡了很多……

秦炀一看已经快十一点了,对大伙儿道:"时间不早了,我和阿晋先退了。"

[队伍]九殿下:"好啊!慢走,下次再一起玩!"

[队伍]逝水:"拜拜——"

[队伍]野鹤:"我们也该睡了,晚安。"

[队伍]闲云:"拜拜。"

何晋也在队伍频道里发了句"再见",就和殇火无情一起退出了队伍。

转眼就只剩下九殿下和落花依依,九殿下本来也想下线,发现落花依依还在,才问道:"你还不睡吗?"

终于有人留意到她了,落花依依几欲枯萎的心情焕发了生机!

落花依依:"嗯……我睡不着。"

九殿下:"怎么啦?长青春痘了,还是生理期啊?"

落花依依:"……"

刚燃起一丝火苗的心情又被九殿下的这两句话扑灭了……和没情商的人谈心,还不如不谈。

落花依依:"不是啦,没什么,你先睡吧。"

九殿下:"哦,好的,妹妹晚安。"

落花依依:"……"

就等你上线了

那边秦炀和何晋退出队伍后,却没急着下线。殇火无情带小仙阿晋飞回了仙界:"副本好玩吗?"

小仙阿晋:"嗯,好玩。"只是他的手气太差,不过他能抱那么多大腿进高级副本就已经知足了,不能太贪心……

殇火无情:"呵呵,那下次还带你去打副本。"

小仙阿晋:"别,咱们还是先练级吧,我不想当米虫。"

"好,那就先练级。"秦炀笑着想,看来何晋还是对这款游戏感兴趣的……看他到时候怎么把对方训练成全服最厉害的灵宠!

何晋为对方带自己下副本的事道谢,殇火无情道:"不用谢我,多叫几声哥哥就行。"

小仙阿晋:"……"

到了仙界,两个人又聊了几句,就要分别下线,殇火无情问他:"明后天还上吗?"

小仙阿晋:"不了,我有点事……下周一晚上再来。"

殇火无情:"嗯。"

看着那个"嗯"字,何晋突然觉得殇火无情的情绪有点低落……他鬼使神差地在对话框里打了一句话:"晚安。"

关了电脑,何晋一边去洗脸刷牙,一边回想游戏里发生的事。这段时间随着和殇火无情的相处,八年前两个人一起玩游戏的记忆又鲜明了不少……他感觉殇火无情真的变了很多,以前这家伙好像蠢萌蠢萌的,但现在却变得有点"坏坏"的,还时不时地调侃他、逗他……唉,这人长大了真不可爱啊!

09

好在游戏只是游戏,何晋尽量把《神魔》当成放纵本我……哦不,是放飞自我的地方,安慰自己说那都是虚拟世界,无须紧绷着放不开,反正没人会知道……至于侯东彦，也许之后两个人会在游戏里碰到，但根据猴子的性格，何晋感觉就算自己玩了女号，他也不会大惊小怪，关键是自己无论如何都要淡定、淡定、淡定……

自我开导完，何晋就安心地睡了。

一夜无梦，次日周六，何晋没有安排任何活动。不再管学生会的事之后，他突然多了许多自由时间，即使大三课业繁忙，对他这种极其自律的人来说也能轻松驾驭。上午他先去自习了会儿，之后又去学联兼职中心了解了一番打工事宜。

人事管理这种专业找兼职工作其实很不容易，实习工作的可选范围也很小，尤其现在不是寒暑假，他没有整块的时间，就算有公司招短期人事人员，人家也不会考虑名校学生，因为大材小用。

何晋在招聘资料里翻了半天，见一个著名投资公司的人事经理要招助理，却点名工商管理专业的学生优先。何晋的专业不太对口，不过看对方的工作要求，他基本都能满足，便抱着试试看的心态投了简历。

晚上他接到他妈的视频电话，在电话里被一通询问，上至学业情况，下至同学关系，事无巨细，何晋烦躁地应付着，游湖和游戏的事自然一点没提。两年半下来，他多少也已经学会了跟家人"虚与委蛇"，只是他妈实在有点神经质，还生性多疑，听到一点点不合心意的事就刨根问底。

"你没谈对象吧？学校里有没有对你有心思的人？我跟你说，现在大学期间，你最好不要找对象，以后的事谁都说不准，小心到时候毕业了各奔东西。"

"妈，我没有……"

"而且你那个学校，能考进去的女生大多心高气傲，不是会顾家的人，你自己要理智，以后回来了好的女孩子多的是！"

话不投机半句多，知道即使反驳也毫无用处的何晋干脆沉默地听他妈自说自话。

他知道，她总是打着"为他好"的名义掌控着这一切；也知道，他妈的确是在为他考虑。他能理解她的想法，却并不认同她的做法。

就等你上线了

半个小时的视频电话，挂断时何晋苦闷地瘫在床上，像被抽光了全身的力气。

就在这时，秦炀发来短信问他明天几点见，想到这个热心又帅气的学弟，何晋总算恢复了些精神。

"你几点起床？要去图书馆预约讨论室吗？"何晋问。

秦炀："差不多八点，我们九点见怎么样？你来我的宿舍吧，417B。"

华大每两间宿舍共用一个休息室，的确在宿舍里为秦炀指导英语也是可以的，而且楼上楼下也方便，何晋便答应了。第二天他准时带着资料和笔记上楼，找到417，正打算敲门，秦炀就从里头把门打开了。

"你来了。"秦炀今天只穿着一件单薄的长袖V领棉衫，宽松的垂绒布裤子，极其休闲。

何晋跟着他进门，本以为是在休息室讲，不料秦炀带他去了房间。

"你的房间没人？"何晋疑惑地问。华大宿舍都是两个人一间，比起卧室，外面应该更不容易被打扰。

秦炀推开门道："我一个人住。"

房间里开足了暖气，何晋惊讶地道："你为什么可以一个人住？"另一张床铺上果然没有被褥，只放着几个白色的收纳盒。

"我对铺那哥们儿刚入学没多久就出国了，据说第一年是交了宿舍费的，今年第二年，宿舍办也一直没往这儿安排新的学生，估计是忘了。"秦炀解释道。

何晋："待遇挺不错啊，单人间！"

"一个人有时候也挺无聊的。"秦炀的写字台上放着电脑，还堆着几本专业书，他拉开没人用的那张写字台旁边的椅子道，"我们坐这儿说。"

何晋点点头坐下："这倒是。"不管怎么样，两个室友在一起还能聊天，开开玩笑，一个人的确无聊。

"你坐会儿，我给你冲杯咖啡。"秦炀说着就推门出去了。

何晋环顾了一圈，见墙角放着一对网球拍，秦炀自己那张床上的被子没叠，维持着起床后掀开的样子，但看起来倒不凌乱，反而显得有点慵懒随意。另一把椅子的椅背上挂着一件外套,商标外翻着,正是那天秦炀脱下来披在他肩上的那件。

何晋回头打开资料,考虑着一会儿要从哪里讲起。

秦炀泡了咖啡回来,走到何晋身后,伸手把水杯放在了写字台上。

"你穿这么多,不热吗?"

"不热啊。"何晋有点庆幸自己的体质了。

秦炀很快退开,拖了自己的椅子过来坐在他身边,还拿了纸笔用来做笔记。

何晋翻到自己以前做的语法知识框架表,问了句:"你六级范围内的单词都背了吧?"

秦炀:"差不多。"

"那就没什么问题了,"何晋指着那个框架表说,"六级的语法主要涉及这些,我们讲完我给你找点儿题做,你有什么问题再问我。我们按句子讲,今天先讲语序和语态,你自己不记笔记也行,回头我把这本笔记借你。"

秦炀笑道:"这么大方啊,我记得那天你的笔记都是复印了卖钱的。"

"我留着也没用,你考完还给我就行。"何晋说着,就开始分类讲了起来。

秦炀一边听,一边看了他一眼,问道:"你的字写得真好看,练过吗?"笔记上除了英文,也有中文的注释。

何晋:"小时候练过一段时间。"

秦炀:"硬笔书法?"

"是毛笔字,跟一个老师练了好久的隶书和魏碑,然后是楷书。后来自己写硬笔,仿着别人写的漂亮的字练,没正式上过课,有基础了就能慢慢写出自己的风格。"何晋捏着纸巾,彻底被转移了注意力。

秦炀:"现在大家都习惯用电脑了,字写得好的人真不多。都说字如其人,我看你写的字很潇洒,横竖撇捺充满劲道,好像跟你本人的气质不太像。"

何晋扬眉:"我本人给人的感觉是什么样的?"

"很温和,感觉很容易妥协,"秦炀打量着他的表情,缓缓地道,"但我觉得你的性格应该更像你的字，而不是你外表看起来这样。"

何晋怔了怔，突然有种被对方看透的感觉……

秦炀："我说得对吗？"

何晋轻笑道："一半一半吧。"

何晋虽然嘴上这么说，心里却有极大的触动，好像还从来没有人这么犀利地分析过他的"性格"，就连佟萱都没有。和佟萱短暂的交往，他是瞒着家里的，那时也不敢放太开，总是束手束脚的。他们分手的时候，佟萱哭得很伤心，说他一点都不懂她，可何晋心里也很委屈，她又何尝懂过自己？

不过，在何晋看来，男生对女生原本就该谦让着些，所以就算被对方单方面控诉，何晋仍然认为是自己亏欠了对方，至少让女生哭泣并不是一个男生该有的行为。

现在听秦炀这么说，何晋突然想，如果当年的佟萱也能透过表面看到他的本质，他们的结果是否会有所不同？随即他又在心里摇摇头，过去的事就过去了，他和佟萱并不适合在一起，做假设没有任何意义。

"在想什么？"秦炀漫不经心地问。

何晋收回思绪，可能是因为刚才那句有关性格的猜测，让他感觉和秦炀的距离又拉近了许多，不知不觉间就放下了学长的架子，随口问道："秦炀，你谈过女朋友吗？"

"没有。"秦炀回答得很干脆，伸手端起桌上的咖啡浅浅地啜了一口。

10

没有？何晋很意外，惊讶地看着秦炀，原本还想和对方交流一下有关恋爱的心得体会，却不料对方没有这种经历！

"怎么这样看着我？"秦炀笑道，"不相信？"

何晋呆呆地点点头："我以为你这种人……"

秦炀打断他道:"我这种人?我是哪种人?"

"你长得帅,会打网球,人又大方、健谈,还体贴、上进。"何晋想起秦炀那天请客的事,想起他在自己发烧时一直陪到最后,还背自己回宿舍,想到他谦虚地请教自己英语语法以及那个晚上只因为见自己打哆嗦,就直接脱下衣服给自己穿。

虽然他们认识才没多久,但和秦炀相处的很多细节都让何晋感受到了他的人格魅力,它们的吸引力在何晋心中远远超过了秦炀"校草"的名声。

上了大学,学生对异性的评判不再仅限于成绩,家境、外貌、性格也被列入大家挑选男女朋友的主要因素,秦炀这种内外兼修的型男,无论在学校里还是出了校门,都是最受欢迎的类型,难怪女生对他趋之若鹜。

秦炀听何晋说了这一串褒义词,不由得嘴角上扬:"然后?"

"我以为你这样的人,肯定很懂得怎么讨女孩子欢心。"何晋想起了佟萱跟自己分手时的种种指控——沉闷无聊,没有浪漫细胞,循规蹈矩,刻板守旧,利己主义。哦!对了,还有"弱鸡"……

何晋长叹一声,可能在扮演他人的男友角色上,自己真的做得很糟糕吧。

虽然事后佟萱冷静下来,也跟他道过歉,说自己是一时冲动才那样说,但她那次恨铁不成钢地咆哮、痛哭着说出那番话的场景,却给了何晋一次精神上的痛击,让他原本麻木的灵魂为之反省,然后发现好像真是那样。于是他深深地自我厌恶起来——是的,连何晋都不喜欢那样的自己。

所以,在游戏里遇上殇火无情,并得知对方等了自己八年,何晋觉得不可思议。

"就算我懂怎么讨人欢心,也不是非得谈恋爱吧?"秦炀突然反问,"再说了,谈恋爱这种事,不应该是发自内心的吗?"

何晋愣了愣:"发自内心?"

他以为谈恋爱就是男生女生在一起牵手、逛街、看电影,这就完事了。

秦炀理所当然地道:"是啊,当你喜欢一个人的时候,就会不由自主地想对对方好,无时无刻不为那个人考虑,想看她笑,希望她开心。反正我

就等你上线了

不认为讨人欢心就是谈恋爱，恋爱应该是一种冲动。"

何晋：是这样吗？这话听着好像也挺有道理的。

秦炀见何晋微张着嘴，一副呆愣的模样，笑得开怀："我说得不对吗？"顿了顿，他又问，"你呢，你谈过恋爱吗？"

见何晋犹豫着点了下头，秦炀确认道："真有过？"

"嗯，"何晋下意识地说，"你也见过的，就上次一起游湖的那个佟萱，我们大一的时候在一起，不过不到一年就分手了。"何晋反思了一下两个人在一起时的感受，迟疑着说，"而且你说的那些感觉我好像也没有过……我以为那是一种习惯，像是体贴、浪漫之类的，是能够培养的。"

听到何晋这样描述自己的恋爱，秦炀好奇地问："接吻也没有过？"

何晋像是怕被看扁了似的，躲开对方的视线，轻轻地"嗯"了一声。

秦炀笑了："那你这样，不是还跟一张白纸一样？这也叫谈过恋爱？"

可能是对方的语气带着些调侃的味道，何晋有点羞恼地道："你有什么资格说我？你都没谈过呢！"

秦炀：如果谈恋爱都像你说的那样，那还不如不谈呢！

但他见何晋说这句话时微仰着下巴，仗着虚长自己一岁，没有底气地"倚老卖老"，还透着一股小小的骄傲劲儿，不知怎么就觉得逗得不行！

于是秦炀没再继续战他，只勾着嘴角道："算你厉害好了。"

……何晋鼓着脸充气球，还没来得及膨胀就泄气了。

何晋继续讲语法时，秦炀没再走神，何晋也很认真，直到背后的写字台上响起一阵悦耳的音乐声——"我不完美的梦，你陪着我想，不完美的勇气，你说更勇敢……我不完美的心事，你全放在心上，这不完美的我，你总当作宝贝……"

何晋愣住，扭头看向歌声的来源——是秦炀的手环。

这边秦炀已经站了起来，过去接电话："喂？嗯，在呢，不去了，我今天有事，你自己去吧……好，回见。"

何晋还沉浸在刚刚响起的铃声里，等秦炀挂断电话转过身，才反应过

第三章　频道八卦

来问:"有人找你?"

秦炀:"嗯,蒋白涧叫我去外头吃饭,我推了。"

"因为我吗?没事的啊,你去吧,我们改天再讲。"何晋不好意思地站了起来,没想到边上的秦炀直接背过身去,撩起上身的衣服,把那件宽松的 V 领棉衫脱了,还边脱边道:"不去,我跟你一起吃,等我换身衣服。"

何晋怔了一下,赶紧偏开头,心说秦炀还真不把他当外人。

第四章 全息头盔

就等你上线了

01

两个人是在食堂吃的饭，何晋有午睡的习惯，饭后回宿舍小憩了片刻，和秦炀约好三点在宿舍楼下见面。秦炀叮嘱他穿运动衫，如果没有，就穿宽松点儿的衣服。

何晋到点下楼，秦炀也带上了球拍，两个人直接去了网球场。

因为华大网球队的知名度，学校对网球场地的投建规格很高，共建有一个室内场馆、六个室外场地，还有个新手练习区。

这天的天气不错，室外场地上有几对学生在打球，他们远远见了秦炀，高声叫他，有的叫"秦哥"，有的叫"学长"，还有的叫"副社长"。

何晋怔了怔："原来你还是网球社的副社长！"

秦炀边同他们招手，边对何晋道："随便叫着玩的，其实也不太干正事。"

待走近了，秦炀又告诉何晋，现在在打球的都是大一的学生。有几个学生凑上来好奇地问："秦哥，这位是谁啊？"

秦炀一拍何晋的肩，用熟稔的口吻道："何晋，我朋友。"

对方的介绍词再次让何晋愣住，不是"学长"，也不是"学生会的某某"，而是"朋友"……这让何晋听得舒服极了。

几个学弟纷纷叫何晋"学长"，相互打了招呼，秦炀把球拍往边上一放，让他们帮忙看着，就摆动着手臂开始原地踏小碎步："先跑两圈热热身？"

何晋跟上他的节奏，两个人慢跑起来，秦炀边跑还边跟他说话："你平时运动多吗？"

何晋摇头，华大要求大一新生入学时第一个学期每天晨跑，但第二学期起就不再强制。何晋开始还保持着这个习惯，和佟萱在一块那会儿，有

第四章　全息头盔

段时间给对方带早饭，慢慢地就把这个习惯废了，之后就没怎么运动了。

没一会儿，何晋就已经气喘吁吁，两圈下来，他直接手撑膝盖，弓着腰直不起身了。

秦炀却脸不红气不乱，一边做着拉伸肢体的动作，一边批评他："你这样不行啊，难怪淋那么点儿雨就发烧，还那么怕冷。以后每天晚上我带你跑两圈吧，十五分钟就够了，能缓解压力，帮助睡眠，增强体质。"

何晋喘着气点了一下头，秦炀的提议很不错，他也觉得自己这样下去不行。

缓过气来，何晋感觉全身都热了许多，秦炀递了一支球拍给他："掂一掂，重量还行吗？"

何晋双手托着球拍，评价道："重！"

秦炀"扑哧"一声笑了："我给你拿的还算轻的。"然后秦炀又让他掂自己的球拍。

何晋两眼圆睁："这个更重！为什么？"

"初学者的球拍不宜过重。这支是我刚学网球时买的拍子，拍面大，比较好打，昨天翻出来，缠了新的吸汗带。"秦炀倒提着球拍指给何晋看，又让他握住，紧接着惊讶道，"你的手怎么这么小？"秦炀像是才发现一样……

何晋局促地握紧拍子，有点被人揭了短的羞涩感，垂下眼睛说："嗯，一直是这样，我也不知道为什么手就没长大。"

秦炀忍不住想笑，面上却平静："这支拍子的手柄对你来说有点粗，你若握着不舒服，回头我帮你换个小一号的女式拍子来。"

何晋赧然道："不用吧，我随便打打，用这个就好，也握得住，没必要太讲究。"

秦炀认真地道："太粗的拍柄会抑制发球时手腕的下压动作，不便于发力，力气小点儿的还容易打脱手。不过今天没法了，我先带你打着玩玩，如果你喜欢打，下次我们一起去挑一支合适的拍子。"

何晋点头："也行。"

就等你上线了

两个人走到新手练习场，先学习打壁球。秦炀做了一次动作示范，就抛了个球给何晋："来，试试。"

在这之前，何晋自己在网上看过新手学网球的攻略二三则，原以为秦炀会条条款款地再跟他说一遍，没想到对方让他直接上手！

何晋两个球都没接住，秦炀锲而不舍地给他发球："掉了没事，慢慢来。"

秦炀发了十来个球，何晋渐渐找到了感觉，随着接球成功次数的增加，心里的成就感也越来越大……这网球好像还挺简单的嘛！

就在这时，秦炀突然道："何晋，停一下，保持这个动作，对……"

何晋维持着右手举拍的滑稽动作，像木偶人一般不敢动。秦炀从他身后扣住他的手腕往下压，右手手掌包裹住他握球拍的手，用力往后一掰："肩膀放松，手臂伸直，蹲下，重心压低……"

这时的秦炀还真像一个严苛又冷静的网球教练，没一丝玩笑的意味。

何晋闷不吭声地又打了一会儿球，秦炀就站在边上指点他的动作，偶尔做个示范什么的。

运动的确是一件很减压的事，何晋越出汗，越有劲儿，好像内心那些烦闷感都随着汗水一起排到体外，整个人都轻松了起来。

"看不出，你还挺有运动细胞的嘛！"秦炀不吝啬地夸奖他。

何晋很高兴，脱了外套，揪着T袖衫的领口擦了一把脸上的汗，有点得意地说："我初中时打羽毛球，还代表校队在区里得过奖呢。"

秦炀："呵呵，那网球呢，想继续打吗？"

何晋："想啊，还蛮好玩的……你怎么都不打啊？"

"我看着你呢，"秦炀那语气说得像看小孩似的，"以免你的动作不对，一阵乱打，回去准全身酸痛好几天。"

"你真是个好教练，"何晋累得直接坐在地上，喘着气道，"我休息会儿，你打会儿我看看，学习学习。"

秦炀掂了掂手上的球拍，紧紧握住，转身去了。

抛球、发球、抽击……秦炀缓缓地拉开身体，每一下都打得既稳又准！

掌控了节奏后，秦炀就开始加速，以何晋方才练习的两倍速打回每一个球。

何晋看得发愣，但让他震惊的还在后头，因为秦炀显然并不满足于此——只见他越打越快，回球越来越密，子弹似的在空中穿梭，可没有一个球从他手中掉落。或者说，他的身体就像是一张网，手臂快速地挥动着，在空中舞出影子，灵活地网住每一个球，准确又充满进攻气势地将一个个球猛力击回！

何晋还发现，秦炀回击的点都集中在同一个区域，不像他打时那样东跑西蹿。那块区域被秦炀打回的网球一次次高速冲击，让看着的人几乎有种墙壁会被打穿的错觉！

在铁丝网外看秦炀的女生们尖叫起来，何晋下意识地回头望了一眼，突然就懂了，为什么有那么多人说秦炀帅。因为这样张扬的秦炀，是真的很帅、很帅。

想起自己刚才在秦炀面前炫耀"初中打羽毛球得奖"时班门弄斧的小得意，何晋突然觉得无地自容！

晚上何晋洗了澡，浑身乏力地躺在床上，回想秦炀打壁球时的英姿。

这样的男生，让他羡慕，让他向往。他想跟秦炀一起奔跑，一起打网球，想让他把自己当成对手。被他打球时那种专注的眼神看着，应该是一件让人振奋的事吧。

02

距离《神魔》全息的时间越来越近，游戏公司的官方新闻组邀请了几位高手排行榜上的玩家进行了一次语音访谈，与游戏视频一起剪辑制作后发布。

就等你上线了

这个访谈,何晋也看了。

殇火无情自然在被邀请之列,除了他,新闻组还请到了一区排名第二的逝水、二区排名第一的哥本冰激凌、三区排名第一的人面鬼见愁和第二的雾千帆,最后还有全游戏公认的美女兼实力玩家落花依依。

声音甜美的女主持人在访谈开始后先介绍了几位知名玩家,在主持人介绍的同时,视频分别播出了几个人的游戏形象,屏幕一瞬间就被观众的欢呼弹幕覆盖了,疯狂程度堪比追星。

何晋一头黑线地把弹幕数量调整到只显示5%,继续看下去。

主持人:"自从《神魔》公布要出全息的消息,游戏公司对全息的进程就极度保密。其实这一次的访谈节目也是官方想通过几位大神向所有玩家进一步透露游戏全息后的变化,几位嘉宾对全息后的《神魔》有哪些疑问与猜想呢?"

逝水最先开口:"我听说到时候50级以上的玩家可以在神魔领域会合,那全息后我们几个都能在游戏里相遇吗?"

主持人:"是的,到时候老三区超过50级的玩家进入的是三区合并后的服务器。"

哥本冰激凌:"哇!这样才刺激嘛!"他的声音听上去很年轻。

人面鬼见愁问道:"那三个区的高手排行榜会不会合并?"这个人的声音则有点低沉。

主持人:"当然,除了依依美女,目前几位大神都在全游戏综合榜上,合并后的排行榜会根据这份数据来重新排。"

在主持人说这句话的同时,视频也切换到了官方排行榜的综合实力榜画面上,只见殇火无情仍然高高地悬挂在第一位,但排第二名的不是逝水,而是哥本冰激凌,第三名是人面鬼见愁,接下来才排到逝水和雾千帆。

雾千帆的声音是个比较细的男声,他问道:"我比较好奇全息以后,咱们目前的游戏角色形象会不会改变?"

主持人笑了起来:"全息以后,除了灵宠号的原形,游戏公司会为首次用头盔登录的玩家提供一次改变外形的机会。当然,大家也可以维持原样,但头盔会根据玩家本身的外貌特质对角色的五官表情做出一定的调整。比如若是男玩家玩女号，上线后依然是女生的模样，不会强行被改变，只是角色的表情会与现实关联，如果这个人在现实中的表情很难看，那游戏中角色的表情也会变得很难看。"

哥本冰激凌："……"

屏幕上飞过几条"有意思""哈哈哈""突然想换个性别玩了"之类的弹幕……

不过听到这个解释，何晋却莫名地松了口气。

殇火无情问道："那灵宠号呢？"

"灵宠号也会是原来的形象。"此刻视频画面截取了一只灵宠兔，主持人解释道，"以兔子举例，这位玩家戴上头盔进入游戏以后，所有的视角都是根据兔子的高度、体形来决定的。当然，就像人看不到自己的后脑勺一样，玩兔子的玩家也看不到自己，只是视觉体验上以兔子为准。"

这话一出，观众哗然，未被屏蔽的部分弹幕又是一串的"哈哈哈""好神经病啊""好想玩……"

何晋惊呆了，这么说来，他到时候的视觉体验就是一只雪貂？

逝水又问："全息以后玩家之间怎么交流？文字对话功能还存在吗？"

主持人："目前《神魔》的全拟真语音会延续至全息，但与原先对着麦克风说话的方式不同，玩家戴上头盔后并不需要对着头盔说话来传递声音，而是由头盔直接读取脑电波，把你想要说的话翻译成声音出现在游戏世界里……这样，即使大家在人声嘈杂的地方玩游戏，也不怕这些声音会吵到自己，就连无法发声的人，也可以在游戏里体验说话的感觉。至于文字对话功能，各位玩家可以到游戏里再去探索。"

弹幕：

"哇啊啊啊……酷毙了！"

"我要去预订头盔！"

"好期待啊！"

殇火无情问："如果是那样，游戏里说话的声音还是自己的吗？"

就等你上线了

主持人:"对想要用自己的声音进行游戏的玩家,可以在戴上头盔第一次进入游戏前进行设置,到时候头盔会提示玩家说几句话来校准口音和音色,如果不想用自己的声音,可以只校准口音,选择系统提供的音色。譬如玩女性账号的男性玩家,把音色调整成女性即可,到时候还有各种年龄段的声音可以选择哦……各位想要改变自己的形象或者声音吗?"

哥本冰激凌:"我觉得我的声音和形象都挺好的,不改变了。"

主持人:"冰激凌的意思是,您对您现实中的模样也很自信吗?"

哥本冰激凌:"当然。"

众人一阵起哄,主持人又道:"依依美女今天的话很少呀。让我们来听听您的想法,到时候您会用自己的真实形象设置游戏角色外貌吗?我猜,那样的话,您一定会更受欢迎!"

落花依依笑道:"主持人说笑了,我倒是希望所有女生在游戏里都能变得漂漂亮亮的,这样大家就不会只关注我的外貌了。"

主持人感慨道:"原来依依不希望自己被特殊对待啊!"

落花依依俏皮地道:"是的,我可是实力型玩家呀!"

弹幕:

"女神大赞!"

"落花依依太棒了……"

"依依嫁我!"

问完落花依依,主持人又问殇火无情:"无情大神呢?作为全《神魔》最出名的玩家,您期待《神魔》的全息化吗?顺便告白一下,我也是您的粉丝。"

弹幕:

"啊啊——大神!"

"大神,求你灵遇灭灯吧!"

"讨厌小仙阿晋!"

…………

第四章　全息头盔

何晋心道：为什么每次到殇火无情的时候画风都变得这么诡异？

接受访谈的几个人听到主持人告白，又是一阵笑。秦炀做直播两年，应对这种访谈和对话已经相当轻松："谢谢，当然是期待的。《神魔》是陪伴我长大的游戏，如果可以，我也想陪伴它一直走下去。"

主持人又问："《神魔》全息后会进入一个新的时代，您还有自信一直坐在第一的宝座上吗？"

殇火无情："自信必然有，但能不能一直保持第一不是靠自信就行，这种事情得看天时地利人和。"

主持人追问道："那您认为全息后谁最有可能成为您的劲敌呢？哥本冰激凌？"

哥本冰激凌："那还用说？必然是我。"

殇火无情笑道："呵呵，不是冰激凌。"

哥本冰激凌叫道："你还输过我一局呢！"

殇火无情："哦，那就算你赢好了。"

哥本冰激凌："为啥这人一说话就这么欠揍呢？！"

众人大笑，主持人继续问道："不是哥本冰激凌，难道是逝水？"

殇火无情："也不是。"

逝水立即温和地声明："我们不是劲敌，是朋友。"

"啊——"主持人叫了一声，笑道，"你们的 CP 感真的好强！"

逝水开玩笑道："是吗？你说我去改个名字叫'逝水情深'怎么样？"

主持人："噗……"

主持人轻咳了一声，保持住一本正经的形象，继续问："冰激凌和逝水都不是您的劲敌，难道是鬼见愁和千帆？"

殇火无情："都不是。"

主持人："您的意思是您并不把这些大神放在眼里吗？"

殇火无情："你也说了，全息后会是一个新的时代。以逝水举例，他的手速非常快，我完全比不过，如果还是键盘游戏时期，我的确会把他当劲敌。即使我现在在排行榜上压着他……"

众人："……"

殇火无情："但脱离了键盘，手速快不再是优势，一切就都没有定论。我想到时候应该会有不少新人冒出来，我很期待见到他们。"

主持人："原来是这样，无情不愧是全游戏第一的大神，分析得非常到位。其实，我在这里还有一个很重要的消息要公布……"

03

众人屏息以待，只听主持人稍一停顿后道："全息以后，《神魔》将全面开发竞技板块，鼓励玩家各自发展势力、组建战队，并定期举办设有高额奖金的团队对战。从明晚八点开始，《神魔》将开通战队报名通道，明年2月，即两个月后，《神魔》官方将为大家带来第一场全息模式的竞技赛事，让我们拭目以待！本条新闻将在两个小时后于《神魔》官方新闻网发布，谢谢所有观众和《神魔》玩家的支持，也谢谢今天到场的嘉宾殇火无情、逝水、哥本……"

这条爆炸性新闻一出来，整个《神魔》世界都沸腾了！

一时间，线上线下、贴吧、论坛，无数玩家都在传播《神魔》战队和竞技赛的事。毕竟以往的《神魔》只是以网游为主的游戏，即使设有官方跨服竞技场所，也有殇火无情这样的大神在飞游网做直播讲解对战技术，那也只是玩家私底下的活动；可一旦竞技赛事由官方定期举办，性质就完全不同了——《神魔》不再只是游戏，它将为许许多多的游戏爱好者提供新的发展方向和职业道路！

《神魔》官网如约在两个小时后发布了这条新闻，而第一场比赛的奖金竟然高达五十万元。

在这个网络竞技游戏流行的年代，五十万元的赛事奖金或许并不算高，但对像何晋这样没有任何收入的学生来说，五十万元就是个天文数字！

第四章 全息头盔

何晋暗自感慨了一番，不过不管这场比赛将多么轰动，他感觉都跟自己没有太大的关系，只是想到殇火无情应该会参加，他忍不住跟着激动、好奇而已。

晚上上线，何晋和殇火无情在游戏里聊起访谈的事："我今天看那个访谈节目了，你会参加比赛的吧？"

殇火无情："嗯，官方给我发邀请函了，这次访谈拉我们去主要就是为了发布这个新闻，顺带给《神魔》全息做个广告。"

何晋一想，也是，《神魔》有几千万玩家，上得了游戏排行榜的大神，号召力肯定非同凡响。

小仙阿晋："加油！"

殇火无情："你也要加油。"

何晋愣了愣："什么意思？"

殇火无情："我要组建战队，你到时候也一起参加吧。"

何晋吓了一大跳，赶紧拒绝："我不行的！我才玩多久啊！"

这半个月来每次上线殇火无情都带何晋升级，就算他没上线，殇火无情也会抽空帮他练号。何晋的灵宠号已经九级了，但他的野外战斗经历几乎为零，只跟着逝水他们下过一次除魔副本，还是以米虫的身份去的……他去参加比赛只会拖人后腿！

最关键的是，他现在连个全息头盔都买不起——白天看访谈时，视频里也放出全息头盔的价格了，目前官网的预订价是8880元，全息以后的价格是10880元！

何晋在华大的开销差不多是每月三千元，除去每个月记账汇报给他妈的那部分，再去掉账外零零碎碎的开销，他只有一千多块余裕。而何晋之前投递的工作简历，果不其然都没有消息，即使他成绩再好、绩点再高，专业不对口也没有办法；而他自己的专业，在毕业前也很难找到工作。

何晋没跟殇火无情说现实中的事，只是找借口道："我一个灵宠号，能做什么？"

就等你上线了

殇火无情:"我从内部渠道了解了一下比赛详情,据说有一场是灵宠对赛,还有一场是驯养主和宠物一起上的,二对二,估计没几天就会公布。"

何晋:灵……灵宠对赛?这款游戏的节操在哪里?!

殇火无情开始打友情牌:"我希望你能陪我参加。"

听到对方语气中的一丝期盼之意,何晋突然觉得自己根本不可能拒绝!

见何晋没回复,殇火无情叹了口气,有些落寞地道:"你也别急着拒绝,再考虑考虑吧,报名到下个月底才截止。"

小仙阿晋:"嗯……"

怕在游戏里提头盔的事,殇火无情会说要给他买,所以何晋不提,只下线后一个人发愁。

头盔头盔头盔,钱钱钱!唉,何晋郁闷地想,自己怎么就没多存点儿呢?

记得刚上大一那年,何晋跑去给初中生当英语家教,半年赚了四五千块钱,全记在账上告诉了他妈,还为自己能够自立而骄傲。但之后两个月,他妈就没给他打过生活费。再后来有一次,何晋看见别人跳街舞,觉得很酷,学费才两千块,跟他妈说他也想学,但他妈二话不说就拒绝了:"街舞?什么乱七八糟的东西!你就好好学习,别想些有的没的!"

何晋为头盔的事辗转反侧了数日,就在他一筹莫展的时候,也就是《神魔》全息化的前一天,他接到了一个陌生来电。

"您好,我是《神魔》游戏公司的工作人员,请问您是何晋何先生吗?"电话那边是一个礼貌的男声。

何晋怔了怔:"我是。"

工作人员:"请问您是否在一个月前填写了《神魔》全息头盔的抽奖信息?"

何晋:"是的……"

何晋听到这句话,满脑子都是"天哪""运气不会真这么好吧"之类的回音。那个工作人员说:"恭喜您成为抽中全息头盔的幸运者之一,您将免费获赠《神魔》全息典藏版游戏头盔一个,请在游戏后台填写一下真实信

第四章 全息头盔

息和头盔的寄送地址……"

何晋感觉整个人都麻木了，这个消息比他两年半前接到华大招生办的电话恭喜他考上了华大还让他震惊！

填完地址和身份证号，何晋半天都没回过神来，感觉这件事跟做梦似的——他怎么就抽到头盔了呢？！

当晚殇火无情要做直播，何晋没有上线，次日快递员打电话让他去宿舍楼下签收一个包裹。何晋"咚咚咚"地跑下楼，从快递员手中接到一个足球大小的软壳包裹，至此，他的忐忑才慢慢消散，抽到大奖的欣喜随之涌起！

何晋三步并作两步地跑回宿舍，献宝似的给侯东彦看："猴子，快看！"

侯东彦的反应比他更夸张，他抱着何晋的头盔在宿舍里咆哮："嗷——你居然抽中了！你这走的什么狗屎运啊！"

两个人小心翼翼地把那个软壳包装拆了，银色的钛金表层亮得闪瞎人眼，上面有两个烫金狂草大字——"神魔"，右下角还有一排剑体小字——"典藏版全息头盔"……

侯东彦捧着那顶头盔反反复复地看了许久，又帮他研究说明书。何晋小心翼翼地将头盔戴了起来，那玩意儿很轻，外形是固定的，但内里不知用了什么材料，戴上后会根据使用者的头形调整形状。额头部位的软皮衬里上有很多纽扣大小的金属突起贴片，刚戴上时何晋感觉凉凉的，但很快就适应了。

侯东彦站在边上好奇地问道："感觉怎么样？"

"挺舒服的，像戴着一顶帽子。"何晋在头盔上东摸西摸，问侯东彦，"要连接电脑吗？"

"不用，这顶头盔就是一台小型电脑，游戏软件已经安装在里头了，还不用联网，据说里面有自动网络发射器，戴上头盔就能连入《神魔》世界……简直是黑科技！"侯东彦又开始号叫了，眼红得不要不要的，"好酷啊，我也好想要，今晚就上官网去拍！"

"哈哈哈，我先试用看看，觉得好你再买！"何晋坐了下来，摸到脑壳

就等你上线了

上的眼罩，往下"咔嗒"一滑，彻底遮住了视线。

一瞬间，何晋只觉得似乎有一股微热的电流涌入脑袋，虽然闭着眼睛，但他眼前像看 3D 电影似的，出现了一派极其恢宏的景象！

缥缈的仙气中，远山近水慢慢浮现，紧接着，"神魔"两个金色大字一左一右地飞入眼帘，"锵"地撞在一起，如石塌地裂，撞出一阵"铮铮"剑鸣之声！

随着两个大字慢慢稳定，一个半透明的登录框浮现——

请联想您的游戏登录 ID：_____

何晋想：这么神奇，只要联想就可以了？

只见周围白色雾气浮动，随着何晋的想象，那些雾气化成一个个白色的字，飘入登录框——

您的游戏登录 ID 是：这么神奇，只要联想……

何晋：这是黑……黑科技！

您的游戏登录 ID 是：这是黑……黑科技。

何晋："……"

何晋：不对不对，删掉！

那些字瞬间化成雾气消散……

请联想您的游戏登录 ID：_____

何晋反反复复地试了好几次，才摸透联想的方法，成功地把游戏名输入了登录框。

第四章　全息头盔

您的游戏登录ID是：hj2000。是否确认？

重要提示：全息《神魔》采取一号一盔制，一个头盔只能绑定一个真人玩家，如需改变，需返厂清除数据。所有玩家只需在初始设定时登录一次，之后无须再次登录。

这么说来，以后这个头盔就只能自己使用了？

何晋犹豫了两秒钟，才默念道：确认。

半透明的登录框变成了实色，紧接着消失，何晋眼前浮现出一排欢迎语——

亲爱的小仙阿晋，欢迎您回到《神魔》世界——

04

在那句欢迎语浮现的同时，何晋还听到一个系统声音在他的耳边将这句话念了出来，接着，他就感觉自己双脚离地，飘了起来！

何晋一瞬间有些慌乱和紧张，但很快镇定下来，因为他发现自己"飘"得很慢，整个人仿佛变成了一片羽毛。

他穿过层层迷雾，眼前突然出现莲池瀑布，飞鸟溪涧，而后他轻轻地落在一片王莲之上，面对着一片巨大的水幕。水幕光滑如镜面，清晰地投射出他的影子——青衣萝莉。

何晋怔怔地盯着那个人影，脑中想着"抬左手"，水幕上的人影就抬起了左手，想着"微笑"，水幕中的人就微微一笑……天，他真的变成青衣萝莉了！

只见水幕中秀气可爱的青衣萝莉因为何晋内心的震惊而突然瞪眼皱脸——

何晋被雷了一下，这……这个表情，也太夸张了吧！

随着何晋的心理变化，水幕中的青衣萝莉也一阵挤眉弄眼，搞怪得不得了。

就等你上线了

何晋突然反应过来，真人即使有丰富的内心变化，也可以控制自己的外表，使自己看起来波澜不惊，但全息不会，头盔会把玩家最真实的想法呈现出来……

他怎么感觉略坑爹呢？！这玩意儿就不能掩饰掩饰人的真实想法和情绪吗？

就在何晋疑惑时，他的大脑也做出了控制反应，只见青衣萝莉的表情慢慢平和下来，变得淡定自如。

还好是可以的……

何晋有点了解这顶头盔的工作原理了——感觉这玩意儿就像个高级智能机器人，在何晋适应它的过程中，它也在适应人脑，不断地学习和修正。

就在这时，何晋耳边又响起了系统人声：

三秒钟后开启全息角色初始设置，三，二，一……您的原始游戏名为"小仙阿晋"，请问是否需要修改？

请选择"是，我要修改"或"否，请继续"。

友情提示：全息后的游戏名将删除所有汉字以外的符号，您有一次免费修改名字的机会。

何晋："是。"

请联想您的新游戏名：＿＿＿＿＿

何晋："阿晋。"

修仙的时代已经过去了，何晋觉得还是直接叫"阿晋"比较简洁干脆。

您的新游戏名为"阿晋"。

请选择"确认"或"重新输入"。

第四章　全息头盔

何晋："确认。"

您目前的种族为灵，职业为灵宠。灵宠职业只需设置人形外貌，您是否要保持现有角色形象？

请选择"是，我要保持"或"否，我要改变"。

何晋："否，我要改变。"

如果只是键盘网游，那还无所谓，但现在全息了，何晋感觉自己的灵魂完全"穿越"到了这具身体里，玩一个女号让他觉得别扭极了，不改的话他早晚会精神分裂。

请选择"在现有基础上改变"或"扫描真人面部特征改变"或"从系统形象库中挑选新形象改变"。

何晋选了第三个，进入系统形象库一看，发现里头竟然有自己八年前最开始玩游戏时使用过的形象——灰色布衣、齐刘海学生头的……男孩？总之看上去是个十三四岁的小孩模样，五官很精致，但不显女气。让何晋喜欢的是他的眼神，有点肃杀，像个漫画里的正太杀手。

何晋选定了这个形象，系统又问他要不要在此基础上做改变，譬如融合玩家本人的外貌特征之类的，何晋拒绝了。

之后水幕镜面上的青衣萝莉就变成了一个十三四岁模样的小男孩。

系统人声又提示进入语音设置阶段，让何晋照着眼前浮现的校准词念了一遍。

经系统检测，您的声音为青年男性音，您的真实年龄约为22周岁。

何晋：这都检测得出来？！

就等你上线了

请选择"确定使用现有声音"或"改变性别或音色"或"调整年龄段"。

何晋:"调整年龄段。"

请选择"10 岁以下童音"或"10～15 岁少年音"或"16～25 岁青年音"或"26～35 岁成熟青年音"或"36～45 岁沧桑大叔音"……

何晋:"10～15 岁少年音。"

三秒钟后进入语音检测,三,二,一,请说话……

何晋轻咳了一声,对着水幕镜面中的人影打了声招呼:"嘿!"

听到"自己"的声音,何晋有点失神……好真实啊!他感觉像是回到了小时候!

也不知道是智能头盔更懂他了,还是何晋自己适应了,这会儿他已经不需要再刻意想象,就能自如地操控游戏角色。他想转身,水幕镜面中的人就转身;他说话,水幕镜面中的人就说话。游戏中的阿晋伸出手看了看自己的手掌,尝试动了动手指,拟真人物的肌肤非常光滑,看上去像是被处理过一般完美无瑕,摸上去好像也有那么点儿温热的感觉。

阿晋拍了一下自己的手背,手上居然有痛感!虽然没有真实痛感那么强烈,大概只有一半,或许更少,但也足够让何晋暗自惊奇了:这高科技有点可怕!

设置到了最后一步,系统人声又道:

您已设置了新的形象,请选择您的发展需求——
"成长型"或"稳定型"。

第四章 全息头盔

何晋以为系统问的是实力方面的发展,那当然是成长型,结果这坑爹的头盔等他选完才跳出友情提示——

您选择的是"成长型",您的角色形象将以现实的四倍速度成长,直到与您的真实年龄吻合,之后将同步成长。

何晋:他……他还会长大?

设置完成,三秒钟后正式登录游戏,初始设置在下次登录时将不再显示。

身边的迷雾突增,遮住了一切,何晋的身体再次浮空,等迷雾散去时,他已经到了上一次下线的地点——仙界浮游岛。

真实的鸟语花香,伸手可触的滚滚云霭,天上悠然翱翔的仙鹤,地上缓慢爬行的龟仙……何晋感觉自己像是穿越到了游戏里,这一切都太真实了!

传统的操作界面和复杂的技能面板全部消失,何晋只看见左上角有一个半透明的"体力血气条"在跟着自己的视线浮动。

这时,眼前突然闪出一只长着半透明翅膀的小精灵,只有巴掌那么大,全身环绕着晶莹的绿光。何晋惊奇地看着他,听他用一口软糯糯的童音道:"阿晋,你好!我是全息游戏的新手指引,名叫'小新'。在您试玩全拟真游戏的初期,有任何问题,我都会帮忙解答喔!"

哇,这太智能了!

何晋问:"我怎么查看我的好友栏?"

小新:"您想象一下就会跳出来啦。"

何晋一联想,眼前果然浮现出了好友弹框!

小新在他的耳边快速解释道:"好友栏里亮起的金色名字,是使用头盔的玩家;亮起的白色名字,是普通键盘玩家。"

就等你上线了

殇火无情的名字是灰的,他不在线……

也是,殇火无情不会时时刻刻挂在网上,何况现在才下午,还没到他俩约定玩游戏的时间。

何晋关闭了好友栏,有些失落……他第一次这么急切地想看到殇火无情,想把自己抽到头盔的喜悦分享给对方。

他又问小新:"我该怎么查看自己的包裹?"

小新:"您的包裹就挂在您的腰上喔!"

何晋低头一看,果然看见腰带上系着一个灰扑扑的袋子。不过,这么小的袋子,能装多少东西?

他好奇地把袋子解开,里头空空的,什么都没有。

小新:"请把您的手伸入袋中。"

何晋把手伸进去,就见视线中跳出了一个半透明的传统背包界面!

小新:"请盯住您想要的物件。"

何晋看向大还丹,瞬间就感觉有东西到了他的手上。何晋伸出手,见掌中躺着一粒巧克力豆模样的丹丸……这是大还丹?

小新:"如需服用此物,请把此物放进口中。"

何晋的血条是满的,但为了体验"服药",他仍试着把大还丹塞进了嘴里。手心一下子空了,他的体力没有什么变化,大脑却感觉一阵神清气爽,这种感觉过了两秒钟才消散!

这拟真度真是太酷了!

殇火无情不在线的情况下,何晋只能维持人形,不能自行切换形态。本来他还有点好奇变成雪貂后自己会有什么感觉,现在只能放弃。

他又跟着小新学了一些基本操作,就准备先下线了——侯东彦还等着他的反馈呢!

何晋摘下头盔,立刻看见侯东彦迫不及待地蹭了过来:"怎么样怎么样?好玩吗?让我也试试!"

何晋把刚才的体会一一告诉侯东彦,感慨道:"我被科技打败了,真的太神奇了，就和穿越了一样！"

侯东彦道："你刚刚坐在那儿的时候，我看见头盔发出蓝光扫描你的面部，还听你自言自语地在那里说了几句话。"

"应该是初始设置的时候吧。"何晋把头盔递到侯东彦的手上，道，"这东西好像是绑定玩家的，设置完了以后就只能一个人用，你看看现在你还能不能体验？"

侯东彦迫不及待地戴上头盔，滑下眼罩，但不到一分钟就站起来了："不行，说是非本人！"他顿了顿，又开始激动地号叫，"不过我看到登录界面了，真的超炫酷啊！我也好想要！"

何晋用玩笑的口吻道："我觉得这个价格不亏，你去买一个吧，我支持你！"

侯东彦再次对何晋的"狗屎运"投去了羡慕嫉妒恨的眼神，然后上网搜索购买信息去了。

何晋抱着头盔珍惜地擦了一遍，突然想到了什么，拿起手环打算用聊天软件给殇火无情发条消息。就在这时，侯东彦大笑着道："哈哈哈哈！晋哥，快来看这个帖子，笑死我了！"

05

何晋："什么帖子？"

侯东彦："我刚才搜了一下头盔玩家的使用报告，妈呀，竟然有人从早上收到头盔开始到现在都没登录成功，说什么联想ID总是联想不对，还骂这头盔有病……"

何晋饶有兴趣地拉着凳子坐过去看，见侯东彦正在看《神魔》官方论坛下的一个讨论帖，上头是首批头盔试用玩家的心得体验，短短半天内已经有上百页的讨论！

侯东彦翻了几页给何晋看——

"没办法通过联想输入正确的登录ID，我是一个人吗？"

就等你上线了

"楼上,你不是一个人!老子戴头盔半天了一直卡在输入 ID 那儿!想什么输入什么!根本删不干净!"

"我发现玩全息需要有很强的专注力,容易分心的人肯定玩不好!"

"妈呀,这个头盔太可怕了,老子心里想什么它都知道!简直黑科技!"

"心里是什么想法角色就是什么表情,太中二了!"

"输错了十八次,终于成功登录了!哈哈哈!头盔很棒!"

"人物形象真的能随便变啊!还可以扫描自己的样子,太牛啦!"

"体验回来发帖——想要变成美女帅哥,想要返老还童,想要改变性别,想要变成视神经没有损坏的盲人,想要变成听神经没有损坏的聋哑人——这款游戏就是你们的福音!"

"用头盔后 ID 只能用文字了,嘤嘤嘤……"

"这款游戏吃药居然要从裤袋里掏出来塞进嘴巴里吃!老子到时候打架时拉着弓没血了还得从裤袋里掏药吃吗?!神经病啊!"

"在我狂躁到准备退货的时候,登录成功了……"

"想要维持外貌的女性朋友记得最后一定要选择稳定型,否则坑爹的系统会让你们慢慢长大,然后变老!选择完了才提示有没有啊!"

"风景很漂亮,也很真实,出乎意料地炫酷,但感觉很难玩,很难协调,头盔完全不听我的话。"

"作为吟唱职业的我发现释放技能要把咒语都唱一遍……好羞耻啊!我好想放弃!"

…………

两个人看回帖笑到胃疼,其中几条让何晋看了都觉得自己膝盖中箭,但大多数回帖是说头盔很笨不好使用。侯东彦问何晋:"你觉得呢?真的很难协调吗?"

何晋道:"还好吧,我就输错了两次,但的确一定要集中精力……我感觉头盔还是挺智能的,你在想什么它都能捕捉到,也会根据你的想法去改进。"

第四章 全息头盔

侯东彦一拍桌子道:"我决定去买了!"

《神魔》开通全息这天是周日,秦炀一上午就去了游戏公司参加官方首批全息玩家的适应度测试,这是获赠头盔的条件。

测试过程很顺利,他毫无困难地登录了游戏,设置初始信息,并把自己的游戏名改回"殇火",又在新手精灵的提示下完成了一系列体验测试。

两个小时后,秦炀摘下头盔,技术人员把打出来的测试报告递给他,笑着问:"大神,觉得怎么样?"

秦炀接过表格,看着右下角适应度测试总分栏里的"100%",勾起嘴角道:"很好。"

出门时突然被一个人叫住,秦炀回头,愕然道:"落花?"

华依依穿着一身毛呢格子裙,上身披一件暖黄色羊毛小披肩,站在游戏公司门口,手里也捧着一个刚刚得到的新头盔——她就是游戏中的落花依依。

是的,《神魔》公司给各区排行榜前十的玩家都发了赠送头盔的消息,只要是同城的玩家,都会在今天过来做这个测试,只是秦炀没想到会这么巧地正好碰上她。

这是继上一次逝水组织的聚会后,他们第二次见面。

"你也来啦。"华依依单手一捋被风吹乱的秀发,笑着问,"吃饭了吗?"

正是午饭时间,既然他刚从游戏公司出来,肯定是没吃。

华依依看了看四周:"附近有不少餐馆,一起吃点儿?"她的声音很轻,带着些小心翼翼的期盼,因为自从她对殇火无情告白后,殇火无情对她的态度就像变了个人,她不确定对方会答应。

其实秦炀一想到落花依依对自己的心思就打算拒绝的,不料她下一句道:"我想跟你聊一聊竞赛的事。"

秦炀犹豫了一下,如果她能想开,只跟自己保持普通朋友的关系,也未尝不能交流,毕竟这几年师徒做下来,秦炀也不能在一夕之间就把她当作陌生人。

就等你上线了

"饭就不吃了,我和别人约好了……就在旁边的咖啡店坐会儿说吧。"秦炀道。

一瞬间,华依依的脸上就绽出了欣喜的表情。秦炀收回视线,率先转身走在前头……也不知道自己这一举动会不会让她继续误会下去。

华依依走在他的身后,看着他帅气的背影,说不出地心动。

和游戏里一样,每次都是殇火无情飞在前头,她飞在后头,她早已习惯了默默地看着他的背影……

他们到了咖啡店,出于礼貌,秦炀去排队买咖啡:"要什么?"

"拿铁,谢谢。"华依依坐下后,目不转睛地盯着秦炀的身影,看他自如地点单,掏出钱包结账,拿着小票倚在吧台边,每一个举动都是那么帅气……

他不知道,华依依对他是一见钟情。

当年认他做师父时,华依依也没有想过跟他玩师徒恋,那时她只是崇拜他的技术。但在逝水组织的那次聚会上见过殇火无情后,她就把自己的心丢了。

——无论是线上还是线下,殇火无情都太完美了。

秦炀端着咖啡回来,姿态悠然地落座,开门见山地道:"说吧,竞赛的事。"秦炀有点后悔答应这次"交流"了,这个姑娘的眼神还是太……

华依依捧着咖啡杯,道:"你会创建战队吧?"

秦炀:"嗯。"

华依依:"我听说一支战队共有十个名额,八个正式,两个替补,正式队员中有两个必须是灵宠号……阿晋玩的就是灵宠号,她也会加入战队吧?"

秦炀:"我在尝试说服他参加。"

华依依怔了怔:"她不想参加?"

秦炀笑了笑:"他的胆子小。"

近距离看到秦炀露出这样的笑容,华依依只觉得眼前一亮,整个人都傻了……

秦炀喝了口咖啡，继续说正题："你找我是想问我会不会请你加入战队吗？"

华依依："嗯……"

秦炀："我认可你的实力，你要愿意来，我自然欢迎。但是落花，你确定这样对你好吗？"

华依依："什么意思？"殇火无情不想要她？

秦炀干脆地道："我要你的一句话——你放不放得下？如果你放不下，我们在同一个团队里只会成为问题。"

华依依的脸色一下就变了。殇火无情在逼她做选择，要么放弃他，选择他的团队，要么继续没希望地暗恋下去，那么殇火无情也会将她拒于门外！

华依依感觉心好痛。她只是喜欢他，可他竟然这么残忍……

"我不会再让你困扰的。"华依依扯出一个笑容，在心里说：我会继续偷偷地喜欢你，待在你的身边默默地陪伴着你，不让你知道……想到这里，华依依就生出了一种忍辱负重的悲情感。

秦炀狐疑地看了她一眼，有点不相信，但从战队的角度想，他也的确需要落花依依，对方毕竟是一区除他之外最厉害的魔族。

两个人又聊了几句，秦炀见她也没有其他实质性的东西跟他说，就打算告辞："时间不早了，有什么话晚点儿上游戏了再说。"

华依依忍住挽留秦炀的冲动，故作轻松地道："好啊，游戏里见。"

秦炀回学校的时候已经傍晚了，刚到宿舍就接到彭宇昊的视频电话："秦哥，你要的资料我让朋友帮忙查到了……"对方的表情有点奇怪。

秦炀把头盔往桌上一搁，问："怎么了？"

彭宇昊："咳咳，你最好做一下心理准备……"

秦炀懒散地坐下道："做好了，说吧。"

彭宇昊："那个，小仙阿晋……这个……"

秦炀："干吗支支吾吾的？"

彭宇昊小声道："你的灵遇，现实中是个男的。"

秦炀点了点头，很自然地说："嗯，我知道。"

彭宇昊："……"

秦炀挑眉反问："他是不是叫何晋？"

"是，"彭宇昊反应过来，震惊地道，"你怎么知道？"

秦炀勾起嘴角，现在这最后的百分之一也确认了。他不想透露太多信息给彭宇昊，只说："叫你查资料没多久后就碰上了，无意间知道的。"

彭宇昊："你不介意？"

秦炀："介意什么？"

彭宇昊："他是男的啊！"

秦炀心说：我等了这个少年玩伴这么多年，他是人是狗我都不在乎，怎么可能介意他是男是女……秦炀眯起眼睛，对彭宇昊漫不经心地道："游戏而已，既然他要继续当我的灵遇，那我就让他当。"

彭宇昊浑身一抖，感觉秦炀刚才那一瞬间迸发出的气势……好吓人！

秦炀："对了，游戏公司给他寄头盔了吗？"

彭宇昊："早寄了，同城快递，估计他已经收到了。"

秦炀道了谢，挂断电话后立即戴上自己的头盔，进入了游戏。

06

和侯东彦看了那个讨论帖后，何晋自己又上网查了些资料，包括全息头盔的工作原理和适用群体。

《神魔》并不是全球首个全息化的游戏，在这之前，国外已有《兽魂》和《魔塔》两个先例，但它们的运行方式并不是全息头盔，而是"全息胶囊"，玩家需要整个人躺入形似胶囊的游戏舱里才可以进入全拟真的游戏世界。但由于全息胶囊的科技水平与投入成本要远远高于头盔，只能小批量

第四章 全息头盔

生产,做不到全民普及,所以尽管全息游戏已经存在,国内的玩家却少有接触。

从运行原理上讲,全息头盔和全息胶囊是很相似的,《神魔》的头盔也从某种程度上借鉴了国外的技术,并在他们的基础上做了提升、精简与改善。

何晋看着看着就查到了不少有关全息胶囊的分析帖,这些资料大多数来自国外网站,是全英文的,要不是他英文还不错,估计都看不懂。

其中一个体验过全息胶囊的资深玩家写了一篇文章分析拟真游戏的适用群体,和先前那个讨论帖里提到的一样,说玩全息游戏的人需要极强的专注力,一旦分心就容易与胶囊断开连接,或是造成混乱。

此外,拟真游戏并不需要玩家有运动细胞,但要求玩家有极好的肢体平衡能力,因为游戏过程中经常会做现实中无法做到的极限运动,譬如从高空坠落、潜入深海之类,如果有高空恐惧症、深海恐惧症,或是晕车、晕船等,玩家都不能适应。

何晋一想,自己既不恐高也不晕车,帖中举例的一些不良反应他也没有,便放心了很多。

他杂七杂八地又看了一堆资料,还有些提到了什么"情绪""自制力"之类,何晋有些不得其解,不过这么一通科普下来,也大概有了些概念。因为看得太认真,何晋把联系殇火的事都抛在了脑后,直到侯东彦拉他去吃饭,路上两个人又兴奋地聊了些相关话题,侯东彦突然道:"晋哥,我觉得你最近有点变了。"

何晋愣了愣:"嗯?"

"你以前都不玩游戏,也不会跟我讨论这些东西……"侯东彦挠挠头,欲言又止。

何晋:"你觉得我这样不好?"

侯东彦:"不不不,我觉得你这样挺好的,反正你别怪我带坏你就行。"

何晋笑问:"什么叫'你带坏我'?"

侯东彦:"那啥,不都说'近朱者赤,近墨者黑'嘛,我也是怕我老玩

就等你上线了

游戏影响你嘛。"

何晋笑道:"你啥时候也变得爱多想了?放心吧,我是自己想玩,而且玩得也挺开心的。"

侯东彦听他这么说,顿时松了口气:"嘿嘿,你开心就好,我也感觉你比以前有趣多了!"

何晋:我以前到底是有多无趣啊?

饭后回宿舍,何晋一看时间,七点,估摸着殇火无情已经在线上了,再也按捺不住,赶紧喝了茶,上了厕所,准备就绪后对侯东彦道:"我要玩游戏了,你别打扰我啊!"

侯东彦:"……"

何晋正襟危坐,戴上头盔,这一次登录时果然不需要再输入账号,在初始迷雾中停留数秒钟后,随着一声"欢迎回到《神魔》世界"的系统人声,他便直接降落在了浮游岛上。

何晋迫不及待地看向好友栏,殇火的名字亮着,还是金色的!

……咦,他改名字了?他将"殇火无情"改回"殇火"了?

就在何晋紧盯着对方的名字时,殇火仿佛也心有灵犀一般,突然间从天而降,出现在他的面前!

和在电脑屏幕上看见殇火突然出现的感觉截然不同,这一次何晋是身临其境……哦不,就像在现实中亲眼看见自己想见的人从天而降一样,人来时带起的风、魔法一般的炫影、几乎真实可触的人形……这些都把何晋吓得倒抽了一口气!

殇火的样子没有变化,还是那身带火纹的红袍,五官也没做什么调整,可他站在那边,整个人散发出来的气势仿佛能把人吞噬。

"阿晋?"殇火看着他,露出了惊讶的表情。

何晋突然想起自己调整了模样,还设置了语音,立刻觉得手心冒汗,紧张地往后退了一步——这完全是他下意识的反应。

他不知道殇火还记不记得自己这副样子,有点本能地希望殇火能猜到自己的性别，但又矛盾地希望对方不去猜……

他怕殇火猜到后会恍然大悟、失落进而失望……

还有些其他的想法，何晋不知道该怎样去形容，可能是怕被讨厌，怕对方疏远自己……

他愣愣地望着殇火，忐忑不安的心脏在狂跳，只见对方看了自己好一会儿，表情中除了惊讶，还慢慢浮现出一丝让他捉摸不透的神情。何晋越来越惶恐，就在他被盯得忍不住想转身逃跑的时候，殇火突然上前两步，蹲下来一把把他扛了起来！

何晋："……"

看见少年模样的阿晋，听到八年来自己最期待听到的声音，秦炀恍惚中觉得，其实阿晋一直没有离开，只是他在游戏世界里的时间停止在了八年前，自己却一直在成长，成长到有足够的力量去保护对方，阿晋的时间才重新开始向前走。

在毫无防备的情况下，阿晋突然变成了他最希望看到的模样，秦炀如何能冷静？

虽然只是游戏，但与人脑关联的拟真角色显然允许玩家做出这样的动作，又因为接近真实一半的感知度，何晋还真有种被人扛起来的感觉！

殇火放下他，居高临下地看着他，笑着问："为什么变成这个样子？"

何晋选这个形象，除了成年的他不习惯用青衣萝莉的姿态玩游戏，也有殇火的原因。

当年和殇火在一起玩时，何晋是现在这个形象，殇火等了他这么多年，他以为这个样子应该是殇火期待看到的。

何晋这么想着，还没来得及斟酌一下说辞，就听"自己"脱口而出道："我以为你会喜欢。"

殇火笑了笑，问："你买头盔了？"

被问到这件事，何晋摇头道："不是买的，是我抽中的！我也是昨天才知道的，实在是太幸运啦。本来想第一时间告诉你的，后来觉得还是等拿到头盔直接上游戏来告诉你比较好……"

就等你上线了

十几岁模样的小正太毫不掩饰自己的喜悦之情，对着殇火叽里咕噜地说着，停都停不住，和以前文静的小仙阿晋判若两人。殇火耐心地听着，也跟着笑，只是见对方说话时不时露出纠结的表情，实在古怪。

"呃，怎么回事？我下午上来过了，你不在……咦……我后来去看了些帖子……"

讲到一半，正太模样的少年突然蹲下，捂着脸，缩着肩膀抖啊抖，用极其委屈的声音道："我不想讲这么多话啊，我不要变成话痨啊！"

殇火有点不解，还一本正经地回应："你变成话痨我也不会嫌弃你，既然你心里想说，为什么要藏着掖着？"

正太抓狂道："我下午上线的时候不是这样的啊！我那会儿还觉得挺好控制的啊！这头盔出问题了吗？"

殇火愣了愣，思忖着道："据说，全息玩家在游戏里第一次受到惊吓时会让头盔跟着失控一段时间，这是正常现象……你刚刚，是被我吓到了吗？"

07

小正太郁闷地道："我……我……有一点……闭……闭嘴……你干什么突然扛我……"

殇火以拳抵唇抖了一阵，再也忍不住，哈哈哈地放声大笑起来！

濒临崩溃的何晋尽最大的力量平息了一下自己起伏不定的情绪，等失控的阿晋总算不再碎碎念，他已经没脸再看殇火了。

看着依旧抱头蹲在地上的鸵鸟阿晋，秦炀逗小孩子似的道："害羞完了没有啊？"

阿晋缩了缩脖子，把脑袋埋得更深了。

殇火调侃他："在我面前你想说什么就说什么，有什么不好意思的？话痨也没什么不好，何况你也没说什么不能说的话吧……"

第四章　全息头盔

阿晋不为所动。

殇火突然眯起眼睛，想到了更有趣的玩法！

他看着阿晋，眸中透出一丝狡黠的光："变身！"

"啊！"阿晋惊呼了一声，只觉得身体蓦地一轻，眼前天旋地转，等视线稳定，低头看到的已是近在咫尺的草地，一抬头，是变大了好几倍的殇火！

咦咦咦，难道我变成雪貂了？

阿晋一扭头，看到自己白白的、长长的身体，上面覆盖着光滑的毛。他还遵循本能地低下头去舔了舔……

正震惊于自己身上的变化，他又听殇火慢慢地念出了两个字："亲热。"

小雪貂立即不受控制地张开爪子扑到殇火脚边，扒住他的袍子飞快地蹿上去，缠绕着对方的脖子，脑袋一拱一拱地蹭着对方的侧脸，还发出"咯咯"的叫声。在游戏角色这么做的同时，何晋的四肢、身体还都有对应的感觉，手抓东西、攀爬、缠绕脖子、蹭脸……这真实感……

何晋：节操君你好，节操君再见！

殇火惊奇地道："有意思，我感觉脸上热热的。"

阿晋："……"

殇火问："你能说人话吗？"

何晋尝试着发声："我……"

——雪貂开口说话了！

雪貂阿晋："好像能……"

殇火忍不住伸手摸了摸他的脑袋："哈哈，好可爱。"

雪貂阿晋再一次遵循本能地蹭了蹭驯养主的手掌……

何晋：三观君你好，三观君再见！

殇火伸出一根手指蹭了蹭小雪貂的脸颊："逝水找我们一起玩，我们现在过去。"

殇火说了句"跟随"，何晋本来以为小雪貂会自动爬到殇火的胳膊上挂着，不料它仍然缠在殇火的脖子上，没有动作。

就等你上线了

怎么回事？"跟随"模式变了吗？殇火也有点疑惑。

就在这时，那只泛着绿光的精灵小新又出现了："为了让灵宠玩家更好地体验游戏，全息模式下取消了自动跟随设定，灵宠玩家需要自行跟随驯养主喔。"

何晋：不能当米虫了！

殇火显得很淡定："来吧，自己找地方抓好。"

雪貂阿晋换了个姿势，改趴在殇火的后颈上，两只前爪揪住殇火的鹤氅边缘，小声道："好了。"

殇火张开双翅用力一振，一阵大风掀起，黑色的鹤氅随之狂舞，"簌簌"作响，雪貂阿晋趴在上头，被吹乱了毛与尾巴，后爪也下意识地攀住了殇火的衣服，紧紧收拢。

一人一兽开始腾空，何晋以雪貂的视角看着周围的变化，感受着飞翔的感觉。

他们一起穿过云层，飞向凡界……

城镇、村落、山川如一幅画卷般铺展在他们的面前，何晋看见雪染的北境白枫林，水晶般点缀在隆冬镇边上的灵犀湖，五光十色的彩凤岛，有仙龙飞腾的东海……听说闲云的青龙就是从那里抓来的。

风在身边呼啸而过，柔软的薄云如丝绸一般拂过何晋的身体，他不觉得冷，也不觉得风吹在身上疼，只是纯粹地享受着飞翔的快乐……像是在做梦一样，实在太美妙了！

殇火越飞越快，何晋感觉有点抓不住了，小雪貂用力爬过去，手脚并用地抱住殇火的脖子，最终还是以"围巾"的姿态缠绕在了殇火的脖子上……

不到片刻，两个人就到了苗疆的火焰山附近，小雪貂好奇地问："咦，又是去除魔副本？"

殇火："嗯，你只下过这个副本，对这里比较熟悉，他们都戴了头盔，我们在全息模式下再一起试试。"

第四章　全息头盔

说话间，殇火已经带着他慢慢降落在火焰山入口处。

那儿站着五个人，三男两女，除了逝水，何晋都认不出谁是谁了。

全息和键盘玩法不同，人物脑袋上不会再显示名字，逝水和殇火一样没换装束，手中又拿着扇子，所以非常好认，但其他人嘛……这高中生模样的一男一女是谁？那女的还长得很漂亮！

"重新介绍一下吧，"殇火伸手把阿晋从自己身上抓下来，像抱小狗似的托着他的上半身展示给大家看，"这是我的灵遇，阿晋。"

阿晋："……"

众人："……"

殇火把小雪貂翻过来，看着它的眼睛道："切换形态。"

一转眼，阿晋就从雪貂变成了一米五高的妹妹头小正太。

众人：这……这是男孩子还是女孩子？

阿晋："咳咳，大家好。"

众人：这应该是……男孩子吧？

但也说不准，全息玩家能玩男号又能玩女号，初始设置还能改变年龄……想着游戏背后的玩家可能是个女孩，大伙儿也没怎么在意了，毕竟他们这里还有两个这样的人嘛！

紧接着，那两个高中生模样的家伙就用十六七岁少年特有的声音跟阿晋打了招呼——

黄衣少女："哈哈哈——阿晋，没想到你的角色年龄设置得比我们还小，我是野鹤！"

白衣少年的声音比较沉稳："我是闲云。"

穿着靛青麒麟绣纹服的青年吐槽道："俩三十几岁的人了，还扮小孩装嫩！"他的身后背着弓箭，是九殿下无疑，但因为换了衣服又改变了外貌，何晋一开始没认出来。

"尤其是你！"九殿下指着"少女"野鹤道，"你是不是有女装癖啊？！"

就等你上线了

08

野鹤顶着一张如花似玉的青葱少女脸，用豪放的少年音道："老子就喜欢这样，你管得着吗？"

众人一头黑线，唯有闲云笑呵呵地望着他。

——因为这里有俩更搞怪的人，所以阿晋那点儿变化在他们眼里都算不上啥了。

几个人当中还站着一位身穿淡紫色罗裙的女子，这人美目流盼、面若桃花，漂亮得像是从画里走出来的。原本这样的人应该最先被关注，却因女身男音的野鹤太抢镜，九殿下又一番插科打诨，何晋最后才注意到她。

"呃……"落花依依盯着眼前的小正太，实在不知道该怎么称呼，最后只好柔柔地笑了一下，道，"我是落花依依。"

原来这是殇火的徒弟，难怪他看着眼熟！何晋想起之前在八卦帖里看到过的照片，朝她略一点头，道了句"你好"。

这还是他们在游戏里第一次"见面"，先前因为何晋的等级不够，只有落花依依单方面看见过模样寒碜的青衣萝莉。落花依依本以为全息后阿晋会好好拾掇拾掇自己的外貌，就算暂时不买时装，至少五官外形也能随心所欲地捏一捏，没想到这人仍然用了个烂大街的系统设置，还从萝莉变成了正太……这是什么审美？

不过他刚才的雪貂形象倒是蛮萌的……

何晋倒一点没觉得自己的形象不好，毕竟只是玩游戏。而且尽管他只是一只雪貂，但经过大半个月的磨炼，他的实力已经大大增强了，此刻何晋只想跟这些大神玩家一起去挠挠怪、练练爪，刷刷微弱的存在感。

九殿下解下背上的弓，催促道："好了、好了，介绍完了就先进副本吧，我已经等不及了！"

逝水摇着扇子，悠然道："你们确定要下这个副本？不先找个等级低点

第四章 全息头盔

儿的练练手？"

野鹤瞅了一眼吹着阴风的山洞口，想起上一次下本时的讨论，也有点犯怵："是啊，一上来就玩这么重口的？"

殇火把阿晋变回雪貂抱在怀里："来都来了，组队，进去试试。"

全息模式下的组队和键盘模式下的相差无几，只是队友状态从屏幕显示的方式转换成了半透明的信息光幕，浮现在玩家的视野左上角，但丝毫不妨碍玩家在真实场景中的视物效果。

大伙儿沿着黑黢黢的隧道往里走，殇火依旧打头阵，闲云和野鹤殿后。

这个副本他们之前来过一次，何晋还有点印象，不过用键盘玩与用全息玩的区别就好比看探险电影与亲自历险，天差地别。

和他们之前想象的一样，进入山体后热浪就一阵接一阵地袭来，地上各种蜈蚣、蛆虫栩栩如生，恶心得不行，所有人都紧紧地贴在一起，不敢掉队。九殿下本来还时不时地说两句话活跃一下气氛，野鹤也会应和两句，到后来谁都不再说话，只默默赶路。雪貂阿晋也被那鬼哭狼嚎似的背景音乐唬得够呛，绕在殇火的脖子上一动不动。

他们好不容易到了第一关，殇火停在了夜竹攻击的范围圈外，等九殿下去开怪。但等了一会儿，迟迟未见九殿下上来，他一回头："九呢？"

逝水："去吐了。"

只见九殿下撑在不远处的山洞壁上，上身不断起伏，因为只是在游戏里，再真实都不可能吐出什么东西来，所以九殿下只是做出呕吐的动作而已。

众人无语，当初是哪个人说不怕这些虫怪，只是怕热的？

九殿下靠不住，剩余的几个人只能自食其力。

闲云摆出了一个打太极的姿势，朗声道："召唤青龙——"

闲云：这召唤姿势好丢人！

只听当空一声巨响，一条巨型青龙凭空出现，张牙舞爪地在闲云身边扭动身躯，鼓动鼻翼喷出热风，差点儿把在场的几个人吓尿！

野鹤："我的妈呀！这是条真龙啊！"

就等你上线了

逝水也被吓得退了一步:"好大……"

九殿下刚刚缓过劲儿来,一扭头看到一条扭曲的庞然大物,两眼一黑,又转身继续去吐了……

逝水绕着圈儿地打量那条青龙,道:"还好只是条龙,要是条蛇的话,长这么粗、这么大,估计没人敢靠近你了。"

九殿下在不远处虚弱地道:"别……别说了……哕——"

他讨厌一切蠕动的软体动物!

落花依依还算淡定,只是本能地站到了殇火的背后,脸色有点发白。

还好再怎么活灵活现,那条青龙也就是个系统宠物,是数据写成的,没有闲云的操控和指挥,不会做出多余的动作,只是刚出来的时候比较惊悚。

"吓死本宝宝了!"野鹤一边抚胸一边道,"这款游戏太没节操了……呃……怎么回事?"他怯怯地绕过青龙,缩在闲云的身边,"哥,你要保护我啊,我有点害怕这鬼地方……"

闲云侧头安慰他:"有我在,不用怕。"

野鹤:"我的头盔好像怪怪的……"

闲云:"哪里怪怪的?"

野鹤还来不及解释,在一边呕吐的九殿下不知道受了什么刺激,幽怨地道:"唉,这年头三十多岁的大叔都有哥哥疼,连只雪貂都会受宠,我一个风华正茂的美男子咋就没有人爱?我吐了都没人关心我一句……哕!虫子好可怕……我怎么就这么可怜……"九殿下越说越委屈,竟抖着肩膀嘤嘤嘤地哭了起来,还抽出自己的箭在山壁上划,"为什么、为什么连头盔都欺负我?我就心里想想,干吗要说出来……"

众人:"……"

听他这么说,何晋已经反应过来了,估计九殿下也跟他刚才一样,第一次在游戏里受到惊吓,头盔暂时失控了!

野鹤看向九殿下:"九,你的头盔是不是也失去控制了?"

九殿下哭丧着脸回过头,一边哭一边道:"是啊,心里想的话全说出来

第四章　全息头盔

了，我的妈……"

野鹤看着九殿下，表情扭曲了一阵，突然道："我本来想安慰你几句的，哈哈哈……但是看到你这个样子实在忍不住想笑……对不起！我的头盔也失控了，我真的忍不住，哈哈……"

九殿下忍无可忍地取箭上弦："你这个爱装嫩的家伙，看我不射死你！"

野鹤一把抽出自己身上的剑，"铮铮"两下挡掉九殿下的箭："来啊，才不怕你！"

众人："……"

眼看怪还没打，这两个失去控制的人就像小学生打架似的开打了，九殿下一箭射偏，引来了边上的一只夜竹……第一关的夜竹是群攻性质的，引动一只，所有夜竹都会闻讯而来，场面瞬间陷入了混乱！

九殿下和野鹤赶紧收手，一边失控地叽里咕噜，一边手忙脚乱地开始对付成群涌来的虫怪……

"我去，要不要这样啊，老子才吐完，还很虚弱啊！这些夜竹死了还会爆浆，太恶心了……谁帮我顶一下，我不行了……想吐……哕……救……救命！闲云……加血……"

闲云："神之治愈术——目标，九殿下！"

09

在这混乱的状态下，曾经的"米虫晋"也不能继续缩在殇火的脖子上当围巾了，小雪貂灵巧地一跃而起，伸出前爪直扑眼前的一只虫怪，施展了简单的近身攻击——抓挠！

作为一只物理系攻击的灵宠，阿晋不用像闲云那样念咒语读条，只需要何晋回忆扑怪的姿势，系统就会直接配合地让小雪貂完成相应的动作。

九级灵宠的攻击力非同凡响，阿晋一爪下去，那只虫子的血条已经下去三分之一了！

就等你上线了

但90级副本里的虫怪也不是吃素的,夜竹张开昆虫特有的利钳嘴,对准阿晋就要喷火。

作为一只雪貂,阿晋别的手法没有,但有一个优势,就是躲闪特别快,一个甩尾迅速蹿到虫怪的屁股后头,再一爪下去,夜竹的血条又下去三分之一!

夜竹回身没有雪貂快,等再想反击时,已经接到了阿晋的亡命第三爪——肚浆一爆,死了。

阿晋被成功击杀夜竹的喜悦鼓舞了,立即朝着身边的第二只出手,只要三下,虫怪就会挂。它蹿了一圈,三步杀一只,转眼地上就倒了一片!

逝水远远地看见了,眼睛一亮:"无情,你的灵遇很厉害啊!"

殇火无时无刻不留意着阿晋的血条,当然也看见了它杀虫的英姿……没想到全息下阿晋的操作这么好,即便如逝水和闲云这种大神,第一次杀怪一时也适应不了,阿晋却玩得很上手。作为一个真人操控的宠物,阿晋的意识清晰,身法灵活多变,表现可圈可点,虽然杀伤力还比不上炽魂朱雀,但其他方面能力已经远远超过系统宠物了。

又想到杀伤力这东西靠的是装备和宝石,日后自己花点儿钱给阿晋打造一身装备就行了,殇火笑得一脸骄傲,开玩笑地回了逝水一句:"那当然,也不看看是谁教出来的。"

逝水:"搞得我都想驯养个灵宠来玩了。"

阿晋没听见逝水对自己的表扬,继续上蹿下跳地杀虫,努力为团队贡献自己的力量。

几个人都是全服大神级的角色,即使一时混乱也不至于在第一关就团灭,只有九殿下比较可怜,因为心理上的不适感屡屡受挫,最后在闲云给野鹤补血时没被照顾到,不幸挂了一次。不过这一番折腾下来,他和野鹤短暂失控的头盔也恢复了正常。

而原本最弱的阿晋这一次非但没死,还出了大力,留意到的人纷纷给予表扬。阿晋仿佛还杀得意犹未尽,蹿回殇火的身边,邀功似的昂着小脑

第四章　全息头盔

袋。殇火笑吟吟地看着它，说了一句："亲热。"

阿晋："……"

小雪貂不受控制地爬上去缠着殇火蹭啊蹭……

众人的嘴角一阵抽搐：这画面太"美"，他们不敢看！

殇火不管旁人怎么想，心情极好地摸了摸雪貂的脑袋，对阿晋说了句回血的咒语，何晋顿时觉得神清气爽，感觉再来一百只夜竹都不嫌多！

几个人稍作休整，继续向前推进，路上九殿下虚弱地道："下完这个副本我估计能瘦好大一圈……"

野鹤："为啥啊？"

九殿下："这地方太恶心了，下完副本我这段时间都没胃口吃饭了。"

"哈哈哈，你弱爆了！"野鹤想起九殿下刚死过一次，问道，"哎哎，死是什么感觉啊？"

九殿下："心脏挺重地跳了一下，然后就断线了。"

野鹤："断线？"

九殿下："嗯，就跟头盔断开连接了，思绪回到现实，闲云把我复活后我的意识才回到游戏里来。"

落花依依一听：咦，死亡等于断线？

野鹤："这么有趣？我也好想死死看……"

众人："……"

说着几个人就来到了第二关——巫虫怪蛇。

巫虫怪蛇，顾名思义，怪就是一群黑色的蛇。九殿下看着满地蠕动的蛇，捂着腹部用力地干呕了一下："对不起各位，我不行了……"

他还没说完，众人就听到了系统人声：

　　玩家九殿下已退出队伍。

接着九殿下就直接在副本中消失了。

就等你上线了

逝水:"他下线了。"

众人:"……"

野鹤:"可怜的九……"

殇火看了众人一圈,到现在才想到其他人的心理适应能力:"你们怎么样,受得了吗?"

落花依依道:"看着的确挺恶心的,但我一想这不是真的,就觉得还好。"

游戏里的落花依依觉得还好,但现实中的她觉得不太好,因为她现在有点想上洗手间,可是全息状态有个致命的问题,玩家想上厕所就要摘掉头盔,也就会被迫下线……她计划着要在最后关头拯救殇火,顺便让阿晋看看自己对殇火的重要性,所以一直撑着。而且刚刚听九殿下说在游戏中死亡会导致暂时离线,她便想,等实在忍不住了再说。

闲云也道:"刚刚我被夜竹的火喷到了,不是很疼,就是热热的,主要还是心理作用吧……"他看向野鹤,"你还行吗?"

野鹤的脸色惨白,状态不太好,他紧挨着闲云道:"反正我不会丢下你一个人。"

逝水依旧淡定地摇着扇子,却说了一句和殇火的问题不相关的话:"九这状态,也不知道能不能适应全息玩法?"

没错,这几个人都准备和殇火一起组战队,相互间也比较知根知底,九殿下如果无法适应,就不能在正式战队中占一席之地。

殇火:"他只是怕虫和蛇,换个副本应该不至于有这么大反应。"

逝水:"也是……来,开怪吧。"

没了九殿下,副本照样能打,逝水提前放出了自己的红狐,落花依依也把自己的兔子放了出来,五人四宠,攻击力还是很强的。

那些蛇也就看着可怕、恶心,不比夜竹难杀,阿晋再一次勇猛地蹿了出去,两爪一个,速度飞快。

逝水目不转睛地看着在蛇群中乱窜的小雪貂,道:"无情,你的灵遇让我想到一种动物……"

第四章 全息头盔

殇火淡定地发着技能，杀这种小怪对他来说依旧像切菜："他本来就是动物。"

显然逝水也觉得很轻松，还有余力跟殇火聊天："咳，我是说另一种动物。"

殇火："什么？"

逝水："伶鼬。"

殇火："有什么区别吗？"

边上的闲云科普道："伶鼬又叫扫雪鼬，是一种和雪貂长得很像的动物，但雪貂大多被当宠物，伶鼬则是天生的杀手。"

逝水点了点头："嗯，感觉阿晋很享受杀怪的快乐。"

殇火眯起眼睛，试图把逝水分析的伶鼬的特征与现实中的何晋联系起来——秦炀想到了何晋做英语讲座时的成熟淡定，想到了他学网球时的认真专注，想到了他充满力道的钢笔字……

但他又想到何晋游湖时的忧郁苦闷，因为自己的一句话而遁逃下线的胆小鬼行为，再次上线后隐瞒真相也要继续当自己的灵遇……到底哪一个才是真正的阿晋？

"噗，你们说得好像阿晋真的是动物一样，阿晋可是人。"落花依依笑着打断了他们的对话。她看向蛇群中的雪貂，原本还觉得挺萌的，现在只觉得碍眼。为什么大家都关注阿晋呢，就因为阿晋是殇火的灵遇吗？落花依依一抬手，忍不住对雪貂附近的蛇怪发动了攻击。

这厢，雪貂阿晋杀着杀着，突然发现自己想扑的蛇怪总是在它出手的前一刻被冻成冰，便更方便它击杀了！

雪貂抬头一看，见帮助它的人竟是落花依依，对方虽然是魔族的治疗师，却也有输出技能，攻击属性一目了然，是冰攻。

何晋想对落花依依报以一笑，却忘了自己现在是雪貂形态，不会表现出"笑"的表情，只见系统自动把他的感谢转化成了肢体动作——提着前爪稍稍起立，双手合十朝对方拜了拜。

落花依依：你卖萌也没用！本姑娘不喜欢你！

就等你上线了

殇火瞅了落花依依一眼，道："不用帮他，让他自己练练手。"
落花依依："……"

终于扛到杀大 boss 了，几个人吃药的吃药，加状态的加状态，调整到最好的状态，野鹤也在最后关头放出了他的宠物——一只虎皮猫。
被野鹤召唤出来的猫咪恰好出现在阿晋面前，阿晋现在是雪貂视角，体形相似的一猫一貂大眼瞪小眼，在旁人看来只觉得说不出的可爱！
虎皮猫挠了挠自己的脸，对着阿晋叫了一声："喵——"像是在打招呼。
雪貂阿晋抖了抖胡子："嘿——"
众人一阵大笑，以轻松的心情迎来了"无情他哥"——惑瞑！
没了九殿下的狮子，扛仇恨的任务就交给了闲云的青龙和野鹤的虎皮猫。但虎皮猫的体力有限，已经跟了几轮的青龙精力也所剩无几，两只系统宠物没出多少力就双双扑街，仇恨随即转移到了输出最高的殇火身上。
boss 的血条过半，惑瞑一个召唤，无数魔兵破地而出！
和上一次一样，闲云假死回来救活了逝水和野鹤，接下来只要闲云不死，基本就能全胜通过副本，然而就在 boss 第二次发大招时，出现了一个变故。
落花依依飞出攻击范围后，系统人声突然响起：

玩家落花依依已退出队伍。

逝水："呃，依依呢？"
野鹤："掉线了？"
众人："……"

10

落花依依不过是趁着"假死"时意识回归现实，抱着侥幸的心理取下

第四章　全息头盔

头盔，去了一趟洗手间。就几秒钟的工夫，等她一坐在马桶上，就赶紧戴上了头盔，结果眼前的画面已经回到了登录界面，系统提示——她正在重新登录！

落花依依的心瞬间沉了下去，小解的舒爽都不能缓解她心中涌起的郁闷感，虽然只有这么几秒钟，但坑爹的游戏不会认，等她再次上线，果然发现自己已经被传送出副本了！

下一秒，世界频道就发布了殇火等人成功击败惑瞑的公告。

全息模式下的文字聊天频道和组队信息一样，是通过玩家的联想以信息光幕的形式在视野左下角显现的，而落花依依现下看到的这条金色信息，在一片白色字体中显得格外亮眼——

[公告]恭喜玩家殇火、阿晋、逝水、闲云、野鹤击败惑瞑，完成焰山炽狱除魔任务全息首杀！

不只这样，两秒钟后，这条消息竟然出现在视线正上方，以全服公告的形式开始滚动播出！

全服公告栏在《神魔》中是传播力最强的媒介，通常只会出现服务器升级、boss首杀、排行榜首位变动之类的官方通知，玩家只能接收，无法屏蔽。

这条消息为什么会出现在全服公告栏上？答案不言而喻——全息、首杀！

《神魔》改版至今，落花依依所在服务器的所有boss首杀桂冠早就被目前排行榜上的大神们摘取，这种信息大家已经多久没见到了？

而且今天开通全息玩法，三区合并，50级以上的玩家全部会合，世界频道比以往热闹了数倍。

在全息新玩家们还在野外看风景感受黑科技的性能时，殇火等人已经完成了一个90级副本的首杀——这个消息一刷出来，玩家们都无法用语言表达自己的震惊了，频道内一片感叹号、省略号、颜文字……

就等你上线了

直到公告条隐去，大伙儿才逐渐恢复语言功能。

[世界]卿九："这是一区的最强团队？"

[世界]珂珂："无情改名了！怎么变成殇火了？这个殇火是殇火无情吗？"

[世界]徵雨："是的，《灵仙》改版《神魔》之前殇火无情就只叫殇火……"

[世界]茉家小璇："小仙阿晋也改名了，变成阿晋了。"

[世界]斗叔："一个割了头，一个割了尾巴，这两个人是想合体吗？"

[世界]羽月宸："就没人关注一下'全息首杀'吗？！谁能解释一下这是怎么一回事？"

[世界]叶青染："明显是字面意思，看来所有的boss在全息模式下都能重新刷一次了！"

[世界]夕月的风："无情牛！壮哉我大一区！"

[世界]汹汹苍夏："再一次不见落花依依……"

[世界]阿里："唉，灵遇一来，女徒弟彻底失宠喽……"

…………

落花依依看着公告栏的通知和世界频道里玩家的讨论，感觉每一句话对她都是一种刺痛，好像她努力隐藏的委屈被人刻意地反复提醒，只要阿晋在这个游戏中，她的名字就会和他们牢牢地绑在一起，成为可怜人的代名词。

这时，世界频道又刷出了殇火、阿晋等人各自摸到极品装备和高级材料的消息，众玩家竟然从中见到了新玩意儿——青金石、隐咒符、感瞑的护甲！

虽然无法查看属性，但能上电视的东西都是极品，这一点大家都心知肚明，只是不知道这是全息后boss会爆出来的新东西，还是只是首杀特有的奖励，但无论是哪一点，都足够让玩家们疯狂。

一时之间，全息新玩家们纷纷组队，开始向各大副本和野外boss进发！

就在落花依依失神之际，殇火一行人满载而归地被传送出了火焰山，

第四章　全息头盔

几个人在副本入口处见到她，纷纷愣了一下。

野鹤最先开口："依依，你刚刚怎么突然下线了？"

人有三急，即使是美女，也免不了要上厕所的尴尬。但是美女不能把这么不文雅的事挂在嘴上，落花依依只能找借口道："我也不知道，突然就掉线了。"

闲云："是头盔没电了吗？"

落花依依："可能是吧。"

逝水同情地道："真可惜，就差一步。"

野鹤："是啊是啊，我们拿了不少系统奖励呢！"

没错，在他们杀死惑暝的一瞬间，除了全服公告和世界通知，每个人都单独收到了系统消息，恭喜他们完成首杀，并且他们还各自获赠了一堆高级丹药。

落花依依听他们这么说，悔得肠子都青了，但又不能说真实原因，只能佯装不在意地笑道："没事啦，下次还有机会的。"

野鹤："哎，我先不跟你们说了，刚刚下副本尿急得不行，憋了半个小时，我先去了啊！"

说着野鹤就消失了，逝水摇着扇子对闲云道："你弟三十几岁的人，怎么还跟个小孩子一样？"

闲云干笑："呵呵，他就这性格。"

逝水："说起来，这还真是个全息的系统漏洞啊——中途有事都不能离线，也不知道能不能改？"

殇火点了点头："可以跟官方反馈一下，看看有没有解决方法。"

已经变回小正太的阿晋笑道："我上游戏前还特地喝了水，上了厕所，以防万一。"

殇火看向他："你还挺有先见之明的嘛。"

落花依依听他们聊这些，无异于暴露着的伤口被撒盐，尤其是阿晋的那句话，仿佛在反衬她的愚蠢，此刻整个人都快被负能量笼罩了。

就在这时，闲云的表情突然变了："小小……你……"

就等你上线了

几个人看向他:"怎么了?"

闲云表情扭曲着道:"野鹤上厕所回来挠我痒,我先下线了。"

众人:"……"

闲云、野鹤一走,只剩下四个人,逝水问殇火有什么打算,殇火自然道:"既然没什么别的活动,我们就自己去玩了。"说罢他看向阿晋,"你把穷奇放出来,我们一起去看看风景。"

落花依依愣了愣——殇火竟然把烈焰穷奇都送给阿晋了?

只见阿晋在精灵小新的提示下召唤出烈焰穷奇,全拟真状态下,那匹烈焰穷奇威风凛凛,更显得炫酷霸气!

两个人一前一后地坐上穷奇,殇火一扯缰绳,向剩下两个人道了句"再见",就驾着穷奇飞腾离去……

落花依依看着他们,直到他们消失在云层的尽头,毫不掩饰眼中的羡慕之情。

逝水好像看出了什么,问了句:"有心事?"

终于有人察觉到她的落寞,落花依依感动得差点儿热泪盈眶,全息头盔掩饰不了她的情绪,她泪眼汪汪地看向逝水:"嗯……"

逝水:我是不是开启了一扇错误的大门?

落花依依用手指卷着自己的发梢,哀怨地道:"我心情不好……"

逝水:"因为无情?"

落花依依长叹了一口气,委屈地"嗯"了一声,幽幽地说:"师父最近好像都不太理我了……"

逝水:"呵呵,因为他的灵遇回来了嘛。"

落花依依:"他和阿晋在现实中也熟识吗?"

"不是,他们好像就是游戏里的朋友。"那么多年过去,逝水早忘了当年对殇火信口承诺的"保密",为了开导落花依依,简单几句话就把殇火的事情告诉了她,"两个人很小的时候就认识了,他的灵遇不知道什么原因很多年没上线,当年离开的时候也没告诉无情,无情一直在等,等到现在阿晋才回来。"

落花依依震惊地道:"这么多年没上线,无情为什么还念念不忘呢?"

逝水耸了耸肩:"那就要问无情本人了,我也问过,他没说原因,可能是某种执念吧……"

落花依依垂下头,越发为殇火觉得不值。

逝水轻轻拍了一下落花依依的肩膀,振翅腾空:"我去灵宠市场看看,先走一步……依依,游戏而已,别多想。"

逝水也飞走了,一阵热风拂过,落花依依觉得寂寞如雪。

就在这时,山洞口又传送出一群人。全息下的玩家不显示名字,落花依依不认得他们,他们却认得用了真实形象的落花依依:"哟,这不是《神魔》第一美女吗!"

落花依依听到对方的声音,才慢慢回忆起来:"哥本冰激凌?"

第五章

灵犀指数

就等你上线了

01

来人正是原二区排名第一、现全服排名第二的哥本冰激凌,而和他在一起的人,自然也是《神魔》中数一数二的高手。然而,这一晚对他们来说,注定是悲催的!

哥本冰激凌通过内部渠道打听到新一轮的 boss 首杀活动,中午拿到头盔后就拉上队友们去找 boss 了。

第一次他们去了白枫冰狱的弑神副本,那个副本不比除魔副本容易多少,几个人被冰雪冻、被雪怪吓、被磷火虫咬,摸爬滚打死去活来,终于推倒了 boss 妄虚子,结果因为队伍中有一个键盘玩家,系统不认,所以只算普通通关。

哥本冰激凌郁闷得吐血,等队友们稍作休整,重整旗鼓又来到焰山炽狱下除魔副本,被火烧、被蛇咬、被蜘蛛爬虫恶心到吐,连人带宠物十来个,等到推 boss 时只剩下了五个,但为了首杀的荣耀以奠定合服后老二区的名声,几个人依旧苦苦坚持,没想到在最后关头被殇火的团队抢了风头!

现在在火焰山入口遇到落花依依——哥本冰激凌一回忆,刚刚公告里貌似没有她的名字啊?

"美女怎么一个人?"哥本冰激凌也是魔族,一身黑金盔甲,佩青铜宝剑,英气逼人,只是眉眼间略显疲态,其余几个人的脸色也不大好,可能都被郁闷到了。

哥本冰激凌道:"刚刚看见系统公告,你没跟你师父一起下本?"

再次被问到痛处,落花依依表情怅然地道:"一起下了,不过我没有撑到最后。"

哥本冰激凌意外地道:"他们竟然没有等你?"

第五章　灵犀指数

空中仿佛飘来一阵花香，落花依依闻了闻，感觉像是从哥本冰激凌身上飘过来的。

这时，视线上方的全服公告栏再次滚过一条信息——

　　　[公告] 恭喜玩家人面鬼见愁、霎千帆、魔魔魔魔、凌诗音、虚怀若谷击败妄虚子，完成白枫冰狱弑神任务全息首杀！

——老三区的鬼见愁！

哥本冰激凌险些吐出一口老血，内伤等级再加一重！

"唉，我们也是，就慢了无情一步！"哥本冰激凌放空视线，哀叹自己时运不济，"问君能有几多愁，恰似竹篮打水一场空！"

他随性吟诗，不想正击中落花依依的心思，她反观自己的经历，不也是"竹篮打水一场空"吗？她对哥本冰激凌心生好感，主动添加对方为好友，哥本冰激凌立即通过，对身后的友人摆了摆手："你们先散了吧，我和依依妹子聊会儿。"

几个人挤眉弄眼，一阵坏笑，当下明白了哥本冰激凌此举之意——和一个堪称敌对势力的美女玩家聊聊？

哥本冰激凌瞪了他们一眼，说着"去去去"，把人赶走后，对落花依依道："我看依依姑娘的心情好像也不太好，要不咱们一起去看看风景？"说罢，他就放出了自己的坐骑，竟是一头梼杌！

梼杌和穷奇一样，也是全游戏独一无二的飞行坐骑，落花依依瞪大了眼睛："这是……"哥本冰激凌的举动极大地满足了她的虚荣心——被这样关注和重视才是她本该有的待遇啊！

哥本冰激凌淡定地道："这是我去年参加《神魔》知识竞赛得来的奖品，全服仅此一头，依依姑娘介不介意与我共骑？"

说着，哥本冰激凌就礼貌地朝落花依依伸出了手。

落花依依皱了下眉头。以前她暗恋殇火，对别人的追求和示好都视而不见，只为殇火"守身如玉"，如今殇火都不再正眼看她，她再高冷下去又

就等你上线了

有什么意义？

当年追过她的玩家中，实力最强的是九殿下，但九殿下是个心理年龄极小的人，就算再受小姑娘欢迎、再有钱，也不是她喜欢的类型。倒是这个哥本冰激凌挺有绅士风度，蛮对她的胃口……

落花依依又想起和阿晋同骑离去的殇火，心中一酸，握住了哥本冰激凌的手。

但她接受邀请的目的并不是陪哥本冰激凌去看风景，而是想着能不能和殇火、阿晋碰上。她想看看当殇火得知她和别人在一起时会有什么样的反应……

两个人同乘一骑，飞上天空，落花依依觉得身边的香味越发浓郁了……

哥本冰激凌轻轻搂住落花依依的腰，问道："你为什么心情不好？可以跟我说说吗？"

落花依依长叹了一口气，显得柔弱又无助。

哥本冰激凌："不好说，那么让我猜猜，莫非是因为无情？"

落花依依：全世界的人都知道了，她的落寞是因为那个人。

哥本冰激凌苦笑，看来他们是栽在同一个人手上了："其实我知道你和无情的事。"

落花依依："知道什么？"

哥本冰激凌："我看过那些帖子，虽然咱们不同区，但你那么出名，我想不知道也难，而且我以前一直觉得你和无情还挺般配的。"

被全游戏公认实力第二的玩家关注，再一次让落花依依的虚荣心得到满足。是啊，她和殇火的般配是公认的，为什么结局会变成这样呢？

哥本冰激凌："但我现在不这么认为了，因为无情太不懂珍惜。"

这话再次击中了落花依依的内心……

哥本冰激凌："无情在排行榜第一位待得太久，被粉丝的追捧和大神的虚名冲昏了头脑，现在又不知从哪里冒出一个灵遇，为了这么个灵遇不管对手，抛弃徒弟……这算什么？这是典型的轻敌轻友。"

第五章 灵犀指数

哥本冰激凌的语气很平静，但每一句话都引起了落花依依的强烈共鸣，仿佛振聋发聩——是啊是啊，殇火为了一个好几年不上线的灵遇，忽视三年朝夕相伴的徒弟，她真的觉得委屈！

哥本冰激凌："依依，待在这样一个人身边，我为你不值。"

听到这句话，落花依依瞬间潸然泪下……

哥本冰激凌："《神魔》全息代表的是一个新时代了，这个游戏需要新的偶像，你长得这么漂亮，又有实力，是全服难得的才貌双全的玩家，如果你继续和无情待在一起，只会被他的锋芒遮盖，你永远只是他的影子，他也看不见你。你需要的是一个更大的舞台，一个能让他看到你的舞台，让他重视你，让他悔不当初。"

说到此处，哥本冰激凌适时地从包裹里取出一块"西施的手帕"，说道："这是我下50级副本'卧薪尝胆'时从吴王手中得来的帕子，原先没什么属性，但我一直留着，几次包裹满了都没丢，总觉得有朝一日会用到……直到今天我才发现，这块手帕竟然多了一样属性，你猜是什么？"

梨花带雨的美人皱了下眉头："香味？"

"聪明！"哥本冰激凌把手帕赠送给落花依依，"我一个男人，带着散发香味的手帕太不合适了，本来想着今天要是送不掉我就销毁了，没想到晚上就遇到了你……我想这块手帕注定是属于你的，这应该是全服目前唯一会散发香味的宝贝吧。快别哭了，从今以后，你不但是个有实力的美人，还是一个有香味的美人。"

落花依依接过手帕，擦了擦眼角："谢谢你。"

哥本冰激凌温柔地道："依依，我的团队里正缺一个实力高强的治疗师，你考虑考虑。"

02

如果说键盘游戏时的青衣萝莉依偎在男子怀里的情形让何晋觉得有点

就等你上线了

违和的话，那全息下亲自体验同骑情形……简直没法形容！

两个人下完副本后环游《神魔》世界一大圈，何晋整个人就没放松过。

殇火："阿晋，时间还早，我们去把织女那儿隐藏的灵遇任务做了吧。"

阿晋："嗯……"

殇火驾着烈焰穷奇飞向灵犀湖，两个人下降的过程中吸引了不少在湖畔观景的路人的视线。

今天是全息模式第一天，不管是换了头盔的新玩家还是使用键盘的老玩家都赶着上线看热闹。

不过，这些路人最先关注到的并不是殇火和阿晋，全息下的两个人已经隐去姓名，殇火虽然出名，但他的形象也并非独一无二，连官方都参考他的外形设计 boss，更别说普通玩家——只要花点儿钱就能在商城里买一身和殇火一样的服装，甚至连殇火的五官设置参数，都有人照着直播视频分析出来发在了网上！

路人先关注到的是那匹全服独一无二的烈焰穷奇，这全身燃火还会飞的神兽实在太耀眼了！

见他们驾着神兽稳稳地降落在彩凤岛上，立刻就有人围了上去。

这些人当中也有经历过"血洗灵犀湖事件"的玩家，当时的殇火也是驾着烈焰穷奇带阿晋离开的，有人回忆起来，便把注意力从神兽身上转移到了玩家身上。见其中一个人和殇火的形象相似，当下就有人大胆地猜测，莫非这真是大神和他的灵遇？

……但是为啥大神的灵遇看起来像个未成年的小正太？

殇火先下来，还体贴地把阿晋从穷奇身上扶了下来。由于何晋选了个身材矮小的正太形象，身形高大的殇火做这个动作简直轻而易举！

殇火看了看四周好奇的路人，问何晋："之前我给你的隐身券你还有吗？"

阿晋："嗯，还有几张。"

殇火："今天人有点多，我们隐身吧。"

阿晋收了穷奇，使用了隐身券，二人一兽就这样在围观的路人面前凭空消失了。

第五章 灵犀指数

路人：啊啊啊——果然是大神！早知道就合影啦！

殇火带着阿晋来到织女面前，对织女道："开启隐藏灵遇任务。"

织女："很抱歉，你们的灵犀指数不足，无法开启隐藏灵遇任务。"

二人："……"

全息状态下也不能切出去看留言器，殇火只能抱着试试看的心态问："开启隐藏灵遇任务需要多少灵犀指数？"

织女："520点。"

殇火："能否查询当前灵遇的灵犀指数？"

织女："您和阿晋目前的灵犀指数为52点。"

二人："……"

秦炀之前所在的高手群里有朋友发现了这个隐藏任务，告诉他们的时候根本没提灵犀指数这个要求，看来别人的指数直接达标，都没遇到过这个坎！

他接着问："如何增加灵犀指数？"

织女："灵遇每日可参加心有灵犀问答十题，每答对一题增加1点灵犀指数，答错一题扣1点灵犀指数；赠送一朵花可增加0.5点灵犀指数；置办一次高级点灯礼可一次性增加100点灵犀指数……此外，全息《神魔》新增一种获取灵犀指数的方式，80级以上玩家可前往仙界季山处寻找山神购买土地交换券，置办地产建设家园，家园建设完成后，与灵遇每日单独相处超过一小时即可增加50点灵犀指数。"

何晋无语了……家园？单独相处？这款游戏的底线呢？！

秦炀怔了怔，购买土地交换券？建设家园？不是来织女这儿，他还不知道多了这个新玩法。

殇火立刻拉上阿晋赶往季山。找到山神深入一了解，何晋的下巴都掉了——置办地产的意思就是让玩家在游戏里买一块地盖房子，但一块地的价格就要一百万金币，每个玩家买地的上限是十块。

殇火一口气买下十块地，何晋一头冷汗，果然殇火当初给他的五千金

就等你上线了

只是"小钱"……

殇火买了土地交换券,等不及让阿晋把穷奇放出来,直接让他变成了雪貂缠在自己的脖子上,就带着他去了神魔领域。

神魔领域相当于凡界与仙界的位面空间,重叠了二界板块,但地图建设以副本、战场为主,譬如地处凡界的焰山炽狱,在神魔领域也能找到副本通道。

殇火带着阿晋飞了一圈,他手上有土地交换券,现在看到的地图有了色点显示,其中灰色是系统建设区块,绿色是玩家可建区块,红色是已被占用区块。

秦炀现在放眼望去,地图上的红色区块还很少,大片绿色区块都是在主要城区外围,繁华区如凡界的隆冬镇、仙界的天宫城可建地极少,但仍有不少绿点闪烁!

殇火记下这些绿点的位置,又带上阿晋马不停蹄地赶往仙界和凡界,阿晋忍不住问:"大神,你这是想干吗啊?"

殇火笑了笑:"有商机。"

阿晋:"什么意思?"

殇火不答反问:"你现在玩全息有什么感觉?"

阿晋愣了愣,道:"很真实……"这款游戏的拟真度高得让何晋想下跪!

殇火:"是,这对全息玩家来说就是一个真实、全新的世界,游戏创造者现在分出了一部分特权给玩家,让玩家也成为推动这个世界发展的一部分力量。我们得到这个消息还算早,赶紧去占几块好地,开商铺可以掌控物价,不想开商铺放着也行,只要等《神魔》的可售地块全部卖完,我们就能坐等地块涨价,到时候可以出租,可以高价售卖,不会亏的,总而言之一句话,就是'先来的,有肉吃'。"

何晋:"……"

两个人来到了凡界的隆冬镇,殇火找到刚才记下的绿光闪烁点,是处

第五章 灵犀指数

于隆冬镇最中心地段的一块小空地,旁边就挨着系统当铺。

殇火拿出地契,空地上很快出现了一个白胡子土地爷。

土地爷:"是谁召唤本地仙?"

殇火把其中一张土地交换券交给土地爷,土地爷笑眯眯地收了土地交换券,抬手一指,道:"这块地是你的啦!"说罢他就遁地消失了!

随即,世界频道就闪出了公告——

[公告]玩家殇火在凡界隆冬镇购买了一块土地。

[世界]小艺射日:"土地?什么土地?"

[世界]日暮迟归:"现在《神魔》里还能买地了?"

[世界]沐沐:"谁能科普一下土地是干吗用的?"

[世界]小狐狸棒棒的:"富人的世界,我们不懂……"

…………

那条公告闪得太快,开始只有几个人讨论,没人猜出什么,但在接下来的十分钟内,世界频道连连闪过数条殇火购买土地的公告,有在凡界的,还有在仙界的。这下全世界的玩家都好奇了,对土地的事展开了激烈的讨论,最终有人科普道——

[世界]谢公厣:"刚刚查到!全息后80级以上的《神魔》玩家能去买地盖房子、盖商铺,一块土地价格一百万金!"

[世界]故垒西边:"一百万金!土豪啊!"

[世界]陶片:"我数了一下,无情刚刚共买了八块地,八百万金……"

[世界]洛子坞:"无情不愧是神魔财富榜第一位的富豪!嘤嘤嘤!"

[世界]杳杳:"看了下排行榜,现在已经跌到第二位了……可能他把钱都拿去买地了!"

大伙儿正感慨着,世界频道突然在接下来的半个小时内疯狂地刷出了其他玩家买地的公告!

就等你上线了

[公告]玩家哥本冰激凌在仙界天宫城购买了一块土地。
[公告]玩家雯千帆在凡界天阴镇购买了一块土地。
[公告]玩家魔魔魔在凡界初识村购买了一块土地。
[公告]玩家落花依依在仙界天宫城购买了一块土地。
…………

一众路人:"……"

03

何晋虽然能明白殇火买地的意图,但和那些玩家一样,对在游戏里一掷千金的做法表示不能理解。

殇火把其中八块地选在凡界和仙界的主要城镇,最后剩下两块留着为自己和阿晋建家园——是啊,这才是他俩得了织女的提示后首先该做的事。

殇火问阿晋:"你希望我们的家园安在什么地方?"

何晋被他一提醒才想起这件事,道:"真要建家园?这地这么贵,用来建家园也太不值了。"

殇火挑眉:"怎么会不值?我们是点灯的灵遇,家园是刚需。"

阿晋:"……"

殇火催促道:"凡界还是仙界?快挑个喜欢的地方。"

阿晋:"你选吧,我都可以。"

殇火:"外头的事我做主,家园里的事你做主,不要推卸责任。"

何晋:少年,你真会玩!

既然玩了《神魔》,就要体验做神仙的乐趣,住在凡界还是跟凡人一样,阿晋觉得没什么意思。

两个人再次坐上烈焰穷奇,在仙界上空盘旋了一阵。

第五章　灵犀指数

仙界三大主城——天宫、临渊、双月里玩家来往过多，不适合居住，浮游岛、仙人岛是练级地，多是小怪，也不适合，只有两个地方何晋觉得不错，一是蟠桃林，二是吟水筑。

这两处隔得不远，都是接剧情任务和下副本的场所，没几个NPC，风景如画，环境幽静，是个建家园的好地方。但相比起来，蟠桃林比较吸引小情侣，经常有游戏里的灵遇跑去那儿花前月下，而吟水筑背靠季山，九天瀑布纵垂山间，直通凡界灵犀湖，终年不断流，更像世外桃源。

最终何晋选择了后者，除了清静景美，还有另外一个原因——吟水筑是茶仙陆羽的地界，面朝千亩茶园，可以种地！

八年前玩《灵仙》的时候，何晋就很喜欢自己做补血食物，烹饪少不了要搜集原材料，最大的原材料来源就是地里产出。当年他学了这些技能，还没来得及钻研就被父母强行禁了游戏。现在回到游戏里来，何晋想起种地、烹饪、制药的乐趣，也准备把这些生活技能都捡起来。

殇火自然毫无异议，拿着剩下的两张土地交换券与土地爷换了地，何晋见了惊讶地道："你怎么换了两块？"

殇火在主城买地时就发现了，每块地的面积只有二十多平方米，这不是键盘网游，再小的店面，只要有一个NPC就能撑起无限空间。全息状态下，玩家是能够亲自在这个世界里感受到空间尺度的。

非主城的地一块大概六十平方米，殇火衡量了一下，建一幢楼，一层也就能分两个房间，还是有点小，所以他刚刚留了两张土地交换券，以防万一。

殇火指了指土地的颜色，道："一块是建筑地属性，一块是农用地属性。"

何晋奇怪地问："为啥要买农用地啊？"

凡界和仙界的农用地无须租金就能免费让所有玩家种植，可一旦作物成熟，如果不及时收取，也能被其他玩家收走。不过只要这块地被玩家买下来，搭上围栏，种的菜就会被自动保护起来，不会被人偷走了。

殇火淡定地道："圈起来，这块地只给你种。"

阿晋：土豪你好，土豪再见！

就等你上线了

接着，殇火又召来了搞建设的 NPC，和阿晋讨论后，决定用其中一块地盖栋三层楼的古风别墅，一楼客厅，配上烹饪灶和炼药炉，二楼卧室，三楼露台。

另一块农用地分两半，一半给阿晋种菜，还有一半种棵桃树，搞点儿景观，再摆套石桌藤椅，供客人来了喝茶聊天。

不过建房子也是要时间的，不是花了金币立马就能完成，NPC 说需要七个工作日，工作人员会把他们的要求写入系统，到时候不止殇火和阿晋，其他玩家也能看见他们的房子。

两个人为买地建家园的事折腾了许久，隐藏的灵遇任务因为缺少灵犀指数，短时间内看来是做不成了。

何晋回过神，一看游戏里的世界时间，竟然快到十二点了，没想到不知不觉地他们就玩到了现在！

他赶紧对殇火道："不早了，我该睡了……"

殇火问："明天来吗？"

明天是周一，开通全息后，殇火在飞游网那边的视频播讲方式有所整改，因此停播一周。

阿晋："没什么事我会上来的，聊天软件也可以联系。"

殇火点了点头："明天等你。"

两个人站在未来家园的建设空地上，一起退出了游戏。

04

何晋摘了头盔，在椅子上愣了好一会儿，思绪才慢慢回归现实。

"你'穿越'回来啦？！"身后的侯东彦听到动静，立即回过头来笑道，"快五个小时了，中间我看了你几次，都怕你回不来了！"

何晋："你科幻电影看多了。"

第五章　灵犀指数

侯东彦又道："刚刚大头还来过一趟，看见你戴着头盔坐在那儿一动不动，好奇地问我你是不是在烫头发！"大头是住在他们对门的室友，是个成天钻在书堆里的学习狂人，"我跟他说你在玩游戏，他反问我，'玩游戏是这样的吗？我读书少你别骗我'，我跟他说了一堆全息头盔的事，还说，《阿凡达》看过吧？就是一样的'，他当时整个人都蒙了，哈哈哈！"

何晋也跟着笑了起来，问道："他是来找我的吗？"

侯东彦："是的，他来向你借课堂笔记，我帮你找给他了，还叮嘱他别碰你，小心你魂魄离体回不来。你没见他当时的表情，笑死我了！"

"噗，哪儿有这么夸张？"何晋记得刚刚游戏里的闲云说他在现实中被野鹤挠痒有感觉，于是也告诉侯东彦，即使被打扰了也没有关系。

侯东彦："我吓唬他玩呢，这些话也就大头信！"

何晋笑着摇了摇头，起身去洗漱，瞥见手环闪烁着红光，上头有一条秦炀发来的未读信息："晚上一起去跑步吗？"接收时间是两个小时前。

秦炀自从两周前开始教何晋打网球，随口说了句要带何晋跑步后，只要有空就会叫他。

对学弟这样无时无刻不惦记自己的热心，何晋格外感激，于是见了消息也不管时间已晚，赶紧回了一条消息过去："对不起啊，我刚才没看到，你已经睡了吧？"

没想到秦炀当即回了消息过来："没睡，你刚才在忙？"

何晋："不是，我在玩游戏，没看见消息。"

秦炀："现在要睡了吗？"

何晋："准备洗脸了，不过挺兴奋的，估计一时半会儿睡不着。"

秦炀："要不要现在下去跑两圈？"

何晋愣了愣，已经过零点了，现在去跑步是不是太晚了？可他一想，慢跑两圈也就十分钟，说不定跑完累了更容易入睡，何况今晚是自己没回消息在先，再拒绝貌似不太好……

"好，我换身衣服，五分钟后楼下见。"

秦炀没在楼下等，而是直接到了三楼的楼梯口，等了没两分钟，就见何晋

就等你上线了

从 306 出来,穿了件略厚的运动服,远远地看见秦炀,就快步走了过来。

"怎么在这里?"何晋的心情看起来还不错。

"楼下风大,就在这儿等了。"秦炀说着,便和何晋一起下了楼。华大的男生宿舍楼没有门禁时间,凭电子门卡进入,半夜学生要出去也不是问题。

十二月冬至,午夜的气温已近零摄氏度,校园里一个人都没有,就连宿舍楼里的灯也熄灭了一大半。

何晋对着手哈了口气,就和秦炀绕着校园慢跑起来。五百米出头,人就开始变暖,两圈跑完,浑身都在冒热气。

两个人渐渐放慢速度,慢悠悠地散步回去,秦炀这才开口问:"你玩什么游戏?"

何晋:"《神魔》,一款国产网游,现在是全息了。"

秦炀想了想,问:"是不是上回游湖时其中一个女生提到的那个游戏?还说里面有个大神,说话声音和我很像?"

"嗯,是的。"何晋差点儿把这一茬忘了。

"你也玩这个游戏啊?"秦炀佯装很有兴趣地问,"好玩吗?"

"呃,还行,其实我也没玩多久。"事实上,何晋觉得游戏是很好玩的,但出于他和殇火在游戏里的那段狗血关系,和现实中的朋友提起这件事他总是有点心虚,"主要是这款游戏前段时间搞了个抽奖活动,我运气好,抽到了一个全息头盔,今天刚收到,感觉挺新鲜的,就戴着体验了一下。"

秦炀睁大眼睛:"是吗?!那玩全息游戏的感觉怎么样?"

何晋:"唔,挺真实的。"

秦炀:"多真实?"

"就和穿越了一样……"何晋想到之前听秦炀说过他不玩游戏,再次轻咳了一声,一脸深沉地道,"你看过《阿凡达》吧?就跟那个差不多,全息游戏就是玩家戴上头盔后,进入游戏的世界里了。"

何晋:猴子,借你吓唬大头的例子一用。

秦炀:"……"

何晋:完了,学弟好像越来越好奇了,万一他说也想玩,问我在游戏里

第五章　灵犀指数

玩的是什么种族、在哪个服务器、又让我带他，我该怎么办？

"那个，你晚上在做啥呢？"何晋赶紧转移话题。

秦炀："在网上看国外的网球直播比赛。"

何晋："哦。"

何晋：好冷场！

顿了顿，何晋想起一件事，赶紧问道："你昨天考六级了吧？考得怎么样？"

秦炀："感觉不太好。"

何晋握了握拳头，道："等成绩出来，如果超过600分，我就请你吃饭！"

秦炀终于有了反应："600分？"

六级考试总分是710分，及格线是425分，600分以上就算高分，不过对华大的学生来说，上600分应该还是挺普遍的情况。

何晋："呃，高了？"

秦炀："你去年考了多少？"

何晋："680多分吧。"

秦炀挑眉："那你对我的要求就这么低？"

何晋汗颜。其实他刚才说那句话也就是为了缓和一下气氛，秦炀都说感觉不大好了，他要再设个高分，那不是给人难堪吗！

秦炀似笑非笑地看着他："而且就算考过了，也该我请你吃饭吧，学长？"

这还是秦炀第一次开口叫何晋"学长"，原本挺正常的一句称呼，却被他叫得充满调侃之意，何晋听得心头一紧。明明自己比秦炀年长，学习成绩也比对方优秀，可秦炀这语气，好像何晋才是更年轻、需要被照拂的那个。

05

秦炀欠扁的口气让何晋有点来劲儿："那你自己定？"

秦炀："我以为我至少得考过你，你才会请我吃饭。"

何晋失笑道："你的目标够高的啊！"

就等你上线了

秦炀瞟了他一眼："你觉得我不行？"

何晋："不是，我只给你讲过语法，不知道你的综合能力，但我觉得考试这事还是脚踏实地比较好，不要定太高的目标，否则希望越大，失望也越大。我去年考 680 多分也是运气好，平时做模拟卷就 650 分上下。"

秦炀有些不服气："那要是我比你考得高呢？"

秦炀要说考 650 分，何晋还觉得可能性比较大，但要是随便谁都能考 680 分，学生会和外语社也不会请何晋去给学弟学妹们做讲座了。

"呵呵，你要真考得比我高，我就管你叫声哥。"这么多年笑傲考场下来，何晋唯一自信的就是成绩，何况秦炀考前一个月才说语法不行，几次补习能提高的程度也是有限的啊。

秦炀："叫哥就算了吧，听你叫我一时爽，但没啥意义。"

何晋："那你想要什么？请你吃饭？"

秦炀垂眼叹了口气："让我考 680 分我还真没底呢……但也不好说，万一真的人品爆发……"

何晋暗笑，考试又不是买彩票，什么人品不人品的，明明"感觉不太好"，还敢跟他抬杠，这样的秦炀也让他觉得挺可爱的。

"也不用你考得比我高，就 680 分吧，你要是考到了这个分数，只管跟我提要求。"何晋逗他道。

秦炀的眼中闪过一丝笑意："随便什么要求都答应？"

"只要不是违法犯罪，或者叫我绕着学校裸奔这类有损德行的要求，都行。"大学里还真有学生私底下玩游戏打这种恶搞的赌，不过以何晋对秦炀的了解，感觉对方不会提这么过分的要求。再说了，何晋也不信自己会输。

秦炀梗着脖子佯装不甘心地说："我要真运气好，你到时候可别要赖！"

何晋戗他："就怕你没考到不敢见我。"

秦炀勾起嘴角，伸出食指点了点何晋，表情又欠又痞："何晋，你等着。"

对方的眉眼间一瞬间透出来的得意劲儿，让何晋略微失神，差点儿以为他真有那种能力与自己一较高下。不过也就是那么一两秒，何晋很快把那当成是秦炀的年轻气盛与虚张声势——这样的赌，何晋从小到大见多了，

第五章　灵犀指数

没有一次输过。

两个人跑完步是穿过附近的草坪回宿舍的，快走上正路时，不远处突然响起一声惊呼。何晋和秦炀齐齐转头，见路灯下站着几个刚从校外回来的女生，可能是周末出去唱歌了，到半夜才回学校。

看见黑漆漆的草坪区突然冒出两个影子，她们都被吓了一跳，发出惊呼声的就是其中一个女生。

秦炀朝那个方向摆了摆手，道："别怕，是人，不是鬼。"

何晋被秦炀的回应逗乐了，微微低头，虚握着拳掩唇一笑。

路灯的光扩散过去，微微照清了秦炀和何晋的模样，几个女生一见跟她们说话的竟然是高冷得出了名的校草，也不知道该惊还是该喜。

秦炀又开玩笑地补了一句："这么晚了才回宿舍，小心真遇上鬼。"可见他的心情很好，说完他就轻揽了一下何晋的肩，"我们走吧。"

几个女生看着他俩离开的背影，还处在被吓傻的状态……

许久，才有人弱弱地问："那个人是不是大三的何学长？"

"何学长是谁？"

"就是大半个月前被秦炀扛着去校医院的那个……"

"这么晚了，他们在干什么？"

"可能是散步吧。"

"在草坪上散步？"

"而且现在快一点了啊！"

"就是呢……"

回到宿舍楼，何晋一看时间，惊叹道："我从来没想过自己有一天会在这个点回宿舍。"而且他现在还不困，真不可思议！

秦炀："你没有通宵过？"

何晋摇摇头，和秦炀上了楼梯："以前每天十点就上床睡觉了。"

秦炀："那今天这么晚，是因为我？"

就等你上线了

何晋:"哈哈哈,当然不是!"

秦炀:"……"

——是因为他自己,如果何晋不想尝试着去改变,就算是关系再好的朋友半夜叫他出去,他也不会去的。

到了三楼,两个人互道晚安后分别,何晋洗过脸躺在床上,没多久就倦意袭来,睡得一夜舒爽。

次日晚上一上游戏,何晋就收到了殇火发来的消息:"阿晋,用灵遇技能到我这里来。"

何晋问了小新方法后,想象着殇火的模样,说了一句:"形影相随。"

迷雾浮起又散去,阿晋已经站在殇火面前。以前每次都是殇火突然出现,这一次终于轮到他了,但何晋一点都没觉得激动,还是一样紧张。

"这是哪儿?"阿晋看着这个空荡荡的房间,除了白晃晃的墙壁和屋顶,一无所有。

殇火道:"竞技场。"

阿晋愣了愣,有点不明所以:"你要跟我对战?"

殇火:"还记得我说要你跟我一起参加战队的事吗?"

阿晋:"嗯。"

殇火:"昨天一起下副本,逝水、闲云他们都看出你有潜力,我也觉得你可以,所以想趁这两个月带你练练。"

何晋想到昨天逝水等人对自己的夸赞,也有点心动。之前他不想参加,除了不自信,还因为没有头盔,现在这两个条件都满足了,他的确没有其他理由拒绝殇火,只是还有一点:"报名参赛要填真实信息吗?"

殇火:"只要游戏ID。官方会对个人信息保密,因为每个头盔都是绑定所属ID的玩家的。"

阿晋没有疑问了:"好,我会尽力的。"

殇火把阿晋的形态切换成雪貂,解释道:"比赛中有一场是灵宠对战,还有一场是驯养主与灵宠一起参加的双打赛,不管是哪一场,你都要以原形的方式出场。"

阿晋："……"

殇火又道："你的种族决定了你将使用以体术为主的近身攻击，一会儿我不会使用魔法攻击，开启对战模式后，你可以尽一切可能地接近我伤害我，什么时候你能把我打到血条低于二分之一，就算你赢了。"

阿晋被昨天下副本时杀虫怪的成就感灌满了信心，这会儿都没耐心听殇火解释，磨爪扒土地道："来吧来吧！"

对战《神魔》全服第一的大神，这可是每个《神魔》玩家的愿望啊！

殇火："呵呵……"

雪貂阿晋以为眼前的魔尊顶多就跟副本里的"殇火他哥"差不多，感瞑他们也不是没打过，不过是血厚了点儿，也没啥。

然而，不知天高地厚的下场就是死得很惨。

在殇火开启对战模式后，阿晋就跃跃欲试地扑了上去——我挠！

咦，人呢？

在惊讶殇火骤然消失的同时，阿晋只觉得背上一瞬间疼了三下。

系统人声传来："您已死亡。"

何晋眼前一黑，瞬间跟头盔失联了……

——殇火杀他，就跟他杀夜竹一样，也只要三下。

两秒钟后，眼前亮起，殇火再次出现在他面前："再来。"

阿晋还不信邪了，瞅准了对方的人影再一次扑上去——我再挠！

殇火又消失了！

背后又是三下，何晋只觉得浑身软绵绵的，便从空中坠落了。

系统人声再次响起："您已死亡。"

阿晋："……"

意识不知在游戏和现实世界中穿梭了多少次，何晋满满的自信被殇火一次次的虐杀行为彻底磨没了。

死了无数次后，再次被复活的雪貂晋伏在地上，爪子哆嗦着，已经不

就等你上线了

敢再扑上去了。

还好游戏世界里的痛觉只有一点点,否则它的脊椎骨早就被殇火戳成渣渣了!

到上一次死前,何晋也只是稍稍看清了殇火移动的身影,对方的速度实在太快了。这是有多强的意识,才能在对手出招前就做出预测并行动?!

殇火笑看着他:"怎么不来了?"

阿晋趴在地上,企图用自己的外形萌化对手:"能休息会儿吗?"

"敌人可不会给你休息的时间。"殇火说着这句话,突然飞近,朝雪貂伸出魔爪。阿晋这一次没再敢傻乎乎地送死,而是本能地转身就逃。

雪貂的逃窜速度比人快,这一点何晋已经从实战经验中感受到了。但它跑得再快,也输给了一只雪貂的本能反应——殇火一把揪住了它脖子后的皮毛,把它拎了回去!

命门被人拿捏住,任凭它扭动、蹬爪都无法逃脱。何晋心如死灰地闭上了眼睛,可好几秒钟过去了,他都没有与头盔失联!

殇火单手拎着阿晋,看着近在咫尺的小雪貂试探着睁开那双乌溜溜的眼睛,好笑地问:"怕了?"

阿晋:"……"

殇火柔声道:"还打吗?"

阿晋:"我……认输。"

真是太憋屈了!

殇火眯起眼睛,脸上挂着温和的笑容,对这小萌物说道:"要变强,不要认输。"接着手上轻轻一用力,就拧断了雪貂的脖子。

阿晋:"……"

06

何晋只觉得脖子一凉,眼前就黑了。

第五章　灵犀指数

可能是认输后仍然被杀了的关系，殇火最后那句"要变强，不要认输"如同楔子一般深深地嵌入了他的内心。是啊，这就是殇火一直以来的个性，即使撞了南墙，他也要拿自己的脑袋跟墙死磕到底。

何晋偶尔也会羡慕他那种不畏一切、勇往直前的精神，这样一个人，用了八年时间站在《神魔》排行榜的顶峰，靠的绝对不是运气。

他怔怔地坐在椅子上，几秒钟后恢复意识，发现自己在殇火的怀里悠悠醒转。

殇火笑问："没气跑呢？"

阿晋："……"

他又不是小孩子，当然不会因为一直被杀就赌气下线，只是死了那么多回还丝毫没有还击之力的现状，多少让人有点郁闷。

殇火见小雪貂不说话，伸手轻轻拨弄了一下它的爪子："委屈了？"

阿晋立刻弹起来落到地上。是啊，他委屈，想到殇火平时那么温柔，对战的时候怎么就一点不讲情面呢？！

可阿晋是男的，再委屈也不能像小女生似的把这种情绪表露出来。

殇火朝小雪貂伸出手。阿晋一见对方有动作，就本能地往后退了一大截，捕捉到他内心恐惧心情的智能头盔也让小雪貂身上的毛一下子竖了起来。

殇火望着"肥"了一圈的小雪貂，忍不住一阵闷笑，阿晋却一无所知，仍然谨慎地盯着他，就怕他再像刚才那样笑里藏刀——表面和蔼可亲，下手狠厉无情！

这会儿何晋好像有点能理解当初做灵遇问答任务时，为什么殇火会描述自己的性格为腹黑变态了……

殇火手掌向上朝雪貂勾了勾，承诺道："好了，过来，不杀你了。"

阿晋半信半疑地问："不打了？"

殇火："嗯，你看看你的角色属性，刚刚系统通知我，你激活了两项神秘属性。"

何晋通过想象调出属性版面查看——

就等你上线了

阿晋

种族：灵（75）

职业：灵宠（九级）

昵称：小白

属性：敏捷

神秘属性：萌化、瞬移

力量：+3680

灵气：+1500

闪避：+1500

潜能：☆☆☆

咦，原本待激发的神秘属性一栏里多了萌化、瞬移两项，而且潜能也有三颗星了！阿晋满心欢喜地告诉了殇火，殇火笑道："我能看到。"

阿晋："这神秘属性就是通过实战激活的？"

殇火："嗯。"

雪貂的一双乌溜眼兴奋得闪闪发光，赶紧去查看刚刚激活的神秘属性到底是什么——

神秘属性之"萌化"

小型毛皮类灵物特有技能，单体攻击，在3米内使用该技能，有75%的概率使目标被萌化，导致对手在3秒内无法使用任何攻击招数，并在之后的5秒内攻击力减弱50%，冷却30秒。

神秘属性之"瞬移"

猫、狐、鼬、鼠类灵物特有技能，使用后能瞬间移动至视线位置，有效距离20米，冷却30秒。

第五章 灵犀指数

阿晋奇怪："既然我激活了这两个技能，为什么刚才没生效？"

殇火："因为你自己不知道新技能被激活，也没有下意识地去使用。"

阿晋点点头，又问："那属性最后的潜能又是什么意思？"

殇火："潜能的星级决定了可提升的空间，这个你现在不用管，我们先试试你的新技能，这一次我不会很快杀掉你。"

阿晋：所以你是要慢慢杀掉我吗？

殇火再次开启了对战模式，何晋想象着"萌化"，这应该就是装可怜、装可爱吧？咳，虽然一个男的这么想挺那啥的，但这是对战技能嘛，一切以取胜为上。

随着何晋的想象，雪貂的两只眼睛顿时变得水汪汪的，直勾勾地望着殇火，它还提着爪子翻身露出肚皮，轻甩小尾巴……

殇火："……"

雪貂晋不知道自己这副样子在别人眼里到底有多萌，看着殇火，用软糯糯的正太音问："怎么样，生效了吗？"

浑身无力的殇火："嗯……"

三秒钟很快过去，殇火立刻抬手给了阿晋一招，阿晋不痛不痒，见自己的血条也才掉了一点点，当下惊喜地道："你的攻击力减弱了啊！"

五秒钟过去，殇火又给了雪貂晋一招，雪貂晋"哎哟"一声："你搞偷袭啊！"说着，何晋赶紧盯着一处冥想"瞬移"，一刹那就闪到了十米开外！

阿晋："哈哈哈！"这两个新激活的技能太好用了，抚平了他被反复摧残的伤痛！

殇火："……"

殇火看着不远处嘚瑟的小雪貂，直接解除了对战模式，说道："亲热。"

阿晋听到指令，当即不受控制地扭头朝殇火的方向狂奔而去，抓着袍子蹿到殇火的脖子上，讨好地一蹭一蹭的。

殇火："哈哈哈。"

阿晋："……"

就等你上线了

这日的对战练习告一段落，殇火和阿晋约好每次上线都来练习半个小时，两个人就退出了竞技房。

"今天还去下副本吗？"阿晋变回了小正太的模样，站在殇火身边问。

殇火："没人组织，暂时不去，我们先去凡界逛逛吧。"

两个人骑着烈焰穷奇飞到了凡界皇城，这里原先排布着各种功能性店铺，有钱庄、修理装备店、药铺、当铺、兵器店、酒家等。在键盘网游时期，这些店铺不过是为修装备、买药、存钱或是做剧情任务而设的，现在改成了全息，玩家就能亲自上街体验了。这两天，大部分的全息玩家，尤其是玩生活为主的，就聚集在皇城里体验古代生活。

昨天殇火和阿晋只是骑着烈焰穷奇看风景，还没好好地去逛一逛。

皇城是非飞行区域，两个人降落在城门外的下马石边，收了烈焰穷奇，用了隐身券，走向高耸的城门。

城门口还像模像样地站着两个守门的 NPC，表情严肃地打量着进出的玩家，不过只要稍微耐心观察就能发现他们的视线是规律性地转来转去的。

阿晋问殇火："我们用了隐身券后他们看得见我们吗？"

殇火："隐身券只对玩家有效，是为了不让别人查到我们两个人的所在地，否则又得像上次在灵犀湖那样被人围观了。"

阿晋"扑哧"一声笑了："主要是你太出名了，感觉你现在就像个微服私访的皇帝。"

殇火瞟了他一眼："那你是什么？皇帝身边的小太监？"

阿晋："……"

听殇火这么一说，何晋才发现自己又在不知不觉间给自己挖了个坑——看他这身装扮，还有轻轻细细的正太声音，可不就像个小太监吗？

咳，这还不是重点，重点是八年前的殇火可不会这么调侃人！

这家伙长大后果然变坏了……

第五章　灵犀指数

07

何晋一顿腹诽，不跟殇火计较。两个人刚要进城门，左右两个守门士卒突然间变换了姿势，何晋被吓了一跳，以为那俩人要冲过来拦他们，不料这俩货两脚一蹬，蹿上天去了！

城门附近十来个玩家都看到了这一幕，目瞪口呆地仰望天空，不明状况。只见两个守将在高空挥出长矛，刺向当空一个黑点，那个黑点顿时以极快的速度坠落，伴随着"啊啊啊啊"由远及近的惨叫，"啪"的一下摔在众人眼前——是个玩家，摔死了。

几秒钟后，两个城门守将飞回原位，这才有人反应过来："唉，又是一个想骑飞行坐骑进皇城的傻子……"

何晋在风中凌乱，原来这俩士兵不是摆设啊！

殇火跟阿晋进了城门，只见长乐街上车水马龙、人声鼎沸，街旁店铺林立，一片繁华。

"来喽，客官，尝尝新出炉的桂花糕、芝麻糕……"

"包子，包子，卖包子啦！大肉包、鲜菜包、香菇包、小笼包……皮薄馅多的包子啊！"

"客官，新进的绸缎、布匹要不要看一看？来做身新衣裳吧！"

琳琅满目的店铺、NPC商贩的吆喝声，眼前的一切都是那么逼真、富有生气，何晋感觉自己好像真的化身少年"阿晋"，置身于一幅古色古香的画卷中。

走了没一会儿，阿晋就发现身边经过的大部分玩家都是帅哥美女。原本看到几个面如冠玉的俊男、如花似玉的美女，他还觉得眼前一亮，可一段路走下来，就觉得审美疲劳了，在这些人的对比下，他平凡无奇的系统外形被反衬得独一无二。

食物的香气吸引着二人走进一家面铺，店里还有一张空桌，两个人刚一坐下，就有NPC小二甩着抹布上前："两位客官，本店有阳春面、担担

就等你上线了

面、刀削面、打卤面、炸酱面……"小二一口气报了一串名字,"还有酱肉、腊肉、五香牛肉等小菜,请问需要点些什么?"

殇火道:"来两碗打卤面,再配一份五香牛肉。"

"好嘞,打卤面1个金币一碗,五香牛肉3个金币一碟,一共收您5个金币!"那个店小二伸出手,殇火把手掌往上一覆就算付了款,店小二微笑着道,"客官稍等片刻!"

两秒钟后,店小二就把殇火要的东西端了上来。阿晋闻着食物的香气,惊奇地道:"这面吃了有什么用?味道好吗?"

店小二立即解释:"一碗打卤面补血500点,补气200点,补充能量100点;一块五香牛肉补血100点,补充能量50点,当然,味道也是极好的,您二位慢用!"

光补血补气的食物都搞得这么复杂又真实,这游戏是想逆天吗?!

殇火执起筷子,对阿晋道:"尝尝。"

阿晋尝了一口面条,除了没有真实的嚼劲,口中的肉汤和卤子味都极其真实!太厉害了,玩家这样在游戏里吃东西,岂不是既能感受到美食的滋味,又不会变胖?

阿晋环顾了一圈,果然见附近桌子上正埋头大吃的顾客多是女玩家,他们身后那桌还有两个人在边吃边聊——

女玩家一:"这家面馆里的面还是不如东大街那家羊肉泡馍的拉面好吃。"

女玩家二:"嗯,昨天你不在,我已经去吃过了,从中午到晚上,一口气吃了一条街,到下线前系统才提醒我,说什么我的能量积累已严重超标,如果不消耗掉,就会将超额部分转化成脂肪体现在角色外形上。我开始还不当回事,没想到今天一登录,看上去还真胖了点儿!"

何晋:原来游戏形象也能被吃胖!

女玩家一:"不是吧?!我今天也吃了一天啊,我看看我的能量……快破万了!"

阿晋瞅了一眼自己的能量上限,才2000,汗,这人吃到快上万点能

第五章　灵犀指数

量,那得吃多少东西啊?"

女玩家二:"那咱们吃完这家店就别吃了,去野外刷会儿怪消耗消耗?顺便捡些垃圾卖钱,否则我都快吃穷了!"

女玩家一:"哎,你咋这么想不开?这是玩游戏,咱在现实中为了保持身材已经这么痛苦了,我可不想玩个游戏还在乎这个在乎那个,咱们只管放开了吃,吃胖了又如何?去商城买个易形券再整一遍!"

女玩家二:"你说得也是……"

接着又是一阵吃面声传来……

她们吃着吃着,又有感而发:"我发现啊,玩这个游戏就是无底洞,自从栽在《神魔》这个坑里后,我所有的零花钱都花在这儿了!"

何晋也感觉到了,在这皇城里,买吃的要钱,看戏要钱,做衣服也要钱……总之干啥都要钱!虽然他身边跟着一个移动的超级钱包,不怕没钱花,殇火之前给他的5000金他都没怎么用,但是吃人嘴软,拿人手短,何晋总觉得这样下去不是办法……

女玩家一又说:"唉!如果什么时候给我一条金大腿抱就好了!"

女玩家二:"其实游戏里也讲究门当户对啊,现实里长得不漂亮,玩游戏又没技术,谁能看上咱们?!"

女玩家一:"你这么一说我就想到了阿晋,那天看论坛里议论她,说她上个月还是个30级的小号,昨天你见了没?她都能跟无情、逝水上电视了!"

女玩家二:"还不是因为她跟了个好灵遇!你说她是不是上辈子拯救了银河系,否则怎么有这么好的运气能给殇火无情当灵遇?"

殇火"哧哧"笑着,小声问阿晋:"你上辈子拯救了银河系?"

阿晋:"……"

俩妹子先一步吃完起身,经过殇火和阿晋那桌时,她们还象征性地摸着肚子,感慨道:"好撑啊,这游戏的饱腹感让我感觉特别踏实!"

女玩家二叫道:"哎呀,这个点西大街的糖酿梅花糕快出炉了,我又想

就等你上线了

吃了!"

女玩家一:"走走走,快去……"

俩妹子说着就出了店,消失在人群中。

阿晋抓着筷子各种凌乱,都觉得"撑"了还想吃,那俩姑娘也是神人啊……

"吃饱"后的两个人神清气爽,出了面铺。殇火问阿晋要不要尝点儿别的东西,阿晋看了一眼自己的血条,心说吃这些东西都要花钱,而且只是尝个味道,好像也没什么别的用,便道:"血条满了,算了吧。"

殇火:"就当体验,再挑一个尝尝?"

恰好一个肩扛糖葫芦垛子的小贩从他们身边经过,阿晋道:"那就来串冰糖葫芦吧。"

殇火叫住小贩,这一次阿晋抢着要付钱,不料这冰糖葫芦竟然要十金一串。虽然十个金币折算成人民币也就一毛,但跟一金的打卤面比起来,这糖葫芦还是好贵好贵!

从小贩手中接过两串糖葫芦,阿晋分了一串给殇火,殇火先尝一颗,顿时睁大了眼睛。阿晋也尝了一颗,只觉得一股浓郁的凉凉的糖山楂的味道瞬间从舌尖蔓延至舌根,酸酸甜甜地充满了整个口腔,又通往四肢百骸,好像全身的细胞都被激活了,真是太爽了!

阿晋见左上角视线中浮现的增益状态,才得知这串糖葫芦是增加玩家愉悦度的。和补血的食物不同,一颗山楂能让人愉悦十分钟,同时所有的状态都提升了1%!

好吧,这一毛钱花得挺值……

两个人叼着糖葫芦一路晃荡,阿晋听见街巷深处传来一阵悦耳的笛声,好奇地拉着殇火循声找去,在长乐街与文庙巷的交界处见到了雕栏玉砌的仙乐坊,几个古典美人正坐在仙乐坊的戏台上合吹一首不知名的乐曲,曲声时而悠扬婉转,时而清脆激越,如同一湾淙淙的溪水引人陶醉。

听了好一会儿阿晋都没舍得走,殇火见他一脸神往,问道:"喜欢吗?

第五章　灵犀指数

这儿有卖笛子的。"

阿晋摆了摆手:"我不会吹笛子。"

殇火笑道:"这是游戏,又不要你真会吹,配张技能卷轴学一下就行了。"

阿晋眼前一亮,凑过去问卖乐器的 NPC:"这笛子怎么卖?"

NPC:"竹笛 200 金一支,玉笛 1000 金一支。"

何晋:好贵!

殇火察觉到阿晋脸上的犹豫之色,也不管他接不接受,就自作主张地替他选了一根玉笛,还买了一个初级吹笛技能卷轴,一起赠送给他。

阿晋收了觉得不好意思,不收又觉得矫情,呆呆地站在原地,许久才说了句:"买竹笛就够了啊。"

殇火道:"贵肯定有贵的理由,既然要买,就买好的。"

阿晋:"……"

唉,殇火对他这么好,他都快忘了刚才被杀的委屈了。

阿晋拿着玉笛,仔细地向 NPC 乐师了解了一番,得知玩家可以通过学习不同的乐谱吹奏各种乐曲,吹笛技能会根据玩家吹奏次数的增加慢慢提升,至于乐谱,则会在打怪时偶然掉落,也可以去集市上花钱收。此外,玩家吹笛时还有概率给身边的朋友补充增益效果,吹奏玉笛时激发增益效果的概率比吹奏竹笛时高一些,不过具体是什么效果还得看玩家吹奏的曲目属性。

殇火:"快学技能卷轴,吹给我听听。"

阿晋看了一遍技能卷轴,再拿起笛子放到嘴边时就自然而然地能吹出简单的小调了!他从没学过乐器,这会儿拿着笛子就像个得了玩具的小孩,爱不释手,光是十几秒的基础小调都反反复复地吹了好久,后来担心身边的殇火听了觉得腻,才依依不舍地将笛子收进包裹里。但那根笛子放进包裹后并不会消失不见,而是出现在人物形象上——阿晋的腰间已经多了一根玉笛。

从仙乐坊出来后,两个人又去了趟布庄,殇火总算换掉了那身被游戏

就等你上线了

公司盗用的衣服，新做了一身金丝火纹玄色君子袍，配着原先的黑色披风，一身黑。

从头黑到底的形象让殇火看上去暗黑气势更显，仿佛真应了他第一魔尊的称号，但是……

"我记得你喜欢的颜色不是蓝色吗？怎么穿衣服要么红的要么黑的？"阿晋问了这句话，却想到了九殿下。他几次见到那人，那人身上的衣服都不同，不是蓝色就是紫色，于是他又觉得，好像除了黑色和红色，还真没有别的颜色适合殇火了。

不过殇火自己的解释是："我那么惹人注目，穿衣服还是低调点儿吧，黑色挺好。"

从这句话就能听出谦虚这种品德在这位大神的身上并不存在，他想要低调的话，穿灰扑扑的平民装不更好吗？就跟自己一样。

殇火拾掇完自己，立刻把"魔爪"伸向了还在偷偷吐槽的阿晋，硬拉着他量了一身新衣。

换上月牙白缎子袍和白貂裘袄，原本看上去极寒碜的"小跟班"立刻化身成了翩翩贵公子。

果然，即使在游戏里，也得是"人靠衣装"……

游戏里的人物感受不到衣服的重量，这样穿也不会觉得笨重难受，但阿晋一看到自己肩上厚实的裘皮，就忍不住嘴角抽搐——这打扮，好像生怕别人不知道他是"雪貂精"变的一样。

殇火摸了摸阿晋肩膀上的裘皮，满意地道："不错。"

阿晋："……"

08

当晚下线，秦炀摘下头盔，从里头取出了录制芯片，把自己和阿晋在竞技场练习对战的视频导入电脑。

第五章　灵犀指数

全息头盔允许玩家录制游戏视频，但头盔中的芯片只能以角色视角录制，至于上帝视角，要在电脑上下载相应软件才能录制。

秦炀把两段不同视角的视频合到一起，一左一右同步播放，雪貂晋高达36次被虐杀的经历便呈现了出来。

之后，秦炀又剪掉了所有可能透露阿晋的游戏名和个人信息的部分，也消除了声音，重新配上解说，做完后发给了彭宇昊。

彭宇昊："下周的视频？"

秦炀："嗯。"

彭宇昊竖起大拇指："我就喜欢你这速度！"

飞游网经过两天的开会讨论已经得出结论，《神魔》全息后以直播的方式讲解游戏暂时没法做了，估计官方在发布"战队新闻"之前就想好了要垄断这个市场，但飞游网能以录制视频的方式继续做节目，殇火的人气也还在，即便他录视频也有人捧场。

彭宇昊收到视频后第一时间点开，看了开头几分钟，下巴就掉了："这是什么？灵宠？"他还以为是全息模式下的对战技术讲解之类的内容。

秦炀："嗯。"

彭宇昊看了一会儿，叫道："全程虐杀，这个灵宠号是谁啊？一点反击力都没有，这么可怜！"

秦炀："我的灵遇。"

"噗！"彭宇昊果断喷了。他就说嘛，查到灵遇是个男的秦炀怎么可能不生气？！他隔着屏幕都能感受到大神身上散发出来的满满怨气！

秦炀："账号信息消了，知道的人不多，你也保密，他是我留着放到战队比赛时的秘密武器。"

彭宇昊听秦炀这么一说，又收回了吐槽的态度，毕竟秦炀不会拿这种事开玩笑。他眯起眼睛往下看了几分钟，突然道："咦，不错嘛，雪貂的速度变快了。"

秦炀认可地道："嗯，他挺有潜力。"

彭宇昊点了点头："行，后面交给我，你先睡吧。"

就等你上线了

挂断电话，彭宇昊耐心地把整个视频看完，本来还有点担心这个视频放出去会不会引起部分观众的反感，毕竟这么可爱的小动物被这么无情地虐杀……尤其是这一幕，彭宇昊从殇火的视角看见他一把揪住雪貂的后颈将其拎过来，接着小雪貂可怜巴巴的模样就充满了整个屏幕。因为当时的阿晋是被迫望着殇火，所以此刻的视频中，它两只水汪汪的眼睛也正对着屏幕前的"观众"，透露出无尽的害怕与哀求的神情，然后下一秒，雪貂就心如死灰地闭上了眼睛……

啊啊啊——殇火你这个恶魔！彭宇昊一颗糙汉子的心都要碎了！

但是紧接着，视频画面又变了，毛茸茸的雪貂在殇火的怀里悠悠醒转，然后被殇火温柔地拨弄着爪子，画面无比温馨。

视频的最后是雪貂翻出肚皮朝驯养主卖萌的画面，秦炀还特地调成了慢帧播放，加了粉色的光晕和钢琴曲配乐。

之前有多虐，这一刻就有多萌，尽管只有短短的一瞬间，彭宇昊却泪流满面……他感觉整个人都被治愈了！

看完视频后彭宇昊就再没有犹豫，相信那些观众也会跟他有相同的感受。

殇火，你怎么那么会？！

彭宇昊一边在心里大骂，一边给视频编辑了新的名字——《无情大神教你如何驯养灵宠》。

这一切，何晋还一无所知。

此刻他正躺在床上畅游梦乡。

次日，侯东彦买的头盔也到了，他兴奋得上蹿下跳，活脱脱猴子转世。但侯东彦的头盔版本与何晋的不同，他那个是银灰色的，上面也没有典藏版的标记，不过看起来还是一样炫酷。

白天要上课，侯东彦只能稍稍体验一会儿，就心痒难耐地把头盔藏进了柜子里。去教学楼的路上和何晋讨论了一会儿，侯东彦突然想到了一点，问道："晋哥，你游戏里叫啥名字来着？满50级了吗？"

第五章 灵犀指数

何晋脑中炸雷一般"轰"地响了一声，心说该来的还是躲不掉，遮遮掩掩更显得心虚，一定要淡定淡定淡定！

"就叫阿晋。"何晋淡淡地道。

侯东彦："哦，我回头有空找你玩啊！"

咳，何晋只能在心里祈祷侯东彦"没空"了。

下了课，侯东彦都没去吃饭，直接让何晋帮自己带一份就先跑回宿舍玩游戏去了。

何晋打饭回来和隔壁宿舍的大头、七哥在公共休息室碰面，大头见了他就问："晋哥，听猴子说你最近在玩游戏？我说，你可别被猴子给带坏了啊！上次看你戴那个头盔，觉得怪可怕的！"

果然自己玩游戏都要猴子背锅，想起那天侯东彦说自己有变化时的内疚表情，何晋赶紧向大头解释："不关他的事，是我自己觉得最近压力有点大，想玩游戏放松放松。"

吃过饭，何晋回到自己的房间，见侯东彦一反平日里玩游戏叽叽咕咕自个儿配音的热闹，戴着头盔木偶人似的坐在那儿，显得极其安静。

何晋把饭盒放在他的桌上，又抽空收拾了房间，过了好一会儿，侯东彦还是一动不动。

原来自己平时玩游戏也是这样的吗？何晋想想觉得好笑，难怪大头说可怕，不知道的人见了还真是感觉挺诡异的。

晚上没什么事，何晋也戴上头盔登录了《神魔》。

这次刚一上线，阿晋的眼前就出现了一个美女，那个美女的打扮看上去有点像NPC，一身红衣，手上抱着一大束花，身后还有一匹踏蹄喷息的天马。那匹天马背上垂落的红色长巾随风飘扬，上头印着"神魔花店"四个大字。

美女服务员笑着道："阿晋，这是您的灵遇殇火送给您的花束，请签收。"

阿晋："……"

对方不由分说地把鲜花塞进阿晋的手里，沉甸甸的一大束，然后说了

就等你上线了

一句:"祝你们生活愉快!"她就骑上天马转身飞走了。

阿晋不知道,在他接过鲜花的那一瞬间,世界频道就闪出了一条信息——

[神魔花店]玩家阿晋收到玩家殇火赠送的999朵玫瑰,获得了天长地久的灵遇修为!

全息和键盘操作不一样,如果不刻意去冥想频道消息,信息界面就不会浮现,所以阿晋没有看见。

但他没看见,有的是人看见了,譬如八卦的群众,又譬如侯东彦。

侯东彦在游戏里已经是70多级的真魔了,在众多《神魔》玩家中,70级也算是高等级的大号。他在游戏里有自己的朋友,也有固定团队,所以虽然和何晋玩着同一个游戏,但那句"有空找你"还真就是随口一说。

这会儿侯东彦正跟他的朋友们下副本,他们队伍里有个女玩家,成天看世界频道的八卦消息。三区合并后,世界频道多了很多消息,有时候上一秒发的信息,下一秒再看就被刷没了,但这个妹子就长着双火眼金睛,但凡跟高手大神有关的消息都能捕捉到,还时不时念出来跟队伍里的朋友一起感慨、讨论。

此刻也是,她看到那条花束的新闻,当下惊讶地道:"哎哟,无情大神又跟他的灵遇来秀恩爱了! 999朵玫瑰,人民币500块啊!真有钱啊……"

另一个人道:"殇火无情?"

妹子:"是啊,前天我跟你们说的那个除魔副本的全息首杀,就是他带队刷的,你忘啦?哎,无情好像比咱们区的哥本冰激凌要厉害多了哦!"

那人道:"无情这人是挺厉害的,好像在全游戏综合榜第一的位置上都待了两三年了吧。"

侯东彦听他们说起,也就是随意地瞄了世界频道一眼,然后看到了"阿晋"这个名字——阿晋?怎么这么耳熟?

阿晋!难道是何晋那个阿晋?

侯东彦开始还觉得是自己乱想了,这个"阿晋"可是全服第一大神的

第五章　灵犀指数

灵遇，人家大神都玩这么久了，何晋刚开始玩，怎么可能会变成大神的灵遇嘛！

可侯东彦很快又想到了一些小细节，譬如何晋上游戏后去看排行榜以及跟自己谈心时说什么老朋友误会他的性别了，还在等他……

侯东彦越想越觉得……这个"阿晋"不会真的就是晋哥吧？！

此刻，阿晋正抱着一大束比他的游戏角色身形还大的花发呆，全息游戏的逼真度让这束鲜花看起来娇艳欲滴，还散发着一阵阵浓浓的玫瑰香气。

阿晋被花香熏得晕乎乎的，正想去好友列表里寻找殇火，某个一身黑的家伙就出现了！

殇火降落在他面前，嘴角噙着笑，手里还拿着一枝花，邪魅地问："喜欢我的礼物吗？"

阿晋觉得无语："你干吗给我送花啊？"

殇火把最后一朵花也插在那一大束鲜花中，指引他道："看看消息栏。"

何晋把视线移向左下角，私人信息框随着他的想象浮现，只见那上头不知何时刷出了两条系统消息——

[系统]您收到999朵玫瑰，您与玩家殇火的灵犀指数增加499.5点！

[系统]您收到1朵玫瑰，您与玩家殇火的灵犀指数增加0.5点！

09

灵犀指数？！何晋当即反应过来，殇火送自己花不会是为了那个什么隐藏的灵遇任务吧？

殇火："那天被买地的事分了神，今天才想起来，送花束也能增加灵犀指数。"

就等你上线了

果然！

"可我们不是建了家园？"何晋提醒道。

殇火笑着看他，解释道："等家园建完还要好几天，何况之后每日单独相处也只能增加50点灵犀指数，想做灵遇任务就得等半个月后了，还不如送一束花来得快。"

何晋无语，这个隐藏的灵遇任务到底有什么奖励让殇火这么着急去做？

虽然说殇火是为了灵遇任务而送的花，但何晋此刻的心情也有点难以形容，毕竟在他看来，收到鲜花是女性才有的特权，尤其是玫瑰。何晋在现实中倒也有过一次那样的经历，那是高中的一次演讲比赛，结束时有几个学妹上台送了他一束郁金香，其间夹杂着几朵玫瑰，台下的人一阵起哄。但事后何晋得知那是老师安排的，就为了让校报成员拍几张漂亮的照片。

所以从某种程度上讲，不管是游戏还是现实，这都是他人生中第一次真正意义上收到这种礼物。

除了惊讶、别扭、有一点蒙，他好像还有那么一点开心。

"这么大一束花我要放哪儿？一直捧着吗？"阿晋小声问。

殇火："你可以放包裹里，有十五天的保鲜期，据说全息状态下随身携带就会一直散发香味。"

"只是散发香味？没什么其他功效了吗？"阿晋看了半天都没发现自己的个人状态上有什么增益效果出现。

殇火笑了笑："那当然，你当这花能吃还是能当飞镖使？"

阿晋："……"

那这花其实就是个摆设，没啥用处呀。也不知道殇火花了多少金币，看刚才那个美女还骑着天马过来，那么大阵仗，估计不便宜吧？

何晋悄悄打开商城目录查了一下——购买1朵花得消耗5点券，也就是5毛钱人民币。

那1000朵花就是500元？

得知这束花的真实价格后，何晋整个人就彻底震惊了！

——这个虚拟世界的一束花竟然要500块钱？

第五章　灵犀指数

——你还说等半个月不如送一束花？！

感觉受之有愧的何晋再一次纠结了，就在他忐忑不安地抱着花，想问殇火能不能去退掉的时候，只见信息栏一闪——

[私聊]齐天大剩："阿晋？是你吗？我是猴子。"

何晋："……"

侯东彦还是找上门来了！

何晋本来还想装没看见，但这个念头只存在了一秒钟他就放弃了——他跑得了和尚跑不了庙，两个人在同一个宿舍住着，他早晚会被追问。

[私聊]阿晋："嗯，是我。"

一定要淡定，要坦然，何晋对自己说。

[私聊]齐天大剩："我的天哪！"

何晋深吸了一口气，做好了被扒皮、被质问的准备！

[私聊]齐天大剩："快开好友功能！我要加你！"

之前因为骚扰的人太多，何晋就暂时把加好友功能关闭了，而且每次上线他也都是和殇火玩，没怎么认识别的朋友，所以大部分时间他都关着加好友功能。他打开加好友功能后，耳边就传来了"叮"的响声："玩家齐天大剩请求添加您为好友。"

通过验证后，齐天大剩立即发了一条语音消息过来："你在哪儿啊？我去找你！"

阿晋："凡界皇城，坐标×××，×××。"

阿晋："我和网友在一起，他不知道我的真实信息，你到时候别说漏嘴。"

齐天大剩：这个网友，应该就是阿晋的灵遇殇火吧？！

叮嘱完侯东彦，何晋也立刻告诉殇火："我有个朋友过来找我。"

殇火皱起眉头："朋友？"何晋上线后只跟自己玩，哪里来的朋友？

何晋马上解释："现实中的朋友，他也玩这个游戏。"

殇火："哦。"

何晋有点紧张，怕侯东彦暴露他们的真实信息，也怕殇火不耐烦见他，

就等你上线了

又解释了一句："他就来看看我……"

殇火显得挺大度："没事。"

齐天大剩骑着他的蝙蝠兽，从神魔领域穿越过来，远远地就看见皇城街角一高一矮的两个人影，高的一身黑，白的全身都是毛，手上还捧着一大束香气四溢的花，惹眼得不行！

哪一个是阿晋？长毛的？

回想起刚才世界频道发布的花束新闻，侯东彦很快锁定了目标。

"阿晋！"他朝两个人的方向吼了一声，果然见那个像貂鼠精似的毛小孩抬起头来，朝他挥了挥手。

阿晋看着一个身材魁梧的魔族玩家缓缓地降落在他们面前，身穿墨绿色乌龟甲、破布短裤，脚踏一双红色船靴……

要不是刚才听到了侯东彦的声音，何晋完全无法把他和这个形象联系到一起！

齐天大剩只瞟了阿晋一眼，就热情地转向黑衣人——这位就是传说中全服第一大神殇火吧？

齐天大剩："大神久仰久仰！我是阿晋的朋友，叫齐天大剩！你叫我猴子就好！"

阿晋："……"

殇火："你好，我是殇火。"

齐天大剩愣了愣："秦炀？"

何晋赶紧给侯东彦发了一句语音"密语"："他不是秦炀，只是声音很像。"

殇火也当没听见刚才那句"错叫"，笑着问齐天大剩："你是阿晋的朋友？"

齐天大剩："嗯，我跟他是同一个……班的，呵呵！"

差点儿把"宿舍"两个字说出来，侯东彦也有些紧张，但更多的是激动和兴奋。如此近距离地看着大神，他感觉诚惶诚恐的，现在两条腿都是软的，简直想跪啊！

第五章　灵犀指数

没想到他晋哥竟然是全服第一大神的小孩……哦不，是灵遇！

殇火客气地伸出手与齐天大剩握了握："既然是阿晋的同学，那也是我的朋友。"

齐天大剩："哦不不，我还是叫你大神吧！我很早以前看过你的对战视频，本来只是把你当神瞻仰的，没想到能说上话。我现在超级激动，大神，我身边也有很多玩家崇拜你啊！哈哈……"

何晋感觉自己已经插不上话了……

殇火："那我们去竞技场切磋一下？"

齐天大剩狂热地道："啊——！可以吗？！太荣幸了！求大神指教！"

是的，能和全服第一大神切磋可是每一个玩家的愿望，尤其是侯东彦这种游戏迷，对高手的崇拜简直如黄河之水滔滔不绝。何晋却暗自叹了口气，心说：可怜的猴子，等你体验过殇火的残忍，就会后悔这个决定了。

几个人被传送到竞技场，殇火和齐天大剩开启了友好对战模式，修正了一些装备上的参数。阿晋在边上旁观，等着看猴子光速扑街。

殇火："来吧，我让你三招。"

齐天大剩："嗯嗯！谢谢大神！"

齐天大剩拎着长棍扑过去了，朝殇火抡出了三棍，都被殇火快速躲过了。

何晋为猴子默哀，因为接下来猴子就死定了！

殇火缓缓地道："你刚刚那三招不够连贯，第一招最好先出'舞棍影'那招，再来一次吧。"

齐天大剩感动地道："谢谢大神指点！"

何晋：好吧，就算现在没有，最后猴子也是必死的结局。

新一轮攻击又开始了，殇火再一次闪避，没有攻击，即使攻击也非常礼貌地提醒对手要如何回避。

何晋无语问苍天。他本以为齐天大剩也会和自己一样被殇火虐得死去

就等你上线了

活来，不料从头看到尾，只看见齐天大剩如沐春风般感受着殇火的友情指导，一次都没有死过。

殇火对别人那么温柔，对自己的灵遇却那么凶残，没见过这么差别对待的！

何晋默默地感到心塞了。

半个小时的切磋结束，身材魁梧的"彪形大汉"热泪盈眶地望着殇火，五体投地地道："大神，你真不是盖的！"见了阿晋，也见了传说中的大神，齐天大剩很识相，"那啥，你们玩，以后有机会再请大神指导！"

殇火："嗯，随时欢迎。"

侯东彦：啊——大神真是平易近人、温柔体贴、善解人意。

"阿晋，我先走了啊！"齐天大剩朝着蹲在地上画圈圈的阿晋道别。

阿晋："……"

齐天大剩一离开，殇火就朝阿晋勾了勾手指道："来，既然在这儿了，我们就先进行今天的对战练习吧。"

听到这句话，阿晋不自觉地浑身一抖。

第六章

经济独立

就等你上线了

01

殇火对阿晋的训练一如既往地凶残，就算阿晋反复用了"卖萌"和"瞬移"这两项新技能也难逃一死。

练习结束后，被摧残数次的雪貂晋浑身无力地趴在殇火的手上，连吐槽的力气都没了。

"怎么了？"每到这个时候殇火就显得特别温柔，笑得也格外明媚，但在何晋看来，这个笑容是得逞的笑，是邪恶的笑，是充满剥削的笑！

如果没有与侯东彦的对比就罢了，可何晋一想到殇火对待两个人时截然不同的态度，就觉得格外心塞。

"又郁闷了？"殇火貌似关心地伸出手指去拨弄雪貂的鼻子，满心烦躁的雪貂晋忍不住张口咬住了殇火的手指！

殇火："……"

他不但没躲，还笑呵呵地看着阿晋，因为游戏里，被雪貂咬一口也不会流血，更别说痛了，这种咬就像是灵宠和驯养主之间的互动一样，没有一点伤害值。

倒是何晋自己，在冲动咬人的那一瞬间就后悔了。如果是在现实中遇到这种事，他顶多就是自己郁闷一下，怎么可能会去咬人？

难道他变成了雪貂，心态也会跟着变化吗？

雪貂晋赶紧松口，缩着脖子把脸藏进毛里！

殇火摸了摸雪貂脖子上的毛，眯着眼睛不说话，对阿晋这种天性有些凉薄的人来说，比起温柔的指导，这种方式更能让对方印象深刻。

尽管有些委屈，但何晋好歹也是个成年人，自我调节一番，很快就冷静了下来。

第六章 经济独立

而且今天的练习也没有白费工夫，雪貂再一次被激发了新的神秘属性。

这一回是"障眼法"，使用时只要原地转圈就有 80% 的概率让对手精神错乱，瞬间转换攻击目标，何晋之前在逝水的系统宠物身上也看到过。

有了新的属性，何晋就安慰自己说，不管过程怎么样，至少自己是在变强吧。

两个人退出竞技场后，就直奔彩凤岛。

飞行的路上，秦炀的好友栏一阵闪动，他一看，是逝水发来的密语。

逝水："依依和冰激凌在一起了？"

秦炀愣了愣："谁说的？我不清楚。"

逝水："刚刚看到世界频道上冰激凌给她送花，玩家们都在讨论，看起来挺热闹的。"

秦炀立即看向世界频道，果然刷出了一条一分钟前哥本冰激凌送给落花依依 999 朵花的消息。

系统商城里的花可以单枝买，也可以成束买，虽然价格相同，但只有"999 朵"这一种能上电视。

也不是说这花只有殇火一个人可以买，但因为价格昂贵，不会有很多人买，偏偏哥本冰激凌赶巧，和殇火那一束前后就差不到一个小时，难怪引起轰动。

又因为殇火和落花依依那段被人议论烂了的"绯闻"，玩家们立刻开始疯狂留言——

［世界］酒窝君："冰激凌是想挖无情的墙脚吗？"

［世界］柒钥："什么叫无情的墙脚？人家无情有灵遇的好不好，落花依依算什么啊？"

［世界］燕折雪："我只想说……冰激凌干得好！"

［世界］香奈儿："怎么就没见阿晋出来吱一声？只会当缩头乌龟！"

［世界］小鹿姑娘："楼上还有没有理了？！"

就等你上线了

[世界]禹杞:"就是就是!"

[世界]月白流苏:"楼上那么说的几位可能是没看过最近论坛里的那个曝光帖吧?"

[世界]韩彬:"其实我挺喜欢依依的,有一次在野外打怪她看到还帮了我一把……祝福她能有好归宿吧。"

[世界]来自阿门洲:"什么帖子?求科普、求八卦!"

[世界]月白流苏:"《神魔》官方论坛情缘区最近最火的一个帖子呀!"

[世界]云淡风轻:"唉,大神们的圈子,真乱!"

…………

论坛的帖子?秦炀的眉头皱了起来。

当然,引起逝水关注的显然不是这些八卦消息。

逝水:"你要让依依参加战队吗?冰激凌显然也是要自立门户的,我昨天还在蟠桃林那儿看见依依和冰激凌在一起看风景,他们现在走得太近,咱们是不是得留意一下?"

没错,正因为把落花依依当自己人,所以他们都不会防着她,可以说这两年相处下来,落花依依对他们每个人的优势、劣势以及团队合作的战术都非常了解。现在落花依依和别的战队的人走得近,也不是说不能继续和他们做朋友了,但有些涉及团队利益的东西就要谨慎处理了,甚至在必要的情况下他们会选择规避。

"不好说,现在只看到冰激凌给她送花,也没什么不正常的,在了解到具体情况之前还是不要太早下结论了,毕竟落花和我们玩得比较久。"秦炀难得为落花依依说了一句话。

逝水:"你的意思是依依使美人计套敌情?"

秦炀没这么想,但意思差不离,以他对落花依依的了解,总觉得这个姑娘不会这么轻浮。她或许会消沉,但前不久刚跟自己告白,这会儿就急着跟别的男玩家搞暧昧,不是她的风格。在秦炀看来,落花依依的内心总归是偏向玩了多年的老朋友的,即使没有自己,还有逝水、九殿下等人。

当然,任何人都有追求她的权利,如果哥本冰激凌是真心待她,秦炀也会

第六章 经济独立

真心祝福他们。

殇火:"再看看吧,或者到时候你出面问问。"

逝水:"我感觉还是你问比较好吧?"

落花依依跟自己表白的事秦炀谁都没说,考虑到姑娘的自尊心,现在也不好跟逝水提起,只含糊地答应了一句,心里却想着支使九殿下去问,于是随口道:"九最近在干什么,好点儿了吗?"

逝水:"白天来过,据说在皇城瞎逛了一整天,现在大概体力透支下线了吧。"

殇火:"……"

02

秦炀暂时没管这些八卦消息,全息刚开通,即使战队比赛是这些满级高手首要关心的事,这两天也得让人熟悉熟悉各种功能和变化,毕竟一个游戏还是以"玩"为主的。

关于副本的首杀,逝水等人也不在意,听说这两天哥本冰激凌带着他的团队到处打副本,连四五十级的小本都不放过,已经拿了好几个首杀,惹得一干小号叫苦不迭,纷纷向游戏公司投诉说实力不均,竞争不过大神。

而游戏公司那边的回应竟然是"能者得之",在这种情况下,实力不济的众玩家也只能干看着眼红了。

秦炀的姿态没低到跟小号们去竞争副本首杀的地步,这件事一点挑战性都没有,他不屑做。而逝水建的一区高手群里也有玩家反映,新一轮首杀得的奖励都是比较常见的经验和装备,并不稀罕,至于那天他们在感暝身上爆出来的青金石等新东西也不是首杀才有,而是全息后新增的,随便谁下副本都有可能拿到。

所以秦炀觉得,现在这个阶段与其去攻克副本,不如好好逛一逛这个

就等你上线了

世界，想看什么风景，想做什么任务，都可以去尝试一下，说不定会有新的收获。譬如买地的事，就是他无意间从织女口中得知的。

再一次站在织女面前，灵犀指数已经超过 520 点的两个人顺利开启了隐藏的灵遇任务。

这个任务之所以被称为隐藏任务，除了因没有在《神魔》任务列表上公开，还因为想要参加就必须满足一个条件，即灵遇双方在游戏里的点灯时间必须超过五年。

这简直就是一个逆天的限制，且不论灵遇们能否在游戏中维持这么长久的关系，光是玩家对一款游戏的狂热时间都很少有超过这个时间的。

八年来，秦炀看着身边的玩家一拨拨来去，有不少是因为灵遇离开，比如灵遇跟人跑了、灵遇不再玩了，或是因为这样那样的事伤透心了，一去不回。曾有一句话说，在游戏的世界里，感情就是一味毒药，不管爱情、友情、师徒情、兄弟情，当这些感情的"毒性"发作之时，就是游戏之路走到尽头的时候。

能够自始至终走下来的，除了代练，就是真正喜爱这个游戏、即使孤身仗剑走天涯都不觉得闷的人，譬如从来不拈花惹草搞网恋的逝水，或是像闲云、野鹤那样结伴来网上打发时间的人。

所以光是这个要求，就如大浪淘沙，筛掉了几乎 99.9% 的玩家。

而从没有灭灵遇灯的殇火和阿晋显然是满足条件的。

但因为很少有人做过这个任务，所以网上都查不到任何攻略，就连当年跟殇火透露这个任务的网友也只是含糊地提到一些线索，说这个任务倒是不难，就是比较复杂，天上、凡间满地图跑，要做上好几天。

殇火和阿晋接了任务后，果然发现前面几关都比较简单，譬如一起去某个地方许愿，一起去杀个怪，或者搜集什么物品，十几关都不重样，每九关会经历一次大的考验，譬如刚刚的第九关、第十八关都花了比较长的时间才做完，而做完任务后都可以去织女处领奖品。

其中第九关，两个人分别得到了一瓶"金风"和一瓶"玉露"。对《神

第六章　经济独立

魔》游戏了解颇深的秦炀立即回想起来，这是三年前《神魔》情人节活动掉落的特殊奖品，点了灵遇灯的玩家只要共同服用就能合体，即在战斗阶段二人合一，双方所有攻击力和技能都叠加，在此基础上所有的属性提升50%。在一对一模式下的对战里，这基本算是无敌状态。

这玩意儿商城没卖的，刷怪不掉，基本算得上是一次性的开挂药，但因为只有一次功效，说白了也没什么大的用处。

在第十八关的时候，两个人又得到了十个色子和一粒红豆种子。

色子是道具，红豆种子能在土地里播种，收获的红豆是部分稀有食谱的原材料，也能和色子镶嵌在一起做成特殊的"红豆色子"。

获得红豆色子的玩家只要在战斗前抛出使用，双方就会根据色子上的数字得到实力加成。譬如抛出6，两个人的所有属性都会同时提升60%，和金风、玉露一样，也是开挂用的东西。

但这十八关不过是个开头，因为这个隐藏的灵遇任务是个连环任务，一共有八十一关，跟西天取经似的，要求灵遇双方接受九九八十一难的考验。如果每隔九关都能获得一份奖品，想必越往后奖励越大，倒也算是不错的诱惑。

两个人去织女处领了第二十关的任务——

［任务20］请玩家阿晋满足玩家殇火的一个要求。

要求？什么要求？他要怎么做？

就在何晋纳闷的时候，殇火突然道："叫灵遇。"

阿晋："……"

殇火朝织女的方向努了努嘴，意思说这是任务，阿晋不想叫也得叫。

对别人来说简直是白送分的任务，在何晋这儿简直比考试还难。他逃避了这么久，这一下再也躲不掉了，因为这一关要是过不去，下面的任务就不用再想了。

好吧，只是游戏而已，其实他也不是亲口叫，只是通过"想象"让游

就等你上线了

戏角色叫出来……经过十秒钟的思想斗争，阿晋一咬牙，垂下眼睛，用软糯糯的少年音叫了一声："灵遇——"

"这不是叫得挺顺口的嘛。"殇火得了便宜还卖乖，系统自动检测到他的满意度，很快"叮"的一声响："任务20已完成！"

交了这个任务，殇火又接了下一个，这一次轮到殇火做事满足阿晋的要求。

阿晋："给我一个金币吧。"

殇火："……"

何晋思来想去，还是觉得这个最方便。

他们又做了几关任务，这一轮貌似都是灵遇间的互动，速度还算快。

03

"我先下了，晚安。"做了许久的任务，眼看快十一点了，说了这句话，何晋都没跟殇火去交一下任务，就急忙滑上眼罩，离线了。

意识瞬间从少年阿晋身上抽离，回归成年的何晋身上。

"晋哥！"身后传来一声叫喊，猴子一脸猥琐地扑上来，逮着何晋就开始八卦，"快快快，坦白从宽，抗拒从严！"

何晋摘下头盔，轻咳了一声："你想知道啥啊？"

侯东彦："你跟大神到底是怎么勾搭上的啊？你怎么会成为他的灵遇？这么好玩的事你居然没告诉我？"

勾搭？这是什么形容？！

何晋起身一边铺床一边道："小时候认识的，那会儿他也不是什么大神，我们就一起玩过一段时间，还顺便结了灵。"

侯东彦："顺……顺便结了灵？"

何晋故作淡定地道："嗯，八年前就结了，我玩的是灵，能随意改变模样……反正就是为了升级结的嘛。"

侯东彦："那你一直没上线，他也没灭灵遇灯？"

第六章　经济独立

何晋："嗯……"

侯东彦想起之前何晋跟他谈心时提到的一些细节，急忙问："为什么他不灭灯？你告诉他你的真实性别了吗？"

何晋顿了顿，道："没有。"

侯东彦："那他到现在还以为你是女的？"

何晋想起之前殇火对自己的现实身份的表态以及改完形象后的态度，低声道："不知道他误没误会。"

何晋起身去洗手间，侯东彦追过去问："什么意思？"

接了水，挤了牙膏，何晋抬头通过镜子看向侯东彦："我感觉他知道我是男的。"

侯东彦："……"

何晋边刷牙边想，是的，其实殇火并不介意自己是男的，即便告诉对方真相，估计他们的关系也不会改变，但他还是没说。

侯东彦有点摸不着头脑："那你们现在是什么情况啊？"

何晋吐了漱口水，又快速洗脸："就像你之前说的，这就是一个游戏。"仔细地用温水打湿毛巾，擦了耳根、鼻翼、脖子，何晋低头道，"我们约定游戏归游戏，不牵扯现实的事。"

把毛巾挂回架子上，何晋转过身来："我不知道他在现实里是谁，他也不知道我的一切信息。"

"哦，这样啊！"侯东彦点点头，见何晋如此坦然，也没了调侃的心情。

何晋躺进被窝，侯东彦还在那边感慨："你真是太走运了，玩个游戏不但能抽到头盔，童年的小伙伴竟然还成了全服第一高手。你这运气该去买彩票啊，我咋没遇到这种好事呢？哎，对了，你们平时上线了都干吗呢？跟着大神玩是不是特别爽？"

何晋想起对战练习时殇火对他们的差别对待，忍不住嘴角抽搐——是啊，是很"爽"，被虐得好惨……

"就练级，下副本，做做任务，看看风景。"

就等你上线了

侯东彦:"咦,那个除魔首杀你是不是也有份?"

何晋:"嗯。"

侯东彦一脸羡慕地道:"嗷——你能不能跟大神说一声,啥时候也让我跟着混个本过过瘾呗?一次就行!"

何晋:"呵呵,我回头问问,下本的不止殇火,还有他的朋友,他们要是都同意就行。"

侯东彦:"太棒了,哈哈哈,我现在算是明白那句谚语的意思了,一人什么,猴子上天?怎么说来着?"

何晋:"一人得道,鸡犬升天?"

侯东彦:"对对对!"

何晋:"……"

秦炀下了线,在游戏官方论坛里找到刚才说起的世界频道那个帖子,一探究竟。

他平时是不看这种八卦消息的,能走到今天,累积到这样的人气,有喜欢他的人,自然也有看不惯他骂他的人,他早就习惯了。

他这会儿来看,纯粹是因为那些网友的八卦里牵扯到了阿晋。

阿晋八年没上线,一来就这么"风光",秦炀能理解部分玩家对阿晋的嫉妒与中伤,这些没什么,感觉阿晋对这种事也不大在意。

秦炀只是好奇说阿晋的那些颠倒是非的言论来自哪里,而且还不止一个人说。

进入论坛,他很快就找到了那个所谓的火爆帖,是一个不知名的用户发的。

帖子写到了他和阿晋的灵遇关系,还暴露了阿晋抛弃他八年的事。

帖主说殇火是告白的那方,所以不能灭灯,在被抛弃的那几年,他遇见了落花依依,对落花依依有了好感,两个人就以师徒的名义开始搞暧昧,直到现实中的阿晋得知这件事,上网夺回自己的灵遇,才导致落花依依黯然失意。

第六章　经济独立

整篇帖子洋洋洒洒地写了上万字，都是矫情的描写，写到了阿晋的负心、殇火的无情，还有落花依依的悲惨恋情，引来了众网友的围观。

帖子下有人掐架，开始还有大多数人挺阿晋和殇火，但帖子后面突然出现了一位名叫"依恋情深"的新注册用户的回帖——"什么都别说了，是我太傻相信他，我会默默离开。"

这条回复出来后，场面更加混乱，大部分同情落花依依的遭遇的网友转而开始骂殇火和阿晋。

秦炀看到这里，整个人觉得莫名心塞。

拉开抽屉，很少吸烟的他都忍不住取了根蒋白涧之前送的烟，点燃抽了一口，慢慢吐出烟圈。

阿晋八年没上线的事，除了逝水，秦炀谁都没告诉，但就算逝水说漏嘴应该也是无心的，只怕是有心人得知了这个信息后捏造了这个故事。

秦炀也不想去核实"依恋情深"到底是不是落花依依，直接拨通了彭宇昊的电话。

殇火不是明星，没有公关团队，但在虚拟的游戏世界里，他的影响力堪比明星，遇到这种事，他首先要找的就是彭助理。

04

彭宇昊看了一遍秦炀发给他的帖子，当下参毛道："这群女人真是闲的！我说你最近怎么掉粉掉得这么厉害，原来毒瘤在这里！"

他原先还以为秦炀掉粉是因为之前爆出有灵遇的事，导致女粉丝心碎，或者是那两次突然放观众的鸽子，让观众愤怒了。但他想想又觉得不大对劲，掉粉是最近才出现的情况，若是因为之前的事，这些粉丝的反射弧也太长了！

秦炀："掉粉？"

彭宇昊："对啊，你都不关注你的粉丝吗？飞游网直播主页的粉丝啊，

就等你上线了

都掉四五万了！"

秦炀："哦。"

哦？掉粉四五万他就一个"哦"？！彭宇昊被秦炀的反应气得抓狂了！

看着投影中扭曲的脸，秦炀道："如果是那些叫我老公的脑残粉，掉一点也好。"

彭宇昊一下子泄气了，的确，当初飞游网找秦炀来做直播，看中的不是他能吸引多少女粉丝，而是他的实力。

而且，尽管秦炀的吸金、吸粉能力是飞游网没预料到的意外之喜，但让彭宇昊最钦佩的一点还是秦炀的人格魅力，不管他多红，多受欢迎，他对名利都保有绝对的清醒认识。

据彭宇昊所知，秦炀家庭条件优渥，会答应来做直播，最根本的原因是他自己挺喜欢这个工作，否则按照他这种特立独行的性格，是绝对不会为了赚钱或者讨好粉丝去做自己讨厌的事的。

正因为他现在出名，很多人忘了，殇火作为一个《神魔》玩家，吸引人的本质不是他的声音，也不是他的解说方式，而是他的技术。他的确有狂傲的资本，即使那些女粉丝跑光了，也有一群欣赏他实力的人会继续关注他。

彭宇昊："你想怎么解决这件事，官方澄清？"

秦炀手里夹着烟，有点出神……

因为一个八卦帖去发官方澄清声明实在没必要，这样做反而会弄得尽人皆知，其实只要他问心无愧，这事过一段时间就过去了。

秦炀就怕何晋知道了这事会平白增加心理负担，估计还会想着主动退出什么的……这种傻事，他感觉那家伙做得出来。

彭宇昊："照我说，你得跟落花那个妹子保持距离，否则只要你们仨待在一起，这些八卦消息就永远会跟着你和你的灵遇。"

秦炀吸了口烟，道："我也这么想。"

不管发帖人是谁，把殇火和阿晋拖入这个旋涡的，是落花依依。

落花依依和殇火一样，都是天生吸引眼球的人物，当两个热点人物撞

第六章 经济独立

在一起，就是一场宇宙大爆炸。

早知道有这么多麻烦，他当初绝不会收落花依依当徒弟。

彭宇昊："帖子那边我也能找点儿人帮你刷，你想局势怎么转？以你好友的身份表态你跟落花从没搞过暧昧？"

"再加一句。"缓缓吐出一口薄烟，秦炀把半截烟头摁灭在手边的橘子皮上，声音低沉地道，"你告诉那些人，我和我的灵遇早就奔现成功了。"

彭宇昊："……"

也对，真事有什么好刷的？既然他要请水军，那就刷点儿假事。

挂了电话，秦炀抽出了夹在笔记本里的一张战队名单拟订表，扫了一遍，找到"落花依依"的名字，利落地一笔画去。

何晋两天后才上线。

殇火也没说啥，继续带他去做灵遇任务，好在后面的任务都比较正常。

不过这连环任务的确烦琐，两个人做到五十几关那一轮，全是找东西的，譬如让两个人去采99根连理枝啊，去捕捉99对比翼鸟啊，都特别消耗人的耐心。

有一天，两个人光找东西就找了一晚上，殇火带着阿晋满地图跑，还时不时地问他会不会无聊。

何晋倒是不无聊。他这么多年没上线，对这款游戏还抱有很大的新鲜感，每去一个地方都觉得挺有意思。但他怕殇火无聊，这么个大神，成天放着正事不做，就陪着他到处跑，这么一想，他又觉得内疚了。

这天，两个人刚接了个任务，又是采集的任务，要采99棵风铃草。

"时间不早了，要不先睡吧？明天再采。"秦炀知道何晋习惯早睡，所以这几天都在十点左右主动提出下线，毕竟下了线还会再见一面嘛。

何晋道了别，果然现实中又收到秦炀发来的消息，约他去跑步，感觉秦炀似乎也知道他晚上要玩游戏似的，两个人心照不宣地把锻炼时间调整到了临睡前。见了面，秦炀跟他打招呼，和殇火极其相似的声音让何晋一

就等你上线了

时有点分不清自己是在游戏里还是在现实中。

跑着跑着，何晋突然想到，殇火好像也比自己小一岁，小时候在游戏中语聊，他记得殇火说比自己低一届。

他看了一眼秦炀的侧影，头一次开始思考，秦炀……有没有可能就是殇火？

可是之前见面时，秦炀就说过他不玩游戏，而且有几次殇火做直播的时段，何晋还约秦炀出来过……再有一点，就是秦炀经常会在他和殇火玩游戏期间给他发消息。所以从这些细节来看，他俩根本不可能是同一个人吧。这么一分析，何晋便打消了疑虑。

跑完两圈，秦炀突然问："周末有空吗？"

何晋："嗯？什么事？"

秦炀："你要是有空，我带你去挑个新的球拍。"

何晋："啊，对哦……"

之前秦炀提到他的拍子握柄尺寸太大，提议何晋换个小号拍，现在何晋练网球也有点上手了，买个拍子挺有必要的。

何晋问："买球拍要多少钱啊？"

秦炀："有普通的，也有好点的，普通的几百块就能买，好一点的两三千块，甚至三四千块的都有。我之前借你用的那个，市场价差不多两千八百块吧。"

何晋震惊地道："这么贵？！我能买个普通的吗？"

"你要一开始就用普通的拍子打倒是没什么，主要你之前用过我的那个，再换普通的可能会影响手感，我建议有能力的话还是买个稍微好点儿的，至少一千元左右的吧。"秦炀顿了顿，开玩笑道，"我听人说你每年都拿奖学金，那笔钱少说也有两三千块吧，拿来买球拍肯定够。怎么，都当生活费啦？"

秦炀一直想试探何晋的经济条件，看他平时吃穿用度都挺讲究，不像是条件不好的家庭出来的，怎么之前在游戏里提到头盔时，感觉他还挺愁钱的呢？

第六章　经济独立

何晋苦笑道:"唉！奖学金都上交喽。"

秦炀:"上交？"

何晋说起来也有点不好意思:"是啊,都给我妈了,我每年的成绩都要汇报,得了奖学金她肯定也知道,都要上交的。"

秦炀很惊讶:"不是吧？！你都这么大了,你妈还管你？"他委婉地试探道,"还是说……你家里需要？"

"不是,我爸妈都有自己的收入。"何晋摸了摸鼻子,也觉得有点丢人,"但我妈一直这样,什么都要管,我也挺烦的。"

这种事何晋是很少跟别人说的,连佟萱都没有说,和佟萱交往的时候也没敢让他妈知道,很多开销他是从自己的生活费里扣的。

但对着秦炀,何晋不知不觉地就把心事吐露出来了。他也觉得奇怪,为什么认识没多久的学弟会让自己这么信任呢？

何晋叹了口气,抬头看向无尽的夜空:"我算是想明白了,经济上不独立,就算不上真正独立。我可能还是要等工作以后才能实现自由吧。"

秦炀摇了摇头:"不,你错了,你的问题不在这里。"

何晋愣了愣:"啊？"

秦炀反问:"你怎么经济不独立了？奖学金也是你凭自己的努力赚到的钱,你说要工作了才能自由,万一到时候你妈妈要求你把所有工资也上交呢？她可能会说,怕你乱花,存着给你买房、娶媳妇儿,你到时候会听她的话吗？"

何晋彻底怔住了……

秦炀:"等你娶了媳妇,要是你的媳妇也是个强势的人,你的钱估计会在她手里。要么你俩都不是强势的人,那就全上交给你妈,你们家买什么家电、买什么汽车,也都是你妈做主……你永远不可能真正做到金钱自由。"

何晋越听越觉得恐惧,秦炀可不是在危言耸听,他是真的猜到了何晋内心最担心的发展趋势。

"所以,你的问题不在于经济上不独立,而在于你跟你妈的关系。"秦

就等你上线了

炀一针见血地道。

05

何晋又失眠了，因为秦炀的那番话。

秦炀说得很对，问题的根本不在于经济，而在于他和他妈的关系，或者更直白点儿说，就是在于他妈。

何晋的妈妈是何家的权力中心，亦是唯一的经济掌控者，他爸则是个三棍子打不出一个闷屁的老实人，在家都是听老婆的，只要他妈说什么，他爸都无条件地附和。

从小到大，何晋他爸每个月领了工资都要交给他妈保管，因为爱抽烟，所以只每三天向他妈要十块钱买包便宜的烟。何晋记得有一次他爸换了包更好的烟抽，比之前的贵了些，他妈就刨根究底地盘问了一晚上，后来得知他爸私藏了一笔公司发的津贴，闹得整个家天翻地覆。

他妈发怒不是因为他爸买好烟，而是因为他爸脱离了她的控制。

何晋还记得一件事，是发生在他姥爷身上的。何晋的姥姥和姥爷健在，都是退休干部，退休金都挺高的，家里也是姥姥管钱——仿佛是遗传，一代传一代。

姥爷没啥兴趣爱好，就是喜欢看报纸，听说每天一早起来，姥姥都会给姥爷五毛钱，让姥爷出门买一份当地的日报。姥爷回家就拿着放大镜看一天，连中缝里的广告都一字不落地看，几年间还因为给报纸找错别字而得了好几笔报社的奖金。

每次何晋的妈妈提到这件事都一脸骄傲的表情，说姥爷为人踏实，女人管钱才会让一个家太平，然后又举例说看那谁谁家，男的有钱出去赌了，还有那谁谁家，男的有钱都给外面的女人花了……

但何晋不那么觉得，他总觉得姥爷和父亲特别可怜，也偷偷地想，等自己长大了肯定不会像他们一样。一个男人被人束缚了经济自由，就像是

第六章 经济独立

被剪了翅膀的鸟,根本不像个男人。

可他很少在他妈面前说这些想法,因为提起过几次,他妈总拿得出一堆过来人的经验反驳他,让他感到特别无力。

从小被控制到大,何晋都忘了自己还有反抗的本能。他一直在等,等一个救赎,或者等他妈自己意识到这样不对,然后放开这些控制,多给他一些自由。可他的内心也害怕,害怕这些"幻想"永远不会实现……

猛地从噩梦中惊醒,何晋一看外面,天才蒙蒙亮。

昨晚因为秦炀的那几句话,何晋胡思乱想一通,很晚才睡着,没想到居然还这么早醒了……

浑身疲惫,但因为心中有事,何晋无意再睡。

他缩在被窝里,瞥见写字台上放着的游戏头盔,心思一动,起身去拿过来戴上,将眼罩一合,顺利地进入登录界面——何晋惊喜地发现,躺着竟然也能玩!这还挺不错的!

凌晨五点,殇火不在,连平日刷屏速度快得让人看不清字的世界频道里这会儿活跃的人都寥寥无几。

何晋想着人少,也没用隐身券,一个人骑着烈焰穷奇去翠微林采灵遇任务要的99棵风铃草。殇火不在也能采,最后交任务时只要有一方身上带着风铃草即可。

完成这种任务就像高中时做习题作业似的,不需要动什么脑筋,何晋一专注起来就忘了时间。他现在躺着,姿势舒服,玩游戏时闻着翠微林的青草香,心情也格外好……

采着采着,何晋突然发现不远处出现了一个浑身绿毛的怪物,下身像水桶一样粗,脑袋尖尖的,头上顶着红色名称"竹妖(30)"。

这是什么?怪?怎么只有一个?

难不成是野外 boss?而且还是个 30 级的 boss?!

何晋专修灵宠号后,人形态的等级是根据灵宠等级逐步递增的,现在已经到了87级,但他人形态下能使用的技能还是30级那几个,攻击力也

就等你上线了

维持在原来的水平。如果是雪貂形态，遇上这个 30 级的 boss，他当然有信心扑上去一试，可现在殇火不在，他不能自己切换形态，等于说他还是个菜鸟……

要不他在世界频道上吼一声看有没有人组队来杀？

不不，那样估计他喊来的人不是来杀竹妖的，而是来杀他的了！

眼看着那只竹妖就在自己附近晃荡，何晋心痒得不行……上吧，打不过也就是一死，总不能眼睁睁地看着它走掉！

他摸了摸包裹，补药充足，于是他站在竹妖的攻击范围边缘，暗想了一下许久没用的灵类攻击法术，可想了半天都没见效果。

何晋愣了愣，突然想起施法术好像要把咒语念出来才行？何晋在心中开口，头盔立刻根据他当前的心情让少年晋大吼了一声："呀——灵动术！"

竹妖被阿晋的法术击中，狂躁地抖着头顶的竹叶回过身来，水桶粗的下身一震，尖尖的脑袋上露出两只猩红的眼睛，可见已经暴怒了！只见它张开满口利牙的嘴巴，竟然灵活地一弯身，头顶一圈长长的竹枝利如剑锋，站在远处的阿晋猝不及防地就被削了一下！

好在他的防御不错，血条只下去四分之一，若是低等级的小号，估计这会儿已经秒扑了！

因为雪貂的敏捷属性，即使是人形状态，阿晋的闪避速度也很快，再加上这两天被殇火狂虐，即使攻击力不足，他对敌方攻击来势的判断力也已经大幅度提升。

靠着快速躲闪，阿晋慢慢稳了下来，调整好节奏，耐心地念着咒语招呼竹妖："嚯！风化术！哈！席卷术！……"

话说，这念咒语出攻击的方式真是羞耻啊……

即便如此，阿晋的血量也在慢慢减少，全息中的人物能感觉到自己的力气随之流失，阿晋赶紧从包裹里抓了颗补药猛地塞进嘴里，瞬间便如打了一管鸡血，精神抖擞地继续喊咒语！

眼见竹妖血条下降过半，他信心倍增，但也不能松懈，因为就在刚刚，竹妖连发了两个大招，差点儿让他血条见底！

第六章 经济独立

"僵直术！"阿晋惊魂未定，忽然又瞄见竹林深处蹲着一个黑黑的影子，黑影上还闪着一双绿幽幽的眼睛……

这又是什么鬼？竹妖后面不会还有别的怪吧？

阿晋大着胆子叫了一声："谁在那里？"

四周安静了一会儿，竹林深处才传来一阵猥琐的笑声："嘿嘿！"

是个潜伏的玩家！阿晋立刻知道对方想干什么了——那个人是想等最后一刻坐收渔翁之利！

潜伏者听到阿晋的声音，又来了一句："想不到你还是个小孩啊！"

那个家伙的声音听着也没大到哪里去。阿晋不动声色，想了想道："你出来吧，咱们组队一起打。"接着又对竹妖吼道，"眩晕术！"

"跟你一起杀有什么好处？"潜伏者狡猾地问。

"你蹲在那里又有什么好处？你总不会是为了欣赏我怎么杀怪吧？哈！席卷术！"

《神魔》里的 boss 掉的东西不是分配制的，而是杀者皆有份，每个杀死怪的人都有包裹可以捡，但捡到什么完全看人品。

阿晋道："你要是想在最后关头来偷袭我，顶多让我什么都拿不到，但我看见了你的名字，以后有的是机会找你寻仇……呀——灵之暴击！"

潜伏者："我把名字隐掉了，你到时候看不见的。"

阿晋无语："你傻啊，杀了 boss 是会上电视的！"虽然何晋不大关注世界频道，但这点儿常识还是有的。

潜伏者："呃……"

察觉到对方有点孩子气，阿晋继续跟他分析利弊："而且我现在已经知道了你的用心，如果你真要那么干，我一会儿就把 boss 的坐标发布在世界频道上，到时候你就麻烦了……嘿！灵动术！"

潜伏者："你这小子年纪轻轻，怎么这么阴险？"

阿晋心说：这怎么能叫阴险？我这么正直坦荡，向来凭智商做事，有话都是直说，从不拐弯抹角……

潜伏者："这个我喜欢，嘿嘿……"

就等你上线了

这个转折让何晋险些吐出一口老血！

紧接着，竹林里就"唰"地蹿出一团黑黑白白的玩意儿，何晋吓了一跳，定睛一看——这是……一只熊猫？

莫非这熊猫也是灵宠？那它的驯养主呢？阿晋左顾右盼，却再没看见什么人影。

肥嘟嘟的熊猫原来就是刚才同阿晋说话的人："虽然我一个人杀这只竹妖也是轻而易举的，但看在你这么聪明睿智的分上，哥哥我就跟你交个朋友，来帮你一把吧！"

说着，对方就丢过来一个组队申请——

[系统]玩家篱落邀请您加入队伍。

何晋看着浮现在视线中的半透明弹框，也不管那家伙是人是妖，立刻选择了接受。

有了熊猫相助，竹妖的血开始"噗噗噗"直往下掉。阿晋偷偷打量熊猫，发现它的攻击方式很有意思，和雪貂一样，也是直接扑上去撕咬！

不知道是不是熊猫天生克竹子，那只竹妖每掉一截血，就瘦一圈，还真如篱落刚才所说，杀起来轻而易举！

何晋半晌才反应过来，这个家伙可能是一只未被驯养的灵宠！玩家达到 30 级选择灵宠职业后，是能自行切换形态的，"熊猫"可能是篱落的原形！

过了七八分钟，巨大的绿毛竹妖被围杀得只剩下竹笋模样的一小截，最后死在了阿晋的短刀和篱落的利齿下。

世界频道当即跳出公告——

[公告]恭喜玩家阿晋、篱落击败翠微林 boss 竹妖！

第六章 经济独立

06

凌晨五六点还在线的人,要么是深度熬夜党,要么就是时差党。

但不管对哪个党来说,"阿晋"这个名字都如雷贯耳。

眼见这个点大神的灵遇还跟一个叫什么落的在一起刷野外 boss,闲人们又开始议论了——

[世界] 暗影:"篱落是谁?怎么跟阿晋在一起?"

[世界] 竹园僧话:"从没听过……"

[世界] 喵小鱼:"无情现在不在啊,这个阿晋真是大神的灵遇?"

[世界] 欧阳渺渺:"组队去瞧瞧?"

[世界] 秀山:"楼上加我!"

[世界] 冰摩卡:"傻不傻啊?等你们到了估计人早没了……"

…………

不知道杀了 boss 后名字会上电视的篱落,显然也是个不太留意聊天频道的人,这会儿一人一熊猫杀了竹妖,正兴奋地号叫呢!

他俩摩拳擦掌,暗念一句"阿弥陀佛",就各自去摸竹笋的尸体。只见金光一闪,世界频道再次刷新——

[公告] 玩家阿晋杀死竹妖,获得了 1 把竹刀、1 个潜能升级卷轴!

公告只刷出来一条,没说篱落摸到了什么。

何晋看向身边的熊猫,却见他立刻幻化回人形,穿着一身粗布衣服,少年的模样,头发乱乱地散着,脸蛋上也涂得一道黑一道白,像个小野人。

篱落把手里的卷轴往地上一摔,怒道:"只摸到了一卷《糯香竹饼烹饪技能书》,还有两颗大还丹,都是垃圾!"

阿晋望天,看来不当米虫后,老天还是格外厚待他的。

篱落一脸嫉妒地看向阿晋,只见他的手上捧了满满一堆东西,其中两

就等你上线了

个物品闪闪发光，正是刚才上电视的那两个宝贝！

"你摸到了什么？"篱落很不甘心，恨恨地想，早知道就先把这家伙杀了，那这些东西就都归他了！

"挺多的，我也不知道都是些什么。"阿晋坐下来，把东西摊在地上，大方地道，"一起看吧，你想要什么，自己拿。"

篱落："……"

何晋想，没有篱落自己也不能这么快把那只竹妖杀掉，说不定还会遇到其他危险，反正他不缺装备，杀怪只是为了最后一瞬间看怪扑街的快感。见这个少年刚才还说要跟自己交朋友，何晋也有点心动。说实话，再次玩这款游戏后，除了侯东彦，何晋认识的都是殇火的朋友，还真没有自己的朋友呢。

而篱落听阿晋这么说，当下就愣住了。他一边为自己方才的心怀不轨感到内疚，一边厚着脸皮坐了下来。

阿晋一共摸了五样东西，除了上电视的竹刀和潜能升级卷轴，还有一个竹钵，一卷《迷竹曲》曲谱，一棵竹笋。

其中竹刀是凡人和人形态灵近战时用来攻击的主要武器。篱落也是灵，灵在人形态下既可以远攻，也可以近攻，但据说修了灵宠后，人形态的攻击力会偏向原形的主要攻击方式，所以这把竹刀何晋和篱落都用得到。

至于潜能升级卷轴，则是给原形灵宠属性增加潜能星级的，篱落看了阿晋两眼，指了指那个潜能升级卷轴，道："我要这个。"

这玩意儿最难刷，因为商城不卖，集市上也很少，算是有钱都不一定买得到的好东西。篱落见阿晋身上穿着这么好的定制衣服，对这些宝贝又感觉懵懵懂懂的，就想试探试探他会不会给。

"哦。"只见阿晋毫不犹豫地拿起潜能升级卷轴就递给了篱落，"拿着。"

篱落收下卷轴，突然生出了一种以大欺小的愧疚感……

比起那个潜能升级卷轴，何晋对一个碗模样的竹钵更感兴趣。他拿起来一看，上方就浮现一行解释文字："太上老君的竹钵，在特定条件下能收

第六章　经济独立

服植物系的灵，收服时效 60 秒。"

特定条件？植物系的灵？

虽然还不知道怎么玩，但感觉蛮有意思的。阿晋把竹钵收进包裹，又拿起地上的另一个卷轴——《迷竹曲》曲谱。

看了说明，他马上反应过来，这是搭配笛子用的啊！

他赶紧抬手朝篱落挥了挥，问："这个你要吗？"

篱落得了潜能升级卷轴，感觉已经占了阿晋的大便宜，对别的东西也没兴趣，摆了摆手说："不要，其他的你自己留着吧。"

阿晋迫不及待地"阅读"曲谱，脑中"叮"的一响——系统人声响起："您已学会五级乐曲《迷竹曲》，将吹笛技能提升到五级后方可吹奏。"

他还要等吹笛技能到五级后才可以吹奏啊？

阿晋摸了摸自己腰间的玉笛，见上面的标识，等级只有三级。

最后还剩下竹刀和竹笋，竹笋是种子，拿去地里种会长出竹子，阿晋看了一眼刚刚被篱落丢掉的烹饪技能卷轴，问道："那个《糯香竹饼烹饪技能书》能给我吗？"

"行啊！"篱落赶紧把身边的技能卷轴捡起来丢给阿晋，一物换一物，这样他的内疚感就少多了，嘿嘿！

几个闲得无聊的世界玩家摸到翠微林深处时，就看见一大一小两个少年正坐在地上友好地"分赃"，你一件，我一件，气氛和谐得不得了！

众人你看看我，我看看你……

"咋都是男的？到底哪个是大神的灵遇？"

"不知道，我上次在贴吧见到的截图还是个青衣萝莉……"

"怎么办？要不要上？"

"你想被大神全服通缉吗？"

"另一种出名的方式啊！你不想成为全服唯一杀了大神的灵遇的人吗？"

"这么想想好像也挺带感的……"

就等你上线了

"姐妹们……"

"上！"

阿晋和篱落正想拍拍裤子起身，突然发现身边不知什么时候围了一群女玩家，一个个举着剑、拉着弓，正虎视眈眈地逼近！

篱落警觉地跳起来，大叫了一声："有埋伏！"

何晋：这是显而易见的好吗？

一瞬间，篱落变回了熊猫的模样，四掌撑地，挡在阿晋面前……

何晋内心一阵感动，果然付出是有回报的！

路人：熊……熊猫？好萌！

熊猫篱落对那群女人龇牙咧嘴了一番，突然朝阿晋道："人多势众，咱们快跑！"——然后它一扭头，蹿进竹林深处，消失得无影无踪……

阿晋："……"

路人："……"

阿晋手忙脚乱地把地上的东西收进包裹，扭头跟着熊猫蹿进了竹林……这小子太不靠谱了！还有，这个时候自己为什么不能变成雪貂啊？太不方便跑路了！

一人一熊猫一前一后地在竹林里穿梭，这会儿阿晋的敏捷属性又发挥了作用，他跑着跑着就和笨重的熊猫拉近了距离……但他们还是太天真了，因为那些路人召唤了坐骑，快速追了上来！

阿晋大吼："篱落，你跑得太慢啦！有坐骑吗？换坐骑！"

篱落："老子才38级，哪里来的坐骑啊？"

阿晋："……"

他本想说"我有"，可一想，他们若停下来，等召唤出坐骑，那群女玩家早就追到了……难不成他们今天注定难逃一死？

那几个女玩家一边追一边还在激动地叫："真的是熊猫啊！"

"我第一次看见熊猫形态的灵宠！好萌好萌！"

"不知道有没有驯养主！哈哈哈……"

第六章　经济独立

"好想收养他啊！"

…………

咦，她们追的人……好像不是自己，而是篱落？

阿晋怔了怔，就听另一个声音说道："也不知道哪个是阿晋，两个人都别落下！"

"……"

篱落在前面喊："我知道一个方法能甩掉她们，跟我来！"

阿晋急中生智道："只要找到一个隐蔽的地方就行，我有坐骑！"

篱落："不用不用，前面出了竹林右拐有个25级的副本入口，咱们现在是组队状态，进副本就行！"

阿晋："……"

跟着篱落马不停蹄地跑到副本入口，那群女人的坐骑差点儿都咬到阿晋的屁股了！希望就在眼前！熊猫用最后一丝力气冲向滚动的旋涡，然而，事情的发展出乎意料——只见那只黑白毛团像是撞到了弹簧床，被重重地反弹回来，和来不及刹车的阿晋撞了个满怀！他俩叠在一起滚出二十多米远，阿晋被撞得血条掉了大半截，眼冒金星，满世界都在转，听到系统提示道："组队人数不足三人，无法进入副本。"

何晋：这小子果然很不靠谱！

晕乎乎地爬起来，阿晋想着这下他们完蛋了，结果一抬头，就见那几个追着他们来的女玩家竟然一个个穿过旋涡，消失不见了！

篱落爬起来，愣了一秒钟，大笑道："哈哈哈，这群人离副本结界太近，被吸进去啦！"

阿晋："……"

阿晋顾不上头晕，一边召唤烈焰穷奇一边对篱落喊道："快变人形！"那些人进了副本也很快就会出来，他们没多少时间！

威风凛凛的火焰巨兽在阿晋的召唤下突然出现，少年模样的篱落看得眼睛都直了，不等阿晋邀请就快速爬了上去……

阿晋揪着缰绳，也不知道是出于本能还是给激动的，格外入戏地叫了

就等你上线了

一声："驾——"

穷奇四足一蹬，蹄下生风，两个人迅速腾空，朝着仙界飞去……

07

坐骑的飞行速度也有快慢之分，殇火给阿晋的烈焰穷奇自然是最快的那一类，何况两个人还上了天，很难再被追踪，那群陌生的女玩家果然只追了一小段就消失在他们身后。

"啊——本大爷上天啦！"篱落激动地坐在阿晋的身后号叫，满眼都是新奇之色，"真爽！哈哈哈！"

这个小孩喜形于色的样子也感染了阿晋，忍不住跟着他笑起来，问道："你多大了啊？"

篱落："十八！你呢？我感觉你比我小很多啊！"

何晋嘴角抽搐……

篱落："你怎么会有这么炫酷的坐骑啊？买的吗？"

"朋友送的！"阿晋回答道。

篱落："你的朋友是'土豪'吗？这东西看起来很贵啊！"

阿晋："……"

因为在空中，两个人说话都是靠吼的，篱落坐在阿晋的身后，那粗犷的少年音震得阿晋耳膜发疼。但奇怪的是，即使两个人这么近距离地贴在一起，他都没有和殇火同骑时的紧张感，更不觉得尴尬，反而很自然。

"这是我第一次在游戏里飞啊！"篱落学着人猿泰山"嗷呜嗷呜"边叫边捶胸，声音夹着风吹远了，消失在缥缈无尽的云层中……

何晋勾起嘴角，想到了殇火第一次带他离开凡界的场景，虽然那个时候用的还是键盘和屏幕，他的激动和兴奋之情却不比篱落少。

飞到仙界，阿晋选在他和殇火建立家园的吟水筑附近降落，虽然现在七天未到，房子还没建起来，但潜意识中，这个地方似乎真成了自己的

第六章　经济独立

归宿。

篱落下到地上,两眼发光地围着那只穷奇打量。阿晋也不着急收,就让篱落看,还莫名想到了自己,不知道当初他在殇火面前是不是也是这个傻样……

阿晋问他:"你不用上学吗?"

篱落:"我现在放假呢。"

"啊?"阿晋奇怪地问,什么学校十二月底放假?放什么假?圣诞节?"你在国外上学?"

篱落震惊了:"你怎么知道?!"

阿晋:"呃,猜的,我这儿快早上八点了……"

篱落:"我这儿快半夜十二点了!"

阿晋:"英国?"

篱落:"你又知道?!"

阿晋:"我猜的……"和中国有八个小时时差的,也就那么几个地方。

篱落:"你好牛啊!年纪这么小怎么懂这么多啊!"

阿晋再次嘴角抽搐:"我比你大,我大三了……"

"那你的声音听起来怎么这么小?你是天才吗?啊!"篱落终于反应过来,"你的声音是调过的?"

阿晋:"嗯……"

篱落不爽地嘟哝了一句:"我还以为你比我小呢。"

阿晋:"没事,你可以叫我阿晋……我得下了,一会儿还要去上课,下次有空再一起玩啊。"

篱落连忙叫道:"哎哎哎,等等,还没加好友!"

何晋赶紧打开了好友栏,恰好篱落发了好友申请过来。

刚刚组队模式下没看,篱落这会儿才发现——这家伙 87 级了!

"你的等级这么高,怎么实力这么弱?!"

阿晋:"我跟你一样是灵宠啊。"灵宠号的人形态战斗力一般只能停留在 30 级左右,只有原形状态下才能发挥正常实力。

就等你上线了

篱落目瞪口呆地问道:"那你刚才怎么不变身?你的原形是什么?"

阿晋有点难以启齿地说:"因为我已经被驯养了,驯养主不在没法变身。"

篱落纳闷:"驯养?"

阿晋感到无奈了,这个小孩比自己还小白:"你不知道驯养,为什么会玩这个职业?"

"我就看这个能变身,挺有趣的。"篱落说着又变成了熊猫,还打了个滚,"熊猫多好玩啊,国宝啊!"

何晋正打算跟他解释什么是驯养,就见好友栏一闪,本来以为是殇火来了,不料却是逝水!因为之前几次一起下本,他们也相互添加了好友。

逝水:"这么早,一个人?你的灵遇呢?"

这还是逝水第一次私下发消息给他,何晋愣了愣,学着九殿下对逝水的称呼,客客气气地回复:"他不在,我和朋友一起。水哥也这么早?"

逝水:"呵呵,刚上来就看见你了,我在你身后。"

阿晋一扭头,见逝水挥着巨大的白色翅膀飞近,浑身圣光,天使似的……不过他都看见了为什么还问自己是不是"一个人"?

啊对,熊猫不是人……

逝水缓缓落地,收起翅膀好奇地打量着他身边的篱落:"这个小家伙是你的朋友?"

阿晋:"嗯,早上刚认识的,叫篱落,和我一样是灵宠。"

逝水轻轻摇着折扇,笑道:"我还是第一次见到原形是熊猫的灵。"

篱落的等级低,看不见逝水,只见到阿晋对着身边空空的一处说了句话,奇怪地问道:"你在跟谁说话?"

阿晋:"呃,一个朋友。"

逝水听到篱落的声音,愣道:"男的?"这年头玩灵宠的男生真是比熊猫还稀少!

何晋见时间已经过了八点,再过半个小时他还要上课,也来不及介绍他俩认识,赶紧说了原因,各自道了声再见,就先下线了。

第六章　经济独立

等阿晋走了，熊猫篱落才反应过来，坐起来道："哎呀！你走了我怎么回凡界啊？"说罢它又跑了两步，自言自语地道，"算了，我先在这儿冒险吧……"

还未离开的逝水闻言哈哈一笑，这几天他跑了数次灵宠市场，发现很多灵宠女玩家是为了"可爱"而选择这个职业，并没有真正发挥灵宠本身的实力，所以至今一无所获。

眼看这只憨态可掬的熊猫率真有趣，一举一动都似发自内心，而非刻意卖萌，逝水的心中一动，悄悄尾随其后，打算好好探究一下这个小家伙有没有被驯养的价值。

何晋下线后一滑开眼罩，就看见侯东彦近在咫尺的脸，吓得大叫了一声。侯东彦也被吓得够呛，跳开两步抚着胸口道："哎呀！我的妈呀！你吓死我了，吓死我了！"

何晋的脸色发白："我才被你吓到了，你干吗凑这么近？"

侯东彦："你也不看看你刚才那样子。大早上的戴着头盔躺在床上，我能不过来看看吗！"

何晋一边忙不迭地起床穿衣服，一边解释："早上睡不着，就戴上头盔玩了会儿。"

两个人挤在洗手间洗漱，侯东彦道："你太牛了，这样不会玩着玩着又睡着吗？"

何晋一本正经地说："不知道，没试过，下次可以试试。"

侯东彦：怎么感觉何晋自从玩游戏之后整个人都放开了呢？他会不会以后越陷越深，出不来了啊？

今天是周五，下午的课三点就结束了，何晋正往宿舍走，佟萱一个电话打过来说有事找他，这次不是学生会的事，而是私事，约他在校园里的咖啡厅见面，就在二食堂附近。

何晋见是顺路，想想应该不会花太多时间，就拐过去见见。

佟萱已经在等他了，一个人，还先替何晋点了杯以往他们约会时常点

就等你上线了

的焦糖玛奇朵，何晋喜欢吃甜的东西。

"找我什么事？"何晋坐下，见佟萱做了糖果色的指甲，新烫了栗色的头发，看上去越发成熟、漂亮了。没错，在大学校园里，多的是清纯型的邻家小妹，像佟萱这种御姐型的反而少见，又因为她的成熟中夹杂着独属于年轻的朝气，而非真的"年长"，所以格外受小男生喜欢。

佟萱白了他一眼："没事就不能找你啦？"

何晋："……"

这人怎么还是一如既往地死板，现在连寒暄两句都不会了。佟萱叹了口气，不再拐弯抹角，直接问道："哎，听说你最近跟秦炀……走得很近？"

08

"嗯？"何晋刚喝了口玛奇朵，愣愣地抬头，"啊，是挺近的，你怎么知道的啊？"

佟萱目不转睛地看着何晋，他上嘴唇还沾着一圈奶泡，傻乎乎的，水一样的眼眸干净透彻……她原本想说的话突然间一句都说不出来了。

她本来想告诉何晋，自己对秦炀有点意思，想去追他……至于为什么喜欢，也就是因为前段时间路过网球场，偶然间看到了秦炀带队和外校球员打友谊赛，被他叱咤球场的潇洒模样给摄了魂，有点一见倾心的感觉。

但她知道，对秦炀一见钟情的女生排着队都能绕华大好几圈，所以也可能只是她花痴，不一定是喜欢，就像两年前她对何晋的心动一样，来得莫名其妙。

佟萱在学校里是很受欢迎的，所以也很自信，又勇敢，爱恨分明，遇到喜欢的人就敢于主动去追求。

因为何晋跟秦炀走得近，她就想或许可以让何晋帮自己先试探试探，或者制造一点相处的机会。

第六章 经济独立

可能这对何晋来说是举手之劳,但佟萱不知道他对自己还有没有旧情,万一有,即使只有一点点,佟萱也会觉得借着对方心软而反复利用他的自己实在有些卑鄙。

她压下自己的私欲,转而调侃他道:"你和秦炀的关系好,都是学生会里那些女生传的啊。你也知道,宣传部、纪律部那些小丫头一个个都跟百晓生似的,学校里任何的风言风语都躲不过她们的耳朵……哎,还听说你俩半夜三更在校园里散步谈心,有这回事吗?"

何晋想起那天半夜跑步撞见的晚归女生,顿时汗颜,怎么几天工夫都传遍了?

不过这要是换成他跟侯东彦在外面跑步,绝对不会有这么大的传播力,问题还是出在秦炀身上。

何晋简单地跟佟萱解释了一下自己跟着秦炀学打网球,又被对方督促着锻炼身体的事。

佟萱不再提刚才的话题,转而聊了些她身边发生的事,实习单位的,学生会的,还有些家长里短。何晋耐心地听她倾诉,偶尔给点儿意见,两个人还真像老朋友一样,心平气和地聊了许久。

何晋喜欢这样聊天,让他觉得很自然。

最后佟萱从包里拿出两瓶维生素片递给他:"看你之前淋了雨还发烧晕倒,自己要注意身体,这是我表姐从国外带回来的维 C 片,你拿着,每天吃一粒,增强体质的。"

何晋想要拒绝,却见佟萱指指柜台方向:"别客气了,今天的咖啡你买单。"

学校里的物价不会很高,但佟萱的好意难却,何晋道了谢,笑着站起来去刷校园卡。

咖啡馆出入口不正对主路,而要走完一条弯曲的小道才能到大路,四周都是密密的柏树。还不到饭点,附近没什么人,何晋突然停下来道:"佟萱……"

就等你上线了

"嗯？"佟萱扭回头，水晶耳钉在夕阳的照耀下闪闪发光。

何晋看着他，礼貌地询问："我能不能抱抱你？"

佟萱："……"

交往时他都没有主动提过的要求，这会儿突然听到，佟萱觉得有点莫名其妙。可她毕竟是个大大咧咧的女孩，只一瞬间的工夫，她就面向他，落落大方地张开了手臂。

这是一个轻轻的拥抱，何晋环着她，闭上眼睛还能闻到女生身上独有的香味，柔软中又带着些黏腻的感觉，陌生又新奇的味道……他却听不到自己的心跳声。

松开后，何晋本来想问佟萱有什么感觉，可看见她微红的耳根、下垂的视线，就知道自己不需要再问了。

佟萱竟然难得地害羞了。

"谢谢你的维C片，走了啊。"何晋朝她扬了扬手中的瓶子，快步朝宿舍的方向走去。

何晋的脑子里乱乱的，他走得那么急，急到都没听见身后有人在叫他。直到手臂突然被人拽住，猛地往后一扯，他被迫转过身去。

"你跑什么啊？没听到我叫你吗？"

何晋愣了一下，挣扎了一下，没挣开。

秦炀伸手在他眼前晃了晃："何晋？"

何晋猛地回过神，深吸了口气："秦炀？"

秦炀松开了他："嗯，你刚下课？"

"嗯……哦不，早就下了。"何晋转过身，低着头慢下脚步。

秦炀和他肩并肩："走神了？"

何晋扯谎道："啊，在想点儿专业的事。"

接着是沉默，五六秒钟后，何晋突然感觉头顶被人揉了一下。他都被揉蒙了，傻乎乎地看向秦炀："干吗啊？"他都忘了去追究被学弟揉脑袋这种本该算得上是"屈辱"的事。

第六章　经济独立

秦炀笑道："别老多想，小心掉头发，秃顶，变小老头。"

何晋愣愣地说："我的头发挺多的啊。"

秦炀以拳掩嘴在边上闷笑了好一会儿，何晋才反应过来……为什么每次在秦炀和殇火这两个人身边的时候，他都觉得自己在无可救药地掉智商？

两个人共走了一段路，之后就各自回宿舍了。

因为早上起得太早，何晋不到八点就开始犯困，用聊天软件给殇火发了条消息，也没上游戏就早早地睡了。

周末，何晋和秦炀约了去校外买球拍。其实在网购发达的年代，不管大城小镇，只要快递到得了的地方，人们就能足不出户地买到任何想要的东西。但秦炀说，买好的球拍一定要去实体店，就像买琴、买鞋，或是买上档次的衣服，要亲自看过、试过，才能下单。

何晋没他那么讲究，但也没什么异议，心里其实还挺欣赏秦炀的做事风格的。

09

两个人中午一起在食堂吃了饭才出发。这天的阳光很好，但北方户外的温度还是颇低。

何晋这次穿暖和了，秋衣、羊毛衫、带里绒的棉服，裹得严严实实，秦炀也比上一次出门时的单衣加外套多穿了一件，不过看上去依旧清爽。

"带地铁卡了吗？"秦炀问。

何晋："带了……我们还要坐地铁？"

华大有体育系，所以学校附近亦有体育用品商店，何晋本来以为秦炀会带他就近买。

"我们去海德街。"秦炀说着就招呼何晋往南门的方向走。

海德街在城南偏东，靠近 A 市最大的体育馆，是一条著名的体育用品街道，而华大在城西，从南门地铁站出发坐地铁还得转车，至少一个小时

就等你上线了

的路程。

何晋已经决定给球拍一千块钱的预算，秦炀才打算带他出学校，否则直接上网买就行。

何晋快步跟上，问："学校附近的店没有卖的吗？"

秦炀笑了笑："有是有，但学校附近那几家店的奸商不卖好货，进了些乱七八糟的品牌，专门宰不懂行的学生。学期初有几个新社员去买球拍，花一两千块买回来的都只值四五百块。"

何晋惊讶地道："怎么差那么多？"

秦炀："这么跟你解释吧，目前市面上的球拍从材质分主要有三类，最便宜的是铝合金拍子，比较贵的是全碳素纤维网拍，还有就是介于这两者之间的。而其他诸如纳米、金刚、气凝胶之类的新科技材料，其实都是填充在碳素纤维中的补强材料，好比一道加了作料的菜，不懂行的人就会被这些噱头给忽悠了。"

何晋一知半解地点了点头。

秦炀："本来应该叫上蒋白润给你讲，他被骗的经历格外丰富，刚才我说的那些拍子他都有，也借给我打过，好的拍子和不好的拍子打起来手感差距很大。"

何晋笑道："不过是买个球拍，如果劳烦网球社正、副社长一起出马，那我的面子也太大了……有你就够了。"

他们上了地铁，周末人比较多，两个人站在车厢门和座椅之间的三角区。

南门这站上车的大多是华大的学生，不少女生见到秦炀，又开始捂嘴吸气，结队站在不远处小声笑着，用有黏性的眼神一下下地往校草身上瞄。

何晋知道她们在看秦炀，而自己站在秦炀身边，也分来一点关注的视线，平时他自己外出时也有被学妹认出来偷偷打量的经历，但是从来没有像这一次这么紧张。

开始时秦炀还有一句没一句地跟他聊着，慢慢见何晋低着头不搭理自

第六章　经济独立

己了,便也不再说话,两个人就这么静静地站在车厢里。地铁飞驰间,车门上的玻璃断断续续地显示着隧道壁上的彩灯广告。

不知道过了多久,感觉自己的肩膀被轻轻拍了一下,何晋听见秦炀在身后语气平静地提醒:"下一站换乘,我们在右边下。"

他们换乘后车厢稍微空了点儿,刚巧有一对情侣在一站后下车,让了位子给何晋和秦炀。

两个人坐下后,何晋抬头去看轨道地图,问秦炀在哪一站下。

"还有七站,二十来分钟吧。"秦炀稍稍伸开腿,他的腿很长,配着一双尺寸合适的脚,脚上穿着大大的复古运动鞋。

何晋有点羡慕地瞄了几眼,就开始往后缩,小学生一样并腿坐着,像是怕被对方发现自己的身体缺陷,还把脚藏了起来。

可秦炀还是发现了,盯着何晋往后缩的脚,直白地问:"你穿多大码的鞋子?"

何晋:"……"

就像女孩子被发现自己腰上有赘肉,还被直接问体重一样,何晋简直想挖个地洞钻进去,犹豫了一下,答道:"39码……"

何晋还偷偷报大了一号,但这并没有什么用,因为在穿43码鞋的秦炀看来,39码和38码其实相差无几。他以前只以为何晋的手小,没想到何晋的脚也这么小!

"男鞋有39码吗?"秦炀纳闷,随口问道。

何晋被问得想去撞墙,满满都是心酸,闷闷地回答了一句"有的",显然是不想继续这个话题。

秦炀感觉出来了,不再开口。

10

两个人出地铁站后又步行了十来分钟才到秦炀经常光顾的店面,外面看上去旧旧的,挺小的一家店,进去后却发现商品琳琅满目,卖的全是和

就等你上线了

网球有关的东西。

店主认识秦炀,见了他就热情地叫"小秦",一口地道的本地口音,很欣喜他带朋友过来。

挑球拍的过程很快,价位在一千元左右、性价比又比较高的就没几款,最后两个人挑中了一款碳纤维、大拍面,拿在手上很轻的球拍。

店铺后门出去还有个可供顾客试打的壁球房,因为是熟人,崭新的拍子拿出来店主都让何晋试了,小了一号的手柄握着果然要舒适很多,震感也不强,价格1080元。

何晋试拍的时候,秦炀悄悄对店主道:"李叔,给他打个折呗。"

"你去边上那些店看看,同样的拍子,1600元!"店主比了个手势,急道,"再给打折我就亏啦!"

秦炀知道他为人实诚,从不漫天要价,也不至于做亏本买卖,1080元的确是很公道的价格。

"我的意思是,你给他再算便宜点儿……"秦炀朝何晋抬了抬下巴,瞎扯了句理由,"是我的学长,我欠了他一点人情,折扣的钱我私下补给你。"

"你这小子……"李叔哭笑不得地用手指点了点秦炀,其实他也清楚秦炀的性格。这个年轻人来他的店里买东西很少讨价还价,大方的老板也喜欢大方的客人,尤其是识货又知趣的。

秦炀笑笑,去何晋的身边,又陪他试了几个球,确定后回来付款。

"就要这个,麻烦老板。"何晋把试过的那个拍子递了上去。

李叔轻咳了一声,对何晋道:"我这店里的东西从来不打折的,不过我跟小秦是老熟人了,既然你是他带来的,我也给你个友情价,算你780吧……"

何晋惊喜地回头看了秦炀一眼,又向店主道了谢。

"这个价格你在全市,哦不,全国都买不到第二个,所以出去了谁都别说!"李叔煞有介事地叮嘱道。

何晋本来已经做好心理准备花1080元,现在只要780元,感觉像是白捡了300块钱,十分开心。

第六章 经济独立

秦炀双手插兜,一脸正经地对店主道:"李叔,既然都这么熟了,你再送点儿东西呗,什么网线、吸汗手胶、避震结,哦对了,还有拍套,要同品牌正版的。"

店主一听差点儿上火,这一套东西杂七杂八的加起来也要上百元,尤其是正版拍套,少说也得……可他一抬头,就看见秦炀站在那儿跟自己挤眼睛……

呃,这可真考验他的演技啊!

杂七杂八地送了一堆东西,店主又反复跟何晋强调,他要是去别的地方买,林林总总加起来价格至少翻三倍。何晋自然是被唬得一愣一愣的,都不知道是感谢秦炀好,还是感谢店主好。

"这些东西怎么用,你问小秦吧,他也算是半个行家了。"店主说着,拿出收款机问,"你刷卡还是电子账号?"

电子账号相当于用手环付款,已经全民普及,何晋却直接从裤兜里拿出一沓现金……

这年头人们出门买东西,超过五百元还付现金的人已经很少见了,秦炀也挺诧异的,突然急中生智道:"哎,我正好缺零钱,我帮你用电子账号付了,你把现金给我吧。"

秦炀随手拿了两桶新的网球,让店主刷两笔,第一笔算何晋的球拍,第二笔才算他的网球,还补上了之前的折扣和赠品差价。

何晋没看见他们具体刷了多少,只拿了自己的发票,小心翼翼地叠起来塞进裤子口袋。

海德街的街角开着一家兰芳园的奶茶连锁店,来时何晋就闻到了浓郁的奶茶香,回去的路上便不由得问秦炀:"喝奶茶吗?我请你。"

秦炀开玩笑道:"我空出一下午陪你,你就请我喝奶茶啊?"

何晋也笑了:"晚饭也请你。"

秦炀勾着嘴角道:"得了,我逗你呢,奶茶就行。"

两个人说话间就到了奶茶铺窗口,何晋一边看点餐单一边道:"我原本

就等你上线了

就是这么想的,要不是你陪我来,我都不能拿到折扣……我要焦糖丝袜,你要什么?"

"原味鸳鸯。"秦炀把手往店铺台面上一架,侧身看向何晋道,"你就不怕我是骗你的吗?"

何晋愣了愣:"啊?"

秦炀解释:"现在不是有这样的?一个人带朋友去熟人的店买东西,和熟人套好说辞,一唱一和,把朋友骗得团团转,朋友被人卖了还帮着数钱……新闻里很多啊。"

何晋闻言失笑:"你骗我有什么好处,靠这个赚钱?"统共七八百元的东西,又不是七八千,就算秦炀骗了他,能拿多少回扣?这点儿钱估计都不够秦炀吃顿饭的。

何晋对秦炀摇摇头,换个人这样做他可能还会留点儿心,但是秦炀绝对不会骗自己。

秦炀扬眉道:"我是给你提个醒,相信我是没错,但换成别人可要多个心眼。"

听秦炀说这话,何晋都不知道谁是学长谁是学弟了,他晃晃脑袋,自信地道:"我可是有脑子的人。"

秦炀:不知道这家伙得知自己是殇火后,还会不会这么得意。

奶茶做好了,一人一杯接过来,何晋一边往地铁站走,一边问道:"晚饭你想吃什么?"

已经过了四点,两个人要在外面吃还是回学校附近吃都得现在做决定。

秦炀:"还是算了,你都没有自由支配的钱,我好不容易帮你省了点儿,你再请我吃一顿饭就白省了。"

何晋说:"买球拍花的是我自己存下来的钱,这些我妈不知道,但请吃饭没关系,可以算在生活费里。"

他妈知道大学里需要一些社交费用,太拮据了会被别人看不起,所以每个月都会给何晋一笔额外的社交费用,差不多五百元,只是以往何晋太

第六章　经济独立

乖，如果没用这笔钱也会如数告诉他妈，还不敢做假账，怕他妈看出来。

秦炀想到他刚才掏出来的现金，问道："你自己存钱都存现金？"

"嗯，要是存电子账户和银行卡里，万一被我妈知道，我就悲剧了。"何晋无奈地耸了耸肩。

秦炀皱了下眉头，也猜到这个原因了，感觉现在气氛不错，进一步地试探道："上回游湖，你说你不想回老家，是因为你妈吗？"

何晋愣了愣，苦笑道："是啊……"

秦炀："你这么听她的话啊！"

何晋吸了口奶茶，失神地想，现在已经不太想听了，可就是不知道自己什么时候能蓄够反抗的勇气。

秦炀："一定要回去？"

何晋："我不知道。"

秦炀："我们这座城市挺好的，工作机会也多。"得知何晋就是阿晋后，秦炀就不是先前那番话了。

何晋心说，哪儿都挺好的，只要能跟他妈保持一点距离。

他也羡慕别人恋家，无论念书还是工作，总想着离家越近越好，回家有父母的嘘寒问暖，自己又能尽尽孝心……可他一想到自己家里那种诡异沉闷的气氛，想到他妈永无止境的喋喋不休和神经质的管制，就想逃，逃得越远越好。

"唉！再看看吧，还有一年，"大四下学期，他可以试着在市里找个实习工作，"或者一年半。"何晋说，"到时候再说。"

刷卡进了地铁，何晋才想起来："你还没说你要吃什么。"

秦炀："去复兴路吧。"

这是他们地铁换乘那一站，出去后有一片繁华的夜市，什么吃的都有。

两个人到了那儿，正值晚饭时间，人挤着人，上自动扶梯时何晋差点儿被挤趴下，秦炀站在他身后，眼疾手快地扶了他一把。

第七章

家园系统

就等你上线了

01

"站稳了。"秦炀小声提醒他。

他们出了地铁站,眼前灯红酒绿一片,一间间用透明帐子围起来的夜宵排档,亮着各种字符的电子招牌,老北京炸酱面、上海小龙虾、九州铁板烧、韩记石锅拌饭……

"你想吃啥?"秦炀问。

一瞬间,何晋感觉自己好像是和殇火在一起,站在皇城的长乐街上……他甩了甩头,冷静下来道:"是我请你吃饭,你挑吧。"

秦炀选了家做咖喱饭的,一人一份咖喱炸猪排饭,再加一份中华海草,何晋问他要不要喝酒,秦炀说不要,要喝碳酸饮料。

何晋笑道:"你怎么和小孩一样,喜欢喝碳酸饮料?"

秦炀挑眉:"为什么喝碳酸饮料的就得是小孩?"

何晋:"咳,我以为你会要啤酒。"

秦炀:"一半一半吧,人多的时候喝酒热闹,一两个人的话,心情不好时才会喝。"

何晋:"我以前也不喜欢,但上次跟你还有蒋社长吃饭,感觉喝得还不错。"

秦炀失笑,都喝醉了还感觉不错,看来这家伙也是个贪酒的。

秦炀:"那要不要来一瓶?"

何晋:"算了,又没什么小菜,吃个咖喱饭还点啤酒挺奇怪的……"

咖喱饭上来,香气十足,猪排炸得喷香酥脆,配冰爽的饮料也别有一番滋味。

两个人有说有笑地吃着,何晋看着秦炀吃东西的样子,看他拿饮料时手指捻动罐沿的样子,看他嘴角微微上扬的样子……

第七章 家园系统

他被那么多女生喜欢是有理由的,因为他不只是打球的时候帅,很多行为细节、眼神也充满一种年轻男孩特有的魅力。

吃完饭,外头天已经彻底暗了,气温也降了好几摄氏度,秦炀见何晋缩脖子,说了句"等我一会儿",也不等何晋回答就跑了出去。

何晋站在原地,见秦炀去了不远处的一家饰品店,以为他自己要买什么,没想到一分钟后,秦炀拎着两条一模一样的围巾出来了。

秦炀走到何晋面前,将一条围巾递给他,一条自己围上:"给,别着凉了。"

何晋拿着围巾,不知道该说什么。

他在纠结这条围巾是秦炀买了送给自己的还是借给自己的,一会儿要不要还。如果是借给自己的,秦炀为什么要买两条一模一样的?可若是送的,这年头有男生买围巾送给另外一个男生吗?

秦炀没给何晋继续纠结的时间,围上围巾就转身往地铁站的方向走去。

他们回到学校已经九点钟了,秦炀果然没再提围巾的事,何晋也没好意思说,想着等下次有机会再回礼。

侯东彦一见何晋回来就叫道:"哎哟晋哥,你总算回来了!快过来看这个视频!"

"什么视频?"何晋愣了愣,把围巾取下来塞进柜子就凑了过去。

侯东彦指着电脑屏幕道:"你的灵遇的直播视频啊,不过这次不是直播,是录制的节目。话说,这只雪貂是你吧?"

何晋看了屏幕两秒钟,脑门上的黑线下来了……

侯东彦摇着头道:"太虐了,真是太虐了……大神怎么能这么对你啊?!"

是啊!殇火怎么能把他被虐的视频放到网上去?!何晋气得想掀桌子,啊啊啊!

只见视频弹幕的画风也和以往截然不同——

"大神,你好残忍!"

"大神,你怎么下得去手?!"

就等你上线了

"求问雪貂到底是谁?"

"大神收灵宠了吗?好惨啊……"

"只有我一个人觉得带感吗?"

"是的,只有你一个人!"

"只有你一个+10086。"

…………

侯东彦:"大神跟你对战都这样的啊?我有点同情你了,晋哥……"

何晋郁闷地拿起手环要发消息给殇火问责,就听侯东彦突然道:"咦,前方高能?"

只见弹幕中出现了几条"前方高能""准备纸巾"的提示,侯东彦是个急性子,按捺不住地点了下快进键,屏幕中的画面突然切换到了雪貂翻着肚子卖萌的画面……

何晋:"……"

侯东彦:"……"

何晋敲着侯东彦的椅背,急着解释道:"这是雪貂的技能!是萌化的技能!"

侯东彦:"哦……"

说什么都没用了,晋哥,我已经无法直视你了!

02

对战视频的事把何晋的注意力一下子从秦炀身上转移到了殇火身上,原本掉节操仅限于二次元,现在却掉到了三次元,别说侯东彦无法直视何晋,连何晋自己都无法面对侯东彦了——他两年多来在室友面前塑造的伟岸形象啊……全毁了!

何晋抬着手腕给殇火发消息,想质问他"你怎么可以这样",想骂他"你太过分了",可是哪一句话都不足以表达何晋内心的崩溃之情。最后,无语问苍天的何晋只发过去一长串的省略号。

第七章　家园系统

殇火很快回复了："喜欢吗？"

何晋爆了句粗口。

——再好的涵养都无法阻止何晋爆粗口了，他现在只想冲到殇火本人面前狠狠地给殇火一拳泄愤。哦不，一拳是不够的，他也要像殇火在游戏里虐他一样，一遍一遍地虐殇火几轮才罢休！

可何晋想着"现实中的殇火"，脑海中却突然浮现出秦炀的身影，瞬间觉得惊悚了。肯定是他俩的声音太像，他才会这么想！

没有实体人物，何晋只能联想到殇火在全息游戏里的样子，可与那张面孔挂钩的不只是全服第一高手的头衔，还有何晋亲自体会过的强大气场和几乎无法战胜的实力……就算殇火站在那里让他打，他也打不过！

何晋那个郁闷啊，一下子瘫到床上，一种被欺负了的委屈感涌上心头。

如果只是一个陌生人，或者是普通的网友，就算对方杀他、虐他，再把这种视频放到网上，何晋也不会有这种复杂的情绪，可这个人偏偏是殇火。殇火的等待、赠予让何晋感动，可就在何晋觉得殇火会无条件地照顾自己、对自己好的时候，殇火突然给自己一刀，毫不留情地虐自己一顿，让自己感到难受、憋屈……

何晋自己都没发现，一个他认为只属于虚拟世界的朋友，其一举一动已经深深地影响到了现实中的他的喜怒哀乐。

手环"嘀"的一声，何晋颓废地抬起手腕，瞬间愣住了。

聊天软件上显示收到新消息："好友殇火给您转账 800 元。"

何晋一下子坐了起来，反复看了两遍，没错，的确是转账消息！

和许多社交软件一样，这款聊天软件也有转账功能，但何晋纳闷，殇火为什么要给自己转钱？

何晋发了个问号过去。

殇火："收益。"

何晋："什么的收益？"

殇火："今晚播出的录制视频。"

就等你上线了

咦？是对战视频的收益？对了，殇火是主播啊！观众会给他打赏的，殇火是因为内疚所以把钱都给自己当作补偿了吗？

呃，何晋感觉有点不好意思了。其实他也没那么愤怒，只是在不知情的情况下被利用，有点郁闷罢了……

好吧，其实是他没骨气地被对方分他收益的行为安慰到了。但何晋又一想，观众主要是奔着殇火去的，又不是奔着自己，而且他刚刚也看到了那个视频，殇火把他的信息都剪掉了，包括声音，所以除了侯东彦和逝水等游戏里的朋友，没有人知道雪貂背后的玩家是他。

这笔钱他还是不应该收吧？只要殇火跟他道个歉就行了。

这么想着，何晋就打算把钱给对方转回去，可手指刚一动，殇火就像是有读心术似的发来一句话："收着，别转回来。"

何晋："……"

殇火："不是补偿，是你应得的。"

何晋："可是太多了……"

如果殇火说的"应得"是指"出场费"的话，那意思意思给个五十一百的也就行了，一下子发 800 元，何晋哪儿敢收！

结果殇火回复："不多，我只给了你一部分，拿去当零花钱吧。"

何晋："……"

当晚何晋没上游戏，洗了澡躺在床上，想着殇火给自己转的那笔钱。

800 元只是殇火收入的一部分，那他一晚上应该会赚不少钱吧？何晋掐指一算，殇火一周播三次，一个月十二次，收入相当可观。

而反观自己，虽然考上了名牌大学，却还是可怜到没有一点经济自由，他开始感到自卑了。

就这么胡思乱想着，何晋失眠了一整夜，到凌晨五点才闭上眼睛。他再撑不住早起，一觉昏昏沉沉地睡到中午十一点。侯东彦还以为他的身体又出了啥问题，叫了半天，只听他迷迷糊糊地应了一声："别吵，让我再睡会儿……"

第七章 家园系统

侯东彦站在他的床前十分无语……

中午起来，何晋懒洋洋地去食堂吃了饭，回来后继续趴回被窝，把头盔一戴，躺着玩游戏，在侯东彦看来很有自甘堕落的味道。

殇火在线，篱落也在线，何晋一登录游戏，两个人同时发来消息——

殇火："上来了？"

篱落："阿晋，你来了！"

当然，行动派还是殇火，直接一个形影相随来到了阿晋的面前，脸上挂着欠扁的笑，下一秒钟就拉阿晋入了队，把篱落慢一拍的组队邀请挡在了后头。

篱落："啊，你怎么有队伍了？"

何晋手忙脚乱间想回复篱落，又听殇火说："逝水收了个灵宠，听说是你的朋友？"

阿晋："啊？"

两个人飞到彩凤岛继续做灵遇任务，殇火道："好像是一只熊猫。"

阿晋："……"

正说着，殇火就收到了某只熊猫的组队申请。篱落刚才邀请阿晋不成，便主动申请进入对方所在的队伍，殇火是队长，但还不知道熊猫的游戏名，见是个陌生人，直接点了拒绝。

03

篱落碰了壁，又锲而不舍地发私信给阿晋："怎么不让我入队啊？"

阿晋一个头两个大，只能先跟他聊："我刚上来，队长不是我……你这个点咋还没睡觉？"他可没忘记这人是个时差党，现在是国内下午一点，往前推八个小时，英国就是凌晨三点啊！

篱落："早着呢，我一般早上五六点才睡！"

好吧，还是个时差党中的熬夜党，都不知道他过的到底是哪国的时间了！

就等你上线了

没等阿晋问被逝水驯养的事，篱落就自己招了："对啦！阿晋，我被人驯养了，我的驯养主是一个超级牛的家伙，嘿嘿。他是全服排行榜上排名第四的大高手！"三区合并后，逝水从第二跌到第四去了。

阿晋心说：我知道我知道，你的主人是逝水嘛，就是那天下线前跟我说话的"隐形人"，没想到我走后你被他盯上了……

但是篱落这么兴奋，阿晋仿佛能看到他一脸"求崇拜"的模样，自己要是说实话，对方肯定觉得没劲儿，于是回复道："哇，好厉害！"

呵呵，他有种陪小朋友玩的感觉。

篱落："嘿嘿嘿，这种玩法真是太爽了，我的驯养主不但送了我很多东西，还带我升级，我现在已经是五级灵宠了！下次叫我的驯养主带你一起玩哈！"

两天升五级？虽然前面几级升起来容易，但逝水的速度还真快！

篱落："不过驯养主不在的时候我不能变身，有点麻烦。"

的确，何晋总觉得这是灵宠职业的一个天然短板，驯养主不在，没什么攻击力的灵宠就除了逛街、看风景啥都干不了了。

阿晋："他不在吗？"

篱落："他说今天要工作，晚上才能来，我一个人没意思，刚看你上来了想找你玩，你干吗呢？"

阿晋："我在做灵遇任务……"

篱落："我去，你结灵遇啦！"

阿晋："嗯……"

刚回完，殇火已经带他降落在了织女面前："你刚刚在做什么？"

私信也是通过冥想的方式发送的，何晋没想到殇火能察觉到他分心，忙道："我在回篱落的消息，就刚刚你提起的那只熊猫。"

篱落收到那个"嗯"字后，很识趣地再没发消息过来。

殇火眯了眯眼睛，道："话说回来，平时你上线后都是跟我在一起，哪里来的时间认识新朋友？"

不知怎么，殇火的语气让何晋感觉气氛不大妙，他赶紧把那天清晨的

第七章　家园系统

经历讲了一遍，对方的表情才缓和了些。

"你也采风铃草了？"殇火问。

阿晋突然"啊"了一声，他的包裹里才82棵风铃草，之后就碰上了竹妖和熊猫，还不够交任务的呢！

殇火："我也采了。"

阿晋："你采了几棵？"

殇火："99棵，够了。"

两个人交了任务，又接了新的任务，殇火却不急着做，直接问道："那只熊猫是不是想跟你玩？"

阿晋："嗯，但我跟他说了在和你做任务。"

殇火："你拉他进来吧，顺便叫上你那个朋友齐天大剩，我带你们去下一个副本。"

殇火要是不提起，何晋差点儿把答应侯东彦的事给忘了，一翻好友栏，见齐天大剩在线，心中一喜，赶紧发了私聊过去："在忙吗？殇火说要带你下副本。"

齐天大剩迅速回复："我刚下着副本呢，退队了，这就来，哈哈哈！"

阿晋："……"

说话间，殇火已经把九殿下、闲云、野鹤三个人拉进了队伍，阿晋也邀请了齐天大剩和篱落，几个人依次入队。

篱落："我去，怎么这么多人？都是谁啊？"

九殿下也一头雾水："咦，这是谁？"

阿晋介绍："篱落是我刚认识的朋友。"

齐天大剩则自己打了招呼："大家好，我是阿晋的朋友，嘿嘿，好多大神，膜拜膜拜！"

九殿下："哦，是阿晋的朋友啊，你们好，我是九殿下，你们可以叫我殿下。"

齐天大剩："殿下，久仰久仰，我在排行榜上见过你的大名！"

就等你上线了

篱落去翻排行榜了……

篱落翻完回来了……

篱落:"阿晋,你牛啊!这些都是你的朋友吗?"

阿晋这才想起抖包袱:"呵呵,这些都是水哥的朋友。"他还顺便把前天下线前碰到逝水的事说了,篱落才知道,让逝水发现自己的人竟然是阿晋!

队伍里一下沸腾了,野鹤道:"哇,原来是水哥收的灵宠!"

闲云:"欢迎欢迎。"

这儿却有一个人为此感到震惊和崩溃——

九殿下:"水哥竟然背着我找新欢!"

殇火:"我竟然不知道你是逝水的旧爱?"

九殿下:"无情,你这么毒舌会没人要的……"

殇火:"谢谢,我已经有灵遇了。"

九殿下:"滚!一个个都欺负我没人疼!"

齐天大剩:"呃,殿下,小的也是单身。"

九殿下:"不要把我跟你这个齐天大剩男相提并论!"

是"齐天大剩",不是"齐天大剩男"啊,侯东彦哭着去角落里画圈圈了……

殇火:"好了,不闲扯了,我们去下一个寻宝副本。队里有两个小号,九,你照顾一下篱落,闲云、野鹤帮忙关照一下齐天,我去开宝藏图。"

侯东彦听到"齐天"这个称呼,瞬间满血复活。看看,大神果然是大神,跟那个劳什子的殿下不一样!

九殿下显然对这样的安排不满意,嚷嚷道:"为什么我要照顾那小子啊?"

殇火:"感觉你挺喜欢他。"

九殿下:"你哪只眼睛看见我喜欢他了?!"

篱落也很不爽:"哼,老子也不稀罕你喜欢。"

众人:"……"

第七章　家园系统

很好，两个人这才第一次见面呢，牛皮已经吹出去了，阿晋有点为逝水之后的立场感到担忧……

片刻后殇火道："仙界临渊城集合。"

一行人到了临渊城城门口，等了半天都没见到篱落，九殿下不耐烦地道："那小子人呢？"

篱落回复了一句："咦，临渊城是在仙界？我说怎么找了半天没找到……"

众人汗颜……这小子是来搞笑的吗？阿晋想起他没有坐骑，赶紧问："要我去接你吗？"

篱落："不用不用，驯养主送了个坐骑给我，我自己飞上去，再等我一下！"

几个人继续在城门口站街，等着等着，空中突然飞来一列玩家，在离城门不远处下了坐骑。那队人个个器宇轩昂，穿着的服饰一看就是高玩，而其中最为亮眼的是一个身穿黑金盔甲的男子身边的白发女子。

并不是白发女子长得美，而是这个人看起来很眼熟，而且不只阿晋一个人瞅着那个方向，九殿下、闲云等人也在看她。

"咦，依依？"直到身边的九殿下惊呼出声，阿晋才恍然惊觉，那个染了白发的人不正是殇火的徒弟落花依依吗？！

04

阿晋想：莫非簇拥着落花依依的那群人也是九殿下和殇火的朋友？

可是看起来并不像，因为那些人仿佛没看见他们站在这里，除了那个黑金盔甲男——那个人还远远地抛过来一个挑衅的笑。

城门是进入临渊城的唯一入口，两队人注定会狭路相逢。眼看那群人慢慢靠近，阿晋以为落花依依会跟他们打个招呼，但她没有，而这边除了九殿下，队里也没人跟落花依依打招呼。

气氛显得格外尴尬，连不明就里的齐天大剩都察觉出来了，偷偷扯着

就等你上线了

阿晋问:"他们是谁啊?"

阿晋没能分心回答,因为落花依依在经过他身边时,用一种可以说是恶狠狠的眼神瞪了他一眼,然后又无比幽怨地看向殇火,最后擦肩而过……

阿晋被那个眼神看得汗毛直竖,直到野鹤也纳闷地反应过来:"呃,刚才那个人是落花?"

闲云:"你的反应好迟钝……"

野鹤:"她怎么了?"

看来闲云、野鹤是两个不太关注八卦消息的人。

九殿下:"我也想问,她怎么跟冰激凌在一起?无情,你跟她吵架了?"

殇火:"没有。"

野鹤:"那是怎么回事?她怎么不理我们了?"

其实除了他们,先前落花依依在一区也跟别的高手玩,所以闲云、野鹤倒不是那么在意她和谁在一起,只是被无视的感觉有点不爽。

一群人一脸蒙,搞得阿晋也有点奇怪:"是不是有什么误会?"刚才落花依依的那个眼神让他感觉自己被深深地讨厌了,但他好像没做过什么对不起妹子的事吧?

阿晋看向殇火,见他一脸肃然,猜他肯定知道点儿什么。九殿下似乎发私信去问落花依依了,但没问出原因,顿时有点心不在焉:"奇怪,依依是不打算跟我们混了吗?"

两秒钟后,视线左下角突然浮现一条小喇叭消息——

[喇叭]哥本冰激凌:"本人将于今晚八点与落花依依在仙界临渊城举办结灵礼,欢迎各方友人、非友人前来参加,凡到者必有礼!"

《神魔》中的小喇叭是凌驾于世界频道的存在,也是除官方公告条之外唯一一定能让全部游戏玩家看见的信息,它不需要玩家冥想就会自动跳出

第七章 家园系统

来挂在那里，持续十秒钟。

看到这个消息，不止何晋他们这一队人，全部游戏玩家都惊呆了，世界频道再次陷入沸腾状态——

［世界］蒲公英："年度大戏来了！哈哈哈！"

［世界］凉冬："落花依依投敌了！他们师徒彻底撕破脸了吗？"

［世界］秀山："越来越精彩了，期待两个月后的对战！撕起来！"

［世界］拔丝电波："冰激凌捡无情的破鞋啊？"

［世界］暗影："晚上八点的婚礼，看热闹的组队！"

［世界］塔尔塔洛斯："组队加我一个！"

…………

因为那条喇叭消息，何晋难得地去看了一眼世界频道，就看到了玩家们说的这些话，愣了愣，捕捉到两个关键词——"师徒撕破脸""无情的破鞋"。

呃……

想到落花依依刚才看自己和看殇火的眼神，何晋顿悟了。难道殇火和落花依依以前真有暧昧关系，而自己的出现破坏了他们的感情？否则落花依依干吗用那种眼神看他呢？……

十秒钟过后，喇叭消息消失，哥本冰激凌又刷了一条，接连三条后，篱落才姗姗来迟。他骑着一只青色的麒麟兽，一个急刹车停在了众人面前："哎呀，我找了半天，刚刚又跑错了……"

九殿下正为落花依依要嫁人的事郁闷呢，现在又看见这个让他第二郁闷的罪魁祸首，本能地想奚落两句，却听篱落道："这个发喇叭消息的傻子是谁啊？烦死人了！"

九殿下："……"

虽然不太想承认，但现在他看这小子好像顺眼多了……

"咦，好像有点眼熟。"不久前刚看过排行榜的篱落惊讶地道，"我去，原来又是一个大神啊，晚上结灵？看热闹去吗？"

九殿下：这小子果然还是很讨厌！

就等你上线了

他们是来下副本的,不是来讨论八卦消息的,篱落一到,殇火就带队去了临渊城附近的悬崖。

寻宝副本顾名思义就是寻找宝藏,它和主要以杀怪为主的炽狱除魔副本不同,是侧重智力探险和剧情的,而且这个副本才70级,即使有怪也比较容易击杀。

至于宝藏,自然是能提升装备能力的宝石和各种技能卷轴,所以,这个副本非常受70到90级玩家的欢迎,齐天大剩和阿晋的等级正好在这个区间,很适合玩。

到了悬崖边,殇火简明地指示道:"跳。"

"跳?跳崖吗?"篱落大叫。

阿晋也纳闷:"要用坐骑吗?"

殇火:"不用,直接跳。"

只见闲云、野鹤两个人二话不说,收起背后的翅膀就跳了下去,而已经下过这个副本的齐天大剩也毫无疑问地跳了,九殿下则抬起一脚,踹向正在悬崖边徘徊的篱落,在惨叫声中坏笑着紧跟而上。

悬崖边只剩下殇火和阿晋,殇火问:"怕?"

的确,如果只是键盘网游,那就是按一下前进键的事,但全息模式中一切景象看起来都格外真实,包括这深不见底的悬崖。

何晋不恐高,所以倒不是怕,但他从来没跳过崖,也没玩过蹦极,所以还是要做一下心理建设的。

可就在阿晋犹豫之际,殇火突然上前抱住他,身子一倾斜……瞬间的坠落感使阿晋惊叫了一声,本能地搂紧了殇火。

五六秒钟后,两个人跌入了一团迷雾之中,殇火在他耳边解释:"用坐骑是飞不下来的,迷雾会直接把玩家弹上去……"接着,坠落的速度越来越慢,待迷雾散去时,他们已经缓缓降落在了崖底。

篱落看见殇火抱着阿晋下来,惊道:"你们……你们……"

九殿下把玩着手中的箭,用箭尾轻轻敲了一下篱落的脑袋:"他们是灵遇。"

第七章　家园系统

篱落抱头怒瞪了九殿下一眼，又去看阿晋……阿晋……阿晋居然是女的？！

齐天大剩背过身，不忍直视他的直男室友。

悬崖底部是一个狭长的深谷，黑幽幽的，看不见尽头，殇火带队往里走，没走多远他们就看见地上躺着一个状态虚弱的老人，穿着一身破布衣服，有气无力地喊着："救命……救救我……"

"那儿有个人！"篱落三两步跑上去，化身好奇宝宝，"这是玩家吗？老人家也玩全息啊？跳崖时摔到了吗？"

九殿下："那是NPC！"

05

野鹤也忍不住喷笑道："逝水这是从哪里找来的宝贝？怎么什么都不懂？"

同样不懂的何晋非常庆幸自己用沉默掩盖了无知……他刚才也以为那个老人是个玩家。

篱落一脸郁闷地道："我第一次下这个副本，当然不知道！"

治疗师闲云先施法救治了NPC老人，接着笑着问篱落："这个游戏你玩多久了？"

篱落："嗯，全息前一个礼拜开始玩的？差不多十五天吧。"

九殿下问道："十五天？你以前没玩过？"

篱落："是啊，放假才开始接触的，头盔也是前两天才拿到，从国内空运过来花了三天。"

众人惊呆了，那这小子升级也太快了吧！何晋记得他当初升29级都跟殇火玩了两三个月呢，但《灵仙》时期的确升级慢，改版后前面三十多级升起来就快了许多。

九殿下嗤笑道："那你的运气也真够好的，玩了没几天就认识了水哥。"

话说到此处，几个人就见那个NPC老人爬了起来。他扫了众人一圈，

就等你上线了

颤颤巍巍地道:"年轻人,你们既然已经到了这儿,便是来寻宝的吧?但这个山谷地势险要,机关重重,进去后九死一生……看在你们救治我的分儿上,我这儿有一份寻宝地图赠予你们,能不能寻到宝物活着出来,就看你们各自的造化啦……"

篱落:"九死一生?这老头说得好危险!"

"一会儿你跟住九,只要别乱跑就不会死。"殇火叮嘱了一句,接过NPC手中的地图。

篱落:"那我要是死了呢?"

殇火:"回去告诉你的驯养主,他会帮你报仇的。"

篱落:"好吧。"

九殿下:"……"

殇火打开寻宝地图后,所有人的眼前都出现了地图内容,上面显示着一个八边形,图形内还有几个闪烁的红点。

"是八卦地形,"殇火道,"大家跟牢了,这种地图容易迷路。"

九殿下没好气地对篱落道:"跟牢了!听见了吗?!"

篱落朝他做了个吐舌头的鬼脸,九殿下无语地看了篱落一眼。

一行人继续往里走时,因为阿晋的雪貂形态移动和反应速度更快,殇火直接让他改变了形态,对此大家都习以为常,唯有篱落和齐天大剩露出了惊讶的表情。

齐天大剩知道阿晋是殇火的灵宠,却是第一次看到殇火让他变身。至于篱落,则对突然出现的小萌物产生了极大的兴趣……

"哇!阿晋你的原形好可爱!"篱落凑过去想摸,殇火却在这时念了句"亲热",雪貂阿晋撒开四爪,当着一群人的面蹿到了殇火的脖子上,开始控制不住地蹭他……

齐天大剩在心里大喊:"救命!我的眼睛!晋哥,你怎么能这么没节操啊?!"

何晋已经不想解释什么了……

篱落愣了一会儿,突然反应过来:"咦,阿晋,你的灵遇也是你的驯养主吗？这是怎么做到的？"

殇火道："你去吃个幻化丹，幻化成女孩子，也能拉你的驯养主去结灵遇。"

篱落："……"

齐天大剩：原来晋哥当初就是这么骗到大神的吗？

一行人进入密道后，眼前出现了一个梯形空间，正如八卦地图中所显示的那样，不过空间非常大，空荡荡的。阿晋正好奇地打量，就见到了不远处的角落里堆着的积灰箱体。

"啊！那儿有宝箱！"篱落的注意力也被箱子吸引了，他当即迫不及待地想过去。

九殿下大叫了一声："别乱跑！小心有机关！"

来不及了，篱落已经冲出两米远，只听"嗖嗖"几声，不知从哪里飞出一片暗箭！

篱落膝盖中箭，"扑通"一声跪地。除了篱落，所有人在那一瞬间趴倒，不明状况的阿晋被殇火整个揉进了怀里。因为他现在是雪貂的体形和视觉，被殇火搂着压住，只觉得气都喘不过来了……

暗箭过后，众人纷纷起身，九殿下抓着篱落的后衣领教训："说了叫你别乱跑！"

篱落挨了训，默默地低头把膝盖上的箭拨了，见自己掉了半管血，满脸都是委屈的表情……他想变熊猫，熊猫的行动速度快。唉，为什么他的驯养主现在不在呢？

野鹤笑着帮篱落解围："估计也是个见钱眼开的，看见宝箱就往那儿冲！"

闲云赶紧施法给篱落回了血，安慰道："没事，第一次不知道很正常。"

野鹤："是啊，我跟我哥第一次玩这张地图的时候也在这儿被射成了筛子，直接挂了。你运气好，只是膝盖中了一箭，才没死。"

篱落泪流满面……

就等你上线了

殇火提醒道:"看头顶,根据上面倒映的路线走。"

阿晋一抬头,果然见头顶的石壁上有一条荧光显示的路线,通往宝箱的位置。几个人排成一排,篱落被推到中间,因为刚才吃了亏,之后他安分了许多。

众人来到宝箱前,齐天大剩主动开始分析哪个箱子最有可能开出宝贝。他和他的朋友下这个副本的时候都很小心,否则运气不好,箱子里开出一个大怪,他们就悲剧了。

结果殇火直接一声令下:"篱落、齐天别动,其余人开箱。"

齐天大剩:"……"

八个箱子,一下子开出了七个怪,每个怪都逮着开箱的那人打,换作齐天大剩平时的队伍遇到这样的情况,早就全灭了,可这几个人以一敌二,切菜似的"唰唰唰"几下就把怪干掉了,连雪貂晋都身姿灵活地杀死了一个!

侯东彦暗道:果然是大神的队伍,实力不可小觑啊!

第一个宝箱里开出了三块低阶宝石,分别是增加各项属性的紫水晶、石榴石和烟晶,宝箱里的宝物和打怪掉落的东西不一样,是由队长分配的,殇火把紫水晶和烟晶给了齐天大剩。

齐天大剩不好意思地道:"怎么都给我了?你们不要吗?"

闲云解释道:"我们装备上的石头都打满了,用不到这些。"

野鹤:"是啊,主要是陪你们下本,除了全息后新出来的一些技能卷轴,其他东西都给你们吧。"

齐天大剩感动不已,这些石头就算自己用不到,卖钱都能卖几百金甚至上千金,大神们果然都是"土豪"啊……

殇火把最后一枚增加力气的石榴石分给了篱落:"回头你把这块石头给逝水,他会教你怎么用的。"

"嗯!"篱落开心地收了起来。

第七章　家园系统

众人开完全部宝箱后，空间内会自动出现前往下一个密室的通道，几个人也不用再寻找什么机关，直接走了进去。等所有人都进入后，身后的通道门"啪"的一下关上了，小心翼翼地跟在后头的篱落差点儿被那块石板夹住，只得扑过去抱上了九殿下的后腰，两个人又开始斗嘴了。

齐天大剩记得这个密闭的小空间，问道："是不是要爬楼梯了？"

"啊？爬什么楼梯？"野鹤纳闷。

齐天大剩："等五分钟后，这里不是会出现一个很长的楼梯，让玩家爬上去，然后才能到另外一个房间吗？"

野鹤："不用啊……"

九殿下："直接把墙壁打通就可以了。"

齐天大剩："……"

说着，几个人就用所有的输出技能往墙上招呼，这堵墙也不会反抗，只是血厚，何况打它的全是满级和接近满级的大神玩家，没一分钟它就倒下了，地上还随之出现了一个闪闪发光的包裹！

齐天大剩汗颜，原来这堵墙是一个怪啊。想起之前他都跟自己那群朋友傻乎乎地等五分钟，楼梯出现后再爬五分钟，才能翻墙到另外一个房间寻宝，他就觉得无语……他们和大神们玩的是同一个游戏吗？

墙倒后掉落的包裹是每个人都能捡的，但里面的东西不怎么稀奇，不过是七八十级能用的装备。

放宝箱的房间就在眼前，众人如法炮制，打开了所有箱子，杀了所有怪,.轻而易举地得到了四枚宝石、一本食谱，外加一个棍师职业用的极品武器。这个武器自然给了队伍中唯一使棍的齐天大剩，他如获至宝，当下换掉旧的，对殇火越发感激。

接着第三、四、五关，众人也都不费吹灰之力地过去了，虽然越往后难度越大，主要体现在怪的等级上，但在大神眼里也都不是难事。

齐天大剩以前和朋友下这个副本，最多闯到第五关，得到的宝石和装备就够他们乐一晚上了，现在竟然到了第六关！

哈哈哈，他兴奋地想，回去跟他们有得吹了……

就等你上线了

进了第六个房间,几个人来到宝箱前,殇火道:"你们一直没开过箱子吧?现在可以开了。"

篱落:"不会有怪吗?"

殇火:"没关系,有我们。"

是啊,有闲云在,就算死了也可以复活嘛。篱落看着他们一路开箱子,早就羡慕得不行了,现在听殇火这么一说,赶紧摩拳擦掌地上前……说不定第一个开出来的就是宝贝呢,嘿嘿嘿!

箱子不重,他轻而易举地就打开了,箱子里面突然蹿出一个黑影怪,篱落吓了一跳,本能地想躲,不料那个怪浮在空中道:"机智的少年啊,让我来考考你。一元钱一瓶汽水,喝完后两个空瓶换一瓶汽水,那你如果有二十元钱,最多可以喝几瓶汽水?"

没想到还有这种"箱怪"的齐天大剩和阿晋都蒙了。

篱落也是目瞪口呆,愣了愣,赶紧掰着手指头算。阿晋也快速算了起来,应该是四十瓶?不过,是不是只有篱落能报答案?

篱落没求助他们任何人,算完后信心十足地道:"三十六瓶!"

箱怪:"回答错误!看招!"

众人:"……"

然而,这只箱怪的话音刚落,都来不及发招,就被殇火、九殿下等人一拥而上,三两下解决了。

"你……你这傻子……"箱怪临死前看向篱落,捂着胸膛道,"答案是……三十九瓶!"然后他吐出一口老血,挂了。

篱落参着毛道:"这怪还嘲笑人啊!"

同样在心里算错的侯东彦舒了口气,还好刚才自己没主动上去卖蠢,否则就要被系统怪给嘲讽了,太丢脸啊太丢脸!

没想到接着殇火就道:"齐天也试着开一个吧?"

第七章　家园系统

06

　　齐天大剩硬着头皮上前，在心里双手合十地默默祈祷：阿弥陀佛，千万不要是怪啊！就算是怪也不要是刚刚那种箱怪啊！就算是箱怪也不要出刚才那种数学题啊！就算出了那种数学题也最好是自己答得对的啊……做好万全的心理准备，齐天大剩蹲下身打开了箱子，却见眼前金光一闪——宝……宝箱！

　　殇火："运气不错啊。"

　　九殿下："是啊，竟然在第二个就开到了宝箱！"

　　连齐天大剩都被自己的手气吓了一跳，愣了半天才反应过来……瞬间流下了激动的泪水！

　　下一秒，世界频道就闪出了一条公告——

　　［公告］玩家齐天大剩在迷踪寻宝中获得了1颗青金石、1张隐咒符！

　　九殿下叫道："哟，还上电视了！"

　　在宝箱中如果出现了稀有材料和符咒，系统会把开箱人的名字发布在世界频道上，但即使如此，这些宝贝还是由队长分配的。除了频道公开的青金石和隐咒符，箱子里还有其他的宝石和卷轴，但这些比较常见。殇火主动问齐天大剩："这块青金石能不能给我？"

　　齐天大剩这一路下来受了不少恩惠，能上电视也是大神团队的功劳，这会儿他的好友信息栏已经闪起来了……他感谢都来不及，对大神的这点儿要求，绝对没有异议！

　　"可以可以，大神你想要什么就拿好了，不用问我！"齐天大剩道。

　　殇火把青金石收入囊中，闲云问道："你研究出青金石的用处了？"青金石是全息后出来的新材料，他记得上回下除魔副本时也掉了一块，也是殇火捡的，但当时见这块石头属性神秘，他们也没研究出来能干

就等你上线了

什么。

殇火"嗯"了一声，道："到时候给阿晋磨爪子。"

阿晋："……"

众人：上了电视的稀有材料竟然拿去给一只雪貂磨爪子？大神你好有钱！

闲云点头道："哦，那看来我们是用不到了，以后见到给你留着。"

殇火道了谢，又听齐天大剩问道："这个隐咒符是干什么用的？"

这次是闲云出面解释："看了隐咒符后，使用咒术和读条类技能时就不用再把咒语念出来了，直接在心中默念就行。"

除魔副本中闲云就得了一张，当天就摆脱了大声念咒的羞耻感。

阿晋一听，心说难怪今天下本都没见闲云念咒！

齐天大剩："哎呀，我是棒棍系职业，不用念咒，这玩意儿我也用不上啊，给你们吧。"

殇火道："给逝水留着吧，他是咒术系的，我好像还没见过他用隐咒符。"

既然第二个就是宝箱，众人就不用继续开别的箱子了，因为杀箱怪的经验不多，也不会掉什么好东西，众人把剩余的箱子全部摧毁后，继续向下一关挺进。

只有篱落还闷闷地说："我咋算都算不出三十九瓶，最多三十七瓶……"

九殿下："天哪，你还在想那个问题啊？"

野鹤："哈哈，别想了，算对了也没用！"

篱落："为啥啊？如果我刚才回答对了，那个箱怪会自己消失吗？"

九殿下："你真是太天真了，箱怪怎么会自己消失？他会继续问你下一个问题……"九殿下不由得想起他们第一次组队来下这个副本时遇到的一个箱怪，当时开箱的是闲云，闲云站在箱怪前一连答了十几道题目，什么脑筋急转弯啦，古诗词对答啦，还有解棋局的啦，简直智商开挂……但最终，大家还是忍无可忍地把那只话痨箱怪给砍了！

阿晋和齐天大剩听了也很无语，难怪刚才没一个人出来解围，敢情大

第七章　家园系统

家懒得算啊。

篱落呆了一下，把他俩的另一个疑惑问了出来："那为什么你们还等我做题，不直接把他杀了？"

野鹤道："队长想让你体验一下呗，是吧，无情？"

殇火："嗯。"

篱落继续吐露他的心声："我去！你们太坏了！"尤其是那个排名第一的队长，看着那么一本正经，但第一个提议让他开箱的就是这个家伙！

齐天大剩也点头认可篱落的评价，想不到大神们的内心都这么调皮。

篱落"嘿嘿"一笑，眼中闪过一丝精光："不过我喜欢……"

齐天大剩："噗……"

这次九殿下难得没跟篱落抬杠，拍拍他的肩道："喜欢就学着点儿。"

殇火道："不用跟我们学，跟你的驯养主学就够了，我们这么多人中，使坏的本事最炉火纯青的就是他。"

篱落："……"

和所有副本一样，迷踪寻宝也有一个最终 boss，他们抽到了八卦地图，所以这个最终 boss 也会在最后一关，即第八个梯形空间出现。

最后一个房间出现在众人面前时，里面只有一个宝箱，但这个宝箱比之前的房间里的箱子大了好几倍，差不多有半人高！

九殿下等人到了箱子附近，正想挑个倒霉蛋去开箱，就听殇火道："阿晋去吧。"

除了篱落和齐天大剩，其他人都是一脸狐疑的表情，仿佛在问：你确定？

殇火把阿晋变回了人形，轻轻拍拍他的背："别怕。"

阿晋也有点纳闷。他不是没看到旁人的表情，心道这个箱子里肯定有蹊跷，别看它大，说不定里面不是宝贝，而是 boss！

阿晋猜得没错，箱子里正是 boss，但是他再怎么防也没用，因为开箱的一瞬间，这个箱怪最终 boss 会发出致命一招，使开箱的玩家瞬间被

就等你上线了

击毙！

所以阿晋死了，短短十来秒钟的时间，雪貂就变成了雪貂尸体……

只有篱落在阿晋死时紧张地大叫了一声："阿晋——"

众人叹气、摇头，居然让自己的灵遇去送死，无情啊无情，真是太无情了。

然而，就在阿晋扑街后两秒钟，那个刚从箱子里跳出来的狂躁boss居然也跟着扑街了，众人还没来得及发招，就看见他的血条直接见了底！

紧接着，阿晋就复活了，脚边还出现了boss死亡后会掉落的金红色包裹！

阿晋都没反应过来刚刚那一瞬间发生了什么事……以命换命？然后殇火瞬间复活了他？

众人也都目瞪口呆："这……这是怎么回事？"

殇火在队伍频道里发了一样物品信息："灵遇之报仇雪恨券。"

几个人把视线放到那个字上，券的信息就浮现了出来："特殊用品，使用该券能使杀死灵遇的敌人瞬间暴毙，仅能在灵遇死亡状态下生效。"

殇火道："我就试试这玩意儿好不好用。"

众人："……"

野鹤羡慕道："这玩意儿是哪里来的？"

殇火："秘密。"

众人："……"

阿晋一头黑线，这是他们做隐藏灵遇任务时其中一环的奖励，一共才两张，殇火有一张，他自己身上也有一张。没想到殇火这么轻易地就用掉了……不过想想也对，好像也就boss值得用了。

眼见boss倒了，大伙儿也乐得轻松，没心思继续问，赶紧上去捡包裹！

世界频道再一次闪出几个人通关副本的新闻，同时还有他们摸到的好东西。篱落运气极好地摸到了灵兽潜能卷轴。他想到之前在杀竹妖时从阿晋手里要过一次潜能升级卷轴，这会儿便大方地把灵兽潜能卷轴当作还礼给了他。

阿晋:"为什么要给我,你不要?"

篱落用神秘兮兮的口吻道:"这对咱们灵宠来说可是特别好的东西,你拿着,以后别人问你要,你可别稀里糊涂地给掉了!"

阿晋明白了篱落的意思,笑道:"没关系啊,可以再刷的嘛。"

"这玩意儿很难刷的!给你吧,你快打开看,完了就能加潜能星星!"篱落苦口婆心地说完,拍了拍自己的包裹,豪爽地道,"而且你的驯养主也分了很多宝石给我!"

阿晋:"……"

07

出了副本,齐天大剩便离队去找他的朋友了,而已经熬夜到凌晨的篱落也开始犯困,说等睡醒了再上线,转眼就消失在了众人面前。

九殿下疑惑地问道:"这就是水哥找的灵宠?他到底看中这小子哪个地方了?"

闲云猜测:"可能是和我们相似的气场?"

九殿下无语:"他有气场这种东西吗?"

殇火:"那要让你选个队友,你会选篱落还是齐天大剩?"

九殿下眯起眼睛想了想:"还是篱落吧。"

阿晋奇怪地问:"为什么?"

九殿下:"感觉大剩男的存在感有点低,我对他的印象还停留在他叫我的那声'殿下'。"

阿晋默默地给齐天大剩点了根蜡烛……

野鹤问大伙儿接下来有什么活动,九殿下突然想起来,问道:"依依到底是怎么回事?她怎么和冰激凌在一起了?"听他一问,几个人也都凑过来,齐齐地看向殇火。

就等你上线了

殇火沉声道:"这是她自己的决定。"

没错,他还没告诉众人自己不打算接纳落花依依入战队的事,她就要跟哥本冰激凌结灵了,他们各自的立场已经一清二楚,无须再说。

殇火扫了大伙儿一圈,问:"你们觉得我跟落花的关系怎么样?"

野鹤:"挺好的啊,没吵架吧?"

九殿下:"比我跟她好!"

只有闲云听出了殇火问题的关键:"正常关系。"

九殿下摸了摸下巴,原来殇火问的是这个。"我觉得依依挺喜欢你的,"他的手一顿,看向殇火,"她是因为阿晋离开的吗?因为你心有所属,她一夜白发,伤心离去?"九殿下捂住胸口,心碎地道,"喔,我的依依,为何你要这么傻?你本可以有更好的选择……"

"你慢慢演,我们先走了。"殇火说了一句,把阿晋变成雪貂后抱在怀里,振翅飞离。

闲云、野鹤也受不了地摆手道:"先下线了,睡个午觉吃个晚饭,晚点儿再来。"

殇火带着阿晋飞向彩凤岛,继续未完成的灵遇任务,阿晋忍不住问道:"落花依依跟冰激凌结灵真是因为我?"

殇火把雪貂搂在怀里:"瞎想什么?跟你无关,是她自己的原因。"

虽然殇火这么说,但何晋觉得那不过是安慰的说辞……

落花依依的态度,也让何晋的心情跟着沉重起来。

游戏而已,为什么一定要牵扯这种感情问题呢?

何晋有点迷茫了。

他已经被这个游戏影响得太多太多,此刻内心非常挣扎。

两个人到了彩凤岛,接了任务,殇火让人形的阿晋放出烈焰穷奇,又要扶他上去,被阿晋推开了。

殇火看着他问:"怎么了?"

第七章 家园系统

阿晋做了个深呼吸，道："殇火，我有话对你说……"

殇火的表情严肃起来："嗯，什么话？你说。"

阿晋握紧双手，闭上眼睛，又睁开道："其实……其实，我是男的。"

殇火愣了愣，面上没什么表情："哦。"

阿晋：他就一个"哦"吗？

秦炀想不通何晋为什么要选在这个时候坦露性别，这让他觉得有点莫名其妙。

阿晋没有看殇火，还好两个人的身高差了很多，即使他不低头，也不用跟对方对视。

只见殇火蹲下："我知道，但我并不在意你的真实性别，我们不是说好……"——说好游戏归游戏吗？

但阿晋没等他说完就后退了两步，脱口而出道："但是我在意！"

殇火怔怔地看着他，眼睛里有种何晋看不懂的东西……

阿晋深吸了一口气，心平气和地解释道："因为我也是男的，所以你有时候靠近我，会让我觉得不习惯……"

殇火挑眉："你讨厌我？"

阿晋点点头，又摇摇头："不是……"

殇火继续逼问："既然说了游戏归游戏，游戏里的灵遇做任何动作都是符合游戏设定的，你不喜欢，为什么一开始要答应我？"

阿晋支支吾吾地说："对不起，我想得太简单了。"

殇火冷冷地道："所以你到底想说什么？是要告诉我，你无法继续扮演我的灵遇了？"

阿晋："……"

殇火看上去有点生气，浑身散发出一股慑人的气势，尤其是那双眼眸，里头仿佛燃烧着两簇能把人点着的火焰……

阿晋开始后悔对殇火说了这些，但不说又不行。

"对不起……"阿晋低下头。他想说的是：我们解灵吧，我会把你给我的一切东西都还给你，我们可以像逝水和篱落那样，只维持驯养主和灵宠

就等你上线了

这一层关系,也可以继续一起玩,但是不要再做灵遇了……

可"对不起"这句话话音刚落,殇火就突然上前一步打断他,黑着一张脸说:"你休想。"

尽管系统设了限制,禁止殇火做出更为夸张的举动,但何晋还是感觉大脑像是被炸了一样乱成一团……

他猛地滑开眼罩,强行退出了游戏!

何晋摘掉头盔,用被子裹紧自己,闭上眼睛平复着呼吸……

而在同一幢楼的另一个房间里,秦炀也几乎在同一时刻摘掉了头盔,将其重重地搁在写字台上。他一脸阴郁地抓起手环,快速地给何晋发了条消息——

殇火:"又跑?"

秦炀一屁股坐在台阶上。

他讨厌我吗?为什么他现在才说?……

手环闪了闪,是何晋回复的消息——

阿晋:"对不起,殇火,我想冷静一下。"

秦炀看了,没再回复……何晋啊何晋,你到底在想什么?

不过秦炀没有颓丧多久,回到宿舍平静了一会儿,用手环给何晋发了条消息:"买了新球拍不打算试试?有空吗?要不要一起去打球?"

这条短信他是以秦炀的身份发的,而非殇火。

十来分钟后,他才收到回复,何晋答应了。两个人约在楼下见面,秦炀赶紧换了运动鞋下楼。

何晋比他快一步,倚着透明的玻璃门站在那儿,肩上背着昨天买的那个球拍。

秦炀脸上带着笑容走过去:"去网球场?"

"嗯。"何晋扯出一个牵强的笑容,神情暗淡,脸色不太好,一路上没怎么开口。

秦炀:"有心事?"

第七章　家园系统

何晋连忙摇头："没什么，就是昨晚没怎么睡好。"

秦炀："哦，是不是最近太晚睡，生物钟被打乱了？"

何晋："不是的，跟晚睡没关系……"

秦炀心里也有一股气，不想跟何晋多说话。到了网球场，他主动邀请何晋去空的比赛场地，而非新手练习区。

一个月以来，秦炀也就教过何晋一两次对打的规则和手法，包括发球和简单的回击。

何晋以为这次也是这样的，秦炀会让着他，陪他练习练习，不料两个人进了场，秦炀就问："要不要来场认真的比赛？"

何晋："啊？"

秦炀掂了掂球拍，笑着道："我不放水，你感受一下。"

何晋有点蒙，但他没见过秦炀跟别人打比赛，也想见识一下，想着自己总不至于一个球都接不到，便点头答应了。

第一局何晋发球，中规中矩的打法，却被秦炀一个猛力抽击打了回来，球速快得何晋根本捕捉不到，只感觉有什么东西箭一样擦着他的耳郭飞到后面去了！

何晋的心跳有点快，他平静下来发了第二个球，但也是一样，秦炀回了个刁钻的高吊球，何晋一心急倒退着往后赶，差点儿摔跤，都没能接住球……

第三个、第四个、第五个，切球、削球、内旋……眼花缭乱的球技都快把何晋打木了。

轮到秦炀发球时，何晋输得更惨，别说回球了，他的球拍连球都碰不到一下！

这就是一场高实力选手对新手菜鸟的虐杀，何晋满场无头苍蝇似的跑了半天，想认输，秦炀却坚持打到六比零才结束。

最后何晋抱着球拍蹲在地上，出了一身汗，气喘吁吁的，游戏里、现实中，迷茫得不知身在何处。

秦炀绕过球网走过来，一双笔直的腿、蓝白色的运动鞋，在距离何晋

就等你上线了

半米处停了下来。

何晋抬头看他。背着光,何晋看不清楚他的表情,冬日的太阳明晃晃的,有点刺眼。

秦炀看着何晋一副快要哭出来的样子,扯着自己的衣领擦了擦下巴上的汗,笑着问:"干吗啊?搞得像是我欺负了你一样。"

08

何晋也不知道这算不算欺负,但在场上这样飞扬跋扈、毫不留情的秦炀,莫名地让何晋想到了殇火——那个在神魔竞技场里一次一次虐杀自己的魔尊……

两个人一样无法匹敌,太过相似。

何晋感觉心里酸酸的,这比身体上的疲惫更让他难受,可他又觉得自己活该,因为亏欠了殇火,所以现在被秦炀吊打,反而有种赎罪一般的释然。

他垂下头,过了一会儿,只见秦炀把球拍放在他身边,转身走掉了。

何晋突然有点恐慌,视线紧跟着秦炀的背影,猜他要去哪里,但秦炀只是去了不远处的自动饮料贩卖机。

秦炀买了两罐碳酸饮料回来,抛了一罐给他,然后蹲下身,长臂一撑,在他的身边坐了下来。

何晋摸着冰凉的罐壁,一动不动。

秦炀轻松地拉开拉环,仰着脖子大口喝着,喉结滚动,脸上、脖颈上的汗液还未干,潮湿地闪着光,显得很帅。

两个人就这么默默地坐着,秦炀也没开口说话,微蹙着眉头,似乎也在想心事。

是的,冷静下来的秦炀现在再去想阿晋在游戏里的言行,其实也能够理解,只是他自己一时放不开,也很不甘心。自从在校医院得知何晋的身

第七章　家园系统

份的那一瞬间起，秦炀顺利地接近何晋，和何晋成了朋友，得到了何晋的信任和亲近，但没想到何晋会突然出这么一招……

"咔啦"一声轻响，秦炀随手捏扁了喝空的易拉罐，一脸失落。

同样处在失神中的何晋这会儿却在想殇火，想到殇火在游戏里说的那句"你休想"，莫名觉得对方像个不讲理的小孩，忍不住一阵头疼……何晋又想到自己下线后，手环上几乎立刻就收到了殇火发来的消息，看来对方也跟着下线了……

可当何晋发出"想静一静"的消息后，殇火就没再回复了……

他是真想给自己静一静的时间，还是自己伤害到他了？

何晋打开手环，把对方昨晚发给自己的 800 元钱转了回去。

秦炀的左手腕跟着闪烁了一下，何晋没察觉到什么，又发了一条消息："你的钱我还是不能收，我转回给你，你不要再给我了。游戏的事，我们晚上再说吧。"

这条信息一发送，秦炀的左手腕又亮了亮，何晋一愣，却见秦炀把手腕往后一摆，用身体挡住了他的视线……

这个好似有点刻意躲闪的举动让何晋有些诧异，可他还没来得及多想，就听秦炀问："要不要再打一局？这次不'欺负'你了。"

何晋："……"

何晋起身站到球场上，刚才的心理阴影还没有完全散去，但开打后，秦炀果然如刚才承诺的，没再欺负他，打回来的球都是何晋能接到的，一个球来来回回打四五下，让何晋慢慢找回了一点信心。

这一局足足打了半个多小时，结束后何晋的脸上总算有了点儿笑意，他有种被安慰了的感觉。他没刻意表露，但在秦炀看来一目了然。

秦炀又想伸手去揉他的脑袋，但一想到何晋在游戏里说的那番话，心情又沉了下去。

临近晚饭时间，两个人收拾了一番，直接去食堂吃饭，饭后各自回了宿舍，这时秦炀才有机会去看手环上的消息，果然是何晋发来的。

就等你上线了

读了上面的内容,秦炀表情阴郁地苦笑了一下。

他没有回复,把手环往桌上一丢,取了换洗的衣服先进浴室洗澡,等出来后,见何晋又发了两条消息过来——

阿晋:"在吗?"

阿晋:"你生气了?"

秦炀一边擦头发,一边慢悠悠地回复:"你不是说想静一静吗,静完了?"

阿晋:"还没有。"

秦炀一口气憋在胸口,差点儿憋出内伤……没静完你找我干什么?

阿晋:"殇火,我不讨厌你,也不一定要解灵,但是我们可不可以保持一点距离?"

殇火:"真想揍你!"

阿晋:"……"

殇火:"随你吧,还有其他要说的吗?"

阿晋:"没了。"

殇火:"上线。"

阿晋:"……"

何晋硬着头皮戴上头盔,游戏角色还是在彩凤岛,殇火就站在自己面前,整张脸都是黑的……

殇火:"去竞技场。"

何晋:果然他是要开揍了吗?

殇火说了这么一句话就先飞走了,这是他唯一一次没跟阿晋同骑,也没有把阿晋变成雪貂抱在怀里一起飞。

何晋觉得有些落寞,可这是他自己的选择,只能打落牙齿和血吞。

径自召唤坐骑跟到了竞技场,他已经做好了被虐的准备。以前在对战时被杀,他还很郁闷,但这一次他反而希望殇火能虐他,这样或许殇火心里能好受点儿……

第七章 家园系统

刚好八点多，哥本冰激凌和落花依依结灵，游戏里热闹得很，世界频道全是相关讨论，小喇叭信息也都是祝福的话语，殇火却像没看到。

直到逝水上线。他刚刚得到落花依依结灵的消息，发消息问殇火："师徒一场，她都结灵了，你不去看个热闹？"

殇火："竞技场虐灵遇中，现在没空，一会儿有空了再说。"

逝水："……"

09

从竞技场出来时，阿晋见殇火发了条小喇叭信息——

［喇叭］殇火："殇火携阿晋祝福哥本冰激凌与落花依依结灵快乐。"

这是一句特别公式化的祝福语，连个感叹号和表情符号都没有。

发完这句话，殇火又送出一个全服烟花。这种烟花发出的时候会有世界公告，并让全服在线玩家同一时间感受到天空中放礼花的特效，持续时间约一分钟，和玫瑰一样是个视觉效果极好，但花钱也不少的玩意儿，所以全服烟花也和999朵玫瑰花一样，被人认为是"土豪"炫耀专用物品。

但今天晚上，这种礼花已经出现好几个了，其中九殿下就代表老一区的小伙伴们发了一个。

世界频道上的玩家等了一晚上，一边看热闹一边在官方论坛发同步直播帖，就等着殇火冒头。见殇火的祝福喇叭出来，围观者瞬间疯狂起来——另一位男主角终于登场了！

然而他们又等了十来分钟，却只等到一个烟花，这就完事了？白发的落花依依呢？哥本冰激凌呢？咋都一声不吭？你们就让我看这个？

不满的玩家们开始起哄，叫嚣着让哥本冰激凌出来，企图激化矛盾让

就等你上线了

事态升级,也有人刷落花依依自作多情,或是刷殇火负心,场面乱得让人不忍直视!

殇火对别人的评价已能刀枪不入,所以不管别人怎么叫嚣,他都无动于衷,也没心思去看什么结灵礼,直接带着阿晋回彩凤岛继续做灵遇任务。

但哥本冰激凌的朋友们不能无视。他们老大的结灵礼的确够轰动,但玩家的吐槽简直闹心!于是众人纷纷怂恿哥本冰激凌跟殇火叫板。

哥本冰激凌也是有苦说不出,前些日子他找人在官方论坛发了个帖子,把殇火塑造成了一个负心的渣男。原本已经有很多人开始骂殇火了,但之后形势突然逆转,许多人以知情者的身份表态殇火和落花依依一清二白,反倒把落花依依往深渊里黑……好嘛,他的目的是达到了,落花依依伤心透顶,投入了他的怀抱,但他没想到,玩家们还记着帖子里的谣言,以为落花依依是不清白的……这就是传说中的自掘坟墓吗?

哥本冰激凌在朋友的怂恿下,终于按捺不住地发了条消息——

[喇叭]哥本冰激凌:"无情,你徒弟的重要日子,怎么没见到你来?我们可是给你安排了最好的观礼位置啊!"

玩家们见哥本冰激凌点了殇火,纷纷叫好,剧本就该这么演嘛!

此刻秦炀正和阿晋在仙人岛杀怪做任务,心里又为今天和阿晋的矛盾而烦闷,见到哥本冰激凌的喇叭,实在不想回。

最后却是阿晋提醒他:"那个,你真不去看看吗?"

殇火瞟了他一眼:"你希望我去看?"

何晋也说不清自己到底是希望还是不希望,这跟他本来就没什么关系。殇火之前也说了,一切误会的发生都是源于落花依依的问题,可能殇火不去也是在避嫌?可他们原本应该是朋友吧?

阿晋不再多想,摇摇头对殇火道:"没有,你要是不想去就不去,反正我陪着你。"

第七章　家园系统

秦炀被他的话取悦了，心情好了不少，因为身高差，顺手揉了揉正太阿晋的脑袋。

这时，哥本冰激凌又等不及地发了一句——

［喇叭］哥本冰激凌："无情，下线了吗？"

在游戏中即便没有加好友也可以免费查看对方的在线状态，所以哥本冰激凌这么说可不是单纯地问殇火下线没，所有人都看得出来他在挑衅——殇火连话都不回，真厌！

五秒钟后，殇火的新消息顶掉了哥本冰激凌的喇叭。

［喇叭］殇火："忙着呢，有事你说。"

观众集体吐血……

［世界］相爱相杀："大神的语气好跩……"

［世界］阿若："有事你说……事你说……你说……说……帅炸！"

［世界］涨价的甜筒："哈哈哈——冰激凌估计要气爆了！"

［世界］逝水："无情说话一直这么高冷，你们太大惊小怪了。"

［世界］彼岸君："啊啊啊——逝水大神！啊啊啊——合影！"

［世界］书弥雅："这是逝水真人吗？围观！"

…………

哥本冰激凌是真的被激怒了。一个月前在和殇火的直播对战中，对方一句"灵遇来了"直接打"GG"让他沦为观众的笑柄，而现在对方一句轻描淡写的"有事你说"，再一次对他表达了全方位的轻蔑。他好歹是全游戏排名第二的高手，这人这是什么意思，看不起他吗？

［喇叭］哥本冰激凌："上次你的灵遇来了，咱们的对战不了了之，今天趁这个良辰吉日，我们来一次友好对战如何？"

就等你上线了

［世界］叶青染："啊啊啊——要对战了！好激动！"

［世界］本王就是帅："冰激凌胆子好大，死了怎么办？结灵日啊，多没面子啊。"

［世界］月下霜："对啊，无情不是战无不胜的对战王吗？冰激凌被气昏头啦？"

［世界］玄巴里："友好对战吗？是不会死的吧，估计点到为止？"

［世界］茶碗花："老公老公快应战！老公老公快应战！"

……………

［喇叭］殇火："良辰吉日不宜有血光之灾，为了你们好，改天吧。"

众人再次吐血……

大神这么正经真的好吗？只是游戏里结灵……其实游戏里有很多玩家结灵时都会出现友好对战的情况，主要是为了活跃气氛啊……

尽管有很多围观者捕风捉影地揣测殇火避战是因为落花依依，但不少理智的玩家看到这句话，已经知道殇火根本不屑理他们了。他们也不希望殇火应战，要是他真答应了，反而不像他的性格。

从始至终，落花依依都没表态，世界频道里又热闹了一段时间，见没什么后续，大家也只能偃旗息鼓。

而被气出内伤的哥本冰激凌在心里默默发誓：总有一天，他要把自己受到的耻辱成倍地还给殇火！

就在哥本冰激凌和落花依依的结灵礼即将落下帷幕之际，系统公告栏突然出现了一条新消息——

［公告］恭喜玩家殇火、阿晋成功建造《神魔》首座家园，开启家园系统！

第七章 家园系统

是的，正好一个礼拜，殇火和阿晋在吟水筑附近的家园建完了。

意兴阑珊的群众瞬间又瞪大了眼睛——家园系统？什么玩意儿？

逝水、九殿下等人第一时间发来消息询问，殇火发了坐标过去，友人们结伴前来围观，看着仙界茶园附近平地而起的小别墅，震惊得无以复加！

九殿下："居然能在游戏地图上建房子？无情，你太牛了！"

逝水："这是花多少钱搞的？"

殇火简单解释了一下他所知的家园系统，招呼他们进屋参观，几个人感慨一番，野鹤说："其实也不贵，现实中买不起房子的人，完全可以来游戏里造别墅！"

九殿下："你这个想法绝了！"

众人上到二楼，刚想推开其中一个房间的门进去，不料各自眼前就浮起提示："此房间只有家园主人及其灵遇方可进入。"

九殿下笑道："还有灵遇的房间？"

殇火："嗯，和灵遇单独待在屋里满一定时长就能增加灵犀指数。"

一群未结灵的人表示他们根本不知道"灵犀指数"是干什么用的。

阿晋没看他们打量自己和殇火的眼神，悄悄溜了出去，骑着坐骑去凡界皇城买吃的。家园里没什么东西招待客人，他得去凡界打包一点。

野鹤里里外外看了一圈，羡慕地道："哥，这里太棒了，咱们也去建一个吧！"

九殿下扫了野鹤一眼："要灵遇才能建吧，你俩要结灵？"

已经化身熊猫的篱落直直地盯着野鹤，终于问出了它一天下来最疑惑的问题："你到底是男的还是女的？"

野鹤："……"

阿晋回来后，见熊猫篱落在他家院子里打滚，逝水等人坐在桃树下的藤椅上聊天，刚好逝水在念一句诗："多少天涯未归客，尽借篱落看秋风。"

阿晋把打包来的糖葫芦、鸭血粉丝汤、小笼包通通拿出来放在桌上招

就等你上线了

呼大家吃，一边听他们继续聊天，一边去看那块被篱笆围起来的土地。

九殿下："哟，这句诗里有你家小熊猫的名字啊。"

篱落坐起来说："我的游戏名就是从这句诗里来的。"

九殿下："想不到你还挺有文化素养。"

篱落："《唐诗三百首》随便翻的，嘿嘿！"

九殿下："……"

逝水笑眯眯地问篱落："那你还记得这首诗叫什么名字吗？"

篱落："叫什么？早忘了。"

逝水摇头晃脑地道："叫《菊花》。"

众人："……"

阿晋把之前得来的红豆、竹笋的种子抛进地里，又种了一些做糯香竹饼需要的稻米。不知不觉间，殇火出现在他的身后，低声问道："这个地方你还喜欢吗？"

阿晋思索片刻，勉为其难地点了点头。

10

得到阿晋的回答后，殇火略感悻悻地转身走了。

当晚系统公告栏滚动的"家园系统"再一次让玩家们讨论起来，经过了解后，不少灵遇也纷纷着手建房，虽然还不知道具体好处，但大部分人坚信走在前头必有好处。然而，对许多普通玩家来说，买地建房的价格还是太过昂贵，所以开启家园系统的人仍是少数。

之后几日游戏升级打补丁，据说这一周内官方搜集到不少玩家的系统漏洞反馈，其中最多的就是全息期间暂时离线的问题。这次升级后，玩家即使摘掉头盔，游戏中的角色也不会突然消失，而是会维持失魂状态十分钟，玩家如果十分钟内再次上线，就能继续之前的一切活动。

第七章　家园系统

然而这个修正有利也有弊，因为这之后，即使正常下线的玩家也要经历十分钟的待机状态，这让不少人开始担心自己在野外随意下线后会遭遇不测，因此升级后，大家只能跑回城区或者选择在隐蔽处下线。

但这对殇火和阿晋来说没什么大问题，他们有自己的家，自从开启家园系统后，他们的冥想操作里就多了一项"一念回家"的功能，回家后外人就伤害不到他们了。

然而，尽管在游戏里被各方歆羡，何晋却感觉自己没有以前玩着那么快乐了。

也不知道殇火是在赌气，还是在刻意跟阿晋保持距离，最近他们的交流特别少，有好几次何晋上线，殇火都不在，何晋现在反而和篱落玩得更多一点。

为此，两个人的灵遇任务也停滞不前，阿晋变不成雪貂，只能在家里种种地、做做饭、吹吹笛子。这段时间他的生活和吹笛技能倒是提升了许多，但是他很寂寞，这和他想要的状态完全不一样……

他和殇火现在既不像灵遇，又不像朋友，倒像是两个熟悉的陌生人。

有一天晚上下线后，何晋破天荒地主动给殇火发了一句"晚安"，但殇火没有回复。

何晋的心冰凉冰凉的，他也不知道自己怎么了，睡不好，吃不香，连侯东彦都发现了他不对劲。

这天他们一起在食堂吃饭，侯东彦突然问："晋哥，你最近咋了？和大神吵架了？"

何晋："……"

他一直在后悔自己对殇火说了那样的话……现在面对对方对自己不冷不热的态度，他有一点点拉不下面子的怒气。

何晋含糊地找借口敷衍了侯东彦，又听侯东彦问："最近怎么也不见秦炀了？他前段时间不是经常拉你出去跑步吗？"

何晋："他下周有比赛，每天要练球。"

侯东彦："哦，啥时候的比赛？"

就等你上线了

何晋:"好像是下周六吧。"

侯东彦:"我还没见过他打球呢,到时候去看看,你去吗?"

何晋用调羹拨弄着餐盘里的饭粒,轻轻地"嗯"了一声。他有点不确定,最近秦炀对他的态度也有一点冷漠,不知道是不是在忙的关系。若在以前,秦炀一定会热情地邀请自己去看,但这一次,秦炀只在何晋主动问起时提了几句这件事,其他什么都没说。

这两个人真像。

何晋沮丧地吃了口已经凉透的米饭,味同嚼蜡。

周六的网球比赛是地区友谊赛,华大对隔壁的烟大,主场在华大,秦炀是代表华大出场的单打二号选手,排在全赛第三场、单打第一场。

因为当天没课,距离期末考试也还有三周的时间,很多学生都去看了,何晋和侯东彦到达赛场的时候,发现观赛区几乎座无虚席,一反平日的清冷平静!

佟萱居然也来了。还是她眼尖先看见了何晋,远远地朝他们招手,大声叫他的名字:"何晋!"

和佟萱在一起的是学生会的那群女生,包括郭友菱。她们占据了看台前方比较好的位置,刚好还有两个空位,便招呼何晋他们过去坐。

好不容易挪到那里,何晋和侯东彦刚要落座,两校的队员就出来了,现场顿时一片欢腾,尤其是身穿蓝色队服的秦炀转头看向看台区的瞬间,男生的口哨声、女生的尖叫声,简直震耳欲聋!

何晋目不转睛地望着秦炀,头一次见识到他的受欢迎程度……

何晋感觉到秦炀的视线扫往自己这个方向,心中莫名一紧。可他转念一想,自己处在人山人海的看台上,秦炀哪儿有那么好的眼力在人群中看见自己?但就在这时,秦炀突然面朝着他停住了视线!

身边不少人开始频频地朝何晋的方向侧目,猜校草在看谁,何晋赶紧低头坐了下来。

这么多人,他应该不会是在看自己吧?

第七章　家园系统

鸵鸟似的躲了一会儿，何晋再抬头时，见秦炀已经扭过头去了。

//

边上的女生在为秦炀刚刚的视线相互逗乐取笑，郭友菱却突然探出头来看向与她隔了几个座位的何晋："秦炀不会是在看何学长吧？何学长，你是因为秦炀才来看球的吗？"

众人哄笑。何晋知道她们是在开玩笑，他面无表情地反驳道："不是，只是闲着，就过来看看。"

女生们见他一本正经的，也不笑了。佟萱却觉得奇怪，之前一起喝咖啡时，何晋还承认他和秦炀关系好，来看朋友的比赛也没什么啊……

佟萱小声问："以前可没见你闲了会跑出来看球赛，怎么，还真改性子啦？"

何晋对佟萱笑了笑。是啊，他的生活还真改变了许多，记得开学不久的时候自己第一次见到秦炀，那天好像网球社也有比赛，秦炀和他的队友赶着去球场，出宿舍楼时匆忙之间撞掉了自己手中的饭盒……而那时候何晋还觉得，这些活动与大三的他毫无干系，而他的生活，迷茫又困顿。

如今他在游戏里和殇火他们一起玩，在现实中跟秦炀学打网球，还喝了酒，熬了夜……他本以为自己可以尽情放纵，可突如其来的变故却让他不知所措。

佟萱把开了封的薯片袋口对着何晋，何晋摆手拒绝了。侯东彦涎着脸讨，佟萱白了他一眼，越过何晋把薯片递了过去。

两校的球员在球场上握了手，比赛正式开始。第一场上场的就有郭友菱的男朋友赵熙柏，身边的女生呐喊助威，热烈燃情的欢乐气氛感染着何晋，他也跟着喊起了"加油"。

就等你上线了

烟大的网球社没有华大出名，但他们今年也招了几个出色的新球员，同时华大这边的社长蒋白涧有意让大一的新社员练手，所以这次比赛并未出现压制性的一边倒局面，还算有看头。

第一场赵熙柏带一个大一男生打双打，六比四拿下了胜局；第二场华大派出的是两个新人，对上烟大的老将，实力不敌，但发挥不错，得分的几个球都打得比较精彩，称得上是惜败。

双打一胜一败后，接下来便是单打。秦炀第一个出场，场内再度沸腾起来，连烟大来的啦啦队女生都捧着脸直盯着他看，惹得华大的女生们一阵嬉笑。

秦炀刚去做了热身，这一次上场后，他没看观众席，而是专注地看向对手。

"章宵！"郭友菱第一时间叫出了对方球员的名字，并为大家科普道，"他是烟大网球社的社长，今年大三了……"

另一个女生道："他们可真够劲儿的，居然派社长来打秦炀！"

何晋不解："怎么了，他很厉害吗？"

他看向网栏对面那个叫章宵的人。那人没秦炀高，不到一米八的个儿，人也不壮实，长得还挺清秀。但章宵一出场，烟大的女生们立刻回神，舞着彩球齐声叫他的名字。

郭友菱道："我听赵熙柏说他是烟大唯一有实力跟咱们的王牌较劲儿的对手，好像速度很快……哦对了，秦炀就是咱们华大的王牌！"

这厢他们还在聊着，那厢裁判一挥旗，比赛就开始了。

开球的是秦炀，他一个跃身发球，随球上网，电光石火间就把章宵打回来的球扣了回去！

裁判："十五比零！"

场上静了两秒，突然爆出一阵尖叫，何晋听见他身后一个哥们儿叫道："上网击杀！精彩！"秦炀这是先发制人啊，章宵快，他比对方更快。

球员不等观众吆喝完，各自归位，开始第二球。同样的招数，这一次章宵没中招，但秦炀也没放过他，退到底线打了个削球，继续得分！

第七章　家园系统

两个球得手，场上的气氛瞬间被推到了顶点。

赵熙柏拎着一袋子饮料上来找女朋友，一边看着轰动的场内，一边摇头笑道："咱们的风头都被他一个人盖了！"

女生们接了赵熙柏递过来的饮料，其中一人道："你也干得漂亮，给你点个赞。"

赵熙柏见没位子，直接蹲在了旁边，苦着脸道："一个赞不够用啊。"

郭友菱道："那我们挨个儿给你点一个。"

赵熙柏："再多的赞都比不过人家长得帅！"

众人哈哈大笑，郭友菱道："其实蒋社长的风头也很足啊，他今天会上场吗？"

赵熙柏："要是秦炀能赢，就让一个新人单打上去试试，要是赢不了就他上。"

佟萱："还能临时换人？"

赵熙柏："友谊赛嘛……"

众人说话间，秦炀已经拿下一局，两人交换场地。他和章宵擦肩而过时横着击了下掌，两人不像是对手，倒像是朋友，果然有不知情的人就问了起来："咦，他们认识？"

赵熙柏："嗯，他俩以前是高中同学。"

佟萱："他们什么学校的？"

赵熙柏："好像是什么双语学校。"

佟萱："Ａ市顺成双语学校？"

赵熙柏："对对对！就是这个！"

侯东彦插了一句："那是什么学校？Ａ市的我只听过四中和附中。"

佟萱："是Ａ市最好的私立高中之一……"

耳边的声音逐渐远去，何晋再一次把注意力放到了秦炀身上。这会儿秦炀和章宵已经打到了第四局，你来我往，实力相当。章宵只是在开局时

就等你上线了

落后，现在穷追不舍。

何晋全神贯注地望着秦炀，灵魂仿佛穿越到了秦炀对面的章宵身上，看着秦炀冲刺跳跃、挥拍击球，被他的每一个动作牵动着神经。

就在这时，章宵斜向快速打出一球，何晋本能地感觉这球秦炀可能接不到，但在看到秦炀脚腕一转飞奔过去的同时，还是没忍住紧张地站了起来！

果然，奋力追求的秦炀整个人横飞了出去，靠身体和手臂的长度接到了那球，人却重重地摔在地上，手臂在粗糙的橡胶地上擦了好长一段，全场响起一片倒吸凉气的声音。

裁判立即做了个中止的手势，上前询问秦炀的情况，同时跟上去的还有华大网球社的卫生员。两人想去搀扶秦炀，但秦炀自己起来了，表情没看出多痛苦，血淋淋的手臂却让人震惊。

卫生员赶紧拿着消毒喷剂替他消毒，又做了简单的包扎，几分钟后，裁判就举旗示意比赛继续。

郭友菱："天哪，他看上去受了很重的伤啊，真的没关系吗？"

赵熙柏："应该只是擦伤……"

另一人道："可是他伤在了右手臂，会影响发挥的吧？"

女生们都不忍心看，捂着嘴一脸心疼，宁愿秦炀弃权不打，也不想看他负伤上场。但秦炀不会弃赛，赵熙柏也道："没办法，秦炀是我见过的求胜意识最强的人，除非摔晕过去了，否则他绝不可能放弃比赛。"

侯东彦赞道："秦学弟真够爷们儿！"

一直站着出神的何晋被人扯了一下衣袖，才想起坐下。

拉他的人是佟萱。其实从他意识到秦炀要摔倒而猝然起身时，佟萱就注意到了。她清楚地看到了何晋紧张的神情、担忧的眼神、捏紧的拳头，还有恨不得冲上场去的那股劲儿。

何晋变了。

众人提心吊胆地看着秦炀继续打比赛，章宵也没有因为他的伤势而放

第七章　家园系统

水，两人甚至打到了加长的决赛局，最终秦炀以七比五险胜。

这场比赛结束后，秦炀和章宵站在网前握手，章宵似乎还关心了一下秦炀的手臂。秦炀举着手让他看了一下，两人言笑晏晏，气氛和比赛时的剑拔弩张截然不同。

秦炀下场的时候再一次抬起头看观众席，视线若有似无地飘到何晋所在的方向。何晋不知道秦炀是不是在看自己，但这一次他本能地站了起来，和身边的几人简单地打了个招呼，就离开了观众席。

不管是出于普通朋友的问候，还是好友的关心，何晋都想下去看看秦炀的手臂……如果看得到的话。

从看台到网球场要从后头绕，但现在在比赛，何晋无法入内。

不过何晋下去的时候，秦炀正从场内出来，沿着镂空的铁网围栏往看台入口绕，正是何晋过来的方向。看台上许多观众没心思去看第四个上场的单打球员了，都在看秦炀。

何晋也没想到秦炀会先出来，两人就在铁网外碰了头。何晋愣了愣，赶紧问了一句："你的手还好吧？"

秦炀却站在那里，答非所问地笑道："你来了。"

何晋上前一步道："去校医院看看吧，最好让医生处理一下伤口，再好好包扎一下。"

秦炀瞅着何晋的表情，见他面上透露出来的紧张感那么真切，突然就不怎么生他的气了。秦炀莫名觉得，何晋可能并不是那么冷漠的人。

到了校医院，医生把简易包扎的纱布拆了，因为方才出的血已经凝固，和纱布粘在一起，撕扯时秦炀龇牙咧嘴的。何晋看着难受，忍不住伸出手覆上秦炀的肩膀，问："很疼吗？"

要是何晋不在，秦炀绝不会露出这种表情。其实刚刚在场上摔跤时他都没皱一下眉头，可现在看到何晋担心的样子，秦炀就想演一演："疼。"

何晋："……"

处理伤口的外科医生是个四十来岁的中年男人，听到他俩这对话，嗤笑道："多大的人了，这点痛都忍不了！"抬眼瞟了秦炀一眼，医生又道，

就等你上线了

"人长得倒是挺帅,但男子汉要吃得苦才招女孩子喜欢,知道吗?"

秦炀:"……"

医生检查了一下,确定只是擦伤,不用缝针,就给伤口重新消了毒,做了清理,又细致地包扎了一遍。这回秦炀一声没吭,医生满意地点点头,给他开了些消炎药,叮嘱道:"伤口愈合前不要让手臂碰水,明天再过来换一次包扎,恢复快的话三四天就结痂了。"

秦炀酷酷地说:"哦。——好。"

医生:"……"

从校医院出来,秦炀看了一下时间,估计比赛快结束了,便也不打算再回网球场了。

何晋主动提议:"要么你先回宿舍休息吧,我帮你去打饭。"

秦炀一想,自己在宿舍里的游戏头盔还没收起来,自己先一步回去也好,便点头道:"你打了饭来我的宿舍。"说着就要掏自己的校园卡给他。

"不用,我有。"何晋摆摆手,转身去了食堂。

正好是饭点,食堂里的菜依次上架,何晋用手环拍了菜单照片给秦炀发过去,问他要吃什么。

秦炀一口气点了六个菜,还要两盒米饭。何晋买了食堂的一次性饭盒,发消息取笑他:"胃口真大。"

秦炀回复:"受伤了,多吃点补补。"

何晋忍俊不禁。

回去的路上,何晋正好和看完网球比赛回来的一群人碰上。侯东彦见着他,跑上来问:"咦,怎么你一个人,你不是和秦炀在一起吗?他人呢,伤得怎么样?"

"他先回宿舍了。让医生看过了,没事。"何晋晃了晃手中的一大袋食物,"我帮他打饭呢。"

侯东彦闻到饭菜香,顿觉饥肠辘辘:"哎呀不行,我先去食堂吃饭了

第七章　家园系统

啊，回聊！"

何晋快步上了四楼，到了417，见门虚掩着，直接推开门走进去，却听到秦炀那个房间传出另外一个人的声音。

何晋轻轻叩了叩门，门"唰"地从里面被打开，一个身穿暗红色球衣的青年抓着门把手站在何晋面前，正是刚刚和秦炀对打的章宵！

"何晋？"秦炀从里面探出头来，"进来！"

何晋朝章宵略一点头，章宵也对他笑了笑，关了门问秦炀："这是你的同学？"

秦炀"嗯"了一声，收了写字台上的东西，让何晋先把饭盒放在写字台上面。

章宵返回来，大大咧咧地往秦炀床上坐。何晋见秦炀有朋友在，不好意思打扰，放下饭盒就想走，秦炀却拉住他道："不碍事，他马上走了，你一会儿陪我吃。"

何晋："……"

章宵听了，笑骂道："我难得来一趟华大，你不请我吃饭就算了，现在还赶我走？！"

秦炀拉了一张凳子给何晋坐，指了指写字台上的饭盒调侃章宵："食堂的饭，你不是从来不吃的吗？"

章宵摆了摆手："算了算了，欠着，下次请！"

何晋听他们说了些高中同学的事，男男女女，谁在哪个国家，混得如何，谁换了男友，谁又买了新的跑车……感觉他们聊的完全是另外一个世界的事。

虽然华大也有不少成绩优秀的学生能申请到公费留学的名额，但对何晋来说，出国还是一件遥不可及的事，或者说，是他从来没想过的事。即使毕业后不回老家工作，何晋能选择的也就是继续在国内读研、读博。但其实和每个年轻人一样，他也对未知的世界充满了向往……

他听得入神，也慢慢察觉出来，章宵和秦炀所在的生活圈子和他的完全不同。

就等你上线了

　　这时候,章宵突然道:"我说,这么久了,你还在等游戏里……"
　　秦炀突然扑上去捂住章宵的嘴:"你给我闭嘴!"
　　章宵笑着挣扎开:"你咋还这么害羞,说都不让人说?!"
　　何晋看看秦炀,又看看章宵,有了些微妙的怀疑……

就等你上线了

羲和清零 著

XI HE
QING LING

下册

天地出版社 | TIANDI PRESS

目 录

CONTENTS

第八章
离家出走
317

第九章
身份暴露
371

第十章
战队比赛（上）
431

第十一章
战队比赛（下）
489

第十二章
久别重逢
553

番外一
两小只
599

番外二
《灵仙》往事
621

番外三
寻找
637

第八章 离家出走

就等你上线了

01

就在这时，突然又有人敲门。那人也不等人开门，敲了几下就直接推门进来了。"哎哟，这么热闹？"来的是蒋白涧，他扫视了一圈，看向秦炀笑道，"看来你摔了一跤也没什么大碍。"

秦炀见蒋白涧是给自己送球拍回来的，接过来道了声谢。

蒋白涧看向章宵，似笑非笑道："是你啊，你们今天打得不错。"

"还不是输给你们了，没劲儿。"章宵站了起来。

蒋白涧问他俩："晚上社团说要一起吃饭，看你精神头不错，"他朝秦炀抬了抬下巴，"不一起去？"

秦炀推了章宵一把："我不去了，你把他带上，替我请个客。"

章宵无语道："喂，你们华大的庆功宴，拉我凑什么热闹？再说我和你们队长又不熟！"

蒋白涧看着章宵挑眉："前两年你跟我也打好几次比赛了，还不熟？"

秦炀拍着他的肩膀将人往外赶："就是啊，喝一杯就熟了！"

章宵："哎哎，你等等……"

秦炀下了逐客令："再说下去我的饭都凉了，快走快走。"

蒋白涧正想问何晋要不要一起，就见秦炀要关门。蒋白涧摸摸鼻子，识趣地带着章宵离开了。

秦炀把饭菜打包盒都打开，依次排放在桌上，又拖了自己的凳子过来，招呼何晋道："来，一起吃点。"

六个菜两盒饭，两个人吃绰绰有余，何晋开始还当秦炀真要补补，没想到他是想跟自己一起吃。

何晋捧起饭盒，掰开一次性筷子夹了口菜尝了尝，突然问："你以前玩的游戏？玩什么游戏？"

第八章　离家出走

秦炀："就一个普通网游，叫'天刀'什么的。"

"哦……"何晋想想，也对，这世上哪有这么巧合的事情。如果秦炀就是殇火，他也不会知道自己就是阿晋，毕竟自己在游戏里既没用真实形象，也没有用真实的声音。再说了，秦炀也没理由向自己隐瞒他玩游戏的事。两人在现实中认识了，不是更方便一起玩吗？

秦炀也在揣测何晋的心思，猜他刚才问那句话有什么含义。莫非他已经开始怀疑自己就是殇火了？也难怪，自己的声音和殇火的声音那么像，何晋要是不怀疑，秦炀都要怀疑他的智商了。

可现在还不是告诉他真相的时候。

吃过饭，何晋默默地帮忙收拾了桌子，之后道："没什么事我先下去了，你好好休息，记得吃消炎药。"

"哎，等等！"秦炀再一次拉住他，"再帮我个忙。"

何晋："什么？"

"打球出了一身汗，我还没洗澡呢。"秦炀从衣柜里翻出干净的衣服还有浴巾，挡着何晋的视线把游戏头盔又往深处塞了塞，然后回头举起手臂，"医生说我不能碰水。"

"你要我帮你洗澡？"何晋愣愣地看着秦炀。

秦炀："我就举着手冲一下，一个人擦沐浴露不方便，你一会儿进来帮我一下，回头再帮我递一下浴巾。我洗澡很快的，就三五分钟。"

何晋想了想，好像确实不好拒绝秦炀的要求，他伤的是右手臂，举着一只手洗澡确实有点麻烦。

秦炀进了浴室后，何晋等了一会儿，虚掩的浴室门内就传来了秦炀的喊声。何晋走进去，一声不吭地接过秦炀递过来的沐浴露和浴球，挤出沐浴露揉出泡沫，往秦炀背上胡乱揉了两把。

擦完后，何晋把浴球往秦炀手里一塞，闪到门外，隔着门说了句"我先走了"，就走了出去。

秦炀举着一只手，一没留神，手臂被淋湿了一大片……

就等你上线了

半个小时后，秦炀出现在校医院里。

医生怒道："说了叫你别碰水！"

秦炀伸出胳膊往桌上一放："忘了，拆了再包一次吧。"

医生："……"

晚上何晋上了游戏，殇火不在。他蹲在自家院子的土地上，看着短短几天内就已成熟的红豆树。

就在这时，耳边"叮"一声响，系统通知，殇火上线了！

阿晋快速站了起来，正想用形影相随去找殇火，殇火已经先一步用了这个技能出现在他面前。

"又在种地？"殇火居高临下地看着他，"走，灵遇任务还差几关，晚上去做了。"

阿晋赶紧把烈焰穷奇召唤了出来。

从吟水筑背后的九天瀑布直飞下去，到底就是凡界的彩凤岛。水雾洒在殇火和阿晋的身上，有清爽的感觉。

隐藏灵遇任务已经进行到第七十八关，最后一环的九关都是剧情任务，特别烦琐，每一环都要花上个把小时。眼看还有三关，两人就想着熬一熬，能完成的话，当晚就争取把它做完！

从晚上八点半一直做到十一点半，整整三个小时，两人提交第八十一关任务时，彩凤岛上突然下起了玫瑰雨！

阿晋接过灵遇任务的最终奖励——一个技能卷轴。

两人做了差不多一个月的灵遇任务，最后得到的就是这么个东西？

等等……这是什么来着？与此同时，系统公告栏滚出一条新消息——

［公告］恭喜玩家殇火、阿晋通过九九八十一关考验，完成彩凤岛隐藏灵遇任务，获得了稀有技能卷轴《进化经》！

第八章　离家出走

［世界］三三："大神和他的灵遇又开发了什么新技能啊？"

［世界］章鱼妹："每次看公告栏出殇火和阿晋的消息，都怀疑自己和大神玩的不是同一个游戏！"

［世界］歌者与猫："楼上同感！"

［世界］肌无力："想知道《进化经》是不是学习进化技能用的？"

…………

阿晋捧着技能卷轴，突然生出了一种非常不好的预感！

同时，不止阿晋，殇火也拿到了奖品——一粒"神秘种子"，但这粒神秘种子没有跟《进化经》一起上公告。

两人面面相觑。殇火看了刚才那条公告，也和世界频道的玩家产生了相同的想法。他不敢耽搁，赶紧催阿晋："把技能卷轴学了。"

阿晋翻开了技能卷轴。

系统提示："您已领悟技能！"

阿晋："……"

虽然阿晋看了技能卷轴，但那只是个学习的标准动作，其实他什么内容都没看到。接着技能卷轴消失，啥都没了，阿晋还不知道具体该怎么做。

阿晋看向殇火，只见他把那粒神秘种子塞进嘴里吃掉了……

咦，那种子是用来吃的吗？难道不是种地里的？

接着殇火面向他道："走，我们回去。"

阿晋紧张地道："回去？做什么？"

殇火默念"变身"，把阿晋变成了雪貂，带着它展翅向仙界飞去。

到了家园，阿晋刚变回人形，就感觉一个圆溜溜的东西被殇火一把推进他嘴里，他还来不及反应，那东西就沿着他的喉咙滑进了胃里。

这、这是什么？

殇火松开他，仿佛有读心术似的，带着笑意回答："种子。"

阿晋："……"

殇火再没有进一步的动作。

也不知道过了多久，阿晋突然提醒道："殇火，很晚了……"

就等你上线了

殇火没有回答,阿晋抬起头,见他闭着眼睛,忍不住推了推他,却见他身上浮起一行提示文字:"目标对象已处于待机状态。"

待机?阿晋愣了愣,殇火是戴着头盔睡着了吗?

阿晋等了几分钟,殇火的身体就消失了,系统提示他已下线。

阿晋目瞪口呆……这样都可以?!

过了一会儿,何晋也觉得困了,滑开眼罩,意识回归现实。

凌晨时分,阿晋的手环持续微振,他迷迷糊糊地抬起手腕一看,见是聊天软件里的消息。

殇火:"对不起,昨天太累了,戴着头盔就睡着了……"

殇火:"你已经睡下了吧?"

殇火:"晚安。"

阿晋把手缩回被窝,再一次睡过去。他稀里糊涂地做了个梦,梦见了殇火,也梦见了秦炀,后来不知怎么回事,两个人的影像就重叠在了一起……

等他再次醒来时,窗外已天色大亮。

一整个上午何晋都没什么精神,临近下课时他收到了秦炀的短信,约他中午吃饭。

何晋应了邀约,见到秦炀,问道:"手臂好些了吗?"

"还包着,不过放心,已经不太疼了。"秦炀举了举手臂,包扎处被衣袖挡着。

何晋问:"去哪儿吃?"

秦炀:"我想吃煎牛排,去三食堂吧?"

三食堂是华大的风味食堂,那里的东西价格比其他食堂高一些,选择也没有二食堂多,但饭菜做得比较精致,还有各种风味套餐。

既然秦炀想吃,何晋便同他去。两人多走了十五分钟的路过去。

到了选菜窗口,何晋要掏饭卡,被秦炀拦住了:"昨天是你请我,今天我来吧。"

"我……"何晋本想说昨晚那顿的花费只够一个人在三食堂吃一顿,还

第八章　离家出走

是 AA 比较好。可他刚开口，秦炀就拉住了他的小臂，把他整个人往自己身后一扯。

仗着个子高、力气大，秦炀拦着何晋不让他上前，还扭头又小声说了句："我来请。"

秦炀抓了何晋一会儿，直到他不挣扎了才松开。何晋又急又气，被这样抢着请客，他并不觉得开心，作为一个男生，又是秦炀的学长，他感觉自己的尊严被无视了。

秦炀领了取菜卡牌，与何晋一起找位子坐下，才发现何晋脸色不大好。

"怎么了？不高兴？"秦炀问。

何晋鼓着脸道："以后别这样，我不想总是欠你的。"

秦炀愣了愣，笑了："你把我当外人呢？"

何晋："不是，但是你……"

秦炀打断他的话道："行行行，以后我不这样了。但是有一点你记住，何晋，我请你吃饭是我乐意的，你不要觉得欠我什么。"

何晋："……"

卡牌闪烁了两下，秦炀赶紧去窗口取牛排，又见边上的窗口有酸梅汁，就给何晋买了一杯。

他端着托盘回去时，何晋的表情已经缓和多了。其实面对这样的秦炀，他觉得挺无力的。

接过秦炀递来的酸梅汁，何晋纳闷地问："怎么只有一杯？"

秦炀指了指不远处的自动饮料贩卖机："我买碳酸饮料喝。"

何晋无语，秦炀真是个碳酸饮料控啊！

02

晚上六点不到，殇火就在手环上发了消息给何晋："晚上几点上线？"

就等你上线了

"你不用做直播了吗?"何晋回复。

殇火:"全息后一直是录制节目,不用定点直播,只偶尔网站那边会请我过去讲解一下,所以时间比较自由。"

阿晋:"哦……那我八点上线。"

殇火:"这么晚啊……"

阿晋:"快期末了,要复习。"

殇火:"好吧。"

晚上不到八点,戴上头盔登录游戏,何晋一睁开眼睛,就看到了旁边的殇火!

没错,他们还在家园的房间里,殇火撑着脑袋看着他:"你来了?比约定的时间早了一点啊。"

阿晋:"你怎么也在?"

殇火饶有兴致地打量着他:"你说巧不巧?我也刚上线,没一会儿你就来了。"

阿晋往外走去,殇火跟在他后头,两人一出房门,耳边就响起了提示声:"灵犀指数增加 1000 点!"

阿晋嘴角抽搐,扭头看了一眼房间,见那里面的装饰瞬间变成了淡雅的暖黄色——原来那什么跟灵遇一起待在房间中满一定时长就能增加灵犀指数的规则,离线状态也适用。

就是不知道这灵犀指数以后还能做什么用。

下楼后,阿晋先去看了看自己的地,新一批的种子又成熟了,他收了绿豆和棉花,又撒了些高粱种子。殇火亦步亦趋地跟着他,阿晋回头问道:"你怎么老跟着我啊?"

殇火像是第一次见他似的,从上到下打量了他一遍,才小心翼翼地问:"你有没有……和平时不一样的感觉?"

"没有!"他能有什么感觉?!

殇火见他怒气冲冲的模样,怕他真发火,掩着嘴轻咳了一声:"你接下来想玩什么?我陪你。"

第八章　离家出走

"今天不练习对战了吗？"一段时间练习下来，阿晋的对战技术大有长进，现在和殇火过招，都能打掉对方半管血了！

殇火皱起眉头道："这段时间就不要对战了吧。"

阿晋："……"

见阿晋一脸郁色，殇火忙道："好吧好吧，就练一会儿。"

他已经想好了，一会儿自己就让着阿晋，让他随便杀自己……殇火对少年阿晋念了一句"变身"，然而他并没有任何变化。殇火愣了愣，又念了一遍，阿晋还是维持原样！

阿晋也发现不对劲了："怎么回事？"

殇火说了句"你等等"，展翅飞去彩凤岛咨询了一下，才得知原来灵族进化后七天内无法变身，只能维持人形。

原来阿晋已经进化了！

就这么过了一礼拜，这日阿晋一上线，就发现家园的屋里多了一个圆圆的，白白的……这是什么？一枚巨大的蛋？！

奇怪啊，为什么会有一个蛋？

阿晋盯着这枚蛋，好奇地伸出手指戳了戳……软、软的！

软壳蛋！

此时殇火也上了线。他推开门，只见阿晋盘腿坐在床上，身上还穿着那身白色的貂毛大衣，面前有一个……白蛋？

殇火小心翼翼地问："这是？"

阿晋这时已经明白了些什么，面无表情。

殇火紧张得大气都不敢出。他伸手摸了摸蛋，热热的，软软的，手覆盖在上面的时候，蛋壳一张一弛，像是在呼吸……

阿晋："现在怎么办啊？"

殇火抱着蛋，愣愣地说："不知道。"

阿晋继续问："……要孵吗？"

殇火："……"

阿晋："要不先把它放在这里吧，咱们去问问是怎么回事。"

就等你上线了

殇火挣扎了一瞬,道:"你去问吧,我在这里守着。"

阿晋:"……"

阿晋无语地关门下了楼,召唤出烈焰穷奇往凡界飞去。到了彩凤岛,阿晋问织女为什么家园里会出现蛋,织女说:"该问题无法解答。"

阿晋:"……"居然无法解答!这是游戏里的系统漏洞吗?还是说问题出在那一粒神秘种子上?!

不过纠结这些问题已经没有意义了,现在他要问的是这枚蛋什么时候会破蛋,要怎么破蛋。

这回织女总算给了一些提示——这蛋居然是要用灵犀指数喂养的!

得到答案后,阿晋马不停蹄地飞回了家园。

上了楼,阿晋轻手轻脚地推开门,只见殇火正抱着蛋躺在床上……

"问出来了,要用灵犀指数喂养,但每天只能喂 100 点。据说它会随着喂养一点点孵化长大。"

听了阿晋的话,殇火赶紧试着用灵犀指数喂养了一次。

"没什么变化啊。"阿晋左瞅右瞅,又动手戳了戳,咦,蛋壳好像软了一点……这么看的话,这玩意儿好像一只巨型汤圆啊。

殇火笑着说:"别着急,慢慢来。"

两人又傻乎乎地凑在一起看了好久,终于阿晋先出声打破了这个诡异的局面:"别看了,再看今天它也不会再有变化了。"

正巧九殿下等人找上门来,拉他们一起去下副本。因为前些日子阿晋进化,不能变雪貂,好久没对战、没砍怪,他感觉自己全身都快生锈了:"走吧,一块儿玩去。"

殇火小心地把蛋挪到床的正中间,又给它盖上被子,确定它不会无缘无故地滚下去,才依依不舍地和阿晋离开。

几人在楼下等他们,九殿下一脸坏笑地问:"啧啧,干什么呢?"

阿晋没敢把蛋的事告诉任何人,怕殇火说漏嘴,还拼命朝他使眼色。

逝水问殇火:"听说你和阿晋上个星期完成了灵遇隐藏任务,这几天都不见你的人影,该不会有什么情况吧?"

第八章　离家出走

简简单单的一句话，又把皮球踢回给殇火，众人立即被转移了注意力，看向阿晋——

阿晋只好将屋里突然出现一枚蛋的事说了。

九殿下："真的吗？！"

野鹤："不是吧，这游戏还能这么玩？"

阿晋终于明白，为什么殇火说他们这群人中逝水是最坏的了！阿晋选择了沉默。

闲云摸了摸下巴，看向野鹤："要不咱们也结灵吧，让系统也发个蛋给咱们玩玩？"

03

临近期末，这段时间何晋一边复习，一边也不忘上线照顾他的蛋。随着喂养，那枚蛋逐渐出现变化，从一开始的纯白色"汤圆"，慢慢变成了半透明的"水晶汤圆"——没错，白色的蛋壳现在已经能透光了！可是蛋壳里只有黑乎乎的一团雾气，两人还是猜不出那是什么玩意儿，反正越看越觉得它像芝麻馅儿的汤圆！

十天后，蛋里面的黑色雾气慢慢散去，阿晋和殇火终于看清楚它的庐山真面目了！

那是一个闭着眼睛的小小人，皮肤白白的，头上长着两个犄角……

妈呀，为什么会有角？！这小子是牛魔王转世吗？

小小人捏着拳头蜷缩成一团，身上没穿衣服，但因为两只小腿也弯曲着，挡住了重点部位，所以看不出是男是女。

阿晋好奇它背后的模样，提议殇火一起把蛋翻过来。殇火虎着脸说："翻过来把脸压扁了怎么办？"

阿晋无语："蛋壁这么厚，这么软，怎么可能压扁？你就不好奇它背后有没有长小翅膀吗？"

就等你上线了

殇火:"……"

好吧,他的确很好奇!

两人小心地把柔软的蛋在被褥上翻了个个儿,再一看,傻眼了,里面的小人还是面朝上的,就像是浮在水上面,无论他们怎么翻,蛋里的小小人都不会用背对着他们!

那怎么办?一个人把蛋抱起来,另一个人蹲下来看?

殇火人高,自然是由他来抱,可他用手捧了好几次,柔软的蛋壳根本捧不住,都打滑了。他还试图把两只大手伸到蛋的底部去,可这样也不行!

"蛋壳太滑,蛋太重,抱不起来。"殇火下结论道。

阿晋试了两次也是如此,看来他们暂时只能透过半透明的蛋壳看它的正面模样了。

阿晋提议道:"我们给它起个名字吧。"

殇火:"嗯?"

阿晋瞟了他一眼:"总不能没有名字啊。"

殇火拨弄着柔软的蛋壳:"也好。"

阿晋:"叫汤圆怎么样?"

殇火:"汤圆?"

阿晋摸了摸鼻子:"你不觉得它像汤圆吗?还是煮熟了沉在碗里的那种,扁圆扁圆的。"

殇火:"……"

好吧,被阿晋这么一说,还真是挺像的!

殇火点了点头:"就叫汤圆吧。"

考试周对平时上课认真、复习又充分的学生来说反而相对轻松,因为不用上课,而且一天基本上只考一门,其余时间都可以自由安排。于是,何晋只要有空就会上游戏看一看汤圆,观察它的变化。时间一天天过去,汤圆的蛋壳不但越来越透明,还越来越薄了。他和殇火猜测,等这层蛋壳

第八章 离家出走

消失的时候,就是汤圆醒来的时候。

随着考试的结束,先考完的大一、大二学生陆续放了假。这日秦炀给何晋打电话,问他假期什么时候离校。

"我明天考最后一门,可能要在学校留两天收拾东西,订了下周二的高铁票。你呢?"

秦炀:"我已经考完了,想在你回家前和你一起吃个饭,有空吗?"

"好啊。"何晋一想,最近这段时间的晚上他都会和殇火上游戏,还是约白天比较合适,"后天中午成吗?"

秦炀:"行,就这么说定了啊!"

考试结束那天下午,何晋出了考场,刚打开手环就收到一条殇火的消息:"汤圆睁开眼睛动了!"

何晋几乎是飞奔回宿舍,还没喘匀气就戴上了头盔。

他上线的地方是家园的灵遇房间,这几天两人离线前都蹲守在汤圆附近。此时它周围的蛋壳只剩下薄薄的一层膜,两人都不敢去抱或碰。

殇火就在床边,一见阿晋出现就指着床上的汤圆道:"快看!"

汤圆闭着眼睛,脑袋却一拱一拱地想要挣破那层薄如蝉翼的蛋膜。两人小心翼翼地凑过去看,紧张不已。

阿晋:"它一直没出来吗?这样多久了?"

殇火:"快一个小时了,你没来,我也不敢动它。"

阿晋大胆地伸手去碰那层蛋膜,想帮它一把,结果手刚碰到,那层膜就变成了一身白色衣服出现在原本一丝不挂的汤圆身上!

怔然间,汤圆突然睁开了眼睛!

阿晋吓了一大跳,和殇火一起屏住呼吸盯着突然苏醒过来的小汤圆。它那宝石红色的眼睛眨了眨,本能地伸着脑袋拱了一下阿晋还没收回去的手掌心,短短的黑发触感如同羽毛。一瞬间,阿晋整个人、整颗心就软了,咧着嘴傻乎乎地直笑。

殇火也一样,现在看他那表情,根本联想不到他就是平日里那个狂踬冷漠的大神!

就等你上线了

汤圆的个头比人类的婴儿还小了一半，大大的眼睛几乎占了半张脸，要是忽略头上的犄角，它长得就像个漂亮又精致的SD娃娃（一种人形玩具布偶）。它跟个小宠物似的，自己一骨碌站了起来，看看阿晋，又看看殇火。

小宝宝转了个身，两人惊喜地发现，它背后有黑色的小翅膀！

咦？屁股后面那条白白的、长毛的东西是什么？它还有雪貂的尾巴吗？

好像知道殇火和阿晋在看哪里似的，汤圆甩了两下尾巴，殇火"扑哧"一声笑出声，张开手掌摊在床上，对它指示道："汤圆，过来。"

汤圆看看殇火，然后挥舞翅膀腾空，半秒钟工夫就飞到了殇火的掌心上空，再降落。

殇火、阿晋："……"

两人像是得了这世上最有趣的玩具，指挥着汤圆飞来飞去。

阿晋："它真乖啊！"

听到阿晋的夸赞，汤圆又甩了甩尾巴，还主动飞到阿晋手边用头去蹭他，但就是不说话。阿晋好奇地道："它听得懂我们说话吗？"

殇火："可能是认得出我们的声音吧。"

何晋想了想，又疑惑地道："汤圆到底是什么？NPC？"

殇火："应该是系统宠物类型的吧。"

不管是系统宠物还是NPC，都会有属性，两人把视线对准了汤圆的脑袋，它上空就浮现出一个半透明角色信息框——

汤圆

种类：魔族宝宝

年龄：0岁

生命值：100000

属性：强力攻击型系统宝宝，可替代系统宠物由灵遇双方或一方携带出战

第八章　离家出走

姓名"汤圆"已经填上去了，估计是他俩讨论的时候被系统自动捕捉了，难怪叫它的名字有反应。但两人一看到那个生命值就震惊了……什么，十万？！

阿晋的雪貂状态血量也才五万多，这小东西竟然是他的两倍？这是要逆天吗？！

殇火显然也发现了这一点："它的血量都快赶上我了！"

两人正观察着，好友栏突然疯狂跳动起来。

殇火随手点开一条逝水发来的消息："你们进化出新的物种了？"

他怎么知道？汤圆的事上电视了？

殇火看向世界频道，不出所料，玩家们已经为魔族宝宝的事聊得热火朝天了。往前一刷，他就发现几分钟前世界和全服公告栏都发布了一条新闻——

［公告］恭喜玩家殇火、阿晋成功获得一只魔族宝宝！

殇火和阿晋刚才太过专注于汤圆醒来的瞬间，都没有留意系统消息，现在好友们看到新闻，自然赶着上来打听！

片刻后，得到殇火和阿晋许可的几个人纷纷出现在他们家，还是最熟悉的那几人，外加齐天大剩。

侯东彦刚考完试，想找何晋一起回来，却没见何晋的踪影，回到宿舍才发现何晋已经戴着头盔上了游戏。他也不知道该不该担忧，跟着上了线，不料一登录游戏就看到公告栏出现这么劲爆的一条消息！

众人一脸新奇地看殇火抱着汤圆下楼来。其实魔族宝宝根本不用人抱，自己就会飞，但殇火还是忍不住想亲自体验一下。

阿晋站在他身后，一群人围着他们看了半晌，七嘴八舌——

九殿下："这么快……我连灵遇都还没找到！"

逝水："长得挺可爱的啊，叫什么名字？"

野鹤："它头上还长着牛角哎，好萌！"

就等你上线了

闲云:"呃,这不是牛角,是魔之角吧?"

篱落:"这是怎么进化出来的?"

其实,齐天大剩也很想问篱落问的这个问题……

阿晋假装没听见,只回答了逝水的问题。篱落被无视,忍不住又问了一次:"阿晋你是怎么进化的啊?"

阿晋不知道该怎么说。就在这时,汤圆突然转向熊猫,张嘴"哈"的一下朝对方喷了一口火!

篱落惨叫一声:"天哪,这玩意儿朝我喷火!"

汤圆挣开殇火的怀抱,扑向篱落,施展各种法术往他身上招呼,还"凶残"地发出各种吼叫:"咔!呀!哈!咻!……"

篱落:"我去,这宝宝的伤害值好高!救命!"

阿晋赶紧叫住汤圆,魔宝宝才停下攻击飞回阿晋身边……

众人一脸蒙,九殿下道:"什么情况,它怎么突然发飙了?"

逝水用驯养主的技能给篱落回了血,悠悠道:"大概是篱落问了不该问的话。"

齐天大剩庆幸自己保持了沉默,否则被一个刚出生不久的系统宝宝打到毫无还手之力,还真是挺耻辱的。

汤圆虽然被阿晋召了回去,但还是一副凶神恶煞的样子,一双眼睛瞪得血红,还"哼哧哼哧"地从鼻子里喷着火气,背后的黑色翅膀快速挥舞着,简直像个小恶魔。

不过经过刚才一打岔,大家都开始好奇魔宝宝的攻击力和属性了,当听殇火说它的血量有十万时,众人都震惊了!

逝水:"这差不多是一个小 boss 的血量了吧?"

闲云:"刚才看它打篱落的操作也挺犀利,现有的系统宠物应该都没有这么厉害。"

齐天大剩:"毕竟是由玩家孵化的系统宝宝嘛,肯定比人人都能有的系统宠物高级。"

野鹤羡慕道:"啊,我也好想要一个!"

第八章　离家出走

闲云："……"

阿晋想起刚才发生的事，偏头看向汤圆，教育道："篱落是朋友，不要随便攻击人。"也不知道它听不听得进去。

不料汤圆一听阿晋说话，原本凶狠的表情就变得可怜兮兮，两只大大的红眼睛噙满了泪水，尾巴也垂下来，一副很委屈的样子。

阿晋一头冷汗……这小家伙是智能的，还会装可怜卖萌！

"好啦，也不是怪你啦。"阿晋安慰了它一句，汤圆瞬间变回面瘫脸，甩了两下尾巴。

04

围绕着魔宝宝讨论了一会儿，逝水突然提起了战队比赛的事："殇火，你该放假了吧？咱们得抽时间为比赛的事做准备了，记得填报名表，讨论新战术，你看着安排一下。"

"嗯，现在除了齐天，这里的人都在战队名单里，大伙儿心里都有数吧？"殇火说这句话的时候特地看向篱落。

篱落道："嗯，我知道的！水哥最近也天天带我练级。"

殇火又道："战队一共十个名额，八个正式队员中有两个是灵宠号，已经定下是阿晋和篱落，还差一个正式队员和两个替补队员。我已有人选，晚点我会把名单发给你们，咱们讨论一下谁比较适合跟我们合作，选定后我再发邀请给他们，差不多一周内能落实。"

齐天大剩忍不住问道："大神，到时候能让我来围观一下吗？我保证不会泄露你们的训练内容和战术秘密！"

殇火愣了愣，看向阿晋。阿晋也在犹豫，毕竟这是涉及一大笔奖金的比赛，他也没办法为侯东彦做担保。

不过殇火很快答应了："可以，很欢迎。"之前他带齐天大剩下过夺宝副本，大家还一块儿上了电视，但齐天大剩之后并没有给他带来任何麻烦，

就等你上线了

从这一点上考虑,他就能信任对方。

逝水发私信问他:"靠谱?"

殇火:"嗯,现实中认识,但他不知道我的身份。"

逝水:"呵呵,你还瞒着自己的身份啊?"

殇火:"怕麻烦。"

简单聊完这些,殇火和阿晋又带汤圆去野外杀了会儿怪,众人跟过去围观,感受了一下魔宝宝逆天的实力。

逝水:"你们这宝宝来得真是时候,到时候比赛带上去肯定惊倒一批人。"

九殿下:"就是,冰激凌以为骗走了落花依依就赢定了吗?他肯定不知道咱们还有这个秘密武器!哈哈哈!"

殇火看了阿晋一眼。他还没帮阿晋打造装备,等打造完了,雪貂也是个秘密武器。

野鹤突然问道:"哎,对了,殇火,咱们战队叫什么名字啊?"

战队名的问题殇火还真没想过,虽然这队伍是以他的名义组织的,但逝水出的力也不少,而且战队名还得考虑到每个成员的想法。

"你们有什么提议吗?"殇火问。

九殿下疑惑道:"还要想战队名字啊?我还以为直接叫无情战队就行呢!"

闲云点头分析道:"嗯,叫无情战队也挺好,毕竟无情在《神魔》很有名气,就算他名字已经改回去了,这么叫也能吸引一批喜欢无情的粉丝来关注我们战队。"

殇火摇头否定:"战队是团体活动,以无情命名可能不妥。或许大家觉得无碍,但叫久了,总会让大家在心理上产生是为我一个人战斗的感觉。"

这句话切实地说到了众人的内心深处,殇火这人平时看着高冷狂跩,但从这句话就能听出来,他并不是那种以自我为中心的人。所以这些人才会一直在他身边,无论什么副本、活动,都能随叫随到,如同兄弟,而非附庸。

也因为这句话,大家放开思想束缚,纷纷思考起战队名来,很快好几

第八章　离家出走

个名字便产生了……

可这些名字有的听上去没什么新意，有的又感觉不太正经，英文又无法出现在《神魔》游戏中，因此纷纷被否决了。

九殿下摸着下巴问道："队名最长几个字啊？"

逝水："不清楚，你又有什么想法？"

九殿下竖起食指严肃地道："叫'你们老公在这个战队'怎么样？"

众人一听，瞬间想起了殇火被广大女粉丝齐齐叫"老公"的事，喷笑道："哈哈哈，你这是在给无情拉仇恨吗？"

"No！No！No！"九殿下认真地摇头申辩，"谁说这老公是无情啊？也可以指我们队里的任何一个人啊，譬如说，我！"

野鹤："不要脸！"

篱落："不要脸！"

闲云和逝水一起做了个鄙视的手势。

九殿下："……"

这个不靠谱的提议很快被大伙儿毙了，逝水看向一直没发言的阿晋，问："阿晋，你有什么想法？"

阿晋沉吟道："我感觉大家的名字不是水就是火，还有闲云和野鹤，听着都很诗情画意，要么就叫'情意战队'怎么样？"

闲云第一个点头："不错啊！"

野鹤："这想法我给满分！"

阿晋想的这个名字比他们之前那些乱七八糟的靠谱多了，而且这队名中还有一个"无情"的"情"，也算是点出了殇火的存在，一语双关！

众人纷纷表示同意。见没人再有意见，战队名便暂且定下了。

次日中午，秦炀到了和何晋约吃饭的餐馆。因为正值考试周，他和何晋在现实中也有十来天没有见面了。

想起近日在游戏里发生的事，还有魔宝宝汤圆，秦炀就忍不住勾起了嘴角。他坐在窗边，看着校门的方向，想着吃饭的时候要不要找机会慢慢

就等你上线了

向何晋透露自己在游戏中的身份……

何晋不是一个人来的,还带了侯东彦。

侯东彦订了晚上的飞机票,中午见何晋要出去吃饭,随口问能不能一起,何晋就答应了。他想着,反正都是同学,秦炀应该不会介意。

其实他这么做也是怕秦炀又要请自己吃饭。虽然秦炀说了他是心甘情愿的,但何晋还是为欠人情的事而耿耿于怀,有猴子在,他可以名正言顺地买单。

一月末,A市的气温已经降到了零下,餐馆里的暖气开得很足,何晋一进门,眼镜就覆上了一层白雾。

他进去后扫视了一圈,看见坐在落地窗边的秦炀,赶紧走过去:"你已经到了?等很久了吗?"

"嘿!秦帅哥,好久不见!"侯东彦紧随而上,打了声招呼,大大咧咧地坐下。

秦炀微笑着朝侯东彦问了好。

何晋落座,把眼镜放在桌上,先去解脖子上的围巾。秦炀没考虑到侯东彦会来,选的是小方桌,现在侯东彦一来,明显有点拥挤。

何晋解下围巾后就不知该往哪儿放了,秦炀朝他伸手:"给我吧。"他把何晋的围巾放在自己身边的座位上,又看向桌上的眼镜,问,"你还戴眼镜?"以前他都没见何晋戴过。

"嗯,最近视力有些下降,找出来戴一下。"何晋迷迷蒙蒙地在兜里翻找眼镜布,擦干眼镜上的雾气,又戴上道,"度数不高,不戴的话,适应一下也看得清,但早上起来戴上后就忘摘了。"

"不会是玩游戏玩的吧?"秦炀开玩笑道。

何晋摇头:"游戏头盔连的是大脑,不是眼睛,所以没关系的。是我前段时间复习看书,有点疲劳了,放假回去休息一段时间就好。"

几人点了些菜,还要了瓶啤酒,但气氛并不如何晋想象中那么好。他总觉得秦炀整个人都绷着,有种放不开的拘束感。

侯东彦提到了之前的网球比赛,连连夸秦炀厉害。秦炀笑着跟他碰杯,

第八章　离家出走

酷酷地说了句"谢谢",和平时单独与何晋相处时表现得不太一样。

但侯东彦感觉不出来,又拉着秦炀聊了不少事。

"秦炀,我记得你家是在 A 市吧?"侯东彦吃了颗花生米,边嚼边道,"你回家这么方便,怎么还在学校?"

秦炀不动声色地看了何晋一眼,说正是因为方便,所以无论哪天回去都行,接着便转开了话题。

饭后何晋抢着买了单,秦炀没跟他争。起身时他把何晋的围巾递还过去,手上还拿着另外一条,是他自己的,深蓝格子花纹,是他陪何晋买完球拍在复兴路饰品店里买的那条。

出了餐馆,秦炀问:"你们待会儿有事?"

侯东彦道:"我要赶飞机,得提前去办理登机手续,回去就得收拾行李上路。"

秦炀看向何晋,何晋道:"呃,我要回宿舍做大扫除。"

侯东彦拍拍何晋的肩膀,不好意思道:"辛苦晋哥啦,开学我给你带点土特产!"

之后没什么话说,三人各自道别。

05

侯东彦一离开,宿舍里就只剩下何晋一个人。他拿起畚箕和扫帚正打算扫地,就感觉到了手环在振动。

何晋看向摄像头,接了电话,手环上方弹出方形光幕,投影出他妈妈那张略显苍老的脸:"何晋啊,考试考完了吗?"

何晋的妈妈三十九岁高龄才怀的他,几年前退休在家,现在已经上六十了。

何晋:"嗯,昨天下午最后一门。"

何妈妈眯着眼睛问:"你怎么又戴眼镜了?"

就等你上线了

何晋把中午回答秦炀的话又重复了一遍，他妈道："哦，那早点回来休息……订票了吗？"

何晋："订好了，下周二下午两点的票，晚上七点左右到Q市火车站。"

何妈妈皱起眉头道："下周二？还有三天？都考完了你怎么不订今天的票？你这三天还要在学校里干什么？"

何晋一听他妈这疑神疑鬼的语气，整个人就像是被掐住了喉咙，有些不耐烦地说："要收拾东西，今天得做一下大扫除……而且，学生都是这几天放假，周末的票不好买，我十天前就订了，怕临时有事才往后推了一天。"

何妈妈伸头伸脑地问："你那个室友呢？"

何晋举着手环扫视宿舍让她看："今天刚走。"

何妈妈眼尖地看到了他写字台上的东西，问："那个圆圆的是什么东西？"

"啊，那个，那是问候东彦借的……改善睡眠的头盔，新科技产品。"何晋赶紧扯了个谎，还好现在摄像头对着写字台，拍不到他慌乱的表情。

他妈"哦"了一声，盯着他问："你睡眠不好？"

何晋："嗯，最近有点失眠。"

"小小年纪怎么会失眠？那头盔真能改善睡眠？我是不相信什么科技不科技的，我听人说，这手环也不好的，用多了对人脑不好。"何妈妈抱怨了一通，又问了些何晋生活上的细枝末节，最终道，"那你自己回来注意点，火车站人多又乱，过年过节的，是小偷'创业绩'的时候，别相信陌生人，也别瞎好心地去帮别人，自己管好自己，知道吗？"

何晋："嗯。"

何妈妈笑了笑道："到时候让你爸接你去，学校里伙食不好，你肯定吃怕了吧？回来妈给你做好吃的啊！"

何晋："嗯，好。"

半个小时，总算打完了电话，投影画面消失，何晋呆呆地坐在床上，慢慢用双手捂住了脸……他不喜欢妈妈的狭隘自私和固执己见，可再不喜欢他也没办法去恨她，因为那也是个会关心他、会嘘寒问暖、会为他做

第八章 离家出走

饭的母亲。那种关心里夹杂着母爱,那种母爱里又夹杂着一厢情愿的自私……它们让何晋矛盾透了。

就在这时,宿舍外门"咚咚"地响了起来。

何晋赶紧起身应道:"哪位?"

"我。"是秦炀的声音。

何晋赶紧出去开门:"你怎么来了?"

秦炀穿着一身休闲服,手上拿着一罐开了的碳酸饮料,不答反问:"侯东彦走了?"见何晋点头,秦炀迈步往宿舍里走去。

"怎么了?"何晋忍不住问道。

"你不是说要大扫除吗?我来帮你。"秦炀喝完饮料,随手把罐子扔向房间角落的垃圾桶,"哐当"一声,正中桶心。

何晋挡着他:"不用了,我自己一个人就够了。"

秦炀扭头看了一眼何晋,没说话,转身就去洗手间找抹布了。

"你……"何晋被对方的反应搞傻了,眨了眨眼。

于是,何晋在外头扫地,秦炀出来擦玻璃窗,两人相安无事地干了会儿活,秦炀问他:"哎,你有兄弟姐妹吗?"

何晋跟他抬杠:"干吗,你想认我做哥啊?"

秦炀"哼"了一声:"你想得美,咱俩出去在别人眼里谁长谁幼都不好说呢。"

何晋:"……"

过了几秒,何晋突然道:"曾经有一个。"

秦炀停住了手上的动作:"啊?"

何晋也顿了顿,道:"有个哥哥,在我五岁的时候去世了。"

秦炀:"抱歉。"

"没事,"何晋把畚箕里的灰倒进垃圾桶,"我那时候很小,没留下太深的印象。"

秦炀的心情有点沉重:"能问一下他是为什么离开的吗?"

"好像是生病吧。"何晋也不知道哥哥生的是什么病,长大后问过他爸

就等你上线了

妈几次，都在家里引起了不小的波澜。总之，只要他在他妈面前一提到哥哥，他妈就会变得特别神经质，失魂好几天，等缓过劲儿后就变本加厉地管着何晋。

可能早年失子，落下了这样的心病吧，这也是何晋从小不敢叛逆的原因。

秦炀没再多问。何晋担心气氛太压抑，把问题抛了回去："你有吗？"

秦炀从矮凳上跳下来回洗手间："有啊，我有一个弟弟、一个妹妹。"

何晋："亲的？这么多！"

"不是，同父异母。"秦炀的声音从洗手间里传出来，带着回响，让宿舍里突然多了一种别样的味道，"亲的兄弟姐妹也常见啊，现在不是很多人有兄弟姐妹吗？"

何晋愣了愣："呃……你父母离婚了？"

秦炀："不是，是我妈走得早，我爸又娶了。"

何晋把畚箕往墙边一放，跟进去洗拖把："看来这次该我说抱歉了。"

"为什么要说抱歉？我后妈对我挺好的。"秦炀过去抢了他的拖把，"给我，你打扫浴室。"

何晋争不过他，只能由他去："那你弟弟、妹妹都多大了？"何晋边说边戴上橡胶手套，先去刷马桶。

"还很小呢。"秦炀用手比了比高度，"两个小不点，才上小学。"

何晋："都上小学？双胞胎？"

"不是，相差一岁。"秦炀想了想道，"弟弟大，但弟弟好像比妹妹还矮一点。"

何晋笑道："呵呵，那他们黏你吗？"

秦炀："妹妹黏人，弟弟怕我。"

何晋："为啥啊？你不一视同仁吗？"

秦炀伸了伸拳头："弟弟太皮了，我要揍他的。"

因为边打扫边聊了许久，两人之间的气氛慢慢又好了。

为感谢秦炀帮自己的忙，晚上又是何晋请客吃饭，但这次他们去的是食堂，何晋也没那个条件顿顿带人下饭馆。华大还有许多在校读博的学生与搞研究的教授，这些人比学生放假晚很多，所以食堂照旧开着。

第八章　离家出走

吃饭的时候，秦炀很自然地问起了何晋周二几点去火车站，说自己刚好要去那附近办些事，可以顺便送送他。

何晋笑道："顺路的话到时候一起走就是了，送就别送了，我这两年半来去火车站也不下十次，都熟悉的。"

秦炀没说什么，但等何晋真走的那天，还是坚持一路送何晋到了车站。

火车站乌泱泱的全是人，何晋的行李不多，身上一个书包，手上一个拉杆箱，箱子被秦炀抢去拖了。

何晋表面上千方百计地拒绝秦炀，可心里还是为对方的举动感动到不行，因为从来没有血缘关系以外的人这样对待过他，如同亲兄弟。

两点整发车，两人到的时候是一点三十，还没开始检票。

秦炀把东西一放，先让何晋在候车区坐下，看了看手环的时间道："你在这儿等我一下，还有十五分钟检票，我要是没回来你就先进去，不用等我。"

何晋急忙问："你去哪儿？"

秦炀朝他笑了笑，转身跑了，和那次他突然转身去买围巾一样，没有说原因，却让人期待。

他今天穿着黑色衣服，不太好认，很快就隐入人群中，看不见了。

很快检票口就开始闪灯，报音："前往 Q 市的旅客请注意了，××××次列车已经开始检票……"

身边的人纷纷站起来去排队，不一会儿就排了长长一条队伍。

秦炀还没回来，何晋站在队列外，伸着脖子张望着，一会儿又低头用手环给他发消息："你到底上哪儿了？我该检票了。"

他刚发完一抬头，就看见一个黑色人影快速地在人群中穿梭靠近，风一样地来到自己面前。秦炀喘着气把一袋子东西递给了他："给你，车上吃。"

何晋："你……我们不是吃过中饭了吗？！"

"咱们吃的时候才十一点半，等你晚上七点到站，早饿晕了。"秦炀扣着他的肩膀把他转了个方向，往前一推，"快上车，来不及了……"

顺利检票进站后，何晋一扭头，见秦炀还站在原地望着自己的方向。他挥了挥手，扭回头往前走去。

就等你上线了

上了车，何晋放好行李才有时间去看秦炀买的东西，汉堡、鸡块，还有些盒装寿司、旺仔小馒头、薯片，一瓶维生素 C 饮料……咦，还有一罐碳酸饮料！

何晋一时都不确定这碳酸饮料是秦炀给他买的，还是秦炀给自己买的却忘了拿出去，用手环给秦炀拍了张照片，问："你的？"

秦炀回复："给你的，呵呵。"

何晋取了还热的鸡块吃，把剩下的东西放在一边。

列车启动，驶向了何晋的家乡。

何晋摆弄着手环，不知不觉就给殇火发了条消息过去。

阿晋："我回家了。"

殇火："回家还能玩游戏吗？"

阿晋："能，我带了头盔回去。但是在家里不像在学校里那么自由，可能只有晚上睡觉时才有时间上线……会不会影响你们的训练计划？"

殇火："不影响，暂定到时候你只需要上一场灵宠对战赛。被我虐了这么久，你对上别人没问题的，别担心。"

阿晋："好。"

殇火："回去还能线下联系吧？"

阿晋："应该能吧。"也不知道他妈现在还有没有翻他的手机或手环的习惯，要是有，那估计够呛。

殇火："嗯，有事就给我发消息。"

阿晋："嗯。"

06

七点半到 Q 市站时，天已经黑透了，何晋在出站口看见了他爸爸。他爸爸身上还穿着那件十几年没丢的羽绒服，佝偻着背，抽着烟，不像个退休的

第八章　离家出走

知识分子，倒卑微得像个老民工。何晋心里一酸，迎上去叫了声："爸！"

他爸笑起来，一脸皱纹，眼睛眯成两条线，嘴上轻轻地应了声："来啦。"他要去帮何晋拿行李箱，被何晋闪开了："我自己来！"他主动走到他爸前面去，像他才是大人似的带着他爸走。

"怎么回去？"何晋征询他爸的意见。

"打车吧。"男人从兜里摸出一沓皱巴巴的零钱，顿了顿又说，"别让你妈知道，她叫咱俩坐公交车。"

何晋："……"

何晋见他爸手里那一沓不知道存了多久存下来的零钱，越发觉得心酸。他抓着他爸的手往回塞："别拿了，打车的钱我来给就行了。"

招了辆出租车，何晋拉开后座车门，先让他爸上去，自己把行李箱往后备箱一放，也跟着进了后座，和他爸并排坐着。

"吃饭了吗？"何晋问他。

"没呢，等着你回来了一起吃。"他爸道。

"等我干什么？我又不会饿着自己。"何晋一瞅时间，等到家就八点半了，他倒没什么，在学校里忙的时候也很晚才吃饭，但他爸妈两个退了休的人，平时晚上五点出头就开饭了，为等他，二老饿到八九点，何晋想着又是一阵难受。

他拆开秦炀给他买的那袋子食物，想拿那盒便利店的寿司给他爸先垫垫肚子，但手一碰才发现寿司凉得不行，他爸胃不好，吃了估计更不舒服，只能作罢。

爷儿俩都不是会聊天的人，坐在后座上一路无话。到了小区门口，何晋他爸又在兜里掏钱，何晋伸手挡住，抬起手腕让司机刷了电子账户。

下了车，昏暗的路灯下，他爸笑看着他，何晋被看得有些不好意思："你笑啥啊？"

他爸说："笑你跟我抢着付钱。你的钱不也是爸妈给你的，你有啥好抢的？"

何晋被噎了一下，心说：这是态度，态度懂不懂？

就等你上线了

他跟在他爸身后，小声道："我会赚的，以后赚了给你花。"

他爸顿了一下，又继续往前走："我不会花钱，你到时候给你妈吧。"

爷儿俩进了家门，一股熟悉的味道扑面而来。不是食物的味道，而是陈年家具、厨房油烟、洗衣粉、樟脑丸……各种各样的、只属于他们家的味道，不难闻，却让何晋瞬间回想起此前在这里将近二十年的生活记忆。

何妈妈见到何晋，整张脸都灿烂起来，指挥着老伴儿给何晋放行李箱，又去热桌上的菜："赶紧去洗洗手，把外套脱了，路上不知道沾了多少人的细菌。你要觉得冷就去换件新的，我放你房间的床上了……洗完手换了衣服来吃饭！"

整个家里只有他妈一个人的声音，快速地叨叨着。

"哎，对了，你们是坐公交车回来的吗？今天车开得还挺快的嘛，我看着时间呢……还好火车站有车直达咱家，还是咱们家这房子地段挑得好，几十年了，去哪里还是很方便……何晋，车上人多不多啊？"

"还行吧。"何晋随口敷衍了一句，换了衣服出来坐下。

一桌子饭菜，有鱼有肉，他爸心情好，倒了一小杯白酒来喝，何晋见了，说："爸，我陪你喝点吧。"

他妈立刻尖声叫道："小孩子喝什么酒？这是白的，五十二度！好的不学学坏的，吃饭！"

爷儿俩："……"

何晋想反驳：我已经不是小孩子了，我就陪我爸喝点酒怎么了？

可他知道自己这两句话一说出来，他妈就得炸。他妈是从来听不进反驳意见的，只要她认定的规矩，就得按照她说的来，谁要是不依，她就能扯到生死问题上去。

何爸爸举了举筷子，示意何晋吃自己的饭，不用陪。何妈妈一点没意识到气氛不对，瞅了眼何晋道："你看你，半年不见又瘦了，学校食堂的东西肯定不太好吧！这是妈买的黑猪肉蹄子，在家多吃点补补……哎，对了，

第八章 离家出走

还有这基围虾，一百二一斤，光这一盆就五十，为了给你买这桌菜，我跟你爸一礼拜没开荤了！"

何晋顿住了，突然有点食不下咽……

何爸爸忍不住嘟哝了一句："你少讲两句，别给孩子心理压力。"

何妈妈白了他一眼："我给孩子什么压力了？我这是让他知道家里好，在外面能有谁像他爸妈这么掏心掏肺地待他？"

何爸爸不说话了。何晋匆匆扒了一碗饭就放下了筷子，他妈皱眉："不吃了？"

何晋："饱了。"

何妈妈："那再吃点菜啊！"

何晋心平气和地道："妈，以后别买这么多菜了，也别因为给我买好的，你们自己就吃差的，我们家也不缺吃饭的钱吧？"

何妈妈虎着脸把他的碗筷一收，说道："我还要给你买房，娶媳妇，以后等你有孩子了，我还要供孙子上学，你不知道现在上学有多贵。梅娟阿姨你还记得吧？她外孙女今年五岁了，去上早教外语培训班，学费要这个数！"何妈妈比了个八的手势，估计是八千，"现在呀，小孩教育都跟抢钱一样，咱们年纪大了，能省就省一点，还不是为了你……"

何晋："这钱我自己会赚，你别瞎操心了。"

他妈哼笑了一声："你赚？你去哪里赚？你没看电视、报纸上报道的那些大学生失业的问题啊？华大出来的人都开出租车了，我跟你说……我问过了，你爸给你找的那个事业单位，一个月各种福利杂七杂八加起来小一万，算很好的了，这样一年下来你也顶多能存个十万。现在Q市什么房价你知道吗？好一点的地段两万块钱一平方米，你工作一年不吃不喝也只够买个厕所，等你赚到买房钱，我跟你爸的骨灰都凉了！"

何晋："我可以在A市找工作，那儿的工资比这里高……"

何妈妈："在大城市里更难混！你以为工资高就能解决问题了吗？工资高开销也很高，你在外地还得自己租房子，而且我听说A市的房价三环内的都到八万一平方米了！你若是在A市市中心工作，每天来回坐地铁就得

就等你上线了

花一两个小时，若是公司在郊外，那还不如回 Q 市！别以为我不知道，我都看新闻的！你呀，就是在学校里泡久了，天真！"

何晋皱眉道："那我暂时就不结婚了，等有钱了再说。"

何妈妈一惊，嗓音突然高了起来："这怎么行？一定要买房、结婚！我不都说了，你没有钱我帮你存了啊，你就管好自己，把书念完就回来，工作了就住在家里，一切都稳稳当当的……"

话题陷入了死循环，何晋再心平气和都没办法跟他妈交流下去了。

洗了澡回到房间，已经十一点了，何晋瘫在床上，像是去了半条命。

因为观念不同，方才长达一小时的训话让何晋经受着强烈的精神折磨。他不想要那样的生活，可又找不出合适的理由去反驳他妈，毕竟他还没毕业，也担保不了自己能有什么样的前途。学校里的成绩不能说明一切，进了社会一切都要从头开始……

他多么希望自己现在能有好大一笔钱，全部堆在他妈眼前，底气十足地说："妈，咱们不缺钱，你和爸过好一些，别委屈自己，也别为我考虑那么多了，我的生活自己能负责。"

可这是钱的问题吗？不是！

何晋并不觉得他们家条件不好，对他父母退休前的工资也有印象，虽然算不上大富大贵，但也够得到小康线了吧？可他们的生活质量让何晋感觉他们家还在温饱线上挣扎……尤其是他妈在饭桌上说的什么一周没开荤，至于这么夸张吗？

所以，问题不是钱，而是观念，即使他给他妈一千万，他妈估计都舍不得为自己花一分。她现在的能力只能管到这个家、她的儿子，甚至可能还有她的孙子，等她有了一千万，她就能管上曾孙子、曾曾孙子……子子孙孙无穷尽也。

"何晋！这一袋零食是你买的？"他妈的声音透过房门传了进来，"跟你说了多少次，别吃这种垃圾食品！还有这是什么……寿司？新闻都报道过了，这种塑料盒子有毒的！你晚上吃这么少是不是零食吃多了？而且都

第八章　离家出走

不便宜吧？我天天省这省那为你操心，你怎么就不让我省省心？！以后别再让我看到你买这些东西！"

何晋："……"

何晋拿起身边的枕头，翻身用力压住脑袋，整张脸都埋在被褥里，透不过气来……

就在这时，他脑海中突然响起一个声音：要变强，不要认输。

何晋浑身一僵，这是他在对战场向殇火投降后殇火对他说的一句话，不知怎么这会儿会想起来。他渐渐松开压着枕头的手，内心像是被那句话激励得有了些勇气。

没错，这是他必须跨过去的一道坎，否则他这辈子就完蛋了！

何妈妈："你听到没有？"

何晋赌气地回吼了一句："听到了！"

要说同学给买的，估计会被啰唆更多，何晋理智地选择了背锅。现在和他妈妈争下去是没有任何意义的，这事他还得慢慢打算。

07

晚上，何晋听到他爸妈都睡下了，又给殇火发了条消息。见对方没回，他才蹑手蹑脚地下床去书包里拿游戏头盔，躺回床上戴上，滑下眼罩。

午夜十二点，何晋登录游戏，殇火果然在线。

殇火："怎么这么晚还上来？到家了？"

阿晋："嗯，我上来看看。"

殇火："我们在浮游岛，你用形影相随过来。"

阿晋立即来到殇火身边，见只有他和汤圆。魔宝宝看见阿晋，兴奋地发出了"叽叽叽"的声音，挥舞着小翅膀飞到阿晋身边又是蹭又是亲的。阿晋笑着抱住它："感觉像是大了一圈。"

殇火："嗯，不知道它还会不会继续长大，我刚才指挥它打怪，发现这

就等你上线了

小家伙挺智能，教它的东西它都记得住。"

阿晋在汤圆的脸上亲了一下，魔宝宝"叽"的一声，脸上红红的，似乎有点被亲傻了。

阿晋逗了会儿汤圆，问："你什么时候睡？"

殇火回道："你什么时候睡我就什么时候睡。"

阿晋："那我现在去睡了！"

殇火笑了笑道："我带你去个地方。"说着，殇火就让阿晋变成了雪貂。

"哎，等等！汤圆！"小糯米团突然脱手，阿晋伸着毛茸茸的雪貂脖子往刚才那个方向看去。

"紧张它干什么？它自己有翅膀，会飞。"殇火对边上的小糯米团道："自己跟上。"

"叽！"汤圆一脸认真地握紧两只小拳头，拼命挥动着翅膀，表示自己能行，但它与殇火的飞行速度就像是小鸟和老鹰，差远了。

殇火背着阿晋轻松地在仙界上空翱翔，阿晋时不时提醒他："等一下、等一下，小不点又没影儿了！"殇火只能飞慢一点，等汤圆赶上了再加快速度，也不知道这系统宝宝的各方面能力会不会随着年龄渐增而增强……

他们花了比平时多一倍的时间才来到天宫城，但可能是系统宝宝的缘故，汤圆的模样看着一点不累，精神奕奕地跟着两人。

阿晋想了想，问殇火："你说刚才要是咱们不等它，直接飞来了，它会不会跑丢？"

殇火："不清楚，下次可以试试看。"

汤圆顿时变得泪眼汪汪的，委屈地看着殇火，阿晋立刻心软了："呃，还是别试了。"

进入天宫城，殇火带着阿晋和汤圆来到了一座玉白色的蛋壳形宫殿前，对着衣带飘飘的NPC仙子道："报名仙宠竞技。"

NPC："开启报名程序，请提供灵宠姓名及昵称。"

殇火："阿晋，小白。"

第八章　离家出走

阿晋："……"

NPC："收录成功，请为您的灵宠缴纳仙宠竞技费。"

殇火刷了钱，NPC道："报名成功，是否现在进入竞技馆？"

殇火："是。"

眼前画面一变，三人就出现在了馆内——全白色的圆形空间，有点像是对战房间，阿晋这才问："仙宠竞技是什么？"

殇火简单介绍了一下，原来这是一个专供灵宠竞技的平台，灵宠在通过竞技考验后能获得飞行能力和仙宠的头衔，之后竞技馆会定期发送同等级灵宠的竞技邀请让他们对战，对战获胜方能赢得积分和奖金，系统再根据积分进行排名，排名高的玩家就能进入神魔仙宠榜。

阿晋的关注点不在排名上，而在殇火最开始提到的飞行能力上："通过考验后就能飞了？"

殇火："嗯，要不要开始？"

阿晋点了点头，有些紧张地问："会很难吗？"

殇火笑道："你试试就知道了。"

地面上有一个发光的绿色圆圈，随着阿晋的踏入，光环变成了红色，也意味着考验开始了。

汤圆在圈外握着拳头朝雪貂形态的阿晋叫了一声："叽！"像是在给它鼓劲加油。

很快，阿晋眼前出现了第一个对手……呃，一团树藤？

不知道对手实力如何，阿晋选择以静制动的保守方式，等对方先出招。只见树藤发动了"缠绕"的技能，绿色的缠绕物沿着地面呈直线朝阿晋蔓延而来。阿晋迅速闪开，绕着圆环场顺时针跑了一圈，发现这缠绕物的蔓延速度都不及它奔跑速度的一半，于是胆子大起来，飞速靠近树藤，伸出爪子——"唰唰唰"！

系统人声："您已成功击败树藤。"

阿晋：咦，好像挺容易的嘛！

系统人声："顺利通过第一关，是否继续？"

就等你上线了

阿晋:"是。"

第二个对手是兔子,因为有第一关的试探,阿晋料想第二关也难不到哪里去。果然,它再一次轻而易举地获胜了。

第三个对手是会发针类暗器的仙人掌,接着是鹿、猫、狐狸、狼……阿晋一口气打到第九关,感觉像是才做了个热身运动。

殇火问:"怎么样?"

阿晋:"挺轻松的。"虽然难度在逐渐增加,但跟殇火那个大魔王比起来,这些灵物简直是小意思,"要打几个才能通过考验?"

殇火:"十个,再打一关你就有仙宠称号了。"

好简单……

阿晋选择了继续。最后一个对手是龙,不管是速度还是攻击力都比之前那些灵兽要高,但对阿晋来说还是没什么挑战性,它一鼓作气地轻松完胜,通过了考验。

获得仙宠头衔后,阿晋被系统通知暂时排在仙宠竞技榜的第1462位。与此同时,阿晋还发现自己周身散发出一层银白色的光!

殇火道:"你看看,现在是不是可以自己切换形态了?"

阿晋立即冥想"变身",自己瞬间就从雪貂的模样变成了人形……啊哈,太棒了,早知道成仙宠后就能自己切换形态,他就早点过来参加这个考验了!

咦?阿晋感觉自己身后好像也多了什么东西,扭头一看,只见自己背后长出了一双半透明的银色翅膀!阿晋动了动脊背,翅膀随即颤动起来,他身子一轻,腾空了!

阿晋喜不自胜。他原本还以为获得飞行能力会让他从"扫雪貂"变成一只"飞天鼠"呢!

飞回殇火身边,阿晋满脸都是掩饰不住的兴奋之色,殇火笑道:"对灵宠职业的玩家来说,通过仙宠考验才算是真正开始这个游戏。"

阿晋:"嗯?为什么?"

殇火挑眉道:"你不想变成《神魔》里最厉害的仙宠吗?"

第八章　离家出走

阿晋："……"

的确，每次被人叫"全服第一大神的灵宠"，总是让身为男性的何晋有点不爽，他也很想有自己的头衔……但是，"《神魔》里最厉害的仙宠"，这个目标会不会有点太高了？

殇火好像猜到了他在想什么，鼓励他道："没信心吗？你可是我调教出来的。"

何晋："……"

"没什么好怕的，上仙宠榜对你来说应该很容易，我之前看过几个榜上的灵宠玩家的对战，和神、魔族的玩家的正式对战差得远了。"殇火道。

阿晋："是因为灵宠职业太鸡肋吗？"

殇火："不是，是玩这职业的人太少了，所以竞争相对较低。你要玩得好，都能单挑九殿下……嗯，以你现在的实力，单挑你那个叫齐天的朋友，百分百不会输。"

阿晋瞅了殇火一眼："那你呢？"

"我？"殇火勾起嘴角，邪笑着叩了一下他的脑门，"你这辈子都别想了。"

阿晋："……"这人好欠扁！

两人玩到凌晨三四点才下线，因为过了睡点，何晋摘下头盔的时候还很亢奋，把头盔放回书包，又躺了半个多小时才睡着。

第二天七点不到，睡梦中的何晋就听到了他妈的"魔音"："何晋！何晋！起床了！"

何晋缩在被窝里，只想赖床睡懒觉。

何妈妈见何晋不应，直接推门进来掀他的被子："你以前从不睡懒觉的，什么时候养成这坏习惯的？"

何晋被迫起来，顶着黑眼圈去洗漱。吃了早饭，又被他妈差遣着干了些杂活，下午实在撑不住回房间补了个觉。到了晚上，何晋依样画瓢，等他爸妈都睡了才爬起来找头盔戴上，殇火果然在线。

当晚，殇火又带阿晋去"磨爪子"。他已经收集了足足二十颗青金石，原来所谓的磨爪子并不是用青金石把雪貂晋的爪子磨尖，而是用这些青金石做二十个爪套，给阿晋装备上。

就等你上线了

瞬间，阿晋的攻击力就比原先提升了两倍，这意味着以前雪貂用三爪才能挠死的怪，现在只要一爪就能搞定！

之后殇火又带他去了仙宠竞技馆，阿晋和几个系统分配的同等实力真人灵宠进行了对战，十场全胜，排名一下子进到了一千以内。

接连几天都是如此，何晋白天扮演乖小孩，虽然经常被唠叨得神烦，但一想到晚上能在游戏里放松放松，整个人就有了精神寄托，有了期待。殇火也陪着他颠倒日夜。

08

转眼到了除夕夜，按照惯例，何晋一家三口都会去姥姥家过年，一起去的还有小姨和舅舅两家。

何晋的妈妈是姥姥最大的女儿，何晋却是兄弟姐妹中年纪最小的。

不过这天在姥姥家的只有舅舅的女儿张晓苗。他小姨的两个孩子一个嫁人去男方家过年了，还有个表哥叫李跃东，比何晋大三岁，从小叛逆，考了个普通的本科，去年已经毕业工作了，今晚没来。

小姨和他妈妈在厨房里帮姥姥做年夜饭，正抱怨李跃东不听话，大学开始就成日不回家，学抽烟喝酒，毕业后一直在外地跟一帮狐朋狗友鬼混……小姨言语间各种恨铁不成钢的意味。

何妈妈道："我当初就跟你说了吧，孩子就是得从小严管！你不管他，他就走歪路，学坏！"

小姨："我也管啊，但我说他一句，他能顶十句，句句都能把人气死！真管不动！"

何妈妈："是他小时候你没打他。我告诉你，小孩是靠打出来的，棍棒底下出孝子，从小要打，把他的脾气打没了，他就听话了。"

何晋心里一寒，心说：如果这就是所谓的孝，那他为什么会不喜欢母亲呢？

第八章　离家出走

小姨:"我就是狠不下那个心啊,你看现在把他惯得野的……估计我哪天死了他在外面都不知道!唉,每次见到你家何晋我就羡慕,李跃东要有何晋一半乖我就可以烧高香了!"

何妈妈的声音低下来,她略带哀伤地道:"我这不也是从老大身上得的教训吗?"

小姨小声道:"这么多年了,过去了就别想了。"

"老大"是指他哥?何晋登时竖起耳朵,她们却不说了。过了会儿,何妈妈又把话题转到了小姨的女儿的事上,问她婚后生活怎么样,有孩子了没……

何晋却满脑子在想他妈妈那句"从老大身上得的教训"。这是什么意思?他哥哥不是生病去世的吗?

晚上吃饭前,姥姥拿了两个压岁红包让姥爷发给张晓苗和何晋。

何晋拿了红包,转手就被他妈妈拿了去。何晋也习惯了,每年压岁钱他也都是上交的,只是这一次给张晓苗见了,她奇怪地道:"何晋,你的压岁钱还给你妈啊?"

何晋"嗯"了一声,从没觉得压岁钱该是自己的。

舅妈一听也愣了:"大姐,阿晋这么大了你还管着他的钱呢。"

何妈妈骄傲地道:"那是,何晋得了奖学金也交给我呢。"

张晓苗惊讶地道:"大姑,你这样是不对的,这钱是奶奶给何晋的,你怎么能藏着啊?你还藏他的奖学金?那他自己都没有钱吗?"

何妈妈瞪了她一眼:"我这是给他存着买房呢,他要花钱管我要,我自然会给他,我这辈子所有的东西在我死后都是他的,我还能带到棺材里去不成?"

张晓苗同情地看了何晋一眼,何妈妈被质疑权威,心下有点不高兴,当即把管教的矛头指向张晓苗道:"倒是你,你不是毕业了吗,怎么还拿你奶奶的压岁钱?"

张晓苗比李跃东小一岁,今年刚毕业工作,但她从小学习不太好,大

就等你上线了

学都没考上,只考了个艺术院校。为此何晋没少听他妈妈在家里数落这姑娘,据说她毕业后到现在都没个正经工作,成天在家里睡到日上三竿,两三点才出门。听舅舅说她是在画廊里给人做模特儿,也有自己的收入,但因为不像正常工作那样朝九晚五,所以何妈妈一直觉得她有问题。

张晓苗道:"那是奶奶疼我,对吧奶奶?"

何晋的姥姥笑着应了一声,何妈妈不依不饶道:"奶奶疼你,你咋就这么不懂事?"

张晓苗黑着脸道:"我咋不懂事了?我赚了钱也给奶奶买东西啊!"

何妈妈道:"你孝敬奶奶是应该,但已经有工作了还拿老人的钱就是你的错了。"

张晓苗气得脸都白了,何妈妈还没停:"还有你那工作,我说啊,你现在是稳定了还是没稳定啊?"何妈妈挑着眼睛打量她,"我说你好好一个姑娘家,还是得找个稳定的工作,然后趁现在年轻,早点找个踏实的男人结婚!"

张晓苗把筷子一摔,说道:"你烦不烦啊?我爱怎么着就怎么着,我爸妈都不管我,你管那么多不嫌累吗?"

何妈妈怔住了,哆嗦着嘴道:"你……你……我这还不是为你好!"

舅舅瞪了张晓苗一眼,出来打圆场道:"怎么跟你姑说话呢?"

何妈妈一见有人帮自己说话,气焰立刻起来了:"就是,小小年纪就这么不懂规矩,你看你打耳洞、染头发,搞得流里流气的,难怪书读不好,现在还当什么模特儿……"

舅妈见何妈妈越说越过分,也不乐意了:"大姐,晓苗那是搞艺术工作,不是你说的那样。"

眼看气氛有点僵了,桌上几人赶紧打圆场,何晋的姥姥也发话了:"大过年的,都少说两句,吃饭。"

饭后一大家人围坐在客厅里看春晚,何晋挨着张晓苗,小声道:"姐,我妈说的那些话,你别往心里去,她就那样。"

第八章 离家出走

张晓苗"扑哧"一声笑了,也在他身边小声说:"你这么多年怎么熬过来的啊?我要是有这么个妈,一天都忍不了。"

何晋苦笑道:"我也忍不了,但没办法,谁叫她是我妈。"

张晓苗瞟了他妈妈一眼:"我本来以为你会向着她。"

何晋也纳闷:是啊,为什么连他都不向着自己的妈妈呢?

他也不知道自己是什么时候开始质疑他妈妈说的话的,即使她有千奇百怪的理由来试图说服自己,他也不再认可她的观念了……可能是因为他所受的学校教育,从小到大遇见的老师、同学,让他看到了另外一个世界,一个相对客观、正确的世界。因为所见所想,他逐渐有了分辨对错的能力,才不至于在那个狭隘的牢笼里彻底被困死。

春晚的节目一年不如一年,没一会儿舅舅一家就先走了。何晋缩在沙发一角一边和殇火发消息,一边有一句没一句地听他妈妈跟他小姨聊天,她们正说到一个拐了三四层关系认识的姑娘。

小姨:"这孩子孝顺得真是没话说了!听说她爸去年中风,这孩子当即请了半年假,从学校赶回去,天天陪在病床边,给她爸把屎把尿擦身洗脚……"

何妈妈:"她妈呢?"

小姨:"死得早,也怪可怜的……但她的娘家很有钱,留了两套房子下来,你说也不缺钱是吧,换成别家姑娘,请个保姆就完事了,可那孩子孝顺。我还听说她在学校里也很节俭,别人家大学生一个月生活费至少两千,她才用八百!"

何妈妈连连点头表示认可:"这姑娘上的啥学校啊,多大了?"

小姨:"比你家何晋大一岁,因为请了半年假,现在留了一级,还在念大三呢,不过是师范的,出来当小学老师,下班早,还有寒暑假,关键是现在老师工资都很高!"

何妈妈皱起眉头:"大一岁啊……"

小姨:"大一岁好,女孩大会疼人啊!"

就等你上线了

何晋脑中的警钟"当当当"地响了起来：大一岁？会疼人？跟我有啥关系？

何妈妈："说得也是。"

小姨小声道："你要是觉得行，我给你打听打听，看你家何晋条件这么好，估计人家上赶着要呢！"

何妈妈："嗯，也好……"

何晋听到这里，整个人都蒙了！

他妈和他姨是在逗他吗？这是在给他安排相亲？

何晋整个人处在一种被雷化的状态！他现在还在念大三，他妈和他姨竟然开始张罗着给他物色结婚对象了！他这是生活在旧时代吗？！

何晋心里郁结着一股难以消散的怒气，可什么都没说。今天是除夕夜，他不想引起纷争，只能体谅地想，也许两个女人只是吃饱了没事干闲唠嗑……不过要是他妈事后真提起来，他是绝对不会去的！

何晋静静地忍耐着。手环一振，是殇火发来的消息。他们刚才在聊年夜饭吃什么，还一起讨论了春晚节目。

虽然以前总说这是游戏里的人，但不知道从什么时候起，何晋和殇火的交流已经慢慢延伸到现实中来了……

看着这个人的名字，还有他吐槽一个小品节目的话，何晋莫名得到了安慰。他快速回复着殇火，用心投入和对方的对话，像是找到了临时的避风港，借以忘记身处这个环境的郁闷。

一来一回地聊了会儿，殇火突然问："你今天怎么这么奇怪？"

何晋怔了怔："哪里奇怪？"

殇火："比平时爱理人。"

阿晋："……"

紧接着殇火又发了一条消息："刚刚拍了几张我的照片想发给你看，但怕吓到你，又被我删了。"

这句话后，殇火还发来一张图片，何晋一看，是殇火在游戏里的模样。这种图在网上贴吧、论坛里到处都是，不知道殇火是从哪里临时下载来的，

第八章　离家出走

水印都没消除呢。

殇火:"你就将就一下,看看这个吧。"

何晋差点笑出来。

何妈妈和小姨的聊天告一段落,她一扭头,就瞄见了儿子的表情……

何晋却还不知道他妈已经留意到了他的异常,继续和殇火聊天。

秦炀也正和家人坐在电视机前看春晚,年幼的弟弟又开始调皮捣蛋,扑在他身上把他当沙袋练拳。秦炀不痛不痒,却本能地一膝盖把熊孩子顶了出去,威胁道:"别烦我,再烦揍你啊!"

弟弟老实了些,在不远处炫耀起最近在跆拳道馆学来的新招式,企图引起哥哥的注意,可秦炀一点都不想理他。

零点时分,已经回到家的何晋收到殇火发来的"新年快乐"。也有不少同学给他发来了信息,佟萱、侯东彦,甚至还有蒋白涧……但就是没有秦炀。

何晋犹豫了一下,给秦炀发了一条,秦炀却只回了一个微笑的表情。

因为次日还要早起去给长辈拜年,何晋晚上没再上游戏,早早地和殇火道了晚安。

09

凌晨三点,何晋的房门被无声地打开,一个黑影摸进来,也没开灯,轻声走到何晋床边坐下。

女人静静地注视着睡梦中的儿子,过了好一会儿才悄悄摸进被子,找到了何晋手腕上的手环。

她蹲下来,掀开被子一角,试图开启手环,可是不行,手环是瞳孔解锁的。她看着那玩意儿时,只有感应灯一闪一闪地亮着红灯,除此之外没有任何反应……

就等你上线了

她很急躁，有那么一瞬间她想把儿子叫醒，让他跟自己坦白最近在跟谁联系，刚刚在姥姥家他是在跟谁聊天，对方是个什么样的人，好不好，会不会骗了他……

她想了很多，上半夜根本没睡着，才会忍不住摸进儿子的房间。可现在看着儿子的睡颜，她终于还是忍住了叫醒他逼问的冲动，悄悄起身退了出去。

何晋睡得很沉，根本没察觉到他妈妈半夜来过了，直到早上醒来开了手环，收到系统信息说瞳孔之前解锁错误超过十次，提醒他确认身份安全。

何晋有些纳闷，他的手环从买来起一直没出过这样的问题，自己昨晚做梦看手环了吗？

这也不对，如果是他看的，肯定能解锁……难道是别人来过了？

何晋很快联想到了唯一的可疑对象——他妈妈。但何晋想，自己的妈妈再怎样也不会半夜三更摸进来吧？说不定只是手环对上什么错误信号了。

拜访了一天的亲戚长辈，他妈妈跟每个人吹嘘自己乖巧、听话、年年拿奖学金，何晋都听得耳朵生茧了。

别人问："你儿子什么时候毕业啊？他这么聪明是不是让他接着出国读书呀？"每到这时候他妈妈就会说："出什么国，你看那谁谁家孩子出了国，父母病了都不知道，现在哪里还有把儿子往国外送的，那不是傻吗？我肯定是要叫他回来工作的，单位都已经说好了……"

何晋听了心里就想：谁跟你说好了，我才不愿意回来工作！

当晚，奔波了一天的何晋回到家，啥都不想干，只想上线跟殇火、汤圆一起玩，仿佛只有这样心情才能好起来。

吃过晚饭，何晋就把自己关进房里，可外头还有动静，他没胆子现在就戴头盔，便随手从书架上拿了本《水浒传》看。除了四大名著，他妈不让他看正经教科书外的书籍，包括各类小说，所以何晋只能翻翻已经看了无数遍的《三国》《水浒》消遣。

没过一会儿，身后突然传来一声响动，何晋抱怨了一句："你咋不敲门？"

第八章　离家出走

　　一转头他就看见他妈给他端进来一杯鲜榨果汁，瞬间又内疚了，为自己刚才不那么好的态度。

　　何妈妈瞪了他一眼，把果汁往桌上重重一放："自己家里还什么敲门不敲门的，你怎么这么多事！"

　　她扭头去瞅何晋在看什么书，见是《水浒传》，才放了心。

　　何晋端起果汁喝了一口，见他妈还不走，抬头问道："你还有什么事？"

　　"没事就不能让妈看你两眼啊？"何妈妈撇撇嘴，似乎也感觉到了儿子跟自己的疏离。这孩子从小跟她那老伴儿似的，一棍子打不出一个闷屁，也不知道脑子里都在想什么。

　　她眼珠子一转，试探道："哎，之前你姨跟我说了个姑娘，Q市师范大学的，今天我见着孩子的照片了，长得还算清爽，听说啊……"

　　他妈妈刚起了个话头，何晋就猜到了后续，方才的内疚感烟消云散，他不耐烦地抬头看向他妈："你是想安排我去相亲？"

　　何妈妈被何晋厌烦的眼神刺得一愣："是啊，怎么了？"

　　何晋把书一合："妈，我现在才大三，二十三岁，不是三十二岁还未婚的大龄青年！女朋友这种事你能不能别操心了？我自己会找！"

　　"那你找了吗？"何妈妈看着何晋问。

　　何晋偏头道："还没呢，我现在一没毕业二没工作，什么事都没定下，没心思找。"

　　何妈妈揣测了半晌，关照了两句就出去了。

　　何晋平复了一下情绪，感觉每次跟他妈妈对话，不是无力得自暴自弃，就是愤怒得几乎丧失理智！

　　终于过了半夜十二点，里里外外总算都没声响了，何晋忍着倦意坚持到现在，一戴上头盔，整个人就精神了起来。

　　因为提前收到了阿晋的消息说会晚点上来，所以殇火还在等他。

　　殇火继续带阿晋去仙宠竞技馆打对战，这几天和真人灵宠的比赛阿晋一场都没输过，保持着百分之百的胜率一路杀进了前五百名。

就等你上线了

殇火道:"照这个势头,估计再过一个星期你就能进前一百名了。"

阿晋充满信心,正和殇火聊着,突然感觉整个世界都晃动起来……不,是现实里的他人在晃动!阿晋面色一变,说了句"我妈来了",下一秒,他就进入了离线待机状态。

何晋滑开眼罩,果不其然看到了他妈妈近在咫尺的脸。他紧张得浑身都绷了起来,只听他妈问:"这是什么东西?你怎么戴着这个东西睡觉?"

何晋强迫自己镇定,一边回想着之前的谎言一边道:"我跟你说了,这是缓解失眠的。"

何妈妈叫道:"你知不知道我刚刚开门看见你脑袋巨大地躺在这里,有多吓人?!什么缓解失眠,你最近每天睡觉都戴着它?"

何晋:"嗯……"

何妈妈很快抓到了何晋话里的漏洞:"那我早上来叫你起床时怎么没见你戴着这玩意儿?"

何晋:"我……半夜醒来就摘掉了。"

何妈妈:"摘掉?你放在哪里了,我怎么今天才看到?"

何晋:"我就放在书包里的……"

"书包?你半夜三更醒来还起来把这玩意儿塞书包里,是存心不想让我看见吧?!我不知道你瞒着我什么东西,明天再来问你!"何妈妈气呼呼地站起来,骂道,"赶紧给我睡觉!"说完就拎着游戏头盔出去了……

何晋被他妈这一出搞傻了,整个人陷入了一种莫名的恐慌当中,心惊肉跳的。

但他不能现在追出去让他妈妈把头盔还给自己,这样他妈妈只会变本加厉地质问他这到底是什么东西,质问他为什么一定要这头盔。然后他们就可能会在这凌晨时分吵得全家人甚至整幢楼的人都不得安宁。

所以何晋忍了下来,彷徨无措地坐在床上,憋闷得想大喊大叫。

直到手环振动,何晋像是看见救命稻草似的抬起手腕,果然是殇火发来的消息——

第八章　离家出走

殇火:"怎么样了？"

阿晋急急地回复:"头盔被妈妈发现了，现在被她拿走了，怎么办？"

面对阿晋的求助，秦炀没有说"你都大三了怎么还跟小孩子一样被你妈管"，这种问题太幼稚了，对现在的阿晋来说，那不是妈妈，而是他最大的"敌人"，也是他们共同的 boss。

殇火:"除了拿走头盔呢，她还做了什么？她有没有打你、骂你？"

此刻的阿晋就像是被吓坏了的小孩，毫无保留地对自己唯一信任的对象倾诉道:"骂我了，没打我。"

殇火:"那就好，你别多想，没事，别怕。"

阿晋:"可是她把头盔拿走了，她要是不还给我怎么办？"

不还给他倒罢了，何晋就怕自己越显得珍视它、紧张它，他妈妈越可能抓着他的这个弱点去破坏它、摧毁它，让他永远失去这个念想，就像八年前那样。熟悉的恐惧、无助感涌了上来，记忆的封口像是突然间被打开了，画面碎片源源不断地从脑海深处涌了出来……

"老娘含辛茹苦地把你养到大，供你上学，什么都给你最好的，你不好好念书，瞒着家里人上网玩游戏！"女人用手指戳着他的额头，狠狠地数落着。

他哆嗦着保证:"我不会耽误学习的，我一个礼拜只玩一个小时，行吗？"

女人提高声调:"你看看你上次考试成绩下滑了多少？还说不耽误学习？"

他极力争取:"只有这一次，下次不会了……"

"你还跟我谈条件？你有什么资格跟我谈条件？"女人气得简直要发疯。

"我不玩了！"他怕了，忍不住向女人央求，"妈，你就再让我上线跟朋友说一声，以后我再也不玩了……"

女人根本听不进他的话，嘴上反复嘀咕着一句话:"不好好学习，玩什么游戏？再敢玩有你好看的！"

何晋都不知道她是怎么知道的，不敢解释，只能一遍遍保证不玩了，

就等你上线了

永远不再玩了……

他妈又逼他发誓再也不能撒谎，不能隐瞒事情，无论做什么都要先汇报给家里知道。

何晋不记得自己后面又被教育了多久，总之那一场"镇压"后，他有好长一段时间不敢和别人说话，不管醒着、睡着，脑海里都回响着他妈骂他的话，所以即使在学校里成绩优秀、出类拔萃，他心底里仍觉得自卑。

可之后他妈妈又向他道了歉，说她是太生气了，才会失去控制。她还掉着眼泪一遍遍地说着"妈妈这是为你好，你要知道妈妈的用心良苦"……

他原谅了妈妈，可是他知道自己还是有地方改变了。

他像是一夜之间成熟了，长大了，开启了自我保护机制，瞬间强大了起来，维持着完美的表面，真正的他却永远留在十五岁的年纪，迷失在了岁月的河流里。

回想起那段经历，何晋浑身发抖。现在他又玩游戏了，怎么办？他还说谎了，妈妈又要发疯了……他陷入了一种无法遏制的恐惧中。

手环投影上显示着殇火刚刚发来的三条消息——

殇火："她不还给你也没事，看开点，只是一个头盔，到时候我再给你买一个就行。"

殇火："别为了这个和她起冲突，更别让自己受委屈。"

殇火："还在吗？要不要我打语音电话给你？"

何晋还没来得及回复，殇火就打了语音电话过来。何晋赶紧拆下手环上的无线蓝牙耳机塞进一个耳朵，缩进被窝，用被子紧紧地包裹住自己。

殇火："阿晋，听得到我说话吗？"

听见殇火的声音的一瞬间，何晋紧绷的神经一松，整个人放松下来。

秦炀也戴上了耳机，何晋的声音传入他的耳朵，轻轻的，闷闷的，似乎还有一点发抖。

"你还好吗？"秦炀也放低了声音，像是怕说话声音大了，就会吓到对方。

何晋再次"嗯"了一声，闭上眼睛，想象着殇火在游戏里的模样。这

第八章　离家出走

个人是强大的，强大到没有人可以打败他，尽管只是在游戏里，这种强大却潜移默化地影响了现实中的何晋，让何晋对对方产生了一种莫名的信任感。

"怎么不说话？"殇火担忧地道，"你在想什么？"

"殇火，"何晋小声道，"我好像有点想起以前发生的事了。"

"嗯？"

"就是八年前的不告而别。"与当初被殇火质问"为什么不告而别"时的发蒙心情完全不同，此刻的何晋是真真切切地感到抱歉了，"对不起……"

他那时候多想上线和殇火说一声啊，毕竟每次上游戏都一起玩，两个人有很深厚的友情，怎么会说忘就忘呢？

可是在母亲施加的高压之下，何晋再也不敢去想，连之前约定毕业后再见面的念头都被压下，与此相关的事，都像是骤然被盖了一层布，深埋地下。

殇火："没关系了，我们现在不是好好地在一起玩了吗？"

何晋："嗯。"

的确，幸好现在俩人在游戏里重逢了，让这件事不至于有太大的遗憾……

殇火愣了一下，问："你在哭吗？"

"没有。"何晋的声音的确带了点儿哭腔，但他没有哭……虽然他很想哭，因为委屈、感动、害怕等种种情绪，但是哭解决不了任何问题。

殇火："傻瓜……"

殇火像哄小孩一般的语气把何晋逗得哭笑不得，内心的阴郁散了大半，人也渐渐冷静下来。虽然很感谢对方的陪伴，但何晋明白，这个人只是他暂时的精神依靠，而非救世主。

这一次无论他妈妈怎么反对，何晋都不会再言听计从了。他已经不再是那个无力反抗大人权威的未成年人，现在没有人可以拯救他，除了他自己。

"早点儿睡吧，只能等明天看看再说了。"何晋道。

殇火"嗯"了一声："有什么问题，第一时间让我知道，可以吗？"

就等你上线了

何晋："好。"

谢谢你，殇火……何晋在心里说。

挂断语音电话后，何晋一直在思考该怎么处理这件事。他妈妈已经开始怀疑他欺骗了她，而且头盔上有"神魔"的字样，她会使用网络，很容易就能搜索到头盔的真正用处，说不定还会自己试戴……他想，他或许该心平气和地坐下来和他妈妈好好地交流一下，坦白玩游戏的事，并说明自己玩游戏的理由。他不想争吵，祈祷他妈妈听得进去自己的话，至少能有那么一点点尊重他的想法也好。

但何晋还是太天真了，事情根本没他想的那么容易解决……

何晋睡得很浅，早上听到外面一有动静就跟着起来了。他只睡着了一个小时，穿上衣服走出去，看见他妈妈在厨房准备早饭，叫了一声："妈。"

他妈妈身子一僵，没应他，只黑着脸。何晋去洗漱，完了出来又走到厨房门口，轻声问了一句："我的头盔呢？"

他妈妈的手一顿，"哐当"一声把碗摔了，回过头神情扭曲地开始发难："头盔！你还记着那个头盔！你给我说说，那到底是个什么东西？"

何晋平静地道："游戏头盔。"

何爸爸听到声响从卧室里走出来，外裤都没穿，只穿了条秋裤，哆哆嗦嗦地问："怎么回事，怎么吵起来了？"

他妈妈冷哼了一声，没理会何晋他爸，继续质问何晋："游戏头盔？！你现在倒是有胆量说出来了！以前你把你娘当傻瓜，认为我认不出那是什么是吧？我都查了，一万块钱的东西，你说你哪里来那么多钱买那东西？"

何晋：她果然查到了！

"你是不是不只买了这个，还拿我们的钱找小姑娘谈恋爱了？你当我都不知道啊？"女人神经质地怀疑着，又摔了锅铲，用手指着自己充满红血丝的眼睛问道，"老娘因为担心你，好几夜没睡着你知不知道？"

何晋解释道："头盔不是买的，是抽奖中的。"

"抽奖？"女人尖声笑了一下，显然是不相信，"撒谎成性！你以为我

第八章　离家出走

还会相信你吗？"

何晋："是真的，我还有抽奖记录，信不信由你。"

他妈妈点点头，冷笑道："好啊、好啊，还信不信由我了，我跟你爸每天吃白粥、咸菜，吃最便宜的菜，过最节俭的生活，你倒好，拿我们给你的钱去玩游戏。你玩游戏还有理了？！小时候我怎么教育你的你忘了？你把我的话都当耳边风了是吧？还是现在你长大了，翅膀硬了，会顶嘴了，我怎么会教出你这样不知廉耻的儿子，啊？"

她一边说着，一边用力地推搡着何晋。何晋的爸爸上来拉她，劝道："儿子都大了，别说了……"可身材瘦弱的男人反被她一把推开了，她把矛头转向何晋他爸："你还帮他！你还纵容他！是不是你偷偷给他钱了？我看他都是被你惯坏的！"

"跟爸无关，你能不能冷静点儿？"何晋叫了一声，努力做着深呼吸，控制着自己的情绪，可他的拳头已经不知不觉地握起来了，微微发着抖。

"你叫我冷静？你们爷儿俩联合起来骗我，把我当傻瓜，我怎么冷静啊？！"女人发现何晋握起的拳头，睁大眼睛惊叫道，"你还想打我啊？打死我我就管不了你们了是吧？来啊！都来啊！"

何晋摇了摇头："妈，我不想跟你吵，我之前瞒着你就是怕你不同意，但我玩游戏不影响学习，这是我的事。你把头盔还给我。"

女人听了这话彻底被激怒了，"噔噔噔"地冲向卧室，把头盔拎了出来，嘴里嘀咕着："还你、还你……"

何晋心中突然生出了一种不好的预感……

"我叫你玩游戏，我还你！"果然，女人尖叫着提起头盔用力掼在地上，"嘭"的一声重响，头盔的钛金属表层与大理石地面相撞，发出了清脆的碰撞声，也像是重重地撞在了何晋的心脏上……

"啊！"何晋惊叫了一声，见他妈还要捡起头盔再摔，浑身的血液往头顶一冲，上前一步推开她，赶紧蹲下去把头盔捡起来检查是否有损坏。

"你推我？你还敢推我！你干脆弄死我吧！弄死我一了百了！"失去理智的尖叫声几乎能掀翻天花板，她抖着手指着何晋，一副难以置信又想与

就等你上线了

他拼命的模样。

　　头盔的电源指示灯灭了，无论何晋怎么摁开关都不亮，一瞬间，委屈、痛苦、绝望叫嚣着从他的身体里涌了出来。何晋觉得眼眶发酸，强撑的理智瞬间消散，他抱着头盔看向尖叫着的女人，眼中有泪，还有憎恨："你为什么一定要这样？！"他红着眼睛大吼了一句，动了动嘴唇还想继续说什么，可是他发现这个时候他妈妈根本不可理喻，他们怎么可能好好坐下来交流？他摇摇头，不想再多说，抱着头盔转身返回房间，"哐当"一声用力关上了房门。

　　房间外安静了一会儿，又响起了女人尖厉的谩骂声，所有难听的话仿佛不经过大脑般冒了出来：孽障、白眼狼……

　　何晋多想给自己找个不去在意的理由，可正因为那个人是他的妈妈，所以每一个字、每一句恶狠狠的话，都如同刀子一般狠狠地刮着他的心窝。

　　何晋擦了一把眼角的泪，从床底下抽出行李箱，开始用最快的速度收拾自己的东西。

　　这个家他再也不想待下去了，他怕再多待一分钟，自己会跟着发疯！

10

　　东西不多，行李箱里就几件从学校带回来的换洗衣服，家里也没什么别的东西要带走的，何晋最后又起来在房间里看了一圈，仿佛下定了再也不回来的决心……

　　看见写字台上那罐碳酸饮料，这是秦炀在火车站给他买的那袋东西里最后剩下的，何晋一直没喝。他拿起碳酸饮料塞进书包，背上书包，拎起行李箱一把拉开了房间的门。

　　外面的骂声突然停了，何妈妈红着眼盯着何晋："你要干什么？！你这是要干什么？"

　　何晋没理她，拎着箱子就往门外走，他妈在背后尖叫："你要上哪

第八章　离家出走

儿去？！"

何晋的爸爸也愣住了，板着脸上前去拉何晋的胳膊："何晋！你干什么？冷静点儿！"

何晋看向他爸，眼眶也是红的："面对这样一个不讲理的人，你能冷静，我不行。"

女人又叫了起来："你说我不讲理？你说清楚，到底是谁不讲理？！说谎的人明明是你！"她撒泼一样开始随手拿东西往何晋的方向砸，桌上的茶杯、椅垫、架子上的相框……

何晋不管不顾，打开家门就往外走……

他爸也凶起来："何晋！别赌气！你妈就随便说说，你忍忍就过去了！"

何妈妈一听有人帮腔，立刻涨了气焰："你让他走，让他走啊，有种他走了就别再给我回来！"

何晋点点头，心说：好，这可是你说的……

他一摔门，头也不回地离开了，身后一阵寂静，随后又传来了女人的哭喊声，声音随着何晋快步下楼离开变得越来越低，直到再听不见。

他没有心软，只觉得体内有股火，心中感到一片苍凉。

他爸可能是顾及他妈，没跟着出来。也好，何晋现在不怕面对他妈，却怕他爸挽留他……那个老实的男人没做错什么，只是太懦弱。

他不想和他爸一样，一辈子都陷在那个牢笼里。

正月初二，清晨七点，天气很冷，何晋昨晚只睡了一个小时，此刻又冷又饿。

很多店面没有开门，公交车也停运了，何晋踽踽独行了半个多小时才见到一辆出租车，上了车对司机道："火车站。"

司机瞅了他一眼："小伙儿读书还是打工啊，这么早赶车？"

何晋敷衍地"嗯"了一声，司机师傅见他神情落寞，无心聊天，也闭上了嘴巴。在去火车站的路上，何晋的手环响了，是他爸打来的电话。

就等你上线了

何晋接起来,他爸在电话里焦急地问他上哪儿去了,何晋说:"我回去了,回学校。"

男人道:"回来,大过年的现在还有什么车?就算有车,车票也都卖光了,你妈的脾气你又不是不知道,忍忍吧……"

何晋痛苦地道:"爸,你让我也冷静一下吧,我真不想回家。妈让我觉得害怕,我忍了二十年,再也忍不了了,我快被她逼疯了。"

他爸听了这句话,突然沉默了……

何晋:"爸,我到学校了再跟你联系。"

何爸爸没再劝说,但担忧地问道:"你现在回学校,宿舍楼开门吗?"

何晋:"开的,不行我可以找同学,我自己能想办法。"

何爸爸顿了顿,又问:"有钱吗?爸可以管你妈要。"

一个尖锐的声音从电话里传来:"管我要?别想管我要!他今天走了,我以后一分钱都不会再给他!学费、生活费通通没有!"

他爸像是和他妈争了几句,何晋不想再听了,挂断了电话,热血上涌地给他爸发了条消息:"爸,你告诉妈,我以后就算是讨饭也不会再要她一分钱!包括她以前给我的钱,我都会连本带息地算清楚还给她!"

发完这句,何晋就把他父母的电话号码一起拉进了黑名单。他的眼角又有点湿润,却没哭,在心里对他爸说了句"对不起,等我有能力了再用其他方式回报你吧"。

"孩子,跟父母吵架啦?"司机听了半晌,终于明白出啥事了,忍不住多事地道,"听叔一句啊,父母啊都是刀子嘴豆腐心,是为了你好。我看你也没比我女儿大两岁,我家那姑娘才叫凶,顶起嘴来老子有时候都恨不得抽死她,可到头来呢?我起早贪黑地跑车,赚的钱还不是都给她……天底下没有不为孩子操心的爹娘,再大的仇恨还能盖过血缘关系?唉,我看也快到火车站了,你要是现在回心转意呢,我就免费给你开回去,你给你父母道个歉,啥事都过去了。大过年的,你在家待着总比孤零零地在外面喝西北风强吧?"

何晋摇摇头,付了钱,下车前对司机说道:"叔,谢谢您,但我觉得钱

第八章　离家出走

不是最重要的,重要的是理解和尊重……祝您新年快乐,再见。"

轻轻地关上车门,何晋迎着北风走向车站,即使外面风吹雨打、天寒地冻,他也觉得比在家里自由。

可能还未到春运高峰期,如今排队的都是来买初六、初七回程票的上班族,何晋幸运地买到了当日回 A 市的火车票,中午十一点发车。

因为刚刚和他爸说不再用家里的一分钱,何晋买车票几乎花光了自己身上所有的现金。这是他自己存的,除去上次买球拍花掉的,一共还剩下两千多块,但他身上只有四五百块,剩余的全藏在学校宿舍里了。

数着买完车票后剩下的五十多块零钱,何晋不敢乱花,连早餐都只买了个茶叶蛋,吃完后在候车区呆呆地坐着。

坐了一会儿,何晋从书包里拿出头盔,再次试了一下,电源指示灯还是不亮,戴上后也没有任何反应,应该是被摔坏了。

是啊,这么脆弱金贵的高科技玩意儿,里面估计都是细小的元件,何晋平时玩游戏都轻拿轻放,磕到一点都心疼,他妈竟然当着他的面摔……何晋心里一抽,努力不去想刚才那一幕,因为实在是太难受了。

头盔只是一方面,回到 A 市后还有一堆问题在等着何晋。大学是不关校门的,但宿舍会关闭。为了安全和便于管理,华大宿舍管理处会把在校过年的学生集中分配到某一栋宿舍楼住,其余宿舍则全部闭门上锁,断掉电暖设备。因此他估计一时半会儿还回不了学校,也拿不到钱。

何晋回想了一下在 A 市的同学,其实他跟大多数同学只是维持着表面关系,交情不深,只除了一个——秦炀。但何晋实在不好意思向对方求助。

前路艰难,可即使走投无路了,何晋也不后悔。说出去的话、下定了的决心,即使哭着、跪着他也要走下去。

坐了一会儿,何晋突然想起了昨晚和殇火约定的事,便给他发了条消息:"殇火,我离家出走了。"

现在才八点多,何晋也不晓得这家伙有没有起床……

不一会儿,手环就振动起来。

就等你上线了

殇火:"你现在在哪儿?"

何晋:"火车站。"

殇火:"哪里的火车站?"

何晋:"我老家的……"

何晋心头一跳,殇火问这个问题干什么?难不成他还想来火车站找自己?不是吧?

何晋赶紧回复:"别担心我,我没事……不过头盔被我妈妈摔坏了。"

他心里很难过,还有十多天就要进行第一次战队比赛了,因为自己的事,他恐怕要再一次连累殇火了。

殇火:"坏了就坏了,别伤心,我再给你买一个。"

听到这样的话,何晋内心是感到欣慰的,嘴角的浅笑却慢慢变成了苦笑。如果可以,他真不想接受他人的馈赠。

何晋:"等我回学校再看看吧。"

他刚发出这句话,眼前突然出现一条新消息——"好友殇火给您转账20000元。"

殇火:"一半你拿去买头盔,剩下的你看有急用就先用着。"

何晋都不知道说什么好了,心中既感动又愧疚,他现在的确困难,可这么多钱又超出了他能接受的程度。

他挣扎道:"不行,我不能要你的钱。"

殇火:"阿晋,我知道你肯定不愿意收,这钱就当我借你的,等你有了再还给我,成吗?你要不收,我就亲自去找你。"

何晋的手指一抖,赶紧回复了一句:"别。"

他怕殇火钻牛角尖,暂时收了钱,想着就按照对方说的,算借的。

第九章 身份暴露

就等你上线了

01

何晋风尘仆仆地回到 A 市，这里竟然比老家小城显得更冷清。也是，大城市里有大半是外来人口，如今外地人各自回家过年了，还未返回。

因为心中有事，何晋在车上也没睡着，撑着疲惫的身体先回了一趟学校，果然工作人员全在放假，留校学生的宿舍也需要上级批准才能入住。何晋没法，只能去外面。

找住处的路上，何晋幸运地发现有一家咖啡店门口贴了招聘启事。不过他看见的时候咖啡店已经打烊了，店里亮着几盏昏暗的小灯。何晋看见一个打扫卫生的服务员，轻轻叩了叩玻璃门。

那是个和他年纪差不多大的女生，远远地朝他摆了摆手，意思是说"关门了"。

何晋指了指招聘启事，对方才过来给他开门。

"现在还招人吗？"何晋问。

女生打量了他一番，说："招的，过年人都走了，现在正缺人手，但领班已经回去了，你明天早上再来吧。"

何晋接过了女生给他的名片，在附近找了个招待所住下。

一天下来只吃了个茶叶蛋，到了晚上十点，何晋饿得浑身没力气，但也没一点胃口，不想吃饭，只想洗个澡先睡觉。

何晋冲完热水澡坐回床上，手环振动起来，是殇火发来的消息："在哪儿？车到了吗？"

他刚想回复，手环又是一振，他竟然紧接着收到了一条秦炀发来的短信："忙什么呢？最近都没你的消息。"

何晋一怔，心说他俩还真同步……

他先回复殇火说："到了，现在在学校附近的招待所。"

第九章　身份暴露

回到短信界面，何晋有点犹豫要不要告诉秦炀自己离家出走了。可能是心中残存的一点自尊心，让他不想再去依赖任何人。

何晋想了想，回复秦炀道："嗯，过年在家，走亲访友。"

秦炀："……"

如果不了解何晋的为人，秦炀都要怀疑身为殇火的自己被骗了。但他稍微一琢磨，就知道何晋回过来的第二句话才是在撒谎……但为什么他对"殇火"坦白、信任，对自己反而要撒谎？

秦炀不依不饶地又问了一句："什么时候回 A 市？"

何晋的说谎水平本来就拙劣，被这么一追问他就有点紧张，继续撒谎："过完元宵吧。"

秦炀："哦，你家是 Q 市哪里的，市区内吗？我这几天在家里闲着没事，今天看电视刚好看到介绍 Q 市的景点，突然想去看看。"

与此同时，殇火问道："吃过饭了吗？招待所安不安全？"

何晋被秦炀那句话搞得手忙脚乱，先回复了殇火："吃了点儿，安全的，别担心。"

然后他又绞尽脑汁地想着该怎么回复秦炀，想了半天，只能道："我最近比较忙，可能没空陪你，等放暑假行吗？到时候我带你玩。"放暑假也只是缓兵之计，他根本不知道自己那时候有没有可能回去。

秦炀："不用带，也不用陪，我自己一个人就行，就想过去跟你见一面，一起吃个饭。别说这你都没时间，那太不给面子了。"

何晋蒙了，他哪里想到秦炀会来这一招，这下谎圆不回来了……

挣扎了一会儿，何晋最终无力地选择坦白："对不起，秦炀，刚刚骗了你，其实我不在家，我回 A 市了。"

秦炀："……什么时候回来的？"

何晋："就今天，晚上才到的。"

秦炀："你现在住哪儿？"

何晋："同学家……"

下一秒，他的手环就"嗡嗡"地振动起来，秦炀直接打电话来了！

就等你上线了

何晋吓得手一抖,都没调整接听模式,直接接到了视频,光幕投影上浮现了秦炀的脸,而自己穿着睡衣盘坐在招待所小床上的样子也如实传了过去……

谎言再次被揭穿了。

秦炀也不跟他计较,直接问道:"回来了怎么不告诉我?"

何晋:"我怕给你添麻烦。"

秦炀挑眉:"麻烦?你不把我当朋友?"

何晋:"不是……"

秦炀:"出什么事了,这么早回来?"

何晋尴尬地道:"家里的事,呃……我跟我妈吵架了。"

秦炀瞪着他问:"报地址,我过去找你。"

何晋急忙说:"别,现在太晚了,我没事的……"

秦炀的表情看起来有点生气,何晋却很坚持地摇了摇头:"今天我有点累了,明天,明天我再联系你。"

秦炀沉默了一会儿,最终点头妥协:"那你先睡,明天再说。"

挂断电话,何晋心里涌起一阵纠结。

临睡前他又不死心地把头盔从书包里拿出来试了一下,还是不行。他不懂相关技术,也不知道该怎么办,用手环查了一下有没有其他网友摔坏头盔的情况,想看别人是如何解决的。据说如果是自购者,非人为损坏一年内免费维修,人为损坏的话需要自费维修,但维修时间长达三个月,而且价格不菲;还有一种方法就是折旧换新,在半年使用期内,头盔出任何问题都能以原价一半的费用再换一个新的头盔。

还是折旧换新比较靠谱,但何晋又查了一下,各大专卖店都要过了大年初三才开门。

何晋把头盔放回书包,拉链一滑,突然从书包里头掉出一罐碳酸饮料。何晋把罐子捡起来放在手心里滚了滚,冰凉冰凉的。他轻笑了一下,"咔嗒"一声打开了饮料。

清凉的液体滑过喉咙,流经食道,进入胃部,何晋打了个嗝,整个人

第九章　身份暴露

都精神了些。他望着手中绿色的易拉罐，蓦地又想到了秦炀在车站买完东西飞奔到他面前的场景。

何晋没再回复对方的消息，倒是又给殇火发了条消息："我睡了。"

晚上睡觉时何晋又回想了一下这漫长的一天，冲动之下的离家出走估计是何晋从小到大做过的最叛逆的事了，他为此仍觉得难以置信，不过最终还是扛不过身心疲惫，沉沉睡去。

早上没有魔音穿耳，也没有人催他起床，何晋总算睡了个好觉，起来时精神还不错。他退了房后在楼下随便吃了点儿东西就去了昨晚看好的那家咖啡店。

应聘过程很简单，领班也是一个年轻的男生，是烟大的研究生，让何晋叫他阿 K。阿 K 家境不好，老家在农村，过年来回太麻烦，所以放假干脆留在 A 市打工。但何晋看他打扮得倒挺潮，头发烫过了，左耳还戴了个耳钉。

阿 K 见何晋长得干净清爽，英语又说得不错，立即录用了他，也没问他为什么这会儿来应聘。每个正月出来打工的年轻人都多少有一些不好诉说的个人原因。

何晋只能算临时工，不能按照正式工资算薪酬，也不能享受假期加班工资翻倍的福利，而且现在人少，大家分为两班，早上九点工作到晚上九点，一共十二个小时，工资日结。何晋也管不了那么多了，能在这种时候找到工作已经是万幸。

阿 K 教了他半天咖啡机和各种工具的使用方法，又让他背了英文菜单，何晋学东西很快，到中午时已经基本能独自操作。

上午十点起客人就开始增多，而且大多还是外国人，何晋一问才明白，原来这附近有华大的留学生宿舍和外籍员工宿舍，所以附近住着的多是留在本地过年的外国人，难怪大过年还招人。

何晋忙忙碌碌到下午三点才得空，中间吃了个店里自制的三明治。刚一闲下来，他就发现手环上有几条消息和几个未接来电。

就等你上线了

02

消息来自殇火，问的也就是吃饭了没、在干什么、今天好不好之类的问题，而未接电话来自秦炀。何晋纠结了一下，无视了秦炀的电话，直接给殇火回消息："我找到工作了，现在在咖啡店打工。"虽然工作忙，但因为充实，何晋的心情不错，还在那句话末尾加了个吐舌头的调皮表情。

殇火没回复，秦炀的电话却再一次打来了。何晋一怔，硬着头皮接了电话。

秦炀："何晋，说了今天联系我，怎么一直没联系？"

何晋："那个，我在打工……"

秦炀："在什么地方打工？"

何晋："咖啡店，就在华大边上。"

秦炀顿了顿，又问道："几点下班？"

何晋："晚上九点。"

秦炀："我知道了，你先忙。"

说完秦炀就挂电话了。何晋有点蒙，心想，秦炀一会儿该不会来找自己吧？

还真让他料中了，大约一个小时后，秦炀的身影就出现在咖啡店门口。何晋开始还没发现，是昨晚那个打扫卫生的小姑娘先惊呼了一声"帅哥"，何晋才抬起头。

秦炀穿了一身黑色的休闲装，外套未拉拉链，里头是印有骷髅头的红色卫衣，脖子上围着宽松的烟灰色粗针织围巾，单肩挎着个同色系的牛仔包，还戴了一副墨镜。那副墨镜没有挡住他帅气的下半张脸，他整个人一进门就赚足了回头率……

何晋都差点儿没认出这是平时在学校里只穿运动外套和牛仔裤的秦炀。

秦炀走到玻璃柜台前，摘了墨镜，正想叫何晋的名字，边上的阿K突

第九章 身份暴露

然笑着挤了过来:"帅哥想要什么?"

秦炀用收起来的墨镜指了指边上的那位:"我找他。"

阿 K:"……"

吧台的另一个小妹:"……"

何晋:"呃,你怎么来了?我还在上班呢。"

秦炀上下打量了何晋一番,道:"那给我来杯榛果拿铁吧。"

何晋一愣,榛果拿铁?店里只有拿铁,榛果拿铁咋做?阿 K 凑到他耳边道:"拿铁混单份榛果糖浆。"何晋忙不迭地记录下来,抬头问秦炀:"中杯还是大杯?"

秦炀看着他手忙脚乱的样子,笑了笑:"点大杯你有提成吗?"

何晋:"没有。"

秦炀:"那就中杯吧。"

边上的一男一女看到秦炀的笑容,都有点发傻。他们不是没见过帅哥,干这行的,每天也能看到形形色色的人,但是长这么帅的人毕竟还是少见。

何晋收了钱,调好咖啡,给秦炀拿到等候台,又问:"你不会就是过来买杯咖啡的吧?"

秦炀瞅着他说:"我等你下班。"

何晋惊讶地道:"等我?离我下班还有好几个小时呢。"

秦炀不跟他说话了,径自端着咖啡坐到不远处的单人沙发椅上,从牛仔包里拿出一台超薄笔记本,又取出一本书,翻翻书,摆弄摆弄电脑,何晋看不清楚他在做什么,感觉好像是在学习。

又有新的顾客进店,何晋赶紧去点单,没再管秦炀,但因为对方待在这里,何晋觉得莫名心安。

这种感觉,之前何晋只有在和殇火打游戏时才有。

现实中的朋友和网络里的朋友,还是有些区别的吧……

至于秦炀,装模作样地坐了一段时间后,就开始悄悄打量何晋。

何晋穿着咖啡店的红色员工服,下面围着一条黑色围裙,专注工作,没留意到他的目光。

就等你上线了

阿K发现了,用手肘碰了碰何晋,道:"你朋友长得真帅。"

何晋偏头看了秦炀一眼,见对方正望着自己的方向。

阿K从柜台里夹了几块甜饼干放在小托盘里,还打了杯柠檬水一起递给何晋:"喏,送给他吃吧。"

何晋说了声"谢谢",端着托盘走过去,瞄见了秦炀桌上那本书的书名——《三天学会SolidWorks》,秦炀一脸专注地盯着屏幕中的3D汽车模型。

等何晋把盘子轻轻放在秦炀的手边,他才突然抬起头,像是才发现何晋的到来。

"领班说送给你吃。"何晋送完东西就转身走了。

秦炀看向柜台,见阿K朝自己挥了挥手。

到了晚饭时间,何晋他们的晚饭依然是三明治。他过去问秦炀:"你饿不饿?饿的话你自己先出去吃饭吧,不要等我了。"

"你吃什么?给我来一样的吧。"秦炀从钱包里掏了五十元现金放在桌上,又转头看向电脑。

何晋无奈,回去做了个三明治,找了钱。晚上没什么客人,他把东西给秦炀端过去后,就直接坐在了秦炀对面:"你到底是来干什么的?"

"不是说了等你下班吗?"秦炀终于合上电脑,看向他,"到底出什么事了,跟我说说?"

何晋本想简单讲两句的,结果一打开话匣子就停不下来。他没有说太多抱怨母亲的话,只是提到了摔头盔的那一段以及之后的谩骂。因为印象太深刻,受刺激太大,他想忘都忘不掉。

"她骂我的那些话,让我觉得自己根本不是她儿子……"何晋闭了闭眼睛,语气平静,内心却很痛苦,"对不起,不该跟你讲这些的,让你见笑了。"

秦炀听了,不忍地道:"没关系……那你接下来有什么打算?"

何晋:"先打一段时间的工吧,我突然跑出来,她肯定很生气,还说要

第九章　身份暴露

断我的经济来源,我想以后自己打工赚钱。"

秦炀:"赌气还是玩真的?"

何晋笑了笑:"我想自立。"

秦炀看他目光明亮,说道:"有什么需要帮忙的,尽管说。"

何晋摇摇头,想起殇火给自己打的那两万块钱,对秦炀道:"暂时也没什么要帮忙的,能跟你聊聊我心里已经舒服多了,谢谢。"

"别跟我这么客气……"秦炀一听这话又觉得不好受了,"你晚上住哪儿?"

何晋:"还是招待所吧。"

虽然上午退了房,也带了行李过来,但何晋还是觉得住在附近的招待所更方便过来打工,而且打工的工资刚好能抵住宿费和餐费。何晋想挨过这段时间,开学了再做其他打算。

"招待所每天也要小一百块吧?"秦炀看着他道,"要不省省,晚上你去我家住?"

的确,住宿费是大头,何晋不知道秦炀家在哪里,就算距离远点儿,他每天早晚坐地铁来回也能省不少钱。

秦炀又道:"我家有多余的客房。"

何晋还是有些犹豫:"会不会太麻烦你们了?"毕竟大过年的他上门打扰总不太好,何晋的那种家庭环境,使得他很在乎自己是否会给别人添麻烦。

秦炀的眉头又皱了起来,他为何晋这句话中的疏离感而不悦。好在何晋最终还是妥协了。"好吧。"他拉开椅子起身,"我先去工作。"

秦炀点着头咬了一口三明治。

转眼到了九点,秦炀已经收拾好东西在等他了。何晋换了衣服和同事道了别,跟着秦炀离开。

何晋本以为两个人是去坐地铁,结果秦炀直接从衣兜里取出一把电子遥控钥匙,随着他的操作,眼前突然一闪——只见咖啡店对面的停车位上

就等你上线了

停了一辆宝石蓝的轿车,因刚才那一下灯光闪烁和咖啡店暖光灯的照射,在黑夜中显得流光溢彩。

"你是开车来的?"何晋愣了愣。

秦炀"嗯"了一声,带着他过了马路,又接过他手中的行李箱,指了指副驾驶的位置:"我帮你放,你先上车。"

何晋上了车,触摸着车内的装饰,一脸新奇。虽然现在私家车泛滥,普通轿车在小康家庭都是标配,何晋家里却一直没有买车。油价年年攀升,买车便宜养车贵,他妈妈嫌车费油又不环保,再加上每年的保险费,杂七杂八算下来,够他们平时一年柴米油盐的开销,所以压着没买。何晋还听他妈妈说,如今按惯例,男女结婚是男方买房女方买车,所以也用不着给何晋买。这一奇葩理论让何晋非常无语,在他看来,车子是便利的交通用具,何况他是男生,对汽车、电子、机械类的东西原本就发自内心地感兴趣,但在他妈妈眼里,这只是一种交易的筹码和标榜身价的工具。

秦炀把行李箱放在后备箱后也绕回来坐进车里,见何晋两眼发亮的模样,忍不住好笑。他提醒对方系上安全带,转动方向盘,车缓缓起步。

何晋问:"这辆车要多少钱啊?"

秦炀:"带牌带税七十多万吧。"

何晋:"是你家里的吗?"

秦炀:"我自己的。"

何晋没理解秦炀的意思,以为他说"自己的"就是他家人给他买的,不由得羡慕地道:"你才上大学你家里就给你买这么贵的车啊?"

秦炀:"不,这是我自己买的。"

何晋:"什么意思?"

秦炀侧头瞟了何晋一眼:"就是我自己赚钱买的。"

何晋的脑子有点转不过来了,啥叫自己赚钱?秦炀不是还在读书吗,哪里有工夫去赚钱,还赚了这么多?他怎么赚的?

秦炀见何晋被自己那句话惊得一愣一愣的,勾起嘴角,笑着问:"我厉害吗?"虽然这么问很傻很嘚瑟,但秦炀真忍不住想炫耀一下,让何晋崇

第九章　身份暴露

拜他。

何晋却挑着眉头想：这家伙真不是在逗我？可别像那些伪"鸡汤"里写的，最后来一个峰回路转，说少年郎奋斗三年发家致富的原因是第三年继承了老爸的财产之类的……

秦炀抽了抽嘴角："你那是什么表情啊？不相信吗？"

何晋："呃，你怎么赚的钱？"

秦炀挑了挑眉："秘密。"

03

何晋一脸狐疑，秦炀却什么都没有解释。

他开车很快，也很稳，少有急刹车和狂踩油门的状况。路上何晋又跟他交流了一番车子性能方面的问题，秦炀问："你还记得半年前那次游湖吗？当时赵熙柏也问了我关于车子的事，我们讨论了挺多的。"

何晋点了点头，有点印象，但因为当时他们不熟悉，他又在想心事，所以没参与进去。

"我那时候还觉得你这个人……"秦炀欲言又止。

何晋："嗯？"

秦炀瞅了他一眼："你这个人的存在感好低。"

何晋："……"

秦炀笑了笑："要是不盯着你，感觉一不留神你就会消失。"

"是吗？"何晋想起那次自己偷偷在队伍末尾学蒋白涧挥拍，结果秦炀突然出现纠正他的姿势的小插曲。

眼见出了城区，何晋问道："你家住这么远啊，坐地铁去学校要多久？"

秦炀："你是担心打工迟到？没事，到时候我开车送你，不堵车的话三四十分钟就到了。"

就等你上线了

何晋感觉又得欠秦炀好大的人情了。

继续开了十来分钟，车子就慢了下来，小区保安见车放行，秦炀左拐驶入安静的别墅区，又在里面绕了一段时间才到家。

何晋下了车，拎着自己的行李箱，显得有些局促。秦炀停好车过来，推着他往自己家里头走，何晋问："你爸妈在吗？"

"在，弟弟妹妹都在，你不用管他们，一会儿我带你去房间。"秦炀开了门，何晋听见客厅的方向传来电视节目的声音，两个人刚绕过玄关，一个人影就箭一般冲过来："哥——哥——吃我一招！"

一个齐腰高的小男孩扑到秦炀身上，小小的拳头密集地往他的身上招呼。

秦炀："……"

"哎呀，炀炀，这是你的朋友吗？"一个女人也闻声迎上来，看着何晋热情地道了声"欢迎"，接着又拉过那个调皮的小男孩，小声呵斥道："秦慕！安静点儿，有客人！"

女人的身后则探出一张粉嫩的小脸，只见一个扎双马尾的小女孩躲在女人身后，乌溜溜的眼睛正好奇地打量何晋。

这应该就是秦炀同父异母的弟弟妹妹……以及后妈吧？

"你们好，"何晋打了声招呼，"我叫何晋。"

女人热情地道："哎呀快坐、快坐，我给你们做点儿鳄梨奶昔。"

"我先带我朋友去客房放东西。"秦炀拉着何晋往楼上走去，走到楼梯口又对那个女人喊，"姜姨，做好了给我们送上来吧，我们还有事，不下来了。"

"哎！好！"女人愉快地应着声。

何晋跟着秦炀上楼，两个小孩跟小狗一样跟在后面，但保持了两三米的距离。何晋一回头，他们两个人一个背过身去，一个埋下头玩自己的手指……何晋忍俊不禁。秦炀发现了，扭头就训他们："自己玩去，不许跟着！"

弟弟做了个鬼脸："谁跟着你了！"

妹妹撇撇嘴，奶声奶气地说："没有跟着，我在看我的手呢……"

第九章　身份暴露

秦炀："……"

他无奈地瞪了两个小家伙一眼，之后带何晋到了客房。房间干净整洁，有床、写字台、电视，还自带卫浴，这条件都堪比五星级酒店了。

何晋放下东西，问："你爸爸呢？"

"估计在书房里忙着呢。"秦炀拉上了窗帘，开了暖气，又从衣柜里取出崭新的被褥、被套、浴巾放在床上。

何晋问："不用跟你爸爸打个招呼？"

秦炀："等明天再说好了，你在这儿安心住着，我带朋友回来他向来不管。"

何晋点头，在床上坐下，秦炀也一屁股坐在了他对面的椅子上："哎，对了，你不是说你的头盔让你妈妈摔了？"

何晋想起那一幕，脸色黯然。

"拿出来让我看看。"秦炀做了个手势。

"嗯？"秦炀不玩游戏，何晋听说他要看头盔，不免疑惑，但还是从书包里取出头盔递了过去，"怎么了？"

秦炀翻看了一下，道："我认识一个修手环、全息电脑方面的专业人士，明天带过去帮你问问。"

何晋惊喜地问道："真的吗？"

"嗯。"秦炀哪里认识什么维修的朋友，这种头盔是国内领先的科技产品，跟风、仿冒的都没一个搞出来，更别说外面搞维修的。其实他和何晋一样，也是在网上查过了，得知明天专卖店开门，能拿这个头盔过去折价再换个新的，但又怕何晋知道后拒绝，才找了这么个借口。

两个人正说着，房门被轻轻地叩响了，温柔的女声在门外响起："炀炀，在里面吗？"

秦炀应声去开门，女人把托盘直接递到他手里，在门口朝何晋点头笑了笑："你们聊，吃点儿东西，有什么事叫我。"

女人的身后又露出两个小脑袋，眨巴着眼睛一脸好奇的表情。

秦炀关了门，把木质托盘拿进来放在桌子上，托盘上面有两杯淡绿色

就等你上线了

的奶昔,还有一碟精致的糕点,以及一盘切好摆成开花状的鲜橙。

何晋说:"阿姨真客气,你的弟弟妹妹也很可爱……"

秦炀笑了一下:"俩跟屁虫。"

何晋:"不过看着跟你不太像。"

秦炀挑眉笑问:"是不是我长得比较帅?"

何晋忍住笑,其实他们都长得挺好看的,尤其是妹妹,五官精致,长大了肯定是个美人坯子,也不知道秦炀哪里来的自信说自己更帅……他很羡慕这一家人,不管哪方面。

吃了点儿东西,两人又闲聊了一会儿,秦炀就起来帮何晋套被子。

被套都是洗过晒过的,秦炀不太会弄,于是费力地把被子摊平了一点一点塞,结果塞得乱七八糟。

"这什么啊?我来。"何晋把被子拿出来重新塞,可他也只套过宿舍里那种单人被,秦炀家的羽绒被太大了,难弄得很。

何晋指挥秦炀捏住被子的两个角,他自己也捏了一个,摸索着找最后一个,只要将四个角都捏住了,抖一抖被子和被套就能整齐了。

秦炀见何晋好不容易抓住一角对上,手忙脚乱,另一角不知怎么又滑掉了,忍不住调侃他:"我还以为你是高手呢,原来也是个菜鸟。"

"比你厉害多了!"何晋拉着刚刚抓牢的被子两角用力抖了一下,被子掀起的风正对着秦炀的脸,"哗啦"一下,让对方打了个大喷嚏,何晋瞬间失笑。

秦炀捏着被子如法炮制,何晋却一点没受影响,两人你一下我一下地抖了一会儿,像是小孩子较劲儿比谁力气大似的,结果何晋不知道怎么一下又让秦炀打喷嚏了,顿时哈哈大笑起来。

"你还来劲儿啦!"秦炀本来就有点让着对方,见何晋此刻得意忘形,当下起了逗弄的心思。他不爽地用手臂用劲一扯,死揪着被子的两角没松手的何晋被他拉扯得整个人半扑在床上。这还没完,不等何晋反应过来,秦炀就甩掉拖鞋跳上床,拎着被子扑过去把何晋整个人盖住了!

何晋被蒙住脑袋,"呀"地惊呼出声,用手抓挠了两下都没能掀开被子。秦炀已经越过他封死了被子的边缘,让被子裹成了两头空的袋状。

第九章　身份暴露

何晋本能地挣扎了两下，从一个口露出脑袋，秦炀就等着这一刻，用力拉着被子两边一提一抖，何晋整个人就像是被包春卷似的裹在了被子里。秦炀还推着他滚了两圈，彻底把他绕紧了，只让他露出脑袋，脸朝下，背朝上，怕他挣扎，又整个人扑上去连人带被地压住。

"松……松手……哈哈……"何晋在被子里不断地扭动，还没从刚才秦炀的喷嚏中回过劲儿来，一边挣扎一边笑。

秦炀在他身后道："叫你来劲儿，看你现在还怎么动。"

何晋用力挣扎起来，喘着气道："放开。"

秦炀担心闷到他，松了手。

没了束缚，何晋三两下就从被子里挣脱出来，面上有点儿红："好了，不早了，我明天还要打工，早点儿休息吧。"

秦炀应了一声，带上没吃完的果盘和何晋那个坏掉的全息头盔出去了。

04

第二天早上，秦炀果然如他所说开车送何晋去打工，但没多停留，送他到地方后就开车走了，独自带着头盔去了专卖店，想换个新的。不料当值的员工说，这是抽奖抽中的典藏版头盔，需要本人携带身份证来验证身份后才可以折旧换新，此外还需要本人当场试戴新头盔转移数据，以防出错。

秦炀无奈，又给彭宇昊打了电话，问这件事该如何处理。

彭宇昊帮他联络了一上午，说让他初七去游戏公司总部，有专门的人帮他修，大概十五天能修好。

秦炀皱起眉头："初七？修一下还要十五天？太慢了，不行。"

彭宇昊："我的大哥，十五天还慢？别人修至少三个月！"

秦炀："还有十天比赛就开始了，你觉得我能等？"

彭宇昊："呃，我差点儿忘了……那我再帮你问问。"

就等你上线了

秦炀又等了一下午,四点多的时候彭宇昊才有回复:"哎,为了帮你找人,我的嘴皮子都磨破了……"

秦炀:"直接说你能不能行。"

彭宇昊:"行!"

原来彭宇昊七拐八拐地联系到了总部的一位头盔研发部技师,搬出了秦炀的身份,恰好那个小哥是殇火的粉丝,当下应了,报了自己的地址,让秦炀过去。

秦炀挂了电话就直奔那位技师家,横穿了半个城市,差不多下午六点才到。技师小哥见了秦炀,眼睛都直了:"大神,你长得好帅,哦不,大神,比起你的长相,你的对战技术更帅!大神,你等一下能不能给我签个名?"

秦炀把头盔递过去,笑着道:"修好了给你签。"

技师小哥两眼发光,请秦炀进去坐:"我先检测一下看看。"

虽然被小哥迎了进去,秦炀却发现屋子里连个落脚的地方都没有,满桌满地堆的是各种书籍、仪器、工具、换下来的衣服……看来这家伙是个妥妥的技术宅男!

只见小哥在一片混乱中找到了一角缩进去,开了盏聚光灯,先按了一下电源键,见无法开启,就直接拿出一堆螺丝刀,转眼就把头盔的钛金外壳卸了,露出里面密密麻麻的电子元件。

秦炀也是第一次见头盔里面的东西,好奇地凑过去观察。只见那个小哥手脚麻利地把拆下来的东西放在一堆"垃圾"中,又不知从哪里扯出两条线接通头盔,电源指示灯一下子就亮了。

小哥在电脑屏幕上开了检测器,输入指令,检测开始,进度条飞快地前进,一路绿灯,直到70%左右的时候开始闪烁,连闪了数下。

技师小哥道:"脑皮层感应元件被损毁了。"

秦炀:"能修吗?"

"能,换个新的感应板就行。"小哥身子往后仰,在架子上翻找了一会儿,找到一个未开封的纸盒子,道,"原配的,更换耗时大概一个小时……

第九章　身份暴露

嗯，还要换个电源驱动，那玩意儿好像也不好用了，大概一个半小时吧。"

"没事，慢慢来。"今天能修好就行，秦炀想着一会儿何晋看到头盔的欣喜模样，忍不住笑了起来。

小哥很专心，修头盔的时候一句话都没说。秦炀坐着没事，就开始用殇火的身份给何晋发消息。

殇火："在忙什么？"

何晋："我在打工。"

殇火："还在打工啊？买新头盔了吗？"

何晋："还没有，有朋友说认识修头盔的人，今天去帮我问了。"

殇火："早点儿回游戏，好久没见你上线了。"

过了十来分钟，何晋才回复："嗯，我也想回去。"

一个半小时后，小哥对换好元件的头盔再次进行了检测，这次指示灯全部亮了绿灯。

"应该可以了。"小哥为了保险，还查看了信息存储部位，因为头盔是绑定玩家的，一旦信息出错或者损失，就要恢复出厂设置。屏幕中现出了头盔使用者的资料，小哥让秦炀核对——

使用者 ID：hj2000
游戏名：阿晋
…………

瞄见了熟悉的游戏名，技师小哥说："咦，这个头盔是大神的灵遇的？"

"你还知道他？"秦炀点了点头，开了手环，"修理费用多少，我用电子账户转给你行吗？"

呆萌的小哥结结巴巴地摆手："不用……不用给钱了。"

秦炀："那些换掉的元件都要钱的吧？过年还让你加班帮我修东西，不给钱我怎么好意思？"

就等你上线了

小哥:"那好吧,感应板 1200 块,电源 600 块,一共 1800 块吧。"

秦炀给他转了 3000 块,多出来的钱算是人工费,又给他签了名,让他为自己的身份保密,最后还相互留了电话号码:"以后有什么要我帮忙的你也可以找我。"

小哥激动地点着头,一路送秦炀下楼,看着疾驰离去的汽车,才返回楼上。

眼看快到九点钟了,秦炀在车上给何晋打电话:"下班了吗?"

何晋:"快了,你在开车?"

秦炀:"嗯,等我一下,我还在路上,可能要迟一点到。"

何晋:"慢慢开,别急。"

秦炀哪里会慢,一路驱车疾行。在咖啡店外停好车,他远远地就看见何晋背着书包,围着厚厚的围巾,一个人孤零零地站在咖啡店门口,用热气哈着手。车灯照射过去,何晋看见他,脸上立刻露出了欣喜的表情。

何晋打开了车门,带着一股寒气坐进车里。

秦炀从后座取了头盔递给他,邀功似的笑着:"好了。"

何晋果然睁大了眼睛,喜形于色:"这么快!"

秦炀:"嗯哼!"

何晋反复看了看头盔,果然还是他的那个,按下启动键,电源指示灯亮了!

其实在网上查到需要折旧换新时,何晋就很舍不得,虽然这个头盔才用了几个月,但这是他抽奖得来的,在他心里,这不仅仅是个游戏头盔,还是连接另外一个世界的通道,在那里,有着他向往的自由与渴望的人生。

可他妈妈从来不会试着去理解这个东西对她儿子的意义,只觉得玩游戏是坏孩子才做的事,轻易一摔,就毁掉了何晋小心翼翼维护的精神世界。

从头盔被摔坏的那一刻起,何晋一直很难受,想到这件事就心痛,即使换了新的头盔,对他来说意义也不一样了。

他不知道,秦炀原本也是想给他换新的,结果折腾一整天,阴错阳差

第九章　身份暴露

地认识了技师小哥，反而满足了何晋内心的希冀。

如今头盔失而复得，何晋珍惜地把头盔抱在怀里，感动得都不知道说什么好。

秦炀见何晋眼眶泛红，喜不自胜，也高兴得不得了。

"维修费多少？"何晋突然想到这一点。

秦炀："不用。"

"啊？"何晋不太相信。

秦炀："不都说了是认识的朋友吗，免费修，我请他吃顿饭就好了。"

何晋急着表态："那我来请他吧！"

秦炀目不斜视地看着前方："真不用，我已经请过了。"

何晋："那……我请你吃顿夜宵？"

秦炀笑出来："干吗这么急着谢我？"

何晋心说，这不是应该的吗？否则一点一滴地累积起来，他都不知道什么时候能还清秦炀的人情……

秦炀见他坚持，总算松了口："也好，反正我没吃晚饭。"

何晋震惊："怎么晚饭都没吃？"

秦炀瞅了瞅那个头盔："为了帮你修这个，我跑了一整天。"

被他这么一说，何晋越发心怀内疚与感激……

最后秦炀选了路边的烧烤摊，两人坐在小马扎上点了一堆烤串儿，就着两杯喝的，边吃边聊。吃完后结账，何晋赶紧从衣兜里掏出今天刚领的工资，和昨天的加起来一共三四百块钱，捏在手里仰着脸问老板："多少钱？我付。"那急切的样子，像是生怕秦炀跟他抢。

05

吃过夜宵回到家，已经快十一点了，秦炀的家人都已经睡下了，两个人也不再多聊，各自回了房间。

就等你上线了

何晋轻手轻脚地回到客房,快速洗漱完就迫不及待地躺到床上戴上了头盔。

登录时一切顺利,没有出现任何问题,时隔三日再次进入游戏,何晋却觉得仿若过了三秋,心情激动得堪比第一次玩全息网游。

殇火的名字亮着,阿晋没发任何消息,就心急火燎地使用形影相随飞去了他身边。迷雾散去后,阿晋发现自己出现在吟水筑的家园,可他眼前站着的不止殇火一人,还有逝水、九殿下、齐天大剩……以及三个他从未见过的陌生人。

殇火给他介绍了一下,原来他们正是战队的三位新成员。其中一身冰蓝色长裙的妹子是99级魔族治疗师昭明月,和所有女玩家一样,她是一身标准的美人造型;银袍乌发的男子是99级魔族咒师一念天地寒,这个人的游戏角色外形看上去有点粗犷;而最后一个是98级的魔族弓箭手大鹏展翅。三区高手合榜后,这三个人也都是榜上有名的高手。

大家七嘴八舌地道:"阿晋,你来啦!"

"好久没见你喽,这几天很忙吗?"

"听说你已经成仙宠了?"

"这就是无情的灵遇啊?"连汤圆都"叽叽"叫着,兴奋地在阿晋身边不断飞来飞去……

何晋感受着游戏中友人的热情,一颗心被焐得烫烫的。除了殇火,其余的人他不止三天没见,他回Q市后总是半夜偷偷上线,所以几乎天天与他们错过。

他挨个儿问好,打了招呼,又发现他们似乎不知道自己的头盔被摔的事,小声问了殇火,殇火发私信回复他:"我没告诉他们原因。"

殇火刻意的隐瞒很好地照顾到了何晋的面子,游戏里的角色感受到何晋的内心情感,瞬间泪眼汪汪……

"不多废话,趁现在大家都在,我再介绍一下十天后的比赛情况。"殇火一说话,众人立即安静下来,"后天报名截止,官方会排出对赛表,目前有不下十支队伍,两两对战,胜者晋级。比赛流程已经公开,一共四场,

第九章　身份暴露

第一场是仙宠对战，第二场是灵宠和驯养主双打，第三场是单人神魔不带宠物对战，前三场每赢一局得一分，最后是团队赛，五对五，可带宠物，获胜可得三分。"

这些规则其实大伙儿都查过了，殇火主要是讲给这几天缺席的阿晋听的："前三场人员暂时不定，仙宠对战由我和逝水带阿晋、篱落各自训练，单人对战可能让九殿下、野鹤或一念上，你们各自练习准备……"

快速说完这些，殇火又问："战队名现定'情意战队'，诗情画意的情意，新来的朋友有没有异议？"

一念天地寒道："情意？好像气势不太够，把那个'意'字改成'义务'的'义'怎么样？"这个人的音色也像大叔，带着一丝苍凉的味道，和他的名字气质格外相符。

大伙儿一听也都同意。

"那好，最终名单已经确定，今晚我就提交报名表了。大家确保 2 月 25 日开始的十天内，每晚七点到十点都有时间上线。"

几个人原本打算开完会就下线了，现在阿晋上来，一个新来的队员突然好奇道："无情，你的灵遇那么神秘，趁现在大家都在，能不能让我们见识一下她有多厉害啊？"

这次说话的是大鹏展翅，何晋一愣，感觉这个人的声音有点熟悉，却一时想不起来是谁。

听他这么一说，大伙儿立刻开始起哄，毕竟之前团队练习都不见阿晋的踪影，平时只有殇火训练他，也不晓得他现在实力如何了。

"竞技场人宠对战，还是仙宠竞技馆？"殇火倒是很大方，也不藏着掖着。

熊猫外形的篱落团着身子跳脚道："我来、我来，我要和阿晋对战！"

"那就竞技场吧，先让这两个小家伙试试。"逝水说着就飞了起来。

何晋的嘴角抽搐着……两个小家伙？明明只有篱落一个是小孩！

众人排着队飞向竞技场，阿晋现在自己能飞了，也不用召唤坐骑，和殇火肩并着肩。他还怕汤圆落下，主动抱着汤圆。

就等你上线了

　　一群人嘻嘻哈哈地说笑着去竞技场，飞着飞着，前方突然出现一队人，全穿着黑金色的服饰，气氛肃杀，像是一个团队。

　　"是依依他们啊！"九殿下惊呼道。

　　大伙儿渐渐安静下来，游戏世界这么大，偏偏再一次狭路相逢，阿晋本来以为两队人会像上回那样尴尬地擦肩而过，不料这一次在距离最近时，不知道是谁发动了攻击……一枚火焰弹从不远处发射，正朝阿晋的方向袭来！

　　阿晋敏捷地一闪，躲过一击，不想下面还有连着袭来的两发火焰弹。他原本就没有心理准备，被这么一偷袭，背后连中两下，立刻失去平衡！

　　"他们发动攻击了！"大鹏展翅叫了一声，两队人马瞬间剑拔弩张，短短几秒钟的工夫就在空中你来我往地战成了一团！

　　汤圆在阿晋受到攻击的瞬间脱手，愤怒地咆哮着保护起自己的主人来。阿晋趁机恢复平衡，正想去看局势，背后突然又飞来一个巨大的冰球——那是落花依依发射的！

　　殇火本想第一时间去保护阿晋，可在战斗开始时他就被哥本冰激凌与我是二郎神两个人拖住，后者正是哥本冰激凌团队中的第二高手。此时逝水也正和一个人缠斗着，脱不开身。

　　阿晋刚学会飞行不久，还没有空中对战的经验。何况他现在是人形而非雪貂，身后的冰雪攻击接二连三地袭来，他几乎毫无还手之力。混乱间阿晋看见自己的汤圆宝宝已经被一个冰球冻住，在空中不能动弹，情急之下他念了一句"变身"，可又忘了自己是在空中，变成雪貂后失去飞行能力，立刻开始往凡界坠落！

　　殇火眼角的余光瞄见此景，心中一慌，脱口而出，大叫了一声："何晋——"

　　秦炀完全没想到自己会喊出这个名字，慌乱的对战中，他又莫名其妙地嘀咕出了不少内心的话，这才意识到头盔可能是因为方才的惊吓短暂地失控了。

　　这是他第一次在游戏里受到"惊吓"，还好现在是在空中，打斗的过程

第九章 身份暴露

中有阵阵风声和技能的音效，没人听得清他失控时的嘀咕……只是刚才那一声大吼，怕是所有人都听见了！

秦炀心中慌乱，几乎想直接跟着小雪貂下坠的身影追到凡间去，可追下去了要说什么？直接坦白自己就是秦炀吗？

看着正处在混战中的队友，秦炀强迫自己先镇定下来。应对"失控"的唯一办法就是集中精神，不去胡思乱想，这样头盔也不会把内心的想法全部吐露出来。

顷刻间，殇火已经朝四周喊道："闲云、明月撤远，远程弓箭手朝正东方向散开，近战！拉近集中打！"

原本被打散的众人听到殇火的指挥，迅速开始摆阵迎战，这正是最好的探底和团队战练习的机会！

野鹤干掉了刚刚偷袭他的人，很快过来帮殇火分担压力，逝水也在不远处辅助。刚刚哥本冰激凌和二郎神二人围攻都没将殇火拿下，现在更没可能，眼看原本占着优势的队伍慢慢落入劣势，哥本冰激凌感到十分惊诧，仓皇之下便想脱身！

霎时间，殇火飞舞着在空中旋转了一百八十度，长剑一指，朝落花依依的方向甩去一个不容逃脱的"火焰炼狱"，这是一个困身术——和他们伤害阿晋一样，落花依依如今也是哥本冰激凌要重点保护的对象，他只要伤了这个女人，就会乱了他们的军心。

下一秒，殇火已经瞬移到了落花依依跟前，速度快得让人看不清楚。

对待昔日的徒弟，他下手毫不留情，落花依依原本就不是攻击系职业，何况那点儿招数也全是秦炀教的，不消片刻就被杀得节节败退……

"师父……"白发女子看着殇火，眼中流露出一丝悲伤之色。

殇火的眼角抽搐了一下，他伸出手掌二话不说就发出了致命一击——"雷霆烈火"！

落花依依的血条见底，直接变成尸体从空中跌落，这下轮到哥本冰激凌大叫落花依依的名字了："依依——"跟演戏似的，他直奔着尸体的方向而去，众人一看队长离团，阵容一下乱了……

06

　　一场原本势均力敌的空战，最后演变成了一场闹剧。

　　众人一数，乱战结束后，殇火的队伍也被干掉了四个人，除了在空中毫无还手之力的阿晋、篱落和莫名躺枪的齐天大剩，还有大鹏展翅，其余血量不多的人在闲云和昭明月的救治下恢复了体力。

　　没死的几人趁此良机聚在一起复盘。

　　"觉得他们实力如何？"逝水问。

　　昭明月鄙夷地道："我总觉得为了一个女人这样，冰激凌不太行。"

　　众人想起刚刚阿晋坠落的一瞬间殇火也惊慌地叫了一声，却因为顾全大局，坚持留守指挥，心中便觉得骄傲——还是自家队长比较靠谱啊！

　　其实他们都误会了秦炀，秦炀也是想追下去的，但怕自己追过去会被阿晋逼问刚才叫出他真名的事，于是索性冷静下来指挥团战，顺便想一想一会儿该怎么说……

　　野鹤摸摸下巴："我怎么感觉冰激凌不是为了落花离队，而是故意想跑呢？"

　　逝水："我也有同感，都没看到他们用的什么战术，除了最开始那几下偷袭还算精彩，之后都打得畏手畏脚。"

　　"你们先聊着，我去看看阿晋。"秦炀说着，就飞快地往凡界飞去。与此同时，他迅速从好友栏里找到了齐天大剩的名字……

　　一念天地寒："话说这个阿晋到底是男的女的？我怎么看着外形是男孩子，声音也像？"

　　终于有人问出了他们心中的疑惑，野鹤赶紧道："我开始还以为是女的，但最近觉得是男的。"

　　九殿下挠了挠头："你们有没有发现，阿晋跟咱们刚刚认识的时候比好像长大了点儿？"

　　逝水："嗯，原本十四五岁，现在十五六岁，角色上男孩子的特征很明

第九章 身份暴露

显了。"

闲云："可能他在初始设定的时候选择了'成长型'吧。"

九殿下："成长型是什么意思？"

闲云："就是角色会在游戏里长大，在短时间内长大到实际年龄。"

九殿下瞄了闲云和野鹤两眼："为什么你俩没长大？"

野鹤坏笑道："咱们选择的是'稳定型'，不会长大！哈哈哈！"

九殿下："……"

齐天大剩死得也很憋屈。齐天大剩其实只是个看热闹的，结果成了大神队伍中最先被干掉的那个。他死的时候，那个傻帽熊猫还坐在飞行坐骑上一脸蒙地喊："发生什么事了？"熊猫的目标明明更大，为什么他们不先打它？

齐天大剩死了，但奇怪的是，临死前的那一瞬间他竟然听见殇火大声叫出了"何晋"，紧接着，就见一只雪貂和自己一样从天空中坠下去了！

玩家在天空中死亡后，尸体至少坠落三十秒钟后才能够选择复活，但阿晋还没死，只是无法在空中切换状态，所以一路坠落一路挣扎，很是可怜。

三十秒钟后，只剩一丝血皮的齐天大剩从坠落状态中解脱，出现在了最近的凡界复活点。可他的心里感到有些奇怪，殇火怎么会知道晋哥的名字，难道晋哥已经在私底下跟大神交底了？

按理说，阿晋掉下来摔死后会和他出现在同一个复活点，于是齐天大剩一边打坐回血，一边等着对方出现，想问问是怎么回事。不料雪貂的尸体没出现，好友信息提示先响了起来，他一看，竟然是殇火大神发来的消息！

能被大神惦记让齐天大剩感到受宠若惊，但当他看到信息框里的内容时，脸上的笑容瞬间就僵住了——

殇火："侯东彦，我是秦炀。"

齐天大剩：什么鬼？

就等你上线了

殇火："何晋不知道我就是秦炀，希望你能替我保密。"

齐天大剩一时间无法从与大神对话的模式中切换出来，面对对方的请求，弱弱地回了一句："没问题。"

殇火："谢谢。"

侯东彦的大脑这才开始快速转动起来——秦炀竟然就是殇火大神？！晋哥不知道殇火就是秦炀，却稀里糊涂地和殇火结了灵遇，又不想让殇火知道自己在现实中的身份；而秦炀早就知道了实情，并且骗了晋哥，也不想让晋哥知道他就是秦炀……妈呀！这混乱的事情为什么要扯上我？

殇火："我刚刚情急之下叫出了他的名字，他应该会很奇怪我为什么知道他的名字，到时候我就说是你告诉我的，可以吗？"

齐天大剩："……"

他能说"不可以"吗？！

两人说话间，阿晋恰好出现在了齐天大剩所在的复活点。他看见齐天大剩，愣了一下，果然问道："猴子，你刚刚有没有听见殇火叫我的名字？"

侯东彦一头冷汗，心中的天平在对室友的感情与对大神的崇拜中不断地摇摆，最后道："呃，听见了，对不起啊，是我不小心说漏嘴了。"

晋哥，我对不起你！

可是没办法，学弟太厉害了，不但现实中厉害，游戏里也很厉害！

转眼齐天大剩就给殇火发了条消息如实汇报："晋哥问我了！他问我有没有听到你叫他的名字，我说是我不小心说漏嘴的。秦学弟，我现在跟你是一条船上的了！你可别坑我！"

殇火："谢谢，不会，开学请你吃饭，改天带你下本。"

齐天大剩："……"

这时阿晋又问齐天大剩："你还说了别的吗？"

齐天大剩："没了……那个，其实是你不在的时候，大神带我打对战，问我你叫啥名字，我没把持住……"

第九章　身份暴露

齐天大剩满头大汗地说完，赶紧又把这句话告诉了殇火。

殇火："哦，好，算是我问的。"

阿晋："没事，反正他也知道我是男的了，我告诉他了，但其他信息还是希望你能够帮我保密，就算他问了，你也别说。"

齐天大剩内疚地道："嗯！保证不再说了，说了天打雷劈！"

两人正聊着，殇火终于出现了。阿晋看了齐天大剩一眼，道："我跟殇火单独说两句。"

"好好好，你们说，今天不早了，我先走了。"齐天大剩一说完，就飞快地跨上坐骑，躲到看不见这两个人的地方——下线了。

阿晋看向殇火，平静地道："为什么要问齐天我的名字？不是说好了不好奇的吗？"

殇火沉默了两秒钟，说："抱歉，我只是有点好奇现实中的你会是什么样子。"

何晋听了殇火的话，觉得有点晕，预感中会发生的事终于还是来了……

"我让你为难了？"殇火见阿晋久久没反应，忍不住开口问道。

阿晋望着殇火，已经没办法像一开始那样冷静自持："我们……我们不是说好了……游戏归游戏……"他艰难地说着，最后五个字几乎是从喉咙里挤出来的。

殇火没有说话，皱起眉头，脸上是掩饰不住的落寞、失望之色。

阿晋用一种近乎恳求的语气问："就游戏里……不行吗？"

殇火一脸阴郁地道："如果我说不行呢？"

阿晋怔了怔，惊诧地睁大了眼睛。

殇火："华大是吧？你们学校有几个叫何晋的男生？我记得你比我高一届，大三？应该很容易就能找到，如果我真要一意孤行地去找你，你又能把我怎么样？"

"不要！"阿晋急忙打断他，"如果你这样做了，我就再也不理你，以后再也不玩游戏了！"

就等你上线了

殇火重重地呼吸着，气得脸色发白。他没想到阿晋真会用"不玩游戏"来威胁自己，心中苦笑——那你要知道我就是秦炀，是不是也打算永远不理我了？

阿晋似乎也意识到自己刚才的话有点伤人，立即解释道："殇火，其实一开始你说你等了我八年，就让我觉得非常意外，也让我觉得很内疚，所以我就想在游戏里补偿你，陪你一起玩……可就算是在八年前，我们的接触也并不多。我有时候想，你这样做也许只是一种顽固的执念，其实你并不那么了解我，我也不太了解你，现实中的我只是一个很普通的人，可能你也是，网络却让我们习惯于为虚拟的人物添加自己的幻想……"

殇火听着阿晋费劲地解释，反问道："所以你觉得，我想认识的'阿晋'并不是真正的你，而是我幻想中的样子？"

阿晋轻轻地点了点头，这就是他拒绝在现实中认识网友的其中一个原因，也是最重要的一个原因。

网络中的一切太不真实，不真实得让何晋害怕去与对方坦诚相待。

秦炀苦笑起来，如果何晋这话放在自己没有见过他之时，可能会让他无力再辩。他承认，过去八年的等待已经让自己产生一种执念，可是他在现实中是见过何晋的，虽然没到知根知底的地步，但也算不上完全不了解。

殇火："如果你觉得我不够懂你，我们可以更深入地了解一下彼此，直到你对我放下戒备。"

阿晋摇摇头，鼓起勇气道："不，殇火，这种幻想很好，我现在对你也存有这种幻想，我不想去打破它。"

殇火："……"

何晋的态度非常坚决，秦炀感觉自己像是被卡死在一面墙内了，无法上前，亦不能后退，心里觉得堵得慌。

他无话可说，点着头冷声道："好，我不再逼你，之前那句话当我没说。"

何晋见对方面色灰败的样子，心里没来由地涩涩发疼。

僵持了许久，阿晋道："殇火，我们现实中也有联系，已经算得上是朋友了……"

第九章　身份暴露

殇火没有反应,阿晋低着头,又道:"你偷偷问齐天我的名字,现在又突然说到现实,有点吓到我了。"

殇火仍然没有反应。

阿晋握着拳头道:"从游戏到现实……可以慢慢来吗?"

现在发展到现实真的太难了,现实中他不是人见人爱的软萌雪貂,他什么都没有,又和家里决裂,既要读书又要打工,前途未卜……

四周寂静无声,阿晋彷徨地抬头,却见对面的人早已处于"待机离线状态"。

阿晋:"……"

原来"被"下线遁走,是这种无力的感觉。

从在空中遇袭到殇火突然离线,阿晋无心再玩,篱落发消息来问阿晋在哪里,还问要不要打对战,阿晋回绝了,说改天再约。逝水等人也看到了殇火的状态,给阿晋发了消息确认后,便纷纷下线睡觉了。

阿晋又在复活点愣愣地站了许久,却没见殇火的名字再亮起来。汤圆不知什么时候出现在他身边,在他背后安静地飞着。可能在他和殇火说话的时候它就在了,却像个乖巧的系统宠物,一直没出声打扰。

阿晋招手让汤圆飞近,抱着它,汤圆发出了轻轻的"叽叽"声,挥了两下翅膀。

"小傻瓜……"阿晋摸了摸它的翅膀,毛茸茸的触感,"我是不是胆小鬼?"

汤圆歪歪头,又"叽"了一声,像是在说:"是。"

阿晋笑了笑,可笑得比哭还难看……

时间过了零点。

阿晋带着汤圆飞去游戏商城,挑了一束花,选择了花店快递服务,赠送对象为殇火,在他下次上线时送出。

殇火,对不起……何晋在心里再一次道歉。

下线后,何晋又查看了手环,上头没有未读消息,殇火什么话都没说。

就等你上线了

07

在负气说完"我不再逼你"后,秦炀就直接摘掉头盔下了线。他怕自己继续待在游戏里,会做出像上次一样失控的事⋯⋯何晋的话如同一盆冷水泼下来,让他单方面发热的头脑迅速冷静下来。

秦炀没有将错就错地向何晋坦白身份,原本就想先用游戏里的身份试探一下何晋,但没想到何晋会这样毫不留情地拒绝。

和上一次被何晋拒绝时的愤怒不同,这一次秦炀感觉全身像是被抽光了力气。他仰躺在床上,不知道该怎么做,也不知道要怎么继续面对何晋。

直接冲到隔壁破门而入,告诉他自己就是殇火?秦炀也不是没想过⋯⋯可那之后呢,他该如何收场?

可他若不这样做,就只能按照何晋说的来,游戏归游戏。

秦炀用双手捂着脸,指腹摩挲着微微皱起的眉头,感觉自己都快被分裂成两半了。

他刚刚下线也有赌气的成分,就像个冲动的无脑少年,自己不爽,也不想让何晋开心。但没过一会儿,他就按捺不住了。他做出这种幼稚的事,必然是想看到符合预期的效果,郁闷了一会儿就开始期待何晋用手环发消息给他⋯⋯

然而并没有,无论是阿晋还是何晋,都没有发来消息。

等到了凌晨一点,还是没有收到任何消息,秦炀悄悄出了门,看见隔壁客房的灯早就灭了。

他真的好不甘心啊!

半夜三更,秦炀悄悄摸到楼下,从酒柜里随手摸出一瓶白兰地。

他此刻的心情,就像是五年前得知游戏即将改版成《神魔》,意识到"小仙阿晋"也许再也不会上线的那一刻一样⋯⋯

秦炀拎着酒瓶返回楼上,没有回自己的房间,而是对着何晋的房门慢

第九章　身份暴露

慢坐了下来，借着走廊窗口洒进来的微弱的月光，开了酒猛灌了一口。

辛、辣、酸、苦……呛得他忍不住闷咳了一声。

秦炀的酒量本来就没多好，何况是高度烈酒，心情不好的时候更容易喝醉，几口喝下去，大脑就有点晕了，脑海中反复回荡着刚刚不愿意去回想的话……

"如果你这样做了，我就再也不理你，以后再也不玩游戏了！"

"这种幻想很好……我不想去打破它。"

…………

那些话被秦炀反复咀嚼着，自虐似的。内心的骄傲被酒精一点点麻醉，只剩下卑微。

他打开手环聊天软件，主动点开那个熟悉的雪貂头像，一字一句地写——

"阿晋，你说这种幻想很好，那你想象过我的样子吗？

"你想象过我是谁吗？

"呵呵，可能没有吧，你那么理智……

"但是我有，我想象过你……"

他感觉脑子热热的，半是清醒，半是醉意。消息他发得很慢，每一句话，都隔了差不多十分钟。一句话，一口酒，真假虚实，他已经分不清。

殇火："有时候有点骄傲，有时候又有点自卑。"

消息一条一条发了出去，秦炀眯起眼睛，又一次一次点击"撤回"。刚才那些话在对话框里已经消失不见，他勾起嘴角，继续写。

殇火："做事认真，字写得也很漂亮。"

一丝不苟的笔记、做讲座时条理分明的纲要，优秀得让人移不开眼睛。

发送，又撤回。

殇火："看起来很温和，也很容易妥协，其实内心倔强得不得了。"

不管在游戏的对战场上怎么虐你，你都会再一次站起来，继续跟我对战。

外柔内刚的模样，有时候也让人特别想叫你彻底服我……

就等你上线了

  继续发送，撤回。
  殇火："你还有很多缺点，譬如在面对家人的时候，不够勇敢……可我一样欣赏，无论是你的脆弱，还是坚强。"
  依旧是发送，撤回。
  借着酒劲，秦炀也不知道自己说了多少，但所有的留言，在发送后的几秒钟内都被撤回，最后只留了一句："阿晋，你睡了吧……"
  是啊，都凌晨四点了，等何晋起来后，什么都不会看到。
  就像八年前阿晋离开游戏，之后自己所有的留言，他都不会看到。
  秦炀迷迷糊糊地从地上爬起来，头重脚轻地回到自己的房间，扑倒在床上，终于……能睡着了。

  另一个房间的被窝里，正闪烁着手环光幕发出来的微光。
  何晋睁着酸涩的眼睛，盯着聊天软件的对话界面，上面干干净净的，只有一句话："阿晋，你睡了吧……"发送时间，凌晨三点五十四分，八分钟前。
  如果不是因为失眠，如果不是耐着性子没有回复殇火的前两句话，他可能根本不知道，殇火竟然会跟他说这么多话……
  就连现在，看着空荡荡的对话框，何晋都不禁怀疑刚刚发生的这一切是一场梦。他彻底被惊醒了。
  一瞬间，何晋就猜到殇火可能不止知道了他的名字，还见过他！不对，不止见过，他是自己身边的熟人！意识到这一点，何晋吓得汗毛都竖了起来！
  可当殇火提到他的性格、缺点时，何晋那被惊吓的情绪中又生出一丝感动。
  殇火开始撤回消息了，何晋目不转睛地盯着屏幕，生怕错过任何一条。
  直到现在，应该已经结束了，他还是不敢移开眼睛。
  那些话里透露出来的信息太多，多到何晋已经猜到殇火可能是谁……相同的声音、身边的人，这个范围实在太小了。

第九章　身份暴露

他甚至在几分钟前听到了门外传来的轻微声响……

殇火应该就是秦炀吧？

如果他们是同一个人，很多事情似乎就有了合理的解释——

这两个人几乎是同一时间出现在他身边的，殇火对他的关照，秦炀对他的帮助……

第一次在游戏里闹矛盾后，秦炀和殇火同时对自己疏离冷淡，让他觉得分外相像……

他给殇火发消息时，秦炀的手环不停闪烁，却被自己忽略了……

家里的事，他也只对秦炀和殇火说过，所以秦炀才会在自己离家出走后第一时间打电话过来……

可是，何晋也有很多地方不明白，如果秦炀就是殇火，为什么他能在做直播时跟自己出去吃饭？为什么他会在两个人一起玩游戏的时候发短信邀请自己去跑步？为什么他要同时以两个人的身份发不同的信息给自己？

难不成，秦炀和殇火是双胞胎？其实有两个人？

不、不，这不可能，何晋撇开这个不科学的脑补，分析道：直播节目提前录制，貌似也不是不可以；信息可以定时发送，手环也有这个功能……

至于其他无法解释的细节，到头来汇聚成一个最根本的问题——秦炀为什么要骗他？

何晋仔细回想，这个问题还要追溯到他们认识的第一天……宿舍楼下的那一撞？

不，那时候何晋虽然听过秦炀的名字，但他们根本不认识。他相信秦炀也不可能撞他一下就知道他是"小仙阿晋"。

至少是在他第一次登录游戏之后吧？等等，是头盔……抽奖信息？

何晋瞬间瞳孔紧缩，殇火是《神魔》里的名人，又是著名游戏主播，说不定有什么手段能得到他的私人资料。而且他第一次上线时，殇火还特地问过他，有没有考上华大……

假设殇火是那个时候知道的，那在游湖那天，秦炀就已经知道他是阿晋了？

何晋皱起眉头，其实在第一次听到秦炀的声音时，因为和殇火的声音太过相似，他也曾怀疑过。他记得游湖时有个女生也提到了这一点，对方还问秦炀玩不玩游戏，知不知道殇火，但秦炀说不玩，这才打消了何晋的疑惑。

那之后，他就陷入了这个思维定式中，觉得秦炀和殇火必然不是同一个人。

现在看来，秦炀那时候就已经在说谎了。

何晋细思极恐，闭上眼睛劝自己，不要把秦炀想得那么腹黑。他在网络上那么出名，说不定在现实中隐瞒身份只是为了避免麻烦……

只是，殇火在线上与他约定的"我不会好奇你在现实中到底是什么人"算是彻底食言了。

但……会不会正是因为那个约定，秦炀才不敢坦白他在游戏里的身份呢？

何晋努力找理由为秦炀开脱。不过，就算知道对方并不是心存恶意，这样的欺骗也让何晋有种被人玩弄的感觉。然而撇开这种感觉，何晋又激动得浑身发抖。

因为这个真相也是他所期待的，他心中感叹着：啊，秦炀竟然是殇火，他们是同一个人。此刻的何晋，矛盾得都不知道该如何形容自己的心情。

08

一夜没睡，因为要打工，何晋还是准时起床了。下楼时见到姜姨，何晋礼貌地道了声："阿姨早。"

"哎，小何，这么早就起啦？"姜姨准备了精致的早餐，热情地招呼何晋来吃，又问，"炀炀呢？"

何晋看了楼上一眼，楼上毫无动静："我不知道……"

姜姨轻轻蹙起眉头："哎呀真是，朋友都起来了，他还在睡懒觉，我去

第九章 身份暴露

叫他。"

何晋赶紧阻止她："不用了,让他睡吧。"

姜姨很少过问秦炀的私事,听何晋这么说,便笑了笑,没上去打扰:"这孩子,放假了几乎天天睡懒觉,也就昨天跟你出去这一天早起了。"

何晋愣了愣,好奇地问道:"他每天几点起床?"

姜姨:"十一二点吧,午饭的时候才起来。"

何晋问:"他这么晚起来,您不说他吗?"

姜姨摆放着碗碟,笑着道:"难得放假,他想睡就让他多睡会儿吧。年轻人嘛,这个年纪都贪睡,我就是有时候担心他熬夜饿了,早上晚起对胃不好……他爸爸也是这样的,忙起来的时候几天几夜不睡觉,靠那些保健品、咖啡撑着,我都提醒过了,但他爸爸不听……炀炀像他爸,他们都有自己的想法,在他们心里面,有比早睡早起更重要的事情吧,也可能等吃苦头了才知道身体重要,否则谁说他们也听不进去的。"

姜姨的脸上带着纵容与温柔的笑,何晋想着,这也是一种爱。他也希望自己的妈妈能像眼前的人一样,松点儿手,让他透透气,从早起这个细节放大到整个人生,让他自己去体会,即使有苦头,也让他自己去承受后果。

何晋又问:"怎么这两天都没看到秦炀的爸爸?"

姜姨无奈地摇头:"也还睡着呢,他做跨国生意,遵守的是外国人的时间,我也搞不懂……不过昨天他问起来了,听说炀炀的朋友在,让我好好招待……你中午要吃什么?一会儿钟点工过来,我让她去买。"

她不管秦炀的事,也不知道何晋要出去打工,只道昨天他们是出门去玩了。

何晋摇了摇头,带着歉意道:"阿姨,我一会儿要出去打工,会在打工的地方吃,您不用准备我的午饭和晚饭了。"说着他喝光了最后一口小米粥,看了看时间道,"我得出门了。"

姜姨跟着站起来:"呀,怎么放假还要打工?这么辛苦呀……我去叫炀炀起床送你?"

就等你上线了

"不用了不用了,我坐地铁就行,谢谢阿姨。"何晋在玄关换了鞋子,笑着朝她摆了摆手道别。

姜姨一直送他到门口,等何晋的人影消失在视线中,才返回来去叫两个小孩起床,上楼时只听秦炀的房门"砰"的一声打开了,他黑着脸从房间里冲出来,见着她就问:"姜姨,何晋呢?"

姜姨:"小何刚走,你怎么……熬夜了?"

秦炀惊慌失措地问道:"刚走?他带东西离开了?"

姜姨莫名其妙地道:"带什么东西?他好像就背了个书包,说是要去打工……"

"走多久了?"秦炀急忙扣着衬衫的纽扣,边穿衣服边问。

姜姨:"有十来分钟了吧。"

秦炀没再说话,回到房间给何晋发消息:"你去打工了?怎么没叫我?"

没一会儿何晋就回复过来了:"我已经坐上地铁了,自己去就行,你好好休息。"

嗯?好好休息?这四个字有点耐人寻味。

秦炀是用现实中的身份给何晋发的消息,何晋也不知道他昨天晚上喝了酒,凌晨才睡,怎么平白无故地让他"好好休息"?

几个小时前发生的事,秦炀还有点零零碎碎的印象,他皱了皱眉头,心中忐忑,何晋会不会看到那些消息了?

应该不会吧,他那么没心没肺,估计昨晚很早就睡了……

秦炀揉了揉发疼的太阳穴,忍不住试探:"昨晚睡得好吗?"

何晋:"不太好。"

秦炀:"为什么?床不舒服吗?"

何晋:"手环好像坏了,振动了一晚上。"

秦炀:"……"

他完全忘了这一点!秦炀很紧张,不确定发的那些消息到底有没有被看到,被看到就完了,脸丢大了!

秦炀:"是不是有人给你发消息?"

第九章 身份暴露

何晋站在地铁里,看着秦炀回过来的话,发青的眼眶上挂着一串黑线……再装!谁给我发的消息你还不清楚?!

他对秦炀的试探避而不答,直接回复道:"我听姜阿姨说你之前都睡懒觉,刚刚没见到你就猜你还在睡,我坐地铁也很快就到了,没事。"

秦炀的内心疑惑着:是他多心了吗?

见秦炀不再追问,何晋收起了手环,叹了口气。

坐地铁没算好时间,赶到咖啡店的时候何晋整整迟到了半个小时。但阿K没说什么,反正临时工的薪资按小时计,迟到了扣钱就是。

何晋换好工作服,给自己做了杯意式浓缩咖啡提神,但因为一夜没睡,过了中午就撑不住了,开始犯困。再加上想着秦炀和殇火的事,他整个人昏昏沉沉的,一天调错了三杯咖啡,摔了一个杯子,走神了无数次,还不断地打哈欠。

到了下午四点钟,阿K看不下去了,问满脸疲惫的何晋:"你怎么回事?今天的状态很不好。"

何晋不断道歉,嗓音也因为没有得到充分休息而略显沙哑:"昨晚没睡好。"

阿K倒不是想批评他,主要还是关心他,因为他的气色太差了:"实在不行就回去休息吧,也不是不能请假。"

但何晋一向很看重考勤和做事的态度,认为刚做这个工作不久就请假,会给别人留下不好的印象,于是坚持着继续上班。

晚上七点多,秦炀到了咖啡店,却没有进来,坐在车里透过咖啡店的落地玻璃窗看何晋忙碌的样子,看他时不时打哈欠,喝咖啡提神;看他笑着招待一个个客人,和领班聊天……

八点半的时候,阿K突然用手肘戳了戳何晋:"哎,那是你朋友的车吧?"

何晋这才发现秦炀停在门外的车子,愣了愣。

秦炀怎么这么早到了?为什么不进来坐?

阿K:"快打烊了,你先去吧,我给你结算工资。"

就等你上线了

　　十分钟后，换好衣服的何晋背着书包快步走出去，不远处的车灯闪了闪，像是在与他打招呼。

　　何晋坐上车，把发烫的纸杯递过去："给你的。"

　　秦炀打开杯盖小口，一股浓郁的热巧克力味道飘了出来，甜甜地充盈鼻腔。他笑了笑，捧着杯子凑到嘴边喝了一口："嗯——"

　　好烫！

　　何晋听见秦炀"嘶"了一声，转头去看，却见他在自己看过去的那一瞬间把伸出来的舌头缩了回去，故作镇定地把杯子放在边上。可他有些扭曲的表情出卖了他，让人看着觉得既好气又好笑。

　　秦炀一边启动车子，一边问："干吗给我热巧克力？"

　　何晋摸了摸鼻子："员工免费……"

　　就在这时，一阵熟悉的铃声响起——

　　"我不完美的梦，你陪着我想，不完美的勇气，你说更勇敢……"

　　是秦炀的手环。秦炀接了电话，光幕投射出来，映出几张年轻娇艳的脸，背景像是KTV，灯红酒绿的，还摆着许多电子蜡烛。

　　"秦炀……"

　　"哇！接了、接了！"

　　"帅哥，在开车啊！"

　　"在哪儿呢？"边上挤过来一个脑袋，是章宵，他对着摄像头喊，"安门东街这儿，老地方，34B房间，速度！"

　　秦炀："干吗？都这么晚了！"

　　章宵："同学会啊，夏鸿羲、佘妍儿都在呢。"

　　秦炀："鸿羲回国了？"

　　章宵："是啊，他明天就飞回美国了，你这不开着车嘛，我看你的位置离咱们不远啊，几分钟就到了，赶紧过来。"手环通话会显示通话双方的地理位置。

　　秦炀："我不去了，我跟朋友在一块儿呢，抱歉了啊，下次请大家吃饭。"

第九章　身份暴露

何晋在边上小声说:"你去吧。是你高中同学吗?他们都叫你,不去好像不大好,你把我放在地铁站,我自己先回去,反正我认识路。"

秦炀挑眉:"怎么能让你一个人回去?"

接连不断地传来叫嚷声,几个人正齐声喊着秦炀的名字,章宵痞笑着凑上来问:"怎么说,来不来?都等你呢。"

大伙儿也热情地邀请:"你朋友不介意的话就一起来坐坐嘛,你跟我们都好久没见了。"

"要不……要不我陪你去吧……我在车里等你。"何晋现在困得不行,心想在车上睡一会儿也好。

这是什么话?秦炀皱了下眉头,先回复催促他的同学:"来了来了。"

挂断了电话,秦炀在前方的红绿灯处转弯,朝安门东街的方向驶去。到地方后秦炀拉何晋一起下车:"我们跟他们打个招呼就下来。"

何晋无奈,只能跟着秦炀上楼。

09

KTV 里热火朝天,音乐声震耳欲聋,一群人见秦炀到了,立刻哄闹起来,嚷嚷着要他"罚酒"。年轻的男男女女,一个个身穿名牌,气场不凡。

何晋只在最开始被人关照了一下,章宵见过他,跟他聊了两句,很快他就被这群陌生人遗忘了。

秦炀开了车,不能喝酒,只象征性地喝了两口饮料,但包间里的温度还是让他觉得有点热。大伙儿让他唱歌,他一屁股坐到包间沙发的正中央,突然想起何晋,伸着脖子在人群中寻找那个熟悉的影子。

何晋已经被挤到最边上。

"何晋,"秦炀在一片嘈杂声中大声叫着他的名字,伸手把边上的人推开,腾了个空位出来,"过来这边!"

和秦炀说的一样,如果没人主动注意到何晋,他真是一个存在感很低

就等你上线了

的人，即使坐到了秦炀的身边，也只能成为衬托光芒的一道暗影。

秦炀把同学递上来的平板电脑递给何晋："点歌。"

何晋拒绝道："我不太会唱歌。"

秦炀偏头道："你点，我唱。"

何晋："……"

何晋想到秦炀的手环铃声，点了《不完美小孩》。

安静的钢琴前奏响起，秦炀握着麦克风，专注地看着大屏幕："当我的笑灿烂像阳光……"

听到第一句的时候，何晋就呆住了：秦炀的歌声非常好听。身边的人爆出一阵掌声，秦炀像是没感觉到，全神贯注地盯着前方，投入地唱道："全世界在等我飞更高，你却心疼我小小翅膀……"

何晋也看着屏幕，认真地看着那一句句歌词。

秦炀："当我必须像个完美的小孩，满足所有人的期待，你却好像，格外欣赏，我犯错犯傻的模样……"

每一句都唱出了何晋当年心中的希冀，但那首歌中的"你"是不存在的……那是一个虚幻的影子，一个与他母亲对立的影子，那影子有着他渴望拥有的爱……

秦炀："我不完美的梦，你陪着我想，不完美的勇气，你说更勇敢……"

此刻，何晋心中一直以来空缺的那一块地方，仿佛被秦炀的歌声一点点填满了。

一曲结束，何晋的眼睛都有点发酸，他眨了眨眼睛，不知道是困了还是感动的。

边上的同学们纷纷叫好，让秦炀接着唱，秦炀摆摆手，站起来笑道："不了，我朋友还有点事，我们要走了。"他顺手把何晋拉了起来。

"哎呀，这么扫兴……"

"才十点，还早呢！"

"真有事，先走一步，下次来了提前通知，请你们吃饭。"秦炀推着何晋往外走。

第九章 身份暴露

他刚要去推门,一个漂亮的鬈发妹子突然闪出来拦住了他们:"等等!"

大伙儿都愣住了,不知道谁先吹了声口哨,气氛立刻又热烈起来:"噢——"

何晋突然有某种预感,闪到了一边。果然,那个漂亮的女生下一秒钟就看着秦炀勇敢地告白道:"秦炀,我喜欢你!"

"佘妍儿,好样的!"

"终于说出来了!哈哈哈!"

"噢噢噢!在一起!"

"在一起在一起……"

那个叫佘妍儿的女生眨着眼睛大声道:"如果你还没有女朋友,请和我交往!"

秦炀勾着嘴角反问:"你们这是在玩真心话大冒险吗?"

女生的表情僵硬了一下。何晋猜她是真情流露,可秦炀的回答太巧妙,他没有直接拒绝,而是开玩笑地来了这么一句,如果女生意会,应该会顺着台阶下来。

佘妍儿果然苦笑了一下:"真没劲,我诅咒你一辈子找不到女朋友!"

秦炀笑着朝众人挥挥手:"走了,你们玩得开心。"

出门的时候,两人惊讶地看见外头开始飘雪,这是 A 市入冬以来的第一场雪,路上的行人都有些兴奋,秦炀却喊了声"糟糕"。

他拉着何晋跑向停车场,雪下得很大,没几分钟地面上就积了一层白雪,再过一会儿就不好开车了。

"早知道不来了,不然现在我们都已经到家了!"秦炀遗憾地抱怨了一句。

他们上了车,雪越下越大了,秦炀小心翼翼地慢慢开着。

车里开着暖气,又因为缓慢的速度而轻微颠簸,就像催眠的温床。

见身边的何晋哈欠连连,秦炀道:"累吗?睡会儿吧,到了我叫你。"

就等你上线了

何晋是累了，一夜没睡，又打了一天工，刚刚还在那么闹腾的地方坐了半个小时……他轻轻地"嗯"了一声，意识逐渐远去。

晚上不能上游戏了，自己应该给殇火发个消息才行，否则那个家伙又要不爽了。哎，不对，殇火就在身边啊，他就是秦炀，什么都知道的……

何晋想着这些，慢慢睡着了。

秦炀停好车，熄火时，何晋还没醒。他侧着头，看着对方……谁能想到八年前无意间在网上认识的网友，现在会在自己身边？

因为他隐瞒身份，何晋现在彻底把他和殇火当成两个人了……要告诉何晋自己就是殇火吗？

秦炀拍了拍何晋的胳膊，将他叫了起来："到了。"

何晋还有些迷糊，下一秒就听到秦炀对他道："何晋，我有话对你说。"

何晋像是猜到了秦炀要说什么："回去再说。"

秦炀的家人都休息了，何晋到了楼上的客房，秦炀跟了进去。

一进屋，秦炀就唤道："阿晋。"

何晋顿住脚步，慢慢转过身来。

秦炀看着何晋的眼睛道："我很抱歉，之前骗了你……我就是殇火。"

虽然已经猜到了真相，但听秦炀亲口说出来，何晋还是觉得很挫败。

他沮丧地问："为什么现在才告诉我？"

"有很多原因，开始是因为你不想把游戏和现实混为一谈，我怕你知道我就是殇火后躲着我……"

"所以你就说一套做一套吗？"何晋摇头，气愤地道，"你应该一开始就告诉我的！"

"如果我告诉你，你还会在游戏里当我的灵遇吗？估计你会尴尬得都不想再上线了吧！"

何晋的胆子这么小，性格又古板，还有很强的自尊心，要是知道游戏里的灵遇就是身边的学弟，估计躲都来不及！

第九章　身份暴露

何晋沉默了一会儿，问："你是什么时候知道我就是阿晋的？"

秦炀："你发烧，我带你去校医院那天。"

何晋怔了怔，难怪那天他觉得秦炀对他特别热心，之后两个人的接触也越来越频繁……但这也太早了吧？那秦炀到底是怎么知道的？秦炀在私底下调查他了吗？

见何晋一脸狐疑外加惊恐的表情，秦炀已经猜到他在想什么，苦笑着解释："你还记得那天的前一晚你告诉我你的游戏 ID 和密码吗？你 ID 的前两位是你的姓名首字母缩写吧？我知道你也在华大，而且还比我高一届，所以那时候就开始留意身边姓名缩写是 hj 的人。第二天送你去校医院，看见侯东彦登记你的名字，又试探了他几句，得知你在玩《神魔》这个游戏，就猜到可能是你。"

何晋咬着牙在心里念了一遍侯东彦的名字，原来最早坑了自己的人是他！

何晋又问："侯东彦知不知道你是殇火？"

秦炀："知道，不过也是才知道的，我告诉他了，想让他帮我隐瞒身份。"

何晋：还好侯东彦和秦炀并不是一早就联合起来欺骗自己，否则他非拿把刀宰了那猴头！

秦炀继续道："我本来想，等我们在游戏和现实中的关系都挺好了，就告诉你真相，但你在游戏里突然说要跟我保持距离……"

何晋瞠目结舌，想到自己当初下线后在球场上被狠狠地虐了一顿……被欺负、欺骗的怨气和委屈感又涌了上来，浪潮似的一阵高过一阵！

可是，秦炀也有他的理由："我很郁闷，所以在现实中我以网球比赛为借口疏远了你一段时间……我怕告诉你真相，你也会讨厌现实中的我，所以当时就没了坦白的念头。"

何晋侧过身去。

秦炀犹豫了一下，问："你在生气吗？"

何晋叫道："你骗了我这么久，我能不生气吗？！"

秦炀早就想过他的坦白会引来何晋的怒气，也做好了各种各样的心理准备。

就等你上线了

他没脸没皮地凑过去:"是我不对,我道歉,其实我就是怕你知道后被你讨厌,所以才没说的……"

"出去,我要睡觉!"何晋指着房门,顿了顿,又道,"我明天就搬走。"他又去开自己的手环,把殇火之前转给自己的钱如数转了回去,"修头盔多少钱?别再瞒着我。"

"你真要分得这么清楚吗?"秦炀见何晋一副"不说实话就翻脸"的样子,无奈地道,"1500 块。"

何晋:"别再骗我,否则我真跟你绝交。"

秦炀:"……"

秦炀:"好吧,其实是 3000 块。"

何晋:"……"

"这次真没骗你,"秦炀举起右手发誓,又指了指自己的手环道,"我这儿还有修头盔小哥的电话,你要不信可以问问。"一定不能让何晋知道中奖的事也是他做的!

何晋垂着头道:"知道了,等我有钱了会还你。我累了,想睡觉了。"

秦炀朝门口走了两步,又不死心地回头问:"那你什么时候……能原谅我?"

何晋皱眉道:"我现在不想跟你讨论这件事!"

秦炀:"什么时候能……"

何晋烦躁地抬起头,脖子上都浮起了浅浅的青筋。秦炀立刻举起双手做投降的姿势,一步步退了出去,轻轻为何晋关好门。

10

秦炀回到自己的房间,想到何晋生气、发怒的模样,格外心塞,恨不得当即化解两个人的矛盾,可也知道心急吃不了热豆腐。

白天睡了一天,这会儿秦炀睡不着,戴上头盔上了游戏。

第九章　身份暴露

见逝水在线，秦炀发了条消息过去："陪我玩两把。"

他报了竞技场的房间号，半分钟后，手持折扇的逝水就翩然而至："怎么现在才上线？这几天你的时间不对啊，昨晚还一声不吭地走掉了，怎么回事？"

殇火："昨天心情不大好。"

逝水：他啥时候这么情绪化了？

殇火直奔主题："废话少说，来吧。"

阿晋重新上线后，殇火大部分时间都在陪他练级，全息后逝水就没怎么和殇火对战过。

这会儿一听殇火说开始，逝水就收起扇子飞奔起来。

曾几何时，逝水也是《神魔》全游戏最厉害的高手之一，殇火和他一样是神族，为了追赶他花了两年时间，直到两个人在各方面势均力敌、不相上下。

因此他们对彼此的走位、攻击招数、闪避方式都了然于心，可惜神族与神族的对战，就像是双胞胎之间的竞争，很多招式并不相克，一旦到了某种境界，甚至可以说打不出激情。

之后殇火堕了魔，从低逝水十级的等级再次升级，学了各种专克神族的招式，可以说，他这个魔尊的账号几乎就是为了对战而生的。

他对神族了如指掌，对魔族亦然。

逝水指扇为咒，发出攻击，蓝色的光束直击殇火，殇火的身子一抖，轻松躲过。

刚才那一下躲闪，键盘网游时靠的是鼠标、手速、肌肉反应，但现在靠的是丰富的经验与意识。

逝水："不错啊，你这家伙到了全息都没有一点不适应呢……"

殇火拔剑，剑身火纹一闪，迅速逼近逝水："有空说废话不如好好接招，一会儿别那么快死了。"

逝水连连后跳："你要来近战吗？跟你近战我可不行。"

说话间，他的好几下咒术之光便齐齐朝殇火身上射去！

就等你上线了

殇火一边闪避，一边还要留意着逝水所设的阵法陷阱。地面进攻不易，他振翅腾空，逝水也飞了起来，法术光波和火焰攻击在空中闪出耀眼的光，如同烟花四散，两个人的身影分分合合，打得难舍难分。

"昨天心情不好，今天心情不错？"

逝水发现了，平日里自己的血条总会比殇火降得快，今天却以差不多的速度在缓慢下滑，这是殇火心情好的表现。要是他的心情不好，就会像上次对待九殿下那样，赶尽杀绝。

"嗯哼！"殇火的声音明显透露出一股喜悦之意。

逝水："啧啧啧，打架的时候认真点儿！"

噼里啪啦，两个人又开始一阵激烈的战斗。

一连六场对战，两个人打了将近一个小时，最后还是逝水先告饶："不行了，用脑过度，受不了了……"

两人在游戏里席地坐下回血。

逝水："怎么样，战队赛有信心吗？"

殇火轻笑了一声："这话应该我问你吧？"

逝水："我无所谓，就是觉得有点新鲜的活动挺好，重在参与。"

殇火："我也这么想。"

逝水："你可不能这么想，你坐着的可是排行榜第一的位子，多少人眼红你今日的成绩呢？"

殇火："其实高处挺冷的，你应该很有经验。"

逝水："你这话很欠揍知不知道？"

殇火："来吧，揍得过我再说。"

逝水摇头叹气："唉，我刚认识你的时候，你就是个单纯少年，现在怎么变得这么坏了？"

殇火："拜你所赐。"

"跟我没啥关系吧？"逝水嗤笑了一声，问，"昨天大伙儿都猜阿晋是男生呢，话说，我也一直没问过你，他真是男的？"

殇火："嗯。"

第九章　身份暴露

逝水："……"

殇火站了起来，道："比赛的事咱们尽力就好，名次什么的不重要，《神魔》出了战队比赛，日后肯定会有一批职业玩家出来，我们跟他们不一样，不可能天天戴着头盔玩游戏，早晚会沦为业余的玩家。"

逝水："你不打算以这个为职业吗？我看你赚得不是挺多的嘛，就算玩全职也饿不死吧，做主播也挺好的。"

殇火："电竞圈更迭太快，不是长远的发展道路。"

逝水"嗯"了一声，摸摸下巴道："这倒也是，游戏本来就是用来玩的，如果当成职业就没意思了。"

两个人又聊了一会儿，互道晚安后下线了。

次日，秦炀很早就起来在楼下等何晋，没再像昨天那样喝醉酒还睡过头，但见何晋收拾了东西走下楼来，忍不住感到一阵头疼……

"真要走？"他问。

何晋垂着眼"嗯"了一声，他还在气头上，只想自己冷静冷静："这几天麻烦你们了。"

秦炀有些难过："别跟我这么客气。"

何晋对他板着脸，却对姜阿姨和颜悦色的。吃过早饭，秦炀开车送他去咖啡店，路上问："晚上住哪儿，招待所？"

"嗯，再过两天宿舍楼就开门了。"何晋看向窗外，不太想搭理他。

秦炀一路上频频侧头看他："还生气呢？"

何晋：他当自己是鱼，只有几秒钟的记忆吗？

何晋想着想着，又有些气血上涌，凶巴巴地说："专心开车，不要跟我说话。"

秦炀："……"

到了咖啡店，秦炀也没走，直接下车跟了进去。

何晋返身停住："你干吗？"

秦炀："我……买咖啡。"

就等你上线了

何晋："……"

两个人进了店里，阿 K 已经在店里了，见何晋带了他的帅哥朋友来，眼前又是一亮。

何晋换好工作服出来，见秦炀还坐在不远处的沙发椅上，身前空无一物，什么都还没点。

秦炀见他出来，立即起身去吧台，对何晋道："要一杯榛果拿铁，中杯。"

何晋把单甩给阿 K，径直去边上洗杯子，阿 K 乐得接手："中杯榛果拿铁是吗？收您 36 元。"

可惜秦炀不买他的账，指着何晋的背影，有些任性地要求道："能让他帮我调吗？"

阿 K 哭笑不得，回头叫何晋："小何，调一杯榛果拿铁！"

何晋用力抽了个杯子出来，咬牙打了三分量的浓缩，调完后快速把杯子放在领咖啡的台子上："你快走吧，我现在看见你好烦！"

秦炀好脾气地"哦"了一声，那眼神、语气，格外耐心。

因为何晋方才粗鲁的动作，咖啡溅出来一些，秦炀拿纸巾擦干，举起来喝了一口……呃，好苦。

秦炀听话地带着咖啡走了，何晋见他回到车上，又过了十来分钟才开车离开。

短短几天，发生了太多事情，二十余年来他第一次和母亲翻脸吵架、离家出走，第一次过年在外面打工，游戏里的朋友突然出现在现实里，和热心学弟成了同一个人……

这一切变化如同骤然降临的狂风暴雨，打得何晋措手不及。

忙了一上午，午餐又是鸡肉三明治，此刻难得清静，何晋舒出了一口气，一个人坐在店内的角落，就着一杯温水细嚼慢咽，却食之无味。

手环从早上开始振动就没有停过，隔几分钟来一条消息，何晋心中感到十分烦躁，下午上班时直接把手环摘下来锁进了衣柜里。

晚上下班，何晋带着行李去了之前住过的那个招待所。

洗过澡，他躺在床上，听手环"嗡嗡"振动，终于受不了地接了电话。

第九章 身份暴露

"怎么现在才接？下班了？在宾馆了吗？"蓝牙耳机里传来熟悉的声音，果然是秦炀打来的电话。

"有什么事？"何晋冷冷地问。

秦炀："也没什么，就想跟你说说话。"

何晋："那现在说过了，我挂了。"

随即秦炀就听到了电话挂断的声音……

何晋有气无力地滑动着手环屏幕，把秦炀一天发来的数十条未读消息看了。原来秦炀早上离开后没回家，也没走远，而是在隔了一条街的图书馆待了一整天。

秦炀拍了自习的照片给何晋看，可能一开始就打算来陪他，原本想像上次一样待在咖啡馆里，结果被何晋赶走了，所以只能去图书馆。

中午他买了楼下便利店的照烧鸡腿饭，也拍了照，还评价说"很不好吃"，傍晚的时候又发来消息，想约何晋吃夜宵，但何晋压根没看到。

很平常的一天，如果不去关注，也就这么过了。

这时何晋的手环又振动了一下，这次是新消息——

殇火发来一张图片。

何晋看着光幕中秦炀皱着眉双手合十的道歉自拍照，觉得又好气又好笑。

他突然间又回想起除夕夜那天殇火说的那句"怕你看了吓到你"，如果那时候殇火发了秦炀的照片过来，自己还真是会被吓到！

其实与其说现在的何晋不知道该怎么面对秦炀，不如说他是不知道该怎么面对这场欺骗过程中犯蠢的自己。

秦炀还说什么隐瞒真相是担心被何晋讨厌，多少也有乐在其中的逗弄的心思吧？

//

因为住得近，何晋第二天早上多睡了半个小时，精神好了点儿。上班

就等你上线了

时他照旧把手环锁进了衣柜里,不料中午十二点的时候店里来了个外卖小哥,问何晋是哪一位。

"是我!"何晋举起手,一脸纳闷地看过去。

小哥对照着单子道:"有一位姓秦的先生给您订的午餐,我打了好几次您的电话您都没接,请出示一下您的手环,让我确认一下好吗?"

何晋:"……"

外卖小哥走后,何晋把一大包东西拎到员工区的小桌上,依次取出来打开,港式烧腊的香味扑面而来,引得一群早吃腻了三明治的员工口水直流!

不过,蜜汁叉烧、深井烧鹅、蒜蓉青菜、肠粉、三盒米饭……这确定是一个人的伙食?

咖啡店围观的员工全体沉默,看着何晋——这位是少爷体验生活来了吧!

唯有阿K心知肚明,一脸羡慕地在何晋的身边小声感慨:"你的朋友真是太周到了!"

何晋大方道:"菜太多了,一起吃吧。"

饭后何晋给秦炀发消息:"干吗点这么多东西送过来?"

秦炀:"你终于肯跟我说话了。"

何晋:"……"

秦炀:"好吃吗?我在港福记订的。"

秦炀:"见你每天在咖啡馆都吃三明治,会腻的吧。"

何晋:"以后别这样。"

秦炀:"哦……"

何晋轻轻皱着眉头,把光幕弹出收回地摆弄了一会儿。这才第二天,他就有点心软了,估计很快就会原谅秦炀吧。

其实何晋现在已经不怎么生秦炀的气了,而是生自己的气,自己真是太没骨气,因为一顿饭就动摇了。

何晋把手环戴在了手上,下午又收到秦炀发来的一张照片,拍的是一张动物玩偶,灰灰的,长长的,有尾巴,不晓得是什么。

第九章　身份暴露

过了几秒钟何晋才收到对方发来的解释:"路边店里看到的河狸公仔,像不像你?"

何晋:我是这样的吗?

秦炀用手抓着河狸的脑袋,又拍了张河狸的脸部特写过来,表情凶巴巴的,还备注道:"你生气时的样子。"

何晋:"……"

秦炀:"晚上上线吗?"

何晋:"嗯。"

虽然在现实中和秦炀发生了矛盾,但游戏里的比赛是关乎团队的事,既然一开始答应了,何晋便不会因为个人情绪而影响大局。

晚上何晋上线时,大伙儿都在,逝水提议继续前天说好的灵宠对战,于是众人聚集在竞技场上。

但这一次在开打前,阿晋先点名齐天大剩:"猴子,你先跟我打一场。"

侯东彦打了一个哆嗦,怎么感觉今天晋哥的语气这么冷,杀气这么重?

几天前和秦炀一起骗了何晋以后,侯东彦就一直提心吊胆的,他平时看起来没心没肺,但那是对别人,不是针对和自己住了两年半的亲密室友。欺骗何晋让他愧疚难安,这两天思来想去,他总犹豫着要不要告诉对方真相。

因为心虚,现在侯东彦被何晋点名,还没开打,气势就弱了三分。

结局没有任何悬念,齐天大剩堂堂一个魔族大侠,提刀抢棒,威武非凡,却被一只看上去蠢萌又弱小的雪貂干掉了,而且全程只有挨揍的份!

齐天大剩:为什么第一个死的总是我?好不甘心……

眼看阿晋半分钟不到就干掉了八十多级的魔族玩家,大伙儿都热血沸腾!

野鹤:"第一次看见阿晋和人对战,好厉害!"

大鹏展翅:"不愧是殇火调教出来的啊!"

队伍中唯一的女性昭明月捧着脸道:"嘤嘤嘤,大神竟然把这么可爱的

就等你上线了

小家伙训练成了对战武器,我都不忍心看,太萌了!"

阿晋:"……"

逝水拍拍篱落的肩膀:"该你了,上吧。"

篱落早就迫不及待,小小的少年转眼变成了圆滚滚的熊猫,大叫着冲向阿晋:"阿晋,我来了!"

众人看着比阿晋的体形大十倍不止的熊猫飞奔过去,心跟着一紧,这要是以阿晋的视角看,面对如此庞然大物,肯定会有心理压力吧?

不料,就在篱落距离阿晋还有三米的时候,篱落突然一个急刹车,"扑通"一下趴倒在地,慢悠悠地滚来滚去、滚来滚去——

众人:"……"

紧接着,何晋视线前的状态栏上就跳出了一个debuff图标——系统提示他已经中了对手的萌化技能,三秒钟内无法攻击。

昭明月喷血三升:太……太犯规了……

阿晋也是第一次和篱落对战,没想到对方也领悟了"卖萌"这一招!

在熊猫开始滚动的一瞬间,阿晋就感觉不对,到底经验不足,再闭上眼睛已经慢了一拍,中招后不但三秒钟内无法攻击,之后还有五秒钟攻击力度减半。对战场上的局势瞬息万变,尤其是高等级玩家之间的对决,下一秒钟,篱落就大笑着一跃而起,朝阿晋扑了过来,和刚才憨态可掬的样子"判若二熊"!

熊猫的优势在于攻击力强,它和狮子、老虎一样,一掌上来就是暴击!

还好"被萌化"状态下的阿晋虽然无法攻击,但能移动。雪貂堪堪躲闪开去,却见熊猫突然立起来大声咆哮,这个咆哮是群攻技能,远近五米内的玩家都会受到伤害。阿晋这一次没能躲掉,血条立刻下去了四分之一!

它心中一急,索性也瘫倒在地,眨眼间雪貂便缩起爪子,翻出了肚皮。

众人:"……"

第九章 身份暴露

自从被殇火录了视频全网公开后，阿晋已经很少用萌化这个让他觉得害羞的技能了。他在雪貂状态下的攻击速度快，能近身的话一般会速战速决，但现在熊猫都卖萌了，他为什么不能？要掉节操大家就一起掉吧。

篱落咆哮着道："嗷！居然学我！"

昭明月捂着胸口，又吐出一口残血：犯……犯规啊……

阿晋得逞，等自己的 debuff 一过，就扑过去给了篱落两爪。熊猫在敏捷度上差了雪貂一截，躲闪不及，但胜在皮糙肉厚，这两爪子下去，血条下降的幅度竟然比阿晋刚才在群攻中下降的还小！

阿晋感到有点惊讶，之前在仙宠竞技馆，因为排名没上去，系统为他匹配的对手都没有篱落厉害，现在棋逢对手，让他倍感兴奋！

"你也变得很厉害了嘛。"阿晋说着，围着熊猫又是一阵连抓带咬，计算着熊猫被萌化状态消失的时间，赶紧一个瞬移消失在对方眼前。

"别跑，看招！"篱落追过来，冲阿晋就是一个扫风掌！

对方的速度跟殇火差太多，阿晋轻易看破，跃起来在空中翻了个身，直扑熊猫的背后，一口咬住了对方的屁股！

篱落"嗷"地叫了一声，扭动着屁股把雪貂甩开。

众人："……"

虽然熊猫血厚，但也比不了雪貂身姿灵活速度快，两个人缠斗了三四分钟，胜负慢慢见分晓，不过等熊猫扑街的时候，阿晋也只剩下一点血皮了。

两个人返回来休息，大伙儿直呼精彩，闲云问："篱落的血比较多吧？"

逝水："嗯，和狮子、老虎一样，先天属性决定了他比其他灵宠血厚。"

野鹤："这么说的话，还是阿晋攻击得手的次数多一点。"

逝水摇着扇子，不以为意地感慨了一句："殇火驯养有方啊。"

阿晋："……"

九殿下看着返回来的雪貂阿晋，摩拳擦掌地道："跟我也打一场吧！"

逝水瞄了他一眼："你是弓箭手，哪儿有人用箭射黄鼠狼的？你有职业

就等你上线了

劣势，打不赢的，还是别丢人了。"

阿晋：黄……黄鼠狼……

野鹤也调侃九殿下："哈哈，就是啊，你还是找傻狍子玩去吧！"

九殿下："我不跟阿晋打，跟你打！来来来，看我不射死你！"

说着，九殿下就拉着野鹤打对战去了。

方才听阿晋被人夸赞，殇火心中格外高兴，此刻只想念一句"亲热"让雪貂来蹭一蹭自己的脸，可阿晋还在跟他冷战，进入了游戏也不跟他说一句多余的话，还站得离他远远的。汤圆扑扇着翅膀，在殇火和阿晋之间两点一线地飞来飞去，仿佛能感知两个人的情绪……

齐天大剩也觉得气氛有些不对劲，悄悄挪到阿晋的身边问："哎，你和殇火怎么啦？"

阿晋睨了他一眼："你说呢？"

齐天大剩浑身一抖，给秦炀发了条消息过去："同学，你是不是已经暴露了？"

秦炀："是的。"后面还跟了个微笑表情包。

侯东彦：这人暴露了还笑，笑什么！还拉老子垫背！

"哥，我不是故意的，我是被胁迫的……"齐天大剩赶紧挽救自己的友情。

阿晋其实确实不太想和齐天大剩说话，不是生他的气，而是因为……他知道得太多了！

齐天大剩缩着脑袋去角落里画圈圈了。

稍晚些，一群人散了后，只剩下阿晋和殇火两个人。看着游戏里殇火那熟悉的脸，何晋把他和现实中的秦炀联系起来。

殇火问他："要不要跟我对战？"

阿晋戒备地瞪着他："干吗？"

殇火笑着说："我让你打，不还手。"

第九章 身份暴露

何晋：啊，想起以前反复被虐的经历，也是一件恨事啊！可恶的家伙！

殇火："怎么样？"

"没意思，不去。"何晋无法从这种事情上得到自欺欺人的快感，所以很干脆地拒绝了。

殇火："……"

之后何晋选择了去仙宠竞技馆，与其跟放水的秦炀打，不如去提升一下排名。据说上了仙宠榜单后接受挑战就有酬金，这样他在游戏里也能自给自足了。

殇火默默地陪在雪貂的身边，坦白身份后的他一身轻松。

何晋玩了两局，就下线了。

在招待所睡了最后一晚，何晋早起收拾好行李去了咖啡店。到了午饭时间，又来了一位陌生的外卖小哥："请问哪一位是何晋何先生？"

全体员工都将耳朵竖了起来，两眼发光地看向外卖小哥。

何晋默默地举起手："是我……"他不是跟秦炀说了别再订餐了吗？

外卖员："您好，一位匿名客户给您点了一份经典咖喱猪排饭套餐，请签收。"

何晋磨了磨牙……以为匿名我就不知道是你了吗？

阿K一脸遗憾地道："这次只有一份了啊？"

何晋收了饭放在桌上，拍了张照片发给秦炀："你买的？"

秦炀："不是我。"

他还敢撒谎！何晋把昨天保存的那张河狸照片找出来发了过去。

秦炀："好吧，是我买的……"

何晋："我昨天都说让你不要再买了！"

秦炀："不由自主地就买了。"

何晋有些无言以对，叹了口气，不知道还能怎么拒绝。

过了一会儿，秦炀又发来消息："看，我也在吃呢，和你吃一样的。"

就等你上线了

还附了一张照片。

附带的照片是秦炀拍的猪排饭，餐盘的正对面趴着一只怒气冲冲的河狸公仔。

12

晚上何晋下了班，拖着行李箱回到学校宿舍，宿舍今天开门了。

开学前一周，整座校园安静得像是还在沉睡，一幢宿舍楼只有两个房间亮了灯，一个是一楼的宿管室，还有一个是四楼的……

看来还有比自己更早回到宿舍的人，何晋还以为自己会是第一个。

关了一个月的房间充斥着一股怪味，何晋却觉得格外温馨，写字台、书架、小台灯、单人床……何晋铺好被子往床上一躺，舒服得直叹气。这里就是他的家。

他已经一个多星期没有跟家里联系了，把父母的电话号码拉入黑名单后自然没再接到来自他们的询问。

何晋当然没忘记和家里闹矛盾的事，只是不敢去回想。这几天冷静下来，大脑空闲时也会反省一下自己做得是不是过分了，但他没有后悔。

他早晚都要走出这一步，既然双方理智谈判不行，就只能拼个"你死我活"。

其实他父母想要找他也很容易的，可以换个陌生的号码发短信、打电话，他们也知道他的学校、专业、宿舍地址，甚至知道他的辅导员的联系方式。

只是谁都不想第一个服软吧，他妈估计也不相信他能自立，所以气势十足地在电话那头吼"一分钱都不会再给你"，企图通过控制经济来让他低头妥协。但何晋不会再妥协，宁可拉下脸向身边的同学、朋友借钱把书读完，也不愿意向他的母亲低头。

这样的母子关系，本身就已经有问题了吧？

第九章　身份暴露

何晋拿出手环，去看刚才没时间浏览的消息，自然又是秦炀发来的。

殇火："回学校了吗？"接着发来一张照片。

连图带文字的消息让何晋一下子从床上坐了起来——那张照片拍的是秦炀的宿舍，边上还大大咧咧地摆着《神魔》的全息头盔——秦炀也在学校？

自己之前每次去他的宿舍，他是不是还要把头盔藏起来？

这人还真是用心良苦呢！

何晋躺回床上，回复他："你这么早回学校干什么？"

原来刚才那个四楼亮着灯的是秦炀的房间……

殇火："怕你一个人无聊。"

何晋看着这句话，感觉还是被安慰到了。

他也觉得有点奇怪，既然秦炀都表明身份了，为什么还一会儿短信一会儿聊天软件的，上瘾了？

阿晋："你当初是特地申请了账号跟我聊天的吗？"

殇火："是啊，我是第一次用这玩意儿。"

阿晋："你以前没有用过吗？"

这款聊天软件在年轻人之中非常普及，几乎人人都有账号，它合并了早年好几款十分流行的社交软件的特点，功能齐全，使用方便，何晋还以为这年头已经没有不用它的大学生了。

殇火："没有，但我听过，只是我不太喜欢这类工具，感觉有点麻烦。"

他怕麻烦这点倒是和何晋一样。当初何晋就是因为加了太多学生会认识的人，本没必要深交，表面上的寒暄让他慢慢厌倦，才换了号。

这也能理解，秦炀那么受欢迎，如果用真实身份申请账号，估计每天都会被各种追求消息狂轰滥炸吧……

想到那天秦炀在KTV被高中同学告白，何晋问了一句："是不是从小到大都有很多人追你？"

殇火："你说现实中吗？也不算是从小吧，初中三年级才有的。"

阿晋："算小了……"

就等你上线了

不过何晋回想了一下，自己初中时倒也有被追求的经历，因为成绩好，又是班委，总能听到一些某某女生喜欢他之类的话。

只有一个大胆的女孩子给他写过情书，但并不是什么美好的回忆，因为那件事不知怎么就被他妈知道了。他妈特地从老师那儿问来了女生家的电话号码，打电话给女孩子的家长，言辞恶劣地要求对方好好管教自己的小孩，说了许多难听的话。

何晋记得那天他站在房门口偷听那个电话，心中满是羞耻感和歉意。

被人喜欢、被人追求原本是一件美好的事情，第一次收到情书的何晋也曾为此欢欣雀跃，但在他妈口中，这样的感情变得如此龌龊不堪。

第二天他去学校，那个女孩子红肿着眼睛跑到他们班，开了瓶矿泉水狂躁地泼在他身上，还撕掉了他的一本数学书，大喊"何晋，我讨厌你"……

当时的何晋傻坐在那里，连一句"对不起"都没能说出口。他不敢，因为他妈在打完电话后就凶恶地叮嘱他以后不许再跟那个女生说一句话。

那个女生是隔壁班的文艺委员，长得漂亮，成绩也很好，学校有活动时，他们经常搭档上台做主持人……从被喜欢到被讨厌，是如此简单。

他好像就是从那个时候开始自我厌恶的，讨厌自己的懦弱，觉得自己不配被人喜欢，只能战战兢兢地埋头学习，有意无意间也不知道拒绝了多少好意。可能在别人企图靠近他时，他就敏锐地察觉到了，然后用冷漠和刻薄伪装自己，逼退来者。

直到上大学，暂时脱离了他妈的掌控，又遇到阳光热情的佟萱，何晋才鼓起勇气踏出那一步，可惜还是以失败告终……

殇火又发了一句话过来："你知道为什么初三以后才有人追我吗？"

阿晋："为什么？"

殇火："你记不记得我跟你说过，我们家是十年前才搬到A市的？"

阿晋："记得。"

殇火："那时候我妈已经去世了，我爸一个人在A市做生意，没再婚，但也没空管我，花钱把我送进了一所公立重点初中。那里大多是本地学生，

第九章　身份暴露

我不太爱念书，成绩很差，每次都考倒数，因为叛逆，和班里的人也玩不到一起去。同学们都不太看得起我，尤其是我这种靠钱进去的吊车尾学生，呵呵。"

阿晋："……"难怪那时候殇火在游戏里都是独来独往的，打个山猴也不知道找人组队。

殇火："大概有两年时间吧，我一直很孤僻，很不招人待见，直到后来玩《灵仙》，在游戏里认识了你……"

何晋很惊讶。

殇火："你是我在游戏里认识的第一个朋友。"

其实秦炀也说不清楚那到底是一种什么样的感觉，当年的小仙阿晋就像是一束光，出现在他少年时代最阴暗抑郁的一段日子里。

可能是在网络上比现实中让秦炀更容易敞开心扉，两人通过一起玩游戏相互了解，阿晋的优秀与睿智影响着他，阿晋的包容与温和也温暖着他……

殇火："有一次我们聊起读书的事，我说觉得学习没意思，你劝我说，念书是改变命运的唯一道路，只有这样，以后才能随心所欲地过自己想要的生活，成为一个自立的男子汉……你还记得吗？"

同样的道理，每个人都会讲，偏偏从小仙阿晋口中说出来，能直击秦炀的心灵。

何晋早就忘了自己说过那样的话。

其实他现在才明白，考上大学也不一定能过随心所欲的生活，成长的过程中有太多疼痛和煎熬，现实中也有太多牵绊和无奈。

殇火："那之后我就开始改变了，想像你一样成为一个优秀的人，为自己，不为任何人。"

只可惜，小仙阿晋跟他玩了几个月后就突然不告而别。

他不敢松懈，等着阿晋有一天能看到他的努力，等着他们能够并肩站在一起，真正够格做朋友。

殇火："初二时我的学习成绩进步了，我发现学习好像也没有多难，只

就等你上线了

是以前我从来没有用心去学。初三我开始能够考第一，才开始有女生追我，还说我很酷。"

阿晋："你很聪明，有很多人就算这么去做了，也不一定能做好。"

殇火："不管你怎么说，我觉得是就是。"

阿晋："……"

殇火："你也想不到我会考来华大吧？"

看着秦炀的话，何晋久久沉默着，像是承受不起"改变他人人生轨迹"这样的夸奖。

殇火："原谅我了吗？"

阿晋："……"接着发出一张照片。

秦炀突然有点后悔当初拍这张河狸照片给何晋看了……

第十章

战队比赛（上）

就等你上线了

01

再没几天就要开学了,放假的学生开始返校,何晋把自己锁在宿舍柜子里的私房钱取出来,与这十来天在咖啡店打工赚的钱合在一起,一共 2900 元,还不够还秦炀修头盔的那笔钱……

他重新开了银行账户、电子账户,把钱存进去,自己只留了些零头。他又上网查了成绩,上个学期因为玩游戏,他花在学业上的时间没有前两年多,但因为学习习惯好,底子也深厚,所以仍然考了年级第一名,不过奖学金要在学期开始后的两个月内才会发放。

何晋计算了一下,如果不考虑要还的 3000 元,他节省点儿用,生活费堪堪能撑过这学期……看来他还得继续找工作。

2 月底,《神魔》的战队比赛也拉开了序幕,从 2 月 25 日开始,每晚七点到十点比赛,连续十天,在 3 月 6 日周日下午两点举办决赛。

比赛时间和平时上课不冲突,何晋辞掉了咖啡店的全日工作,打算陪秦炀打完这次比赛后再出去找兼职。

截至一周前,《神魔》官方报名平台收到的合格报名队伍一共十八支,2 月 25 日晚上的第一场对战表已经排了出来,十八支队伍两两匹配对战,胜利的九支队伍晋级,进入下一轮比赛。

情义战队的第一个对手是神龙战队。对方的名字听起来很酷,但官方只列出了各战队成员的名单,神龙战队的名单上一堆陌生的游戏名让大伙儿一头雾水——这是哪儿冒出来的野队?

不过有人一无所知,也有人早已在官方论坛中发布了各大队伍的详细信息。

比赛前一晚,何晋被秦炀拉入了一个临时组建的聊天群,里面是本次参加比赛的所有成员,大伙儿正在论坛里看一个热门的战队介绍帖。

第十章 战队比赛(上)

全服第一高手所在的情义战队自然是万众瞩目,排在第一个被介绍,看来写帖子的人也是殇火的粉丝,介绍这位队长时写了满篇溢美之词。

队伍中的其他成员大部分是老一区排行榜前五的高手,帖主直言看好他们夺冠。

但在介绍其他成员时,帖主却着墨不多,尤其是介绍阿晋的内容,让人看着格外不爽——"作为最近轰动一时的八卦人物,殇火的灵遇小仙阿晋(现已改名为'阿晋')也在队伍名单上。据悉这位玩家的职业从未公开,也从没有人见过她的实力,只是每次她都跟在殇火身边。鄙人猜测,此人只是个生活玩家,借殇火的光加入战队,不足为惧,情义战队光老一区排行前五的几个大神,外加昭明月,实力就够夺取冠军了。"

帖子下方竟然还有一群围观者留言附和,大多数人也和帖主一样,评价阿晋只是个抱大腿捡便宜的家伙,羡慕嫉妒外加鄙视。

九殿下直替阿晋抱不平:"这群无知的人类,等着看阿晋的厉害吧!"

逝水奇怪:"咦,无情你不是在飞游网发过虐阿晋的视频吗?这些人不知道阿晋是你的灵宠?"

殇火:"嗯,我当时把视频里的信息都删掉了。"

九殿下也道:"是啊,谁相信无情会这么虐自己的灵遇啊!哈哈!"

闲云:"应该只有冰激凌他们看到过阿晋的职业,再说落花依依也加入了他们,多少会透露点儿的。"

逝水感慨道:"不愧是秘密武器啊!"

过了一会儿,篱落气愤地道:"这帖主太气人了,居然骂我是小号!"

众人定睛一看,只见介绍篱落的内容比介绍阿晋的更加不堪入目——

篱落:"职业实力未知,猜测是某位大神的充数小号。"

所谓充数小号,就是玩家请来当傀儡的。已经有资深玩家分析过,这次赛事奖金只有五十万元,如果一队全员参加比赛,获胜后就得十个人平分奖金。

因为这是第一次官方性质的战队比赛,众人还摸不透各方面的规则,有些队伍认为队里只要有一两个大神就有很高的获胜概率。

就等你上线了

为了让单人分到更多的钱，不少队伍就请了充数小号进队，即使比赛获胜，这些小号也分不到什么钱，只能拿一些辛苦费。

所以篱落看到这个内容后直接气炸了，和阿晋一起，心中的战魄小人已经开始熊熊燃烧……

第二支被介绍的队伍，自然是原本称霸二区的冰激凌战队，他们直接用了哥本冰激凌的名字做战队名。

作为有实力跟情义战队争夺冠军的队伍，帖主也花了大量笔墨在他们身上，尤其是对落花依依着重进行了介绍，因为她在全息后叛师投敌的行为让两支队伍的矛盾进一步激化，成为本次比赛的最大看点。

就在这时，九殿下突然问："哎哎，这不是冰激凌战队吗？为什么底下留言的人都叫他们鲁冰花战队？"

逝水："鲁冰花？"

何晋也扫了一眼，果然，底下留言的观众都简称他们为"鲁冰花战队"："难不成是三个队员的名字缩写？"

众人："……"

何晋原本对哥本冰激凌和落花依依是没什么敌意的，何况后者还曾是殇火的徒弟，但之前那次莫名其妙的针对性偷袭多少让他心里有些硌硬。后来他无暇去顾及偷袭之事，也不知道后续如何，但对那群人已经产生了不好的印象。

所以，现在看到网友们给冰激凌战队起这种奇奇怪怪的绰号，何晋也忍不住想笑，自己无故被陌生网友骂抱大腿、吃软饭的糟糕心情莫名缓解了些。

何晋往下翻，翻了好几页才找到他们第一场的对手神龙战队。帖主介绍说，神龙战队的队员是老三区的玩家，队长飞龙在天是95级的魔族，一众队员的平均等级也有90多级，因此他们是老三区实力仅次于鬼见愁战队的存在。

看起来这支战队也挺厉害的……

第十章 战队比赛（上）

何晋正打算认真研究一下对手，就听耳机里传来了九殿下的感叹："原来是他们啊！"

昭明月："鬼见愁都打不过我们，别说这条小飞龙，看来明天这场比赛轻松了。"

殇火："嗯。"

何晋的额头上滑下一滴冷汗，作为队长的殇火居然只"嗯"了一声？！难道他不应该提醒大家一句不可轻敌之类的吗？他们这么狂……真的没问题？

不过大伙儿心情好像都很轻松，练对战的练对战，下副本的下副本，只有何晋一个人在那儿瞎紧张。

秦炀私信问他："你现在在仙宠竞技榜排名多少？"

何晋查看了一下："118。"何晋从开始打竞技比赛后就一直没输过，基本上胜一局名次都会上升十来位，半个月下来，他遇到过的仙宠对手少说也有近百个，排名从原先的几千名一路上升到了118。

秦炀道："这几天别打了。"

"为什么？"何晋原本还想今晚再去打几局练练爪子。

秦炀："一百名以内的仙宠会被官方排行榜公开，每场比赛也都会被官网录视频。"

何晋："你担心我暴露实力？"

秦炀："嗯，神龙战队队长的灵宠我见过，是一只狸猫，跟你是同类型的宠物，在仙宠榜上排名第九，叫吱吱。"

何晋：排名第九！好高！

秦炀："我把视频网站发给你，你看一下那个吱吱的打法。"

"哦……"何晋抱着认真学习的态度看了几场吱吱的对战视频，果然是全游戏排行榜前十的仙宠啊，比他以前遇到的灵宠实力都高很多，卖萌都卖得这么炉火纯青……

过了一会儿，秦炀又问："看了吗？觉得怎么样？"

何晋："很厉害。"

就等你上线了

秦炀："呵呵，别担心，明天你跟我打第二局的二对二，估计碰不到这个吱吱。"

何晋：那你让我看这个干吗？！

秦炀："逝水刚才跟我说，神龙应该会让吱吱上第一场的一对一，后面的比赛我们赢面比较大，第一场就让篱落去试试。"

何晋："好吧……"

虽然何晋对秦炀还是有点抵触情绪，但说实话，能和对方一起上场，他的确心安不少。

2月25日，周五下午六点。

何晋早早地吃过晚饭，回到宿舍戴上头盔。

《神魔》官方为非战队玩家开设了三个观赛模式：第一个是和全息对战选手一样用头盔观赛，玩家戴上头盔进入游戏后，可跟随特定NPC进入战场观赛区，以上帝视角近距离观赛，还能参与语音互动；第二个是电脑游戏客户端模式，观众直接在电脑屏幕上观看比赛，一样是上帝视角，也能在聊天平台实时参与讨论，但在视觉效果方面不如全息；最后一个则是官网直播模式，由官方主持人控制视角，观众也能发弹幕评价，虽然直观，但比较被动。

在何晋进入游戏之前，他特地叮嘱侯东彦帮自己看门。

曾因背叛好室友而心虚的侯东彦自然唯命是从，为了时刻留意宿舍内外的动静，确保何晋不被打扰，侯东彦选择了去官网看直播。

六点五十分，所有战队成员都被传送至候赛区，官网开通了九个直播间，十八支队伍的九场比赛将在今晚同步进行。

短短十分钟内，观众就成群结队地选择好自己想看的队伍，蜂拥而入。侯东彦刚去上了个厕所，回来就发现官网的九个直播间已经按照观众数量从高到低的顺序排列起来了！

万众瞩目的情义战队对神龙战队的比赛在三号直播间，现在却已经排

第十章　战队比赛（上）

在热度第一位，当前观众三百六十多万人，还在不断增加，数量远超第二名的二百二十多万！

侯东彦扫了一眼热度排在最后的直播间，是幼稚儿童欢乐多队打拖家带口队，才几百人……这差距也太大了！

眼看时间已经到了六点五十五分，侯东彦赶紧进了三号直播间。

横飞的弹幕几乎遮盖了整个窗口，饶是爱看热闹的侯东彦也有点受不了，关闭了弹幕，这才看清——只见直播视频被分割成了左右两块，左边是神龙战队的十位成员形象，右边是情义战队的全体成员形象。

侯东彦一眼就看见了站在殇火身边的小正太，身穿白衣貂裘，头顶是清晰的"阿晋"二字。

一想到这个"阿晋"就是坐在自己身后的何晋，侯东彦就觉得热血沸腾，格外激动……真是世事难料啊，谁能想到之前从不玩游戏的晋哥，现在会出现在《神魔》的官方比赛中！

02

主持人的声音透过耳机传了出来："欢迎来到三号直播间，欢迎来到三号直播间，比赛即将开始，倒数一分钟，请各队队长派出第一局仙宠单人赛对战选手……倒数五十秒，请各队长派出……"

侯东彦目不转睛地盯着阿晋，就在这时，右边画面突然一闪，出现了一个身穿兽皮衣服、脸蛋涂花的小野人，紧接着左边画面也出现了一个身穿粉色蓬蓬裙的小萝莉——

第一局：仙宠单人对战
神龙战队出战队员：吱吱。
情义战队出战队员：篱落。

就等你上线了

侯东彦：不是吧，为什么第一个出场的是这只胖熊猫？！

侯东彦郁闷地开了弹幕看吐槽，果然见满屏都是观众对篱落的疑惑——

"篱落？仙宠排行榜上没有这货的名字，是新人？"

"论坛上不是说这家伙是情义战队的充数小号吗？"

"情义战队派充数小号第一个上场？没搞错吧！我是来看大神全胜的，不想看大神输比赛啊！"

"是灵宠的话就不会是充数小号吧……"这个人说得没错，每个队伍都只有两个灵宠的名额，比赛前两场都需要灵宠出场，而且规则说明同一个灵宠不能重复参加两场比赛，所以灵宠号基本是不会当候补的。

"我记得无情大神有一次直播不是在训练雪貂吗？会不会就是这个篱落？"

"不是，这是熊猫……"

此刻，屏幕上已经刷出了两个人的原形形态，左边是小只的狸猫，右边是大只的熊猫。

主持人立刻介绍道："神龙战队派出了狸猫选手吱吱，情义战队派出的……呃，竟然是一只大熊猫！不过两位选手现在还看不见彼此的形态，让我们期待他们在场上的对决……"

"《神魔》里还有这种动物？！"

"第一次见到+1……"

"啊啊啊，好萌，这是哪个大神的宠物？啊啊啊！"

侯东彦眼看弹幕的画风在篱落现出原形后陡然转变，胸口又哽了一口血——他讨厌这个看外形的世界！

比赛正式开始，两位选手被传入对战场，观众本以为眼前会出现一个空白的竞技房间，没想到出现的竟然是一座极小的空中浮岛！

选手没有观众的上帝视角，入场后只发现对方站在一片面积不大的草地上，地势还算平坦，上方是天空，四周全是迷雾。

主持人立刻分析道："我们看到第一局对战刷在了一座空中浮岛上，但

第十章 战队比赛（上）

狸猫和熊猫都不是飞行系灵宠，在如此小范围的比赛区域中对战，只能选择近战，一旦失足跌入迷雾中，等同于死亡。"

这就和相扑比赛一样，选手一旦出界就完了。这么看来，这张地图是对体形大的篱落更加有利啊！

此刻，已经化成原形的吱吱趴在地上，正谨慎地观察着对手的动作。

当憨态可掬的熊猫慢悠悠地绕着浮岛外圈开始走动时，狸猫吱吱也动了！

主持人："两位选手已经进入状态了，他们正同时以顺时针方向在岛的两端盘旋，谁会先发动攻击呢？"

主持人："他们已经绕赛场一圈了，篱落选手停住了！吱吱也停住了！两位选手正在对视！"

气氛陡然紧张起来，连弹幕都少了许多！

侯东彦也为篱落捏了把汗——臭小子，可别让人失望啊！

就在大家以为熊猫要展开攻击时，它突然看着吱吱道："啊！我发现了！我们这是在一座悬空的小岛上啊！这好像有点危险……"

吱吱："……"

众人吐血晕倒：这人是来搞笑的吗？

主持人也很尴尬，干笑着说："原来篱落选手刚才是在观察地形，呵呵，真是出人意料呢……不过，吱吱选手好像有点不耐烦了，我们看到吱吱开始刨地，准备冲过去了！"

晕倒的观众立刻爬起来，急切地发着弹幕——

"上啊！吱吱！干掉那个二货！"

"这只熊猫明显战斗意识不足，既然看出了地形，应该保持沉默的嘛……"

主持人："熊猫也做出了冲刺的动作！两位选手要来个正面厮杀吗？哦，等等，吱吱退缩了，篱落也缩了回去，两位选手又开始盘旋……"

众人："……"

弹幕——

就等你上线了

"可不可以别绕了？都五分钟过去了，老子头都晕了！"

"刚从隔壁过来，那边第一场已经比完了，冰激凌战队的犬夜叉获胜了。"

"我去，早知道先去看那边了！"

篱落和吱吱绕了一圈，篱落又道："妹子，我看过你的对战视频。"

吱吱："哦。"

篱落："我的驯养主说你挺厉害的。"

吱吱："谢谢……"

篱落："他还说我不一定能打过你。"

弹幕——

"他俩好像聊起来了……"

吱吱："你的驯养主是谁？"

篱落："逝水。"

吱吱："哦……"

弹幕——

"欸？这竟然是逝水大大的宠物？！我突然开始喜欢这只熊猫了！"

主持人咳嗽了一声，解释道："两位选手似乎在交流感情，但比赛时间已经过去十分钟了，如果十五分钟内没有人发动攻击，那么这场比赛将以平局告终……"

弹幕——

"十五分钟快到吧！老子已经看不下去了！"

两边的选手候赛区的人也有点不耐烦，九殿下叫道："篱落那小子在想什么，怎么一点不像跟阿晋比赛时那么干脆？"

逝水握着扇子道："他有点紧张。"

殇火抱着手臂道："你昨晚是不是给他压力了？"

"我实话实说嘛，"逝水"啪"的一声打开扇子，轻轻摇了起来，"他也不一定会输。"

野鹤："吱吱发动攻击了！"

第十章 战队比赛（上）

主持人："吱吱选手终于在开赛后的第十三分五十二秒率先发动攻击，作为《神魔》仙宠榜排名第九的高手，其实她根本用不着如此谨慎，但可能因为面对的是情义战队的选手，所以她也很有压力吧……"

可能是篱落那句"不一定能打过你"给了吱吱勇气，狸猫迅速逼近篱落，篱落的心头一紧，从懒洋洋的巨型萌物化身凶神恶煞的大型猛兽！

狸猫的反应速度极快，熊猫出一招，它能出两招，闪避也更厉害些，然而篱落新奇地发现，对方的攻击力并没有阿晋强！

篱落一下子有了信心，如果拼血，他是不会输给小型动物的，既然如此，就没什么好怕了！

熊猫迎难而上，不再拘束，大力熊掌、扫风腿、咆哮……能用的攻击技能一股脑儿地往狸猫身上招呼！

激烈的战斗又把大伙儿的胃口吊了起来，主持人的语速也快了不少："看来我们低估了这只不曾露面的熊猫，从各方面来看，他都是一位实力选手……我们发现，吱吱的血条下降幅度竟然比篱落还要快！"

赛场内的吱吱也发现了这一点，暗自惊心：这货的防好高！血牛似的，她根本打不动！

她想先撤开再做打算，熊猫却紧紧地黏着她不放，这会儿地图的优势也发挥出来了。因为地方不大，吱吱无处可躲，原本是她占着优势的，结果这一躲闪，竟然变成她被篱落追着打……

观众都很疑惑——

"这只熊猫有这么厉害？"

"我看他闪避好像不太行，但不知为何，都没怎么见他掉血。"

篱落在吱吱后面喊："妹子，别跑啊，小心掉下去啊！"

吱吱："……"

作为狸猫，吱吱还有一个熊猫没有的隐藏技能——隐身术！

她灵机一动，跑到岛边时突然隐身。篱落瞪着狸猫在自己面前消失的地方，疑惑地停住了脚步："咦，怎么不见了，掉下去了？"

主持人："吱吱使用了隐身术，暂时逃过了篱落的穷追猛打，但灵宠的

就等你上线了

隐身术只能维持五秒钟！我们看到吱吱绕到了篱落的后方，但形势仍然对吱吱不利，因为她的血量只剩下五分之一了，只有篱落的一半……等等，篱落选手似乎在犹豫什么……"

篱落："莫非这岛外还有玄机？"

弹幕——

"这二货不会是想要跳下去吧？"

"他跳下去了！"

主持人："呃，篱落选手……自杀了。"

［公告］玩家篱落离开比赛场地。

［公告］玩家吱吱获胜。

［公告］本场比赛已结束，神龙战队获得1分。

众人："……"

这个反转——大家都懒得吐槽了！这货果然是来搞笑的！

侯东彦捶胸顿足，在电脑前拍着键盘骂娘。篱落垂头丧气地回到候赛区，九殿下也摇头数落他道："你属猪吗？你竟然会被那种隐身术给骗了！"

野鹤扼腕道："啊啊啊，篱落！本来你是能赢的啊！"

何晋叹了口气，刚认识篱落的时候他就知道这个家伙有时候挺不靠谱的……

篱落沮丧地道："对不起。"

逝水："到底战斗经验不足，下次再接再厉吧，那种环境下你难免会紧张。"

篱落抱头悔恨道："唉，昨晚看视频时我见过她用隐身术的，刚刚一点都没想到！"

阿晋也凑过去拍拍他的肩，安慰道："我们会赢回来的。"

第十章　战队比赛（上）

03

　　直播间的屏幕上已经刷出了第二场比赛的选手——左边是神龙战队的第二高手沧桑一剑和他的植物类灵宠妖儿曼曼，右边是情义战队的殇火和他的灵宠阿晋。

　　刚刚沉默下来的讨论区一下子又沸腾起来——

　　"啊啊啊，殇火！我爱你！啊啊啊！"

　　"我没看错吧？殇火这是带他的灵遇上来了？"

　　"谁能告诉我殇火的灵遇为什么会是男孩子的形象？"

　　"这个阿晋是不是那个小仙阿晋？她竟然是殇火的灵宠？"

　　"还真是之前直播时出现过的那只雪貂啊！"

　　"这年头宠物都能当灵遇了？论玩还是大神会玩……"

　　…………

　　和上一场一样，在主持人介绍双方选手时，他们并不知道对手是谁。比赛开始，四位选手同时被传送至对战场内，这一次屏幕中出现了一个空空的房间，和平时的竞技场一样，房间里没有任何阻碍和遮掩物。

　　纯竞技？

　　地图决定了这回不会再出现上一场那样坑爹的反转剧情，观众不知怎么都松了一口气。

　　沧桑一剑亦是魔族选手，但性格有些不可一世，和哥本冰激凌一样，是私下里不太愿意承认殇火实力的一类人。加上方才他们神龙战队首战告捷，这会儿他便有些嗨瑟："哟，这不是传说中的殇火大神吗！咦，这是你的灵遇吗？"

　　殇火"嗯"了一声，此刻的阿晋还没化成原形，以小男孩的模样站在他的身边。

　　沧桑一剑："你是不是没看清楚游戏规则啊，怎么把你的灵遇带上来了？这一场是驯养主和灵宠的双人对战，可不是灵遇比赛啊——哈哈！"

就等你上线了

殇火看向阿晋，小声念了句"变身"，紧接着，小男孩就在沧桑一剑的目瞪口呆之下，变成了一只雪貂。

说起来，《神魔》中似乎很少有两个玩家既是灵遇关系又是驯养关系，而一直以来以"无情的灵遇"的身份深入人心的阿晋，突然当着所有人的面变成了一只宠物雪貂，这样的出场方式何止是让沧桑一剑大跌眼镜，全体观众都在心中咆哮起来——这都可以？！

但系统和官方都没说违规，一人一貂就那么站在赛场内，发起了进攻。

不过观众刚抓起手边的爆米花，打算好好看一场精彩的对战，比赛就结束了！

作为全服第一高手，殇火与94级魔族玩家的实力差异已经到了显而易见的地步，从头至尾沧桑一剑都没有还手的余地。

因为驯养主的实力太强，导致作为灵宠的阿晋根本没什么发挥空间，他在这场比赛中再次体会到了久违的米虫感。

不到一分钟，系统人声就提示他们获胜，接着两个人被传送出了赛场。

回到候赛区，阿晋还有些蒙。

大伙儿兴奋地站在那里迎接他们，一念天地寒鼓掌道："好厉害！"

九殿下："就是该这样速战速决，让他们知道咱们的厉害！"

逝水看了九殿下一眼："我怎么从那个沧桑一剑身上看到了你的影子？"

九殿下："滚蛋！我跟无情对战至少能撑过三分钟好吧！"

大家嘻嘻哈哈地笑闹着，因篱落输掉第一局而产生的愤懑之情早就消散得无影无踪。

阿晋却很不爽，感觉自己就像一只小宠物一样，被殇火带上去遛了一圈，爪子都还没热呢就下来了，特别没有存在感……

和他一样，还没看够的观众也开始疯狂地发评论吐槽——

［看台］面壁者希恩斯："比赛这就结束了！"

［看台］扑倒："赢得也太快了吧，这第二局的对手是来打酱油的？"

［看台］夕月的风："继续啊！不要停啊！下一场、下一场！"

第十章 战队比赛（上）

［看台］韩小然："唉，本来还想看看大神的宠物有什么能耐的，结果是来卖萌的，好失望……"

［看台］佩玖："阿晋在仙宠榜上也没名次啊，连篱落都不如，其实根本就是个附庸选手吧。"

［看台］理想大米虫："猝不及防地被秀一脸……"

…………

何晋看到这些讨论，眼角抽搐着，更加郁闷了！

第三场的单人赛是野鹤上场，与对方的队长飞龙在天打了五分钟，赢下了这一局，虽然用时还不到篱落那一场的三分之一，但跟殇火与阿晋秒胜的那一场比起来，已经足够让观众过瘾。

最后一场团队赛，逝水带了篱落上场，殇火却没带阿晋，而是带了魔宝宝汤圆，实力逆天的系统宝宝再次引发了观众的讨论热潮——

"殇火身边那个有黑色翅膀的小人是什么？宠物吗？太萌了！"

"现在还有人形宠物了？为什么从来没见过？"

之后还是事先做过功课的主持人介绍说，殇火身边的宠物是他和灵遇阿晋共同抚养的魔族宝宝。

这才有人回想起来："啊，没错，一个月前系统好像公告过！"

"我才知道《神魔》里竟然还能养魔宝宝……"

"刚才去查了一下，好像只有在游戏里结灵超过五年的玩家才可以！"

"第一场带灵遇，第二场带宝宝，大神从里到外都在玩花样……"

"有人看到那个魔族宝宝的攻击力了吗？求高手分析数据！"

…………

阿晋和没上场的两位候补队友一念天地寒、大鹏展翅一起在候赛区观看比赛情况，从一开始情义战队就占着绝对优势，他们根本不用担心结局。

在比赛即将结束时，主持人还特地又提了一下汤圆："恐怕这场比赛中最吸引人注意力的就是情义战队队长殇火的魔宝宝了，虽然只是个系统宝宝，体形也很小，但我们能看到，它有许多攻击招式和殇火如出一辙，在

就等你上线了

这场比赛中,它接连杀掉了神龙战队的三个系统宠物,实力不容小觑……"

团队赛在八分钟后结束,情义战队获得三分,最终以五比一的分数胜出。

比赛结束时还不到八点,全体成员退出赛场。

晚上九点,官网公布了胜出的九支队伍,以及接下来的对战表。和第一场的全体两两对战不同,之后的对战将以一日一场的方式展开。

情义战队的第二场比赛排在后天,周日晚上,对手是老公爱你战队。

沉浸在胜利喜悦中的众人一见这支队伍的名字,又笑起来了——

九殿下:"还真有这种队名啊!"

野鹤:"你说那一队人会不会是殇火的粉丝组成的啊?"

闲云:"呃……"

大家貌似都联想到了殇火做直播时被女粉丝疯狂叫老公的场景……

逝水:"还是先去看看这支队伍什么来头吧,能晋级应该也是有点实力的。"

于是大伙儿摘了头盔,都去论坛看八卦消息了。

殇火瞄了一眼比赛结束后就一言不发的阿晋:"你怎么了,不开心?"

连刚陪殇火打了胜仗的汤圆都发现了阿晋心情不好,一脸担忧地围在他身边"叽叽"轻哼着。

阿晋当然不开心,这场比赛的胜利好像根本没他什么事儿,还貌似让他"坐实"了无知观众的评价,他能开心得起来吗?

阿晋摸了摸汤圆的翅膀,对殇火道:"我跟汤圆去玩一会儿,你别跟来。"

殇火:"……"

阿晋带着汤圆飞走了,殇火放心不下,等人走远了,用了商城买的跟踪符,按图索骥地摸了过去。

几分钟后,殇火发现变成雪貂的阿晋正和汤圆在野外练习对战……

第十章　战队比赛（上）

他"扑哧"一声笑出来，这家伙是刚才在比赛场上没打过瘾，手痒了吧？

殇火开启了战斗模式，悄悄在边上发了个暗招，发现自己遭受偷袭的雪貂迅速转过身来……

殇火飞过去，对汤圆下命令道："你帮他。"

汤圆："叽！"

阿晋："……"

一对二，秦炀还不动声色地放了点儿水，看着雪貂龇牙咧嘴地扑上来挠自己，一脸泄愤的样子，他心里觉得挺好笑。三人磨了十来分钟，殇火挂了。

人物变成尸体扑倒，灵魂瞬间腾空，眼前的世界一片灰暗，耳边静寂无声……秦炀有点愣怔，他已经很久很久没在游戏里体会到"死亡"的感觉了。

阿晋好像也不太相信殇火真的会挂，变回人形后小心翼翼地凑过去，张口叫了句什么。

"死人"是听不见声音的，阿晋犹豫了一会儿，摸索着开始对地上的尸体施展灵遇技能中的起死回生。浮在空中的殇火望着他，浅浅地勾起了嘴角。

殇火被复活后，阿晋还是不太愿意搭理他，背过身去，坐在草地上，把腰上的笛子取了下来。

游戏里现在是白天，天朗气清，微风拂面，阿晋拿起笛子轻轻吹起来。

笛声仿佛有种天然的缠绵婉转之意，殇火坐在阿晋身后默默聆听着。

两人一前一后地坐在草地上，汤圆飞在空中，缓缓地一起一伏，还偶尔扭一下小屁股，像是在为阿晋的笛声打节拍，这场面看起来格外惬意。

吹着吹着，阿晋只听"叮"的一声，系统提示："您的吹笛技能已提升至五级。"

阿晋一愣，突然想到了什么，查看了一下自己的已学曲目，果然看到了那首《迷竹曲》，那是刚认识篱落时两人打败竹妖后掉落的曲谱，之前等

就等你上线了

级不够，学了都没法吹，现在可以了！

他盯着曲库中的《迷竹曲》，只见上方浮现属性介绍："吹奏本曲目时配合竹钵使用，有意想不到的效果。"

04

战队里有人找殇火商量第二场比赛的安排，他先一步下了线。

九殿下叹气道："哎，那个老公爱你战队比神龙战队还不行！"

殇火："怎么说？"

九殿下："就一个小白队伍，都是八十多级的小号，今天晚上那场比赛的观众数量排倒数第二，感觉纯粹是来凑热闹的，只是上一场运气好，抽签抽到了比他们更烂的一支队伍，所以打赢晋级了！"

殇火："看来他们这一次运气不太好，抽到了我们。"

九殿下："噗……"

野鹤道："还有个比老公爱你运气更好的战队，叫宝宝不哭战队，也是普通队伍，这次抽签轮空，直接晋级，进了前五。"

逝水刷着论坛，突然道："你们听过吾皇战队吗？我看观众反馈势头挺猛，大家有空可以去看看论坛视频。我刚才看了，实力不比冰激凌和鬼见愁他们差。"

九殿下："吾皇战队？怎么听起来这么耳熟……"

野鹤也翻到了逝水说的那个帖子，念着队员名字："队长皇太极，队员龙太子、娘娘千岁、王爷风流、厂花很帅……呃，九，你是吾皇战队派来的间谍吗？"

九殿下："哦！我说这么耳熟，他们队长前段时间找过我啊！就是那个皇太极，想拉我去他们战队，被我给拒绝了！"

众人："……"

逝水："从名字上看，你的确很符合他们的画风。"

第十章　战队比赛（上）

秦炀听他们说对手实力一般，也轻松了许多，拿起手环给侯东彦发消息："在吗？"

侯东彦："……在，干吗？"

秦炀："说好的请你吃饭，明天有空吗？"

侯东彦："有！！"

秦炀："何晋在干吗？"

侯东彦：果然吃饭是有代价的！我不想当间谍啊！

扭头看了一眼，侯东彦见何晋刚摘掉头盔，正活动脖子呢，心虚地先跟何晋道了声"恭喜获胜"，然后悄悄地回复秦炀："你在游戏里不是跟他待在一块儿吗？怎么还问我？"

秦炀："他还是不愿意理我。"

侯东彦："我要是晋哥我也不理你，有你这么玩的吗？就算你坦白说你是秦炀，我还是把你当大神崇拜啊，为啥要骗人啊？"

秦炀："我要是坦白了，何晋就不一定肯在游戏里给我当灵遇了。"

侯东彦："呃……"

的确，晋哥刚接触这个游戏时就在考虑要不要玩下去，说起来，还是自己开导他以后……侯东彦惊悚地想，难不成让晋哥走上不归路的罪魁祸首是自己？

秦炀："明天我们没比赛，中午还是晚上？"

侯东彦："早上要睡懒觉啊，晚上行不？"

秦炀："可以，想去哪儿吃，你挑。"

侯东彦："随便哪儿都行？"

秦炀："嗯，都行。"

侯东彦："人均五百以上也行？"

秦炀："也行。"

侯东彦："豪气！"

秦炀："过奖。"

侯东彦也不敢狮子大开口，就挑了一家学校附近的小饭馆，口碑不错，

就等你上线了

价格在学校附近的店里面算中上:"要我帮忙骗晋哥出来吗?"

秦炀:"不用,就你自己来吧。"

侯东彦都有点搞不懂对方的意思了,难道秦炀还真的只是为了履行之前那个请吃饭的承诺?

反正他已经想好了,就算秦炀再有求于他,他也不会再背叛晋哥了!

第二天晚上,两个人在餐馆见了面,侯东彦见到秦炀,一想到他就是《神魔》第一大神,就撇开之前那点儿小情绪,控制不住地激动起来:"咳,秦大神,久仰久仰。"侯东彦挠挠头,头一次在一个比自己小的学弟面前感觉到不自在。

"坐吧,跟我客气什么。"秦炀也一反之前的客套疏离,一副哥儿俩好的模样,"喝酒吧?白的能喝吗?"

侯东彦连忙摆手:"不不不,啤酒就行。"

秦炀点了两瓶啤酒,又叫了一桌子的菜,侯东彦越发不好意思:"随便点俩菜就行啦,就我们两个,也吃不了多少。"

"慢慢吃。"秦炀不紧不慢地替侯东彦倒了杯酒,问道,"你出来跟我吃饭的事何晋知道吗?"

侯东彦心里一紧:"他不知道啊……"

说实话,他出门前还小心翼翼地找了个借口,虽然没做什么亏心事,但总感觉背着晋哥和秦学弟出来,有种怪怪的感觉。

"怎么啦?"侯东彦掩盖心虚似的反问了一句。

秦炀笑了笑:"怕他介意。"

侯东彦:"……"

吃了会儿,侯东彦忍不住又好奇道:"你们真的是八年前认识的啊?"

秦炀:"嗯。"

可就算是八年前认识的,也不过是网游中认识的网友,就跟他之前开导何晋时一样,谁都不会把游戏和现实联系在一起的啊!

侯东彦:"冒昧地问一句哈……你是和每个游戏中的朋友都要在现实中

第十章 战队比赛（上）

认识吗？"

秦炀："不是。"

"呃……"侯东彦越来越想不明白了，"说实话，秦炀，我觉得你各方面都很完美啊，就算只是在游戏中熟络也挺不错的啊，为什么非要在现实中认识呢？现在这样，你不会觉得很尴尬吗？晋哥现在不理你，我也挺能理解的。"

作为一个热心肠的人，他还挺乐意看到竞争力强的对手跑错跑道的……但现在，他把秦炀也当成了朋友，实在不希望这两个人在游戏中的关系受影响。

秦炀笑了笑，垂着眼睛不再说话。

侯东彦也不敢多管闲事了，两人继续吃饭，聊了些有关游戏的话题，在这方面倒是聊得投机，气氛好多了。

饭后秦炀叫了服务员："你好，麻烦新做一份糖醋排骨打包，顺便结账。"

等糖醋排骨的时候，秦炀突然问侯东彦："现在比赛，何晋都是在宿舍里玩的吧？"

侯东彦点点头："他有比赛的时候我都会帮忙看门，不会有人打扰的。"

"现在是没问题，可一旦打到了决赛……"秦炀看向他，认真地道，"我觉得宿舍还是不太安全，为了避免出问题，我想带何晋找个更隐蔽的地方。但他现在不是还在跟我赌气嘛，我怕我跟他说了，他拿你当借口。"

"哦！这样啊！"一顿饭花了秦炀三百多块钱，侯东彦既感激又过意不去，老觉得自己能得秦炀这样对待都是沾了何晋的光，现在听秦炀这么一解释，早把之前"不背叛晋哥"之类的想法抛到了脑后，"下个周末是吧？如果你们真打到决赛，我到时候就跟晋哥说我临时有事要出去就好了！"

秦炀："谢谢了。"

服务员很快把打包好的糖醋排骨拿了上来，秦炀把袋子递给侯东彦："这个麻烦你带给何晋。"

侯东彦："……"

就等你上线了

侯东彦回到宿舍已经八点了，何晋早就吃过晚饭，正坐在电脑前看今天晚上鬼见愁战队的比赛。

侯东彦把还热着的糖醋排骨放在何晋的桌子上："给你。"

何晋摘下耳机，一股浓郁的糖醋香气透出来："这是什么？"本来以为是侯东彦给他的，何晋笑着想感谢，不料对方来了一句："秦炀带给你的。"

何晋皱起眉头："你晚上跟他一起吃饭了？"

"呃，碰……碰巧遇上。"啊啊啊！他不小心暴露了！

侯东彦小心翼翼地看向何晋，只见他耷拉着脑袋，抿着嘴，好像真的有点介意的样子。是自己的错觉吗？

何晋坐在那儿不吭声，侯东彦也不敢吱声，怕何晋一恼削他，以后不借他课堂笔记和复习资料了。

于是，两个人在糖醋排骨又酸又甜的香气中尴尬了好久，直到侯东彦突然想到比赛的事，轻轻"啊"了一声，状似不经意地问："鬼见愁赢了吗？"

何晋："嗯。"

然后，他们又沉默了……侯东彦泪流满面！

周日晚上的第二场对战赛，如大伙儿所分析的那样，对手的实力太弱，所以情义战队毫无悬念地打了个六比零完胜。

不过阿晋仍然没得到为自己正名的机会，倒是篱落，没让大家失望，利索地赢了第一局的仙宠对战，还因为其憨厚的外表与蠢萌的性格，收获了一群属于自己的粉丝。

那场比赛结束后，哥本冰激凌私下里找到了老公爱你战队的队长，问："那个篱落的实力如何？"

对方回答："挺厉害的，血特别厚，很难打。"

哥本冰激凌："和犬夜叉比怎么样？"

犬夜叉正是哥本冰激凌的灵宠，也是目前排在仙宠榜首位的玩家。

对方："那只熊猫的血量好像比你家犬夜叉还厚，但实力可能差了些。"

第十章 战队比赛（上）

哥本冰激凌了解了情况，转述给队友们。

我是二郎神："和神龙战队的吱吱描述的一样呢，都说那只熊猫血厚，到底有多厚啊……"

男人不坏："看来逝水也下了血本，估计那只熊猫的装备都是顶级的。"

犬夜叉："跟潜能也有关。"

伊丽莎白："你的潜能都已经六颗星了，那家伙说熊猫的血量比你还厚，难不成潜能满级？"

灵宠的潜能星级决定了气、血、攻击力等各方面属性的可提升空间，灵宠潜能七星满级，但使用潜能升级卷轴一般只能加到五星，六星和七星要靠人品才能加上去。

譬如犬夜叉，用了十个潜能升级卷轴才从五星加到六星，七星是再也没能升上去。

犬夜叉："和灵宠本身属性也有关系，一般熊、狮子、龙之类的大型灵宠血量比较厚。"

伊丽莎白："所以狗就差一点了吗？"

犬夜叉："我不是狗！我是狼！"

伊丽莎白："……"

我是二郎神："不过归根结底，无情战队的灵宠咱们只要留意这个篱落就行了，是吧？"

男人不坏："嗯，每次都是让他打一对一，看来无情的灵遇只是个会卖萌的雪貂了。依依，你看呢？"

落花依依："之前和阿晋一起下过副本，逝水夸过她意识好，但那时候我还看不出什么，所以也不好下结论。"

我是二郎神："那天她好像还被你从空中打下去了呢……本来当个生活玩家挺好，偏偏要凑这个热闹，无情以为双人战就能保护她到底？太天真了。"

落花依依不说话了，想到那天殇火毫不留情地杀死了自己，她的心中就涌起一股复杂的悲伤。

就等你上线了

哥本冰激凌:"依依,别担心,这一次我们肯定会赢!"

之后两天的比赛,哥本冰激凌战队和吾皇战队胜出,截至3月1日,连同轮空的宝宝不哭战队,官方为五个晋级队伍排了下一轮的对战表——周三鬼见愁对冰激凌,周四情义对宝宝不哭,吾皇轮空。

也不知道该不该感叹情义战队的运气好,每次遇到的都是小白战队,鬼见愁和冰激凌却悲剧了,强强对战,必有一败,那一场比赛的观众数量头一次超过了情义战队的观众数量,最后冰激凌战队获胜,与情义战队、吾皇战队晋级三强。

之后的冠军争夺战采取车轮战模式,由官方同时致电三个战队的队长进行电话抽签,抽中数字较大的两队先进行比赛,获胜者直接进入周日的决赛,第一场失败的队伍与数字较小的队伍再次对战,获胜者成为方才晋级战队的对手。

秦炀抽了个98,吾皇的队长皇太极抽到76,哥本冰激凌抽中了31,于是对战表出来,周五先由情义战队对战吾皇战队。

"终于碰上了啊!"逝水感叹,"我就说这支队伍挺厉害。"

九殿下吐槽道:"厉害什么,明明是运气好轮空上来的。"

逝水摇摇手指:"不不不!运气也是实力的一部分哦!"

九殿下:"……"

因为差不多已经到了争夺冠军的阶段,最后三场比赛格外引人注目。

下午六点五十分,直播间开放,屏幕上显示了情义战队与吾皇战队的全员形象——

主持人:"大家好,我是主持人小蓝,欢迎回到《神魔》官网直播间,比赛将在十分钟后开始。"

侯东彦一边嗑着瓜子,一边坐在电脑屏幕前想,这回主持人终于有名字了,之前的比赛都没有听到主持人自我介绍!

就在这时,一个不一样的男声从耳机里传出来:"大家好,我是黄黄,

第十章　战队比赛（上）

很高兴今晚能与小蓝一起主持播讲无情战队与吾皇战队的比赛！"

呃，主持人还有两个？

看来官方对最后的三场比赛格外重视，侯东彦看了一下目前的观众数量——五百多万，越来越多了！

"咳，黄黄，你刚刚把'情义战队'念成了'无情战队'，比赛开始后可不要再报错了喔！"小蓝用揶揄的口吻道。

黄黄："哎呀，第一次与小蓝一起主持，我这是太激动了，口误口误，在此道歉，我说怎么'无情'和'吾皇'念起来这么顺口呢，呵呵呵……"

两个主持人嘻嘻哈哈地聊了一会儿，开始介绍两队的成员。

小蓝："其实一开始我以为能进前三的是鬼见愁战队，没想到他们在上一次比赛中败给了冰激凌战队，所以吾皇战队能杀进前三也算是一匹黑马了吧。"

黄黄："嗯，但吾皇战队的选手皇太极原本是第三区最厉害的玩家，据说是因为三次元繁忙，大概有两年时间没有玩游戏，直到全息前不久才回来，所以在排行榜上的名次有点靠后。但他的对战技术非常不错，而且，能在这么短的时间内凑足一支队伍也很厉害，这支队伍不像情义战队和冰激凌战队，他们都是从各个区集合起来的散人。"

小蓝："哦？这么看来，我有点期待这场比赛了呢，毕竟前面情义战队遇到的对手都太糟糕了，根本看不出大神队伍的实力啊……时间已经到六点五十八分了，是时候期待一下双方队伍将要派出的第一位仙宠对战选手了，情义战队应该仍然会选他们的萌宠熊猫吧？"

侯东彦也是这么想的，毕竟前三场出场的都是篱落，每次阿晋都只能跟着大神玩双人战，他只能理解为秦炀太护短了，都舍不得让晋哥去单打独斗。

小蓝："倒数五十秒，吾皇战队已经派出了他们的第一位选手，绿刺猬。"

黄黄："竟然是仙宠排行榜第五名的绿刺猬！"

小蓝："没错，大家别看这位选手名字叫刺猬，其实他是一只仙人球，

就等你上线了

和篱落一样,他是游戏里少见的男性灵宠玩家,主要攻击招式是'针刺飞镖'和'毒液'。"

植物系灵宠的原形大多是拟人形态,但此时屏幕上刷出了绿刺猬的原形——竟然是一只浑身带刺的绿毛球,上面还长着圆溜溜的大眼睛,观众们纷纷被萌化了。

小蓝:"情义战队的篱落还没有站出来,倒数三十秒钟……咦?"

只见屏幕上方已经跳出了对方本次出战的选手名字——

第一局:仙宠单人对战

吾皇战队出战队员:绿刺猬。

情义战队出战队员:阿晋。

黄黄:"情义战队竟然派出了阿晋!"

侯东彦也惊讶地瞪大了眼睛——不是吧,这时候派阿晋出场,有没有搞错?

不只是他,主持人和观众都感到很震惊。通过前面三场的比赛,大家对阿晋的印象已经根深蒂固——需要大神罩着的小萌物,没有什么用。

小蓝调整了情绪,平静地道:"真是出乎意料的决定啊,不过,这也是我们第一次看到阿晋参加单人对战吧?对此,我还是期待的。"

黄黄:"嗯……倒数十秒钟,比赛即将开始。"

侯东彦紧张地把瓜子放在一边,盯着屏幕,看着两位选手被同时传入场内。

小蓝:"这一次的对战地图是一片郁郁葱葱的树林,我们看到两位选手已经依次刷新在了地图两角,但他们被树丛遮挡了视线,并没有发现彼此。"

黄黄:"是的,这样的地形看起来对善于躲避而且身形灵活的雪貂更有利吧?"

第十章 战队比赛（上）

小蓝："话是这么说没错，但绿刺猬好歹是排行榜第五的高手……"

黄黄："也是，就算情义战队派篱落出来应战，也不一定能赢啊。"

小蓝："嗯，而且熊猫体形庞大，对仙人球的暗器'针刺'，很不容易躲避。"

黄黄："你说会不会是情义战队打算放弃第一场的比赛呢？这样逝水就能和篱落参加第二场的双人战，赢面更大，殇火本人也能作为第三场的对战玩家出场……"

小蓝："你是说，情义战队选择了田忌赛马的作战方式？"

电脑前的侯东彦忍不住"呸"了一声，那只熊猫都输给他晋哥了，什么田忌赛马，无知的主持人等着看晋哥的厉害吧！

黄黄："我们看到绿刺猬已经开始在树林中滚动着寻找对手了，但阿晋到现在都还没有变成原形……她好像席地坐了下来。"

小蓝担忧地道："灵宠在非原形状态下，攻击力是很低的。"

黄黄："绿刺猬已经找到阿晋了！"

小蓝："阿晋选手还是没有变成原形，难道她真打算放弃这场比赛吗？"

黄黄："她现在从包裹里拿出了一只碗，放在面前……"

弹幕上是一片嘘声——

"那只碗是干什么用的？讨饭用的吗？"

"下去吧，别丢人现眼了！"

"没有大神的保护就是个废物啊！"

"女人玩这个职业也就卖卖萌了！"

"最恶心性别歧视！性别歧视的人滚粗！"

…………

侯东彦也看不下去了，频频扭头看身后戴着头盔的何晋，急得恨不得走到他身边催他变身！

黄黄："绿刺猬已经看到了阿晋，但他发现阿晋现在还是人形，似乎有

就等你上线了

点犹豫是否要靠近，不过这个距离，发暗器攻击倒是很容易呢。"

小蓝："阿晋还是没有变身，从腰上解下了一支玉笛……现在，她开始吹笛子了……"

悠扬悦耳的笛声传入每一个观众的耳中，全体观众一头雾水。

他们错了，之前不该嘲笑情义战队的熊猫的，跟这个叫阿晋的蠢货比起来，篱落实在是太可爱了！

两个主持人也有点想哭，为什么解说大神团队的一场比赛这么困难呢？

小蓝："等等，好像有点不对……"

黄黄被小蓝一提醒，也集中注意力一看："绿刺猬选手好像在飞快地掉血！"

弹幕——

"什么情况？"

"阿晋身前的那个碗好像在发光！"

"开挂了吗？"

小蓝激动地道："阿晋的笛声似乎对绿刺猬有着致命的杀伤力，我们看到绿刺猬正不可控制地朝阿晋滚过去，但它自己并不愿意，还在试图逃离……不过它没法逃脱……"

观众全神贯注地盯着屏幕，只见血量降到二分之一的绿刺猬突然化作一道绿光，"唰"的一下蹿进了阿晋身前的那只碗里，紧接着，显示玩家状态的一个浮动框瞬间暗了下去！

［公告］玩家阿晋获胜。

［公告］本场比赛已结束，情义战队获得1分。

观众："……"

大家大概沉默了半分钟，才爆发出惊呼："刚刚到底发生了什么事？绿刺猬怎么突然就挂了！"

第十章 战队比赛（上）

两个主持人也有点蒙，小蓝脸色苍白地重复着比赛结果："呃，刚才那一场是选手阿晋胜出，情义战队获得一分。"

黄黄："说实话，小蓝，我不是很了解发生了什么呢……"

其实小蓝也不知道，但作为主要解说员，他当然不能跟黄黄一样说他不知道，只能硬着头皮猜测道："我感觉阿晋用的应该是某种武器吧，就像金庸小说中黄药师的箫，吹起来能对敌人造成伤害……至于那个碗，大概就像仙人收妖的宝葫芦一样吧。"

黄黄一头雾水："如果是那样，刚才那场还能算是仙宠对战吗？"

小蓝："不太算吧，但系统并没有禁止，还判阿晋赢了这一局，所以也不算违反规则。"

众人："……"

好吧，本想看晋哥帅气逆袭的侯东彦突然觉得很无力，虽然结局都一样，但过程和他想象的也差太多了！

05

情义战队候赛区的众人却一点不意外阿晋会获胜，阿晋在能吹《迷竹曲》后，就去仙宠竞技馆找了个植物系灵宠做实验，之后又把这个绝招告诉了殇火。

吾皇战队的两个仙宠都在排行榜上排名很高，但只有绿刺猬是植物系的，在分析完战队的对手后，殇火和逝水就决定让阿晋第一个出战去碰碰运气，如果遇到了绿刺猬，就用这一招，如果没遇到，纯对战的话阿晋也不一定会输。

阿晋也没料到能这么快胜出，摸摸鼻子道："总感觉没靠实力对战，有点胜之不武。"

逝水摇着扇子道，笑道："这有什么胜之不武的？咱们都是研究了规则的，游戏里比你猥琐的玩家多了去了……你看跟篱落对战的那个吱吱，一

就等你上线了

个姑娘都知道跑到浮岛边再隐身,耍手段,篱落还不是傻乎乎地上了当。你俩呀,还是太天真。"

九殿下:"就是就是!"

殇火:"别多说了,轮到你们上场了。"

第二场比赛开始了,主持人小蓝轻咳了一声道:"让我们忘记刚才那场比赛,来看第二局的选手吧,情义战队派出的是逝水和他的灵宠篱落。"

看到熊猫的一瞬间,观众有了亲切感,疯狂地发着弹幕,当然,这些弹幕篱落是看不到的。

黄黄:"他们的对手是吾皇战队的娘娘千岁和她的灵宠胭脂扣。"

小蓝:"相信不少观众都已经知道篱落的原形,至于胭脂扣,则是一只非常可爱的小白兔。"

黄黄:"别看胭脂扣只是一只兔子,那也是个排得上号的仙宠。"

小蓝:"没错,胭脂扣目前排在仙宠榜第八位,比不久前战胜过篱落的吱吱还高了一位。"

地图刷新了,二人二宠同时出现在了一个湖心岛上,女子裙袂飞扬,花容月貌,男的手执一柄折扇,风度翩翩……好一幅花前月下的美景!

黄黄:"这一次的地图很漂亮啊。"

小蓝:"是的,地图场景竟然还刷在了晚上,天空中还挂着一弯残月。"

但四位选手并没有开始动作,默默地站在岛的两端,对视着……对视着……对视着……

黄黄:"选手们是在观察对方吗?"

小蓝:"应该是的……情义战队的逝水先动了!"

逝水的确动了,但他只是轻轻地移动了一下左脚,看着娘娘千岁说了一句:"好久不见。"

娘娘千岁:"是啊。"

逝水:"你还好吗?"

娘娘千岁:"挺好的,劳烦记挂。"

第十章 战队比赛（上）

小蓝："呃，这两位选手似乎是旧识，他们寒暄了两句。"

逝水："什么时候回来的？"

娘娘千岁："三个月前，听说要全息，就回来了。"

弹幕——

"汗，什么寒暄了两句，已经不止两句了好吗？"

"果然有什么样的宠物就有什么样的驯养主……全是话痨……"

"快打啊快打啊快打啊！"

…………

赛场内，明月下，清风依旧。

逝水："结灵了吗？"

娘娘千岁发了一个害羞的表情。

逝水："难怪改名字了，呵呵。"

娘娘千岁又发了一个害羞的表情。

弹幕——

"我仿佛看见了皇太极头上的绿帽子！"

"这个娘娘和逝水以前是老情人？"

"快打啊，我们不是来看你们聊天的！"

…………

仿佛应和着玩家的催促，篱落终于插嘴问道："水哥，开打吗？"

逝水："嗯，你先跟小兔子玩会儿。"

胭脂扣："……"

观众："……"

无语的主持人小蓝急中生智道："看来这一场的比赛采取的是灵宠和驯养主分开作战的模式，选手篱落已经朝胭脂扣跑过去了，他们非常干脆地开始了正面交锋……逝水和娘娘千岁还在交流感情……篱落施展了萌化技能，胭脂扣中招了！"

黄黄："不，胭脂扣是伪装的，她跳起来了，给了掉以轻心的熊猫一个暴击——不愧是实战经验丰富的仙宠玩家！"

就等你上线了

小蓝："他们的驯养主并没有对自己的灵宠施以援手，还在聊天……"

黄黄："篱落的血量正在不断地下降，看来，在胭脂扣的攻击下，饶是血多皮厚的熊猫也难逃一死。"

弹幕——

"天哪，两个驯养主还在聊天，有没有搞错啊？逝水，你的灵宠快死了啊！"

"感觉熊猫好可怜！呜呜呜呜……"

…………

就在这时，只听赛场内的逝水遗憾地叹了口气："看来今天没时间再聊了，再聊我的熊猫要挂了。"

娘娘千岁："是啊，师父。"

这声"师父"一出，观众区又是一片骚乱，有知情者第一时间查到了娘娘千岁的真实身份。

《神魔》开通全息后，官方提供给头盔玩家一次免费的改名机会，许多玩家改头换面，这个娘娘千岁，就是老一区原本排名第十五位的神族玩家，也曾是逝水的徒弟——芊叶草。

游戏中关系好的师徒实在太多，何况逝水和芊叶草。这两个人的关系也曾引起众多玩家的议论，但就像刚刚两人聊的，芊叶草和皇太极一样，离开了游戏一段时间，得知《神魔》全息后才回来。

谁也不知道她和逝水有什么是是非非，观众也不在意，他们只表示——终于开打了啊！

小蓝："原来这是一场师徒对战啊，比赛还是非常有看点的，因为徒弟的灵宠已经快把师父的灵宠杀死了，师父会怎么做呢？"

黄黄："说起来，虽然逝水的排名远高于娘娘千岁，但从职业上看，逝水这一场比赛并不讨好呢，因为娘娘千岁的主职是治疗师啊！"

小蓝："没错，娘娘千岁刚刚给胭脂扣施展了一个小小的恢复术，胭脂扣的血条已经回到了50%。"

黄黄："与此同时，逝水也用驯养技能召回了篱落，篱落选手现在的血

第十章 战队比赛（上）

量是17%⋯⋯"

"召回"是驯养主特有的一个技能，一旦驯养主发动技能，不管灵宠在哪里，做什么，都会瞬间被打断，第一时间回到驯养主身边。这和灵遇技能中的形影相随有些相似，只是前者是单人被动技能，后者是双人主动技能，但这个技能有冷却时长，五分钟后才能再次使用。

秦炀也知道召回技能，但他和阿晋在一起时，更喜欢使用亲热。亲热和召回有相同的功效，不过只有当灵宠在驯养主的视线范围内，非离线状态下才能生效。

和胭脂扣的战斗被打断，篱落就像是个还没玩够的小孩，郁闷地拍着爪子。

逝水摸了摸熊猫的脑袋，小声说："一会儿跳到水里去。"

黄黄："现在的形势对逝水和篱落非常不利，咒术师对治疗师，应该会是一场持久战吧。"

小蓝："据我了解，逝水是双职业选手，除了咒术，他还会阵法⋯⋯"

黄黄："篱落选手突然奔到岛边跳进了水里！"

《神魔》中，大部分灵宠虽然不会飞，但游水基本都是自带技能，无论是什么种类的灵宠，掉入水中都不会死。

弹幕——

"吓死我了，还以为他又要自杀！"

⋯⋯⋯⋯⋯⋯

黄黄："逝水收起折扇飞了起来！"

小蓝："他想要和娘娘千岁打空战？娘娘千岁也飞起来了！"

黄黄："逝水不知道什么时候在岛上布满了引水阵⋯⋯他发动了雷电咒！"

小蓝："岛中央的胭脂扣躲闪不及，遭受了持续七秒钟的电击！血条降到了10%！"

黄黄："娘娘千岁正在空中为胭脂扣施展治愈术⋯⋯治愈术被打断，娘

就等你上线了

娘千岁使用瞬回术，胭脂扣的血量回升至19%！现在看来，胭脂扣的状态和篱落非常相近了。"

小蓝："逝水方才的阵法加咒术，不只拉平了胭脂扣和篱落的血量，还让娘娘千岁损耗了不少能量。"

弹幕——

"啊啊！逝水好帅！"

"刚刚逝水摸篱落脑袋那一幕，肯定不只我一个人觉得宠溺吧？！"

"你不是一个人！感觉逝水在为篱落报仇啊！"

…………

黄黄："娘娘千岁接连对逝水发出了三次火球攻击，但全部被逝水躲闪开了。"

小蓝："果然是大神啊，闪避意识非常强，动作也很灵活，娘娘千岁在空中的动作就相对比较僵硬了。"

黄黄："篱落回到了岛上，又对胭脂扣发起了进攻。现在灵宠对灵宠，驯养主对驯养主，分工明确，娘娘千岁也无暇顾及胭脂扣了。"

小蓝："篱落在战斗上还是略逊一筹啊。"

黄黄："篱落战斗到了最后一刻，但他并没有白白牺牲，因为胭脂扣的血量也被他磨到仅剩3%。"

小蓝："不过，两位驯养主仍然在空中打斗，只剩下血皮的胭脂扣也帮不了什么忙……娘娘似乎有意识地要将战斗往岛上引，但没能成功。"

黄黄："啊，逝水在空中对胭脂扣发动了攻心咒！胭脂扣死亡！"

小蓝："这是本场比赛中驯养主第二次对敌方灵宠发动攻击吧？"

黄黄："是的。"

小蓝："逝水选手看起来很护短呢。"

黄黄："他们回到了岛上，不过娘娘千岁踏入了逝水布下的锁身阵……"

小蓝："娘娘千岁的血量26%，逝水21%，锁身阵状态十秒钟，娘娘千岁无法做出任何攻击，逝水可以在这十秒钟里为所欲为。"

黄黄："娘娘千岁的血量只剩下5%，她已经放弃了挣扎……胜负

第十章 战队比赛(上)

已定。"

小蓝:"呃呃,逝水停下来了?"

就在锁身阵状态剩下三秒钟时,逝水停止了攻击!

主持人急了,观众疯了……这是要干吗?

竞技场内,杨柳岸,晓风残月。

娘娘千岁:"怎么不动手了?"

逝水站在距离她不远处,打开折扇,轻轻地摇了起来。

娘娘千岁:"你不动手,一会儿我给自己加血,胜负可就说不定了。"

逝水:"你会吗?"

说话间,三秒钟时间已过,锁身阵消失,娘娘千岁站在逝水面前,却没有动作。

弹幕——

"搞什么啊!这两个人又要开始聊天了吗?"

"我感觉像是回到了比赛刚开始的时候……"

"不,现在熊猫和兔子已经是两具尸体了。"

"我查到刚刚那一场阿晋用的是什么技能了!是打败30级野外boss竹妖后掉落的竹钵和《迷竹曲》曲谱,然后还要学吹笛,吹这首曲子时和竹钵一起使用能收服植物系灵宠……太复杂了!这么厉害的方法也就殇火大神能想得到吧?"

"逝水不会是想让着她吧?我不想看这种狗血的剧情啊!"

…………

过了许久,赛场内的娘娘千岁终于说话了:"算了,开头你已经给我们放水了,这样赢了也没什么意思。"

娘娘千岁:"GG。"

[公告]玩家娘娘千岁离开比赛场地。

[公告]玩家逝水、篱落获胜。

就等你上线了

[公告] 本场比赛已结束,情义战队获得 1 分。

弹幕——

"终于赢了!这场比赛看得老子快吐血了!"

"原来开头聊天是为了给徒弟放水啊?逝水好温柔哦!"

"看完这场比赛突然想谈恋爱了……我想找个和逝水一样的师父!"

方才一条迟到的"科普"被淹没在了如潮水般的弹幕中……

逝水和篱落回到了候赛区,遭到了队友们的集体吐槽——他们和观众一样,也看得快吐血了!

九殿下:"你打比赛还是拍电视剧啊?明明可以速战速决的,太磨叽了!"

"难得有这么漂亮的场景,急什么,慢慢享受嘛。"逝水看向篱落,"怎么样?篱落,打得爽吗?"

篱落认真地点点头:"爽!"

众人:"……"

06

第三场的单人赛,情义战队选择让九殿下出场。

九殿下感到有些紧张:"可别遇上皇太极,否则总感觉我要去弑君夺位……"

逝水嗤笑道:"刚刚还说我,现在比我还入戏。"

九殿下:"……"

他没遇上皇太极,却遇上了龙太子,不像平时和大伙儿待在一块儿时那么聒噪,九殿下在赛场上显得很靠谱,神色严肃,但是……他还是输了。

这还是比赛开始以来,除了篱落对吱吱的那场比赛,情义战队第二次失败。

第十章 战队比赛（上）

九殿下灰头土脸地回到了候赛区，野鹤道："这个龙太子什么来头，九都打不过他？"

逝水开玩笑道："那可是'太子'，九一个'王爷'，当然打不过他。"

九殿下："你还补刀！"

其实队友们心中了然，九殿下全息以后实力大不如键盘时期，他不但晕虫，还有点恐高，但大伙儿怕伤害他的自尊心，之前都没明说。

逝水："行了行了，团队赛我们赢回来就是了，出发吧。"

"等等，"殇火突然按住了九殿下的肩膀，"你休息一下，团队赛别上了。"

九殿下的脸色一白，该来的终归要来，他低着头没说话。

殇火解释道："你的名字跟他们队伍的画风太像了，我怕一不小心把你当对手杀了。"

九殿下笑了笑，为殇火难得的体贴而感动。

殇火看向阿晋："阿晋，你来。"

大伙儿有点不明白殇火的意思，阿晋是灵宠，殇火若想带他上场，是不计人头的，为什么要特地提出来？

逝水："你想让阿晋以选手身份出场？"

殇火："嗯。"

阿晋也有点蒙："我帮不上什么忙。"如果不发挥灵宠的职业技能，他的存在十分鸡肋啊。

"没事，让汤圆跟着你。"殇火另外点了逝水、闲云和野鹤，凑足五人，团队赛正式开始。

当情义战队公布了团队赛的出场成员，观众区立刻闹腾起来，主持人小蓝也意外地道："情义战队竟然更换了团队赛的标配成员，把九殿下换成了阿晋。"

黄黄笑着道："这是队长对九殿下的惩罚吗？"

小蓝："也有可能是体恤九殿下刚打完单人赛比较疲惫，因为刚才那一

就等你上线了

场也是持久战啊。"

黄黄:"可即使如此,情义战队可以选择魔族治疗师昭明月呀,为什么会选择灵宠职业的阿晋呢?"

小蓝:"这就不清楚了,让我们拭目以待吧。"

双方选手被传送入赛场,赛场内外的玩家和观众同时一愣……他们正处在一座山体内,到处都是被火焰烧红的熔岩洞,地上满是蜘蛛爬虫!

黄黄叫了起来:"呀!这不是炽狱除魔副本的地图吗?"

小蓝也恍然大悟:"是的,这里好像是没有小怪的炽狱除魔副本地图!"

情义战队的全体成员却都松了口气,也不知道是不是该庆幸殇火未卜先知,这场比赛没让九殿下上场真是避免了一场悲剧啊……

黄黄:"听说这个副本在《神魔》全息后被玩家称为最恶心最不想玩的副本!"

小蓝:"哈哈哈,是因为那些爬虫和蛇怪吗?的确,逼真度太高了,尤其是女玩家,根本受不了,我们看到吾皇战队的厂花很帅选手已经有了不适反应……"

黄黄:"如果他在这时候遇到敌方选手会很不利呢。"

十位选手进入赛场时是分别在地图的不同位置刷新的,这种情况下,刷新点对自己有没有利就得看运气了,运气不好一个人和敌方三个人刷新在一个地方,被围攻致死也没有办法。

小蓝:"情义战队的队长殇火发现了龙太子,但并没有发动攻击,他闪到了山壁后……"

就在这时,众人只见殇火在赛场上的公共频道发了一句话——

[战场]殇火:"阿晋,过来。"

阿晋:"……"

这个命令看起来很让人不爽,但现在在比赛,不管现实里他们关系如何,比赛时秦炀是队长,何晋得听他的指挥。

第十章 战队比赛（上）

黄黄立即道："阿晋选手使用了灵遇技能形影相随出现在了殇火的身边！"

小蓝："我们差点儿忘了阿晋和殇火结了灵遇，即使在战场上，他们也可以通过这个技能为对方回血、复活，甚至像刚才那样施展形影相随来会合！"

黄黄："这么看来，他们是彼此最好的治疗师啊！"

小蓝："的确，刚刚皇太极也用灵遇技能与娘娘千岁会合了，不过他们并没有遇到什么对手，倒是龙太子现在的形势很不利。"

黄黄："是的，他面临着殇火和阿晋两个人的背后攻击，殇火叫阿晋过来是打算让她站在自己身后加血吗？"

小蓝："不……阿晋变身了。"

看着赛场内变成雪貂后的阿晋和火鸟、魔宝宝一起跟在殇火的背后，观众沉默了……突然有种大神一人带了三只宠物的即视感。

黄黄："殇火朝龙太子发动了攻击，接着他们一拥而上，龙太子的系统宠物狮子正被殇火的三只……呃不，是殇火团队围攻！"

小蓝："不知道是不是宠物宝宝的攻击力太强，龙太子的狮子被秒杀了！"

[战场]龙太子："救我救我……"

黄黄："龙太子在公共频道发出了呼救声，可惜他的队友们都在较远的地方，不能在短时间内赶到此地。"

[战场]皇太极："你在哪儿？"

皇太极刚问出这句话，龙太子的头像就暗下去了，此刻，距离团队赛开始还不到一分钟。

[战场]皇太极："……"

[战场]野鹤："谁干的？赞一个！"

[战场]逝水："你还有时间点赞，看来挺悠闲。"

[战场]野鹤："绕了半天没看见一个熟人，敌人也没有。"

其实熟悉副本地图的选手可以直接通过报关卡名和队友会合，但在集

就等你上线了

合足够的实力之前，谁都不敢率先暴露位置，怕先引来的是人数众多的敌人，而非队友。

[战场] 野鹤："啊，碰到敌人了！"

野鹤碰到的正是晕虫的厂花很帅，与此同时，已经相互回满血的殇火和阿晋继续摸索着前进，结果一转弯，也迎面碰到了吾皇战队的王爷风流！

[战场] 王爷风流："我的天！"

小蓝："看来这次团队赛吾皇战队凶多吉少，吾皇的厂花碰到了野鹤，王爷风流也单枪匹马地撞上了殇火和阿晋！"

阿晋也是一愣，但不是因为王爷风流，而是他的宠物——绿刺猬。

殇火没有给王爷风流逃跑的时间，抽剑直逼而上，阿晋也以迅雷不及掩耳之势从雪貂变回了人形，主持人和观众心中同时"咯噔"一下……只见下一秒钟，白衣少年就拿出笛子取出竹钵席地一坐，开始吹笛子了！

绿刺猬："……"

弹幕——

"怎么又来这招！"

"突然发现殇火大神这个队友无敌了，变成宠物能卖萌，变成人形既能给无情加血又会吹笛子……"

"…………"

不过片刻，王爷风流和厂花很帅的头像也依次暗了下去。

截至现在，情义战队全员都活着，吾皇战队只剩下两个人，胜负基本已定，殇火直接报了集合地点，五对二，轻松获胜。

小蓝："今晚的比赛正式结束，恭喜情义战队顺利晋级周日的决赛！"

黄黄："谁将成为情义战队的最终对手呢？明天晚上七点，请大家关注我与小蓝主持的冰激凌战队对战吾皇战队。"

从赛场返回游戏，情义战队一行人激动地围在一起。

九殿下主动表态："还好没让我上场，否则可不会这么轻松获胜。"

第十章 战队比赛（上）

何晋也很高兴，虽然这场团队赛中他仍然和秦炀一起行动，看似也没发挥出特别强的实力，但至少他为团队的胜利做出了贡献。

殇火："明晚大家一起看冰激凌和吾皇的比赛吧，虽然现在还不确定冰激凌会不会胜出，但这是最后一次观察对手的机会了。"

九殿下："我希望是吾皇赢，依依在冰激凌战队，不太想跟他们打。"

逝水："个人感觉吾皇的胜率不高，虽然他们团队的个人实力都挺强，但到底是临时组成的队伍，默契度不高。"

"嗯，"殇火伸出手，说道，"不管怎么样，来，为后天的决赛加油。"

众人把手叠在一起，齐声喊道："加油！"

因为方才的两次出场，何晋一下游戏就迎来了侯东彦激动的拥抱："太棒了！晋哥！要冲刺总冠军啦！"虽然两场比赛中何晋的表现和侯东彦所期待的还有点差距，但好歹他不再是个可有可无的角色了！

何晋揉了揉太阳穴，全身心地投入比赛非常消耗精神，刚刚他还没什么感觉，一摘下头盔，浓浓的疲惫感瞬间袭来。

晚上睡觉时，侯东彦在对铺嘀咕："一旦赢了比赛就有五十万块奖金啊，你也会分到一笔钱吧？"

何晋愣了愣，他太过专注于比赛本身，差点儿忘了比赛有奖金这事……

思及此，何晋也莫名心动了一下。他们会赢吗？赢了的话他就能还秦炀的钱了，也不用担心下学期的学费了。但没过一会儿，他就为自己拥有这种想法而感到不齿，和买彩票能中大奖一样，赢得比赛获得奖金也是小概率事件，何晋不希望自己玩游戏时也带有这样的功利心。

不过话说回来，后天的比赛还真是挺给他压力的，此时他的紧张感同面对高考时不分上下。

快要入睡时，侯东彦突然支支吾吾地道："哎，对了，晋哥，我想起来后天下午我要去参加一个老乡会，不能在宿舍里帮你守门了，怎么办啊？"

"啊？这样啊，"何晋没察觉侯东彦语气中的心虚，想了想说道，"没事，我到时候把宿舍门锁上，然后在外面贴一张'请勿打扰'的纸就好了。"

侯东彦也不管何晋有啥办法，反正完成了秦炀交代他做的事，也算是

就等你上线了

还了那顿饭的人情吧——大神,我只能帮你到这里了!

07

次日一早,何晋就收到了秦炀的消息,问他中午有没有空。

开学以来两个人虽然没有在线下见过面,但还是有用手环联系。

秦炀说想找何晋一起吃午饭,或者去咖啡馆见面也行,主要是跟他聊一聊决赛的事情。

本来何晋想,戴着头盔去游戏里说不行吗,他们没必要在现实中见面。但又一想,这是最后一场比赛了,或许秦炀真有什么重要的事要叮嘱,自己不好拒绝。

"那十二点在二食堂见面吧。"何晋回复。

因为忙比赛的事,秦炀好几天没拾掇自己了,他赶紧冲了个澡,换了身新衣服。正要出门,房门"咚咚"地响了起来:"秦炀!在吗?"

一开门,秦炀对上站在外头的蒋白涧,还没说话,对方就被他火急火燎的样子吓得往后退了一步:"你干吗?"

"约了朋友吃饭,我还想问你干吗呢。有事吗?"秦炀看了看手环上的时间,没什么耐心的样子。

"也没啥……"蒋白涧是来找秦炀一起去吃饭的。

"没啥事那我先走了。"秦炀潇洒地挥了挥手,快步下楼,到三楼时还特地停顿了一下,看何晋会不会突然从走廊那头冒出来,不过没有,估计何晋已经出发了……

到了二食堂门口,秦炀没见着何晋,给他发消息:"在哪儿?"

何晋:"二楼,打菜窗口排队中。"

秦炀赶紧上楼。正是饭点,食堂里人挤人,他本来在学校里就够引人注目了,人长得帅,平时无论穿啥都好看,一路招蜂引蝶,全是女生在看他。

第十章 战队比赛（上）

两个人买了一样的套餐，四处扫视了一圈，才在人群中找到两个空位，刚一坐下，附近的女生就齐齐地侧头看向他俩。

何晋埋头吃饭，也不跟他说话，直到身边突然传来"啊"的一声，是一个熟悉的声音，何晋一抬头，就看见端着餐盘的蒋白洞正惊讶地跟他们对视着。

"你怎么在这儿？"蒋白洞先问秦炀，之后又看向何晋，"原来你是和何晋一起吃啊！"

何晋看见他仿佛看见了救星，赶紧拍了拍身边的空位道："蒋社长，好巧，这儿有位子，坐。"

"没打扰你们吧？"蒋白洞随意客气了一句，很自然地坐了下来。

秦炀："……"

饭后何晋匆匆离开，秦炀看着他的背影，好气又好笑："喂，你干吗走那么快啊？找个地方坐下说？"

秦炀追上去，想跟何晋肩并肩走，不料何晋突然停下来，冷着脸道："你离我远一点。"

秦炀的脸色立刻变了变，笑容僵在脸上，显得特别尴尬。何晋也意识到自己刚才那句话有点过头，却拉不下面子，梗着脖子偏过头道："去校内的咖啡馆吧。"

两个人之后没有一句对话，到了咖啡馆，发现里面人也不少。

也是，今天是周六，天气又好，无论哪里都是成群结队的学生……

何晋有点犯难，犹豫着要不要进去，就在这时，秦炀突然把他往外拽："跟我来。"

走了一段路，何晋瞥见路边的自动饮料贩卖机，叫了秦炀一声。秦炀慢下脚步："嗯？"

何晋："喝饮料吗？我请你……"

秦炀："……"

半分钟后，两人站在饮料贩卖机前，何晋拿出校园卡，却发现这台机器上的卡片识别器坏掉了。他在裤兜里掏了半天，只找出一个硬币。

就等你上线了

秦炀看了他两秒钟，已经尽力忍着了，却还是没忍住，抬起手背掩着嘴，别过头去，眼角眉梢都是笑意。他这一笑，刚才那点儿阴云一下子散了。

"别买了，走吧，我宿舍有。"秦炀扬头道。

两人最后回到秦炀的宿舍，何晋一进门就眼尖地看到了床上那只河狸公仔。

秦炀去公共休息室取了罐饮料，又给何晋泡了杯咖啡，回来后直奔主题："明天决赛，你要在哪里上线？"

"宿舍。"何晋说了自己的想法。

秦炀果然道："那样无法保证绝对不被打扰吧？"

何晋皱眉："那怎么办呢？"

秦炀："我想直接去学校附近宾馆开一间房，要不你跟我一起？"

何晋"啊"了一声，去宾馆？

秦炀："我去学校附近的宾馆考察过，距离校北门一千米远有家四星级的景山宾馆，环境不错，也很安静，很适合戴着头盔打比赛。到时候开个钟点房，我们十二点过去，比赛结束就退房，怎么样？"

何晋犹豫了一下，点头答应："好吧。"

敲定这件事后，秦炀打开了电脑，用电脑客户端登录了自己的账号，给何晋看一些之前两个人对战时他不太容易躲过的地方。

看着游戏里秦炀的人物随着他的指令做出一系列连贯的动作，何晋恍惚感觉自己像是回到了半年前刚和他在游戏里重见的那一晚。

因为长达八年的等待以及自己对他的遗忘，这家伙积蓄了满满的怨恨，一下子秒杀了自己。

"如果今晚是冰激凌战队胜出，那么我们明天会遇到的灵宠对手就是排名第一的犬夜叉，篱落对付他不行，你还有点胜算。"

这一刻，何晋才真正把游戏里不可一世的殇火和现实里热情中带着些孩子气的秦炀联系在一起，心里仿佛有个声音在说，原谅他吧，何晋……

冰激凌战队和吾皇战队的比赛，果然是冰激凌战队赢了。

第十章 战队比赛（上）

当晚的比赛结束后，秦炀让阿晋以雪貂形态和汤圆联手对战了昭明月——没错，殇火是全队唯一的输出系魔族选手，如果阿晋和汤圆的实力超过了昭明月，昭明月作为魔族治疗师就没有上场的意义了。

之后阿晋胜出，战队提前敲定了次日的出赛选手，除了第三场的单人对战由九殿下换成殇火，其余选手都与跟吾皇战队比赛时一样。

殇火叮嘱出赛选手次日选择不被打扰的环境登录游戏，众人就互道晚安后下线了。

周日中午十二点半，秦炀和何晋打车到了景山宾馆。秦炀开了个时价68元的套房，在七楼，房间环境果然幽静。两人稍稍喝了点儿水，上了洗手间，一切准备就绪。

何晋使用卧室内靠窗的茶座，秦炀使用客厅的沙发，一点整，两人戴上头盔，登录游戏。

比赛还未开始，直播间的观众数量已直逼五百万，与此同时，官网下方还多出了一个投票通道！

从十二点开通投票通道到现在，直播间下方实时刷新着两支战队得到的累积票数——

情义战队：3193张。

冰激凌战队：1448张。

08

因为是决赛，无论哪一个环节都比之前的比赛要正规许多。

距离比赛开始还有四十分钟时，双方队长向赛事主办方提交了本次决赛的出场选手名单，从这一刻起，选手名单将不再更改。

下午一点三十分，两队成员被提前传送入候赛区，但分别隔离在不同的区域，互不可见。

就等你上线了

情义战队进入决赛候赛区的成员是殇火、阿晋、逝水、篱落、闲云、野鹤，一共六个人。

一点四十分，主持人连通候赛区，直接对话战队双方选手，并请队长发表赛前宣言，这不但能鼓舞团队的士气，还能顺便拉个票。

但对选手们来说，这是没有提前告知的突发状况。

冰激凌战队的众人一听这个宣言是面向全体观众的，都有些不自在，你一句我一句地小声讨论了一会儿，最后哥本冰激凌站出来，握着拳头道："我们要让殇火知道，他的巅峰时代即将结束！"

虽然这话说得挺有气势，但从宣言本身来看，哥本冰激凌针对的好像并不是情义战队，而是殇火本人。这样偏离重点的宣言让不少观众觉得没劲儿，不过也有一部分和哥本冰激凌一样属于"反殇火"阵营的观众为此叫好！

而另一边，情义战队的候赛区，主持人正在问同一个问题："目前官方平台的投票显示情义战队的票数几乎是冰激凌战队的两倍，殇火队长有什么话想在比赛前说的吗？"

殇火面不改色心不跳地回答："谢谢大家，我们会赢的。"

很简单的一句话，没有哥本冰激凌说得那么气势磅礴，可陈述事实一般的语气却显得格外有力。

弹幕区的无情粉们听到秦炀的声音，情义战队的票数立刻又上蹿了一截！

一点五十分，官方通知第一局的选手准备入场。

主持人再一次把镜头切到了双方的候赛区，直播选手入场前的情况。

冰激凌战队第一场出战的无疑是仙宠榜排名第一的犬夜叉，现在就看情义战队是派出阿晋还是篱落了。

只见候赛区内，情义战队一伙儿人正围着阿晋说着什么，观众心中一紧——不是吧？难不成情义战队想派阿晋上？

虽然篱落和阿晋都不敌犬夜叉，但怎么看都是篱落更有胜算啊！这个只会吹笛子的雪貂能顶什么用？

第十章 战队比赛（上）

候赛区内，正接受大伙儿祝福和鼓劲的何晋紧张得手心冒汗，游戏里的角色并没有出汗的感觉，所以那是他现实中的感觉。这么多年来，经历了那么多的考试、面试、演讲……何晋都没有像现在这样紧张。

殇火轻轻拉过阿晋："尽力就好，不管你能不能赢，记得还有我们，我们是不会输的。"

是的，即使阿晋输了，后面还有逝水、殇火、闲云……他们是一个团队，大家都是阿晋最坚强的后盾！

这句话让阿晋镇定了些，殇火把阿晋变成雪貂抱了抱……他也不知道自己和阿晋此刻的样子都被观众看在了眼里！

弹幕——

"啊啊啊——殇火好温柔啊！受不了了！"

"呜呜呜呜……我也想当大神的小宠物！"

"我赌雪貂上场一分钟内会被犬夜叉咬死！"

"赌阿晋一分钟内死，我押十块钱。"

"赌输的投十张票敢不敢？"

…………

不管是官方直播间的弹幕，还是游戏内的讨论区，都是一片热闹，直到一点五十九分，阿晋消失在了候赛区，直播屏幕转换，跳出第一局选手信息。与此同时，主持人的声音再次响起——

"欢迎大家观看《神魔》全息战队比赛总决赛，我是主持人小蓝。决赛第一场仙宠对战即将开始，情义战队出战选手阿晋，冰激凌战队出战选手犬夜叉！"

阿晋在一片迷雾中待了约三十秒钟后，发现自己出现在一片麦田里，四周密密麻麻的全是齐腰高的麦子，地上还有正在飞快逃窜的小田鼠。

雪貂阿晋迅速转了一圈，很快发现了对手犬夜叉。犬夜叉人形状态下和殇火差不多高，在阿晋发现他的一瞬间，他就变身成了白狼，箭一般朝阿晋冲了过来！

看来犬夜叉对自己的实力很自信，面对这只都没上排行榜的雪貂，根

就等你上线了

本不屑用什么战术，上来就想直接开打。

但它忘了这是在麦田里，身边的麦子可能遮不住人形玩家的身影，但对一只雪貂来说，却是最好的掩护！

犬夜叉用了十秒钟的时间到达何晋方才所在之地，却扑了个空……拥有上帝视角的观众早就看见变成雪貂的阿晋在麦田里飞快地穿梭，绕了条弧线逃走了！

毕竟这只是全息游戏，即使灵宠玩家的原形是狼，也无法拥有现实中狼的嗅觉，所以无法通过闻味道找到对手。

犬夜叉找了一圈，三分钟过去了，还是没有找到对手，它有点怒了。

[战场] 犬夜叉："人呢？躲什么？躲我你就能赢吗？"

犬夜叉说出了大家的心声，场外的观众早就叫嚣起来了——

"居然逃走躲起来了，好厌！"

"躲什么啊！快出来决一死战啊！"

…………

好在阿晋根本看不到弹幕和评论，冷静地缩在麦田里观察形势。

雪貂身长刚好比麦子高一些，只要提起前爪立起，就能轻而易举地看到犬夜叉的位置，但犬夜叉只要没看它那个方向，就发现不了它。

何晋记得，对战赛里十五分钟是上限，如果在十五分钟内双方都没有动手，比赛就自动结束，算平局。

这场比赛他不一定能赢，但他也不想平局。

在迂回了十分钟左右后，阿晋和犬夜叉才进行了第一次正面交锋，不是犬夜叉找到了阿晋，而是阿晋主动暴露，从背后偷袭了对方！

拥有二十枚金刚爪的雪貂在攻击力上并不逊于白狼，小巧的体形也让它有着比白狼更快的闪避能力。

犬夜叉有些惊讶，发现阿晋并不像自己想象中那么弱。但即使如此，他还是有赢的信心！短短一分钟的对战过后，阿晋的血量下降至78%，而犬夜叉则是86%！

第十章 战队比赛（上）

就在两个人打得难舍难分之际，雪貂一个瞬移，再一次从犬夜叉的面前消失了！

观众都快狂躁了，好不容易打起来了，他们激动地期盼着白狼快点儿咬断雪貂的脖子，没想到才打了一分钟，这只雪貂又跑了！

弹幕——

"又躲！有没有用啊？！"

"不过我感觉这个阿晋好像还挺能打的……"

"明显是犬夜叉实力更强吧，阿晋就算逃跑了也赢不了啊，躲有什么用？！"

…………

犬夜叉却不那么想，它紧张地在麦田里寻找着。连贯的对战节奏说断就断，它这才意识到，这场比赛的主动权似乎掌握在那只雪貂手上！

逝水："阿晋是想打游击战吗？"

候赛区里的选手也能观看比赛，几人正围着被缩小的全息投影赛场讨论情况。

殇火抱臂道："他的想法不错。"

的确，以阿晋目前的实力，和犬夜叉硬拼的胜算有点低，只有游击战才能打乱对手的节奏，找到获胜的契机。

和第一次偷袭一样，阿晋依样效仿了两次，第二次血量降到了54%，犬夜叉则是60%；第三次阿晋血量降到28%，犬夜叉是31%，总是差了那么一点。可阿晋每次都是在打一分钟后用瞬移消失，然后再等上几分钟，等瞬移冷却时间过了才再次出现！

从开场到现在已经将近半个小时了，犬夜叉彻底失去了耐心！

［战场］犬夜叉："又跑！"

［战场］犬夜叉："告诉你，你再跑也赢不了我！"

［战场］犬夜叉："你是电子宠物吗？打一分钟就得充电？"

观赛区的观众也有相同的愤怒，每次看到正兴奋的时候，阿晋就跑了。

在这个过程中，冰激凌战队的票数快速增长，观众似乎想通过投票的

就等你上线了

方式鼓励犬夜叉快点儿杀死阿晋！

不过虽然比赛有点拖延，骂阿晋的人却没有开始那么多了。三次正面交锋，阿晋无论是攻击、闪避还是战术都有模有样，看起来并不是一无是处的萌宠。

而且一些有心的观众还发现，阿晋和犬夜叉的血量差距在减少，一开始差了8%，现在只差3%了。再加上主持人相对客观的讲解，虽然大家到现在仍然不看好阿晋，但从最初被当成鸡肋的选手，到现在竟然把仙宠榜排行第一的犬夜叉磨到这个地步，也是大大出乎众人的意料。

观赛区还有人弱弱地问："阿晋不会想就这么把犬夜叉磨死吧？"

仿佛要印证这个人的猜想似的，紧接着，赛场内就出现了让人震惊的局势逆转！

只见阿晋再一次从隐蔽的麦田中蹿出来，从后方给了犬夜叉一爪，犬夜叉迅速转身，咆哮着扑了上去！有人掐着秒表计算，一分钟，果然又是一分钟，不多不少，阿晋又消失了！

但是这一次交战后，阿晋的血量降到了5%，犬夜叉竟然跌到了4%，比阿晋还低！

观众大跌眼镜："不是吧，拉平了？"

两位主持人也在讨论这个情况——

黄黄："既然阿晋的血量已经比犬夜叉高了，为什么她刚才不乘胜追击，一举击溃犬夜叉呢？"

小蓝："我们可以分析一下前几次阿晋的偷袭与逃跑。出第一招的是阿晋，瞬移遁逃前出招的也是阿晋，所以，其实每次阿晋都比犬夜叉多出了一两招。一开始两个人的差距是来自犬夜叉冷静的闪避，但他现在慢慢失去了耐心，让阿晋得手更多次，才被阿晋缩小了差距……但是，毕竟现在只差1%，犬夜叉也很有可能翻盘，所以我认为阿晋会为了保险，宁可再跑一次，再来一次偷袭，这样赢面更大！"

黄黄："原来是这样啊，这样看来，阿晋是一个相当有耐心的选手呢！"

第十章 战队比赛（上）

小蓝："是的，她每一次的蛰伏都非常冷静，比起犬夜叉，她更像一匹狼。"

黄黄："那么下一次，阿晋还会等瞬移的冷却时间过了再出现吗？只剩下这点儿血，下一次她一旦偷袭成功，就不用再逃跑了吧？"

小蓝："我也是这么想的，现在就看阿晋什么时候出来了……"

黄黄："出来了！"

犬夜叉不敢再掉以轻心，浑身警惕地转着圈，以防阿晋再次从背后出现，可没想到，这一次雪貂竟然出现在它的正对面大概五米远的地方，立起身的雪貂正眨着乌溜溜的眼睛看着它。白狼咧开大嘴，凶恶地朝阿晋的方向冲了过去，阿晋转身就跑！

观众都为阿晋捏了一把冷汗，看到现在，他们当然也想看到一个戏剧性的结果，不希望雪貂迂回了这么久最后还是被犬夜叉咬死，那也太不值得了！

黄黄："刚才……是失误吗？"

小蓝："应该不是，阿晋虽然在逃，但和白狼还保持着一段距离，好像是在刻意让犬夜叉追她……"

黄黄："阿晋越跑越快了！"

小蓝："不是，是犬夜叉越跑越慢了。"

不止主持人小蓝，观众也发现了……怎么回事？紧要关头，犬夜叉要放水吗？

情义战队候赛区——

逝水道："我没猜错的话，应该是犬夜叉的耐力到达极限了。"

任何玩家都有一个耐力极限，这个"耐力"并不是指玩家自己的耐力，而是游戏中角色的耐力指数。

灵宠职业的耐力值由潜能星级和灵宠原形属性决定，大部分角色耐力值在三四百左右，能维持的快速奔跑时间大约是十分钟，消耗耐力后玩家可以通过休息恢复。

就等你上线了

潜能六颗星的犬夜叉耐力是870，在灵宠中是一个相当高的数值，他在空旷的地面上跑个十几分钟都没问题，何况他平时外出都是靠飞行，哪儿用得着跑啊，只有在战斗中用得上，所以他从来没想过，他有一天会在战斗时耗尽耐力！

白狼慢了下来，也发现自己这样追下去没意义，于是索性停下了脚步，一边休息，一边等着雪貂自投罗网。反正追还是不追，它都不会再吃亏了，等雪貂一出现，它就要用自己最厉害的招式对付对方——5%的血，一击都用不到！

但没想到，它一停下，前面的阿晋也停了下来！

雪貂转过身，举起前爪望着它，仿佛在问：你咋不追了？

犬夜叉突然发现这只雪貂好讨厌！

观众和他的想法一模一样——

"天哪……妥妥的一副'就喜欢你看不惯我又干不掉我的样子'有没有？"

"这场比赛有时间上限吗？老子守在电脑前这么久可不是为了看这种'你来追我啊你快来追我啊'的把戏啊！"

"我感觉自己好像重新认识了殇火的灵遇……"

"它卖萌了！"

——是的，阿晋见犬夜叉不追了，然后隔着三五米远，突然躺倒在地，翻出了肚皮……

比起"卖萌"，这个动作更像是对敌人的"嘲讽"，观众都惊呆了！

主持人激动地讲着实时赛况："犬夜叉中了阿晋的萌化技能，三秒钟内无法攻击，之后五秒钟内攻击力减半！阿晋朝他扑了过去，犬夜叉转身逃跑！阿晋快速追上了他！犬夜叉无力反击！犬夜叉死亡！"

这个过程只发生在短短五秒钟内，最后，阿晋以低至4%的血量站在场内，赢了这场比赛。

第十章 战队比赛（上）

09

屏幕弹出情义战队获胜的字幕时，观众都还反应不过来……这只长得像黄鼠狼一样的小白貂竟然赢了仙宠榜排名第一的犬夜叉？是实力吗？这可不是凭借抱大腿或是投机取巧能获胜的比赛啊！

主持人还在意犹未尽地讨论着——

小蓝："阿晋的胜利真的很耐人寻味呢，我现在有点怀疑她是不是从一开始就在计算犬夜叉的耐力。我记得有几次阿晋是故意出现在犬夜叉面前让他追逐自己，然后又突然消失的。"

黄黄："你的意思是说，阿晋的躲藏时间都是计算过的？"

小蓝："嗯，否则她最后一次为什么要出现在犬夜叉面前呢？她还拖着犬夜叉跑了一段时间，然后才施展萌化技能。我们之前也看到过，很多小型灵宠会在比赛中反复使用这个萌化技能，但阿晋从头到尾只用了一次，而且是在犬夜叉没力气再追也没力气再跑的情况下施展的。虽然犬夜叉只剩下5%的血量，但阿晋还是非常冷静，有了十足的把握后才扑上去给了对手致命一击！"

黄黄："被你这么一说，我恍然大悟了。"

小蓝："但不可否认的是，麦田这个场景的确对阿晋更有利。"

…………

阿晋从赛场中离开后，观众仍觉得难以置信，弹幕区一片哗然，情义战队的票数疯涨，短短几分钟内再次甩开了冰激凌战队。

阿晋在一阵鼓掌声中回到候赛区，野鹤竖着大拇指道："没想到你能打赢犬夜叉，厉害！"

逝水摇着扇子道："还好这一场上去的是阿晋，要换成篱落这个数学白痴，咱们费尽心思得到的数据就白白浪费了。"他说着，看向篱落，"熊猫，该我们上场了。"

篱落早就迫不及待了，拍着熊掌对阿晋道："我们也会赢的！"

就等你上线了

阿晋:"加油!"

逝水和篱落从候赛区消失后,殇火凑到阿晋的身边道:"你真的很有耐心。"

阿晋笑了笑,看起来有点疲惫。他虽然不缺耐心,但四十多分钟持续精神紧绷的比赛也快让他到极限了。

殇火沉默了一会儿,突然扭头,问:"喂,你在现实中不会也想用这种战术弄死我吧?"

阿晋:"……"

殇火:"我刚才看你和犬夜叉比赛,好像看到了你对付现实中的我……你总是这么冷静吗?"

阿晋偏过头,道:"比赛是比赛,你能不能别胡乱猜测?"

"呵呵。"殇火轻声一笑,转头看向赛场。

本场逝水他们的对手是我是二郎神和他的灵宠魔咒,一只高居仙宠排行榜第三位的凤凰。

驯养主和灵宠都是空战选手,这在《神魔》里也不是很常见,熊猫独自待在地面上,看着逝水在空中被一人一鸟围攻,急得团团转。尽管逝水单人的实力比二郎神高了不少,但在这样的战术下,也只能认栽。

这一局,情义战队输了。

回到候赛区,逝水叹气道:"尽力了。"

篱落耷拉着脑袋,像只泄了气的皮球。

殇火:"我们预料到的,不是吗?"

野鹤也急着安慰他们:"是啊,前两场比赛我们本来赢面就不大,阿晋赢了一场已经赚了,没事,殇火肯定不会输!团队赛我们也会赢!"

闲云:"嗯。"

殇火站起来,与逝水擦肩而过,两人击了一下掌:"等我赢了下一局,还是我们领先。"

眼看着殇火走向传送台,阿晋赶紧起身道:"秦……殇火,加油。"

殇火的上场让情义战队的得票数直线上升,观众隔着屏幕都能感受到

第十章 战队比赛（上）

殇火粉丝的尖叫声，在这一次的总决赛上，场内外所有路人观众都切身感受到了殇火在《神魔》里受欢迎的程度。

或者说，殇火已经成了可以代表《神魔》这款游戏的个人偶像。

——连续四年稳坐全游戏综合实力榜第一位，连续三年蝉联全游戏对战之王，直到今天仍然霸占《神魔》官方排行榜六大分榜第一的位置。

在第一高手的强光之下，大家都忽视了哥本冰激凌这个排名第二的后起之秀，直到两个人站在场上，观众才意识到，撇开那些乱七八糟的八卦信息不谈，哥本冰激凌是个实力可能并不亚于殇火的大神啊！

全游戏第一高手对战全游戏第二高手，那么今天，历史会被改写吗？

此刻，殇火和哥本冰激凌正面对面站在一片荒芜的戈壁滩上，一览无余的沙石之地上没有任何遮挡物，然而观众期盼中的战斗并没有很快开始。

一身黑金盔甲的哥本冰激凌望着不远处身穿素黑锦袍的男子，似笑非笑地道："殇火，我们总算见面了。"

殇火刚刚移向剑柄的手一顿，面无表情地"嗯"了一声。

哥本冰激凌："你知道吗，打败你一直是我的目标。"

这货想跟自己谈谈感情吗？

殇火放下手："哦。"

哥本冰激凌："可我感觉你一直在躲着我，不管是去年飞游网的跨服对战直播，还是我和依依结灵那一次。"

殇火："你想多了。"

哥本冰激凌："比赛前我特地看了一下《神魔》官方的对决战绩榜，发现我跟你的分数只差了三十分，你知道这意味着什么吗？"

殇火："你……还是第二？"

哥本冰激凌："……"

弹幕——

"哈哈哈哈，感觉殇火大神有点天然黑！"

"什么天然黑，明明是真腹黑！"

就等你上线了

赛场内的哥本冰激凌压抑着内心的咆哮,咬牙切齿地道:"这意味着我再赢一局就可以超越你了!"

《神魔》中的玩家每次和同一境界等级相差不超过五级的对手正式对战,获胜后都会获得五十个积分,这些积分的总数决定了玩家在对决战绩榜上的排名。官方举办的战队赛单人对战,自然也属于正式对战的范畴。

殇火闻言,点点头道:"我最近跟人对战的次数是有点少。"

哥本冰激凌:"……"

弹幕——

"好心疼冰激凌哈哈哈!"

"老二好啰唆,快点儿开打啦!"

…………

哥本冰激凌无语了,殇火一点不把他当对手的傲慢态度让他觉得抓心挠肝的,恨不得一脚把对方踩在脚底下。但考虑到这是直播的比赛,哥本冰激凌还是努力隐藏好了自己的愤怒,冷笑道:"别给自己即将面临的失败找理由,不管你是在进步还是退步,我哥本冰激凌必定会超越你!"

殇火:"那你加油。"

哥本冰激凌:"……"

殇火再次把手移向剑柄:"好了,别废话了,赶紧打完。"说着,他就抽出紫云宝剑朝哥本冰激凌冲了过去!

华丽的火蛇从殇火的剑身上蹿出来,朝哥本冰激凌卷过去,两个人几乎在一瞬间同时振翅腾空,哥本冰激凌也抽出了他的青铜宝剑,一紫一红的剑气相接,只听"锵"的一声,这场对战终于正式拉开帷幕!

从不迂回、迎难而上、直面战斗、永不言退向来是殇火的风格,这也是观众最爱看的比赛方式——交战,激烈的交战!

高手对决,有时候观众根本看不清楚玩家们在短短几秒钟内完成了多少操作,但正是这样的打斗才能让人感到热血沸腾!

对战场上的两人就像是武林高手对决,招招致命,双方过硬的技术支

第十章 战队比赛（上）

撑着华丽的招式，让人看着格外赏心悦目！

两个人的血量几乎以同一速度在缓慢下降，这让主持人都来不及讲解这两个人到底谁强谁弱，只能直白地通过数据比较向观众呈现赛况——殇火的掉血速度竟然比哥本冰激凌还要快一点！

观众区震惊了，怎么回事？难道哥本冰激凌比殇火还要厉害了吗？历史当真要被这场比赛改写了吗？

哥本冰激凌也发现了，得意之色浮上眉梢……但就在殇火的血量降到三分之一时，形势陡转，殇火像是开了挂似的，突然加快了攻击速度！

眼花缭乱的出招让哥本冰激凌应接不暇，他慌乱地躲闪着，一反先前的游刃有余，开始节节败退！

直到两人最终的血量到了3%和10%，即将输掉比赛的恐慌让哥本冰激凌面色大变地退开，他大叫了一声："停！"

殇火："……"

哥本冰激凌脸色铁青，盯着殇火道："你怎么做到的？"

殇火依旧维持着攻击的动作，锐利的视线盯着哥本冰激凌的一举一动。

哥本冰激凌不甘心地叫道："为什么你总是能赢？为什么你不会输？"

殇火："……"

看来这家伙是想死个明白……

殇火收回剑，慢腾腾地在空中扇动着翅膀："冰激凌，你记得你在这个游戏中对战的总次数吗？"

哥本冰激凌愣了愣："将近一万次吧，怎么了？"

他玩游戏五年，从四年前开始喜欢上《神魔》的玩家对战模式，投入了大量的金钱搞装备，有时候一天打十几场，但等级越高，能遇到的好对手越少，打败殇火就成了他玩这个游戏的唯一目标！

殇火笑了笑："我的是，十万次。"

哥本冰激凌一脸震惊的表情……十万次？怎么可能？！

从《灵仙》到《神魔》，八年时间，最疯狂的时候，殇火和逝水每天对战数十场，因为玩神族战胜了逝水，殇火就堕魔玩魔族，那段时间见到

就等你上线了

他的人都叫他疯子。对他来说,玩这个游戏已经像吃饭、睡觉那样,成了习惯。

他并不是一直会赢,而是在经历了数以万计的失败与磨炼后,才一步步走上神坛。

所以,平时与他人对战,殇火只用了七成的实力,从某种程度上来说,哥本冰激凌很厉害,他逼殇火尽了全力。

殇火伸出手掌杀到了哥本冰激凌跟前,毫不留情地施展了100级魔尊的夺命招式——噬魂!

"好好享受有对手的感觉吧。"倒下去的那一瞬间,哥本冰激凌听见殇火这样说。

第十一章 战队比赛（下）

就等你上线了

01

比赛结束后许久,观众还没从刚才的精彩对战中回过神来,短短六分钟时间,又不知有多少人成了殇火的粉丝。

身处候赛区的落花依依紧握着拳头,刚才的比赛她根本没看哥本冰激凌,全程盯着殇火。

她好难受,不管她怎么欺骗自己,都抗拒不了殇火对她的吸引力……可是她得不到他!她耐心等了他那么多年……她好不甘心!

哥本冰激凌神色黯淡地回到了落花依依身边:"依依,对不起……"

落花依依朝哥本冰激凌绽开一个笑容,脸色苍白地鼓励道:"没事,我们还有团队赛,加油!"

可眼前这个人,终究只是第二名啊。

为了让第三场对战赛上场的选手得到充分休息,赛方将团队赛推迟到二十分钟后举行。

秦炀回到候赛区,被众人围着赞太帅!

"不愧是无情啊!"野鹤道。

"无敌啊无敌——"逝水轻轻摇着扇子,对殇火最后与哥本冰激凌说的那句话感慨万千,"无敌真寂寞——"

殇火转向阿晋,将他带去一边说话了。

阿晋想到殇火在游戏里说的那个"十万次",好奇地问道:"你真有那么多对战次数?"他刚刚粗略算了算,按照殇火的游戏年龄来算,八年,三千天,就算天天玩,那每天平均也要对战三十多次才能达标啊……有那么多吗?

不料殇火突然说:"假的。"

第十一章 战队比赛（下）

阿晋："啊？"

殇火："我忽悠冰激凌呢，哪儿有那么多啊……我才两三万次吧，但也比他多嘛。"

阿晋惊讶地道："那你怎么报那么多？这可是直播啊，万一被人查到你说谎怎么办？"

殇火指了指自己的大脑："还有七八万次是在脑中演练的啊。"

阿晋："……"

殇火坏笑着道："怎么样，我刚刚的表现是不是很帅？"

阿晋哭笑不得："你有病吗？"

殇火："你有药啊？"

阿晋："幼稚。"

二十分钟的休息时间很快就过去了。

"现在是北京时间十五点四十分，欢迎大家回到《神魔》决赛直播间，我是主持人小蓝。本次决赛的最终赛局即将开始，截至目前，情义战队与冰激凌战队的比分是二比一，最后的团队赛决定着冰激凌战队能不能扭转乾坤，转败为胜。"

紧接着，直播间屏幕上就公布了团队赛的出战队员——

情义战队出战队员：殇火、阿晋、逝水、闲云、野鹤。

冰激凌战队出战队员：哥本冰激凌、落花依依、我是二郎神、男人不坏、伊丽莎白。

观众哗然——情义战队竟然又让阿晋以选手身份上场了！虽然殇火和阿晋在刚才的比赛中发挥得都很好，但情义战队以这个阵营和冰激凌战队抗衡，还是勉强了一点吧？还是说，情义战队自认为阿晋的实力并不比一个独立的神族或魔族差？

小蓝："双方选手已传送入场，让我们来看一下，这一次的决赛地图是

就等你上线了

什么……"

黄黄大叫了一声："是悬崖！"

只见赛场中赫然矗立着一个气势巍峨的山崖，与临渊城外通往寻宝副本的悬崖非常相似，但此场景中的悬崖峭壁上还有几个山洞，底下却是滔滔江水！

拥有上帝视角的观众看到，两队十个人分别被刷新在了悬崖崖顶、峭壁上的山洞里以及江水浮石上。

阿晋睁开眼睛，发现自己身处一个峭壁上的山洞里。他一偏头，顿时吓得浑身汗毛直竖——和他刷新在同一个地点的竟然是哥本冰激凌与他的灵宠犬夜叉！

那两个人也没想到运气这么好，团队赛一开始，仇人的灵遇和宝宝就直接出现在了他们面前！

形影相随是三秒钟的读条技能，阿晋刚一张口就被看破了，哥本冰激凌一招打断他的动作——他们哪里容得了送上来的人头跑掉？

尤其是犬夜叉，刚刚那一场花了四十多分钟输掉的比赛简直让他觉得憋屈死了，今天不在这儿出口恶气，他简直没办法再抬头做狼！

狂风骤雨似的攻击迎面而来，汤圆的瞳孔瞬间眯成了一条竖直的细线，喉间冒出"叽咕哇咔"的威胁声，翅膀"嗡"的一下扇动起来，当即展开了回击！

犬夜叉："啊哈，这个系统宝宝的攻击力还挺强！"

之前偷袭时他们也见过汤圆，但那时汤圆被落花依依的冰球冻住，之后又跟着坠落的阿晋一起飞下去了，所以现在他们也是第一次跟这个传说中全服唯一的魔族宝宝战斗！

哥本冰激凌道："你对付殇火的灵遇，我来解决这个小东西！"

犬夜叉："好嘞。"

汤圆原本就类似于飞行宠物，犬夜叉对付它不讨好，但两人分工合作，还是把阿晋和汤圆堵死在了峭壁上的山洞里！

尚未化成原形的阿晋慌乱地躲闪着，彻底陷入了两难境地——如果他

第十一章 战队比赛（下）

变成雪貂，就不能再找机会施展形影相随逃离；可如果不变成雪貂，无法攻击的他会死得更快！

在如此狭小的空间内，阿晋的闪避空间也非常有限，血条直线下降！

眼看着他和汤圆快被敌人双双解决掉，阿晋急得想在公频里发一句求救的话，不料刚冒出这个念头，殇火就出现在了他面前，说道："我来了。"

刚刚看到阿晋的血条下降，殇火就意识到他遭受了攻击！

但在阿晋被攻击时，所有观众都看到，崖顶的殇火也没闲着。他被冰激凌战队的三个人缠住了——落花依依、我是二郎神以及二郎神的灵宠魔咒！

一时脱不开身的殇火和阿晋一样，都没法立即飞到对方身边。

对付吾皇战队时步步皆顺的两个人，在这场团队赛中简直遭遇了运气上的滑铁卢！

观众的视线一寸都不敢从屏幕上移开，如果殇火和阿晋在一开始就被冰激凌战队干掉，那这场团队赛就不用再看了！

主持人也提心吊胆地解释着："从比赛开始到现在，战场上的形势对情义战队非常不利。我们看到，除了正在遭受攻击的殇火和阿晋，情义战队的野鹤和闲云被刷新在了崖壁上的另一个山洞中，逝水和篱落则在崖底的江面浮石上，几个人都还不知道战况，还在公频里讨论地形……"

［战场］野鹤："你们在哪儿呢？我和闲云在一个山洞里，边上是悬崖。"

［战场］逝水："我跟篱落好像是在崖底，四面都是江水，抬头全是雾气，看不清楚！"

［战场］野鹤："我们跳下去？"

［战场］逝水："不确定是否和临渊城外的悬崖一样，也不知道跳下来会不会摔死，你们先飞下来试试。"

就在这时，更让人紧张的一幕出现了——冰激凌战队的男人不坏和伊

就等你上线了

丽莎白与暴露位置的逝水、篱落碰上了,其中伊丽莎白还是神族治疗师!

弹幕——

"这下情义战队要完了!"

"两队的选手刷新点也太不均衡了吧,完全得靠运气……"

"是啊,实力全被分散开了,闲云和野鹤还在抓瞎!"

…………

还好,就在千钧一发之际,殇火摆脱了落花依依与二郎神,施展灵遇技能来到了阿晋身边!

一句干脆利落的"我来了",不只拯救了阿晋,也让所有观众的心死灰复燃!

阿晋从来没有像现在这样期待见到他,脱口而出叫了一声他的名字:"殇火!"

"嗯。"殇火高大的身影挡在阿晋面前,他硬生生地替阿晋扛下了犬夜叉的暴击,紧接着使了一招"雷霆烈火",白狼被轰出去三米,再下一秒钟,殇火以气换血,连续刷了两下灵遇回血技能,阿晋的血条迅速回升,从 12% 升到 37% 再到 62%!

弹幕——

"啊啊啊啊啊——好激动,我快哭了!"

"殇火出现得太及时了,再慢一步阿晋和汤圆就死了!"

"殇火好帅!"

…………

见殇火出现,身边还跟着那只赤焰朱雀,原先极具优势的二对二局面变成了二对四,哥本冰激凌郁闷地在公频里叫了一声:"依依!"

汤圆只剩下不到 10% 的血量,他们不能白白浪费刚刚二十秒钟争取到的优势,一定要抓住机会一举击败这两个人和那只宝宝!

在哥本冰激凌发话后,一头白色长发的落花依依也迅速出现在他身边。

作为一个专业的魔族治疗师,落花依依回血治愈的技能肯定比灵遇技能更强,何况她还是殇火曾经的徒弟,除了加血,她本身还是法术攻击职

第十一章 战队比赛（下）

业，冰属性最克火属性——殇火二人依旧凶多吉少！

那边厢，闲云和野鹤终于摸清了下降的方法，和临渊城外的悬崖一样，不能使用飞行技能，只能跳！但因为江上雾气的浮力，他们的下降过程非常缓慢，慢得野鹤都忍不住在公共频道发起了牢骚——

［战场］野鹤："下降太慢了，跟坐电梯一样，我都想在脖子上挂块大石头！"

［战场］闲云："逝水，顶得住吗？"

［战场］逝水："你们速度！"

看来形势危急……闲云、野鹤心中同时一紧！

［战场］野鹤："殇火他们在哪里？怎么只见他们在掉血？"

［战场］逝水："不知道，崖底没见到人。"

［战场］野鹤："难道在崖顶？"

看到频道对话的我是二郎神一头雾水，刚刚殇火的确是在崖顶的，但那家伙使用灵遇技能逃了，紧接着落花依依也被哥本冰激凌召唤走了，现在只剩下他和宠物魔咒，在尝试飞行失败后，他才和变回人形的魔咒鼓起勇气跳了下来。

缓缓坠落中的二郎神表示，能用灵遇技能瞬移实在太犯规了！

主持人："情义战队的神族治疗师闲云现在还在降落过程中，但他降落的方位并不在逝水与男人不坏、伊丽莎白战斗的区域。现在崖底的战斗已经进入了白热化阶段，如果闲云、野鹤无法及时赶到，情义战队或将面临败局！"

02

观众迫切地期待着殇火赶紧带着阿晋跳下去，毕竟所有成员会合后再对战的胜算更大，不料这时，公频里突然出现了一句话——

［战场］殇火："我和阿晋在山洞里，跟冰花狗打着，你们仨先会合，

就等你上线了

我们一会儿就去。"

殇火不但没带着阿晋跳崖,还有空回复公频里的对话!他不但回复了,还回复了那么长一句话!

他一会儿就去?他这是打算收拾了这俩然后再过去跟队友会合吗?

观众都惊呆了,在这么紧张的时刻,在这么紧要的关头,殇火竟然能这么淡定?他是真有实力对抗对手还是自信过度?

主持人也愣了愣,发出了一声尴尬的"呃"……

弹幕——

"我只想知道冰花狗是什么狗?殇火是在骂谁啊?"

"应该是殇火大神对冰激凌、落花依依、犬夜叉三个人的简称吧……"

"哈哈哈!"

…………

发出那句话后,殇火就指挥阿晋道:"阿晋,你和汤圆去打狗,我对付冰花。"

这句话殇火是用语音说的,因为地图里的三个地方都有玩家在语音对话,所以观众听得不是很清楚,但殇火身边的人都能听到,犬夜叉气得大吼道:"老子是狼,不是狗!"

殇火一本正经地问:"犬不是狗吗?"

犬夜叉:"……"

弹幕——

"心疼犬夜叉,哈哈哈——智商着急!"

"殇火的嘴炮打得真好啊……"

"你们确定大神那么说不是为了气犬夜叉?谁让犬夜叉刚才欺负他的灵遇!"

…………

哥本冰激凌冷哼道:"殇火,刚刚的单人对战你也不过是赢了我10%的血,现在说一个人对付我和依依两个,口气未免也太大了吧?"

"口气大不大,打过才知道!"殇火抽剑甩出一个火焰炼狱困身术,和

第十一章　战队比赛（下）

上次偷袭时同样的招式，一下定住了正想出手偷袭阿晋的落花依依。

边上，血量62%的阿晋化身雪貂，和血量9%的汤圆对上了血量77%的犬夜叉。

犬夜叉心想，就算这一人一宠联合起来又怎么样，他们的血加起来还没自己多！

他不由得嘚瑟道："小雪貂，刚刚仙宠对战赛你逃得挺爽，现在你再逃啊！"

阿晋："……"

亲子之间心意相通，犬夜叉对阿晋的挑衅等同于对汤圆的挑衅，智能魔宝宝当即从空中发出了火焰暴击，打掉了犬夜叉3%的血。

犬夜叉："……"这只系统宠物的攻击力这么强，简直不科学！

犬夜叉不再说废话，抓紧时间朝阿晋扑了过去，汤圆"叽叽"叫着，从上空接连不断地朝白狼发出火焰攻击，俨然一个暴走的小魔物！

犬夜叉这才觉得不对，那只长角的小魔物是会飞的啊，只要对方在空中，自己就只有挨打的份！看来唯一的办法就是迅速杀死眼前这只雪貂了——汤圆是以阿晋宠物的身份进入赛场的，只要阿晋一死，汤圆也会跟着消失。

犬夜叉一分析，就硬扛起来自空中的攻击，但以一对二，白狼和雪貂的血量还是在以极快的速度拉近，原本差12%，然后是10%，9%，7%……

犬夜叉一边打一边计算着，不断鼓励自己，可以的，拼一把，可以撑住的！

直到阿晋的血量只剩下5%，犬夜叉抬眼一瞧，自己……自己竟然只剩下4%？！

和上一场比赛时相同的血量让犬夜叉感到震惊万分，他慌了，难不成他又要败给这只雪貂？

就在这时，闪耀着队友圣光的冰球从边上飞来，落花依依的一个冰球攻击准确无误地冻住了狂暴的汤圆！这一下及时的帮助简直给了犬夜叉一

就等你上线了

线生机——哈哈,差1%又如何,小魔物不能动,只要队友再来两下助功,就能送阿晋和对方的宠物宝宝上路了!

犬夜叉伸出了预示着胜利的狼爪,但紧接着,一道粉色的光束突然从天而降,落在了对面雪貂的头顶上——不好!

意识到这一点的时候,已经晚了,犬夜叉眼睁睁地看着雪貂的血量在瞬间回升到了28%!

很快,他眼前的世界就暗了下去……仙宠对战时他还能在麦田里自由地疯跑,团队战他却从头到尾没出过这个山洞!

"死"去的那一刻,犬夜叉难以置信地想,殇火一个人对两个人竟然还有工夫顾着给他的灵遇加血?不科学!

是的,观众也觉得不科学。他们都没心思去看逝水那边的对战了,全神贯注地盯着殇火一个人毫不慌乱地对付着哥本冰激凌和落花依依,掌控着整个局面!

落花依依可以说是从一开始就没得什么手,第一下被殇火锁身,那个效果是六秒钟,六秒钟的时间一过,她刚想给哥本冰激凌来个大回血,正与哥本冰激凌交战的殇火却突然用一个最基础的火焰球打断了她,她只能手忙脚乱地给哥本冰激凌施小治愈术。她的每一下攻击,殇火都能轻而易举地躲过,这个男人好像把她的一招一式完全看透了,刚刚冻住汤圆的那个冰球,算是她唯一得逞的偷袭,但紧接着,她就遭到了殇火强力的报复!

以前她站在这个人身后给他加血,辅助他,从来没觉得吃力。

和哥本冰激凌联手打殇火本来是落花依依期待的局面,她想通过这样的行为让殇火知道,没有她,他是不行的,他是需要她的。

她幻想着,殇火一个人会被她和哥本冰激凌打得很狼狈,会后悔,然后请求她回到他身边……

但现实狠狠地给了她一个耳光——即使以一敌二,即使与她站在对立面,殇火还是那么强大!反倒是她和哥本冰激凌,被网友们调侃,变得如此可笑!

第十一章 战队比赛（下）

哥本冰激凌愤怒地咆哮道："依依，加血啊，你在走什么神？！"

落花依依心不在焉地给哥本冰激凌加着血。她给殇火当小跟班的时候，殇火从来没有这么激动地吼过她，无论遇到什么情况，他都很镇定。

说实话，她也从来没看见过他输……

虽然现在哥本冰激凌的血量比殇火还高，他们仍然有胜算，但落花依依已经变得悲观起来。

犬夜叉死了，从冰球定身状态中恢复过来的汤圆迅速飞去支援正在空中作战的殇火，阿晋也不怕死地蹿向前线。

哥本冰激凌的眼睛一亮，心说一只雪貂跑过来干吗，来送死吗？正好，暂时杀不了殇火，我就先杀了殇火的灵宠！

没想到就在哥本冰激凌看向阿晋的瞬间，雪貂翻出肚皮，躺倒在地——萌化！

哥本冰激凌："……"

看到这一幕的落花依依："……"

弹幕——

"这都可以？！"

"闪瞎我的狗眼了！哈哈哈哈……"

"我刚才还奇怪殇火的灵宠跑到前面去干吗，她又不能飞，没想到是卖萌！哈哈哈！"

"论正确使用灵宠的N种方式，无情大神666！"

…………

没错，灵宠的萌化技能又不是只对灵宠有效，对任何玩家都可以使用，阿晋第一个成功施展萌化技能的对象，就是对战练习时的殇火啊！

殇火笑着表扬雪貂："干得漂亮！"

阿晋瞬移退进安全范围，趁着哥本冰激凌和落花依依处于被萌化debuff状态，在八秒钟内迅速恢复人形，拼命地用灵宠技能给殇火回血、回血、回血……

转眼间，殇火的血就满了。

就等你上线了

哥本冰激凌简直想吐血了，自己的魔族治疗师灵遇就在边上，他却从一开始就没享受过满血的待遇！

真是人比人，气死人啊！

主持人和观众关注了半天灵遇对战，当然也没忘记逝水和篱落的情况。与阿晋对付犬夜叉时一样戏剧化，就在逝水快被男人不坏与伊丽莎白二人组磨死之际，闲云和野鹤赶到了！

及时的大型治愈术降临在逝水和篱落头上，原本节节败退的二人不只血条回升，连精神也抖擞起来！

主持人："野鹤和闲云的加入让崖底的战斗形势迅速逆转，情义战队的三个人以及逝水的灵宠篱落对战冰激凌战队的男人不坏和伊丽莎白，然而冰激凌战队的两个人所带的系统宠物已经伤亡，看来情义战队这一次完美地化解了危机，风水轮流转，现在就看我是二郎神与他的灵宠魔咒能否及时赶来支援了……"

我是二郎神："这山好高，从顶上掉下来三分钟竟然还没落地！"

魔咒："……"

观众的视线回到洞附近，殇火和冰花二人组已经将战场从山洞内移到了山洞外，刚刚雪貂的萌化技能彻底激怒了哥本冰激凌，落花依依也冷着脸专心起来，两个人总算有了联手的样子。

阿晋给殇火加满血，就没了用武之地。人形状态下他的输出几乎等同于没有，凑过去只会给殇火惹麻烦，于是小心翼翼地缩回山洞内部，躲在攻击圈外，而只剩一点血皮的汤圆紧跟在殇火边上，毫不畏惧地朝着哥本冰激凌等人开火！

虽然汤圆只是个系统宝宝，但也是一个不可忽视的强力输出，汤圆的攻击很快引起了哥本冰激凌的重视——

主持人："冰激凌把攻击对象换成了汤圆，冰花二人组似乎想先集中火力杀死它……"

这时，赛场内的殇火突然叫了起来："阿晋，准备给汤圆换血！"

第十一章 战队比赛（下）

换血，什么换血？

众人惊讶间，就见殇火迅速操作起来，给阿晋回血回到了86%……这二人你给我加血我给你加血，太犯规了！

然后下一秒钟，屏幕中的阿晋就发了个技能，一道红光从他心口处发出，直接飞向汤圆，在哥本冰激凌的攻击下原本血量快见底的汤圆血量瞬间回升到了44%！

03

以血换血——《神魔》中的亲子技能，将自身一半的血量，以同等百分比换给宝宝，该技能只能由玩家对自己的系统宝宝使用！

刚刚阿晋的血量是86%，换了一半给汤圆，加上汤圆原本剩下的1%，现在汤圆的血变成了44%，但汤圆的血条总量远远高出阿晋，所以这43%换得太值了！

哥本冰激凌看着这一幕，简直抓狂。还有完没完啊？！这么长时间以来，他们只弄死了殇火身边那只赤焰朱雀，可落花依依的系统宝宝也死了，除此之外，那边的三个人一个都打不死，他们都能给彼此加血，这简直就是《神魔》有史以来最大的系统漏洞！

哥本冰激凌慌了，落花依依也慌了，他们两个人的血量都不到30%，虽然落花依依时不时地在给哥本冰激凌和她自己施治愈术，但血条总体仍在逐步下降，会输的念头越来越强……

哥本冰激凌还不想认输，他急中生智地对落花依依道："我拖住殇火，你去对付阿晋，只要阿晋一死，我们就能赢！"

没错，让落花依依去对付一个不会飞的雪貂，简直比捏死一只苍蝇还容易。一旦阿晋死掉，两人不但不用再防着随时可能跑过来卖萌的雪貂，还能断了殇火的血量供给来源，汤圆也会跟着消失，一箭三雕！

落花依依立即朝山洞里飞去，可殇火哪里会坐以待毙？血色涟漪以球

就等你上线了

状在空中爆破，打得山壁轰轰作响……等落花依依反应过来，她已经再一次被殇火的火焰炼狱缠住了！

看着瞬移出现在自己面前的殇火，落花依依惊恐地瞪大了眼睛！

是的，等待她的是殇火的虐杀，六秒钟，丝毫不能动弹的落花依依承受着各种攻击大招，血条直线下降！

哥本冰激凌没想到殇火竟然会不顾自己，直接去对付落花依依。硬扛着哥本冰激凌攻击的殇火的血条也在下降，但他是在拼血，拼他在弄死落花依依之前，哥本冰激凌弄不死他！

眼看着落花依依的血条直接到了底，殇火对她说了比赛以来的第一句话："看见了吗？我杀你，都不需要十秒钟。"

这句话的意思就是说：刚才我不对付你，不过是念着师徒旧情，因为原本群战先找机会干掉治疗师就是众所周知的战术……但你要是对我的灵遇出手，那就和上次对付你的偷袭一样，别怪我不客气！

"不——"哥本冰激凌没想到自己提出来的战术会给落花依依引来杀身之祸，手忙脚乱地用灵遇技能给落花依依回血，但落花依依在听到殇火的那句话时，心已经沉了下去。

不行了，她是打不过这个人的……

殇火无情，原来对她是真的无情……

落花依依也死了，孤军奋战的哥本冰激凌当然坚持不了多久，在殇火的攻击下很快落败。

观众看着屏幕上接连暗下去的两个角色头像，感觉像是尘埃落定。虽然崖底的战斗还没分出胜负，殇火一个人拼到现在，能发动法术攻击的蓝条也几乎见底了，但在他们心中，这场比赛，情义战队已经赢了！

殇火回到山洞中，抱了抱变成人形的阿晋，然后二人一宠从悬崖上跳了下去。

浓重的雾气托着他们慢慢降落到谷底，原本还在抵死抗争的男人不坏与伊丽莎白见到殇火出现，吓得丢盔弃甲，丧失斗志，再无回天之力。

等降落到崖底又迷了路的我是二郎神摸索过来，就只看见刚刚干掉他

第十一章　战队比赛（下）

两位队友并且已经会合的情义六人组……每个人几乎都是满血的！

搞什么？他们到底打没打？

他默默地扫了一眼队友的信息栏，却看见上面除了自己的头像，其他人都已经是灰色的了！

我是二郎神："呃……"

魔咒扇着翅膀在我是二郎神的头上飞："大哥，咱们还打吗？"

弹幕中也有不死心的观众鼓励着他们——

"打啊！这是最后的机会，啊啊啊！"

"别被他们的表现欺骗了！他们都没蓝啦！"

…………

是啊，刚刚闲云和殇火二人相互补满了血，但经过激烈的交战，众人的蓝都没了，尤其是殇火，就算让他上，他恐怕也只能给人表演舞剑了。

可面对这样的阵势，我是二郎神是真怂了，人家全队的人都还活着呢，他就带着一只凤凰，还怎么打啊？

他浑身颤抖着，泪流满面地退出了战场。

［公告］玩家我是二郎神、魔咒离开比赛场地。

［公告］情义战队获胜。

［公告］本场比赛已结束，情义战队获得3分。

从原本落于下风的形势慢慢追平，再到转败为胜，这一场团队赛的胜利，没人会再说情义战队得胜是靠运气，也没人再骂阿晋只是个抱大腿的米虫！观众都已经看得一清二楚，阿晋在这场比赛中的角色是不可替代的，他所发挥的作用也是不可缺少的。

不只是他，情义战队的每个人都在团队赛中发挥了自己的力量，缺一不可！

将近三个小时的决赛终于结束了，官方的投票平台也在这一刻关闭，截至此刻，两队的得票数分别是——

就等你上线了

情义战队：535298 票。

冰激凌战队：187611 票。

双方票数有着将近三倍的差距——逾五百万的观众中，几乎 10% 的人都给情义战队投票了！

观众在欢腾，主持人也激动地宣布："恭喜第一届《神魔》全息官方战队赛最终获胜的队伍——情义战队！"

直播间尚未关闭，主持人继续道："观众不要急着离开，接下来我们将有请获胜队伍情义战队的几位选手做直播访谈，听听他们的获胜感言！"

比赛一结束，已经有一小部分支持冰激凌战队的观众失望地关了网页，但大部分人还是坐在电脑屏幕前，对接下来的节目表示期待，包括刚刚被殇火和阿晋圈粉的人——访谈啊，他们能不看吗？

情义战队的选手们回到候赛区，被告知不能离开，接着全员就被传送到了一个访谈房间，之前让他们发表赛前宣言的主持人正坐在他们对面，一脸激动地说着恭喜之类的话。

何晋一时有种不真实的感觉……他们真的赢了《神魔》全息官方战队赛？

几个人坐在沙发上，主持人笑着问："赢了比赛，各位选手有什么想说的话吗？在这里你们可以畅所欲言……先从队长殇火开始吧。"

殇火笑了笑，对着主持人指的方向，也就是全息模拟的观众席，道："谢谢大家，之前我说了我们会赢，很高兴没有辜负大家的期望。"

他不愧是做惯了主播的人，应对任何场面都很淡定，套路化的说辞也非常中听。

接着殇火就拍了拍阿晋，阿晋一愣，赶紧看了一眼边上的汤圆，示意让汤圆先说一句，这个暖心的小举动赢得了屏幕前不少女观众的好感。

汤圆扑扇着翅膀，发出了一声"叽叽"，表示很兴奋。

众人忍俊不禁，接着阿晋才道："谢谢大家……其实，我还挺意外的。"

主持人惊讶地问道："意外自己会赢吗？"

第十一章　战队比赛（下）

阿晋有点儿腼腆地说："嗯，因为我玩这个游戏还不到半年，感觉和几位队友比起来，实力远远不够，很怕拖大家的后腿。"他看向主持人，又道，"我也不知道我刚才发挥得怎么样，总觉得是殇火一直罩着我。"

不少起初对阿晋有所质疑的观众被阿晋谦虚的话感动了，一时间无数人在弹幕中发言支持他、鼓励他，说"你做得很好"。

主持人也道："你发挥得很好，先不说团队战，光是第一场的仙宠对战，你就是靠自己的实力赢的啊，所以千万不要妄自菲薄哦！而且能在这么短的时间内做到这一步，还赢了决赛，估计全游戏找不出第二个人了！"

阿晋看向篱落，笑着道："那儿还有一个，篱落玩这个游戏才四个月。"

主持人："……"

观众：你在逗我？

这两个人到底是抱到了金大腿，还是有天赋，谁都说不清了……

主持人又问了其他几个人的感想，和阿晋不同，野鹤直接大言不惭地称比赛结果在意料之中，闲云则表示得之坦然，失之淡然。

主持人："逝水大神呢？"

逝水扇不离手，握着扇柄叹气道："九不在，挺可惜的。"

众人大笑，一起向观众席的方向招了招手，挨个儿和九殿下打招呼。

殇火勾起嘴角道："九，别难受，奖金少不了你的！"

屏幕前的九殿下："……"

主持人："感觉大神团队的成员之间关系都很好啊！"

"是啊，除了阿晋和篱落，我们几个都认识好几年了，"野鹤看向殇火和阿晋，笑着道，"不过听说殇火和阿晋认识得更久，这两个人在《灵仙》时期就结灵啦！"

主持人目瞪口呆地看向殇火和阿晋："这么久？那阿晋怎么说只玩了不到半年呢？"

殇火瞥了阿晋一眼："因为他中间有八年没上线。"

主持人的嘴巴张成了"O"字形："八年？那殇火一直没有解灵吗？"

殇火："嗯。"

就等你上线了

正常人都会觉得奇怪吧,为什么不解灵呢?

阿晋觉得有点儿尴尬,在心中默默祈祷这个话题赶紧结束,不料逝水又指着殇火继续爆料:"其实这个家伙是被抛弃了,把自己的名字改成了'殇火无情',阿晋回来后,他又把名字改了回去。"

殇火:"喂!"

众人:"哈哈哈哈……"

阿晋:"……"

04

屏幕前的观众也都笑疯了,没想到平时高冷的殇火大神背后竟然有这么"中二"可爱的事迹!

这么看来,即使大神有了灵遇,大家好像也没那么失落了。这些小细节让粉丝们感觉殇火的形象愈加丰满!

主持人笑着转向阿晋:"其实我挺奇怪,为什么阿晋会选择用男孩子的形象呢?而且你的声音听上去也像是男孩子……"

何晋心中一紧,不知道该怎么回答。

就在这时,殇火给了他一个鼓励的眼神,紧接着,好听的嗓音就在阿晋耳边响起:"阿晋是男的。"

阿晋感觉身边一下子安静了,好像有千万双眼睛盯着他和殇火。

直播间沉默了,屏幕前的观众也沉默了,但沉默过后就是一场轩然大波——

"什么?阿晋是男的?!"

主持人都蒙了,也没想到自己随口一问会引出这么个炸弹!

他轻咳了一声,赶紧转移话题,问大家得到奖金后有什么打算:"这次,先从篱落开始?"

篱落想了想道:"五十万元那个奖金?十个人平分每人也才五万块,那

第十一章 战队比赛（下）

么少，能干吗啊？"

主持人险些吐出一口老血，五万块钱，差不多是他半年的工资，在这个家伙口中竟然一文不值！

"看来篱落是个'土豪'啊！"主持人开了句玩笑，又看向逝水，"逝水呢？"

逝水低头盯着自己的扇子，道："嗯，那就再给我的扇子打一轮宝石吧。"

主持人又险些吐出一口老血，光给扇子打宝石就要花五万块……

逝水叹了口气："唉，奖金是真的很少啊。"

主持人决定无视这对驯养主和宠物，看向野鹤、闲云。野鹤和闲云面面相觑，最后野鹤点头道："是蛮少的……"

闲云："回头拿去给你侄子买点儿乐高？"

野鹤："行啊。"

主持人无语了，殇火根本不用问了，肯定不缺钱，飞游网人气主播年入百万已经不是新闻了。

何晋有点儿郁闷，为什么主持人不问了呢？五万块钱，天哪！这对储蓄从没超过五位数的何晋来说简直是天文数字！

他现在一想到自己能拿到奖金，激动的心情简直难以言表！有了五万块钱，他就不用去打工了，也有钱付最后一年的学费了，他自由了！

主持人之后又问了他们对对手冰激凌战队的看法。

殇火道："他们表现得挺不错的。"

逝水眯起眼睛笑道："只是团队战最后二郎神逃跑了，有点儿可惜。"

他这是在遗憾没能找机会报复二郎神和魔咒吗？大家都知道，逝水和篱落的第二场比赛就是输给他们俩的……

主持人讪笑着，莫名觉得这个看似温文尔雅的大神有点儿可怕。

半个小时的访谈节目很快就结束了，《神魔》第一届全息战队赛也顺利地落下了帷幕。

就等你上线了

几人从访谈间返回游戏世界，和九殿下等人碰了下头。

"你俩藏得也太深了！"九殿下的视线在殇火和阿晋身上扫了又扫。

野鹤凑过来道："我就猜阿晋是男的吧，你之前还不信！"

阿晋："……"

已经到晚饭时间，几个人相互庆贺一番，便先各自下了线。

摘掉头盔的时候，外头天色已经暗了，农历二月底虽然已经开春，但白日还是较短，房间里也黑黢黢的，何晋正想起身出去，秦炀却先一步过来了。

伴随着"啪嗒"一声轻响，灯光照亮了两个人。

"回去吧？"何晋瞥了外头一眼道。

秦炀挑了下眉："这就要回去了？"

何晋心说：都快六点了，也得吃晚饭啊。

秦炀没进来，也没出去，就这么挡在房间门口。他抬起手腕摆弄了两下手环，然后对何晋招手道："你过来，我给你看个东西。"

"什么？"何晋凑过去，看见对方的手环投影上显示着一个什么考试网站，再定睛一看——全国大学英语四、六级考试中心查分系统！

202×年12月考试成绩查询结果：

考生姓名：秦炀

学校：T华大学

考试类别：英语六级

准考证号：××××××××××××××

成绩总分：682

不是吧？这不可能吧……

何晋难以置信地看了那个页面三遍，微张着嘴巴，感觉像是吞了个瓜。他一直不相信声称"发挥不好"的秦炀能考到680分以上，可秦炀真的做到了！

第十一章 战队比赛（下）

"还记得跟我打的赌吗？"秦炀笑着在边上提醒他，"别跟我说你忘了。"

"你不是说你发挥得不好吗？"何晋当然记得，也不是想反悔，只是感到很震惊。

"嗯，我对考试的自我感觉一向不太好，不过每次成绩都挺不错的。"

这种借口……谁信啊！

何晋现在莫名又有一种被坑了的感觉，可没办法，话都说出去了，他也不是那种会耍赖的小人，只能愿赌服输："好吧，算你厉害，你想怎么样？"

秦炀关了手环，望着他道："何晋，我错了，你可不可以原谅我。"

何晋："……"

在决赛获胜的大好前提之下，又有赌约的约束，秦炀仿佛料准了一切，让何晋根本没有拒绝的理由。

何晋无奈道："原谅你了。走吧，一起吃饭去。"

秦炀对着上空挥了一下胜利的拳头，跟着何晋下了楼。他在附近看见一家川菜馆，拉他进去。落了座，秦炀又道："今天赢了比赛，来瓶酒庆祝庆祝呗！"

何晋应了一声，翻开菜单，还没看两页，就见秦炀招手叫来服务员小妹，一口气点了五六个大菜。

何晋惊讶地道："这么多？"

秦炀："不是庆祝吗，当然要多点一点，吃不完打包，带回去当夜宵……你还有什么要点的吗？"

何晋怕吃不完，哪里会再点？他本来也不太喜欢点菜，秦炀能拿主意更好。

菜和酒一块儿上来了，两人碰了杯，秦炀一仰头把酒干了。杯子不大，何晋也干了。

秦炀笑着替他满上，用筷子指了指菜盘："吃。"

何晋夹了一筷子菜入口，被辣得受不了。秦炀跟他一样，伸出舌头，随手拿起边上的凉啤酒灌了下去，直叫刺激。

就等你上线了

男性朋友在一起，好像无论做什么，都会不自觉地要比个高下。何晋见他这样，也不甘示弱，学着他一口啤酒一口菜，慢慢地适应了辣的滋味。

两个人边吃边天南地北地聊，不过这次大多是秦炀在说，说他去过的城市，说那边的风土人情，何晋羡慕得不得了。何晋从小到大就待过两座城市，一个是他的老家，再就是大学所在的Ａ市。

秦炀问他：「你有什么特别想玩的吗？」

几杯酒下肚，混着一桌子辣菜，何晋感觉胃里翻腾着，已经有点儿醉了，毫无防备地告诉了秦炀自己一直想做的事：「特别想去滑雪吧。」

秦炀：「滑雪？那得去黑龙江。我上次在旅游杂志上见过一个地方，好像是叫雪乡来着，回头查一下，等有机会咱们一起去吧。」

何晋很期待，秦炀又说了几个Ａ市周边好玩的城市，提议周末开车一起去玩。

第二天下课前黄教授点名，点到何晋的名字，上下扫视了何晋一遍，说：「何晋，跟我来一下。」

等两个人走到学生少点儿的地方，黄教授突然道：「何晋，我从李老师那里听说过你。」

李老师是他们专业的辅导员，何晋一愣，不知道对方是什么意思。

「华大行政专业每年给本科生两个保研名额，你听说过吧？」黄教授推了推眼镜，道，「李老师向我推荐了你，你有什么想法吗？」

何晋有些惊讶，据说本校保研的学生有机会向学校申请留校任教，从辅导员做起。华大差不多有 10% 的教职工是本校行政管理专业的硕士研究生。

何晋这个专业如果往上念，出去找工作能做到高薪的高层管理位置，保研留校后虽然有不错的社会地位，却相当枯燥乏味，所以大多数同学不屑。

何晋也不确定自己的想法，在他开始计划未来之前，他母亲就一个电话切断了他的后路，那之后又发生了一系列的事情，他到现在都还没去想

第十一章 战队比赛(下)

之后该怎么办。

黄教授接着道:"我看了你之前的专业课成绩,挺不错,你考虑一下。要是有什么想法就跟李老师说。"

何晋连连点头,先道过谢。

还没回宿舍,何晋的手环就"嗡嗡"振动起来,是秦炀的电话。

何晋接了,听到对方问:"一起吃饭吗?三食堂等你,快过来。"

05

何晋到三食堂时,秦炀已经点了两份比较贵的套餐。何晋道:"怎么已经买好了?"昨天晚上也是秦炀请的客,何晋感觉又欠了秦炀许多。

秦炀猜到他在想什么,只道:"坐下。"

秦炀还点了饮料,开饭前举杯要跟他干杯,何晋奇怪地问了句:"干吗啊?"

秦炀道:"我收到《神魔》决赛的奖金了,一会儿打给你。"

何晋两眼一亮:"这么快?"

秦炀:"嗯,一会儿你得跟我去一趟银行,金额有点儿大。"

何晋:"不是五万块吗?"

秦炀抬眼:"那只是游戏官方给到的奖金,后面还有直播、广告等收益分成,加起来扣完税一共将近三百万元。战队候补选手每人只分五万块,昭明月只打了前面一场团队赛,不好意思跟我们分,所以剩下七个人,算下来每人差不多能拿到四十万元。"

何晋愣住了,惊得嘴巴都合不上!

如果他之前以为的五万块钱对他来说是天文数字,那现在这四十万简直是……不可想象啊!

秦炀举着杯子,笑问:"是不是要干一杯?"

何晋傻愣愣地跟他碰了下杯,半晌才感慨了一句:"老天,怎么会那

就等你上线了

么多？"

秦炀一笑："我刚开始做主播的时候，也觉得这个世界太过玄妙。"

是的，何晋已经被这个从天而降的馅饼砸晕了。他做了什么吗？他只是跟着秦炀他们参加了一个比赛，也没付出多少……但这些钱已经大大超过了他的预期！

中午跟秦炀去银行的路上，何晋提醒秦炀："你一会儿就转我三十九万吧。"

秦炀："为什么？"

何晋："我还欠你三千块，还有之前借住你家，再加上你经常请我吃饭，该还你的。"

秦炀板着脸道："你还跟我算这个？"

何晋认真地解释着自己的想法："秦炀，我知道你很会赚钱，不在乎这点儿，但这对我来说很不一样，我不想总是接受你的帮助。"

秦炀有点儿理解了何晋的坚持："好吧。"

秦炀把钱打进了何晋离家出走后新开的银行账户。看着卡内突然多出来的一串数字，何晋感觉特别不真实。

他之前看过华大毕业生在 A 市的平均薪资，差不多年薪十万块，这还没有计算吃喝住等的开销，估计能存下的钱屈指可数，所以自己这是一下子赚了四年的钱啊！

这是他凭能力得到的吗？好像不是吧！

那他是凭运气？可能吧……

何晋怀着不安的心情回到宿舍，直到侯东彦急切地问他黄教授找他说了什么，何晋才突然回过神来："啊，黄教授问我要不要保研。"

何晋暂时是不考虑出国的，那么是保研还是参加工作呢？

说实话，每一个二十来岁的年轻男孩，几乎都有野心想去外面闯一闯，何晋也一样。保研留校和他妈为他安排的路一样，是一条看得见的路，两者的区别只是一个在 A 市，是被学校选择的，一个在老家，是被家人选择的。

第十一章 战队比赛（下）

虽然象牙塔能避免他被世俗之事烦扰，但如果留在这里，何晋几乎能看到自己三年、五年、十年甚至几十年后的样子，太一成不变了。

为这件事何晋愁闷了好几天。

这几天秦炀天天找他吃饭，还经常带他去打网球。这天打完球，两人坐在看台边，秦炀问："怎么了？感觉你最近心事重重的。"

何晋沉默了一会儿，问："秦炀，你以后想做什么？"

秦炀有点儿不明白："你具体指哪方面？工作？"

何晋："嗯，你会继续做游戏主播吗？"

秦炀摇摇头。逝水也问过他同样的问题，他还是一样地回答道："这只是兴趣爱好，我不打算一直靠这个过活啊。"

"那你有什么别的想法吗？"

"嗯……"秦炀抛着手中的网球，视线跟着球的轨迹上上下下地移动，"我爸想让我毕业后去帮他忙，但说实话，我自己还没考虑好要做什么。"

何晋："你爸让你帮什么？"

秦炀："他的公司主要做汽车零配件供应，是宝擎在中国华北地区指定的制动系统配件供应商。"

何晋感到十分惊讶，秦炀报的那个是知名的国际汽车品牌："你学机械跟你爸做的事有关？"

"有点儿，但还是有些区别的。我如果帮他，做的不会是跟机械有关的事，而是学着做生意、做管理。"秦炀耸了耸肩，道，"但比起这些，我更想自己找点儿事情做，譬如创业。如果要跟他混，我早几年就去了，也不用等大学毕业了。"

"那你不去，你爸咋办？"

"他不是还有一对儿女吗？"秦炀笑了笑，随手抓住网球，不再上抛，扭头看向何晋，"是你说的，男子汉要自力更生。"

何晋总觉得自己跟秦炀比起来差得实在太远了，虽然秦炀比自己小，但他那么出色，既有能力又有勇气，即使失败了还有很好的退路，不像自己，一边在和家里冷战，一边还在对前途畏首畏尾。

就等你上线了

保研留校的确很好,但这并不是何晋最想要的结果,可他若放弃这条路出去闯,闯不出名堂又该怎么办?

秦炀瞥了他一眼,猜测道:"你在想工作的事吗?"说到这里,秦炀立刻紧张起来,"你跟你的家人联系了?"

何晋摇了摇头:"没有。"

"那你在想什么?"秦炀提议道,"跟我说吧,我帮你出主意。"

"前几天黄教授问我有没有意向留校保研。"

"挺好的啊,你不想吗?"秦炀有些不解。

"可读研究生不能赚钱,留校的话工资也很低。"

"为什么急着赚钱?你现在又不缺钱。"

何晋有苦说不出,现在他虽然有钱了,但他觉得不踏实,他想赚更多的钱,不是像游戏比赛那样投机取巧,而是凭自己真正的能力去赚,仿佛这样他才有底气堂堂正正地站在他妈面前,证明给她看自己能行。

秦炀道:"你想做什么就做什么,开心就好。"

回到宿舍后,秦炀也没闲着,在床上躺了一会儿,想起比赛完那天晚上吃饭时何晋说想去滑雪,就起来上网搜滑雪景点的信息。

一查他才知道,雪乡那地方三月底雪就化了,等不到天气暖和,得趁这周赶紧去。

他打了几个旅行社的电话咨询,拟了个初步行程计划表,接着给侯东彦发信息:"猴子,你们周四、周五几节课,重要吗?"

侯东彦:"周四上午有门专业课,下午没课,周五两节都是选修课,咋了?"

秦炀:"那两天的课请假好请吗?"

侯东彦:"周四上午那门课估计不好请,周五的两节好办……你干吗啊?"

秦炀:"我想周四跟何晋去双峰林场滑雪,来回要三四天。"

侯东彦:"……"

第十一章　战队比赛（下）

秦炀："当然，既然你们周四上午的课比较重要，那我们周四下午出发。他还不知道我的计划，你别告诉他啊。"

周三晚上，两人吃饭时，秦炀突然对何晋说："明天记得穿羽绒服。"

阳春三月，天气转暖，何晋的羽绒服早在一周前就洗干净收起来了，他不解地道："明天降温吗？"

秦炀："明天下午带你去一个地方，比较冷。"

何晋："啥地方？"

秦炀勾了勾嘴角："保密。"

何晋见他一脸神秘兮兮的样子，也不晓得他葫芦里卖什么药，含糊地应了。

次日上午一下课，何晋就接到秦炀的电话，他让自己赶紧回宿舍放东西，带上身份证去学校东门，他已经在那儿等着了。

何晋急匆匆地往宿舍走，侯东彦明知故问："晋哥，怎么这么赶？上哪儿呢？"

何晋稀里糊涂地说："秦炀找我出去。"

侯东彦点了点头，心虚地道："穿暖和点儿啊，最好戴上围巾、帽子啥的。"

何晋：这猴头好像知道什么……

何晋回到宿舍胡乱在衣柜里翻了翻，翻出和秦炀一起买的那条围巾，赶紧去了东门。

路上他又猜秦炀到底要带他去哪里，该不会是坤名湖吧？这季节游湖好像的确挺冷。

秦炀穿了一件深蓝色的亮面长款羽绒服，酷酷地站在一辆城市越野边上等他，吸引着来往学生的视线。

等何晋走近了，秦炀笑着把他推上车后座，跟着自己也坐了进来，前头有司机，何晋越来越觉得奇怪："我们去哪儿？"

车子驶出去，很快上了高架桥，却不是往坤名湖的方向去的。

秦炀凑过去道："带你去你想去的地方。"

就等你上线了

何晋心里"咯噔"一下,有种不好的预感……他想去的地方,又很冷,难不成秦炀要带他去滑雪?

可是等等,他们要去哪里滑雪?开车去滑雪?Ａ市哪个地方能在三月份滑雪?

何晋问秦炀,秦炀笑眯眯的,就是不告诉他。

车开了四十分钟,一路载着他们到了城南机场。

"咱们要去哪儿啊?"何晋说话都不太利索了。

秦炀拉他下车,一起进机场,用身份证刷了机票,往他手里一塞。何晋一看,目的地是哈尔滨……他整个人都蒙了!

06

飞机在五十分钟后起飞,他们正赶上安检和登机,看来秦炀是卡着点订的机票。根本不容何晋考虑,二人一路跟打仗似的,等何晋反应过来,他们已经坐在飞机上了!

何晋惴惴不安地看着窗外逐渐变小、远去的Ａ市,身边只有秦炀一个熟人。现在他已经不问"去干什么"了,语无伦次地道:"我明天还要上课,我们什么时候回来?"

秦炀这才告诉他:"去双峰林场滑雪,周日回去。"

猜测得到了证实,何晋着急地对秦炀道:"这种事你怎么不跟我提前说一下?"

秦炀回道:"给你个惊喜呗。"

这已经不是惊喜,而是惊吓了好吗?他真是太疯狂了!

何晋什么思想准备都没有,坐立不安地在座位上扭来扭去:"那要在那边过夜吧?我什么都没带,换洗衣服也没有……"

他看看自己脚上的休闲板鞋,苦恼地想:秦炀这么莽撞地带他去那里,自己估计会被冻死!

第十一章 战队比赛（下）

可是现在人都上飞机了，他又不能像在《神魔》里一样，张开翅膀自己飞回去。

秦炀安抚他道："都有，我准备了，放心。"

何晋估计他俩是全飞机上行李最少的了，他身上除了些零钱，再加上一张身份证，啥都没了！

两个人在飞机上吃了午饭，两个小时的航程，眨眼就到了。

出了机场，秦炀打了个电话，就拉着何晋往外走。有个旅行社的接头人带了司机和车子在外候着，看见他俩直招手。秦炀订了一辆专车，全程只为他们服务。

"秦先生，您要的东西都准备好了，在车里，这是司机徐师傅，负责开车带你们去雪乡，到了那儿也有人接应，您记得保持手环通畅。"接头人说完就离开了。

两个人上了车，果然见后座上有两个一模一样的黑色登山包，边上还有两个大大的鞋盒。

秦炀让何晋把包打开，何晋一看，里头有滑雪服、保暖衣裤、帽子、口罩、手套、袜子、简单的洗漱用品，甚至连换洗的内裤都有配备。他恍然大悟：难怪秦炀这么淡定。

秦炀满意地拉上了背包拉链，打开边上的鞋盒，盒子里是两双雪地靴，一大一小，秦炀拿出那双39码的靴子，放在车座中间："按照你的鞋码买的，试试？"

何晋回想起来，上学期秦炀带他去买球拍时，在地铁上问过自己的鞋码，但是他那时候貌似报……大了一码。

他脱掉自己的板鞋，在秦炀的注视下轻轻松松地穿上了这双靴子。

果然，鞋子大了。

"怎么样？旅行社负责人说，工作人员换了好几个牌子才买到这个码，还合脚吧？"

"呃，"自作自受的何晋尴尬地道，"挺好的。"

其实他也感觉不出来，雪地靴里面的毛挺厚的，实在不行，反正背包

就等你上线了

里有好几双厚袜子，他可以多穿两双。

去雪乡要四个多小时车程，秦炀说："我跟侯东彦打好招呼了，有啥急事他会打电话通知你的。接下来三天咱们就好好玩，什么都别想。"

又是侯东彦……

"你什么时候计划的？"何晋问。

"周一那天。"秦炀说。

何晋："……"

唉，何晋叹了口气，既然来了，就好好享受这趟旅行吧。

车上暖暖的，开了空调，坐了没多久两个人就都困了，睡了一路。

司机把他们送到摆渡车站，到了雪乡已经是晚上八点，天彻底暗了，接应人是与旅行社有合作的当地村民，姓孙。孙向导先领秦炀和何晋去了住宿的地方。

雪乡的木屋顶上圆润的雪帽子像棉花糖似的，家家户户门口都挂着红灯笼，映得雪地红彤彤的一片。眼前的一切静谧又温馨，如同一个童话小镇，何晋一下子就爱上了这里。

住宿的地方是一个家庭旅社，条件和其他旅游城市的星级酒店完全比不了，但听说已经是这里最好的旅店了，住一晚都要七八百块。

何晋不晓得秦炀为这趟旅行花了多少钱，不过，他又想到两人之前比赛获得的奖金，便安慰自己，难得潇洒一次，不算过分。

孙向导带他们进了房间，道："你们放一下东西，我一会儿带你们去吃饭。"

床头的橘灯让人浑身发暖，其中一面玻璃窗被外头的雪覆盖了大半。

孙向导在外头等他们，两个人也没在房间里多停留，从背包里找出帽子、手套戴好，先去吃饭。饭馆就是旁边的雪乡私家菜馆，和他们所住的旅舍是同一个老板开的。

这种家庭经营模式的餐馆、旅舍遍布整个雪乡，秦炀委托旅行社安排的不但是条件相对好的，还是最具有当地特色的。

中午只吃了飞机餐，又坐了一路车，两个人早已饥肠辘辘，他们点了

第十一章 战队比赛（下）

锅包肉，酸菜炖冻豆腐、粉条、五花肉，葱烧木耳，很快，厨房里就传来一阵诱人的香气。

只闻味道两个人就忍不住了，等菜端上来，更是馋虫大动。雪乡天气寒冷，似乎特别能激发人的进食欲望，两个人一人捧着一碗大米饭，一顿狼吞虎咽。三盘量很足的菜，很快被席卷得一干二净！

吃饱后何晋摸着自己的肚子，靠在暖暖的炕上，幸福地打了个饱嗝。

"走，出去逛逛。"秦炀倒是很有精神。

两人戴上帽子、围巾，深一脚浅一脚地在雪地里走着。

何晋恍惚地想，上午他还在千里之外的华大教室里上课，现在竟然跟秦炀在漫天冰雪里散步……

这种事情，在他循规蹈矩的前二十余年人生里是绝不可能发生的。

秦炀说得对，这的确是个惊喜。尽管秦炀带来的"惊喜"总是在挑战何晋固有的性格与行事作风，也会在刚刚来临的那一刻让何晋觉得不安、害怕，但等他适应后，就会格外享受。

从游戏里第一次见面开始，这个人带他在虚拟世界上天入地，在现实世界翻山越岭，让他心潮澎湃……

这样的经历，他相信自己这辈子都不会忘记。

雪韵大街有卖冰糖葫芦的，漂亮的水果糖串儿被罩在玻璃箱里，像是会发光的红水晶。

秦炀拉着何晋过去买了两串，零下十几摄氏度的气温，就算是冰棍儿也是直接放在露天摊位上卖，这真是名副其实的"冰"糖葫芦了！

一颗糖球入口，冰爽酸甜，回味无穷，何晋仿佛感觉到了在全息《神魔》里吃糖葫芦的那种喜悦感，只是现在更加真实。

第二天两个人起床整理完毕，去隔壁屋吃了早饭，就在孙向导的带领下去玩雪。

白天的雪乡和晚上又是不同的景象，大雪堆在房檐、木桩、树丛上，

就等你上线了

可爱得像是各种各样的糕点美食。许多盖了雪的木桩子像一朵朵巨大的白蘑菇，让人忍不住想咬一口！何晋终于明白那种叫"千层雪"的甜点的名字是从何而来了。

游客们也都起床出来了，堆雪人的、踩雪拍照的，一片欢声笑语，很是热闹。

孙向导先带他们去玩了一个叫"滑轮胎"的项目，就是让游客直接坐在轮胎上从坡上滑下来，滑到底部时会有个陡坡加速，没什么技术含量，但能让游客感受和滑雪一样的刺激感。

来到出发点，何晋在工作人员的指引下坐上轮胎，慢慢滑入雪道。

"滑快些，我在你后面！"秦炀道。

何晋既紧张又兴奋，第一次玩，什么准备都没有，坐在轮胎上随着惯性越滑越快，呼啸的风夹着雪刮过来打在身上，疼出来的眼泪直接冻成了冰！

"何晋——"身后不远处传来了秦炀的喊声。

正巧何晋滑到坡度最大的那一段，速度加快，他大口呼吸着，看着前方，感觉自己在飞，激动地"啊啊"大叫起来！

两个人一前一后地抵达终点，秦炀的轮胎撞在了何晋的轮胎上，何晋又"啊"地叫了一声，两人傻乎乎地笑成一团！

"要不要再来一次？"秦炀问他。

"好啊！"何晋咧着嘴站起来。

第二次下来何晋感觉两只手都被冻麻木了，滑到底部时话都说不完整！

两个人连滚带爬地回到休息室取暖。

秦炀笑着问他："开心吗？"

何晋："开心！"

秦炀："有趣吗？"

何晋："有趣！"

秦炀像是做坏事得逞似的笑起来："是谁一开始还板着脸，怪我不提前

第十一章 战队比赛（下）

说的？"

何晋推了秦炀一把："能不能别提了！"

休息了一会儿，两人又在附近溜达了一圈，玩了狗拉雪橇、驴拉车，在厚厚的雪地里，秦炀给被埋了半身的何晋拍照，拍完顺势跳下去，一起摔在雪地里，两个人差点儿被活埋！

何晋从雪地里爬出来，秦炀在后面追着他，爬上浅坡，把他扑倒在雪地上，两人哈哈大笑，疯得像两个小孩子。

等气息平复了点儿，何晋躺在地上看着天空，突然觉得什么烦恼都没有了，什么前途不前途、选择不选择，在这个与世隔绝的冰雪天地里，简直不值一提！

"来，笑一个。"秦炀抬起手腕，用手环给两个人拍了张照片。

07

午间稍稍休息了会儿，两个人才出发去滑雪场。

滑雪可比滑轮胎难多了，秦炀也是第一次玩，请了两个教练，按小时收费。两人仔细地学完基本动作，就自己踩着雪板磕磕绊绊地滑了起来。

秦炀的运动细胞发达，很快就滑得有模有样。何晋却翻了好几个跟头，摔了好几跤才慢慢掌握要领。

原本何晋还觉得只计划用一个下午的时间不够，等自己滑了两个小时，才知道在低温下运动有多消耗体力！

雪乡天黑得早，两个人一直玩到太阳落山，将近三个小时的滑雪过程中尖叫声不断，返回旅舍时，何晋累得全身都像是要散架了。

出了一身汗，两人依次洗了澡，明早两个人要五点起来去羊草山看日出，于是都早早睡下。

第二天天还没亮，两个人就被一阵闹铃声叫醒了，迷迷糊糊地穿戴上所有装备，出门时还是被彻底冻醒了。两人在集合地点坐上雪地摩托车，

就等你上线了

手环显示气温只有零下 30 摄氏度,天还是黑的,除了白茫茫的大雪,什么也看不清。

摩托车车速快得不得了,开起来寒风裹着冰碴刮来,何晋无处可躲,被吹得直流眼泪。那些泪水刚刚夺眶而出,就被冻结在眼角处,他苦不堪言,心里却兴奋得要命。

快到山顶的时候,有段路实在太陡,摩托车开不上去,要靠他们自己爬。

那段路的雪厚得到了人小腿处,何晋和秦炀下了车,一步三滑,手脚并用地爬上去,哈出来的热气覆在睫毛上,全变成了冰霜。

何晋已经不敢睁开眼睛,怕睁大了眼珠子都会被冻成冰,只能眯成一条缝看路。

好不容易到了山顶,山顶的冷简直是山下的 N 次方倍!两个人艰难地找到了向导提前上来搭好的帐篷,因为上半夜下雪了,有一小截帐篷已经被埋进雪里了。他们费劲地把帐篷刨出来,拉开拉链钻进去,打开能发热的探灯,仿佛劫后余生。

缓过劲儿来,何晋才重新感觉到脚底的温度,哆哆嗦嗦地说:"真是太冷了,我整个人都木了。"

"现在好点儿了吗?"秦炀凑近了点。

"嗯。"何晋此时已经渐渐放松下来。

两人透过帐篷的透明挡风帘,看着蓝调愈浅的东方天际,何晋忽然觉得,人生有这样的时刻,真的好难得。

太阳慢慢升起来,秦炀拉开帐篷拉链,叫何晋一起出去。

"快来,太阳升起来了!"

"好漂亮……"

"来叫一个?"

两人对视了一眼,一起用手做喇叭状,朝着旭日照耀下的漫山白雪大声叫了起来。

"啊——!"

第十一章　战队比赛（下）

"啊啊啊——！"

大脑跟着吼叫声一起轰鸣，这一刻，所有成长过程中的苦和痛，所有悲伤的过往，仿佛都随风消散于漫漫雪山。

不知道为什么，明明现在这么高兴，可何晋又有点儿想哭。

望着远山白雪，时间走得很慢很慢，仿佛这一刻就是永久。

下山的时候，何晋两条腿直发抖，根本站不直，好几段路他都是一屁股坐在雪地上滑下来的。

回到旅舍时才早上八点半，两人喝了几碗热腾腾的粥，就回房间裹着被子补充体力。

他们睡了一上午，中午出去吃饭时，发现外头多了不少人，两人一打听才知道，今天是周六，不少游客从哈尔滨和牡丹江组团来雪乡两日游。

小村落的安逸让何晋觉得很舒服，下午仍然懒洋洋的，哪里都不想去。看来早上看日出的经历已经把他所有的精力都耗尽了。

一直休息到晚饭时间，两个人才出去吃饭。

"要一份炒野蕨菜，一份口香羊肉……嗯，再来一碗排骨炖粉条……"

点菜时，餐馆里闯进来三个年轻姑娘，估计也是周末结伴过来玩的大学生，看见他俩纷纷惊呼："有帅哥啊！"

秦炀仿佛见怪不怪似的，对此视而不见，何晋却有点儿不好意思。

秦炀又问何晋要不要喝点儿酒，好听的嗓音惹得那几个姑娘频频回头。

菜上来后，何晋有点儿张不开嘴，他小声告诉秦炀，自己脸颊的肌肉好像被冻麻了，吃东西时一扯就觉得难受。

秦炀失笑："忘了让旅行社准备防冻面霜，一会儿我去附近的商店看看。"

正说着，隔壁桌一个穿白色羽绒服的妹子突然红着脸凑过来："欸——"

两个人齐齐看过去，只见那妹子从自己的背包里掏出一罐白色的面油，手忙脚乱地递过来道："帅哥，这个给你们吧。"

秦炀和何晋都一脸吃惊地看着她。

她指了指何晋，小心翼翼地解释："我们来之前做过攻略，据说这里的

就等你上线了

商店的面霜质量不好,我在网上买了绵羊奶面霜,不但能预防冻疮,还能治疗皮肤冻伤,连着用七天就好了,很灵的。"

平白接受陌生人的赠礼让何晋有点儿过意不去,他本想拒绝,不料秦炀很自然地接过面霜,笑道:"那谢了啊。"

何晋看向那个女孩,问道:"那你怎么办?"

女孩的小伙伴赶紧道:"我们都有的,可以分着用!"

"没啥谢礼,要不这样,你们的这顿饭算我请了吧,"秦炀扭头看向老板,叫道,"张老板,隔壁这桌姑娘的饭记在我账上!"

女孩们纷纷欢呼,也跟秦炀道了谢,视线还在他俩之间徘徊,似乎想借着这个机会搭讪。

"你们是学生吗?"

"是啂。"

"我们也是啊!你们是哪个学校的?"

"华大。"秦炀随口回答着,打开面霜,示意何晋现在就抹。

"华大啊!好厉害哦!你们两个都是华大的吗?"

秦炀回答:"嗯,我们一起的。"又望向何晋关心道,"怎么样,有效果吗?"

何晋哭笑不得:"哪儿有那么快啊?!不过感觉脸上有点儿辣辣的。"

秦炀皱眉:"过敏吗?"

女生赶忙解释:"没关系的,皮肤觉得辣辣的是正常的,说明你的皮肤太干啦,就像在干涸的土地上浇水,等水分渗透到皮肤里去,就不疼了。"

秦炀放心了,调侃了她一句:"你去推销化妆品肯定赚钱!"

女生娇俏一笑:"哪里,基本常识啦……"

何晋也笑着向她道了谢,之后两桌人就自顾自地聊天吃饭了。

饭后秦炀和何晋回到住处,稍微收拾了一下东西,第二天起来又出去玩了雪地四驱车,何晋还跟两条阿拉斯加雪橇犬合了影。

中午吃过午饭,两个人坐车返回哈尔滨,再辗转坐飞机回到 A 市时,已经是晚上九点。

第十一章 战队比赛（下）

三天三夜的滑雪之旅就这样结束了。

何晋回到宿舍，侯东彦问起了他们旅行的事："怎么样，还好玩吗？"

"很刺激，你有机会也可以去体验一下！"何晋一边整理东西，一边跟侯东彦分享了旅行中好玩的事，听得侯东彦无比羡慕。

第二天两个人一起去上课的路上，侯东彦想跟何晋说点儿什么，但欲言又止。

何晋问道："怎么了？"

侯东彦挠了挠头，小声道："晋哥，秦炀在朋友圈发了你们出去玩的照片，会不会不太好？"

何晋问："什么照片，他发在哪里的？"

侯东彦还以为何晋知道，看他一脸茫然的样子，连忙解释："就是你们去玩的照片，他发在联络人朋友圈里的。"

"联络人朋友圈"是手环自带的社交软件，主要是手环使用者与手环中所有联络人形成的社交圈，手环用户可以直接在上面发布图文信息，分享给自己所有的联络人。

何晋不太玩社交软件，之前和秦炀交流，秦炀也说不怎么玩，所以何晋以为他跟自己一样，他根本没想到秦炀还会在联络人朋友圈发消息。

何晋连忙打开手环，找到那个几乎没点过的圆圈图标，进入朋友圈，找秦炀发的照片。

虽然照片拍得很有意境，也没透露二人的真实身份，但秦炀在学校里这么出名，何晋不敢说这些照片会有多少人看到。

上午的课何晋一个字都没听进去，一下课就给秦炀打电话："你到宿舍了跟我说一声，我有事跟你说。"

"好，我马上就回去。"秦炀去食堂打了两份饭，刚进宿舍，就给何晋发消息。

何晋很快来找他了，质问他："你怎么把出去玩的照片发在朋友圈了？"

秦炀才反应过来何晋生气了，把饭菜放在写字台上："为什么不能发？"

何晋捏着拳头道："我们是请假出去的，这次旅行加起来的费用也比较高，你这样太张扬了，让别人看见了不大好。"

秦炀纳闷："有什么不好的？他们想去也可以去啊。"

何晋不知道该怎么解释，只能说："我正在保研的关键时期，不想因此被人非议，影响风评，删掉行吗？"

只不过发了几张照片，分享一下自己的日常，秦炀不明白为什么这都不行。

还说会影响风评，影响谁了？

可看着何晋一脸严肃的样子，秦炀还是妥协了："知道了。"

何晋蹙了下眉头："谢谢，那我先走了。"

何晋走后，秦炀就打开了手环。他发的那些照片还收到了不少好友的点赞，包括游戏里的逝水和九殿下，他们甚至跟秦炀求证，问照片里的另一个人是不是阿晋。

翻着长长一串留言，秦炀真舍不得删。

又拖了十来分钟，他才狠狠心，把这条状态删掉了。

但秦炀在华大那么出名，早有有心人把那几张照片偷偷保存下来，发到了各大社交平台上……华大校草有课期间去滑雪的事情短短几天内被传得尽人皆知！

八卦的力量是无穷大的，很快就有人捕风捉影地调查到，那几天和秦炀一起去滑雪的人，是大三法学院行政管理专业的学生，名叫何晋。

08

那几天，何晋有点儿发烧。因为身体不适，加上平日里他一向是教室、宿舍、食堂三点一线，所以他完全没意识到外面的那些议论声。

何况在华大这种学校，还是有很大一部分学生两耳不闻窗外事，只活在自己的世界里，譬如何晋对门宿舍的大头和七哥。

等何晋发现不对劲的时候，已经是半个月后了。

那天辅导员打电话让他去一趟院系办公室，何晋以为李老师是要跟他

第十一章 战队比赛（下）

谈保研的事情，匆匆赶了过去。

"小何啊，保研的事考虑得怎么样了？"李老师开门见山地问。

"我还在考虑。"何晋有些不好意思。

"上学期你的成绩不错，奖学金已经发下去了，收到了吧？继续保持。"李老师翻了翻手上的资料，道，"我前两天跟学生会的人了解了一下你最近的情况，怎么听说你已经很久没参加活动了？"

"是，上学期有点儿力不从心。"何晋坦白道。

"说实在的，咱们专业考察保研留校的学生，看的就是综合素质。你原先各方面很均衡，院里一直很看好你，以后留校成功的概率也高，所以你要是决定保研的话，还是要继续做学生会工作的，不要放弃……"李老师絮絮叨叨地说了一堆，何晋有点儿走神。

何晋突然想到，一旦留校，他接触最多的就是学生，说到底做的也是跟在学生会差不多的工作。可他就是因为厌倦这些工作才退出学生会的，如果选择这条路，做他不想做的事，那还有意义吗？

李老师说着说着，突然道："对了，何晋，我还有一件事想提醒你一下。"

何晋收回思绪，认真地看向李老师。

李老师将声音放轻了点儿，但表情挺严肃："我听说你最近和大二的秦炀同学走得很近？"

何晋有一种不好的预感。

"学校是不该过多地管这种事，但在这个节骨眼上，全学院就几个保研留校的名额，这么多双眼睛看着，你要注意一下，"李老师顿了顿又道，"有些话我就不挑明讲了，其实也不是什么大事。好了，你回去吧。"

何晋以为"保研"才是谈话重点，谈完后才知道李老师醉翁之意不在酒，提醒他"注意"才是正事！

他猜测李老师知道这些事和秦炀发的那些照片脱不了干系，但现在他已经无心去责怪秦炀。事发之后，秦炀很快删了照片。但何晋也知道这些压力是自己早晚要面对的，只是现在来得早了点儿，早得让他无力招架。

就等你上线了

因为从小的经历，何晋格外在乎别人对自己的看法和评价。他精心地在所有人面前维持着自己完美的表象，生怕走错路、做错事，也因此对轻蔑、恶意、偏见的眼神分外敏感。

李老师最后说的那几句话，说得并不重，也就是对他请假出去玩的事略作敲打，可依然让他脸上火辣辣的。尽管不是什么严重的事，这却让何晋回想起了童年的经历——跪在地上被母亲拿着鸡毛掸子指着骂，耳边反复回响着各种难听的话语……那些话语像胎记一样，牢牢地打在他身上，每当他的行为有一点点偏离轨道，这些话就会冒出来撕扯他的灵魂，吞噬他的感知。

手环"嗡嗡"的振动声把何晋的思绪拽了回来，是秦炀的来电。

"喂……"何晋大口呼吸着。

"在哪儿呢？"秦炀在那头问。

"刚刚在院系办公室里，辅导员问我保研的事情。"何晋强作镇定道。

"哦？你决定了吗？"秦炀关心地问道。

何晋深吸了一口气，抬头看着天空，道："我想放弃保研，毕业后直接工作。"

秦炀一怔，但没有什么异议，还说："嗯，你做什么决定我都支持你。晚上要不要出去吃饭庆祝一下？"

何晋："这有什么好庆祝的？"

秦炀吐槽他："你不知道我这是在为大吃一顿找借口？情商真低。"

何晋叹了口气，苦笑："好吧……"

晚上吃饭时，何晋丝毫没提辅导员说的那些话，秦炀也没察觉到他情绪的低落，还眉飞色舞地跟他聊着下午网球场上的趣事。

第二天去上课前，何晋给辅导员回电话，表明了他放弃保研的意向。李老师例行公事地表达了一下遗憾，却没有挽留。

四月底，一次秦炀单独上游戏，野鹤问起他最近的状况，秦炀向他们倾诉了何晋的困扰。

第十一章 战队比赛（下）

闲云奇怪道："他怎么不搬出去住？"

野鹤："对啊，我大二开始就在外面住啦！"

这两句话一下子把秦炀点醒了！

当天晚上下了线，秦炀就去何晋的宿舍找他讨论搬出去住的事。

"搬出去？"何晋有点儿震惊。

"我有同学已经搬出去住了，有独立的空间，还能更好地学习。"秦炀继续道，"你不是放弃保研了吗？索性也搬出去，到时候找实习、找工作，上班更方便些。"

何晋还是有点儿蒙，这种做法好像超出了他的定式思维。

两人此刻站在无人的楼道口，秦炀小声道："就在学校附近找个房子，平时有课的时候来上课就好，跟其他同学的交集比较少。"

何晋忐忑道："那宿舍怎么办？"

"宿舍就空着呗，你可以把东西都放在这里，家具、被子什么的买新的。"秦炀说道，"房租一个月顶多两三千吧，用这些钱买你想要的清净和自由，我觉得很值。"

何晋有些心动，说了句："我考虑一下。"

晚上躺在宿舍床上，何晋翻来覆去地睡不着，因为近期对周遭环境的逃避心态，他竟然对秦炀的提议格外心动。

第二天一早，秦炀就打电话来，告诉何晋昨晚自己帮他在网上找房子找到凌晨。

何晋无语："你怎么这么快就开始找了？"虽然是在抱怨，但语气中已透露出一丝微弱的期待，"那些房子怎么样？"

秦炀暗暗偷笑："挑了几个，今天下课就联系中介去看房，一起去？"

"我看看时间。"嘴上这么说，可等下午秦炀打电话来时，何晋几乎是迫不及待地就跟着去了。

路上何晋才知道，秦炀为了方便做直播，也想搬出去，两人一合计，决定合租。

连着看了三天房，两人挑中了一套距离学校东门五百多米的房子。因

就等你上线了

为装修好,房子干净,房租比同片区的房子贵了五六百块,要 3800 元一个月。

何晋心疼钱,秦炀却很喜欢。何晋想了想自己卡里还没动的钱,和秦炀平摊房租的话,好像也没到租不起的地步,于是一咬牙,决定租了。

小区楼下刚好有个还未被占用的收费停车位,这在人口密度超大的大学周边区域非常难得。两人付了押金,暂时先签了一年的合同,秦炀就回了趟家,把他停在家里的车开了过来。

周末他们又开车去附近的商超,给家里添置新东西。

逛到下午四点,两人才载着一车东西回去,吭哧吭哧地把东西扛上了三楼,休息了一会儿,两人就开始收拾。

秦炀还从家里把自己那套音响搬了过来,他组装好,接上手环,问何晋:"你要听什么歌?"

"随便!"何晋正在用热水给新厨具消毒。

一首节奏轻快的英文歌从卧室里悠悠传来,带着午后的阳光环绕在杂乱的屋里。

何晋随着节拍无意识地晃着身子,把消完毒的碗筷放置在沥水篮里,一转身,看见秦炀在组装买回来的椅子和书架,也跟着曲子轻轻哼唱着。

很新奇,这一刻,何晋感觉自己仿佛有了个家。

之后几天,他们在网上买的东西也陆陆续续到货了。忙前忙后好几天,他们总算把房子布置好了。淡蓝色的条纹窗帘、同色系的拖鞋、象牙白的地毯——配色显得有些单调,但客厅的茶几、卧室的床头和厨房的窗台上都点缀着绿色植物,有铜钱草、绿萝、文竹,让人眼前一亮。

等正式入住,已经是五月了。

两个人定了个周六的日子,何晋起了个大早,趁整个校园还在沉睡,让秦炀把车子开过来,载着收拾好的简单行李搬到了新家。

"哎,要不要请朋友过来吃个饭?"为了庆祝乔迁之喜,秦炀兴奋地跟何晋提议。

"我也没什么别的朋友,就请侯东彦吧。"

第十一章　战队比赛（下）

"那我请老白和章宵过来，我们五个人聚一下。"秦炀笑道。

09

第二天，两个人去附近的超市买招待朋友的零食，还打算亲自烧几个菜，为此两个人像新手玩家一样挑起了油盐酱醋、新鲜蔬菜。

到家后，两人对着几袋子食材大眼瞪小眼。

"这个要怎么做？"何晋从塑料袋里掏出秦炀买的番茄。

"呃，凉拌吧！"秦炀拿出砧板，把其中一个番茄洗干净放在砧板正中间，又取了刚买的菜刀，在何晋心惊胆战的注视下，"咚、咚、咚"粗暴地切了三下，番茄瞬间"血"水横流，块状的"尸体"惨不忍睹。

何晋："……"

秦炀："快给我个盘子！"

把番茄"尸体"装进盘子后，秦炀依样又切了一个，嘚瑟地道："怎么样，这一次形状是不是好了点儿？"

何晋悠悠吐槽道："半斤八两。"

秦炀新开了一袋白糖，豪放地一撒，盘子里的番茄一半被白糖覆盖了。

"这……能吃吗？"何晋不忍直视地挑眉道，"你确定要拿这个招待客人？"

秦炀面不改色地说："重在心意。"

好吧，何晋没话说了，把一盘盖了"雪"的番茄"尸体"端到客厅，放在了餐桌的正中央。

何晋又去翻袋子，翻出两条黄瓜："这个呢？做什么？"

秦炀摸了摸下巴，道："拍了！"

"咚咚咚咚！啪！啪！"撒糖，倒醋，第二盘"尸体"出炉了——拍黄瓜！

看着桌上已经有两个颜色漂亮的菜，秦炀自信心爆棚，把袋子里的食

就等你上线了

材都倒出来，对何晋道："帮我去房间里拿一下平板电脑！我昨天下载了个'从零开始学做菜'的软件！"

"哦……"何晋从房间里拿来了平板电脑，放在不容易沾到水和油的微波炉上方，两人凑在一起点菜——

何晋喜欢吃糖醋的东西，指着画面中的"糖醋里脊"，眼巴巴地道："这个看起来很不错。"

秦炀滑动屏幕看了一下过程，道："这是四级的菜，太难了，第一次做还是做点儿简单的。"

两人进入"初级"的目录一看，全是极其简单的菜，什么煎鸡蛋、炒鸡蛋、蛋炒饭、炒青菜……

"煎蛋？"何晋点开教程视频，秦炀两眼一亮："这个好，先暂停，一会儿照着做。"

秦炀准备油、盐等调料，何晋从刚买的新鲜鸡蛋里挑了三个去洗。

秦炀见了奇怪道："你洗鸡蛋干吗？"

何晋："鸡蛋是母鸡拉出来的，不洗多脏。"

秦炀："可咱们又不吃蛋壳。"

何晋："打蛋的时候会沾到吧？"

秦炀："……"

何晋把鸡蛋洗干净了，也不知道打蛋的方式，像剥茶叶蛋一样敲了一圈，蛋清流得满手都是："呃，黏糊糊的，好恶心。"

秦炀："你……你还是放着吧，我来！"

虽然秦炀也不会做饭，但跟十指不沾阳春水的何晋比起来，还是强了许多。

于是何晋又沦为了打下手的，负责递东西，帮秦炀调整调整视频进度。

"哎哎，放太快了，我没看清，倒回去一点。"

"这儿？"

"再往前一点……哎对，就从这儿开始！"

"刺啦——"

第十一章 战队比赛（下）

"哇！蛋蓬松起来了！"

"是啊！好香！"

两人一脸好奇地盯着不粘锅里的煎蛋，激动得仿佛那鸡蛋在他们眼前变成了黄金。

一盘煎蛋历经千辛万苦总算做好了，秦炀手忙脚乱地盛到盘子里，何晋双手接过盘子，两眼直冒星星："好棒啊！"

秦炀耍网球拍似的耍着锅铲，嘚瑟地道："我厉害吗？"

何晋突然想起来，问："哎，你放盐了吗？"

秦炀的眼角抽搐起来："好像没放，尝尝。"

何晋用筷子弄了个缺口："是没放……倒点儿酱油？"

秦炀："好主意！"

…………

十二点一到，外头传来"咚咚"的敲门声，秦炀的手环也跟着响了起来，是朋友们到了。两个小时，秦炀和何晋只做出四个菜，其中两个还是凉菜！

看着桌面上奇形怪状的凉拌番茄、拍黄瓜、缺了一角的煎蛋，还有被炒黑并加了老干妈的白菜肉丝，何晋忐忑地开了门。

蒋白涧和章宵率先到了，未进门就叫道："什么东西？好香啊！"

"是煎蛋吧？"何晋把他们迎进来，给他们一人泡了一杯袋装奶茶。

"天哪，这是什么玩意儿？"章宵盯着桌上的四个菜，大失所望。

何晋赶紧从厨房里端出烤鸭、烧鹅、酱肉……

章宵的表情立刻变了，震惊地指着那几个菜问："这都是你们做的？太厉害了吧！"

何晋实诚地答道："超市买的熟食。"

章宵："……"

不一会儿侯东彦也来了，他对桌上的菜没章宵和蒋白涧那么上心，倒是先好奇地参观了一下房子："真不错啊！啊，还是租房子自由，我也好想搬出来住！"

就等你上线了

开饭了，五个人围坐在小小的餐桌旁，举杯一碰，蒋白润先道："恭喜乔迁啊，以后多给我们一些蹭饭的机会！"

秦炀："休想，就这一次！"

章宵对着何晋道："何晋，之前不太熟，再正式认识一下吧。我叫章宵，是秦炀的高中同学，不同届，但我们高中就一起打网球了，关系挺好。"

最后轮到侯东彦，举着酒杯，看着何晋真诚地道："晋哥，祝你开心！"

祝你开心，这是最实在的一句话。

人生得意须尽欢，谁不惜取少年时？何晋举起酒杯，道了声"谢谢"，将酒一饮而尽。

一切尘埃落定，何晋白天去学校上课，一下课就匆匆离开学校，还真感觉是彻底离开了学校的环境，各种压力也小了很多。

转眼两个月过去，何晋考完试，正式结束大三生活，也顺利找到了暑期实习工作，是在市中心一家牙科器材销售公司做行政助理，为期两个半月，如果他做得好，能提前签约，毕业后便能直接入职。

虽然实习工资不高，但这个工作机会还是让何晋格外珍惜。

正式上班之前，他在秦炀的陪同下去买了白领必备三件套：西装、领带、黑皮鞋。这些他也是在网上搜了一堆"新人入职经验"后才知道要怎么做的。

"你这工作真麻烦啊，还要穿正装……"

"没办法，"何晋指了指自己手环里摘录的笔记，道，"要求上写了，行政、管理人员必须穿着正式得体。"

何晋站在镜子面前，感觉自己比穿休闲装时精神数倍。

朝九晚五的日子开始了，何晋每天八点起床，花四十分钟坐地铁去上班。

第一天到公司，公司的前台和一位年轻的销售人员就热情地跟他打了招呼。因为穿着得体的西装，何晋看着比平时自信许多。

何晋的上司是公司的行政经理，一个海外名校管理学硕士毕业的中年

第十一章　战队比赛（下）

男士。瞿经理对何晋很照顾，何晋的学习能力强，为人谦虚低调，又肯吃苦，让瞿经理格外欣赏。

转眼天热了起来，气温也很快超过了 30 摄氏度。

一切都很顺风顺水，为自己的前途努力奋斗着，这是何晋觉得最好的状态，他也渐渐对未来充满了信心。

转眼到了七月，这天《神魔》官方给秦炀打电话，邀请他为游戏公司做代言人，报酬不菲，但要求秦炀以真实形象在大众面前曝光。

秦炀第一时间把这个消息告诉了何晋，何晋之前担心的事终于来了。

"我还没答应，说要考虑考虑。"秦炀的语气中有一丝难以掩饰的骄傲，尤其是他说到报酬的时候，眉飞色舞地道，"代言费六百万元一年，一千万元两年，税前，据说都够得上请明星的费用了，代言期内拍摄更新不超过三次。他们见我有些犹豫，还说我有要求可以再跟他们提。"

六百万元！

何晋惊得下巴都要掉了，他找个实习工作月薪不到四千块，就算签正式合同，据说第一年年薪也就十万块起步，可反观秦炀，六百万元一年的代言费，这到底是什么样的差距？

"你觉得怎么样？"秦炀帅气的五官在路灯的照耀下显得格外神采飞扬。

虽然秦炀是在征询何晋的意见，但他心里的想法已经全然表现在了脸上——他心动，想去做。

"你要是想做就去做吧。"何晋对秦炀笑了笑，说出了这句话。

秦炀果然很高兴，又道："哎，对了，这周末我要回家一趟，你跟我一起去吧？"

何晋怔道："去你家？"

"对，我很久没回去了，周末我妹过生日，姜姨给我打电话希望我回去吃饭。"秦炀瞅了他一眼，"我说我现在在外面和你合租，姜姨就说让我把你也带上。"

何晋想起那个和蔼、温柔的女人，点了点头说："好。"

周末，何晋随便穿了身干净的休闲装就跟着秦炀出门了，他以为只是跟秦炀的后妈以及弟弟妹妹吃饭，所以只给妹妹买了精致的小蛋糕做礼物，其余的什么都没准备，结果到了秦炀家，却发现秦炀的爸爸也在。

年初何晋在秦炀家借住过几晚，当时秦炀的爸爸忙工作，何晋白天又出门打工，所以这还是何晋第一次见到秦炀的爸爸。

秦炀跟他爸爸长得不太像，他爸爸个子矮了些，胖了些，五官粗犷了些，有种典型的生意人的气质。

秦炀把何晋往他爸爸面前一扯，介绍道："爸，这个就是何晋，我朋友。"

"你好，同学。"秦爸爸打量了何晋一番，简单问了何晋几句话，老家哪儿的，念啥专业的等等，态度十分和蔼。

众人围坐着吃饭，点蜡烛，给小寿星唱生日歌，送礼物，热热闹闹，气氛好得让人羡慕。

何晋不知怎么想起了托尔斯泰的一句话：幸福的家庭都是相似的，不幸的家庭各有各的不幸。

半年没跟家里联系，他也不知道自己的父母都怎么样了。他爸妈的电话号码早就被他从黑名单里解禁了，他几次想偷偷给爸爸打个电话，问问他们最近怎么样了，可总鼓不起这个勇气。

而且这么长时间，他也从没接到来自父母的一声询问。

何晋不无失落，难道他们一点都不关心自己的状况吗？

10

八月初，A市全城陷入被高温炙烤的炎热天气，秦炀与游戏公司签了合同，没过多久就参与了代言宣传片和广告的拍摄。拍摄时间不长，秦炀就去了两三天，从拍摄到后期制作再到宣传片投放推广也不过半个月时间，

第十一章 战队比赛(下)

但几乎在一夜之间,《神魔》全息的宣传广告席卷全城,连地铁站的电子广告牌上都出现了秦炀扮成游戏角色出演的炫酷短片!

这天何晋在公司食堂吃午饭,就听见隔壁桌几个女同事聊起了《神魔》——

"哎,最近有个游戏广告你们看到没?火得不得了!"

"每天上班路上都能见着,好酷啊,搞得我都想去买个头盔玩游戏了……"

"我关心的是那个广告上的人,好像是新面孔,长得很帅。"

"据说就是那个游戏里玩得最好的一个二次元偶像吧?"

"我是落伍了,不知道现在年轻人之间流行什么,我有个十五岁的外甥女,迷这个人迷得不行,前天去我姐家吃饭,看她对着海报一脸崇拜地叫大神……"

下班后,何晋去停车场等秦炀,居然遇到了瞿经理。

"小何?"瞿经理很惊讶,"你是开车来的吗?"

何晋摆手:"不是的,我等人!"

正说着,秦炀的车就出现了,宝蓝色的车子在夜色下滑到何晋身边,停车场边上的路灯像是被遥控了似的,碰巧在这一瞬间亮了起来,照出了驾驶座上青年的脸。

何晋抬手和上司道再见,然后打开车门坐上了车。

秦炀驱车离开停车场,顺口问道:"你的实习期快结束了吧?"

何晋回道:"现在说不准,表现好也可能提前签合同。刚刚那个经理在公司很关照我。"

这时手环响了起来,两人没就这个话题继续聊下去。

"喂?秦哥,开车呢?"秦炀开了投影,电话那头的人能看到他的状态。

何晋觉得这个声音有些熟悉,仔细一想,似乎是游戏里的大鹏展翅?他偏头一看,瞄见投影里的人有一张微胖的脸,头发乱乱的,一下巴胡楂,看上去有点儿邋遢。

"嗯,什么事?"秦炀直接问道。

就等你上线了

那个人笑了笑，说："我是来传达好消息的。《神魔》投放的那个宣传片和广告反响空前地好，这两天好几个娱乐公司打电话过来想签你，你有兴趣了解一下吗？"

娱乐公司？签约？何晋惊讶地看向秦炀！

秦炀："行，你先帮我看看，回头发资料给我。"

那人开玩笑道："喂喂，大哥，我又不是正经经纪人啊，你还真能使唤我！"

秦炀笑道："彭宇昊，我觉得你这能力要只在游戏直播上当个助理实在太屈才了。"

何晋才反应过来，原来这个大鹏展翅就是秦炀在飞游网做直播时的主要搭档，也是秦炀在二次元中的助理，难怪声音熟悉。

他们聊了几句就挂了电话。何晋问秦炀是不是真打算去娱乐圈，秦炀满不在乎道："做游戏代言人的事，我跟我爸说过了，其实今天这事，我爸也已经猜到了，我本来是有点儿抗拒的，但他说，趁年轻多经历一些也挺好。而且，如果我不想用他的钱，也得靠自己赚钱积累创业资本。"

听着秦炀的话，何晋又忍不住羡慕秦炀和他爸之间的父子关系了。

之后几天，秦炀明显开始忙碌了，何晋得知他签了一家叫"东皇国际"的娱乐公司。

开学前夕，何晋结束了实习工作，瞿经理给他写了一份非常好的实习评语，并欢迎他毕业后正式入职。受到认可，何晋格外高兴，秦炀有秦炀的幸运，他觉得自己也不差，只要能自力更生不靠别人，他觉得自己的未来也同样美好。

暑假一过，又开学了。

这几天何晋右眼皮直跳，有种极其不详的预感，果不其然，才开学一周他就接到侯东彦的电话，对方在那头慌张地道："晋哥！你爸来了！"

何晋浑身一震，急着问："我爸？他一个人？"

"嗯！他现在在咱们宿舍坐着呢，你快回来吧！"侯东彦的语气不大自

第十一章 战队比赛（下）

然，何晋想再问两句，那边已经把电话挂了。

不一会儿，何晋就收到了他的信息："你的床铺好久没人睡了，桌子上也全是灰。你爸的脸色很不好，直接问我你住在哪里，我都不知道该怎么应付！"

何晋急忙往宿舍赶，脑子里胡乱想着他爸怎么会突然跑到学校来，为什么不先打个电话，他妈怎么没一起来？

回到宿舍，何晋气喘吁吁地推开门，只见站在自己面前的男人一脸憔悴，短短半年不见，耳鬓都有了白发。

他呼吸一窒，正想喊一声"爸"，不料对方抬手就给了他一巴掌。

一个平时不善言辞、闷不吭声的男人，隔了半年见到自己的亲生儿子，竟然直接给了他一巴掌。

何晋蒙了，侯东彦也吓得六神无主，半晌才反应过来，赶紧绕过去先把宿舍门关上了。

"何晋！"男人抬着颤抖的手臂，眉头拧得紧紧的，指着何晋厉声逼问，"你说，你现在住在哪里？！"

何晋捂着半边脸，强迫自己用平静的语气问："爸，你怎么来了？"

"我怎么来了？我不能来？"男人急得眼眶发红，抬起手又要打何晋，被侯东彦一把拉住了："叔叔，您别冲动，先坐下，慢慢说！"

男人被侯东彦拽着，看向何晋的眼神中满是失望和指责："你过年跟你妈吵架离家出走，我只当你孩子气，我也相信你有分寸。可你半年来一个电话都没有，要不是我给你的辅导员打电话，我们还不知道你居然放弃保研，还搬了出去，你是不是连书都不想读了？"

"叔叔，不是这样子的……"侯东彦在边上小声劝说，还给何晋使眼色。

何晋就那么站着，他本来有很多好事想告诉他爸，譬如玩游戏赚了钱，去了一家很好的公司实习，可是看着他爸冰冷的眼神，听着突如其来的指责，何晋像是掉进了冰窖，浑身颤抖着，一句话都说不出来。

他就那么站着，什么都不解释。

就等你上线了

何父急得一下子挣脱了侯东彦的拉扯,再次指着何晋道:"我们从小到大是怎么教育你的?你怎么会变成这样?看来你妈管你管得一点都没错,是我疏忽了,何晋啊何晋,你太让我失望了!"

听到这几句话,原本还强撑着的何晋瞬间心如死灰,张了张嘴,道:"爸,我以为你会比妈懂我一点……"

何父大声咆哮道:"你沉迷游戏,放弃保研!你让我怎么理解你?!"

何晋握紧拳头,像是被逼到绝路的困兽,再不爆发就只剩死路一条:"爸,你理解过我吗?从小到大……你跟妈到底有没有尊重过我的想法?哪怕一次,你们有没有问过我想做什么,不想做什么,我讨厌什么,喜欢什么?"他红了眼眶,嘶吼着,发泄着,"我是一个活生生的人,是有思想、有情绪、有自我意愿的人!我不是你们的傀儡,也不是一个没有灵魂的物品!"

何父似乎也没想到何晋会突然爆发,被他这一大段话给惊呆了。

何晋一开口,心中积累的怨愤就如洪水决堤,再也挡不住:"小时候我想玩游戏,你们不让我玩,我想学小提琴,你们不让我学。我学习成绩好是理所应当,学习成绩下滑就一定是想谈恋爱、学坏了。有女生喜欢我,给我写情书,妈妈打电话去侮辱别人。只要我有一点点做得不如她的意,她就批评我、辱骂我!你知不知道我有多讨厌她?!我以为等我长大了,就能选择自己要什么、不要什么,只要我考上你们要求我考的大学,总有一天我能获得自由,可你们一直逼我按照你们的想法活着!"

何父讷讷道:"我们这是为你好……"

何晋强忍的眼泪夺眶而出:"可我并不觉得好!我不想以后变成一个我自己都讨厌的人!"

何父摇了摇头,手足无措地道:"何晋啊,这是不对的啊,你就算讨厌你妈妈,也不能拿自己的前途跟我们赌气!"

何晋崩溃地叫道:"爸!你怎么还不明白?我不是赌气!我做的一切都是我想要的!"

愤怒席卷了他的头脑,体内蠢蠢欲动的反抗因子在这一刻活跃度达到

第十一章 战队比赛（下）

了最高点，何晋冷静不下来，也不想冷静。

何父被气得说不出话来，颤巍巍地抬起手，似乎又想打他，再一次被侯东彦拉住了，侯东彦连声叫着"叔叔"。

何父的脸色一阵青一阵白，他退了一步，一屁股坐在何晋的床上。

侯东彦站在边上听到现在，一直没能插上话。他以为低喃中的何父是被气糊涂了，赶忙劝道："叔叔，您先消消气啊，我觉得您可能误会何晋了，他在学校里很优秀，成绩也很好……"

没想到话说到一半，何晋的爸爸突然拍了拍侯东彦的手，声音低沉地道："小侯，麻烦你出去一下，我跟何晋单独说几句话。"

侯东彦一惊……叫自己出去，难不成何晋他爸要动粗？

他担心何晋，站在原地征询何晋的意见，何晋颔首示意无事，侯东彦这才出去，结果一开门就见隔壁的大头和七哥都蹲在门口偷听，想必他们也是听到动静过来了。

侯东彦尴尬地挥着手把他们赶开了。

//

宿舍内，父子俩仍在僵持，像一场无声的角力。

何晋仍捏着拳头，不知道他这一生中有多少次冲动和叛逆的机会，也不知道他下一次还有没有这样的勇气，把深埋心里的想法畅快地倾诉出来。

这是他争取自由必须要迈出的一步。

终于，何父先开口了，他说："何晋，这个周末跟我回去一趟，跟你妈道个歉，和解一下，然后继续争取一下保研的机会。这些事你妈还不知道，她要是知道了，唉……以后你有什么想法，可以跟爸说，爸会尽量尊重你，考虑你的想法。"

听了这段话，何晋没有因此冷静，反而像只炸了毛的刺猬，声音尖厉地道："为什么要我跟她道歉？她狭隘又独裁，一言不合就摔东西骂人，口

就等你上线了

口声声地说为我好，转眼又断我的生活费。你说这半年我不打一个电话，那你们呢？你们有没有问过一句我的死活？我不是在向你们讨钱，没有她的钱我现在也能靠自己的能力活下来！"

何晋越说越觉得理在自己身上——是啊，没有他们，自己现在一个人也能好好地活着，那为什么要去迁就他们的想法？

他说得义正词严，何父却突然抬起头看向他，满是红血丝的眼中已经没了指责，而是哀求。

"何晋，你妈病了……"何父好像忍耐了很久，艰难而又缓慢地说，"是重度抑郁症，有自杀倾向。"

浑身的怒火一下被挡住了，何晋憋闷地想：重度抑郁症？那是什么？精神病吗？

何父沉默了一下，仿佛下了什么决心，再次开口道："你还记不记得你有个哥哥？小时候，我们跟你说你哥是生病去世的，你还有印象吗？"

何晋有点儿搞不清楚状况，为什么爸爸突然又提起他的哥哥？

"你哥哥何霖，"何父哽咽了一下，抬手擦了一下眼角，道，"他不是因病去世的，是自杀的。"

何晋脸色一白："什么？"

何父："他很贪玩，比你调皮很多，从小就不服管，我跟你妈当时都惯着他。他读高中的时候，经常背着我们偷偷去网吧，在网上认识了一些狐朋狗友……后来他因此耽误了学业。"

何晋难以置信地道："我哥……"

何父垂着眼睛，继续道："我们劝他，他也不听，索性三天两头不着家，就和你现在……差不多。当时你才四岁半，正是要人照顾的时候，我跟你妈白天要上班，也没工夫管他。半年后他突然开始待在家里，不往外跑了，我们以为他学好了，也没多注意。但他成天不吃饭也不睡觉，很快瘦了下来。没多久，他就留了一封遗书，吃了一整瓶安眠药……"

何晋无意识地后退了一步，眼睛睁得大大的，不敢置信。

何父："从那之后你妈妈就变了，她严厉地管教你，不希望你上网，尤

第十一章 战队比赛（下）

其不喜欢你在网上认识什么朋友，更反对你因为那些而荒废学业……何晋，你是不是很不明白为什么我一直顺着你妈？因为我知道何霖的事让她有多痛苦，她也不想因为同样的原因失去你，所以才这样对你。她有的地方确实做得不对，但总不至于哪里都不好，她只是太害怕像失去何霖一样失去你……"

何晋一阵茫然，他像只斗败了的公鸡，觉得现在再说什么都显得苍白空洞。

何父："以前我一直不知道你妈生病，直到你离家出走，她越发不对劲，每天在家疯言疯语，还总是想死。前段时间我带她去看医生，才诊断出来，医生说这叫抑郁症，包括她骂你、砸东西，有时候表现得神经兮兮，都是因为抑郁症。"

体内的反叛因子被父亲这番话彻底打消了，何晋感觉自己身上像压了一块巨大的铁牌，他抬不起头，也透不过气。

"那她……现在怎么样了？"

在生死和疾病面前，何晋才发现，自己的愤怒有多无力。

是啊，那个女人是他的亲妈，她再过分、再不可理喻，也有对他好的时候，冷了替他添衣，饿了给他做饭。何况爸爸说，她的神经质是因为生了病。

何父叹了口气："这病不好治。医生开了些药，她现在在家，你小姨陪着她。我来找你她也不知道。"

何晋慢慢地松开了拳头："我跟你回去，今晚就走。"

当晚何晋就跟他爸去了高铁站，九月份，天气已经转凉，何晋在老家有换洗的衣服，也没回他跟秦炀的那个出租屋，只是出发前给秦炀打了个电话。

秦炀签约娱乐公司后刚接了几个平面广告，这两天忙着拍摄，跟学校请了假，到现在还没回去。听何晋说要回Q市，他一下子紧张起来："为什么回去？出什么事了？"

就等你上线了

"我妈身体不太好,我爸来找我了,我回去看看她。"何晋不想让秦炀担心,只提了这么一句。

打电话时,他已经在高铁站。他爸在不远处抽烟,何晋说话的声音很轻。

秦炀对那个摔了何晋头盔的女人没多少好感,忍不住道:"身体不太好?不会是骗你的吧?"

"秦炀,这种事不是能拿来开玩笑的……"

"对不起,我这不是怕你回去又受委屈吗。"

何晋叹了口气,在了解到具体情况之前,他也没心思跟秦炀再解释什么。

"你什么时候回来?"秦炀问。

"估计一两天,我就去看一下我妈,后面还有两个月的课,要写毕业论文,我不会走太久。"

"有什么事第一时间给我打电话,阿姨身体不好要看医生什么的,你也尽管挑好的医院,经济方面的事情先别考虑。"秦炀叮嘱道。

何晋有点儿感动,说了句"好",眼见他爸边抽烟边瞅自己的方向,便挂了电话。

父子俩会合后,沉默无言,看着爸爸耳鬓边的白发,何晋心里又涌起一股酸涩。

往事的真相让人遗憾、震惊,母亲的病似乎也使之前发生的许多事变得合情合理,但缺乏对抑郁症了解的何晋还没有意识到这病到底有多严重。

"抑郁、抑郁",何晋总觉得那是一种情绪病,只要他回去向他妈妈道个歉,和解了,一切都会好转。

但他已经品尝过自由的滋味,很难想象自己再活在妈妈的控制之下会是什么情形,也不想因为这病去迎合他妈妈的期望。他打算等他妈妈好点儿了,再试着让父母理解自己的想法。

回到阔别已久的家,何晋有种恍如隔世的感觉。

第十一章 战队比赛（下）

家里还是充满那股熟悉的味道，但少了些温馨，多了些死气沉沉。餐桌上堆着一些被撕了标签的药瓶，何晋扫了一眼，竟有十来种。

听到声响，主卧里走出一个人，是何晋的小姨，她小声道："你们怎么这么快就回来了？"

何晋急着问："小姨，我妈呢？"

小姨看向何父，何父点头："我都跟他说了。"

小姨指着自己的大脑说："睡了，吃了那种药，嗜睡，白天醒着的时间也少。"

何父放下东西，叹了口气："睡着也好，总比醒着寻死觅活强。"

小姨看向何晋："晋晋啊，你妈妈她……其实也不容易，你多理解她。"

何晋垂着头不说话。何父摆摆手，对何晋的小姨道："坐了一晚上车，半夜三更的，咱们也先睡吧，有什么事明天再说。我跟何晋挤一挤，你仍然陪你姐。"

何晋躺在床上，辗转难眠。想起小姨说起他妈时的眼神和语气，他真没想到他妈会病得这么严重。

何晋用手环在网上查了一下，不查不知道，原来他一开始对抑郁症的理解实在太浅薄了。

抑郁不是"想不开"，也不是"闹情绪"，更不是"悲观失落"和"矫情"，而是大脑功能变化，简而言之，就是管理情绪的功能坏掉了。

生病就要吃药，吃了药才会显得正常点儿，否则病人会长期处在一种消极状态下，这就是产生自杀倾向的最根本原因。何晋看了一堆解释，心情渐渐变得沉重起来。

第二天，何晋是被一阵轻柔的抚摸触感唤醒的。

他睁开眼睛，看见了一张面色黯淡的脸，是他妈妈。

"妈……"何晋赶紧坐起来，难以置信地看着她脸上明显增多的皱纹，她也老了很多。

突然之间，何晋觉得很内疚，很自责，胸口一抽一抽地疼。他抓着被子，低声道："妈，对不起，我错了。"

就等你上线了

女人一脸忧伤地打量着他，摸着他的脸："回来就好，回来就好。半年没见你，妈妈快想死你了。妈妈也有不对的地方，妈妈跟你道歉。"

何晋觉得眼眶发酸，这是他想要的理解和尊重。

女人仍紧盯着他，问他这半年里的生活。何晋没敢说游戏比赛的事，只说自己离家出走后在同学家住了几天，后来开学，就边读书边在外面打了半年工。他妈心疼得直掉眼泪，反复跟他道歉，说让他受苦了。

何晋还挺乐观，他爸也很高兴何晋回来起了作用，但何晋乐观的心态没维持多久，很快就目睹了他妈"病发"的情景。

那是晚上吃饭，何晋提起了自己暑假实习工作的经历，小心翼翼地提出自己毕业后想留在 A 市工作。他妈妈立刻黑了脸，把碗筷一放就开始说"不行"，她的语速很快，像以往每一次驳回何晋的要求一样，根本让人插不上话。

说到后来，她双眼无神地盯着一处，一边哭一边说："你们怎么能这么对我？怎么能这么狠心，这么不孝！你哥这样，你也这样，我是你们的妈妈啊！你要是离开我！我活着还有什么意思？我还不如去死！"

何晋惊慌得不知道该怎么应对，他爸急忙给他使眼色，让他劝劝，何晋只能一遍遍承诺着"我不走""我会回来的""妈，你别哭了"。劝了许久，他妈还是一副生无可恋的模样，最后被他爸哄着骗着吃了两颗药，才慢慢镇定下来。

何晋这才明白，他实在是想得太简单了。

12

因为还要上学，不走不行，何晋与他妈妈表面上暂时化解了矛盾，就坐上了返程的高铁，并保证接下来的日子里一周打一次视频电话回家，汇报生活细节。一切好像又回到了从前。

回了一趟老家，何晋感觉自己像是被传染了，也变得抑郁、悲观了。

第十一章 战队比赛（下）

到学校那天，何晋在宿舍住了一晚，侯东彦问他事情处理得怎么样。

"比我想象中要糟糕。"何晋沮丧地道，"配了很多药在吃，但我查了，那些药的副作用挺大，吃多了对身体也很不好，现在就靠我爸和我小姨照顾着。"

侯东彦听了也只能叹气。

次日，何晋回到和秦炀一起租的房子，一进门，便独自坐在沙发上发呆。

茶几上的那一小株铜钱草长得都快遮住盆身了，果盘里秦炀买的杏子和火龙果还很新鲜；沙发右边的置物架上放着早年游戏公司送给秦炀的各种《神魔》手办；厨房里倒置着洗干净的两副碗筷，上面覆着防灰的纱布，那是他的杰作；棉质拖鞋一只东一只西地丢在地上；地毯用了半年，已经有些脏了，但看着仍然很温馨……他的视线透过卧室的窗户直通外头的阳台，看见天空是灰蒙蒙的。

短短半年，这个不足八十平方米的小窝已经满是回忆，他真的割舍不下。

可他又没办法不管那个已经有点儿佝偻的父亲和患了抑郁症的母亲，没办法让父亲独自去承担照顾母亲的责任。他母亲患病也有他的责任，他逃不掉。

晚上十点多，秦炀从C市坐飞机赶了回来。他刚在那里以嘉宾身份录了一期娱乐访谈节目，将在下周末黄金时间段播放。

何晋接到秦炀的电话，迅速调整好心情在家等他。

没过多久，门外就响起了熟悉的脚步声，风尘仆仆的青年开门进来，第一句话就是问："你妈妈怎么样了？"

何晋垂下眼睛："还行，我离家出走半年，她的心情不太好，我回去跟她和解了。"他告诉了侯东彦自己妈妈得了抑郁症，却没告诉秦炀。

秦炀歪了歪嘴，一脸不高兴的表情。

"我知道你不太喜欢她，我也对她有看法，从小到大都有。"何晋捂住

就等你上线了

脸，绝望地道，"但她毕竟是我妈。"

秦炀没再说话。

他可能是对自己的怯懦和妥协感到失望了吧，何晋悲观地想。

之后几天，秦炀的工作暂告一段落，他重返学校。因为《神魔》广告的投放，秦炀已不只是校草级别的名人了，加上新一届学生入学，不少玩《神魔》的学生开始追星似的追着秦炀要签名和合照。

一周后，秦炀参与录制的娱乐访谈节目播出，当晚何晋和他一起观看了节目。

电视里的秦炀很帅，很有魅力，他从容地应对着主持人的各种问题，高冷又知性，完美得几乎无懈可击——华大机械系的高才生，《神魔》第一高手玩家，年入百万元的游戏主播……这些闪闪发光的标签贴在一个年轻的大学生身上，实在太惹眼。

何晋一边看着电视，一边反复把屏幕中的人跟坐在自己旁边的人相比较。

"怎么了？"秦炀笑眯眯地问。

何晋瞅着他说："我怎么感觉电视里的你像是另外一个人？"没错，他熟悉的秦炀是热情的，有点儿任性，有点儿腹黑，有时候甚至有点儿"中二"……

"那当然了！"秦炀一脸傲娇，"真实的我只给好哥们儿看。"

访谈节目最后，秦炀礼貌地说自己目前还在念书，如果有喜欢他的学弟学妹或是校外的年轻人，恳请他们体谅他不想被打扰的心情。

何晋担忧地道："说这种话有用吗？你现在上了电视，估计会有更多人知道你，关注你。"

"没办法，这就是成名的代价。实在不行，我就只能跟学校申请函授自学了。"秦炀开玩笑道。

访谈节目播出后，秦炀果然更红了，似乎一夜之间变成了极受欢迎的新生代偶像。之后一段时间他又接了不少活动，当然收入也在不断地上涨，

第十一章 战队比赛（下）

滚雪球似的赚得越来越多。

有天晚上秦炀跟何晋细数他最近的收入，从代言《神魔》开始，杂七杂八的访谈、广告、杂志封面拍摄，包括娱乐公司的签约费，加起来总数相当可观。

因为忙不过来，飞游网的直播他已经停了，现在找了个理财公司专门帮他理财，他自己也准备投资一个小游戏。

秦炀变得越来越忙，甚至挤不出时间跟何晋一起上游戏。

这天晚上，何晋一个人戴上游戏头盔，登录了《神魔》。游戏世界一如既往地热闹，好友都在，院子里的麦子、玉米都熟了，桃花也开得很好。

篱落看见阿晋上线，找他下副本，说逝水等人都在，阿晋说自己就是上来看看，很快就要下了。他一个人骑着烈焰穷奇，带着汤圆宝宝到处看风景。

不一会儿逝水发消息过来问："殇火呢？你俩这是打算脱离组织了吗？"

阿晋："他最近超级忙，可能过阵子会好吧。"

会不会好，何晋也不知道，他总感觉自己和秦炀已经走得越来越远。

他转了一圈，带汤圆去皇城找那个卖糖葫芦的小贩，一口气买了十串，蹲在皇城街角吃。糖葫芦又酸又甜，可他都吃完了，心情却一点不见好转。

他想起白天去学校交论文选题方案，接到妈妈的电话，他妈问他什么时候回家，说今天在街上给他买了几个西瓜。可那是夏天才有的水果，现在已经十一月了。

何晋眨了眨眼睛，抱住没有灵魂的系统宝宝亲了一下："汤圆，我可能，有一段时间不会再来了。"

一年下来，他的游戏形象已经长大了四岁，变成了十八岁的模样。他原本想弥补自己在殇火成长岁月中缺位的八年，现在看来是做不到了。

汤圆似乎感受到何晋的情绪，"叽叽"叫了两声，眼泪汪汪的。

阿晋依依不舍地蹭蹭它："我也不知道下次什么时候会再来，再上来的时候你会不会还是我的宝贝……"

就等你上线了

汤圆："吧……吧！"

阿晋惊讶地睁大眼睛,汤圆是开口叫人了吗?它竟然会说话了?!

汤圆又叫了一声："吧吧!"这次更清晰。

阿晋感到既惊喜又悲伤,用力把汤圆搂进怀里,狠狠心道："我走了,宝宝记得替我安慰殇火,永远陪着他,好吗?"

汤圆急得叫道："吧吧!吧吧!"

阿晋亲了亲他："虽然你只是个系统宝宝,但你太智能了……我会想你的,宝贝汤圆。"

下了线,摘掉头盔,何晋一抹脸,脸上早已湿了一片。

秦炀最近太忙了,对何晋最近的心思一无所知,他想当然地认为,何晋一旦没课就会回原来的公司实习或者待在家里写论文。

这日晚上,他又是将近九点才回家,晚上也没吃饭,饥肠辘辘地推开家门,却闻见一股扑鼻的饭菜香。

"咦,你烧饭了?"秦炀喜不自禁,一坐下就开始狼吞虎咽。

何晋看着他,秦炀边吃边分享最近的所见所闻,说到兴奋处都来不及咽饭,像个小孩一样。

吃过饭,何晋又给他拿了一杯酸奶："这几天累了吧,早点休息。"

"感觉都好久没跟你一起玩游戏了……"秦炀的语气有点儿歉疚,"等过几天有时间,就登游戏陪你玩。"

"没事,你先忙你的。"何晋说。

第二天一早,秦炀没有工作,难得睡了个懒觉,他迷迷糊糊地起床后,发现何晋不在屋里,于是眯着眼睛打开手环,给他发消息："你去上课了吗?"

许久没等到回复,秦炀穿过客厅,看见茶几上有何晋给他买的早点,是他爱吃的鸡蛋饼。结果拿起来才发现,早点下面还压着一张纸,上面写着"秦炀收"。

看到开头两行字后,秦炀蓦地瞪大眼睛——

第十一章 战队比赛（下）

秦炀：

　　这些话，我实在不敢当面跟你说，只能以写信的方式告诉你。

字迹苍劲有力，是何晋写的。秦炀手一颤，没往下看，先拨通了何晋的电话号码，响了七八声，终于接通了。

"你在哪儿？"电话那头的背景音有点儿嘈杂，信号也很差，秦炀提高声音叫他的名字，"何晋你在哪儿？"

何晋起身走到车厢连接处，秦炀开了影音，投影里一片黑暗，秦炀看不见他，但听到了车厢内特有的播音声："你在火车上吗？你要去哪里？"

何晋："我在那封信里写了。"

秦炀："你是不是在跟我开玩笑？"

"秦炀，我已经下定决心了。"何晋说完这句话就挂了电话，关闭了手环。

他在心里一遍遍说：何晋，你已经疯过了，醉酒、熬夜、打网球、不上课跑去滑雪……那些想做的事情你都体验过了，你已经没什么遗憾了，是时候回归"正"途，去承担属于自己的责任了。

秦炀打不通何晋的电话，急得焦头烂额，他努力逼自己冷静下来，重新看向那封信——

　　对不起，秦炀。

　　我妈妈病了，是重度抑郁症，我回去看过她，她的精神状况很不好，很怕我离开她。我原本想争取自由，可她连让我留在A市工作都不同意，我一提，她就像是受了极大的刺激。

　　我妈三十九岁才生下我。我五岁那年，我哥没了，我现在是她唯一的儿子，也是她唯一的精神支柱。她现在已经六十多岁了，也不知道还能在这个世界停留多久。

　　所以，我不能再那么自私地只去追寻自己想要的生活。

就等你上线了

我会听她的话，在老家找一个安稳的工作，然后结婚。

有时候我很羡慕你，秦炀，你充满自信，敢于追求自己想要的东西。和你认识的这大半年，是我长大以来最快乐的日子，是你将我从泥沼里拉出来，圆了我一个梦。

只可惜，我没有资格继续"任性"下去了。

希望你今后一切顺利，我相信，以后你肯定还会遇见更多更好的人，游戏里，现实中，他们都会陪着你。

阿晋

秦炀看完信后躺回床上，昏昏沉沉地睡了一下午。直到傍晚他才醒来，屋内一片寂静。

看着书桌上的书、游戏头盔……这些东西给秦炀造成了一种何晋并没有离开的错觉，好像那个人只是出了门，很快就会回来。

第十二章

久别重逢

就等你上线了

01

三年后。

何晋坐在办公室里,正埋头审阅各部门呈上来的物品需求申请。

"外联部上个月中旬不是刚换了一批旧电脑吗,怎么这个月又要换?"他把其中一张申请单递给桌子对面的秘书,皱眉道,"小李,你去了解一下情况。"

回老家后,何晋听从父母的安排考进了地方文化事业单位,通过半年的实习、考试,毕业后直接转正进入编制,从行政办公室秘书做起。

去年年底,原行政科办公室主任退休,直接点了何晋当新的主任,但因为何晋年纪小,短短三年就跃级升迁,有点儿不得人心,尤其其他的科室主任都是四十来岁的大叔大妈,总把他当小孩,这个外联部的徐主任就是其中之一。

前几天徐主任给他打电话约他吃饭,套近乎,何晋怀疑这次的申请并不是员工要换电脑,而是徐主任想挪为私用。

小李接到何晋的吩咐,又把财务刚刚整理出来的报表递给他:"何主任,财务部给的季度收支报表我已经看过一遍了,没什么问题,您过目一下。"

小李是今年刚毕业的大学生,是靠父母的关系进来的。如果何晋不离职,短时间内在这个办公室里他完全没升职机会。

好在小伙子没什么野心,做一天和尚撞一天钟,跟侯东彦性格差不多。

两个人正说着,桌上的投影电话响了起来,何晋随手按开:"王部长。"

"小何,后天有个小明星过来我市办粉丝见面活动,娱乐公司那边要借一个可容纳三千人的场地。他们想要在市文化宫或者会展中心十七、十八两层那个大会议厅举办活动,你去安排一下,相关资料我一会儿发你。"

第十二章　久别重逢

"好。"何晋挂了电话，愣了愣，小明星？也不知道是谁。

"哇，又有明星要来啊！"小李兴奋地看向何晋。

何晋所在部门负责的工作中有不少事是跟明星活动沾边的，只是他们做行政的直接去见明星的机会不多，他也就是做一些事前安排和资料交接工作。

"叮"一声，有新邮件提醒，何晋打开一看，立刻愣住了。

小李还在问："是谁啊？"

何晋沉默了两秒钟，稳住声线说："秦炀，听过吗？"

小李："这怎么能算小明星？秦炀这两年都快红透半边天了，刚刚说什么，三千人的场地？够吗？"

何晋干笑："王部长那个年纪，说这个年纪的明星'小'也很正常。"

何晋清楚地记得，就在自己离开前不久，秦炀还意气风发地对自己说，要靠自己积累创业资金。

当初那家伙的确只是个"小明星"，但一转眼，他已经从一个二次元的网络偶像变成了三次元受千万人追捧的公众人物。

只可惜，他和秦炀早已陌路。

何晋面无表情地把视线放回屏幕上，仔细看了看资料，说："就是一个小型见面会，不过以防万一，那天最好还是通知地区公安部门做好区域性限流。"他给不同部门的负责人打了电话，又让小李拟了文件，妥善处理完后，下班时间也到了。

单位距离他家要走将近四十分钟，何晋平时没空锻炼身体，就步行上下班，已经成了习惯。

走在秋风渐起的夜路上，何晋的思绪仿佛也被带回了三年前，给秦炀写的那封信上，他阐述了自己离开的理由和苦衷。

虽然何晋留着原来的通讯号码，也留着手环聊天软件里的联络方式，但秦炀的确再没联系过他。

那个人也有属于他的骄傲吧。

在高铁上与秦炀的通话是他们的最后一次联络，六个月后，何晋回学

就等你上线了

校参加答辩，原本还担心会不会在学校里遇到秦炀，但没有见着。

侯东彦告诉他，秦炀很少来学校上课，因为人气太高了，不少粉丝追到华大来围堵秦炀，搞得学校都特别重视，后来大概私下跟秦炀打过招呼了。

快到家了，何晋收回思绪，这三年，他仍然和父母住，他妈妈的病情好转了很多。

刚回来待在家里的时候，何晋也为他妈这病受了不少精神折磨，好几次差点儿被气到崩溃，尤其是那些不堪入耳的辱骂和动不动就"以死相逼"的行为，特别让他受不了。

他妈妈也没意识到她对家人造成的伤害，但何晋觉得这样下去不是办法，在市里跑了不少医院，向数十个医生了解抑郁症的情况，才得知大多数和他妈妈一样的病人，其实最害怕的不是"知道真相"，而是亲人的"不关心、不理会、不在乎"。何晋之前的"离家出走"，不与家里联系，正是她内心最恐惧的事情，所以她之前才会掌握着家里的经济大权，企图通过控制丈夫和儿子的开销来让他们待在自己身边。

摸清了病根后，何晋决定把真相告诉他妈妈，再劝说他妈妈去看医生，还每天陪她吃饭、聊天、散步。何晋不再退缩，不再一味地逃避，也不再纵容他妈妈。每次两个人有分歧，他都会耐心地跟她据理力争，一次又一次，锲而不舍。

功夫不负有心人，这些年家里的气氛终于好转了一些。

后来，他回到家，桌上开始有热腾腾的饭菜，他父母在等他吃饭，家里的气氛不再紧绷，也时常有欢声笑语。何晋觉得，付出了那么多，总算有了一点回报。

只是，仍然有一件让他分外头痛且无法避免的事——相亲。

"何晋，你爸原来的一个同事的大表哥的侄女，长得挺漂亮，现在在电视台做幕后工作，跟你同岁，你有兴趣见见吗？"

这不，没吃两口饭，何晋的妈妈就忍不住又提起来了。

"行，见见吧。"为了照顾他妈妈的情绪，何晋对类似的相亲安排从来

第十二章 久别重逢

不拒绝，而且态度上表现得非常配合。

何母给他夹了块红烧肉，嘀咕着道："我原本还想，两年前就让你找个合适的对象谈起来，谈到现在差不多也能结婚了。可我就想不明白了，现在的姑娘眼光都这么高吗？怎么三年下来，就没一个谈好的？！那姑娘也是，都二十五岁了，要早两年，我都觉得姑娘年纪太大了。"

没错，二十五岁，华大毕业，为人踏实稳重，性格温和善良，工作稳定，父母健在，家里有房……

何晋这条件，在他们老家这种小城市都是婚介争抢的优质男。他的家人、亲戚也没少张罗着给他找女朋友，可不知怎么的，何晋相亲无数次，就是没一次成功的，而且几乎每次都是姑娘主动拒绝他。

何晋心平气和地道："妈，现在年轻人都习惯晚婚晚育，二十五岁还单着的优秀姑娘比比皆是，你别对人家有偏见。"

何母道："这都还没见面呢，就帮人家说话，我倒要看看这次能不能成。"

何晋也开玩笑道："只要你不挑三拣四，成的可能性比较大。"

何母瞪了他一眼："我哪里挑三拣四了？我哪里还挑得动啊？我现在不管什么样，只要是个女的，你能带回家来，我就谢天谢地了！"

母子俩对话的过程中，何父一直沉默地喝着小酒，偶尔看何晋一眼。

饭后，何母收拾碗筷，何父轻声叫何晋去阳台说话。年近七十的老人颤颤巍巍地抽着烟，轻声问："何晋，你喜欢现在的生活吗？"

何父突然想起儿子毕业前，在华大宿舍跟他的争吵，憋闷地咆哮着自己的不甘心，质问他们有没有理解过自己，有没有问过自己想要什么，不想要什么，喜欢什么，又不喜欢什么。

当时何父没明白，只觉得何晋不懂事。

何晋冷静了，泄气了，回家了，不再叛逆，不再反抗，现在表现得像一个大人了。他成熟懂事，认真工作，乖乖相亲……一切看起来都很好，何父想，自己如愿以偿了，应该觉得欣慰才对，可他并没有。三年前何晋与他争吵时说的话，反复在他脑海中浮现，对比这几年他对何晋的观察，何父总觉得有什么地方出了问题。

就等你上线了

是的，他觉得自己的孩子好像失去了快乐的能力，那不是刻意表现在脸上的"不快乐"，而是被压抑在内心深处、隐忍的痛苦，只有在没有人看见的地方才会不经意地泄露那么一点点。

何父也没忘记，当年何晋紧握着拳头、颤抖着肩膀，愤怒地朝他吼叫着——"我不想以后变成一个我自己都讨厌的人！"

"没有喜欢或不喜欢，这是我唯一的选择。"何晋平静地道。

换位思考，如果他出生就有智力缺陷，是个残疾人，他父母会弃他于不顾吗？不会，他们仍会好好地把他养大。所以，就算有再多委屈和遗憾，他也不会抛弃生病的母亲。

养育之恩，反哺之责，这是他身为男人、身为人子该背负的东西，即使代价是放弃自己的快乐。

何父长长地叹了口气，突然反应过来，何霖的悲剧以及那件事带给这个家庭的影响，其实本不该由何晋来背负……

何晋见他爸愁眉深锁，还反过来安慰他爸："爸，你不会觉得我对你们有怨恨什么的吧？别乱想了，我挺好的。妈的病好了很多，你自己也注意点儿，少抽些烟，你跟妈身体健健康康，才是最让我放心的。"

何父无力地点点头。何晋劝完就转身回去了，陪他妈妈看了会儿电视，到了十点，准时回房间睡觉。

02

两天后，秦炀来Q市了。粉丝见面会安排在当天下午两点到五点，地点在文化宫，当地的电视、报纸和网络媒体早就开始争相报道此事。

这天是周六，何晋不用上班，还被安排了中午去跟他爸原同事的大表哥的侄女相亲。

十一点左右，他就出了门。

第十二章 久别重逢

Q市很小，市中心最热闹的地方，东西南北圈起来不过几条马路。何晋订的餐馆就在距离文化宫不远的盛意广场，是一家口碑很不错的粤菜馆。

他到餐馆时是十一点四十五分，距离跟女方约定的见面时间还有十五分钟，他看了一眼手环里收到的女方资料——段书蓉，二十五岁，Q市电视台编辑部职员，S省传媒大学中文系毕业，谈过一个男朋友，兴趣爱好……

何晋直接给对方发了条信息告知桌号，然后先要了一杯意式咖啡，镇定下来，开始打腹稿准备说辞。

一般相亲约会，女方稍稍迟到一会儿是常态，何晋本以为至少要等半个小时，不料对方十二点没过就到了！

"请问您是……何晋，何先生吗？"

简单的格子衬衫、朴素的灰色棉质卫衣，戴着一副黑框眼镜……段书蓉努力把这个人跟记忆中的白衣少年联系起来。

何晋猛然抬头，眼前一亮：大眼睛，尖下巴，长直发，简洁精致的齐膝裙套装，第一印象很好。

"段小姐，您好。"他赶紧伸出手跟她一握，然后从容地指了指自己面前的座位，"请坐吧。"

段书蓉的视线没从何晋的脸上移开，她坐下后，不确定地问："何晋，你不记得我了？"

何晋一愣，又抬头看了看对方，摇摇头，歉疚地道："我们见过吗？"

"我们，"段书蓉的手指在两人之间画出一道线，"初中同一所学校。"

何晋慢慢睁大了眼睛，像是想起了什么，但又很模糊……

段书蓉苦笑了一下，又道："学校有活动时，我们经常搭档做主持，初中时我喜欢你，还给你写过情书，但你把它交给你妈妈了，你妈妈打电话到我家辱骂了我一顿……记起来了吗？"

何晋惊呼出声："是你！"

他又羞又窘，手足无措地看着对方。当年的事对他来说也是难堪的阴影，他不敢去想，所以很快忘了。

就等你上线了

"对不起，我没想到。"

"没想到我会跟你相亲？"段书蓉反问。

"嗯……"是啊，因为那之后他就被彻底讨厌了，如果段书蓉还记得他，绝对不可能来见他。所以，尽管这个名字有点儿熟悉，但何晋还是没把这个人跟初中隔壁班的女生联系在一起。

段书蓉一笑："我本来是不想来的，但过了那么多年，我还真是挺好奇你变成什么样了，所以，这次与其说是相亲，其实更像是见老同学吧。"

何晋垂着眼，莫名地松了一口气。他把菜单递过去："先点菜吧。"

段书蓉笑着瞥了他一眼，一边翻菜单一边说："你还真没怎么变。"

何晋推了推眼镜："哪儿能啊，都十几年了。"

"我是说五官、气质，给人的感觉这方面。"段书蓉点了几个菜，要了杯饮料，何晋招来服务员下了单，段书蓉又看见何晋面前的咖啡，道，"饭前喝咖啡？对胃不好吧。"

何晋轻笑了一下。他已经习惯了每次跟姑娘相亲前喝一杯咖啡，就是为了保持头脑清醒。

两人聊了聊这几年各自的生活，菜上来了，两人碰了碰杯子，何晋突然郑重道："段书蓉，对不起。"

段书蓉："嗯？"

"当年那封信其实不是我交给我妈的，是我妈自己翻出来的。她有检查我书包的习惯，我把那封信夹在语文书的书套里，她还是发现了。可能是我当时太紧张，露出破绽了。"何晋歉疚道，"我没想到她会做出后来那些事，还好今天见到你，能让我有机会对你表达一下迟来的歉意。"

段书蓉听得目瞪口呆，不过也有点儿被何晋的真诚触动了，她顾左右而言他："你妈是什么人啊？！难怪你都回来三年了还没找着对象呢！"

何晋："……"

段书蓉轻咳了一声："说实话，我这次来呢，也是有点儿恶作剧心理的，其实我还蛮想看看，你妈妈要是知道她千方百计地托人给她儿子找的相亲对象，就是当年被她打电话骂过'狐狸精啊，小小年纪勾引人啊'的

第十二章 久别重逢

人,她会是什么反应。呵呵……不过现在我不想看了,只要是个正常的妹子,谁想要你妈这么难搞定的婆婆啊?"

何晋听了这话非但没生气,竟然还"扑哧"一声笑了出来。虽然段书蓉这么说有点儿不礼貌,但也是大实话,他点了点头:"你说得对。"这世上估计也只有亲儿子能忍得了她了。

段书蓉愣住了,一边拿起杯子喝饮料,一边用那双漂亮的大眼睛打量何晋,很难想象,那样的女人竟然能教出如此温和沉静、清俊儒雅的儿子。

其实她这次会来见何晋,还有一个原因没说——她对他还抱有少女时期的那点儿初恋情愫。

何晋用筷子点了点桌上的菜:"快吃,看来今天这顿饭是我替我妈请你的赔罪宴了。"

段书蓉轻哼了一声:"就算是相亲,也该是你请。"

何晋像是容忍着坏脾气的女朋友,和声说:"肯定,谢谢你给我面子,多吃点儿。"

段书蓉吃了两口菜,忍不住道:"哎,其实我打听过了,给我介绍你的那个阿姨说,这些年你好像一直在被相亲对象拒绝……"她放低了声音,"你看 Q 市也不大,来来去去单身的、条件还不错的就那么些人,你是怎么做到被那么多人拒绝的?也不至于全是因为你妈难搞定吧?"

何晋抬手掩嘴,挑起一边的眉毛,干笑了一下,没说话。

段书蓉把筷子一搁:"喂,何晋,"她鼓起勇气道,"其实我不是很在乎你家里的那些情况,你要不要跟我试试?"

何晋叹了口气,低头看着已经见底的咖啡杯:"段书蓉,谢谢你,但我不能连累你。"

段书蓉真没想到,何晋会这么坚定地拒绝她。

她本来应该生气的,虽然她借口"见老同学",又说要"气何晋的妈妈",但本质上她是带着见初恋的心情来赴约的。

再一次碰壁,对条件优秀的她来说本是一件很让人沮丧的事情,但奇怪的是,她除了羞恼,内心还有一丝复杂的心疼。

就等你上线了

"不说我的事了,你不是说只是当见老同学吗?"何晋笑了笑,重新戴上面具,转移话题道,"你这么漂亮,性格又这么开朗,应该不缺人追你吧?是不是还没遇上足够好的,你才单身到现在?"

何晋这话说得很有水平,他没说"你是不是要求太高",而是说的"没遇上足够好的"。段书蓉心里舒服了很多,也跟何晋畅谈起了自己的感情史。

因为有患抑郁症的母亲,这几年何晋的身上的棱角都快被磨光了,几乎没什么事情是他忍耐不了的。

他认真地听着段书蓉的倾诉,时不时客观地表达一些自己的看法和建议,说话时的语气和态度是那么谦和平静,让人如沐春风。

慢慢地,段书蓉就被何晋吸引了,这一次不是出于那些几不可寻的懵懂情愫,也不是因为心疼,而是被何晋从内里散发出来的气质吸引了。他就像一个磁场,源源不断地吸收着周遭的一切负能量,和他对话,再急躁的人都会慢慢平静下来,被他身上的淡定气息所安抚。

和身边那些浮躁、愤青、"中二"的同龄人相比,何晋太不一样了。

一顿饭吃了两个多小时,直到餐厅过了营业高峰期,身边的人都散了,两人才反应过来。

"你一会儿还有事吗?"段书蓉忍不住问,"要不要一起逛逛?"

本来这话应该由男方提出,可何晋都表达了无意交往的意思,肯定不会再提,而段书蓉不想就这么跟他分开,便没忍住主动提了出来。

何晋眼中难得露出一丝迷惘之色,但只有一瞬就消失了,他结了账,说道:"也没什么事,我陪你逛逛吧。"

两个人出了餐馆,外面闹哄哄的全是人和车,马路上还有不少交警和巡警。

"怎么回事,今天外面怎么这么多人啊?"段书蓉拉上手拎包的拉链,往肩上一挎,"来的时候我就发现了,打车都打不到,还是我爸开车送我来的。"

何晋没解释,心道是因为不远处来了个明星,下午在文化宫开粉丝见面会……

"人这么多,逛街的心情都没了。"段书蓉撇撇嘴,问何晋,"要不我请你看电影吧?"

第十二章 久别重逢

"好啊。"何晋抬头看了一眼多云的天气，明明已经是深秋了，气温也不高，他却觉得浑身发热。其实刚才在餐厅里他背后就开始一阵阵出汗了。

两人到了最近的电影院，顺利买到了两张下午三点开场的电影票。

一个小时四十分钟的剧情片，何晋一点都没有看进去。他如坐针毡，每隔一会儿就要看一眼手环上的时间，三点十五分，三点半，三点四十五分……四点半……

他记得那个见面活动到五点就结束了，秦炀估计会直接离开Q市。

电影演到最紧张的时刻，段书蓉下意识地想去抓何晋的手，结果一偏头，却见何晋紧皱着眉头，双眼无神地盯着前座的椅背，整张脸在荧幕闪烁的光影下显得格外苍白。

他双手交叉着，一会儿握紧，一会儿又松开，看起来非常焦灼。

段书蓉凑过去，想问问他怎么了，他触电似的弹开了，等反应过来，才歉疚地对她笑了笑，然后把视线移向屏幕。

段书蓉这才知道，何晋对看电影并没什么兴趣，只是为了迎合她的要求，不忍心拒绝她，才特地陪她来看的。

看完电影，原本还期待着跟何晋一起吃晚饭的段书蓉突然觉得意兴阑珊，扯了几句"今天很高兴见到你"之类的客套话，就跟他道了别。

03

看着段书蓉离开的背影，何晋垮下肩膀，捏了捏自己笑得僵硬的脸，彻底放松下来。

他慢慢往外走，想去坐出租车，但外头人山人海……手环"嗡嗡"地响了起来，是他妈妈打来的电话，问他回不回去吃饭。

"妈，我还跟段书蓉在一起，晚上不回去了，你们吃吧。"何晋不得已撒了谎。身上的枷锁，脸上的面具，生活中的每分每秒、每时每刻，都强迫着他去演戏。

就等你上线了

何母不疑有他,还显得很高兴,毕竟何晋以前相亲跟对方吃过一顿饭就散了,很少有时间这么久的。

何晋随着人潮往前走,等反应过来,才发现自己已经走到了文化宫门口。外面围着一层层的人,其中有很多是没买到票的年轻女粉丝,初中、高中生模样的居多。

她们手上举着印有"秦炀"或"殇火"名字的海报、灯牌、礼物,一个个兴奋地尖叫着。

已经下午五点十分了,文化宫没有后门,明星进出只能从前门走,安保人员和巡警正在做疏通,随着一辆保姆车驶近,全场再次爆发出惊天动地的尖叫声。

外围的路人也纷纷驻足,爱看热闹是人的天性,他们即使不明状况,也能留在原地把现场围得水泄不通。何晋被后面的人推搡着往前走。

五点二十分,数十个保安率先从里面出来,硬是在人群中挤开一条道,围观的粉丝疯狂地尖叫起来,大声喊着秦炀的名字。

紧接着,一身黑亮礼服、戴着紫色反光太阳镜的秦炀就被人簇拥着从里面走了出来。

不过十几秒钟的工夫,秦炀就上了车,保姆车缓缓从人群中驱离,粉丝们仍在尖叫着夹道欢送。

车子靠近何晋所在的区域时,何晋努力睁大眼睛,想透过车窗玻璃再看秦炀一眼,可玻璃窗贴了不透光的膜,他什么都看不到。

车内的秦炀正头痛地揉着太阳穴,漫不经心地扫视着外面喧闹的粉丝,眼神突然顿住了。

"等一下!"他大叫了一声,司机一个急刹车,助理和经纪人都转头看着他,不知道出了什么事。

秦炀看着人群中那个明显比女孩子们高出半个头的人影,两个人隔着车玻璃,只有两三米的距离……

"没什么,走吧。"秦炀淡淡地道。

保姆车摆脱了粉丝群,转到附近的酒店停车场,秦炀换了辆车,吩咐

第十二章　久别重逢

司机开回去。

"是忘了什么东西吗？"助理不放心地问，"要不要我直接给那边的人打电话帮你找？"

秦炀挥手遣散他们："不用，我随便转转，你们先去休息吧。"

人群还没有散尽，秦炀坐在车里，透过车窗玻璃扫视着眼前。他走了吗？他又消失了吗？

秦炀按开手环，找到那个熟悉的号码，又关掉了。

秦炀抬起头，突然一愣，赶紧嘱咐道："冯司机，两点钟方向那个穿灰色衣服的青年，跟着他。"

冯司机："哦。"

天快黑了，何晋不知不觉就走到了酒吧街。华灯初上，店面外的霓虹灯一盏盏亮了起来，红的绿的，迷人眼睛。

他随便进了一家刚刚开门的酒吧，找了个灰暗的角落位置。

服务员问他要什么，他低声道："碳酸饮料。"

"先生，我们这里没有碳酸饮料，有调制的鸡尾酒。"服务员递上酒水单，指着上面的鸡尾酒一个个介绍。

何晋翻了几页，随手指着酒水单上的一种烈酒，道："我要这个。"

服务员惊讶地道："一瓶？可以，但我们点整瓶酒要先结账。"

何晋刷了卡，服务员帮他开了酒，带着一个空杯子和一桶冰过来，让他加冰喝。何晋没喝过烈酒，在杯子里倒满了酒，加了两块冰，一口气喝了半杯，呛得他直掉眼泪。

酒保远远地看见了，让服务员注意一下他，这种买醉的顾客他们见多了，得让人在喝出问题之前离开。

半杯烈酒下肚，何晋全身的血液直往脑袋上涌。

他本来酒量就不太好，又空腹喝了一杯烈酒，醉意铺天盖地袭来，眼前的一切东西都开始摇晃。

何晋把火热的脸贴在桌子上，双眼无神地看着眼前的透明玻璃杯。

就等你上线了

他又想起刚刚看见的那一幕，经纪人、化妆师、助理、保镖……他知道秦炀很红，但这还是他第一次见识到秦炀出门都有这么大阵仗！

看看闪闪发光的他，再反观自己……

他们，终究成了两个世界的人。

过了晚上八点，酒吧里客人渐多，酒保又看向坐在角落里醉成一团的何晋，朝服务员使了个眼色。服务员会意，一般这种情况，他们都会找客人的手环拨对方最近联系的一个号码，让家属或朋友来把人接走。

服务员正打算过去，只见一位身穿黑色风衣的新客带着秋风推门而入。

那是一个个子很高的青年，大晚上的还戴着一副墨镜，厚厚的围巾遮着下巴和嘴唇，一张脸只露出一个英挺的鼻子。

服务员的眼前一亮，虽然那人全副武装，但举手投足间还是难掩光华，就算不看脸，只看身材，也是个耀眼的男人。

只犹豫了一下，服务员就打算先去接待他。

但那人进来后，却只是站在原地巡视了一圈，不像是来喝酒的，倒像是在找什么人。果然，他的视线移动到角落位置时，顿了顿，然后径直朝那个方向走了过去。

何晋闭着眼睛趴在桌上，脑袋像是被针刺一般疼，心脏跳动也极快，不知道是因为喝多了咖啡还是醉了酒，他从没有一次喝酒后像现在这样难受。

秦炀就那么来到他面前，视线一一扫过桌上还剩小半瓶的酒、半桶化掉的冰块，以及那个瘦尖了下巴的人。

刚刚在外面的车里等了两个小时，晚上随便吃了个司机买回来的三明治，秦炀不知道自己到底是在等什么。

想起这三年何晋的杳无音信，秦炀的嘴角勾起一个讥诮的笑……

既然走了，又为什么要躲在人群里看我？

秦炀伸出手一把拽住何晋的手臂，把他从座位上拖了起来！

何晋睁开眼睛，一阵头晕目眩，视线不能定焦。他晃着头，努力睁大眼睛想看清眼前的人，可一晃头，整个世界也跟着晃了起来。

第十二章　久别重逢

秦炀一手抓着何晋的手臂从肩上绕过来,打算把人从酒吧里拖出去。

服务员这才回过神来,赶紧拦住问了一句:"先生,请问您是这位客人的……"

"朋友。"秦炀冷冷地吐出两个字,不等对方反应,就用力把差点儿滑下去的何晋往身上一带,直接走了出去。

把何晋推进车里后,秦炀干脆利索地吩咐待命的司机:"回酒店。"

路上他给助理打电话,让助理再开个新的房间,小助理奇怪地问道:"开房?接待方已经给你开了一个特等房啊,你再开一间做什么用?"

秦炀有些不耐烦:"有个朋友来找我,你赶紧开,别管这么多。"

到了酒店的地下停车场,秦炀好不容易把何晋从后座里拖出来,何晋两脚虚浮无力,捂着肚子一阵干呕,但什么也没吐出来。

何晋以前喝得再醉,也没这样失态过,看来这次是彻底喝过头了。

把何晋扶进房间摔在床上,秦炀出门对等在门口的小助理吩咐道:"你让小周十分钟后去我的房间找我。"

回到自己的房间,秦炀快速冲了个澡,洗漱了一番,出来时小周已经在等着了。

秦炀一边穿衣服一边低声吩咐:"小周,你留在 Q 市,1108 房间的那个人,你帮我跟一段时间,调查一下他住在哪里,现在在做什么工作……"

停顿了片刻,秦炀继续道:"还有他妈妈,我记得她患有抑郁症,你查一下她现在病情怎么样了,资料越详细越好。每了解一项第一时间发消息给我,我参加完接下来的活动,大概下周四有一天时间,会再过来一趟。"

小周点了点头:"知道了。"

秦炀安排完毕,留下小周,跟一群人下了楼。

第二天早上七点半,何晋的眼皮微微跳动,意识慢慢回归。他是被生物钟唤醒的,环顾了下四周,看得出来这是一间档次很不错的酒店房间。

何晋又看了看自己的手环,上面有三十多通未接电话。何晋不喜欢用铃声,将手环调成了振动模式,可能是醉得厉害,三十多通电话全部被他

就等你上线了

无视了。

大部分电话是家里打来的，何晋赶紧先给家里回了个电话。

"喂！"电话响了一声就被接起，是他妈的声音，"何晋！是你吗？你现在在哪儿？"

"妈……"何晋头痛欲裂，还没时间想好怎么撒一个圆满的谎，便说，"我昨天晚上一个人去喝酒了，喝得有点儿晚，还喝醉了，怕回去吵到你们，又怕你们担心，就一个人在外面住了酒店。结果一到酒店就睡着了，都没来得及给你们打个电话。"

何母又气又急："你干吗一个人去喝酒啊？"

何晋："我觉得我很失败。"

何母："你怎么……"

"妈，"何晋打断她，半真半假地说，"我这几年相亲了那么多次，见过各种各样的女孩子，可还是没有一个能成的。我也想找个好点儿的姑娘，平平淡淡地在一起，早点儿成家立业让你高兴，可是为什么那么难呢？"

何晋再也撑不住了，戴了多年的面具，全身的盔甲在这一刻变得支离破碎，他的语气里透出浓重的悲观："妈，你说是不是我命中注定不配得到幸福？"

"你说什么胡话？！"电话那头的女人似乎没料到，这几年在她眼中成熟乖巧不再需要人操心的儿子，竟然会有这样的想法！原本数落、指责的话瞬间说不出来了，何母这一刻只想安慰他，"是不是那个段姑娘昨天跟你说什么了？你昨晚没回来，我给那个姑娘打电话了，她说她对你的印象挺好的啊，还说想跟你多接触看看……何晋啊，你这是怎么了？到底出什么事了？"

"你给段书蓉打电话了？"何晋愣住了，段书蓉真是这么跟他妈说的？

"是啊，你不是说跟她一起吃饭吗？我们等你到十点钟你都没回家，打你的电话又打不通，我就给那个姑娘打了个电话。她说你们吃完晚饭就分开了，她以为你回家了。"

何晋很奇怪，跟段书蓉吃晚饭的事是他骗他妈的，段书蓉没露馅？

"你是不是喝酒喝糊涂了才这样胡思乱想？好了好了，先别说了，你赶紧回家来！"

第十二章 久别重逢

挂了电话，何晋又返回去看了一眼未接来电，昨晚十点十分，段书蓉给他打过一个电话，根据时间推测，的确是他妈给她打电话之后的来电。

现在不到八点，何晋不确定段书蓉有没有醒，想先发一条信息给她，可一点进信息界面他就愣住了。

界面上有一条最新的信息，来自一个陌生号码，内容只有四个字——"好好休息。"

何晋上网查了一下号码归属地，是 A 市。

秦炀……是秦炀吗？

04

洗漱完，何晋抽出房卡，一看房卡上头的字，才知道自己住在 Q 市最好的酒店里。

他去前台还房卡时，顺便询问了一下前台工作人员开房人的信息，前台人员道："这间房的房款已经结清了，支付人是一位姓李的女士，对方今天早上过来续了半天房费，您可以住到今天下午六点，您确定要现在退房吗？多支付的钱我们是不退的。"

何晋点点头，交还了房卡。

他根本不认识什么李女士，越发想去确认那个人是不是秦炀。

回家的路上，何晋的手环振动了一下，他点开来看，是段书蓉发来的消息——

"何晋，昨天晚上你妈妈给我打电话了，你是不是骗你妈妈说跟我吃晚饭了？虽然不知道你为啥要骗她，但我帮你圆了谎，你说该怎么谢我吧？"

何晋想了想，回复道："对不起，把你扯进来。我昨天晚上喝了点儿酒，没回家住，现在才回去。不过以后遇到这样的事，你还是不要替我说谎了，万一我真出了什么事，调查起来，你是最后一个见到我的熟人，这对你不利。"

段书蓉很快回复了："我晕……何晋，你是不是总这样替人考虑啊？"

就等你上线了

何晋："我说的是实话，不过还是谢谢你，我改天再请你吃饭吧。"

段书蓉赌气道："我想听的只有你后面的半句话。"

何晋哭笑不得，想起他妈在电话里说的那些话，忍不住问道："你跟我妈说你对我印象不错，还要跟我进一步接触？"

段书蓉："是啊，我回来后想了想，说不定我们合适呢。"

何晋苦笑，也不知道该说这姑娘是太执着还是太自信。

他还没想好该怎么跟段书蓉说，现在一两句话也根本解释不清楚，想了想，他问："你什么时候有时间，我请你吃饭？"他想还是面对面跟人家说清楚更有诚意。

段书蓉回复："今天没空，本小姐和闺密们有约啦，不过我记得你的单位好像离电视台还挺近的，我工作日五点半下班，要约我吃晚饭的话记得提前一天说哦！"

"好，那我再联系你。"信息一来一回，出租车已经到了何晋家楼下。

何晋结账下车，进家门前先调整了一下呼吸。

"何晋！你回来了！"看见何晋回来，何母急忙迎了上来。

何晋伸出手把这个急躁的老人抱在怀里："妈，你别激动，我回来了，我没事了。"

何母的眼眶一下子红了，这个时候，儿子还紧张着自己，可她只希望他好好的："你是不是又担心妈发病？你看爸妈现在都好好的……傻孩子，你跟妈说实话，你怎么会那么想？你现在工作那么稳定，而且结婚用的房子妈都给你买好了，那些女孩子没相中你是她们没福气，不知道你的好！"

"我好吗？"何晋有些茫然，觉得自己一点都不好。

何母反手轻拍着何晋的背，仿佛他变成了五六岁的小孩子，是个还没长大、需要人保护、需要人安慰，只能依赖自己的小孩："当然好，你没见你姑、你姨还有隔壁邻居都羡慕我们，羡慕老何家有这么一个孝顺的儿子？"

何晋也不知道自己是该哭还是该笑。

他极力否定的自己，却成了别人眼中最好的模样。

"好了好了，你都多大的人了，怎么这点儿打击都受不了呢？妈又得批

第十二章 久别重逢

评你了。"

眼见他妈妈满肚子的说教话语就要脱口而出,何晋赶紧道:"妈,我很累,想回房间睡一会儿,行吗?"

何母数落了几句何晋喝酒的事,松开他让他先去休息,原本要逼问的事也被何晋这一通温情的拥抱打断了。

其实,就在等何晋回家的半个小时中,何母也想了很多。

在长达大半年的正规心理治疗下,她也有些意识到了自己曾对家人和儿子造成的心理伤害。现在她的状态好转了很多,知道自己有病,她也不敢太激动,因为她不知道发病时脑海中被"巨石"压迫的感觉,和正常情况下头脑清醒的感觉,完全是两种不同的状态。

何母想起何晋在电话里说的那几句话,语气那么低落,那么万念俱灰,心里突然生出一种前所未有的恐慌感。

这种感觉和她发病时感受到的恐慌完全不一样,以前她是害怕何晋脱离自己的掌控,和何霖一样离开自己,但这次不同,她感觉何晋是在向自己求助,就像一个被逼到绝境的孩子,只能向自己的母亲寻求帮助。

何晋从小就很坚强,虽然表面温顺,但内心竖着高墙,唯在那几次的暴打和强压之下,他才肯向人低头。

所以,自从何晋懂事后,何母再也没遇到过何晋向她求助的情景,这曾让她觉得安心。但现在也让她格外恐慌,因为她根本不知道儿子的问题出在哪里,她要怎么去帮他……

等何晋进了房间,何母又胡思乱想了一会儿,才不安地拉着何父问:"哎,老何,你没感觉咱们儿子不太对劲吗?你说他是遇上什么事了?"

何父再也忍不住了,坐下来道:"你才发现吗?"

何母:"你这是什么意思?"

何父:"我早就察觉出来了,何晋其实过得并不开心,但平时没表现出来,可能是担心会刺激到你。"

何母气道:"你现在是在怨我了?你当我愿意生这种病?那我是不是去死了,你们父子俩就能解脱了?

就等你上线了

何父无奈地道:"你看看,你又来了,动不动就是死啊活啊的,听到这种话我们会好受?你的药吃了吗?"

何母:"……"

何父放低声音道:"老伴儿,儿子千叮咛万嘱咐,就怕我把你当不正常的人看待。你说,我跟你都几十年了,咱们俩什么苦没吃过?我是那种会因为你生病就嫌弃你的人吗?咱们就心平气和地谈一谈吧,为了儿子好,行不行?"

何母稍稍妥协:"谈什么?"

何父:"谈一件咱们以前都不敢去面对的事……何霖的事。"

何母的脸色一变,低声道:"人都走了,有什么好谈的?"

何父握住何母的手,循循善诱地道:"咱们家的气氛就是从何霖走的那一年开始变的。医生也说了,就是那件事在你的心里埋下了阴影,自从那之后,你就对何晋管得很严,后来愈演愈烈,你根本不允许他有一丝脱离你掌控的行为。"

何母板着脸道:"这不是挺好的?棍棒底下出孝子,何晋就是因为这样,才比他哥听话,比他哥好。"

何父瞅了瞅何晋的房门:"你真这么觉得?可是现在你不是也看出问题来了?"

何母心虚地道:"能有什么事?他年纪轻轻的,开导开导就好了。"

何父叹了口气,道:"问题就是这么来的。你当年性情大变,我也觉得过段时间就好了,根本没重视你的情绪变化,也一点跟抑郁症有关的常识都没有,才会让你的病情发展成后来那样。"

何母奇怪:"这和何晋有什么关系?"

何父迟疑了一下,看着何母问:"你有没有想过,如果没有何霖,何晋会生活在一个什么样的环境下?"

何母愣了一下。何晋跟何霖的性格还是有区别的,何霖年轻的时候更像她一点,性格耿直,而且容易冲动。

何父惆怅地道:"最近一年我想了很多,我总觉得,何霖走后给咱们家带来的负面影响,其实不应该由何晋来承担,他的压力太大了。"

第十二章　久别重逢

他摩挲着何母的手，低声道："那天陪你去看医生，张医生叮嘱我说，让我也多注意自己还有何晋的心理变化。据说在抑郁症患者的家庭中，家人相互影响导致患病的情况很常见。"

何母的肩膀控制不住地颤抖了一下。

过了许久，她才说："你知道何晋刚才在电话里跟我说什么吗？他说他觉得自己很失败，还说什么他是不是命中注定不配得到幸福……现在听你一说，我才觉出来，你说他是不是也有这个征兆了？"

何父轻蹙着眉头，沉吟道："我就是担心这一点。何晋平时没表现出来，也藏得很好，但说到底他也只是个二十多岁的孩子，可能有撑不下去的时候。万一有一天他被这种压力给压垮了，那该怎么办？咱们还能不能经受再失去一个儿子的打击？"

何母紧张地反握住何父的手："怎么可能！"

何父问："为什么不可能？你自己也有过经历，发病时觉得活着毫无意义的那种悲观心态，一时半会儿是扭转不过来的。你知道头两年我跟何晋花了多大的力气才把你从那个深渊里拉出来吗？你现在病情好多了，再想想那时候的心态，觉得自己能理解自己吗？"

何母慌道："可……可是我现在已经好多了，咱们还给他什么压力了？"

话音刚落，何母便站起来，想去敲何晋的门。

何父一把拉住她："你去干什么？你不是答应我冷静的吗？"

何母激动道："我要好好问一问他在想什么，我到底该怎么做。"

何父也很着急，但怕吵着何晋，极力压着声音："你要问什么？事情都过去了，他刚刚什么样子你也看见了，你非要在这种时候问他吗？"

何母浑身颤抖着，是啊，事情都过去几年了，何晋也回到了他们身边，这几年他的所作所为根本挑不出一丝错，她能问什么？她又想做什么？！

何母崩溃地捂住脸，呜呜咽咽地哭了起来："我这是造了什么孽？为什么会这样？"她靠在何父怀里哭得喘不过气来。何晋的做法比直接对抗给她带来更加强烈的震撼，这种心如死灰的感觉太让人绝望了。

何父抱紧她，长长地叹着气，也跟着红了眼眶。

就等你上线了

何母不甘心地摇头低喃:"咱们都是为他好……"

何父:"这是真的为他好,还是只是你觉得这样好?我之前都告诉你了,何晋几年前跟我吵架时是怎么对我说的,他说我们根本不理解他,也从没在乎过他想要什么、不想要什么,这是实话。这么多年下来,你问过他他喜欢什么吗?如果不是因为你当时生了病,他是根本不打算回来的。"

何父叹了口气,轻声道:"咱们都是一条腿迈进棺材的人了,管不了何晋一辈子,也陪不了他过下半生。我只是想让他……自己选择自己的生活。"

何母嚅动了两下嘴唇,整个客厅里只剩下无声的啜泣。

05

何晋对父母在外面聊了些什么浑然不知,他昏昏沉沉地躺了一上午。中午才隐约听见妈妈叫他吃午饭,可他却因宿醉头痛,心有余而力不足。

"妈去给你熬点儿粥。"何母进屋见到他的样子,难得体贴地让他多睡一会儿。

何晋中午吃了点儿粥,下午睡不着,翻出手环里的消息界面,那个陌生号码发来的消息还在,但仍然只有"好好休息"这一条,之后再没新的。

何晋犹豫着打了三个字,过了一分钟才发出去:"你是谁?"

迟迟没有等来回复,何晋又上网去搜秦炀昨晚在 Q 市下榻的酒店,但没搜出来。也是,明星入住酒店的资料都是保密的,否则早有粉丝去围堵了。

何晋正想打电话通过自己的关系打听打听,手环突然振动了一下。

陌生号码:"你说呢?"

何晋:"……"

何晋揣摩着这句"你说呢"的意思,对方会反问这句话,肯定认为自己是认识他的。难道真的是秦炀?

可何晋也不敢直接问对方他是不是秦炀,万一不是,不就暴露了自己跟大明星之间的关系了?

第十二章　久别重逢

何晋想了想，又发了一条："QY？"

秦炀收到这条消息，脸上的肌肉总算不再紧绷了。

"秦先生！可以进摄影棚了，您准备一下！"不远处传来工作人员的招呼声，秦炀板着脸摘了手环放进口袋里。

没等到回复，何晋反复开关着手环投影，一整个下午都有些焦灼难安。

直到晚上吃饭时，他的手环突然振动了一下。

陌生号码："刚刚在忙工作。"

何晋心里一热，虽然对方没正面承认，但也没否认，基本能确认了。

何晋匆匆扒了两口饭就起身道："爸、妈，我吃完了，先回房间了。"

何母："你怎么……"

"身体不舒服就早点儿休息吧。"何父给何母使了个眼色，何母欲言又止。

何晋关上房门，开了手环，盯着最新一条消息，原本有许多话想跟秦炀说，可突然之间一句话都说不出来。

何晋叹了口气，只发了一条消息过去："告诉我，你是不是秦炀？"

几秒钟后，手环振动，陌生号码回复："是。"

周一上班，何晋中午趴在桌上小憩了一会儿。工作后的第二年起，他明显感觉自己的体力开始不如从前了，读书时他作息规律，从早到晚精神奕奕，现在中午不睡一会儿下午就感觉精神头不足。

昨晚那句"是"后，秦炀没再发消息过来，何晋也没再回。两个人维持着这种古怪的平衡，各自生活，相安无事。

傍晚，秦炀收到了小周今天观察到的信息——

"何先生在事业单位上班，早上七点四十五出门，八点二十左右到单位，下午五点准时下班，现已回家。"

周三，晚上吃饭时，何母犹豫良久，又忍不住问道："哎，你跟段书蓉还在联系吗？"

何父若有所思地看了何母一眼，何母回瞪他，继续看向何晋，提点道："上次打电话时那个姑娘说她对你挺有好感，但你是男孩子，还是要主动点

就等你上线了

儿,别老让人家姑娘开口。"

何晋被何母一提醒才想起这茬:"哦,我正要请她吃饭,一会儿我问问她明后天晚上有没有空。她说她平时下午五点半就下班了,跟我的时间差不多。"

何母直点头道:"好、好、好,就是得找机会多见见,多接触接触!那明晚我就不准备你的晚饭了。"

何晋的眼角抽了抽:"也不一定是明天见面呀。"

吃过饭,何晋就发信息约段书蓉,对方同意了。

"怎么说,跟她联系了吗?"何母给何晋倒了果汁,急切地询问。

何晋点了点头:"嗯,那我明晚就不回来吃饭了。"

何母面上一喜,交代道:"明晚吃完饭记得送人家姑娘回到家后再回来!"

好奇怪,他咋感觉他妈像是突然变了个人呢?以前从没见她对哪个跟他相亲的姑娘这么上心。

何母在客厅、厨房里走来走去,不知道在张罗什么,半个小时后找出两个样子还算端正的礼盒,一盒是别人送给二老的保健品,还有一盒是何晋单位之前发的牛奶。

"喏,这个你明天带去给那个段姑娘。"何母把礼盒放在何晋的脚边,面上透着一丝急切。

何晋无语了:"妈,我是去……去约会的,又不是上人家家里,你让我带这个干什么?那么重!"

何母搓着手,似乎还在找什么能送的:"你明晚不是要送她回家吗?万一她请你进去坐坐呢?空手不好,得给人家家里人带点儿东西。"

何晋觉得不可思议,这太急躁了,而且这样带东西,明摆着是在提醒对方自己有意交往。但是他已经打算要跟段书蓉说清楚了,根本不可能去她家。

何晋当然没敢跟他妈说实话,而是道:"那明晚吃了饭她要是约我看电影呢?你说我提着这么两大盒东西,合适吗?"

何母懊恼地板着脸,老小孩的脾气发作了。

"好、好、好,我带、我带。"何晋无奈地举手投降,何母这才露出笑容。

何晋想起小时候的事情,心思一转,道:"妈,你还记得初中时有人给

第十二章 久别重逢

我写情书那件事吗？"

何母拿起手边的塑料花，一边做手工花一边道："情书，什么情书？我早忘了。"

做塑料花是何母最近刚开发的一个兴趣爱好，两年前，何晋发现他妈妈很多观念过时又狭隘，开始连哄带逼地陪她上网看一些心理学和教育学方面的网络公开课，去年开始看心理医生后，何晋的做法得到了医生的极大赞赏。医生还建议何晋带他妈妈去上老年大学，培养一些兴趣爱好。

开始他妈妈百般不乐意，抑郁症患者喜欢把自己关在黑暗的屋子里，因为怕受到伤害，他们很害怕与人接触，于是何晋就像大人带孩子一样，每个周末都风雨无阻地接送他妈妈上课。其实老人家最忌讳在家闲着没事、胡思乱想，容易闷出毛病，从那以后，何母有了事情做，也在兴趣班里交了一些朋友，整个人都变得比以前开朗、豁达了。

"你打小就招小姑娘喜欢，要不是我隔三岔五地给你的班主任打电话了解你的情况，你早不知被哪家小姑娘勾搭走了。"何母说。

何晋道："那个段书蓉是我初中隔壁班的同学，小时候给我写过情书，还被你发现了。"

何母一愣："哦，是吗？"

何晋笑着瞥了何母一眼："你从班主任那里要来了她家的电话，给她打了个电话，狠狠地骂了她一顿，你忘啦？"

何母愣住了，紧张地问道："真的？那怎么办？！那个姑娘还记得这件事吗？她对我的印象是不是很不好？"

何晋："嗯，周六那天吃饭，她跟我说了，所以你说她想继续跟我接触，我还挺奇怪的，因为我记得那次的事后，她很讨厌我。"

何母面色大变："这是小时候的事了，怎么能当真？要不妈给她打个电话，给她道个歉？"

"不用了，她是开玩笑说起来的，我也只是随便一提。我知道你那时候只是希望我不要分心，好好学习。事情都已经过去了，我们都不介意了。"何晋安慰了他妈妈几句，几不可闻地叹了口气，道，"但是能不能跟她在一起,我不能跟你保证。"

次日,何晋提着礼盒装的保健品和牛奶上班去了,进办公室的时候还引来一群人的围观。

小李惊讶地问道:"哎哟,晋哥,这是谁给你送的礼啊?"

何晋苦笑:"别瞎说,在这种单位上班,我哪儿敢收别人的礼?是我晚上要去见……咳——见个长辈。"

小李挤眉弄眼地道:"是不是未来的丈母娘啊?"

何晋:"……"

小李托着腮帮子道:"哎,我说,晋哥,你长这么俊,也老大不小了,真没女朋友?"

何晋点了点头,把东西放下后整理了一下今天要审的文件:"没有。"

"你爸妈不催你吗?我刚毕业一年,还没玩够呢,家里就催好几次了,烦人!"小李说着,把那张调查徐主任的单子递给何晋,小声道,"这个你看看,果然有猫腻!"

何晋皱着眉头一扫,把上周的那张审批单子拿出来,盖了个不通过的章,批注:"申请条件不足。"然后他把单子递给小李道:"给徐主任送回去。"

中午吃饭时,何晋的手环振动起来,收到一条没署名的陌生号码的消息。何晋以为是秦炀发来的,定睛一看才发现不是,内容有点儿吓人:"何主任,别给脸不要脸,走着瞧。"

06

"什么鬼?"何晋感觉莫名其妙,又有些惴惴不安。他最近没得罪什么人吧?难不成是徐主任?

他正想着,徐主任就过来了:"小何,一个人吃饭呢?"已年近四十的中年男人顶着啤酒肚在何晋面前坐下,觍着脸问道,"你咋把我的申请单给拒了?"

看着眼前笑容满面的男人,何晋实在没办法把他和陌生消息中恶语相

第十二章 久别重逢

向的人联系起来。

何晋客气地道："徐主任，不是我不给你批，我也是按规矩做事的。"

徐主任："我看了，你说申请条件不足，那给我说说呗，我回去改一下再递上来。"

何晋皱起眉头道："您说的电脑，我让小李找电脑公司的人检测过了，说都是好用的。"

徐主任的表情有点儿尴尬，他贼头贼脑地瞅了周围一眼，压低声音道："小何，你都收了这么大一个红包了，这样不好吧？我的要求也不过分，你就睁一只眼闭一只眼，以后都是一个单位的，你有事我也肯定帮忙。"

何晋愣了愣："什么红包？"

徐主任瞪大了眼睛："我不是夹在文件里给你了吗？"

何晋愣了一下："你的文件是小李给我的，到我手上的时候就只有文件，没有别的，就算有，你的红包我也是不可能收的。"

徐主任的脸色一阵青一阵白，他动了动嘴唇道："小何，不知道你有没有听过一句话，'水至清则无鱼，人至察则无徒'，你这个性格……你自己再掂量掂量吧。"他说完这句话，黑着脸起身就走。

何晋越发摸不着头脑，如果"威胁"的消息是这个时间发来的，还说得通是徐主任恼羞成怒，但消息是在那之前发的，到底是怎么回事？

回办公室后，何晋不放心地又问了一下小李，小李摆手道："他瞎说的吧，我可什么都没看到！"

何晋有一堆文件和报表要看，不打算管这事了。反正他行得正坐得端，夜半不怕鬼敲门。

这种单位，心态不正的小年轻很容易就会被小恩小惠给收买了，可何晋不会。

这种事情一旦起了头，叫人拿捏了把柄，以后他就再也没办法翻身了，出了事也得他一个人担着，何晋又不傻。何况徐主任的手段也忒不高明，就算谈交情也搞点儿聪明的，他好像生怕别人不知道他俩暗中勾结。

下午下了班，何晋前往段书蓉挑选的餐馆赴约，地方不远，步行十五

就等你上线了

分钟就到了,是一家川菜馆。

段书蓉已经到了,见何晋拎着两个礼盒过来,奇怪地问道:"这是什么,你们单位刚发的吗?"

何晋摇了摇头,窘迫地道:"是我妈让我带来给你的,说为小时候的事给你道个歉。"送礼的理由是何晋临时想的,听起来也合情合理。他可说不出"一会儿送你回家后的上门礼"这种话。

段书蓉脸上一红,也不知道是高兴还是不好意思:"你跟她说了啊?"

"嗯。"何晋坐下后,仔细看了段书蓉一眼。她做了新的发型,脑袋上箍着个韩式发圈,戴着精致小巧的珍珠耳坠,染着糖果色指甲,比起上一次的职业装打扮,这一次她显得更甜美,更漂亮。

可惜何晋心中不起一丝波澜:"等很久了吧?先点菜。"拒绝的话他也不好现在就说,否则显得太没礼貌。

"我也刚到。"段书蓉翻开菜单,说道,"我都没问你爱不爱吃川菜。听我同事说这里的酸菜鱼很不错。"

"好,那就来一份酸菜鱼。"何晋附和。

菜点齐了,两人有说有笑地吃了一会儿,何晋觉得也该说正事了。

他放下筷子,正襟危坐:"其实我这次请你吃饭,是想对你说……"

段书蓉还没听到完整的句子,整个人就愣住了,表情变得很古怪,视线却并没有落在何晋的脸上,而是在何晋身后慢慢移动。

何晋奇怪,正想回头,就感觉手臂一疼,然后整个人被一股力道拽了起来。

"哐当"一声,椅子倒了,段书蓉捂着嘴尖叫了一声。何晋都没来得及看清拽他的人是谁,就被人拖着往外走了一段,餐馆里的人都在看他们。

何晋趔趄着抬头,猛地看见一个熟悉的背影——

"秦炀!"他惊呼出声!

街对面停着一辆酒红色复古款的城市越野,秦炀一把拉开车门,把何晋推进了后车座。

段书蓉眼睁睁地看着正跟自己约会的人被一个年轻男人带走,半晌才起来追出去,但留给她的只剩下那辆红车疾驰而去的尾灯光影。

第十二章　久别重逢

"秦……秦炀！"何晋在后座上愣了许久才反应过来，拍着驾驶座的后背问，"你怎么会在这里？！你刚才干什么？"

"你给我闭嘴！"秦炀打断他道。

"你开慢点儿，秦炀，开慢点儿……"车速太快，何晋握着把手，一身虚汗地提醒他道。

郊区人少，何晋本来以为秦炀要继续飙车，不想他突然一个急刹车，何晋整个人差点儿飞出去，捂着胸口急促地呼吸，心脏都快跳出来了！

秦炀解开安全带，拔了车钥匙下车，"哐"的一声摔上车门，按下门锁，把何晋锁在了车里。

何晋不知道他要去哪里，急忙去按车窗按钮，车窗也被锁住了。他见秦炀没走远，只是走到了五六米外，从衣袋里摸出一包烟，抽出一根点燃，在路边抽了起来。

何晋的手环上已经有好几通段书蓉的未接来电，还有消息，问他怎么回事，那个姑娘急得都要报警了。

何晋看了远处的秦炀一眼，给她回复："我没事，那个人是我朋友。我刚刚在饭桌上想跟你说的是，我不能跟你在一起，对不起……这顿饭的饭钱我转给你。"何晋咬咬牙，又加了一句，"段书蓉，我们别再联系了，你值得更好的人。"

何晋点击发送，又转了三百块钱过去，做完这些抬头，何晋就见秦炀回来了。

秦炀开了车门锁，打开后车座，粗声道："下来。"

何晋小声叫了一下秦炀的名字，看着他生气的表情，慢吞吞地下了车。

秦炀抓着他的手臂一拉一推，何晋的后背就撞在了车门上。

"秦炀！"何晋颤抖着声音道，"我们不是同一个世界的人。"

秦炀手臂一撑，表情狰狞，用比他高出一倍的声音吼道："你有种再说一次！"

何晋："我……我们……"

秦炀恶狠狠地道："你再说一次！说要跟我断绝来往！"

就等你上线了

何晋浑身颤抖，眼角湿润，嗫嚅着说不出口。

秦炀继续吼他："你这几年过的是什么日子？！你看看你自己！你是在自虐还是在干什么？！你就这样放弃自由和理想的生活了吗？"

何晋被秦炀的话震得头皮发麻，睁大眼睛，任眼泪哗哗流。

秦炀举起他的手，凶狠地威胁道："你看着我，对天发誓，以你的父母发誓，说你喜欢现在的生活，说你跟我毫无关系了，那我秦炀这辈子就不再管你了！你说啊！"

何晋怎么可能说得出口？他无意识地晃着头，心理防线崩溃得一塌糊涂，戴了多年的面具破碎得再遮不住他哭泣的脸。

秦炀看着何晋失声痛哭的模样，看着他一反平时冷漠隐忍的外表，不再顾及面子和里子、自尊与骄傲，却那么真实生动。

短暂的几年，对他们来说，就好像是过了一辈子——孤独、煎熬又挣扎的一辈子。

秦炀见何晋许久缓不过来，不安地道："不要放弃自己想要的生活，我支持你，之前的朋友们都会支持你。"

在粉丝和大众面前那么高冷潇洒、意气风发的一个人，这一刻眼眸里却有着毫不掩饰的真诚与恳求。

"嗯。"没有人比何晋更明白失而复得的感觉，何晋似乎找到了新生活的钥匙，"我不会放弃了。"

夜色已浓，何晋看了一眼手环，终于下了车。

秦炀坐在车里，抬起头，望向一栋楼，他看过小周调查的资料，知道其中一个窗户就是何晋的家，那是何晋生活了将近三十年的地方，也是束缚何晋自由的地方。

黑黢黢的楼房入口像怪兽的嘴，见何晋瘦削的背影即将被阴影吞没，秦炀跳下车，惊慌地叫了一声："何晋！"

何晋停住脚步，转过身来看了秦炀一眼，然后折了回来："怎么了？"

秦炀看着他，尴尬地开口："要不要我跟你上去？"

第十二章　久别重逢

何晋笑了笑，笑得那么从容。

"伸手。"他对秦炀道。

秦炀莫名其妙地伸出手，却见何晋把自己身上的钱包、证件、手环全部都拿出来放在他手里，然后抬头道："在这里等我。"

秦炀："……"

何晋稳步走回去，那一刻，他浑身都是勇气。这一次，不仅是为了自己，也是为了秦炀，为了那些支持自己的朋友，他要再争取一次。

07

秦炀仰着头数着时间，九点三十分，他把何晋的东西胡乱塞进裤兜，伸手取出烟盒，颤抖着手点着烟。

这几年，秦炀养成了一紧张就抽烟的习惯。

他担心何晋再次一去不返，担心何晋像一只斗败的公鸡一样走下来，说"我爸妈不同意，你走吧"……

秦炀知道这种事何晋做得出来，他是那么狠心的一个人。

九点四十五分，秦炀的脚下已经有了两个烟头。他好像听到有人在楼上歇斯底里地喊叫，还有哭声，但听不出是来自哪一层。

九点五十五分，哭声和叫声都没了，秦炀急得在原地打转。

十点十五分，距离何晋离开已经近一个小时了。地上有五个烟头，秦炀捏紧烟盒，手撑在车身上，用额头一下一下轻轻磕着车窗玻璃。

十点半，背后终于有了声响，秦炀立即转过身去，看见何晋从阴影里走了出来。

何晋笑了，快步走过来，然后跑起来，冲过来，好像从身后长出了翅膀，带着风，带着放飞的希望以及自由。

秦炀的不安慢慢化去，好像自己也获得了新生一样。

"刚刚干吗那个表情？"何晋问。

就等你上线了

秦炀没有回答何晋的疑问，而是看着何晋肿起的脸颊："她打你了？"

"没事，不疼，"何晋不介意地拂了一下自己的脸颊，"外面冷，上车吧。"

"他们肯放你走？"秦炀急着问。

"嗯，"何晋系上安全带。为什么他们会放他离开，他也奇怪，最后的关头是他爸拉着他妈，眼眶湿润地对他说："走吧，家里有爸在。"

"你怎么跟他们说的？"秦炀按下启动按钮，车子慢慢启动。

何晋将手肘撑在车窗上，托着被打肿的半张脸，缓缓地道："我跟我妈说，我跟哥哥不一样，我有自己的规划，也会有更好的工作，做自己想做的事情，更不会不管他们。"

秦炀看了他一眼："我刚刚听到有人在吼叫，还以为你们吵得很凶。"

何晋愣了愣："我们没吵。"

其实情况真的比何晋想象中好很多。他怕极了他妈妈发疯，可他妈妈只是打了他一巴掌，然后一直哭。全程都是他在说，他说完自己的理由和想法，然后恳请他父母的支持和理解，他妈倔强地叫着不行，他爸爸才站出来。

"大概是你听错了。"何晋看向秦炀，眼睛亮闪闪的。

他终于能勇敢地面对自己的内心——能再次过想要的生活，他不知道有多高兴。

两个人彻夜长谈，何晋问秦炀这几年的情况，那是他一直不敢去了解的。

"这几年和我有关的新闻那么多，网上、电视上也都是我的消息，你居然还问我过得怎么样？"秦炀越说越气愤。

何晋一愣，难道秦炀待在娱乐圈的一个目的是让自己关注到他？

"我不敢看你的新闻，怕看了心里难受。"他好像突然能够很坦白，无须再在秦炀面前遮掩自己。

秦炀也是难得看到何晋的这一面，一下子就不生气了。

他明白何晋所说的那种感觉，他也是在强忍着不联系对方。

"接下来……该怎么办？"何晋终于问出了当下他们面对的最大难题。

既然迈出这一步，就不要再放弃。

秦炀皱起眉头道："我明天就要飞Ａ市录节目，不能一直待在Ｑ

第十二章 久别重逢

市……"他思索了一下，"何晋，你可不可以也去 A 市发展？"

这个要求秦炀提得格外艰难，怕伤了何晋的自尊心——毕竟何晋现在有稳定的工作，没有谁会轻易放弃自己的事业。

但没想到，他问完这句话没多久，耳边就传来坚定的声音——"好。"

他愣愣地看着何晋，表情有些茫然："你说真的？"

"我会辞职，但不会这么快，办完交接手续至少要一个月，家里也不能这么说一声就走。你先回去工作，我处理完这边的事情就去 A 市找你。"何晋看着秦炀道。

秦炀轻轻蹙了一下眉头，担心何晋留在 Q 市又会变卦。

次日一早，秦炀就坐早班飞机离开了。

何晋去单位上班，正思考着要怎么跟上司提辞职的事，王部长一通电话就打了进来："小何，你到我的办公室来一趟。"

何晋觉得奇怪，一般不是很重要的事情，部长很少会亲自见他。他赶过去，进了办公室，年近五十岁的男人示意他把门关上，开口道："小何，我最近接到一些匿名举报，说你收其他部门同事的红包。"

何晋一怔，脸色大变，沉声道："这是无中生有。"

王部长瞥了他一眼，主动起身倒了杯水给他："来，先坐。"

何晋有点儿蒙，急忙回想昨天发生的事，猜测肯定是徐主任在搞鬼，正打算把这件事的来龙去脉跟王部长汇报，就听王部长道："举报你的不止一个人。"

何晋彻底愣住了，可他什么都没收啊！

王部长道："你不用解释，我相信你没收。老许退休前跟我谈过你，说你做事认真踏实，性格也沉稳，能做好这个工作。不过你还是太年轻，过刚易折，估计得罪下面太多人了。"

何晋："……"

王部长抽了一份文件给他："你看看。"

何晋接过文件看了一眼，瞪大眼睛，这是一张调任草拟书。

就等你上线了

王部长道:"人事部现在就你和小李两个小年轻,不服众,我打算把你调到政宣部,在老周手下历练两年。那个部门人多,最近也招了不少年轻人,还有出差的机会……"

王部长说得很动听,但何晋一看就知道,政宣部的部长、下面科室的主任和主要管事的人一个不缺,他去了就是个打杂的,与其说是调任,不如说是变相贬职。

何晋原本还想着要怎么提辞职的事,这下根本不用找别的理由了。他把文件递回去,恭敬地道:"王部长,谢谢您的提点,说实话,我最近正在考虑辞职。的确如您所说,我现在太年轻了,行政科本来就管着整个单位的后勤、行政,我独挑大梁也觉得有点儿力不从心,让我觉得疲惫的不是做事,而是与人打交道。"

一年下来,他步步小心,连拒绝贿赂都得赔着笑脸,到头来还是得罪了人,被人举报,他实在是厌烦透了这种虚与委蛇的人际关系。

"比起待在现在的单位,我更想去外面历练历练。一会儿我就去拟一封辞职信给您,感谢您几年来的提携,请您见谅。"

何晋心不跳气不喘地说出了这段话,他根本不用打腹稿,这就是他一直以来的真实想法。

他不属于这里,这也不是他想要的工作。

何晋从没想到自己说出这段话时会这么舒畅,没有遗憾,没有不舍,甚至看着王部长一阵青一阵白的脸色,幼稚地产生了一种报复的快感。

他因为家人,因为这个社会固有的规则忍耐了几年,这一刻终于得以解脱。

王部长也没料到何晋会这么冲动,脸色格外难看。

何晋是华大毕业的高才生,一水儿漂亮的简历,从小到大没有任何污点,还有做事的能力,深得原人事部行政科办公室主任老许的欣赏和喜欢。

"小何,遇到事情总有解决的办法,你先别冲动。你的事情我会再调查调查,至于调任,你要不愿意,咱们也可以再谈是吧……"王部长堆起笑脸先劝和。

王部长给了台阶,何晋也不会让他太难堪,但想到被诬陷的事,他心

第十二章　久别重逢

思一转，道："既然如此，那就拜托王部长好好调查一下。我这几年在单位所作所为都问心无愧，所有采购项目和文件批复都有备份可供调查，至于同事间的私下交情，我向来保持合适距离，即使举报也是口说无凭，有证据的话请出示。此外，我也收到过威胁消息，如果单位不能还我清白，我会申请让第三方介入调查。"

何晋抓住了王部长"不想让他走"这一点，以辞职要求王部长查清这件事，他就算要辞职，也不能被泼了一身污水后走，显得如同丧家之犬。

他回到了办公室，小李仔细打量着他的表情，问道："晋哥，王部长找你什么事啊？"

何晋想起王部长那句"不止一个人举报你"，对小李也有了戒备，敷衍了几句。

不一会儿，手环振动起来，是秦炀的消息，他刚下飞机，问何晋这边情况怎么样。

何晋回复："在办公室里斗智斗勇。"

秦炀："有人欺负你了？"

何晋："算不上欺负，就是莫名其妙地被人诬陷受贿了，好像是得罪了什么人，昨天还收到威胁消息让我'走着瞧'。"

何晋刚发完这条消息，秦炀的电话就打了进来，他赶紧接了，听对方在那头急道："这件事昨天怎么没听你提过？"

何晋起身往外走，到了茶水间才道："我怕你没接触过，不太懂，再说我都准备辞职了。"

秦炀不悦地道："我怎么不懂？我所在的圈子里这种肮脏事不会比你接触过的少，你别掉以轻心。等着，一会儿我给你一个电话号码，那个人姓周，是我的保镖，从上周末起我就让他跟着你了，你的事我也会跟他说，你有什么麻烦就给他打电话。"

何晋一惊："你还找人跟踪我？"

秦炀似乎是怕何晋责怪他，先发制人道："这段时间，你可要格外小心，不要出什么事情！我还有点儿事，先挂了啊。"

就等你上线了

何晋："……"

08

晚上下班，何晋回到家，感觉家里的气氛格外古怪，估计他父母没想到他会回来，何父甚至在何晋进门时上上下下打量了他一番。

一家人饭后一起看电视，尽管何母黑着脸不愿意搭理何晋，何晋还是主动找话题跟她聊天。

几年来，他们还是头一次在何晋脸上看到这么开心的表情。

之后几天，单位里不断有人被王部长叫去谈话，不到一周，纪检部就给出了调查结果和处罚名单，小李的名字也在名单上。

何晋心中无比失望，亏他还把小李当侯东彦一样推心置腹，看来同事和同学之间的感情还是有很大差距的。

这件事一解决，王部长再次找何晋谈调任的事，何晋毫不犹豫地递上了辞呈。

王部长气得差点儿掀桌子，事已至此，两人都没什么好说的了。何晋收拾东西，工作交接完毕后一周内就能离开，其间接到不少慰问电话，来电者包括原来带他的许主任。

何晋表明态度，说辞职和被诬陷的事情没有关系，算是善后。

这天下午不到下班时间，何晋就抱着箱子走出了单位，深秋的阳光照在身上，很暖。他站在路边等出租车，顺便给秦炀打电话。秦炀接了电话就问："怎么样了？"

"刚办完交接手续。"何晋回头看了一眼工作了几年的单位，毫不留恋，却对着电话说，"我现在失业了，怎么办？"

秦炀："我有没有跟你说过，我投资了一家 AI 公司？"

何晋："人工智能？"

秦炀："嗯，是做机器人宝宝的。"

第十二章 久别重逢

何晋觉得很新鲜："什么是机器人宝宝？"

秦炀深吸了一口气，道："我和《神魔》要了授权，开发实体机器人宝宝，公司即将推出的第一款产品就是'汤圆'。"

何晋慢慢睁圆了眼睛，身前连着开过两辆空出租车，他都没抬手去招。"……汤圆！"

秦炀在电话那头笑着问："这个公司正缺人，你要不要来？"

几年没上游戏，也没有见汤圆，何晋并非不想念。虽然只是个游戏里的虚拟宝宝，但很奇怪，每次一想到离开前汤圆叫的那声"吧吧"，何晋就觉得心酸。

"你现在还上游戏吗？"何晋问秦炀。

秦炀想起何晋离开时连游戏头盔都没带走，就一阵埋怨："你又不玩，我上去干什么？"其实秦炀也是没什么时间上，何况一上线就跟汤圆大眼瞪小眼，也徒增伤悲。

何晋支吾着道："不是还有汤圆陪你吗？"

秦炀想起这件事就来气："你以为走之前你跟汤圆说了那些话，就可以推卸责任了吗？"

何晋：秦炀知道他对汤圆说的那些话？

好像猜到了何晋在想什么，秦炀轻哼了一声："你不知道汤圆有录音功能？"

"我不知道……"何晋内疚得不行，思来想去，唯有再次道歉，"对不起。"

秦炀叹了口气："算了，不跟你计较过去的事。"

何晋应了声，又道："你把公司的具体情况和资料发给我，我这两天了解一下。"

秦炀总算开心了些："不急，你还是趁这几天好好休息一下，在家陪陪你父母吧，以后有你忙的。"

何晋又跟秦炀打听了一番游戏里那些朋友的情况，据说大家都还在玩，不过自从《神魔》全息以后，新玩家不断涌入，和秦炀早年预测的一样，出现了一批专攻战队赛的职业玩家，秦炀这几年又忙于工作，排行榜前几

就等你上线了

位早已易主，殇火、逝水等人都已经是"传说中"的人物了。

"大家现在都是生活玩家，种种地，下下副本，刷刷成就，《神魔》前不久再次升级，放宽了结灵和养宝宝的限制，现在只要结灵满三年的满级玩家，就可以向系统申请领养一颗蛋，野鹤也有宝宝了……哦对，逝水和九结灵了。"

"噗！"何晋差点儿喷出一口血来，"他们结灵了？"

秦炀大笑："他们就是被闲云和野鹤给刺激的，也对新的结灵系统有点儿好奇，估计就是试着玩玩。具体情况等你上线了自己问他们吧，他们还挺想你的，经常问我你啥时候回来。"

挂了电话，何晋生出无限感慨，在他逃避这个世界的同时，世界却并没有停止改变。

何晋抱着纸箱子回到家，何母惊讶地问道："今天怎么这么早就回来了？"

何晋做出一副准备挨训的乖巧模样："我辞职了。"

何母的脸色白了又青，几秒钟后，何家传出一声撕心裂肺的尖叫："何——晋！"

几天后，何晋一声不吭地站在厨房里帮他妈妈剥蒜，他妈妈举着菜刀，"咚咚咚"地剁着砧板上的猪肉。

听着那惊悚的剁肉声，何晋忍不住缩了缩脖子。

离职后的三天，何晋一直待在家里，准时起床，准时睡觉，还殷勤地帮他妈妈做家务。他妈没骂他，也没打他，但脸上的怒气始终不散，何晋感觉他妈应该是想把他当砧板上的猪肉剁了。

"去买瓶料酒！"何母凶巴巴地看了一眼剥完蒜在一边发呆的儿子。

"哦！"何晋赶紧站起来，擦了擦手，取了钱包和钥匙下楼。

一出门何晋就松了口气，家里的气氛实在太压抑了，他跑下楼，低头看手环，正想趁这个机会给秦炀打电话，眼前突然盖过来一片阴影。

何晋惊呼了一声，瞪大眼睛看清了来人："秦炀？"

秦炀戴着墨镜，一边嘴角勾着。

第十二章　久别重逢

"你怎么来了？！"何晋望着秦炀，眼里有着说不出的喜悦，"来了怎么也不说一声？"

"怎么一股蒜味？"秦炀微微皱了下眉头。

"刚才帮我妈剥蒜呢，"何晋突然想起自己的任务，"啊！我要去买料酒！你……你现在来，怎么办？"

"还能怎么办？就看看你的情况，刚想打电话叫你下来，你就出现了……一会儿我就在车上待着，睡觉。"秦炀像是在抱怨。

何晋望着他，挣扎了片刻，道："你跟我上去吃饭吧。"

秦炀的眼睛一下子亮了："真的？可以吗？"

何晋偏过头："但我不知道我妈会不会把你赶出来。"

秦炀拉着何晋就往楼上走："兵来将挡，水来土掩，被赶出来再说！"

何晋拽他："等等！我还要买料酒！跟我去买料酒！"

秦炀："也好，顺便买点儿东西，也不好空手上门。"

两人到了附近的超市，秦炀戴着帽子、墨镜和围巾，可还是太惹眼。几年的明星生活让他浑身的气质都跟常人不太一样了。

何晋径直去调料区取了瓶料酒，秦炀在礼品区挑挑拣拣，都没什么能看上眼的东西，见何晋过来，问道："你妈喜欢啥啊？"

何晋心说，估计秦炀送金山银山他妈都不会喜欢，但嘴上他没敢泼秦炀冷水，只笑道："随便买点儿吧。"

秦炀撇撇嘴，拎了一箱最贵的什么燕窝保健品，然后抢过何晋怀里的料酒，一起去结账。

出了超市，何晋问："你咋不给我爸买东西？"

"你不是说你爸喜欢抽烟吗？"秦炀指了指自己停在何晋家小区外的城市越野，"我车里刚好有两条好烟，是上一次来做活动时当地一个活动负责人送的。"

秦炀从车上取了两条烟，和燕窝礼盒叠在一块儿，就跟着何晋去他家了。

何晋买料酒买了半个小时，何母已在家等得心急如焚，一听到开门声就冷着脸从厨房走出来，想逮着他骂两句出出气。没想到何晋一进来，身

就等你上线了

后还跟着一个比他高了半个头的陌生青年!

"妈……"何晋弱弱地叫了一声,先斩后奏地把秦炀领进门,接过他提着的东西放在桌上。何父也目瞪口呆地从沙发上站了起来:"这是……"

秦炀摘了墨镜和帽子,露出精致帅气的五官,深邃的目光毫不躲闪地迎向何晋的父母,然后毕恭毕敬地道:"伯父、伯母。"

何家三口:"……"

何母一脸莫名其妙,何父也愣在原地,一脸的皱纹忽松忽紧。

秦炀看向何父,指了指桌上的烟道:"伯父,听何晋说您爱抽烟,我仓促过来没什么准备,您别嫌弃,下次我给您准备更好的。"

何父看向桌上那些烟,都是平时想买又舍不得买的,嘴角都扬了起来,微微点了点头,拍了拍沙发:"坐。"

何晋和何母:"……"

秦炀握紧拳头,暗道一声"Yes"!

何晋看着被两条烟买通的老爸,有些无语。

秦炀又看向何母,何母下意识地往后退了一步,还在打量这个帅得像是从电视上走出来的年轻人。秦炀往前走一步,何母又退了一步,好像是被吓到了,一时不知作何反应。

"伯母——"秦炀堆着满脸笑容,又亲昵地叫了一声。他就不信自己这张几乎能搞定十八岁到八十岁女性的脸……搞不定何晋的母亲。

狭路相逢勇者胜,伸手不打笑脸人!

眼看着秦炀一步步逼近,何母左右无援,一跺脚,转身躲去厨房了,同时大叫道:"何晋!过来!"

何晋:"……"

09

何家一共就八十来平方米的房子,即使何母进了厨房,也不过跟客厅

第十二章　久别重逢

一门之隔，这道门还是年代久远的推拉门，早就半卡在墙中间，移不动了。

所以秦炀一抬头，就能看到何晋跟何母在厨房里的背影，也不用担心他在里头受什么委屈。

秦炀在沙发上坐了下来，何父显得有些局促，却还是忍不住问起身边的帅哥："小伙子，你叫啥名字啊？"

秦炀报了自己的名字，何父又问他多大了、是哪里人，秦炀一一回答。

"比何晋还小一岁啊。"何父看了秦炀一眼。

何母板着脸在厨房蒸肉饼蛋，却竖着耳朵听着外头的动静，何晋亦然。

秦炀道："嗯，我比他低一届，不过我还总觉得他比我小呢。"

何父又问："你现在做什么工作呢？"

何晋一听这问题心就提了起来，生怕秦炀说"娱乐明星"这样的答案。他父母不太看娱乐节目，对明星也不了解，这才没认出秦炀是谁。

"这个说起来有点儿复杂，"秦炀顿了顿，耐心地给何父解释，"我自己开了几家公司，有做餐饮服务的，还有做游戏娱乐的，但投资最多的一家是做智能机器产品的。这个智能机器产品是电子科技领域日后流行的趋势，也是一个新兴产业。我这么说您可能不太能理解，我举个简单的例子吧，我们现在在研发一款机器人宝宝，小孩模样的，有翅膀，会飞，就像宠物，但它比小猫、小狗要智能得多，它通人性，除了日常陪伴，还会跟人聊天，帮你拍照、接电话，提醒你锻炼身体，帮你监测睡眠质量……"

何父被唬得一愣一愣的："这么厉害？"

秦炀笑了笑："是啊，我在这上面投入了几千万元，因为要管的事情太多，顾不过来，这不，前几天就跟何晋商量着请他来给我帮忙。"

何父终于明白何晋为啥要辞职了，但也有点儿担心："何晋学的跟你做的这个东西不搭边啊。"

秦炀："他学的是人事管理，每个公司都需要管人管事的。何况何晋这么聪明，就算是不同领域的东西，他也能自学，我相信他可以的。"

何晋：这人忽悠的功夫一等一！

何父动了动嘴唇，听秦炀这么一说，才意识到自己是真的老了，年轻

就等你上线了

人有年轻人的想法，他再想帮也帮不上什么忙了。

何母在厨房里沉默地听了许久，从冰箱里找出了蒜苗和腊肉，让何晋去洗蒜苗。何晋默不作声地接了过去，心中暗喜——这是要加菜啊！

热锅下油，"刺啦"一声，菜香从厨房里弥漫至客厅，何晋见没什么要帮忙的了，正想出去，却被何母厉声叫住了："干什么去？给我待着！"

何晋："……"

一道道菜出锅，何晋给何母递盘子，然后端到客厅的饭桌上。

五菜一汤全部做完，何父还在跟秦炀有一句没一句地聊着，何母气鼓鼓地端着汤往桌上一放，骂道："何利国，你能不能少说两句？！过来吃饭！"

何父："……"

父子俩都不言不语，唯有秦炀依旧满脸笑意，主动请何父上桌，然后自己大大咧咧地坐下，盯着满桌子的菜道："好香啊，伯母您辛苦了！"

何母恍若未闻，负手返回厨房洗锅碗瓢盆。何晋取了筷子递给秦炀，瞪了他一眼，示意他别再乱说话。

何父取了酒问秦炀喝不喝，秦炀装乖："我平时不喝的，不过今天一定要喝。"

何晋去厨房，小声道："妈，先吃吧，碗一会儿我洗。"

何母冷哼了一声："你们吃，我不吃。"

他妈开始闹别扭了，何晋愁死了。他妈不上桌，他们怎么可能动筷子？这顿饭难道要以尴尬收场吗？正在这时，秦炀进了厨房："伯母，来吃饭吧。"

何母将脸拉得老长，把锅盆摔得"啪啪"响。何晋给秦炀使了个眼色，示意他先出去，然而秦炀非但不出去，还往里迈了一步，一口一个"伯母"，又让何晋找干净的布给他，主动给何母擦手……何母还真被他半拉半哄地叫出去了！

终于开饭，秦炀先给何父、何母敬酒，但何母只低头吃饭，压根不拿正眼看他。秦炀也不在意，干下一小杯白酒。

何晋哭笑不得。

没吃一会儿，何母的筷子一顿，突然红了眼睛。她下意识地埋了埋头，

第十二章　久别重逢

可这么小的饭桌，她这点儿情绪变化根本逃不过另外三个男人的眼睛。

"老伴儿，你这是怎么了啊？"何父急得放下了筷子。

何母被这么一问，竟然掉下泪来，把筷子一搁，起来去边上哭了。她觉得委屈啊，辛辛苦苦养大的儿子好不容易回到自己身边，现在又要离开，她心塞啊。她故意摆出一脸"老娘不爽"的样子，恨不得所有人都看见，可这些人都当没看见，自家老头的胳膊肘往外拐，何晋又没骨气得让她恨不得一巴掌招呼过去……她还得忙里忙外地给何晋的"同伙"提供伙食，她怎么就那么命苦啊！

秦炀刚想说话，何晋在桌底踢了他的脚一下，一脸严肃地示意他不要说。

何父放下酒杯去哄老伴儿，坐在何母边上嘀嘀咕咕地劝，何晋和秦炀根本不敢继续动筷子，等着何母的情绪过去。

过了十来分钟，秦炀走了过去，坐在何母身边："伯母，我十多年前在游戏里认识何晋，虽然后来我们在游戏里失去了联系，但是我们先后都考上了华大，我们不断努力，不断变强，只希望有一天向大家证明我们的选择没有错。他几年前选择了回来，我不能理解，但没办法，我知道在他心里，你们才是第一位的。直到前不久我再次跟他重逢，得知他这几年其实承受着巨大的压力，人也憔悴了很多，我真的不想看着他继续这样下去……我知道一切跟何晋相关的事，包括他哥哥的经历，还有您的病情，我主动登门不是为了讨好你们，而是出于我对何晋的理解和支持。我请何晋去我的公司，也不是可怜他，帮他逃避，而是因为那也是他所喜爱的事业，他有能力在那里有更好的作为。"

10

秦炀这一大段话说完，整个客厅都安静了。何母忘了哭，何父也两眼湿润地望着秦炀，为自己几年前不分青红皂白的介入而内疚。

他们都是人，不是没有感情的冷血动物，为人父母，怎会不想让自己

就等你上线了

的儿子开心、快乐？秦炀的话，又怎会不让他们动容？

何母接过何父递给她的纸巾擦了擦眼角，凶巴巴地说："我是老巫婆吗？我不让他走了吗？一个个都来逼我！"

何父趁势拉何母起来："好了好了，有什么话以后再说，菜都凉了，吃饭吧。"

何晋和秦炀相视一笑，听到那句"我不让他走了吗"，他们就知道何母的态度已经软化。

四个人继续吃饭，尽管何母依旧不言不语，但也没再让他们为难。饭后秦炀又陪何父小坐了一会儿，便打算告辞。

何晋送他下楼，秦炀下午就要飞回Ａ市，不能留下，何晋道："下周我就过去。"

秦炀："嗯，到时候我去机场接你。"

看着秦炀开车离去，何晋深吸了一口气，做好心理准备回楼上接受父母的盘问。

父母的态度扭转之迅速超乎何晋的想象，如果这件事发生在几年前，他妈妈不闹个你死我活何晋都不相信。他不知道这是自己改变了心态，决定勇往直前后上天回馈给他的惊喜，还是这几年他的付出终于有了成效，总之他浑身有种拨开云雾见天日的舒畅与轻快。

安顿好家里的事，何晋承诺至少每个月回家一趟，便收拾了一些随身用品准备出发。

出发那天，他妈一大早六点钟就出门去了趟菜市场，亲自挑了昂贵的海鲜、黑猪肉回来，做了满满一桌子菜。

这一次，何晋再没觉得承受不起，一桌子菜全是他妈妈给他的爱，纵使以往他们之间有再多的矛盾、不解和怨恨，在即将离别的这一刻通通化为乌有。

吃饭时，何母又再三叮嘱："你是男人，要靠自己，就算是去给他帮忙，钱还是要算清楚。你是你，他是他，那个小伙子再有钱，再有能力，你出一分力就拿一分工资，不能仗着关系凭人拿捏，谁知道以后会怎么样？！"

第十二章 久别重逢

何晋以前也这么想，可现在他更相信秦炀是真心想帮助他。不过老人之言是过来人的经验总结，总有他们要传达的道理。何晋不跟他妈妈争执，点头应了。反正不到万不得已，他不会在金钱上跟秦炀开口。

他爸没什么话要说，手上夹着一根秦炀送他的高档烟，眯着眼睛抽，只在何晋出门时多了一句嘴："跟小秦说一声，烟很好，谢谢他。"

何晋："……"

秦炀给何晋买了机票，亲自踩着点去机场接机。这三年他全国各地到处飞，出入机场总是有粉丝夹道欢迎……还真没有接机的经历。

他没敢待在人山人海的接机口，而是开了车在停车场等着。何晋出了机场就按秦炀发给他的提示寻到会合点，见到一辆纯白色的高级跑车。

秦炀坐在驾驶座上，摇下车窗，朝他吹了声口哨："帅哥，搭车吗？"

何晋："……"

坐进车里，何晋还在一脸新奇地东摸西看。这可是高级跑车啊，跟秦炀之前的车完全是两个档次！

"你怎么换车了？原来那辆呢？"何晋问道。

秦炀踩下油门，车子平稳地滑出去："在家。"

"我们去哪儿？"何晋问。

"到了你就知道了。"秦炀卖了个关子，车子很快拐上高架桥，直奔市西区。

何晋望着窗外的高楼大厦、车水马龙，心中涌起一阵久违的雀跃，就像七年前第一次到华大报到时，初尝自由的感觉。

半个多小时后，何晋见周围的环境越来越熟悉，疑惑地问道："你还住在华大附近？"

秦炀没有回答，直到车子驶进某个小区，何晋才难以置信地道："你还没搬走？"这里是他三年前跟秦炀合租房子的小区！

秦炀下了车，也不帮何晋拿行李，就拉着他往楼上走。

何晋被他拽得有点儿跟跄，到了三楼，秦炀拿出钥匙开了门，跟何晋一起进了屋。

何晋看着房间里淡蓝色的墙壁，茶几上的铜钱草，暖色的沙发，微微

就等你上线了

倾斜的沙发垫……

卧室的门开着，里面的衣架上还挂着自己没带走的睡衣，书桌上的专业书籍，凌乱的被褥，地毯上东一只西一只的拖鞋……一切如故！

一瞬间，何晋差点儿以为自己穿越回了几年前！

"就等你回来了。"秦炀上前一步道。

何晋从回忆中惊醒，内心震动不已。

"记得吗？你离开的那一天，这里就是这样的……"

何晋眼眶一酸，说不出话来。

秦炀继续道："还好，既然你现在回来了，就继续住在这里吧。"

何晋点点头，从喉咙里逸出一声"嗯"。

秦炀叹息着说："何晋，失败并不可怕，放弃过也没什么遗憾的。从哪里失去的，就从哪里重新拾起。"

何晋哽咽着回答："好。"

何晋里里外外地看了这出租屋一圈。其实屋子里也不是没有任何变化：茶几是崭新的，茶几上的铜钱草外盆也从白瓷的换成了玻璃的，窗帘洗过了，衣架上的睡衣也透着柔顺剂的清香……

想想也是，三年下来，如果真有人天天住在这里，家具早就用旧了。他的书、衣服也不会一直放在那里落灰。现在看着屋里角角落落都一尘不染，显然是一直有人打扫，精心维持着以前的样子。

何晋摸了摸摆在写字台上的全息头盔，忽然听秦炀在身后问："想玩游戏吗？"

"嗯。"指尖蓦地传过一阵电流，很久没玩，也很久没见汤圆了，何晋迫不及待地想上去看一看。

"那就来吧。"秦炀鼓励他。

何晋在床边坐下，戴上头盔，滑下眼罩。

缥缈雾霭，黛水青山，"铮铮"剑鸣之声在耳边响起，一行金色大字飞入眼帘——

亲爱的阿晋，欢迎您回到《神魔》世界。

番外一

两小只

就等你上线了

01

身边的迷雾散去，阿晋正想好好看看阔别三年的游戏世界，就感觉"啪唧"一下，整个脑袋被什么东西糊住了。紧接着，耳边响起一个堪称惊喜的童音。

"汤……汤圆？"阿晋伸手把"那玩意儿"从自己的脑袋上扒下来，抱在怀里仔细一看，果然是头上长犄角、屁股后拖着条雪貂尾巴的魔宝宝。他激动地在汤圆的额头上亲了一下，不由自主地放柔声音道："宝宝，我回来了。"

汤圆本来兴奋得浑身都在颤抖，被阿晋这么一亲，当即傻了吧唧地瞪着两只水汪汪的大眼睛，一动不动地望着阿晋，全身上下还在慢悠悠地往外散发淡紫色的"爱心气场"。

阿晋看着汤圆这模样，分外新鲜。以前的汤圆多数时候是个面瘫，只有在战斗状态下会化成愤怒的"小恶魔"模样，或是通过"叽叽"叫来传达自己的情绪，现在它竟然有这么丰富的表情变化和反应了？

很显然，这几年《神魔》也在不断地改善。

只有一点，为什么都过去三年了，汤圆还是只有这么大？它长不大吗？阿晋举着宝宝上看下看，左看右看，觉得不科学！

汤圆收起翅膀，乖乖地任阿晋打量，偶尔一脸幸福地小声叫一句"吧吧"，像是一只被彻底驯化了的小狗崽。

阿晋的心都快化了，他抱着汤圆亲了又亲，从没想到自己会对一个虚拟的游戏宝宝有这么深的感情。

"喂，你够了没？"殇火在旁边不耐烦地问，可落在阿晋和汤圆身上的眼神与催促的语调毫不一致。

阿晋恋恋不舍地松开汤圆，汤圆立即挥舞着翅膀在他的身边绕来绕去，难掩兴奋。

"光顾着看宝宝,你都没发现自己有什么变化吗?"殇火提醒他。

阿晋一愣,这才低头打量自己——汤圆没长大,反倒是他长大了!

何晋都快忘了,他当初给阿晋设定的是"成长型"角色,几年没上线,现在这个人物形象几乎和现实中的他一般大了。

殇火叹了口气,有些惆怅地感慨道:"三年不见,真是恍如隔世。"

阿晋以为他不适应自己现在这个模样,提议道:"要不我去买个'时光飞梭丸',重新改造一下外貌?"

殇火抱着手臂道:"别了,这样也挺好。走吧,很久没玩,趁今天好好玩一会儿。"殇火振翅腾空,见阿晋还愣在原地,一手伸向他,"不记得怎么飞了?要不我教你?"

阿晋瞪了他一眼,努力冥想,张开翅膀,歪歪斜斜地飞了起来。汤圆握着拳头在边上给他鼓劲。阿晋适应了一会儿,才重新找到控制平衡的感觉。

逝水等人早就得知阿晋今天要回来,纷纷上线欢迎。

殇火建了队,飞往集合地,大伙儿的声音通过群聊频道在他们耳边响起——

"阿晋,你总算回来了啊!"这是逝水的声音,斯斯文文的,何晋还记得。

"阿晋来啦?噢耶,《神魔》第一战队又齐了!"野鹤?他依旧这么有活力。

接着是一个充满怨气的声音:"阿晋,你太过分了!竟然不告而别!你再不回来我就要跟你绝交了!"这是篱落。

阿晋歉疚地道:"对不起……"

大伙儿一听这个声音,都愣住了。

九殿下:"呃,刚刚说话的那个人是谁?"

逝水:"阿晋?"

秦炀道:"是阿晋,他长大了。"

众人沉默片刻,最后还是九殿下不无伤感地感慨了一句:"唉,一转眼都三年了啊。"

闲云:"总之回来就好,在游戏里有长久又固定的玩伴实在太难得。"

就等你上线了

逝水："就是啊，老朋友一个个都走光了，咱们玩这个游戏还有什么意思？怎么样，这次不走了吧？"

阿晋保证道："不走了，和大家一起玩到老。"

后半句承诺得有点儿夸张，但因为这句话，气氛再次活络起来。

野鹤兴奋道："说好啦，一百年不许变！"

九殿下："没唬我们吧？"

殇火："他都被我绑回来了，你们觉得呢？"

众人笑起来，野鹤开玩笑道："玩到老是不可能的，我在游戏里可是永远十八岁啊！"

就在一派轻松的氛围中，玩伴们的模样也由远及近地出现在阿晋面前，除了时常换服装的九殿下，其余几个人丝毫没有变化，包括依旧是少年少女模样的闲云、野鹤，以及圆滚滚的熊猫篱落。

逝水笑着对大家道："最近刚出了个新活动，一起去玩吧。"

九殿下："走走走！"

去往活动地点的路上，阿晋见身边飞过一个同样带着系统宝宝的玩家，刚想定神细看，对方已经飞走了。

"《神魔》现在有别的系统宝宝了？"他好奇地问殇火。

"整个世界现在有九十多只了吧？现在每诞生一个系统宝宝官网上都会发公告，编号、外观和属性也都是全网公开的。"殇火看向阿晋，笑道，"这些玩家以后都是我们的客户哦，一旦和游戏里的宝宝培养出感情，很难有人能拒绝实体智能宝宝这样的产品。"

野鹤在前头听见了，扭头道："殇火，我们也要预订一只！"

殇火做了个 OK 的手势，听阿晋又问："现在系统宝宝还是做那个什么隐藏任务才会有吗？"当初那个任务可耗了他们不少精力。

"游戏公司修改规则了，"殇火耸了耸肩，"之前那个条件太苛刻，很少有人能达到，现在改成结灵三年就可以领取宝宝任务，任务也比我们之前做的简单许多，否则光是结灵五年就能卡死 99% 的玩家。所以从新规则发布到现在，只要是结了灵没解的，现在都能达到养宝宝的条件了。这几年游戏公司也花了不少工夫完善宝宝系统，最近这段时间估计是宝宝数量爆发期。"

阿晋："我觉得三年也挺久……"

殇火瞥了阿晋一眼："为了最大限度地控制弃子率，如果连三年游戏灵遇都做不到，怎么保证两个玩家能好好地照顾自己的宝宝？"

"吧吧——"汤圆适时地叫了一声，可怜巴巴的，仿佛是在控诉何晋对它的抛弃。

阿晋觉得心里一揪，顿时为自己的行为感到愧疚、自责。

殇火："虽然这只是游戏，宝宝也是虚拟的，但设定游戏世界观的人肯定不想纵容玩家不负责任。因为在这个世界得到的体验，从某种程度上也会影响他们在现实生活中的三观。"

听了秦炀的话，何晋突然意识到，不管《神魔》的玩家在现实中是什么人，他们的其中一部分已经属于游戏角色，游戏世界里发生的一切也是他们的人生体验，也构成了他们的人生轨迹，成为他们生命中的一部分。

而比自己还小一岁的秦炀，却比他看得清楚得多。

这一刻，何晋觉得，曾经试图把游戏与现实完全分割的自己实在是太浅薄了。

可能话题稍显沉重，殇火转而继续道："反正不管怎么样，咱们的汤圆都会是全《神魔》最大的魔宝宝。"

汤圆仿佛通人性似的，嘚瑟地一笑："嘿叽！"

殇火继续炫耀："而且汤圆身上还有我这个曾经的全游戏第一的魔尊基因，天赋也很高哦。现在系统宝宝官网上还没有潜能比汤圆高的宝宝。"

汤圆用力扑扇了两下翅膀，笑得两眼弯弯："嘿叽！嘿叽！"

何晋的关注点却不在"自家宝宝是全服第一"上面，他反而抓住了"曾经的"这个细节，问道："现在第一不是你了？"

九殿下听见他们的对话，飞过来道："你不在的这几年，殇火哥忙着去当他的大明星，也很少上线，全服第一的位置早就易主了。冰激凌上过一段时间吧，不过现在全换成新人了。"

就等你上线了

何晋调出排行榜,见殇火已经跌到了十名开外,逝水的名次还在前十,但也并不高,现在名列第一的是一个叫流金的神族玩家。

逝水道:"最近这一年有两个玩家实力很稳定,一个叫流金,一个叫落木,不过他们的名次常换,今天这个第一,明天就那个第一了。"

何晋定睛一看,果然目前名列第二的就是落木。

野鹤道:"这两个人一神一魔,颇有当年殇火和逝水较劲时的感觉,不过据说他们都不到二十岁。"

逝水感慨道:"长江后浪推前浪啊。"

阿晋奇怪地问道:"他们是殇火和逝水的粉丝?"

殇火:"不认识,怎么了?"

阿晋:"你们不觉得他俩的名字和殇火、逝水的风格很像吗?流金、落木什么的……"

"哈哈哈哈!"九殿下爆笑出声,"你不说我们还真没发现。妈呀,再来个闰土,你们就能凑齐金木水火土,摆个五行八卦阵了!"

逝水摸着下巴道:"搞不好真是我们的崇拜者?"

大伙儿乐成了一团。

02

正笑闹着,野鹤突然叫喊起来:"我的系统宝宝来了,系统通知说刚已传送到家园了!"

团队活动因为野鹤突如其来的叫喊被迫中断,除了闲云,所有人都有点儿蒙,但即使如此,大伙儿还是齐齐转身,一窝蜂地跟去看热闹。

说实话,他们还真没见过在游戏里宝宝是怎么出现的呢!

一路上大伙儿跟在后头叽叽喳喳地讨论——

有过相似经历的殇火自在地解释道:"回他俩家园系统的房间。"

逝水接了话茬,问秦炀:"宝宝怎么来的?"

番外一　两小只

秦炀:"玩到一定级别,系统就会配备宝宝,起初是一颗软壳蛋,还得孵上一段时间才会破壳。"

汤圆也在边上连连点头,像是它知道自己是怎么来的,阿晋看了忍俊不禁。

正说着,几个人就降落在了野鹤家门口。

野鹤已经迫不及待地冲向自己的房间,闲云紧随其后。

野鹤在屋内热情地呼唤大家:"来啊——都进来啊——"

篱落欢脱地冲到房间门口近距离围观,其他人也都围了过来。

阿晋发现,连汤圆都飞在最上端,睁着两只圆溜溜的大眼睛好奇不已。他觉得好笑,那个小东西知道自己在看什么吗?

"汤圆希望小宝宝是男孩还是女孩?"阿晋小声逗汤圆。

汤圆歪着头,好像听不太懂阿晋在说什么。

阿晋问秦炀:"系统宝宝有多高的智商?"

殇火解释:"根据我们公司从《神魔》官方买到的资料看,宝宝会比同龄人类小孩智商高一点,而且与玩家主人情绪相通,会喜玩家之所喜,悲玩家之所悲,怒玩家之所怒,所以不会有叛逆、顶嘴之类的行为……当然,战斗系统中的智商和反应是独立设置的。"

难怪他们好奇,汤圆也跟着好奇。

阿晋不由得期待地道:"真想看看汤圆在现实中会是个什么样。"

殇火笑道:"已经在测试阶段了,明天你可以先去公司里看看。不过目前还没写入汤圆的记忆,所以汤圆不认识你。"

从野鹤那里凑完热闹回来,阿晋跟殇火同骑闲逛了一圈,商量着接下来去哪里玩。殇火提议道:"去魔星山杀小怪吧,顺便带汤圆练练级。"

阿晋举手同意,他们当即前往魔星山。

魔星山的小怪等级并不低,之所以叫它"小怪",是因为它有个很萌的名字,叫"小魔怪"。

这个地方本来是做90级系统任务的地点,但在完善系统宝宝设定时,开发者又给它增加了一些额外属性,即杀死小魔怪后会掉落供魔宝宝服用

就等你上线了

的"魔怪肉块",可加速魔宝宝成长。

这三年阿晋没上线,殇火也很少玩,所以汤圆的成长值停滞不前。虽然汤圆是全游戏第一只系统宝宝,又有辉煌的战绩和无可匹敌的潜能,但实战水平已经有些落后了。

此刻,有两位主人陪同杀怪,汤圆十分兴奋,"咔咔"叫着放大招,"凶残"的本性暴露无遗,得了空便随地捡起殇火和阿晋替它杀怪后掉落的魔怪肉块大快朵颐,"吧唧吧唧"吃得嘴角血淋淋的。

阿晋看着有点儿不能接受,感慨道:"实体汤圆以后该不会也爱吃生肉吧?"

殇火:"当然不!它是充电的啊。"

阿晋结舌,恨不得敲一下自己的脑袋。

正和乐融融地聊天杀怪,阿晋突觉大地一震,眼前一红,心里叫一声"不好",他们遭受攻击了!

转眼殇火已经翩然飞至他的身前,低声道:"你去后面。"

阿晋心领神会,三年前为了备战,他们磨合了大半年,殇火这不是要逞个人英雄,而是让他躲在后面观察形势,顺便看看有没有必要加血。

不过阿晋奇怪,殇火这么厉害的一个大神,就算几年没玩名次下滑,实力也不容小觑,怎么他们随便刷个怪就被攻击了?谁那么大的胆子?

"终于等到你上线了!"声随人至。

阿晋定睛一看,只见说话那人面如冠玉、唇红齿白,手握长鞭,一袭镏金长袍随风飘荡,头顶清楚地显示着名号——流金。

不是吧?!这就是目前排行榜第一的那个流金?

"大神,过个招吧!"没等殇火回答,流金就抽鞭相向。

一代新神遇旧神,即使输了对战,也不能输了气势,看来此次必战无疑!

殇火拔剑,他在游戏里向来高冷,不多话,也从不逃避。

但在了解殇火的真实面目的阿晋看来,这是何等硬装啊!

两方立刻开始交战,前头还打得难舍难分,血量下去了三分之一后,阿晋察觉到殇火开始不敌,不由得蹙起眉头。

番外一　两小只

被阿晋召回来的汤圆也把眼睛眯成了细细的两条线，显得很紧张，像是在担心殇火受欺负。

阿晋蠢蠢欲动，好几次想伸手施救，但又觉得殇火是想跟人家堂堂正正地对战，自己偷偷加血的行为似乎有失公正。

他正感到不安，就听殇火密语催他道："阿晋，给口血。"

阿晋差点儿一个趔趄歪倒在地："可以加血？"

殇火理所当然地道："这是野战啊，当然能加血！"

阿晋黑着脸施展了灵遇技能，见殇火的血条"唰唰"上涨，心想这还打啥啊，殇火自带"治疗师"以二敌一，赢定了。

然而接下来的反转再一次出乎阿晋的意料，只见他们当中不知何时又出现一个青色人影，闪电般加入战斗，而且那个人明显跟流金是一起的！莫非那边本来也是两个人？

阿晋感到义愤填膺，摩拳擦掌地准备幻化成雪貂，助殇火一臂之力。

这节骨眼上，殇火又打岔道："阿晋，你的玉露在包里吗？"

阿晋一愣，"玉露"是什么玩意儿？

殇火提醒他："我们之前做灵遇任务送的，我这儿的是金风。"

阿晋回想起来了，一摸腰袋："在！"

殇火："吃了。"

阿晋往嘴里一塞，下一刻，他的眼前就发生了翻天覆地的变化——两位对手近在咫尺，正一脸肃杀地与自己缠斗！

"怎么回事？"他慌乱地调整自己的体感，却发现自己失去控制了。

"别紧张，你在我的身体里，"殇火安抚他，"你忘了吗？这药就是让人合二为一的，现在我们的攻击力和技能叠加在一起，所有的属性都在此基础上提升了50%。"

这时，殇火已实力大增，他招式狠厉，对面那二人明显察觉到了他的变化，纷纷露出吃惊之色。

殇火轻笑了一声："好好欣赏我怎么打败他们吧。"

阿晋："……"

就等你上线了

二人的实力叠加，再提升50%，这意味着殇火若是施展一个有效攻击，对对方造成的伤害会是以往的三倍，输出简直逆天。

虽然知道这离不开金风、玉露的效果，但换成阿晋，他并不能保证稳操胜券，所以还真是非殇火不可。

对手并不知晓殇火和阿晋合体，只感觉殇火突然间实力大增，不可思议的同时还夹杂着一丝惊恐不安，为此更是破绽百出，节节败退。

看着他们的表情与表现，阿晋更能感受到殇火在战斗时所向披靡的气势、无坚不摧的强大！

到此地步，负隅顽抗太难看，流金做了个休战的手势，对殇火道了句"大神，甘拜下风，来日再战"，就跟那个青衣人快速撤离了。

阿晋长舒了一口气，说："好险。"

殇火小小地骄傲了一下："险什么？打下去我也不会输。"

这会儿药效已过，阿晋从殇火的身体里分离出来，开玩笑道："下次他再来找你就没这么好运了。"

殇火耸了耸肩，表示无所谓，不过流金他们似乎再也没来过。

03

几个月后，在新一届的《神魔》战队大赛上，何晋和秦炀看直播时见到了这位"新神"本尊，而当初那个青衣人竟然就是落木！

当主持人问及他们对第一届全息冠军战队和《神魔》当年的传奇玩家殇火有何看法时，流金夸张地道："他超厉害的！"

主持人问："怎么说？"

流金："有一次我和阿木去偷袭他，我一个人先上，本来感觉还行的，但他后来突然变强了，阿木来帮我，我们两个人一起也打不过他，总觉得殇火大神就像是……像是外挂一样的存在！太可怕了！"

当时何晋看到这一幕，差点儿把水喷在显示屏上！

番外一　两小只

主持人抽了抽嘴角："落木选手也这么认为？"

落木看上去更为沉稳，此刻也点头评价道："嗯，殇火大神的实力深不可测……"

屏幕前的秦炀哈哈大笑。

主持人问："那你们有没有想过等自己变强了再找他对战？"

流金摇头道："我和阿木都是看着殇火大神的直播长大的，他现在都不怎么玩了，实力肯定会下滑，可现在的我们都打不过他，那更别说鼎盛时期的他了。所以我以后也不会再去挑战了。"

落木点头表示同意。

流金笑道："不过，如果在现实中见到他，我可能会向他要签名吧。"

…………

是啊，属于殇火的时代已经过去，但殇火这个名字，真的成了《神魔》游戏中的一个神话，再也没人可以颠覆。

闲云和野鹤的宝宝在孵化数日后总算正式诞生了，而且巧合的是，他们的宝宝刚好是全游戏的第一百只宝宝！

那天，友人们再次上线庆贺。见野鹤家小宝宝背后有一对天使般的白翅膀、琥珀色的大眼睛，长得粉嫩可爱。

大伙儿都问宝宝的名字。野鹤道："阿晋他们的宝宝叫汤圆，咱们的就叫元宵呗，两只宝宝刚好凑一对！"

阿晋喜道："真的？"

汤圆感受到阿晋的心情，也跟着乱扑翅膀瞎开心。何晋问汤圆："宝宝有妹妹喽，开心吗？"

九殿下奇怪地问道："为什么是妹妹？不能是弟弟吗？"

野鹤也有点儿蒙："哎，咱们还真没研究这宝宝是男是女啊！"

殇火看不下去，插嘴道："系统宝宝没有性别。"

九殿下："我的天，居然没性别！"

闲云把元宵抱起来，爱意满满地说："我比较喜欢女儿，就当女孩养吧。"

就等你上线了

元宵跟主人对视了两秒钟,竟然撇撇嘴,眼眶突然蓄满了泪水,一副快要哭出来的样子。

大伙儿看呆了,惊道:"系统宝宝还会哭?"

九殿下:"是不是元宵不想当你的宝宝?"

闲云:"……"

阿晋觉得奇怪,之前听殇火说,系统宝宝的情绪与制造者相通,悲他们之所悲,汤圆也只在三年前自己打算离开游戏时跟着红过眼眶,然而现在闲云、野鹤二人都很高兴,照理说元宵不该哭的。

这时,殇火皱着眉头问:"是不是野鹤不喜欢女宝宝?"

野鹤被人说中心事,垮着肩膀道:"嗯,我更喜欢男孩。"

"这就是了,"殇火解释道,"系统宝宝会在主人意见不一致或是吵架的时候哭。"

这哭泣的理由让在场的所有大男人心都软了,众人赶紧劝和:"什么男的女的,反正都是你们自己的,还是别分了。"

"就是就是,游戏不设置系统宝宝的性别估计也是怕玩家重男轻女?哈哈哈!"

闲云拍拍野鹤的肩膀,安慰道:"你不喜欢女孩儿就跟我说嘛,我收回刚才的话。"

野鹤扭捏地道:"也不是不喜欢,就是……就是……唉,你也知道的!"

众人一听,好奇心上来了:"什么意思?闲云知道什么?"

闲云忍笑道:"他小时候有段时间被他妈妈当女儿养,可能有点儿不习惯,我刚才没考虑到这个因素……嗯,他初中时还被人叫班花呢。"

"喂!够了啊!"野鹤踢了闲云一下,阻止他透露更多自己的黑历史。

这话勾起了大伙儿的回忆,数年前曾有过一次线下见面经历的几个人纷纷开始评价——

九殿下:"哈哈,这么说我想起来了,野鹤是真的长得很秀气啊!"

逝水:"就是,而且还显小。"

大家聊着聊着，又有人把话题转到阿晋身上："这几个人中就没见过篱落和阿晋，要不要找机会再聚一次？"

众人纷纷同意，可提议了好几个日子，篱落都怪叫着说自己在国外回不来。

九殿下烦躁地道："就你事情多！"

逝水："要不咱们先约呗，到时候让你网上远程参加嘛！"

篱落："……"

最后的见面日子定在了秦炀公司的人工智能宝宝发布会前。

短短几个月，何晋的新工作也步入了正轨。他本来就聪明，又有点儿工作狂的特质，在老家 Q 市那几年大大限制了他的能力，现在在这个以科研创新为主、风气相对自由，又多是与年轻人共事的公司里，他只觉得如鱼得水。

秦炀已经放出要退出娱乐圈的消息，慢慢把工作重心转向了投资电子产品与游戏竞技这一块。但他玩游戏的十来年与混娱乐圈的几年积累的人脉还能为他所用，因此这一程走得也是顺风顺水。

智能宝宝发布会前一日，闲云、野鹤特地从 C 市飞来 A 市，当晚秦炀订了酒店招待他们，又喊上逝水和九殿下，六个人暂时先小聚。

虽然之前听过秦炀对几个人的描述，但亲眼见到，何晋还是有不同的感觉。

野鹤的确长得好看，眼睛很大，皮肤细腻光滑，一点看不出已过三十岁；闲云身材高大，沉稳大方，现实中和游戏里一样不太爱说话。

听说闲云是商人，但何晋看不出来，反而觉得他的身上带着一股温文尔雅的书卷气，给人感觉很舒服。

逝水在现实中是个钢琴师，十指修长，气质绝佳，九殿下则比游戏里给人的感觉腼腆了点儿，动不动就脸红。

野鹤这人似乎有种奇怪的力量，能让人不由自主地放下防备、敞开心扉，又因对方比自己年长，何晋跟他聊了几句，就把自己跟秦炀之间的事情和盘托出。

就等你上线了

"什么，不辞而别？这几年你一次游戏都没上？"野鹤听完后显得义愤填膺，"阿晋，你太残忍啦！"

何晋也知道是他不对，可他当初除了离开，真想不出还有什么更好的办法。

野鹤："不过现在这样就好了，好好珍惜。"

何晋轻轻点了点头，野鹤笑着拍了拍他的肩。

次日的发布会一切顺利，何晋在会后首次接触到了导入汤圆记忆的智能宝宝。智能宝宝的触感和游戏里的汤圆很像，软软的，身体温度比人体温度低一点。

宝宝睁开眼睛对他喊"吧吧"的一瞬间，何晋真是有种说不出的感动，觉得游戏和现实彻底融为一体了。

虽然不用上户口，但多了个智能宝宝，现在住的那个出租屋就显得小了，秦炀和何晋商议搬去他的公寓。

秦炀一个大明星，当然不可能再住华大附近的出租屋，而是住在另一处高档公寓内。何晋原先有些不舍搬家，但考虑到现实原因，也不得不妥协。

周末，秦炀找了搬家公司，收拾了出租屋里为数不多的家具搬去新住所。

公寓面积将近三百平方米，四室两厅，有书房、私人健身房、保姆室，还自带露台花园……条件好得何晋都有点儿不适应。

据说同一幢楼上就住了好几个大大小小的明星，第一次进新居电梯时，何晋就碰上一个熟面孔，不过当时的场景有点儿诡异。那是他妈妈经常看的某个八点档电视剧演员，擅长演喜剧。当时何晋正疑惑自己有没有看错，那个人就对秦炀点了点头。

"徐老师好。"秦炀也跟那个人打了个招呼。

年过四十岁却魅力不减的男演员转向何晋怀里抱着的汤圆："这是什么东西？"

汤圆眨巴了两下眼睛，看向何晋。

何晋低声道："叫叔叔。"

汤圆乖乖地叫了声："蜀黍！"

男人没忍住，吓得大叫了一声："哎呀妈呀！这玩意儿还会开口说话？"

这个演员本来表情就很丰富，近距离一看，何晋差点儿没绷住笑出来！

他解释道："这是机器人宝宝。"

秦炀跟对方科普了一下智能宝宝，还安利了一下自己的公司。男人若有所思地点着头，道："呵呵，我都跟不上时代了。不过这个机器人看着还挺有意思……嘿！你瞧！这小子还朝我眨眼睛呢！这要卖多少钱一个啊？"

秦炀："目前我们公司推出的一代智能宝宝基础版定价是一百万元。"

男人吃惊地道："哎哟，还不便宜！"

事后何晋给家里打电话提起了这一茬，何母在那边激动不已，直说下次有机会一定要来看看。

04

何晋和秦炀一起摸索着给汤圆设置了一些简单的程序，譬如煮豆浆，秦炀会提前准备好新鲜的黄豆，由汤圆早晨定时醒来后放进豆浆机，家里的扫地机器人和洗衣机器人也都由汤圆管理。

忙了一天，何晋筋疲力尽地洗了澡要去睡觉，秦炀问何晋："要不要让汤圆明天叫你起床？"

"要吧，这两天总是睡过头。"何晋打了个哈欠，吩咐汤圆，"宝宝，明早上八点叫我起床好吗？"

"宝宝记住了！"汤圆一握拳头，望着他问，"吧吧要睡了吗？"

何晋："嗯，汤圆也休息吧。"

汤圆可怜巴巴地望着何晋："宝宝能和吧吧一起睡吗？"

何晋："……"

这个宝宝，貌似和他想象中的不一样。

就等你上线了

八点整,汤圆准时地欢快叫着:"吧吧——快起床!今天是晴天,室外温度9摄氏度。吧吧——快起床!"

何晋:"……"

汤圆的"智能"超出了何晋和秦炀的预料,除了察言观色、审时度势,它还有超高的学习能力。

还好它的功能只限定在生活辅助区域,否则何晋都害怕这个小东西的智商会超过自己和秦炀!

一个月后,和汤圆版本相同的元宵宝宝也造出来了。这种定制外形的宝宝比大众版智能宝宝更昂贵,每个价格都在两百万元以上,何晋不禁又感叹了一番。

秦炀:"闲云的事业做那么大,这点儿钱对他来说根本不算什么。而且汤圆和猫狗有一个本质的区别,那就是'智能'。它能听懂咱们的话,还能跟我们交流,除了不会长大,不会有叛逆期、青春期,它几乎没有任何缺点。"

何晋听得一头雾水:"好吧,你赢了……"

秦炀突发奇想道:"闲云、野鹤不是想让元宵和汤圆多接触吗?可以先把元宵带回咱们家。"

何晋:"这不太好吧,他们应该希望第一时间接触宝宝的人是他们自己。"

秦炀:"他们可以在游戏里跟元宵交流啊,反正所有的记忆都是相通的。"

何晋:"……"

"行、行、行!我先给他们打个电话,要是他们不乐意就算了。"秦炀打开手机,拨了闲云的手机号,电话接通后先说了可以领取元宵的事,又提出了自己的想法。

闲云闻言笑道:"有什么不可以?正好我和野鹤平时工作也挺忙,自己的宝宝走快递肯定不放心,你就先领回去吧。等周末我和野鹤飞过去一趟,再亲自拜访你和何晋,向你们请教一下带智能宝宝的心得体会。"

挂了电话,秦炀得意道:"听到没?"

番外一　两小只

何晋没话说了，只能依秦炀的。

当晚，两人便把元宵带回了家。到家后何晋先把汤圆召唤过来，循循善诱道："宝宝，这个是元宵弟弟，它要跟我们一起生活几天。这几天你要好好照顾元宵弟弟，和元宵弟弟成为好朋友，不要欺负它，知道吗？"

若是在以前，何晋是绝对不会跟汤圆说不要欺负谁这种话的，但这段时间感受下来，何晋觉得还是很有必要这么说。

实体宝宝除了游戏系统内的性格资料，还编入了人类小孩的某些特征，譬如，它偶尔也会闹闹小别扭、搞搞恶作剧等。

汤圆刚见到元宵时还很警惕，眼睛眯得细细的，翅膀也扇得飞快，一副争宠者出现、如临大敌的模样，等何晋解释完，它才慢慢放松下来，奶声奶气地道："宝宝知道了。"

接着，秦炀把元宵从避震盒里取出来，按下了启动键。

很快，元宵扇了扇睫毛，缓缓睁开了眼睛，白衣服、白翅膀，眸如琥珀，俨然一只大眼萌小天使！

虽然这个神族宝宝和汤圆的体形一样大，但实际年龄还不到半岁，在游戏里无论是战斗经验还是野外游戏经验都不如汤圆，更别说实体和人类相处的经验。

小家伙打量了一圈眼前的人，眼眸突然变得水汪汪的，露出了一副要哭的表情。

"哎呀，糟糕！"何晋抱着元宵道，"是不是第一眼看到的不是主人，要吓哭了啊？"

"哭什么啊，来我亲一个！"秦炀把元宵从何晋手里抱过来，搂进怀里就是吧唧一口。

可他忘了，机器人宝宝根本没有人类的审美能力，不会因为秦炀长得帅就对他和颜悦色，元宵反而像是受了天大的委屈，"哇"的一声，扇动着翅膀号啕大哭起来。

"呃。"秦炀尴尬地松开它，小家伙直接冲向沙发和墙壁的缝隙，飞进去躲了起来。

就等你上线了

两人在沙发边上哄了半天，元宵都没出来。

"啊——咋办？"秦炀不知所措地抱住了脑袋。

"我就说提前带回来不太好吧，闲云性格那么随和，肯定是不好意思拒绝你的要求才答应的。"何晋无奈地道，"你还是再给闲云打个电话吧，让他和野鹤赶紧找时间上一下游戏，给元宵做一下思想工作，然后还是让他们尽快来领吧。"

"先等等。"秦炀吩咐汤圆道，"宝宝，你去把元宵弟弟找出来。"

汤圆认真地点点头，一副"交给我你放心"的表情，发动雷达飞进了沙发背后的空隙。

只听一阵"叽叽咕咕"的机械交流声从沙发背后传来，不一会儿，汤圆就把元宵从沙发后推了出来。何晋和秦炀都露出了惊讶的表情，嘴巴张成了"O"形。

秦炀："宝宝好棒！"

何晋抓住两眼仍在泛着泪光的元宵，一边轻柔地擦着它身上的灰，一边问汤圆："宝宝，你跟元宵说了什么？"

汤圆挥了挥自己的小拳头，邀功似的在何晋面前炫耀道："宝宝说，它要是不出来，宝宝就揍它。"

何晋："……"

秦炀："……"

元宵适时地撇了撇嘴，缩着脖子，好像又要哭了。

何晋教训汤圆："宝宝！不能用威胁的方式！你这样会吓到元宵的！"

汤圆委屈地道："什么是威胁？"

何晋解释："就是用暴力手段迫使对方服从。"

汤圆似懂非懂，好不容易通过联网获知了这个词的意思，才缓缓地道："可这个方法是最快速有效的。"

何晋顿时词穷了，急忙对秦炀道："完了，闲云和野鹤要是知道汤圆这么对元宵，估计会杀了我们的！"

秦炀："不会吧，你想得太严重了。"

汤圆也觉得没什么大不了，还做了一次示范，直接对元宵发射了一次高强度信号，把元宵吓得两眼一翻，直接自主待机了。

"吧吧你看，元宵不听话我可以这样，所以元宵肯定会乖乖的。"汤圆兴奋地道。

何晋：是谁说实体宝宝没有战斗系统的？！

当晚，何晋又对着汤圆一阵耳提面命，再三叮嘱、教育，才再次把元宵唤醒。

和智能宝宝做游戏会增加双方的好感度，何晋陪元宵玩了一晚上的石头剪子布和猜字谜游戏，才哄得元宵跟自己说了两句话。

汤圆在一边羡慕不已，在何晋身边飞来飞去，时不时叫一声"吧吧"，一边找存在感，一边提醒元宵，这个人类是属于自己的。

晚上睡觉，为了防止汤圆欺负元宵，何晋把元宵和汤圆都调成了人工休息模式。看着两个宝宝依偎在一起睡着，何晋才安心地回了卧室。

05

第二天早上，没有汤圆飞进来叫起床，何晋还有点儿不习惯。

秦炀来到宝宝房，先唤醒了汤圆，汤圆睁开眼睛，委屈得直叫"吧吧"。自从汤圆来到这个家，何晋和秦炀都是让它自由活动的，就连充电也都是它自己弄，还从来没有经历过"人工休息模式"。这种模式需要有外力干预才能解除，对智能宝宝来说就相当于关禁闭。

秦炀亲了亲汤圆的脑袋，小声道："宝宝，不可以再惹阿晋生气哦，你一定要对元宵弟弟好。"

汤圆眨巴了两下眼睛。

秦炀笑了一下，拍了拍汤圆的屁股。

临出门上班，何晋还是有点儿不放心把两个宝宝单独留在家里，秦炀

就等你上线了

推着他往外走:"哎呀,你真是咸吃萝卜淡操心,它们顶多用信号波相互攻击一下,伤不了身体。"

好吧,秦炀说得也没错,就算造成心理阴影之类的,用高层系统修复一下就好了。

只是和汤圆生活了一段时间,何晋已经不再把智能宝宝当成一个纯粹的机器人了,反而觉得它就像是自己的孩子。以己度人,说不定元宵对于闲云、野鹤来说也是这样,所以他更加谨慎。

坐立不安了一整天,傍晚何晋早早回到家,一开门,刚想叫汤圆和元宵的名字,就见它俩已经一前一后地飞过来迎接了。

"吧吧——"每天见到何晋回来,汤圆都格外兴奋。

让何晋意外的是,这一次元宵也怯怯地跟在汤圆边上,看起来并没有被支配的恐惧和不安。

何晋挨个儿碰了碰两只宝宝的脑袋,难以相信这俩小家伙就此开启了和平共处模式。

周末,闲云、野鹤终于来了。

为了能让他俩尽快跟元宵相见,秦炀跟何晋打算带上元宵去机场接机。汤圆自然不肯自己待在家里,也吵着要去。

这些日子,两个宝宝天天在家里玩你追我赶的游戏,飞来蹿去,已经亲昵得非同寻常。

到机场后,何晋和下了飞机的野鹤通电话,告诉他们自己的方位。

元宵仿佛有心电感应,立刻安静下来,扒在车玻璃窗上目不转睛地望着外面。当看见闲云和野鹤的身影出现在视线中时,元宵兴奋地大叫起来,用脑袋磕着车窗玻璃,急着想见主人。

"哎!快降一下窗户!"何晋怕它把自己撞坏了,急忙提醒秦炀。

秦炀刚按下按钮,元宵就风一样蹿了出去,撞进迎面而来的野鹤怀里,兴奋地乱蹭乱拱,叫着"吧吧",丝毫不见先前的腼腆胆小。

"哎呀!"野鹤喜形于色,可能一开始没设想过游戏里的宝宝真的出现在自己面前会是什么感受,所以这会儿竟激动得有点儿不知所措。

番外一 两小只

而一旁，闲云放开手中的行李箱，一双手在半空中抬抬放放，似乎也想抱抱元宵，但碍于它还在跟野鹤难舍难分，不好插手。

汤圆本来也跟着飞了出去，见到这一幕，情绪被感染，悄悄飞回何晋身边，缩进了何晋怀里撒娇。

秦炀酸溜溜地说："我发现汤圆跟你更亲，这几年明明我带它的时间比较多。"

何晋也没多想，笑着脱口而出："那当然。"

过几日恰好是元旦，闲云、野鹤给他俩带了一堆家乡特产，有海鲜、年糕，还有野鹤的妈妈亲手包的黑芝麻汤圆。两个人本来想住酒店的，秦炀他们见两个人这么客气，热情地邀请两个人去自己家里住。

"哎，会不会不方便啊？在你家附近酒店开个房间就好了。"野鹤道。

秦炀开玩笑道："你愿意上酒店，你家元宵还不愿意呢。"

野鹤："啊？为啥？"

秦炀："它早就和我家汤圆情同手足了，你说对吧，汤圆？"

汤圆雄赳赳气昂昂地点了点头："嗯！"

元宵瞄了汤圆一眼，赶紧把脸埋进野鹤怀里。

闲云、野鹤最后还是住到了秦炀家里。秦炀本想请他们去酒店吃晚饭，可闲云说带来的螃蟹放久了会不新鲜，建议当晚吃掉。几个人协商后决定从酒店订点儿饭菜过来，自己再在家蒸个螃蟹，顺便叫逝水和九殿下过来一起吃。

六个人齐聚一堂，酒过半巡，野鹤叫着："把汤圆煮了！还有汤圆呢！"

汤圆一听吓了一跳，以为野鹤是想煮了自己，顿时泪眼汪汪地躲到何晋背后，委屈地叫着"吧吧、吧吧"。

众人反应过来后一阵哄笑，何晋也哭笑不得地跟汤圆解释："不是煮你，是煮另一种汤圆。"

然后他又带汤圆去厨房，告诉它，因为它刚出生时长得像那玩意儿，所以它的名字叫"汤圆"。

就等你上线了

汤圆好奇地打量着那一锅糯白的团子。手工的汤圆皮薄厚不均，有几个在煮的过程中破了，淌出了黑色的芝麻馅儿来，汤圆新奇地道："它的肚子里面是黑的！"

何晋："是啊，里面是黑芝麻。"

汤圆又问："宝宝的肚子里也是黑的吗？"

何晋"扑哧"一笑："你就是里面那黑黑的东西，白白的东西已经不见了。"

汤圆若有所思，接着又问："那元宵是什么？"

何晋："它和你长得差不多，但你们俩的做法不一样，你是包出来的，元宵是滚出来的。"

汤圆眨巴着眼睛，一脸求知的样子："那是什么意思？"

"元宵是以馅儿为主的，把什锦或果仁切成小块儿，放在盛有糯米面的大笸箩里来回摇，最后就成了跟你差不多的样子。"何晋解释得格外费劲，说完了才反应过来，汤圆是智能的啊，"你不会自己查吗？"

汤圆一本正经地道："正常情况下，宝宝有不懂的问题都是问吧吧的啊。"

何晋郁闷地道："不许懂装不懂！"唉，一不留神他就被这心机宝宝耍得团团转！

汤圆对对手指，委屈地退到一边，自己搜索了一番，最后两眼"叮"的一闪，总结道："原来元宵是个裹了层糯米衣裳的小甜心呀！"

何晋："……"

饭后六个人凑了一桌打牌，一伙儿人玩到快十一点，逝水和九殿下才离开。

元宵已经得到主人的许可，进睡房充电休息去了。

但趁着主人没发现，它在关了灯后又悄悄溜出房间去找汤圆玩了。

孤零零的汤圆正一个人在房间里顾影自怜，突然发现元宵回来，开心得飞了起来："你怎么来了？"

元宵凑过去，两只小宝宝贴了贴脸。

元宵似乎有什么秘密要说，声如蚊蚋地道："汤圆……"

汤圆一本正经，奶声奶气地命令道："叫哥哥——"

番外二 《灵仙》往事

就等你上线了

01

[任务] 亲爱的小仙阿晋,经历了三百年的风风雨雨,你终于幻化出灵影啦,想要获得更强大的力量吗?请走出山洞,去寻找一位仙风道骨的白胡子道长吧!

小仙阿晋看着屏幕中的白色虚影,好奇地转了个身——这是他在游戏里的原形。

长条状,四只小短腿,有尾巴……这是啥?浣熊?颜色不对。狐狸?尾巴没那么大……

小仙阿晋操控着那只动物跑了几步,这贼溜溜的姿势,怎么有点像……黄鼠狼?!小仙阿晋在洞里转悠了半天才走出去,发现山洞口蜷缩着一个乞丐模样的老头,头顶有五个大字——白胡子道长。

……说好的"仙风道骨"呢?

道长:"哟,来来来,我这里有一颗仙丹,你吃了就能变成人形!"

小仙阿晋接过仙丹,右击服用,只见长条形的动物虚影慢慢地化出实体,变成了一个七八岁孩童的模样。

道长:"山下有个初识村,那里有很多人求仙问道,快去看看吧。不过你可要记得好好保护自己,不然可是会被打回原形的哦!"

小仙阿晋:"……"

番外二 《灵仙》往事

02

小仙阿晋看了一眼屏幕左上角的人物等级——10。他终于升上10级啦！

他的角色形象也从七八岁的小孩变成了十来岁的样子，头发是灰白色的，看不出男女，但个子高了不少，行走和跑步速度都变快了！小仙阿晋兴奋地去罡天师处领取了下一个任务——采药。

这个简单！小仙阿晋朝任务执行地点跑去，经过山峭时，又看见那个熟悉的人影在杀山猴。

杀山猴的任务是《灵仙》里的一道坎，新玩家十有八九在这里失败过，尤其是低等级时以近距离攻击为主的凡人。

小仙阿晋刚开始玩时有人帮忙，没经历什么苦难，何况他玩的角色能使用远程法术攻击怪物，虽然威力不大，但可以慢慢把怪物磨死，所以他对山猴没那么深的怨念。

其他玩家就不行了，不少玩家去投诉，说这是系统漏洞，山猴的杀伤力这么大简直不科学！不料官方竟然回答说这个任务的目的，就是让大家体验一下修仙道路的崎岖……

玩家们无可奈何，时间一长，杀山猴必须组队就成了大家的共识。

小仙阿晋看到的熟悉的人影叫殇火，在山峭与山猴相爱相杀已经不知道几次了！他原本以为等殇火知道山猴的厉害后就会去世界频道喊人组队，但他跑了好大一圈回来，这愚蠢的凡人竟然还在一个人找死！这人好执着。

根据游戏系统设置，凡人男性角色死亡时，会有一套非常壮烈的动作——单手捂胸，双膝跪地，吐出一口老血，直直趴倒。

小仙阿晋以前也见过别人死亡，但看见这个人死，不知怎么就想笑。角色死后，玩家可选择前往最近的复活点重生，地上的尸体也会一同消失。但这家伙死后却一直倒在那里，没有任何操作……这人是太郁闷了吗？哈哈！

小仙阿晋采完草药绕回山峭，见那人已经复活后回来了，还是傻乎乎的一个人。

就等你上线了

不过这次他在只剩下一点血的时候,向路过的小仙阿晋发出了一个求救气泡框:"99999999……"气泡浮现的下一秒,那人就被三只山猴同时挠中,单手捂胸,双膝跪地,吐出一口老血——趴下了!

殇火:"……"

小仙阿晋终于忍不住喷笑出声!

他发了个添加好友的请求过去,道:"组队,我帮你。"

03

晚上十点,何晋刚登录游戏,殇火就发了消息过来。

殇火:"你怎么现在才上?"

小仙阿晋:"爸妈在,不敢玩啊。"

自从小仙阿晋那日在山峭帮这家伙刷了山猴,殇火就成了他的小跟班,每天就等他上线和他一起玩。

小仙阿晋:"我现在也是偷偷上的,玩一会儿就要下啦。"

殇火:"那赶紧,咱们去杀田鼠啊!"

杀田鼠是12级的任务,上一次小仙阿晋就是玩到这儿下的线。小仙阿晋看了看殇火的等级,已经上了10级,从凡人变成灵人了……好快!不过带他一起去杀田鼠,小仙阿晋感觉还是吃力了点。

小仙阿晋:"先做你的任务吧,等你和我的等级一样了,我们再一起去杀。"

殇火:"不要,我玩的时间比你多,升级比你快,先做你的。"

小仙阿晋:"好吧,死了可不能怪我。"

殇火:"死就死,大不了再来一次呗。"

小仙阿晋心说:就你这不怕死的性格,才会被山猴虐这么久啊……笨!

两人组队去麦田,小仙阿晋在麦田入口处接了任务,杀完田鼠才能学种地技能,之后就能自给自足地做麦饼吃了。小仙阿晋一直对这个心心念念。

麦田里有不少肥硕的田鼠,两人找到一只就开始围攻,殇火等级低,出不出手没啥两样，不过有人一起总比一个人单枪匹马好。

两人正做着任务，现实中何晋的房门突然被敲响了："何晋？"

何晋吓得赶紧最小化游戏屏幕，母亲开门看了他一眼，说了句"不要太晚"就走了。何晋又等了一会儿，才敢重新打开游戏，只见屏幕已经变成玩家死亡后显示的黑白色了。

殇火的尸体就躺在自己身边，对方也没有去复活，好友栏不停地闪动。何晋点开好友消息。

殇火："阿晋，你怎么不动了？"

殇火："死机了吗？……"

殇火："你死了怎么变成那样了？你是什么啊，妖怪吗？"

小仙阿晋："……"

04

"喂，阿晋？"

连通语音后，那边传来一个正太的声音，年纪听起来和自己差不多大。

过了好几秒，小仙阿晋才小心翼翼地回了一声"嗯"，这是他第一次跟网友语聊，很兴奋。

殇火："你的声音好轻啊……"

可能还没到变声期，何晋的声音听起来像女生。

小仙阿晋："听不见吗？"

殇火："听得见！嘿嘿……"

小仙阿晋："你笑什么啊？"

殇火："这是我第一次跟别人语聊。"

小仙阿晋："我也是啊。"

殇火又笑起来。

小仙阿晋失笑，骂他："你有毛病啊。"

就等你上线了

殇火傻笑了一会儿，问："你爸爸妈妈在家吗？"

小仙阿晋："不在，出去了，他们周六都要加班的。"

殇火："哦，那我们玩游戏好不好啊？"

小仙阿晋随口应了声"好"，道："我们抓紧时间玩游戏吧，我的时间不多，晚点还要写作业呢。"

两人都已登录游戏，小仙阿晋已经19级了，他看了看殇火，才17级，还是比自己低两级嘛，说什么升级比自己快，哼——

游戏里的殇火闷不吭声地跟在小仙阿晋身后，耳机里却说个不停。

殇火："阿晋你上几年级啦？你是不是成绩很好？"

小仙阿晋的心思都在游戏上，他有一句没一句地回答着殇火："成绩还行，一般都是全班第一。"

殇火叫道："哇！第一！你好厉害！"

小仙阿晋："没办法啊，考不到第一我妈会说我的。"

殇火："你很怕你妈妈吗？"

小仙阿晋："怕啊，她好凶的。"

殇火："哦……那你成绩那么好，以后是不是肯定会考大学？"

小仙阿晋："当然啊，难道你不考吗？"

殇火："我的成绩好烂的，可能考不上，而且我也不想考，考大学有什么好处？"

何晋上的是重点初中，竞争压力巨大，身边的同学都以考上好的高中和大学为奋斗目标。

他还是第一次碰上说不考大学的同龄人，不免惊奇："你不读书能去干吗啊？"

殇火："打工啊，我爸说如果我不想读书也可以不读，到时候给他打工。"

何晋立即想到了新闻里常提到的外来务工子弟，很早就进入社会去打工什么的，当下心生同情，谆谆教诲道："书还是要读的啊，虽然我也感觉读书很枯燥，但这是改变命运的唯一道路……考上大学才有机会找到更好的工作，赚比别人更多的钱，才能随心所欲地过自己想过的生活，成为一个独立的男子汉啊！"

殇火："……"

这是少年时的何晋对考大学的简单的理解，但他不知道的是，自己短短的几句话，改变了一个少年对读书的看法。

殇火："阿晋，你想考什么大学啊？"

小仙阿晋："嗯，如果成绩能保持，应该会考华大吧……我妈总说让我考华大。"

殇火："我知道了。"

05

一日，小仙阿晋和殇火在野外做任务，被一个比他们等级高的家伙给偷袭了，这是小仙阿晋第一次在游戏里被其他玩家杀。他复活后一看，发现自己竟然掉、钱、了！

所谓的"钱"，也就是游戏里的金币，那都是他自己赚的！

有时候是做任务得的奖励，有时候是捡破烂卖的。破烂就是杀小怪掉落的东西，譬如杀死山猴会掉落一两撮山猴的毛，这玩意儿没什么用，只能卖给商人换几个铜板，因为太廉价，被玩家们称作垃圾或破烂。就这样日积月累，小仙阿晋好不容易攒了一百多个金币，这一死竟然掉了十多个。小仙阿晋的心在滴血，这么多金币，他得捡多少山猴毛和田鼠尾巴啊！

小仙阿晋气势汹汹地对殇火道："我们去杀回来！"

殇火："嗯！"

系统记录，偷袭他们的人是个叫呵呵喵大天神的家伙，31级，等级比他们高了不少，小仙阿晋冷静下来后就有点犹豫。

殇火却很期待："我们去哪里找他？现在就去吗？"

小仙阿晋鼓起勇气道："查找人物显示他现在在仙人岛，我们过去碰碰运气。"

就等你上线了

两个 20 级刚出头的小号就这样一路摸到了仙人岛,不过小仙阿晋没有查找具体定位的道具,只能带着殇火两眼抓瞎地找。仙人岛上都是比他们等级高的怪物,万一撞上,又是死路一条。小仙阿晋越来越感觉自己的决定不妥当,对殇火道:"那里太危险,咱们不去了,君子报仇十年不晚,等下次碰到他咱们再杀回来!"

"啊?"殇火有点泄气,但还是听小仙阿晋的话,"好吧……"

两人回来后拼命玩了好一阵,把怒气全发泄在系统小怪身上了。当晚小仙阿晋下线时,其实已经释然了,殇火却在商城里买了定位道具,找到了呵呵喵大天神:"来决一死战吧!"

呵呵喵大天神:"……"

毕竟有着十级等级差距,殇火毫无悬念地输了。

半分钟后,复活的殇火找到呵呵喵大天神:"来战!"

呵呵喵大天神:"……"

殇火再次失败。

一个小时后,呵呵喵大天神下线。

次日,呵呵喵大天神上线,正砍怪呢,殇火出现了:"你终于来了。"

呵呵喵大天神:"怎么又是你!"

几天后,小仙阿晋登录游戏,震惊地发现,本来已经快赶超自己的殇火竟然降级了!

他盘问了好久,殇火才支支吾吾地坦白,他碰到那个呵呵喵大天神,想为小仙阿晋报仇,结果以卵击石,反而输了。

小仙阿晋惊道:"你和他对战了几次啊?都掉两级了!"

殇火:"还好,也就七、八……九、十次吧。"

小仙阿晋既无语又感动,这傻瓜竟然又跟当初杀山猴似的一次次去送死。他都不知道说什么好了……不过没保护好殇火,他也有点内疚,一直觉得是自己先提出反击,才会导致殇火犯蠢的。

"以后不要再去找死了,我会想办法的。"小仙阿晋知道玩家输了还会掉钱，把自己的钱分了一半给殇火，又带他去练级，"走，我带你去练回来！"

殇火要帮他一起打怪，小仙阿晋却不让："别动，你待在边上吃经验就行！"

次日，小仙阿晋把自己在游戏里被人偷袭的事告诉了等级高的朋友，朋友们得知后同仇敌忾道："哪个吃了熊心豹子胆，竟然敢欺负咱们班班长？咱们给你杀回去！"

那之后的好一段时间，世界频道上经常出现某人的骂声——

[世界] 呵呵喵大天神："飞奔的肉夹馍！老子惹你啦？！"

[世界] 呵呵喵大天神："无奈的蛋卷！别让老子再见到你！"

[世界] 呵呵喵大天神："躺枪的水饺！咱们走着瞧！"

06

《灵仙》官方发布了一条新的游戏规则——跨种族点灯！这意味着凡人和灵可以点灵遇灯啦！为了推广这个玩法，活动期间点灯的凡人和灵在一个月内一起杀怪就能获取双倍经验，还可以去做灵遇任务获取更高经验！

小仙阿晋得知这个消息，立即去找殇火："咱们点灵遇灯吧！"

殇火："……"

小仙阿晋："怎么了？你不想吗？"

殇火："想……"

小仙阿晋："那咱们快去吧！"

殇火："……"

已经了解完点灵遇灯流程的小仙阿晋拉着殇火一通跑，先把自己的模样幻化成小女孩，之后又带他去了灯心岛，两人一起站到了NPC面前。

殇火稀里糊涂地跟着小仙阿晋，脑子晕晕的，直到电脑屏幕弹出提示——

[系统]玩家小仙阿晋请求与您点灵遇灯，请选择"接受"或

就等你上线了

"拒绝"。

秦炀选择了接受。

一阵悦耳的音效过后,世界频道闪出公告——

[公告] 恭喜玩家殇火与玩家小仙阿晋结成灵遇!

看着这句话,秦炀默默截屏保存,突然反应过来,从现在起,他已经是小仙阿晋的灵遇了……以后他要变得更加强大才行,绝对不能再让小仙阿晋被别人欺负!

那之后,殇火砍怪砍得越发卖力了。

07

这天,小仙阿晋拉殇火去做灵遇任务。第一次做这种问答任务,小仙阿晋还觉得挺新鲜的。

有一题是问小仙阿晋想要什么礼物,有金币、时装、花束之类的选项,小仙阿晋一看都没兴趣,哦不对,金币还是有点兴趣的,但殇火也很穷的嘛。

小仙阿晋:"我觉得坐骑比较好,但打字太麻烦了,还是随便选一个吧,A。"

殇火:"哦……你不喜欢花吗?"

游戏里的花束都是要花人民币充点券买的,一旦收到花束就能上世界公告,还有一个每日收花束数量的玩家榜单,是女玩家们拼身价的象征。

小仙阿晋:"花有啥用啊,我喜欢马,多拉风!"

殇火:"……"

果然是小仙阿晋,与众不同!

又有一题,是问殇火想要小仙阿晋怎么称呼他……

小仙阿晋念了一遍答案:"殇火?大神?帅哥?灵遇?你喜欢哪个?"

殇火说:"大神吧……"

小仙阿晋:"哦,以后就叫你大神了,加油啊大神!"

殇火:"……"

08

小仙阿晋不再上游戏后,秦炀从最初的失落到慢慢接受这个现实,足足花了三年时间。

这三年,他拒绝任何人的好友申请,也删掉了练级时无意间加进来的其他路人,只在好友栏里留"小仙阿晋"一个人,因为他不想每次看到系统提示"您的好友××已上线",或是看到好友栏里有亮起来的名字,都空欢喜一场。

偶尔秦炀会点开小仙阿晋的名字,给对方发离线消息。

"阿晋,你怎么还不上线?我都快 40 级了!"

"昨天去仙人岛下副本,运气好爆出了仙鹤,我现在已经会飞了哦,等你来了不要太羡慕我。"

"逗你的……你来了我会带你练级的,等你和我的等级一样了,我们再继续玩!"

"阿晋,仙界好美!"

"仙界高手好多,我死了好几次……"

"原来从仙界跳下来会直接在凡界摔死,我摔了足足二十秒……不过风景真好看……"

"阿晋,我开始认真学习了,学习好像也挺有意思的。"

"阿晋,我快满级了!"

"…………"

当然,他也不总是这样留言。他也会幻想,等小仙阿晋来了,第一句话要跟对方说什么——

就等你上线了

"阿晋,你终于来啦,我等你等得好苦!"

——作为灵遇,说这种话显然不够酷!

"阿晋,我想死你了……"

——好肉麻!他说不出口!

"阿晋,好久不见……"

——好文艺!他这是在演电视剧吗?!

一次秦炀偶然发现自己的游戏名出现在了《灵仙》排行榜上,虽然只是在榜单末尾,他还是第一时间就与小仙阿晋分享了自己的兴奋之情。

"阿晋!我上排行榜啦!哈哈!"

"等你上线,可以叫我大神了!"

"阿晋,我今天升到第 37 位了,这游戏真是越来越好玩了!"

当然,他有顺利的时候,也有不顺利的时候——

"今天遇到一个很厉害的家伙,每次跟他对战都失败了……"

"我卡在第 30 位半个月了……"

也有忧郁的时候——

"阿晋,是因为我还不够厉害,所以你才不上线吗?"

"是不是等我变成第一,变成真正的大神,你才会上线跟我一起玩?"

"考试我也会拿第一的,像你一样……"

游戏中的排行榜成了秦炀继续玩下去的另一大动力,他努力练习技术,跟人对战。就这样,两年过去了,现实中的秦炀以优异的成绩考上了重点高中,但游戏里小仙阿晋的名字还是灰的,殇火发过去的所有消息都如石沉大海,小仙阿晋的对话框就像一个树洞,永远不会有回复。

慢慢地,秦炀给小仙阿晋的留言越来越少了,并不是他快把小仙阿晋忘了,而是他感觉自己的留言都太蠢了,有时候翻以前的记录,就会想自己怎么能这么幼稚!

譬如当他爬上排行榜第十位的时候,再回过头去看自己刚上排行榜时的激动留言，就不忍直视。秦炀不希望小仙阿晋上线后看到那么多废话。

在排行榜上位置不断上升的"殇火"被越来越多的玩家熟知，甚至有女玩家开始主动跟他搭讪，但秦炀早已习惯了孤身一人玩游戏，对他来说，游戏里需要的只有对手。

就在第三年，游戏官方突然公布了《灵仙》即将改版成《神魔》的消息，在改版的同时，还会清理所有玩家的聊天记录，包括系统为未上线玩家缓存的离线留言。看到这条消息，秦炀既有种松了一口气的感觉，又觉得愁绪万千。

改版前夕，秦炀坐在电脑前，把和小仙阿晋的所有聊天记录又看了一遍，从1175天之前他们认识开始，他一条一条地看，一会儿咧着嘴傻笑，一会儿又哭丧着脸。他也曾悲观地想：小仙阿晋是不是已经把他给忘了？

临近十二点，秦炀默默地在对话框里输入了最后一句话："阿晋，就等你上线了。"

零点，服务器中断连接，旧版聊天数据清零。从那以后，小仙阿晋在殇火的好友栏里只剩下一个空洞的名字。秦炀再没给小仙阿晋发过一条消息。

09

《灵仙》改版成《神魔》后，所有老区合并成一个区，统称一区，每个玩家得到一次免费的改名机会，秦炀把"殇火"改成了"殇火无情"。

他所在的服务器一夜之间比原先多出来三倍的人，所有区的高手合并到一起，殇火无情从原先的排行榜上第三名跌到了第十名。当时排在第一位的是一个叫逝水的家伙，他是第一个打开殇火无情封闭了三年的好友栏的人。

两人的结识源于一次对战，如棋逢对手、将遇良才，两人打得不可开交。

等殇火无情准备下线时，才发现左下方私聊频道有一排留言——

［私聊］逝水："你很不错。"

［私聊］逝水："交个朋友吧，以后再打。"

就等你上线了

［私聊］逝水："你把好友栏关闭了？"

［私聊］逝水："没看到吗？"

［私聊］逝水："少侠？"

殇火无情："……"

以前收到类似的私聊消息，殇火无情都无视了，但这一次也不知道是不是对刚才的对战意犹未尽，他通过了好友申请，把逝水放了进来。

逝水认识殇火无情后，还把他拉到一个高手群里，里面的人一见殇火无情就嚷开了——

"哇，这不是原一区的对战之王吗？！"

"谁把他勾搭来的？听说这家伙在老区从来没跟人说过一句话，忒神秘！"

"是逝水吧……"

"逝水果然是神一般的男人！"

新的等级设置，新一轮的竞技，殇火无情认识了一群新的朋友，做任务、下副本都有了固定团队，玩得也挺开心，只是依旧话少，彻底被冠上了"高冷王"的称号。

因为神秘，殇火无情也经常是大家八卦的中心，这其中包括他游戏个人信息里的"点灯状态"，但没人能猜出结果，唯有逝水，在一日与殇火无情大战三百回合后难得聊了起来。

逝水："感觉你是个有故事的人……"

殇火无情："什么故事？"

逝水："你该不会是被人抛弃了吧？"

殇火无情："……"

一秒后，两人开始了第三百零一次对战，殇火无情不敌，卒。

逝水："告诉我，我不会说出去。"

殇火无情："等我能赢你了再说。"

逝水："啧，这么简单？"

一秒后，白衣男子躺倒在地上，头顶浮字："来吧——"

殇火无情："……"

秦炀无奈,把好友小仙阿晋再也不上线的事简单告诉了逝水,并强调:"不是被抛弃,只是她不知怎么就不上线了。"

逝水:"那不等于被抛弃吗?"

殇火无情坚持:"不是被抛弃。"

逝水:"好吧,不是被抛弃……不过都这么多年了,我看她八成是不会回来了……她很漂亮吗?"

殇火无情:"没见过。"

逝水:"晕,都没见过,你干吗这么念念不忘的?"

殇火无情:"……"

混乱的秦炀急需静一静,他关了游戏,呆呆地坐在电脑前。的确,他从没问过小仙阿晋是男是女,小仙阿晋也没说过。在点灵遇灯前,他直觉小仙阿晋是个男生,但点灵遇灯后,就自然而然地把对方当成女生了。至于小仙阿晋的真实性别是什么,他还真无从求证。

过了几天,群里有人讨论——

"无情这几天怎么啦?打架好像吃了火药似的。"

"对啊,情绪也有点不对劲……"

逝水:"唉,三观重建期吧。"

过了一段时间,体内充满洪荒怪力的殇火无情竟然在排行榜上大幅攀升,从第七位一跃升到第二位,直逼稳坐第一的逝水。

九殿下:"无情,最近你的攻势很猛嘛,都把我压了。"

殇火无情:"爽吗?"

九殿下:"……"

逝水:"……"

众人:"……"

九殿下:"水哥,无情调戏我!"

逝水:"我看见了……"

群里的另一人弱弱地道:"有没有人觉得,无情最近变坏了?"

就等你上线了

又一人附和:"举手!以前无情都不会说这种话……"
逝水:"咳,大概是三观重建完了吧。"
秦炀扫了一眼群聊,打开游戏好友栏,看着那个灰色的名字,微微勾起的嘴角透出一丝苦笑。

番外三

寻找

就等你上线了

[任务]亲爱的镜河,恭喜你神游归来,你已经在这里打坐入定了三百年。经历了三百年的风风雨雨,外面的世界已经模样大变,想要重新去凡尘中体验一番吗?请走出山洞,去寻找一位仙风道骨的白胡子道长吧!

名叫镜河的青年站起身,见自己看起来在二十岁左右年纪,身上穿着一件轻飘飘的白纱衣,感觉还真像修仙之人。反正这个模样比他当年随机选的小雪貂精要容易接受多了。

他赶紧走出山洞去找那个"仙风道骨"的"老乞丐"。也不知道这一次,秦炀玩的到底是个什么角色。

何晋和秦炀认识快十五年了,当然,中间应该扣除两人失去联络的八年和毕业后再次分开的三年,所以,拼拼凑凑,实际上也就三四年吧。

他也没想到,玩个游戏而已,竟会和一个人相处这么久,从懵懂的少年期到叛逆的青春期,再到和对方合伙开公司,携手共进。游戏和现实,生活与事业,早就都混在一起,密不可分了。

今天秦炀突发奇想地要和何晋在《神魔》里建两个小号来玩,还提议两个人各自想角色名,建立角色,谁都不能透露自己在游戏里玩的是什么,看谁能先认出另一个人。

何晋觉得很新奇,这感觉就像在游戏里重生了一次,带着些许不完整的前世记忆,在茫茫人海中寻找彼此,听起来还颇有意思。

从白胡子道长那儿接了任务,镜河就快速前往初识村。《神魔》职业比赛爆了之后吸引了源源不断的新人玩家,放眼望去,满地都是穿着新人服装的少年少女,根本认不出谁是谁。

经过山峭,只见不少十来级的新人在那里杀山猴,还有个灰衫少年被山猴当场挠死。何晋想起曾经的秦炀,不由笑出声,心想这些山猴真不愧是公认的设计漏洞,这么多年过去,还在这里孜孜不倦地虐着萌新。

番外三　寻找

镜河闭眼升到了 10 级，也跟几个路人玩家组队去了山峭。杀山猴时他又看见了方才的灰衫少年，但对方隐藏了名字。

镜河下意识多看了那少年两眼，但见到对方狼狈闪躲的身形，又觉得不可能是秦炀。尽管小号没装备没技能，但秦炀作为《神魔》曾经的全服第一高手，绝对不会出现这么蹩脚的操作，也不会毫无组队意识地一个人在这里找虐。

镜河收回视线，做完任务后继续赶路。他和秦炀在游戏里有太多的共同回忆，只有快点升级才能去到那些地方。

一晚上镜河就爬到了 30 级，接下来只要去仙人岛下仙鹤副本，就能获得飞行坐骑去仙界了。但仙鹤的爆率太低，下副本费时又费力，还不如升到 35 级氪金来得方便。

这个升级速度在新人里也算是屈指可数了，何晋想着，秦炀怎么都不可能比自己高太多。他拒绝了一些同级路人的副本邀约，打算下线之前在凡界逛一逛，没准能在什么地方碰见秦炀。

从仙人岛逛到了翠微林，穿过金色麦田，又逛到了灵犀湖，每到一个和秦炀有共同回忆的地方，镜河都不忘驻足停留，打量有没有跟自己差不多等级的玩家。

他还主动加了几个看着像秦炀的人为好友，试探着聊了几句，又觉得都不是。

徒劳地逛了一通，何晋意兴阑珊地下了线，却发现秦炀早就摘了头盔，头发湿漉漉的，似乎连澡都洗完了。

"咦，你已经下了啊。"难怪他刚刚都找不到人。

没想到听见他这么说，秦炀狠狠地瞪了他一眼，看上去很不高兴。

"怎么了？"何晋不明所以，难道秦炀在气自己升级慢？他已经用了最快的速度了好不好。

"都不知道你一个人怎么能玩得这么开心，一晚上我都摘了头盔看你好几次了。"秦炀黑着脸问他，"你该不会是错把别人当成我，跟别人组队玩去了吧？"

"哪有……"何晋无语，刚想解释说自己在专注升级，又回忆起自己和

就等你上线了

秦炀约定过,在找到彼此之前谁都不透露各自的情况,于是转而道,"我在找你啊。"

秦炀脸色好看了点:"找了一晚上都没找到?"

何晋也很郁闷:"不然我怎么会现在才下。"

秦炀笑着"哼"了一声:"这么明显还找不到,笨死了。"

何晋暗道,难道你就找到我了?

第二天晚上,两人继续上线玩小号。镜河一鼓作气冲到35级,在商城里花钱买了一匹天马,直奔仙界吟水筑。然而等他吭哧吭哧终于飞上仙界,却发现那里空无一人。

不对啊,难道秦炀又下线了?何晋摘下头盔,见秦炀这次还在玩。他又把头盔戴上,去熟悉的地方找了一番,可都一无所获。

该不会是一直在错开的路上吧?镜河茫然地飞来飞去,猛然间想起秦炀昨晚说的那句"这么明显还找不到,笨死了"。

他脑中灵光一闪,有些不确信地驾着天马返回了初识村的山峭。

果不其然,他又见到了那个隐藏姓名的灰衫少年,这小子居然还在跟那些山猴缠斗。

镜河收起坐骑,一步步走向他:"你好。"

听见他的声音,少年停下动作,看了过来。还有两个山猴在挠他,镜河轻而易举地帮他解决掉了。

少年笑了笑:"谢谢。"

何晋舒了一口气,心里盈满了喜悦,又有一点好笑的无奈。

他递了一个好友申请过去,说:"组队,我帮你。"

顺利添加对方为好友后,何晋才看见他的名字。

晴阳:"你可算找到我了。"

(全文完)